박경리 『토지』의 문화정치학

박경리 『토지』의 문화정치학

권성진 지음

도서출판 동인

나는 왜 작가가 되었을까.

지도 한 장 들고 한 번 찾아와 본 적이 없는 악양면 평사리 이곳에 『토지』의 기둥을 세운 것은 무슨 까닭인가. 우연치고는 너무나 신기하여 과연 박 아무개의 의도라 할 수 있겠는지. 아마도 그는 누군가의 도구가 아니었을까.

2001년 12월 3일 『토지』 서문 중에서

여호와여 내가 주를 높일 것은 주께서 나를 끌어내사 내 원수로 하여금 나로 말미암아 기뻐하지 못하게 하심이니이다 여호와 내 하나님이여 내가 주께 부르짖으매 나를 고치셨나이다 여호와여 주께서 내 영혼을 스올에서 끌어내어 나를 살리사 무덤으로 내려가지 아니하게 하셨나이다 주의 성도들아 여호와를 찬송하며 그의 거룩함을 기억하며 감사하라 그의 노염은 잠깐이요 그의 은총은 평생이로다 저녁에는 울음이 깃들일지라도 아침에는 기쁨이 오리로다 내가 형통할 때에 말하기를 영원히 흔들리지 아니하리라 하였도다 여호와여 주의 은혜로 나를 산 같이 굳게 세우셨더니 주의 얼굴을 가리시매 내가 근심하였나이다 여호와여 내가 주께 부르짖고 여호와께 간구하기를 내가 무덤에 내려갈 때에 나의 피가 무슨 유익이 있으리요 진토가 어떻게 주를 찬송하며 주의 진리를 선포하리이까 여호와여 들으시고 내게 은혜를 베푸소서 여호와여 나를 돕는 자가 되소서 하였나이다 주께서 나의 슬픔이 변하여 내게 춤이 되게 하시며 나의 베옷을 벗기고 기쁨으로 띠 띠우셨나이다 이는 잠잠하지 아니하고 내 영광으로 주를 찬송하게 하심이니 여호와 나의 하나님이여 내가 주께 영원히 감사하리이다 (시편 30)

I will exalt you, O LORD, for you lifted me out of the depths and did not let my enemies gloat over me. O LORD my God, I called to you for help and you healed me. O LORD, you brought me up from the grave; you spared me from going down into the pit. Sing to the LORD, you saint of his; praise his holy name. For his anger lasts only for a moment, but his favor lasts a lifetime; weeping may remain for a night, but rejoicing comes in the morning. When I felt secure, I said, "I will never be shaken." O LORD, when you favored me, you made my mountain stand firm; but when you hid your face, I was dismayed. To you O LORD, I called; to the Lord I cried for mercy: "What gain is there in my destruction, in my going down into the pit? Will the dust praise you? Will it proclaim your faithfulness? Hear, O LORD, and be merciful to me; O LORD, be my help." You turned my wailing into dancing; you removed my sackcloth and clothed me with joy, that my heart may sing to you and not be silent. O LORD my God, I will give you thanks forever. (Psalm 30)

| 감사의 글 |

이 책이 나오기까지 많은 분들의 도움이 컸다. 지금까지 필자에게 잊을 수 없는 가르침과 도움을 주신 분들께 감사의 마음을 전하고 싶다. 탁월한 역량과 고매한 인품으로 학교를 이끄시는 동의대학교 공순진 총장님께 감사를 드린다. 그리고 멀리 아프리카에서 공부하기 위해 학교에 다니는 외국인 학생들에게 학비와 책, 다양한 필요와 사랑을 베푸시는 장종욱 부총장님께 존경을 표한다. 짧은 만남이었지만 잔잔한 미소로 다가오신 장종욱 부총장님은 제자 양성에 전심을 다하시는 분이다. 학교에 없어서는 안 될 보석 같은 존재다. 그리고 동의지천 교양대학의 강경구 학장님께 감사를 드린다. 부드러운 카리스마의 강경구 학장님은 중국현대문학의 최고 학자로서 교육에 대한 열정으로 학교 발전을 위해 불철주야 애쓰시며, 교수로서의 지성과 고매한 인격으로 대학구성원들에게 귀감이 되었다.

디그니타스 연구소 소장으로서 다양하고 어려운 업무를 책임감 있게 수행하시는 윤혜경 부학장님의 격려와 배려에 감사를 드린다. 그는 국제화시대 외국어 교육에 대한 국제적 안목과 외국어 학습의 중요성을 깨달을 수 있도록 많은 도움을 주셨다. 영어과의 오인용 교수님은 동의대학교에 정착할 때부터 지금까지 따뜻한 조언과 함께 세심한 도움을 주었다. 특별히 「낭만주의 비평의 이념적 지형: 숭고 담론의 정치학」과 「워즈워스, 아담 스미스, 에드먼드 버크: 감정성의 정치학」은 19세기 비평을 깊이 있게 공부할 수 있는 계기를 부여하였다. 관심과 따뜻한 배려로 격려해주신 오인용 교수님께 감사를 드린다.

김규섭 사무처장님, 교양대학의 구명섭 행정실장님은 동의대학교 게스트하우스 입주를 비롯해 필자가 부산에서 정착할 수 있도록 다양하고 세심한 도움을 주었다. 아울러 동의지천대학 이광택 과장님, 그리고 정희철, 최정원 선생님의 호의와 배려에 감사를 표한다.

사랑으로 격려해주신 은사님들의 은혜를 잊을 수 없다. 초등학교 1학년 시절 아이들을 사랑으로 가르쳐주신 김형태 담임 선생님, 5학년 때 어린 필자를 의젓하고 예의바르다고 칭찬해주신 양명길 담임 선생님, 6학년 때 아름다운 동요와 운동으로 어린 시절 추억을 만들어주신 이정웅 담임 선생님의 은혜를 되새긴다. 중학교 1학년 때 다정다감하게 대해주신 조명신 담임 선생님과 고등학교 2학년 때 모든 학생들을 사랑과 관대함으로 가르쳐주신 조인희 담임 선생님께 감사를 드린다.

교수가 될 거라고 생각도 못했는데 필자가 좋아하던 선생님들이 감사하게도 영어 선생님이었다. 필자에게 영어를 가르쳐주신 선생님들은 서울대학교 사범대학 영어과를 졸업하시고 경기고등학교에 오신 분들이었다. 이찬 선생님을 잊을 수 없다. 선생님께서는 1학년 때 영어를 가르쳐주셨다. 지금은 팔순이 넘으신 이찬 선생님의 사랑과 은혜가 기억난다. 선생님께서는 오랫동안 서울고등학교와 경복고등학교에서 교편을 잡으시면서 많은 제자들을 훌륭하게 양성하셨다. 그 후 필자가 다니던

고등학교로 오신 선생님은 필자에게 영어에 대한 자신감을 불어넣으시고 영어를 재밌게 공부할 수 있도록 사랑과 격려를 아끼지 않으셨다. 호랑이처럼 엄하시면서 동시에 따뜻한 인품을 지니신 선생님께서는 실력 있는 학자이시면서 스승의 모범을 보여주신 은혜를 지금까지 기억한다. 또한 2학년 때 영어를 가르쳐주신 우근용 선생님께도 감사를 드린다. 스승으로서 모범적인 삶을 행동으로 보여주신 선생님은 학교와 가정고교(지금의 EBS 교육방송)를 통하여 우리나라의 많은 학생들에게 지대한 영향을 끼친 분이셨다. 또한 평범한 학생이었던 필자의 이름을 기억하시면서 관심과 사랑으로 지도해주신 훌륭한 스승이셨다.

영문학에 관심을 가질 수 있도록 지도해주신 고려대학교 정종화 교수님, 문희경 교수님의 은혜에 감사를 드린다. 포근한 사랑으로 학생들을 가르치신 서지문 교수님께 감사를 드린다. 추천서가 필요한 다급한 상황에서 서지문 교수님께서는 건강이 좋지 않음에도 불구하고 서울대학교병원에서 정성을 다해 추천서를 작성해주셨다. 포스트콜로니얼 문학에 대한 동기를 부여해주신 김우창 교수님, 학문의 주제를 선별하고 문제의 상호연관성과 포스트콜로니얼 이론을 지도해주신 조규형 교수님께 감사를 드린다. 고전영문학을 공부할 수 있도록 세심하게 배려해주신 연세대학교 영문과의 김성균 교수님께도 감사를 드린다.

일목요연하게 서양정치사상을 정리해주시고 깊이 있는 가르침을 주신 최상용 교수님은 정치사상을 객관적으로 볼 수 있는 통찰을 제공해주셨다. 한국과 동아시아 지역 최고의 학자로서 학문의 모범을 보여준 최장집 교수님께 감사를 드린다. 최장집 교수님은 뛰어난 연구를 통해서 필자를 자극하였고, 진지한 토론과 날카로운 문제제기 및 좌파나 우파로 치우치지 않는 균형감각을 통해 필자의 판단력과 균형감을 가다

듣는 데 커다란 도움을 주었다. 그는 정치적 상황과 여건에 굴하지 않는, 진정한 학자로서의 양심과 열정을 필자에게 보여주었고 정신적 깨우침을 주었다. 그로부터 배운 역사, 정치에 대한 이론과 객관적 시각은 필자에게 학문의 지침이 되기에 충분하였다. 최장집 교수는 필자에게 균형의식을 형성할 수 있도록 많은 도움을 주었고 책 집필에 동기를 부여하였다. 최장집 교수님의 가르침 덕분에 필자는 균형적 시각으로 한국 사회를 볼 수 있게 되었고 현실만을 지나치게 강조하지 않고 보편성이라는 토대를 벗어나지 않을 수 있었다.

최장집 교수님 연구실에서 한국 정치를 바라보는 시각과 읽어야 할 책, 학문의 방향을 제시한 연세대학교 박명림 교수님께 감사를 드린다. 그는 필자가 모르는 부분에 접근할 수 있게 해주었고 필자의 부족한 부분에 상당한 도움을 주었다.

구소련을 비롯한 사회주의에 대한 폭넓은 독서를 할 수 있도록 도움을 주신 조정남 교수님, 최고의 강의와 탁월한 저서로 필자에게 공부의 기쁨과 지적인 동기를 부여한 강성학 교수님의 열정에 감사를 드린다. 제3세계 연구에 학문적 조언을 제시했던 김병국 교수님, 늘 한결같이 칭찬과 격려를 아끼지 않고 학문의 길을 갈 수 있도록 동기를 부여한 김병곤 교수님의 관심에 감사를 드린다. 스승들의 사랑과 관심, 날카로운 지적과 조언이 없었다면 이 책은 오류에서 벗어나지 못했을 것이다. 학자로서의 전범을 제시한 그의 실력과 지성은 기억에 남는다.

2016년부터 지금까지 부족한 필자의 수업을 듣는 동의대학교 한의예과 학생들에게 감사를 표한다. 그 어느 곳에서도 볼 수 없는 예의범절, 어려운 내용도 쉽게 이해하고 공감하는 학생들의 배려를 기억할 것이다. 탁월한 집중력과 센스, 수업에 대한 애정과 열정을 잊을 수 없다. 거의 매주 시행되는 전공시험에도 불구하고 수업에 참여한 학생들의 노고에 감사를 드린다. 앞으로도 한의예과 학생들과의 만남을 기대한다.

2017년 가을 1차 인문학 트립, 박경리 『토지』의 배경인 하동을 방문할 수 있는 소중한 기회가 있었다. 이병주 문학관, 화개장터, 평사리 최참판댁 여행에 함께해주신 동의대학교 신문방송학과 문종대 교수님과 신문방송학과 학생들, 그리고 필자의 수업을 수강했던 행정학과, 사회복지학과, 경영학과, 유통물류학과 학생들에게 감사를 드린다. 2018년 2차 인문학 트립 프로그램으로 하동을 다시 방문할 수 있었다. 하동 여행에 필자와 함께 참여하여 아름다운 추억을 만들어준 한국어문학과 권도연, 장반반(중국유학생), 미디어광고학부 김다희, 윤주현, 이지수, 그리고 호텔관광외식경영학과 김나현, 김현정, 김효빈, 나몽둘(몽골유학생), 박경란, 서수아, 이정현, 장일명(중국유학생), 정서연 학생에게 감사를 드린다.

힘들고 지쳐있을 때 필자에게 관심과 배려를 베풀어주신 포스코 교육재단 이사장 겸 포항공대 이대공 부이사장님과 오나미혜 내외분께 감사를 드린다. 그는 중요한 시기에 격려와 함께 마음과 정성을 다해 추천서를 작성해주었다. 이대공 이사장은 오늘날 포스코의 CEO로서 포스코 탄생의 산파역할을 담당했다. 포항공대를 동아시아 최고의 대학 수준으로 이끈 주역이다. 그는 한국사회의 존경받는 리더로서 우리나라를 비롯해 아프리카에 이르기까지 지구촌 곳곳에 살아가는 어린 아이들의 생명을 살리기 위해 헌신하고 있다. 힘들고 소외된 사람들에게 평생 도움을 주며 삶에 임하는 그의 모습 속에서 많은 것을 느끼고 배웠다. 필자에게 베푼 은혜를 잊을 수 없다.

영어영문학 분야에서 한국 최고의 권위를 자랑하는 동인출판사 이성모 사장님께 심심한 감사를 드린다. 꼼꼼하게 책을 교정하면서 수고를 아끼지 않은 민계연 선생님과 동의대학교 한국어문학과 이승준 군에게 감사를 표한다.

불철주야 부족한 필자를 위해 말씀을 먹이시고 무릎 꿇고 기도해주신 이상학 목사님의 은혜를 잊을 수 없다. 심적으로 지치고 힘들었을 때 기도와 격려, 섬김과 겸손의 모범을 보여주시고 분에 넘치는 사랑을 베풀어주신 목사님의 사랑과 은혜에 감사를 드린다. 우리 가정을 위해 새벽마다 말씀과 기도로 축복해주시고, 늘 가까이 계시며 사랑과 인자함으로 보살펴주신 유승대 목사님의 사랑과 은덕에 감사를 드린다. 2대에 걸쳐 목회자로서 신실함과 부드러운 말씀으로 인도하시는 유승대 목사님의 삶에 경의를 표한다. 말씀과 기도의 본을 보여주시고 성도들을 뜨겁게 사랑하시며 한없는 사랑으로 축복해주신 최남수 목사님께 감사를 드린다. 특별히 가진 자, 가난한 자 구별하지 않고 필자를 비롯한 성도들을 품으시는 목사님의 따뜻한 사랑을 영원히 간직하고 싶다.

이 시대 최고의 복음전도자로서 우리 가정을 특별히 사랑하시고 관심과 배려, 말씀과 기도로 축복해주시며 분에 넘치는 사랑을 주신 이경성 목사님의 은혜를 잊을 수 없다. 순수함과 뜨거운 열정으로 한국교회 목회자의 모델이 되시는 이경성 목사님께서 베풀어주신 사랑과 은혜를 마음에 새기고 기억할 것이다. 순수함과 따뜻함, 사랑과 열정과 말씀으로 가르쳐주신 권성수 목사님께 감사를 드린다. 부산에서 예기치 않은 주님의 인도하심과 은혜로 만나 뵙게 된 강동석 목사님께 감사를 드린다. 수요일 예배시간에 환영해주시고 늘 기도해주신 은혜를 기억하고 감사를 드린다. 그리고 어린 시절 필자의 삶에 믿음을 더하시고 힘을 주

14

시고 기쁨을 주신 조홍련 목사님께 깊이 감사를 드린다. 그는 만나는 사람들을 사랑으로 대하시고 당신의 자녀들보다 성도들의 자녀들을 더 사랑하신 것을 기억한다. "은혜의 샘, 평화의 길"(롬 1:1-7) 말씀으로 하나님께서 잘 보아주시는 것이 은혜임을, 우리는 하나님 아버지 은혜로 살아가며 은혜 없이는 살 수 없는 존재임을 상기시켜주신 박영호 목사님께 감사를 드린다.

한국교회의 지도자로서 부드러운 카리스마와 사랑, 따뜻한 말씀과 기도로 한국과 지구촌 곳곳에 예수 그리스도의 사랑을 전하시고 평생 주의 일에 헌신하신 김삼환 목사님의 은혜를 마음에 깊이 새긴다. 주님의 귀한 종으로 한국과 교회, 성도들을 섬기신 목사님의 사랑과 열정을 잊을 수 없다. 20년이 넘도록 말씀으로 축복해주신 은혜를 영원히 기억할 것이다. 김삼환 목사님께 사랑과 존경을 이 책을 통해 전하고 싶다.

새벽마다 자식들을 위해 주님께 기도해주시고 사랑으로 보듬어주신 아버지, 어머니, 가족들에게 감사를 드린다. 미비한 것이 한두 가지가 아닐 것으로 생각한다. 앞으로 거듭 연구하여 더 알찬 것으로 만들어 갈 것이다. 한없이 부족한 글을 출판하게 되었다. 독자들의 이해를 구한다.

삶의 주인이신 하나님 아버지께 감사를 드린다. 모든 것이 하나님의 은혜였다. 오늘 여기까지 사랑과 은혜로 인도하신 주님께 영광과 감사를 드리며 필자의 삶의 모든 과정 속에 함께하시고 인자와 긍휼로 은총을 베풀어주신 하나님 아버지께 감사를 드린다.

2019년 겨울에
권성진 權聖珍

차례

I

서 론

1. 연구사 검토

전지적 작가시점으로 창작된 박경리의 『토지』는 1969년 9월 『현대
문학』을 시작으로 1994년 8월까지 『문화일보』에 연재된 소설로, 1897년
한가위부터 1945년 해방까지 한국근대사의 중요한 시기를 중심으로 전
개된다. 소설 『토지』는 하동 평사리에서 지리산·간도·진주·서울·부
산에 이르는 공간적 배경, 50여 년의 역사를 배경으로 거대한 서사구조
와 함께 700명이 넘는 등장인물들의 총체적 삶을 형상화한 한국문학을
대표할 수 있는 문학작품이며, 1970년대 가장 규모가 큰 문학적 업적[1]
이라 할 수 있다. 당대 민초들의 삶을 사실적이며 극적으로 그려내고 있
는 이 소설은 1~5부로 구성된다. 1부에서는 하동 평사리 최참판가의 몰
락과 친일 제국주의자 조준구의 재산 탈취를 다룬다. 2부는 조준구에게

---

1) 서정미, 「토지의 한과 삶」, 『창작과 비평』 56, 1980.

모든 재산을 빼앗긴 서희가 가문의 재건과 명예회복이라는 일념으로 간도에 정착하고 그곳에서 토지거래를 통해 막대한 부를 축적한 삶을 그려내고 있다. 3부는 서희가 귀향하여 조준구에게 빼앗긴 재산을 되찾고 남편 길상의 독립운동, 동학운동과 의병활동이 이야기의 중심을 이룬다. 4부는 서희의 아들 최환국과 최윤국, 봉순의 딸 양현에 대한 이야기를, 그리고 5부에서는 출옥한 길상의 이야기와 더불어 평사리 민초들의 삶, 민족해방에 대한 환희로 구성된다.

박경리는 1955년 소설가 김동리의 추천으로 단편 「계산」을 발표하였고 1956년부터 1959년까지 「암흑시대」, 「전도」, 「벽지」, 「영주와 고양이」, 「도표 없는 길」, 「어느 정오의 결정」, 「비는 내린다」 등 단편소설을 창작하였다. 1959년 『표류도』 이후에는 장편을 창작했으며, 1963년 14편의 단편을 모은 『불신시대』를 발표하면서 작가로서 이름이 알려졌다. 그리고 1964년 한국전쟁을 소재로 한 장편 『시장과 전쟁』을 발표하였다. 『토지』를 쓰게 된 동기에 대하여 박경리는 호열자와 황금빛 벼, 죽음과 삶 같은 저주받은 집단에 대한 이야기에서 비롯된 것이라고 말한다.[2] 『토지』에 관한 다양한 비평이 있었지만 1994년 『토지』가 완성된 이후 소설에 대한 본격적인 연구가 진행되었다.

박경리의 대표작인 『토지』는 1969년 9월에 시작하여 1994년 8월 집필 26년 만에 완성된 소설로 한국문학사에 큰 획을 그은 작품이다. 박경리는 인간의 내면세계를 천착한 중요한 작가로 평가되어 왔고 여성의 비극적인 삶과 현실을 소설 미학으로 끌어올린 소설가이기도 하다. 『토지』의 문학적 가치와 박경리의 작가적 의식을 한마디로 규정할 수는 없

---

2) 박경리, 『문학을 지망하는 젊은이들에게』, 서울: 현대문학사, 1995, 78-79.

다. 이 같은 까닭에 작가의식이나 작품에 대한 연구는 다양한 시각에서 이루어졌다고 할 수 있다.

1970년대 『토지』와 관련된 논의들은 역사소설, 농민소설, 총체소설의 시각에서 다루어졌고 1980년대는 한국의 시대적 상황과 관련하여 사실주의적 관점에서 접근하였다. 그 후 '한'(恨), 민족문제, 생명주의 등 다양한 관점에서 논의되었는데 『토지』는 수많은 등장인물들이 장구한 시대의 변화에 따라 넓고 다양한 장소를 배경으로 전개된다는 점에서 대하소설로 평가할 수 있다. 또한 『토지』는 일제강점기 시대 우리민족이 직면했던 사회상을 총체적으로 투영한 작품이다.

이재선은 『토지』를 역사소설은 아니지만, 역사적 상상력으로 공적 사건과 허구적 인물들의 삶과 역사가 상호유기적 관계를 구성하여 인간의 삶과 역사를 소설공간에서 재현하고 있다는 점에서 토지의 역사적 의미를 높이 평가하였다.[3] 홍성암은 『토지』를 역사소설의 한 갈래로 보고 가족사 연대기소설의 발전된 작품으로 이해한다.[4] 김치수는 『토지』를 역사적 사실이나 사건을 배경으로 한 역사소설로 작가의 상상력에 의해 만들어진 삶과 세계가 이 소설의 주제라고 밝힌다.[5] 송재영은 『토지』가 농민들의 삶을 통찰하여 인간 존재의 근원을 드러낸다는 점에서 농민소설로 보았다.[6]

---

3) 이재선, 「숨은 역사·인간 사슬·욕망의 서사시」, 『문학과 비평』 9, 1989.
4) 홍성암, 「역사소설 연구방법론 서설」, 『한국학논집』 9, 서울: 한양대학교출판부, 1986.
5) 김치수, 「역사와 역사소설은 어떻게 대응하는가」, 『대산문화』 6, 2002.
   『토지』를 역사소설로 본 글은 다음과 같다. 강만길, 「소설 『토지』와 한국근대사」, 『한과 삶-『토지』 비평집 1』, 솔, 1994; 이태동, 「『토지』와 「역사적 상상력」, 『부조리와 인간의식』, 문예출판, 1981; 최유찬, 「한국 역사소설의 흐름」, 『대산문화』 6, 2002.
6) 송재영, 「소설의 넓이와 길이」, 『문학과 지성』 15, 1974.

황현산은 이 소설이 전통적이고 토착적인 가치관을 통해 창조적 생명력을 지향한다고 설명한다.[7] 박경리 『토지』에 대한 연구는 '한(恨)[8]과 생명사상, 휴머니즘, 선과 악, 민족, 작가의식 등 다양한 관점에서 논의되었다. 이태동은 『토지』를 여성중심적 이야기로 분석하면서 평사리 최참판댁에서 발생하는 여성들의 삶의 좌절과 성공이라는 주제를 중심으로 제국주의적 가치관 아래 여성들이 겪는 갈등에 대한 소설로 접근한다.[9] 강찬모는 식민지 시대 간도에서 이산의 아픔과 경험을 겪으면서 평사리 사람들의 공동체 가치를 지킬 수 있었던 인간관계를 중심으로 『토지』를 외부의 폭력으로 인한 이산이라는 시각에서 논의하고,[10] 백지연은 가부장제 이데올로기로 억압받고 고통받는 여성의 삶의 질곡과 여성 정체성이라는 시각에서 접근하였다.[11] 서현주는 주체와 타자의 관계 속에서 주체의 주체성 확립이나 타자의 형상에 따른 주체의 관계 맺음을 통해 윤리적 주체의 확립에 주목하여 깊이 있게 논의한다.[12]

이 책에서는 탈식민주의(Postcolonialism) 시각에서 여성의 정체성

---

7) 황현산, 「생명주의 소설의 미학」, 『한국 대하소설 연구』, 서울: 집문당, 1997.

8) '한(恨)에 대한 연구로는 류보선, 「비극성에서 한으로, 운명에서 역사로」, 『작가세계』 22, 1994; 임진영, 「개인의 한과 민족의 한」, 『다시 읽는 역사문학』, 평민사, 1995; 천이두, 「한(恨)의 여러 궤적들: 박경리의 『토지』」, 『현대문학』 478, 1994; 이재선, 「숨은 역사·인간 사슬·욕망의 서사시」, 『한과 삶─『토지』 비평집 1』, 솔, 1994; 황현산, 「생명주의 소설의 미학」, 『한·생명·대자대비─『토지』 비평집 2』, 솔, 1995 등의 논의가 있다.

9) 이태동, 「여성작가 소설에 나타난 여성성 탐구─박경리, 박완서 그리고 오정희의 경우」, 『한국문학연구』 19, 동국대학교 한국문학연구소, 1997.

10) 강찬모, 「박경리의 소설 『토지』에 나타난 간도의 이주와 디아스포라의 귀소성 연구」, 『어문연구』 59, 어문연구학회, 2009.

11) 백지연, 「근대체험의 이중성과 여성주체의 신화─박경리 장편소설 『토지』」, 『미로 속을 질주하는 문학』, 창작과비평사, 2001.

12) 서현주, 『박경리 토지와 윤리적 주체』, 서울: 역락, 2014.

구축이라는 관점에서 박경리의 『토지』를 탐색하고자 한다. 필자의 관점은 여성이 사회 모든 영역에서 의사결정권을 갖는 성주류화적 시각과는 완전히 구별된다. 필자는 초월적 질서가 인간의 양심을 지배한다는 시각에서 협소한 획일적 평등주의나 여성주의, 젠더 수행성, 여성학 이론을 주장하는 예일대의 주디스 버틀러(Judith Butler)의 사상과는 근본적으로 궤를 달리한다. 그의 사상은 여성의 자유를 주장하지만 모든 제한으로부터의 자유, 성별의 해체를 내세운다는 점에서 필자의 관점과는 상반된다는 점을 밝혀둔다. 문화적 전통과 권위를 부정하고 남녀 간의 성별을 없애며 생명윤리를 저해하는 여성운동으로의 '성정치'는 다양성의 이름으로 정당화할 수 없다는 전제하에 이 글을 쓴 것이다. 같은 맥락에서 이 책은 민족문학을 지양하거나 삭제하고, 소수의 인권이라는 이름으로 동성애에 대한 옹호나 문화의 다양성만 옹호하는 빌헬름 라이히(Wilhelm Reich)가 제기한 '성정치'에 대해 심각한 우려를 표명한다.

2018년 제3차 국가인권정책 기본계획안(NAP)이 7일 국무회의에서 통과됐다. 정부는 3차 기본계획에서 '인권존중, 평등과 차별금지, 민주적 참여'라는 원칙을 제시하였는데, '인권존중과 평등과 차별금지'와 관련한 정책을 세부적으로 살펴보면 심각한 문제가 있음을 발견할 수 있다. 그것은 인권을 내세우는 정부가 대다수 국민의 인권은 억압, 침해하고 성소수자들의 인권을 보호하는 데 국가의 힘을 동원하고 있는데, NAP의 핵심은 헌법에 기초한 양성평등을 무력화하고 성평등, 즉 동성애를 옹호하며 동성애자들을 정부가 나서 보호하고 지켜주겠다는 것이다. 이는 한국의 전통과 문화 및 건강한 성윤리와 도덕적 가치를 정부가 송두리째 뽑아버리겠다는 의지와 다름없는 것이며, 성평등의 이름으로 동성애와 동성혼까지 합법화하려는 의도를 노골화한 것이라고 할 수 있다. 말하자면 양성평등이 아닌 성평등이라는 이름하에 저질러지는 문란한 성행위까지 인권이라는 이름으로 옹호하는 것에 대해 필자는 반대하는 기본적 입장을 고수한다.

그리고 여성의 자유를 내세우지만 사회혼란이나 가족해체를 주장하는 '성정치'나 '성정치투쟁' 그리고 '사회적 성평등'과는 대립적인 입장에서 쓴 것으로 주디스 버틀러의 사상에 대해 비판적 시각을 견지한다. 동시에 현실에서 남성제국주의로 억압받는 여성 존재와 여성의 정체성이라는 주제에 대해 다루고자 한다. 남성과 동등한 인격체로서의 보편성과 기회의 균등성, 소득 격차와 무관하게 공공성이 보장되는 사회를 지향하는 것이다. 이는 계급구조의 타파, 하부구조와 프롤레타리아 혁명을 기치로 삼는 사회주의적 시각과도 다르다. 또한 기독교 전통과 함께 사회복지를 강조함으로써 자유민주주의와 시장경제를 채택한 독일, 오스트리아, 덴마크, 노르웨이, 스웨덴의 사회주의적 공동체나 서유럽형 경제체제와 맑스 레닌의 공산사회주의는 다르다는 시각을 견지한다.

이 글의 목적은 우리가 권위적이고 강압적인 제국주의, 말하자면 인간의 생명을 경시했던 식민제국주의가 갖는 지배질서와 이데올로기를 혁파하고 여성과 여성의 생명, 여성 존재의 가치를 식민화한 남성중심의 정치권력과 권위주의 체제에 대한 비판에 있다. 다시 말해 생명과 여성 존재의 가치를 파괴하는 식민주의나 남성제국주주의 체제를 비판하고 그러한 현실에서는 실현될 수 없었던 사회 저변에 광범위하게 위치한 힘없는 여성들의 삶과 생명, 여성의 존재적 가치가 존중되기를 바라는 데 있다. 필자가 주장하는 진정한 생명을 경시했던 식민주의에 대한 대안으로의 탈식민주의는 비관주의적 세계관과 생명파괴적인 부정적 가치를 타파하고 세상과 자연, 생명존중을 의미한다.

이는 자본주의적 착취를 특징으로 하는 남성중심적 권력과 획일적 권력으로부터 벗어나 자주적인 여성의 삶을 대안으로 상정하는 것으로 삶과 생명, 인간의 가치를 사회 속에서 구현해 나가는 정치철학이라고 할 수 있다. 그것이야말로 탈식민주의 담론과 운동이 지향하는 것이며 봉건체제의 권위적인 폭압과 압제에 희생된 여성들의 주체적인 위치를 갖게 하는 것이다. 오늘날 여성들이 직면한 현실의 문제는 남성우월적 권위주의 체제가 구축해놓은 봉건질서와 여성을 억압하는 부정적 이데올로기로 인해 발생했다. 하지만 강력한 남성제국주의를 상대로 하는 여성들의 탈식민화 전략은 앞서 말했던, 성별의 해체나 모든 것으로부터의 자유, 성정치투쟁과 같은 급진적이고 전투적인 방법을 동원하는 것과는 구별되어야 한다. 그것은 주디스 버틀러가 주장하는 여성주의 이념의 구현이 아니라 여성의 권리, 여성의 자유와 같은 보편적 가치의 실현을 의미한다.

다시 말해 제국주의적인 마인드를 지양하고 인류보편주의적인 시각에서 서양제국의 각축 속에서 주권을 침탈당한 식민지 여성들의 아픔을 이해하고, 남성제국주의에 억압당한 여성 존재와 여성들의 삶의 조건에 대한 이해와 배려를 강조하는 것이다. 같은 맥락에서 이 글은 신분적인 위계질서를 특징으로 하는 봉건적 위계구조나 질서에서 벗어나 인간으로서 존중받아야 하는 여성 존재의 가치와 존엄성이라는 보편적인 윤리라는 시각에서 여성의 삶과 여성 존재의 삶에 대한 당위성을 구축하기 위한 것이다.

이를 위해 첫 장에서는 『토지』의 작가인 박경리와 이 소설에 대한 연구사에 대해 간략히 살펴보고자 한다. 탈식민 페미니즘과 여성의 정체성이라는 주제를 중심으로 여성 존재의 지평을 확장시킨다는 점에서

『토지』를 논의할 것이다. 그렇다고 해서 이 책이 탈식민주의에 대한 어떤 체계적인 구성을 갖추어 쓴 글이라고 말할 수는 없지만, 과거 봉건적 유교질서하에서 종속적인 삶을 살아야 했던 여성들의 삶을 고찰하고 새로운 시대 현대 여성들이 직면한 여성의 문제를 바라보고자 한다. 여성의 가치와 정체성이 실현되어야 할 주제로 부각되고 있다는 점에서 이 책은 권위적이고 폭력적인 우월적 가치에 대한 비판이지 전통적 가족제도의 해체를 주장하지 않는다. 중요한 것은 존중받아야 할 인격체로서 여성의 가치에 대한 이해이며 획일적 평등주의나 계급에 기초한 시각을 벗어나 인간의 양심에 토대를 둔 가치에 대해 옹호라고 할 수 있다.

힘의 논리로 압도적 힘의 우위를 드러내는 제국주의처럼 폭력적 힘의 우위를 통해 여성을 통치하고 지배함으로써 여성 존립에 위협을 가하려는 지배가치의 악순환과 극심하게 불평등한 남녀관계에 대한 비판을 담는 것이라 하겠다. 또한 이 책이 탈식민주의의 과제와 대안에 대한 해답을 주는 것은 아니다. 필자가 주장하고 싶은 것은 현대를 살아가는 우리가 탈식민화라는 역사적 책무를 인식하고 주체적인 역사를 구성함으로써 식민지배와 그 현상을 드러내어 역사를 주체적으로 만들어가야 한다는 것이다.

주목해야 할 것은 오늘날 생존권이 크게 위협받고 있는 여성의 삶이다. 제2차 세계대전 시기 히틀러의 광적인 전체주의 권력 아래 자행된 600만 명에 이르는 유대인 대학살 사건은 자민족 우월주의라는 명분으로 수많은 여성들의 생명을 앗아갔다. 이는 식민주의적 가치, 그러니까 식민체제가 그 지배체제를 유지하기 위해 열등한 타자를 필요로 하듯, 여성의 생명과 삶을 수단으로 삼는 전체주의의 광적인 독재자의 정치적 야욕은 수많은 여성들의 생명을 앗아갔고 그 결과 여성들의 생명과 존엄성은 상실되었다. 이처럼 타민족이나 여성을 일방적으로 바라보는 제국주의 시각에서 식민지나 여성은 조작된 관념이나 인식론적 폭력에 희생, 조작될 수밖에 없다. 이는 탈식민주의가 주장하는 식민주의의 부정적 잔재를 제거하는 것과 역행한다. 수많은 인명살상과 이로부터 비롯된 여성 고유의 가치와 생명의 훼손은 탈식민주의 가치와 역행하며 여성들이 남성제국주의적 권위와 질서의 부품으로 전락하는 현실에서 여성의 탈식민화는 요원한 것이다.

이와 같은 맥락에서 볼 때 탈식민주의는 인간의 존엄성과 생명에 대한 문제를 천착하고 함께 고민하고 검토하는 것이다. 이는 역사 연구의 중요한 목적일 뿐만 아니라 학계의 중심 논쟁주제이기 때문에 탈식민주의 연구와 해석은 복잡하고 다양하게 얽힌 탈식민화에 대한 문제의식을 갖기 위한 것이라고 할 수 있다. 이 글에서 주장하는 논지가 학술연구의 기준에는 부합하지 않을 수도 있다. 필자가 초점을 맞추고자 하는 바는 학문적 가치와 문제를 논리적으로 분석하는 학술적 성격의 논의라기보다는 식민주의와 여성의 문제를 생각해보고 그에 근접하여 그 문제를 추적하는 것이다.

문학이론의 발전과 더불어 전통과 권위를 해체하는 포스트모더니즘(postmodernism)이 지배하는 시대에 문화적 화두가 되고 있는 탈식민주의는 권위주의 체제라 할 수 있는 제국주의 비판과 식민성이 갖는 문제를 깊이 천착하는 중요한 담론으로 부상하였다. 서구의 지배담론이었던 식민주의는 공식적으로 종식되었지만 식민경험이 있는 제3세계 국가들은 정치적 독립을 이룬 이후에도 문화적, 경제적 영역에서 서구의 식민적 구도를 지속하고 있고 식민주의적 사고에 근거한 식민지배담론와 식민주의의 잔재는 해체되지 않았다는 점은 주목해야 한다. 탈식민이라는 주제를 논의하는 것은 수많은 자료를 파헤쳐나가야 하는 도정이기 때문에 쉽지 않은 작업이다.

탈식민주의를 탐구한다고 할 때 현실로부터 유리되어 그것을 연구한다는 것은 큰 의미가 없다. 탈식민주의에 대한 기본 출발점은 식민지배의 성격과 그 압제, 피식민인의 피폐된 삶과 문화라는 인식이었다. 필자와 같은 세대들은 식민지배와 그 격변의 상황을 직접 경험하지 못했기 때문에 그 과정과 결과에 대한 동태적 분석은 어려운 작업임을 알게되었다. 이 책을 통해 탈식민에 대한 해답을 조금 기대할 수 있을지 모르겠다. 그렇다고 해서 전통과 권위를 해체하는 탈식민주의가 삶에 해답을 주는 것은 아니다. 이 책에서 탈식민주의 이론을 언급한 것은 탈식민주의에 대한 일정한 틀을 정리하기 위한 것으로 작품을 접목하기 전에 이론적 틀을 선정하기 위한 것이다. 그럼에도 탈식민화는 너무나 동태적이어서 그 전체를 올바르게 파악하기란 결코 쉬운 일이 아닐 것이다. 여기서 논의하는 문제는 탈식민주의에 대한 연구서로는 부족하다. 다만 그러한 문제의식의 일단을 드러내려 시도하고 규명하는 데 의의를 두고자 한다. 부족한 대로 이론과 작품을 접목시켜 탈식민주의를 포괄적으로 고찰하고자 한다.

이 주제와 관련된 높은 수준의 논문들이 발표되고 있음에도 불구하고 이 책에는 기존의 연구를 비롯한 최근에 출간된 것들을 반영하였다. 하지만 탈식민주의가 다루는 주제들에 대한 비판적이고 대안적인 논의가 부족하다. 탈식민주의의 과제를 명확하게 부각시키기 위한 조건을 갖추지 못해 개선해야 할 사안과 함께 늘 불만스러운 부분이 남는다. 탈식민주의는 역사적으로 지속된 남녀 간의 차별과 불평등뿐만 아니라 지난날의 제국주의적 가치와 사고방식이 몰고 온 사회적·성적 양극화, 여성 정체성 구축과 같은 실제적 문제에 적극적으로 대응할 수 있는 담론이다. 여성의 삶과 존재, 존립과 같은 중요한 가치가 획일적인 남성제국주의적 가치에 의해 왜곡되거나 압도되어 자율적 존재로서의 기회를 갖지 못했다. 여성의 가치는 역사적 사실에서 알 수 있듯이 존중받아야 할 존재로서, 여성의 자율성과 가치를 확인하는 것은 의미심장한 일이며 탈식민화의 토대로 작동할 것이다.

해방 이후 한국사회는 분단의 아픔과 한국전쟁의 상흔, 이데올로기 대립과 같은 과정을 겪으면서 삶의 기쁨보다는 갈등과 투쟁을 생산하는 공간을 구성하였다. 시민적 자유를 보장한 민주화 이후 개인주의의 강화와 1990년대 한국사회를 뒤흔든 신자유주의적 세계화는 한국사회를 생존경쟁의 장으로 바꾸어 놓았다. 그 결과 물질이 생명보다 더 소중한 가치로 자리매김하게 되었고 따뜻한 정(情)이나 배려는 찾아볼 수 없게 되었다. 이는 '맘모니즘'(mammonism)이라는 새로운 제국주의를 배태하였다. '맘모니즘'은 인간을 상품화하고 물질을 핵심적 가치로 규정함으로써 천하보다 소중한 생명을 경시하는 새로운 문제를 남겼다. 다시 말해 인간은 물질이라는 제국주의에 예속됨으로써 소비되는 상품으로 전락하게 되었다. 탈식민주의는 삶의 공간에서 다양하게 표출되는 물질적 가치를 거부하거나 저항함으로써 생명존중이라는 절대가치를 확립시킬 수 있다. 그런 점에서 탈식민주의가 추구해야 할 생명존중은 폭력적, 권위주의적 제국주의와 물질주의를 거부하고 인간에 대한 이해와 이를 통해 표상되는 진정한 '자유와 해방담론'이라고 할 수 있다.

2. 문제와 관점

포스트모더니즘 시대, 우리는 다문화 사회에 살고 있음을 부정할 수 없다. 미국인 7명 중에 1명이 이민자라는 사실에서 알 수 있듯이 현대는 이산(離散)의 시대다. 런던의 경우 하루에 325개의 언어가 사용된다고 한다. 영국인을 포함하여 325개의 민족이 런던에 살고 있다는 것이다. 내란을 피해 한국에 이주한 나이지리아인들이 공동체를 이룬 서울 이태원을 비롯해 안산, 동남권 부산, 호남권 목포에 위치한 공장들은 대표와 임원들을 제외하고 많은 경우 외국인 노동자들로 구성되어 있다.

5천 년의 역사를 이어온 한국은 순수한 혈통의 단일민족이란 개념이 사라지고 있다. 오늘날 국제사회는 국가와 국가 간 이동, 국가 내의 소수민족과 같은 이질적인 문화와 다양성, 사회집단 사이의 차이와 간극이 공존하기 때문에 '디아스포라' 시대라 해도 과언이 아니다. 폐쇄적이고 순수한 단일문화를 유지했던 전통적인 사회는 새롭게 변화하였다. 과거 제국주의 시대가 강압적, 권위주의적인 지배구조와 질서가 특징이라면 국경의 의미가 상당히 축소된 우리가 살고 있는 현대사회에서는 자본, 기술, 문화가 국가라는 경계를 넘는 국제화가 진행되었다. 그에 따라 다양한 인종, 민족, 문화가 교차하거나 혼종되었다. 이는 전 지구적 차원에서 민족, 지역, 문화적 다양성이 표출되고 이와 함께 다양한 형태의 사상과 이데올로기가 등장함을 의미한다. 말하자면 국가 간의 문화적, 정신적 식민지 상태를 강조하는 탈식민주의가 어떤 의미에서는 교묘한 이데올로기로 은폐되어 작동하고 있는 현실과 갈등, 문화적 주체성 수립이라는 시각에서 다문화주의와 결부되어 있다.

다문화주의가 한 국가에 속한 외국인으로 구성된 특정집단이나 특정 소수민족에 대한 제국주의적 양태에 대한 비판과 대안모색이라면, 탈식민주의는 제국주의가 종식된 이후를 의미하면서 동시에 식민주의 잔재를 탈각하고 극복하기 위한 대안적 담론이다. 즉 탈식민주의는 현대를 새로운 형태의 제국주의적 억압, 신자유주의 체제하의 경제적 지배와 종속을 비롯해 문화적, 사회적, 정신적 식민 상태로부터의 해방을 모색한다. 이를 위해 탈식민주의가 다루어야 할 내용과 범주에 대해 생각해야 할 것이다. 탈식민주의의 범주는 첫째, 식민 상태에서 독립한 아시아, 아프리카, 카리브해 국가들처럼 인종적·문화적 문제에 천착하는 유형, 둘째, 과거 영국의 식민지였던 호주와 뉴질랜드, 캐나다와 같이 영어를 사용하지만 서구 국가에서 벗어난 주변국가들, 셋째, 국가와 국가, 민족이나 인종 관계에 천착하는 비교문학적 관점이 있으며 문화제국주의나 탈식민 페미니즘, 문화적 정체성, 다문화주의로 그 영향력을 확산시키고 있다.

탈식민주의는 서구의 지배에서 벗어나려는 의식이나 노력이며 권위주의적 제국주의나 국가체제에 대한 논의라고 할 수 있을 것이다. 이와 같은 흐름에 비추어 볼 때 획일적인 서구중심의 보편적, 제국주의적 지배가치와 사고방식은 지난 시대의 유물로 간주된다.

압도적인 군사적 우위를 점유한 일본 제국주의는 우리나라의 통치권을 박탈하고 한국을 강제합병 시켰다.[13] 우리민족에게 강제합병이라

---

13) 윤해동은 일본의 조선 지배를 세 시기로 구분한다. 일제의 조선 지배는 1910년 한국 병합부터 1919년 3·1운동까지를 제1기, 1919년 이후 1937년 중일전쟁의 발발까지의 전간기를 제2기, 1937년 이후 1945년까지의 총동원 체제기를 제3기로 나눌 수 있다. 일본의 조선 지배에는 전간기를 전후한 세계사의 특성이 고스란히 반영되어 있다. 제1기는 '엉거주춤한 동화정책'이라고 명명할 수 있을 것이다. 이 시기에는 동화정책의 토대를 구축하는 작업이 폭력적으로 추진되었다. 즉 조선인들의 문명화 수준이 낮은 단계라고 보았기 때문에 조선을 문명화하기 위한 제도를 정비하고 기반을 닦는 데에 지배의 목표를 두었다. 제1기의 식민주의는 제1차 세계대전 이전의 폭

력적인 식민지배의 특성, 즉 자유주의 이전의 무단적이고 군사적인 식민지배가 노골적으로 시도된 시기로 적극적인 문명화, 곧 근대화를 위해 동일화를 유예하는 형태였으며 '동양평화'라는 슬로건이 식민주의의 대외적인 목표가 되었다.

자유주의적 식민주의 이데올로기는 짧게는 1919년부터 1931년까지, 길게는 1937년 전후까지 이어졌다. 조선에서의 3·1운동은 진정한 의미에서의 제1차 세계대전의 '전후' 곧 전간기의 경계가 되는 상징이었다. 3·1운동과 그를 계기로 활성화된 '문화운동'은 민족적 정체성에 기반을 둔 근대적 집단 주체를 문화적 차원의 운동을 통해 형성하려 했다는 점에서, 일본의 다이쇼 데모크라시의 영향을 받은 것은 물론이려니와 세계사적 보편성을 띤 것이기도 했다. 일본에서 대두된 다이쇼 데모크라시의 자유주의적 분위기, 말하자면 정당정치가 정착되고 보통선거가 실시되는 1920년대의 흐름이 중반 이후부터 급작스럽게 냉각되기 시작한 것은 식민지의 흐름을 제외하고는 이해하기 어렵다. 1925년 국체와 사유재산 제도의 신성함을 강조하는 치안유지법이 제정되고 이를 바탕으로 억압적인 단속체제인 '치안체제'가 구축된다. 이는 식민지 상황의 악화 곧 식민지 민족주의 흐름이 고양된 것임을 반영한다. 이 시기에 식민주의의 동일화 수준은 크게 강화되었다. 1930년대 초반부터 '내선융합'을 주장하거나 '일선동조'를 강조하는 흐름은 병합 이전부터 일본인들 사이에서 대중화되어 있었던 일선동조론은 조금씩 그 형태와 내용을 달리하면서도 3·1운동을 전후하여 조선인들에게까지 확산되었다. 한일 양 민족이 역사의 이른 시기부터 혈통과 영역을 공유하고 있었다는 사실을 강조하는 이 이론은, 동화정책을 추진하는 위정자들에게는 '양날의 칼'이었다. 즉 동일성을 지나치게 강조하였기 때문에 식민정책의 수행에 차질을 초래할 가능성이 있었다는 것이다.

1937년 이후 제3기의 동화 정책은 '동화적 총동원 정책'이라고 할 수 있는데 여기에는 '조속한 총동원 정책'이라는 측면이 있다. 중일전쟁이 확산되면서 식민지에도 총력전을 수행하기 위한 총동원 정책이 전면적으로 실시되었다. 하지만 식민지에는 제국과 동일한 차원에서 총력전 체제를 시행할 수 없었다. 그것은 물질적, 이데올로기적 조건이 결여되어 있었기 때문이다. 경제적, 물질적 축적의 부족, 그리고 인적 동원을 강행할 만한 정치적 조건도 갖추지 못했기 때문에 근대화의 수준, 동일화의 조건도 식민지에서 총동원을 감행하기에는 충분치 못했다. 이런 상황에서 식민지에서 총동원 정책 실시는 제국과 식민지 양쪽에 모두 비극이었다. 급진적으로 추진된 이 정책은 실패할 수밖에 없었다. 이 시기에 '조선'이라는 민족적 특성은 부정되었고, '반도'라는 지역만이 인정되었다. 식민지와의 혈통적 결합이 장려되었다. 식민지에 시행된 총동원 정책은 조숙하게 시행되었다는 점에서 '우연의 산물'이었다. 이것은 식민지가 처한 정치·사회적 조건이나 지배자와 피지배자들 모두의 기대나 희망보다 훨씬 급속히 쌍방의 변화를 요구할 수밖에 없었다는 것을 의미한다. 즉 조선인들에 황국신민화 정책의 강요, 문명화, 즉 근대화라는 자의적인 잣대가 식민지 조선에서 더 이상 무의미하다는 것을 뜻한다. 일본인들은 자신들과 조선인들 사이에 차는 굴욕적인 사건이 발생한 지 100년이 지났다. 일제의 식민지배는 억압으로 유지되는 권위주의적 강압체제였기 때문에 식민체제의 억압에 대한 한국인들의 저항은 상승적이었다. 그러나 식민주의 종식이 한국사회의 식민체제의 해체를 의미하는 것은 아니었으며 식민제국주의[14] 구조가 한 순간에 종언된 것도 아니었다.

별이나 위계가 존재한다는 사실을 표면적으로는 더 이상 드러낼 수 없었고, 비동일성을 담보하고 있는 모든 제도와 메커니즘을 철폐할 수밖에 없었다.

일본의 식민화 전개 과정에 비추어 볼 때, 일본이 '동양'으로 나아가고 '동양'을 침략하고 '대동아공영권'을 내세움으로써 동양을 상상으로부터 끌어내려 지상에 정착시키고자 했던 노력은 필연적이었다고 할 수 있다. 동양 혹은 아시아라는 지정학은 일본 제국주의의 취약한 식민주의 이데올로기를 보완하는 유일하고도 결정적인 대체물이었다는 점, 즉 일본 제국주의는 서양의 사명 이데올로기를 대체할 수 있는 대안이 없었다는 것이다. 즉 변형된 근대화와 이를 보완하는 동일화 이데올로기만으로는 침략이나 식민화를 논리적으로 정당화할 수 없었다. 따라서 동일한 문명과 기원을 공유한다는 주장은 지역을 침략의 대상으로 삼을 수밖에 없었고 그런 점에서 일본 제국주의의 식민주의 이데올로기는 심각한 결함을 지니고 있었다. 윤해동, 『탈식민주의 상상의 역사학으로』, 서울: 푸른역사, 2014, 40-49.

14) 제국주의와 식민주의는 개념상 차이가 있다. 제국주의는 산업혁명 이후 18세기에 유럽 제 국가들이 경제적, 군사적으로 지배하는 이데올로기적 개념으로 식민지를 군사적, 법적으로 통치하며 식민본국의 이념과 가치를 확장한 방식이라고 정의할 수 있다. 이에 비해 식민주의는 제국주의가 가치를 내세운 제국주의 이데올로기에 의해 생겨난 용어로 식민본국이 식민지를 침탈하여 식민지에 정착하는 개념이다. 의미를 확장하면 식민주의는 식민본국의 식민지배 이데올로기와 지배담론을 주입하여 식민지인의 정신을 식민화시킨다. 이 책에서는 식민본국이 식민지를 침탈하거나 약탈하여 식민지인의 생명과 삶의 조건을 피폐케 한다는 의미에서 제국주의와 식민주의를 동일한 의미로 사용한다. 식민주의는 지배의 논리라고 할 수 있는 식민체제와도 좀 다르다. 미국의 패권주의를 예로 들어보자. 미국은 세계 최강의 군사력을 지닌 국가로서 미국 이외의 영토에 전략적 군사기지를 유지하고 있다. 이것을 단순히 식민주의라고 말할 수는 없지만 친미국가에 대하여 핵우산을 제공하고 반미국가에 대해 군사행동이나 압력을 행사한다는 점에서 미국은 강대국의 패권을 추구한다고 말을 할 수는 있겠지만 미국의 패권주의가 곧 식민주의를 의미하는 것은 아니다. 미국은 영토 확장 자체를 국가적 목표로 추구하지 않았다는 점에서 역사적으로 끊임없이 영토 확장을 추구했던 식민제국주의와는 다르다.

자유와 해방이라는 혁명적 변화와 더불어 식민지배가 종식되었음에
도 불구하고 억압적인 식민체제는 식민지 백성들에게 지울 수 없는 상흔
과 치유하기 힘든 아픈 기억과 함께 부정적인 잔재를 남겼던 것이다. 강
력한 폭력성을 담은 일본의 식민통치는 1945년 8월 15일 공식적으로 종
식되었고 한국은 '해방'과 더불어 자주독립국가 형성에 대한 소망이 실현
될 역사적 순간을 맞이하였다. 식민지배는 한민족 내부의 강렬한 투쟁의
계기를 마련했다. 우리민족에게 '해방'은 매우 짧은 시간 내에 급속도로
전개되는 전환기였으며 한국사회에서 갈등의 단초를 제공하고 정치적 억
압, 경제적 수탈, 민족적 분열을 일으킨 일본 제국주의 통치에서 벗어나
새로운 질서를 구성할 수 있는 역사적 순간이었다. 그것은 범죄적 제국주
의에 대한 강력한 저항과 한국에 자유와 평화를 위한 이상을 민족해방이
라는 반석 위에 올려놓게 되는 새로운 역사적 시대로 특징지을 수 있다.
　　바꾸어 말하면 해방은 일제에 의해 너무나 인위적으로 강제된 주권
침탈의 종식이자 귀결이었으며 식민체제의 계급적 지배구조와 질서에
대한 근본적 변혁이었다. 또한 자유에 대한 열망을 분출하는 감격의 순
간이자 신속하고 가시적인 변화의 시기였으며 제국주의 또는 식민주의
체제에 대항하는 반제, 반봉건이라는 대립구도가 근본적으로 구성되는
새로운 시기였다. 일제의 식민통치 기구가 해체된 '해방공간'은 한국사회
의 정치적 안정화를 가져올 것으로 기대했다. 또한 해방은 민족국가 수
립에 대한 열망과 더불어 새로운 권력이나 정치지도자가 선출되지 않은
힘의 공백을 의미하기도 한다.
　　식민지 사회의 정치적 갈등의 대립축이었던 식민체제가 급격하게
붕괴되는 역사적 상황에서 한국은 정치적 혼란을 극복함으로써 체제안
정과 새로운 국가형성을 위한 정치적 리더십의 필요성이 절실히 요구되

었다. 제국주의 세력 대 반제식민저항의 중심축이었던 한국 민족주의 운동이라는 두 축을 중심으로 형성된 해방공간은 이념적 차이 때문에 복잡한 형태를 띠게 되었다. 말하자면 동일하지 않은 지평 위에서 형성된 대립축은 한국사회의 이데올로기적 갈등을 더욱 증폭시켰다. 좌파 민족주의 반제식민저항과 보수적 민족주의라는 갈등축이 첨예하게 대립하게 된 것이다. 예컨대 보수적 민족주의를 내세운 이승만·김성수·송진우, 중도좌파라 할 수 있는 여운형의 조선건국준비위원회, 한국 최초 공산당인 조선공산당 간의 대립과 갈등으로 인한 이데올로기 투쟁은 극단으로 치닫게 되었다. 이데올로기적인 분열, 좌우 이데올로기의 치열한 대립으로 인해 한국사회에서의 강력한 국가형성은 한국의 미래를 좌우하는 존망의 문제로 나타났던 것이다. 가령 보수적 민족주의 진영에서는 군과 검찰, 경찰 등 정권을 유지하기 위한 통치기구를 구축하였다. 혼란한 해방정국에서 통치기구는 막강한 힘을 발휘하였는데 눈에 띄는 것은 그 구성원들이 식민지 통치기구에 협력했던 관료출신이라는 점이다. 식민체제 유지를 위해 중요한 기능을 담당했던 강권적 통치기구는 식민주의의 대표적 잔재라 할 수 있다.

역설적으로 권위적이고 억압적인 군과 경찰력은 사실 그 자체의 폭력성으로 인해 매우 취약한 기구라 할 수 있다. 하지만 무질서한 해방공간에서 질서를 유지하기 위해 한국정부는 강권적 국가기관의 역할을 그대로 유지했다. 해방의 순간 식민체제의 성격을 한순간에 변화시키는 것은 불가능했겠지만, 이는 이후에도 식민지 통치기구 등 식민잔재를 그대로 사용했으며 해방공간에서 억압과 감시를 지속적으로 수행했음을 의미한다. 식민주의가 자행한 지배와 종속의 결과는 단순히 물리적 억압에만 국한되지 않는데, 이는 탈식민화를 위해 중대한 문제가 아닐 수 없다. 한국은 독립과 더불어 갑자기 분할을 경험하였고 식민지배라는 구질서의 영향과 사회적 토대는 해체되지 않았다. 다시 말해 식민지배 체제의 붕괴가 자주독립국가의 형성이나 탈식민화를 의미하는 것은 아니다. 왜냐하면 식민지배의 잔재와 식민적 사고의 영향력은 현재까지 지속되기 때문이다. 탈식민화는 여전히 미완의 과제이면서 동시에 오늘날 우리들의 삶에 커다란 영향을 끼치고 있다.

식민경험이 있는 한국사회에서 탈식민주의는 식민제국주의의 침략 전쟁과 영토침탈에 대한 저항을 의미하며, 식민통치에 순응하지 않고 저항하는 문화적 반식민담론이다. 그것은 주권을 갖춘 민족국가의 수립과 더불어 뒤틀린 역사적 모순을 바로잡아 정의를 구현하는 것을 의미한다. 그러니까 식민제국주의로부터 정치적 종속상태로부터 해방되었으나 문화·경제적 종속 상태가 지속되는 범주까지 포함한다. 이처럼 탈식민화와 탈식민사회 삶의 조건 사이의 관련성은 역사적이라고 할 수 있다. 그것은 식민지배의 역사적 과정에서 실제로 경험한 피폐한 삶, 식민지배체제에 저항하는 탈식민 운동의 나아가야 할 바를 제기하고 식민지배체제 문제의 규명과 같은 주제를 다룬다. 이러한 관점에서 볼 때, 탈식민주의는 서구중심의 식민주의와 제국주의적 권력에 의한 이중의 식민화 문제를 천착한다.

같은 맥락에서 이 문제를 식민체제와 접목시킬 수 있다. 식민체제 하에서 민족의 정체성은 식민주의로 인해 왜곡, 모순될 수밖에 없기 때문에 인위적으로 구성된 반식민 저항을 공유하는 민족의식[15]이라고 할

---

15) 르낭(Joseph Ernest Renan)은 민족을 과거의 풍부한 유산과 함께 더불어 살려는 의지를 공유하는 집단이라고 정의한다. Homi Bhabha, *Nation and Narration*, London: Routledge, 1990, 19.

수 있다. 민족주의는 자각적 민족의식에서 민족 스스로 행동할 수 있는 시민적 자유주의라는 정당성을 갖는다. 하지만 서구 강대국의 정치적, 경제적, 군사적 위협과 힘이라는 현실 앞에서 영향력을 제대로 발휘하지 못한다. 기실 19세기 제국주의 시대에 민족주의는 반동화되었던 사실에 주목할 필요가 있다. 서구국가들은 민족국가를 단위로 세계지배, 제국주의적 영토분할을 추구함으로써 식민주의로 변화하였다. 여기서 민족주의가 근대화의 이름으로 약소국을 침략하여 식민지 자본을 침탈하였던 점에 주목할 필요가 있다.

즉 민족주의가 식민지배를 정당화하는 이데올로기로 작동하였다고 전제하면, 민족은 권위주의와 제국주의 목표, 그리고 국가나 민족이 절대적 위치를 차지하는 식민지 침략이 정당화되기도 한다. 이와 같은 특성 때문에 민족이라는 개념은 커다란 아이러니가 아닐 수 없다. 지금까지 말한 것을 단순화하면, 식민지배자로부터 '자유'와 '해방'의 역사를 성취할 때 비로소 피식민자는 민족의 존재 의의를 찾을 수 있지만, 민족이 갖는 이데올로기적 의미가 제국주의 이데올로기를 지탱하는 원동력으로 작동할 수 있다는 사실이다. 이와 같은 시각을 바탕으로 민족주의와 그 정치적 의미와 틀에 대한 요구와 개혁이라는 점에서 탈식민주의는 새로운 가능성을 시사한다. 이는 식민주의체제에서 종속적 지위에 있던 식민지 백성들이 가혹한 지배권력이라는 상극적 관계에서 발생시키는 저항, 제국주의가 식민지에 자행한 폭력적 지배와 착취에 대한 총체적 비판이라는 시각에 토대를 두고 있다.

이와 같은 시각에서 볼 때, 탈식민주의는 식민주의 담론의 헤게모니를 전복하여 정체성에 대한 비판적 고찰이라는 주제를 함축하고 있다. 그러니까 탈식민주의는 그 주제면에서 서구중심적 가치관에 대한 역동적이고 유효한 저항담론이면서, 동시에 식민주의에 대한 저항의 정치적 성격을 띠기 때문에 민족주의와도 연관이 있다. 그렇다고 해서 탈식민주의를 국수주의, 자민족중심주의를 추구하는 민족주의와 동일하다고 간주할 수는 없다. 흥미로운 점은 탈식민주의가 서구사상가가 아닌 세제르(Aimé Césaire), 파농(Franz Fanon), 사이드(Edward W. Said), 스피박(Gayatri Spivak), 바바(Homi Bhabha)와 같이 제국주의에 정복, 착취, 지배를 당한 제3세계 출신의 비서구인들에 의해 중심과제의 하나로 논의되고 있다는 사실이다.

탈식민주의가 제기하는 문제들은 여성들이 직면한 문제와 밀접한 관련성을 지닌다. 여성들이 자율적인 존재로서 정치·경제·사회·문화적 과정에 참여할 수 있는 근거와 조건을 형성하고, 그럼으로써 자신들의 정체성을 재정립하는 문제까지 포괄한다. 여성들의 탈식민화를 제약하고 남녀 간 불평등이나 불균등성을 강화시킨 가장 핵심적 요소는 여성들의 정치참여를 가로막는 남성제국주의 이데올로기라고 할 수 있다. 바꾸어 말하면 정치주체로서 '여성의 정체성 구축'과 정치적 참여는 탈식민화의 가장 중요한 요건이다. 여성에 대한 존엄, 즉 여성의 생명과 가치에 대한 존엄성이 위협받는 시대에 '여성의 정체성 구축'이 슬로건의 차원을 넘어 실천적 의미를 갖기 위해서는 서구중심의 제국주의 지배담론과 자국 내에서 작동하는 제국주의의 폭력적 지배구조를 해체시키는 것이다. '여성의 정체성 구축'이라는 이슈는 사회적으로 조직화된 여성들의 의지와 연합 못지않게 지배구조의 근본적인 변화나 가치관의 변화 없이 여성들이 직면한 여성 문제를 극복하기는 어렵다.

식민지배와 남성제국주의는 '전체주의적 이데올로기', '식민주의 이데올로기', '여성 억압'이라는 분리할 수 없는 특성을 갖는다. 제국주의 억압은 여성의 사회참여를 제약하고 정치적 자유를 가로막는 제약이라 하겠다. 이러한 통제는 여성 존재의 주체성, 독립성, 정체성 구축에 심대한 부정적 효과를 낳는다. 더욱 중요한 것은 여성 문제가 어디까지나 일시적이거나 과도적인 과정에 머물러서는 안 된다는 것이다. 다양하게 차별적인 문제를 직면한 여성을 배제한 채 제국주의적 이념을 설정하고 남녀 간 불평등구조를 수정하거나 해결하려는 노력 없이 남성제국주의 지배구조와 가치정향을 유지하는 것은 여성 문제를 더욱 악화시키게 될 것이다.

탈식민주의가 모색하는 자유와 인간존엄성이라는 가치에서 벗어나 큰 변화를 만들어낼 수 있는 가능성의 공간은 기실 넓게 열려 있지 않다. 남성중심적 세력이 현실정치의 공간에서 권력을 행사하면서 남녀 간 균형을 유지하지 않는 한 탈식민 의제는 일정 기간 반대에 부딪힐 수밖에 없다. 남성제국주의체제가 불러온 정치적 격변은 탈식민화가 가능한 공간을 닫았던 것이다. 탈식민주의가 주장하는 사안들이 무척 중요함에도 불구하고, 남성으로의 권력집중은 식민주의가 드러내는 문제들과 크게 다르지 않다. 식민주의적 잔재가 만들어낸 근본적인 문제들이 아직 제대로 드러나지 않은 상태에서 탈식민주의가 식민주의 잔재와 더불어 반윤리적인 문제에 대해 책임을 묻고 새로운 방안을 모색하지 않는다면, 그것은 탈식민주의의 커다란 장애물이 될 것이며 탈식민화 과정에서 드러나는 큰 공백일 것이다.

그렇다면 21세기 문화충돌의 시대에 탈식민주의는 동시에 인간존재의 주체적 인식을 정립해 나가는 미래지향적 담론이 될 수 있을까? 식민체제의 억압적 통치구조는 식민지 사회 구성원들 삶의 모든 영역을 파괴하며 근본적 변화를 초래하였다. 그 때문에 넓은 지평에서 권위주의적 남성제국주의에 대한 안티테제로 기능한다는 점에서 탈식민주의는 제국주의의 폭력적 억압과 제국주의적 함의를 비판적으로 드러낸다. 어쨌든 현대사회에서 여성의 정체성 구축과 여성주의의 실현은 탈식민주의에 내재된 문제의식과 중첩되어 있다는 점에서 이 글의 주제는 역사를 관류하고 지속적으로 문제가 제기되는 여성의 정체성 구성이라는 대단히 중요한 내용을 가진다. 탈식민성에 대한 문제의식은 각별히 중요하기 때문에 식민주의와 탈식민화라는 문제를 놓고 여성들이 어떻게 그들의 탈식민화를 모색해야 할 것인가 하는 문제의식, 그리고 그 관계동학을 미시적 시각에서 검토하는 의미심장한 작업이 될 것이다.

문화, 정치, 사회적 맥락에서 식민화와 식민화에 따른 여성의 정체성 왜곡에 대한 분석과 이해는 탈식민주의 비평이 떠맡아야 할 역할과 책임이다. 논의의 초점이 될 탈식민주의는 적대적으로 대립되는 주체와 타자, 식민, 피식민, 계급, 인종, 민족 계급 간의 위계적 관계에 천착하여 식민지 저항의 역사, 그리고 식민지배자와 피식민자 간의 괴리, 피지배자의 상흔을 형상화하고 있으며 식민권력이 작동하는 다양하고 복잡한 문제를 환기시키는 문화정치적 개념이다.

사이드는 문화를 정치적, 이념적 명분들이 혼종된 것이라고 주장하며 『문화와 제국주의』(*Culture and Imperialism*)에서 다음과 같이 언급한다.

문화란 정체성의 근원이며, 그와 같은 이유에서 최근의 문화와 전통으로의 "되돌아감"에서 알 수 있듯이 전투적인 개념이다. 이처럼 "회귀"는 다문화주의나 혼종성 같은 비교적 자유주의적 철학과 관련된 포용성과는 대조되는, 지적이고 도덕적인 행동에 엄격한 코드의 의미를 가진다. 과거에 식민지배를 경험한 세계에서는 이러한 "회귀"가 다양한 종교적 국수주의적인 근본주의의 형태를 생산했다. 이와 같은 의미에서 문화란 다양한 정치적, 이념적 명분들이 상호 뒤엉킨 일종의 극장과 같은 것이다. 아폴로적인 고상함의 평온한 영역으로부터 동떨어진, 문화는 대의명분들을 완전히 드러내 놓고 싸우는 전장이라 하겠다. 예를 들어 타국의 고전을 읽기보다는 자국의 고전을 읽도록 교육받은 미국과 프랑스, 인도의 학생들이 종종 무비판적으로 그들의 민족과 전통을 수용하고 거기에 충성하는 반면, 타국의 문화와 전통은 폄하하거나 대항해 싸워야 하는 상대로 인식한다는 것이다.

Culture in this sense is a source of identity, and a rather combative one at that, as we see in recent "returns" to culture and tradition. These "returns" accompany rigorous codes of intellectual and moral behavior that are opposed to the permissiveness associated with such relatively liberal philosophies as multiculturalism and hybridity. In the formerly colonized world, these "returns" have produced varieties of religious and nationalist fundamentalism. In this second sense culture is a sort of theater where various political and ideological causes engage one another. Far from being a placid realm of Apollonian gentility, culture can even be a battleground on which causes expose themselves to the light of day and contend with one another, making it apparent that, for instance, American, French, or Indian students who are taught to read *their* national classics before they read others are expected to appreciate and belong loyally, often uncritically, to their nations and traditions while denigrating or fighting against others.[16]

---

16) Edward W. Said, "Introduction," *Culture and Imperialism*, New York: Vintage Books, 1993, xiii.

정치적 시각에서 볼 때 문화가 함의하는 바를 정확히 이해하는 것이 그렇게 쉬운 문제만은 아니다. 왜냐하면 현대사회에 진입하면서 문화는 정치적 이데올로기와 맞물리기 때문이다. 같은 맥락에서 식민체제는 미묘한 식민전략을 추구하므로 식민지배자들과 식민지인들과의 본질적인 차이를 드러내고, 과거보다 덜 강압적이거나 폭력적인 방법으로 문화적 식민화를 시도함으로써 보다 교묘한 방법으로 식민화 전략을 구사하고 있다.

이와 같은 점에서 탈식민주의 전략도 미시정치학적 방법으로 접근해야 한다. 탈식민주의는 서구중심적 권력에 대한 저항과 가치에 대한 도전을 통해 새로운 정체성을 구축하며, 고정된 정체성이라는 개념을 전복시킨다. 그 중에서 가장 두드러진 주제는 남성제국주의에 대한 여성의 탈식민화라고 할 수 있다. 남성제국주의로 환원되는 여성의 식민화는 역사적 관점에서 선명하게 부각시켜야 할 문제임이 틀림없다. 말하자면 탈식민주의는 식민지배담론에 대한 전복, 즉 전통적 질서를 뒤엎거나 그 틀에서 벗어나 삶의 가치에 대한 사고와 서구와 비서구, 인종과 피부색을 벗어나 새롭게 정체성을 구성해나가는 방식을 모색함으로써 인간의 사고방식과 그 외연을 확장할 수 있는 지적, 담론적 실천이자 운동이다.

바꾸어 말하면 제국주의와 근대화 기획의 산물과 담론을 탈영토화함으로써 주체성 문제를 새롭게 제시하면서 탈식민화를 적극적으로 추동할 수 있는 역동적인 힘이 된다. 분명한 것은 이것이 식민주의에 대한 비판이자 동시에 식민주의를 둘러싼 남성제국주의적 지배담론과 그 폐쇄적 구조에 대한 비판이 될 수밖에 없으며 식민주의를 뒤흔드는 매우 급진적인 담론이라는 사실이다. 그럼에도 불구하고, 여성 존재의 가치와 여성의 정체성 구성은 남성중심적인 현실에서 크게 괴리되어 있다. 이와 궤를 같이하여 식민주의와 식민주의 문화권력을 비판하고 여성의 탈식민화를 모색할 때 중요한 것은 현실에서 발생하는 여성들의 문제와 요구가 여성 문제의 중심적 동력이 되어야 한다는 것이다. 이는 결국 여성의 정체성을 말하고 삶의 조건을 개선시키는 것과 관련이 있다. 탈식민성은 여성들의 목소리가 집단적 이기주의로 매도되지 않으면서 남성 제국주의 질서에 대해 여성의 목소리를 내는 것, 그리고 이 과정에서 여성적 가치와 사회적 함의를 발전시키는 것을 의미한다.

　이와 같은 맥락에서 『토지』는 제국주의와 대립되는 식민지 저항의 역사, 그리고 식민권력이 실재하는 식민공간에서 식민지배담론을 전복할 수 있는 탈식민 텍스트로서 그 외연을 확장한다는 점에서 탈식민주의 관점에서 많은 함의를 갖는 문학작품이다. 두루 알다시피, 식민주의는 억압적 통치구조를 기반으로 하는 권위주의적 지배체제이기 때문에 피지배자의 전통과 문화, 토지와 잇대어 살아가는 사람들의 순수성, 언어와 민족공동체의 정체성을 심각하게 훼손함으로써 지배의 정당성을 확보한다. 환언하면 제국주의 일방적인 위계질서와 억압적 권력구조를 통해 피지배자들의 의식과 정신구조를 마비시켜 식민주의를 각인시킨다는 사실에서 알 수 있듯이, 이 소설은 여성의 삶과 정체성에 대한 문제의식을 정확히 비판하고 표현하고 있다.

　앞에서 말했듯이, 탈식민 관점에서 박경리의 『토지』는 권위주의적 정치체제에 대한 저항이 드러나는데 이는 권위주의적 남성제국주의에 의해 구축되고 그 기반을 공고히 한 남성중심적 지배구조가 갖는 정당성의 부재에 있다는 점과 식민지 하위주체들의 정체성 확립이라는 문제를 환기시키고 있다. 여기에 덧붙여 여성의 삶의 현실로부터 나오는 요구들이 어떻게 실현되고 대표될 수 있는가 하는 문제이다.

　이와 같은 점에서 다음 장에서는 『토지』와 탈식민주의 이론을 접목시켜 제국주의에 의해 부정된 식민지 여성의 삶을 집중해서 논의할 필요가 있다. 탈식민주의에 대한 일반적 개관과 더불어 탈식민화의 제약조건이 되는 문제점들을 추적한 후 그러한 문제를 탈식민주의 전반에 걸쳐 다루기보다는 남성제국주의에 대한 비판과 탈식민성에 대한 이해와 접근에 중점을 둘 것이다. 과거에 비해 여성의 위상은 상당히 개선되었지만 여성의 자유와 정체성, 권리는 여전히 남성제국주의적 가치에 의해 통제되어 자유로운 삶을 보장받지 못한다. 권위주의적 가치관과 이에 저항하는 여성적 가치관 사이의 괴리와 갈등, 그리고 남성중심적 사회의 통념과 관습에서 여성들의 신분과 삶은 불안정하고 그 사회는 폭력적이기 쉽다.

중요한 것은 권위적인 유교적 가치와 여성적 가치 사이의 격차, 여성이 직면한 불평등과 균형을 이룰 수 있는 관계정립과 같은 탈식민화를 구축하기 위해 여성의 존재를 보다 명확하게 부각시킬 수 있는 가능성의 공간, 새로운 남녀관계를 모색하는 것이다. 이를 위해 식민주의 이후의 변화를 이해하기 위해 새롭게 조명되어야 할 과제들은 무엇인가하는 문제와 탈식민화에 대한 필자의 생각을 전체적으로 조망해야 할 것이다. 그것은 탈식민화와 이를 유지, 강화하고 그 내적 조건을 끊임없이 재생하는 것이 긴요하다. 한 가지 분명한 사실은 남성제국주의 지배가치가 압도적인 영향을 갖는 사회에서 여성의 권리와 정체성, 여성 존재의 가치를 확립하고자 하는 탈식민주의가 남성중심주의적 가치와 병립하기 어렵다는 것이다. 그렇다고 해서 탈식민주의가 위적이고 폭력적인 남성우월적 가치에 대한 비판이지 전통 가부장제와 가족제도의 해체를 의미하는 것은 아니다. 오히려 힘없고 연약한 여성, 인격체로서 여성 존재의 가치에 대한 존중이며 획일적 평등주의나 계급에 기초한 시각을 벗어나 인간의 양심에 토대를 둔 가치에 대한 옹호라고 할 수 있다. 그러므로 남녀 간의 상호성을 보장하고 여성의 존엄성과 인격에 대한 전 사회적 공감의 확산이 요구된다.

이와 같은 시각을 기반으로 탈식민화를 운운해도 현실에서 무엇보다 중요한 것은 여성적 가치를 발전시킬 수 있는 새로운 가치, 여성의 정체성에 대한 사회구성원의 인식, 사고방식의 전환의 문제가 아닐 수 없다. 여성의 탈식민주의와 문제를 포착하는 데서 출발하여 여성 탈식민화의 필수조건이며 지배적 주제라 할 수 있는 여성의 정체성 구축에 관한 탈식민주의의 이론과 더불어, 탈식민 페미니즘적 시각에서 거시적이고 구조적 관점에서 탈식민주의 이론에 대해 살펴볼 것이다.

탈식민주의는 지구상의 85퍼센트 이상의 땅을 식민지로 만든 서구의 제국주의적 가치와 지배구조, 서구우월주의에 대한 저항에서 시작된 문화담론이다. 이것은 서구 자본주의적 생산방식을 식민지나 비서구지역에 확산시키고자 하는 제국주의적 침략, 노동 착취와 자원 수탈, 경제적 불평등, 그리고 제국주의의 한 단계나 국면으로 다른 국가를 강제로 점령하여 통치하는 식민주의에 대한 비판이라고 할 수 있다. 또한 공식적으로 독립을 이룬 탈식민화된 범주뿐만 아니라 비서구를 경제적으로 종속시키는 서구자본과 지식, 권력과 지배구조, 문화적 예속에 대한 비판과 저항을 포함한다. 이와 같은 맥락에서 탈식민화의 조건과 개인의 권리에 근거한 문화, 정체성의 다양성에 대한 이해와 상호공존이라는 여러 가지 문제는 다문화주의에서 가능성을 찾거나 설명될 수 있을 것이다.

본론에서는 여성 존재를 재해석하고 삶의 의미를 강조하기 위해 미시적인 시각에서 여성의 정체성 구축과 관련된 식민지 여성의 몸과 여성들의 정체성 구축에 대해 일정한 목표의식을 갖고 집중적으로 조명되어야 할 문제들을 논의할 것이다.

II

탈식민주의 문화정치학

식민지배담론의 현실을 포착하고 그것이 갖는 정치적 성격과 효과를 탐색하는 것은 탈식민화를 위한 전제조건이라 할 수 있다. 식민지 시대의 중심축은 식민체제가 어떤 내용으로 형성, 확대되었는가 하는 문제와 이것이 식민지로부터 벗어나 탈식민화된 사회에서 각축하는 권력과 정치의 세계를 둘러싼 식민주의 잔재와 밀접한 관련이 있다. 다시 말해 식민주의는 인간의 생명원리에 반하는 제국주의의 일방적, 폭력적 이데올로기로서 제국주의를 강화하고 확대하는 정치적 함의를 강하게 갖는다. 넓은 의미에서 볼 때 그것은 제국주의 국가권력의 확대와 제국주의 사회경제구조를 공고히 하는 강압적 이데올로기, 즉 제국주의 국가권력에 의해 통제되는 강압적 체계라 규정할 수 있다.

박경리의 『토지』는 식민주의가 안고 있는 여러 문제를 규명하고 식민주의 지배담론을 포착할 수 있다는 점에서 중요한 텍스트라 할 수 있다. 이 책에서는 탈식민주의 관점에서 박경리『토지』에 나타난 탈식민적 주제를 중심으로 식민주의 방식을 그대로 유지하고 답습한 전제적 유교질서와 여성의 정체성 구축에 대한 문제를 분석하고 규명하는 데 초점을 두었다. 앞서 언급한 바와 같이 식민지배는 억압의 기제에 의해 유지되는 비자발적 체제였으며 동시에 억압과 저항이 끊임없이 지속적으로 상승, 강화되는 폭력체제였다. 이에 대한 대항담론인 탈식민주의[1]는 전대의 식민주의 잔재를 짚고 넘어서려는 새로운 지평을 여는 기획이다. 그리고 그것은 식민주의 청산에 그치는 것이 아니라 더욱 복잡해지고 다양화된 문화적, 경제적 영역까지 확장하는 담론이라고 할 수 있다.

두루 알다시피 식민주의 종식과 탈식민화는 서로 다른 문제이면서 떼려야 뗄 수 없는 관계를 구성하고 있다. 왜냐하면 식민체제 종식이 형식과 내용에서 완전히 탈식민적 의식을 갖추었음을 의미하는 것은 아니

---

1) 탈식민주의 이론이라는 용어와 관련하여 탈식민 문학에 대해 설명하면 탈식민문학 (Postcolonial literature)이란 영문학 분야의 많은 경우 제2차 세계대전을 전후로 하여 공식적으로 식민지배를 받았던 지역에서 독립 이후에 쓰인 문학 작품을 지칭한다. 이런 의미에서 탈식민문학이란 탈식민이란 용어가 폭넓게 쓰이기 전에 사용되었던 영연방문학(commomwealth literature)과 크게 다르지 않다. 영연방문학이란 캐나다, 호주, 자메이카, 케냐 등 과거 영국의 식민지였던 지역의 작가들이 슨 문학도 포함하는 말이기 때문이다. 하지만 영연방문학이 영어로 만들어졌다는 점에서 영국문학과 일정한 공통점을 고유하고 있다. 이에 비해 탈식민문학이란 영국의 식민지배에서 벗어났다는 의미를 강조한다. 이 같은 맥락에서 이 두 가지 용어는 단지 시기적으로 독립 이후의 문학작품만을 의미하지는 않는다. 공식적으로 독립국가가 생기기 전에도 정치적, 문화적으로 식민지배에서 벗어나고자 하는 노력은 계속되어 왔고 그러한 가치나 역사관이 독립 이전 시기에 쓰인 문학작품에도 나타나기 때문이다. 탈식민문학이란 독립 이후의 흔히 말하는 탈식민시대에 쓰인 문학뿐만 아니라 독립 이전의 식민지 시대에 쓰인 문학을 통틀어 문화적 정치적 식민지배에서 벗어나려는 노력을 담고 있는 문학이라 지칭할 수 있다. 고부응, 「탈식민주의 이론과 영문학 교육」,『영미문학교육』9.2, 2005, 28.

기 때문이다. 말하자면 탈식민주의는 구체적인 대안을 제시하는 것도 중요하지만 식민체제의 문제가 무엇인지를 정확히 밝혀내고 문제를 옳게 제기하고, 탈식민화를 구축하려는 문화적, 사회적 이론적 토대를 모색함으로써 사고의 지평을 보다 넓게 다져나가는 작업이다. 이와 같은 점에서 탈식민주의는 여전히 유효한 실현가능한 담론이라고 할 수 있다. 식민주의 종식 이후 한국사회는 해방공간에서의 좌우분열, 계급 간, 지역 간, 남녀 간 불평등 구조가 심각하게 양극화되었다. 중요한 점은 현대 자본주의 시대 특권을 누리는 상층과 하층 계급 사이 기회의 불균등과 괴리로 극복하기 힘든 간격이 생겼다는 것이다. 그 결과 기득권을 향유하던 권위주의 계층과 상대적으로 차별을 당했던 하위계층 간의 갈등은 급격히 증폭되고 있다. 이러한 사회 전반에 걸친 변화와 맞물려 우리 사회는 현재와는 다른 강력한 변화를 추구하는 기대심리로 팽만하다.

한국사회는 역사적으로 일제로부터의 해방이라는 점에서 탈식민주의 시대를 맞이하였지만 탈식민주의 사회가 형성되는 데에는 수많은 사람들의 희생이 있었다. 전체주의, 획일화된 사회구조, 절대적 권위 등 식민주의 사회의 특징은 정치, 경제, 사회, 문화, 군대 등 단일 중심으로 응집되어 인간의 생명과 존엄성을 말소하는 사회라 해도 과언이 아닐 것이다. 일제 식민지배는 일본과 한국 두 국가 간 지배/종속, 불평등구조를 더욱 심화시켰으며, 결과적으로 한민족의 자유와 독립, 민족정체성 형성의 기회는 크게 감소되었다. 일본 제국주의는 본질상 권력투쟁과 폭력을 추구하기 때문에 한국의 독립을 현저하게 가로막는 요인이었던 것이다. 식민체제는 압도적인 군사력으로 구성된 군대와 헌병, 경찰과 같은 강력하고 물리적, 폭력적 통치기구를 동원해 인간으로서의 존엄성과 생명을 짓밟고 생체실험을 비롯한 폭력을 자행함으로써 식민지를 효과적으로 통제하였으며 저항하는 식민지인들을 잔인하게 탄압하였다.

또한 자유를 갈망하던 다수 한국인들의 희생을 초래하였고, 특별히 일본의 식민제국주의 체제는 동서고금을 통해 나타난 다양한 식민지배의 유형 중에서도 유례가 없을 정도로 폭력적이고 잔혹하였다. 이는 식민체제의 유지와 강화를 위한 일방적인 정치 공간이 부재하고, 한국인들이 다른 민족에 비해 민족의식이 강하게 나타나는 이유가 되었다. 식민지배의 결과 한민족공동체는 식민폭력으로 해체, 분열되어 결국 주권상실이라는 부정적 결과를 가져왔다.

일제에 대한 식민지 저항은 독립에 대한 엄청난 사회적 열망과 함께 넓은 범위 안에서 지속적으로 확산되었다. 자주독립을 향한 한국인의 강렬한 변화는 일제의 제국주의적 억압과 침탈에 대한 저항적 성격을 갖는다. 말하자면 일제의 식민통치하에서 갈등의 중심축은 일본 제국주의에 대한 한국인들의 저항과 투쟁으로 집약된다. 두루 알다시피 식민체제는 한편으로 지배자에게 안정과 물질적 풍요, 영토획득을 보장해주지만 다른 한편 식민지를 강제로 점유함으로써 식민지의 독립과 번영에 심각한 위협을 초래하며 인간존재 자체에 위협을 가한다. 게다가 식민체제는 식민지인들을 한낱 생산되고 소비되는 물질적 조건에 불과하다고 전제하기 때문에 식민주의적 사고로부터 벗어날 수 없다. 즉 식민주의는 식민지배자의 의식으로 구성되고 왜곡된 강압적 체제이기 때문에 인간을 지배/종속 이분법적으로 구별함으로써 식민종주국의 의지대로 식민지 사회를 억압한다.

식민체제의 특징이 갈등과 저항이라는 점에서 식민체제는 피식민자의 생명에 위협을 가하는 폭력적 정치체제임을 부정하기는 어렵다. 무엇보다도 식민지의 교화와 발전이라는 기치하에 식민체제는 제국주의적 목표를 설정하거나 성취하기 위해 식민 이데올로기를 내세움으로써 식민종주국이 원하는 방향으로 피식민자를 강압적으로 지배하고 식민지인들의 정신과 의식을 말살함으로써 전체주의적인 정치 형태의 성격을 띤다. 다시 말해 식민주의는 인간의 삶을 피폐하게 만들고, 인간의 생명을 경시하는 정치형태라는 점에서 사람들의 소망을 좌절시키는 부정적이고 파괴적인 수구적 논리에 다름 아니다. 식민주의 논리가 인간사회를 지배할 때 인간의 존엄성과 생명 같은 근본문제에 대한 건강한 논의나 논쟁은 존재할 공간조차 폐기된다. 필자가 식민주의에 대해 집중적으로 관심을 가지고 있는 이유는 바로 이 같은 문제 때문이다. 식민주의가 인간 존재, 인간의 생명에 대한 위협이 된다는 사실에 기인한다. 말하자면 억압과 착취와 같은 제국주의적 성격을 띠는 강압적 폭력적 체제라는 점에서 식민체제는 식민지의 팽창 이후로부터 파생된 지배의 결과와 부정적 영향을 초래하게 된다. 그것은 식민지 사회뿐만 아니라 전 지구적 차원에서 중대한 결과를 초래하였다.

두루 알다시피 정치, 경제, 사회, 문화를 변화시키는 강력한 요소로서 식민경험에 비교될 만한 것은 없다고 해도 과언이 아닐 것이다. 영토확장을 통한 팽창주의를 추구하는 식민주의 논리는 표면적으로 식민지의 발전과 산업화, 근대화[2]를 내세우지만 그것은 단지 명분에 불과하고

---

2) 근대적 식민주의가 어떻게 형성되는지 살펴보자. 윤해동은 이에 대해 다음과 같이 지적한다. 식민주의는 전후 점령과 냉전에 의해 자연스럽게 유지되어왔다. 제국에서는 총동원 체제가 전후 복지국가 모델로 전환하는 토대가 되었다. 이것은 총력전 체제의 제국적 변용을 의미하는 것으로, 근본적으로 식민주의 청산이 불가능했다는 사실을 상징하는 것이기도 하다. '총력적 체제'를 구축하고 전쟁에 주도적으로 참가했던 모든 국가들은 전후에 조합주의적 복지국가를 구축했고, 그 국민들은 풍성하고 평온한 일상을 누릴 수 있었다. 그러나 식민지 지배에 대한 발본적인 책임 추궁이나 반성도 없었으며, 식민주의는 단지 과거의 '철 지난 유행'으로 간주되었다. 이에 반해

실제로는 식민본국의 이익을 위한 식민지 탈취와 지배의 지속, 강화가 그 목표라는 것을 부정할 사람은 아무도 없을 것이다.

말하자면 식민주의는 식민본국이 자국의 국내 문제를 해결하기 위한 현상유지가 아닌 비자발적 변화에 의해 비롯된 퇴행적 역사를 만들어내는 요인을 제공하였다. 그것은 한 인간의 삶뿐만 아니라 국가와 민족에 대한 강압, 지배와 종속, 비민주적 권위주의 체제의 지속적 강화를 추구하는 정치적 기획이다. 다시 말해 폭력과 갈등의 일상화를 통해 인간의 삶을 피폐하게 하고 생명보다 물질에 가치를 두는 비이성적, 총체적 모순을 지닌 파괴적인 이데올로기라 할 수 있다. 그렇다면 식민주의는 무엇인지에 대해 살펴보기로 한다.

역사적 경험을 통해 식민주의는 다음과 같은 의미를 함축한다. 식민체제의 강화 및 통치기구의 효율성을 위해 물리적 폭력을 집중적으로 사용함으로써 식민지 사회에 사회적 갈등과 억압, 생명존중에 반하여 적대적인 인권유린과 정치적 갈등을 촉발시키는 개념이다. 다시 말해 식민주의는 인간의 자유와 생명, 인권을 박탈하고 권력과 자본, 통제와 억압이 형성되는 체제라고 할 수 있다. 식민체제하에서 식민지인들은 자신들의 주체성을 형성하거나 대변할 수 없기 때문에 이들의 존재 가치와 생존권은 크게 훼손된다는 점은 부정할 수 없는 역사적 사실이다. 식민체제는 강권적인 폭력 없이 유지될 수 없기 때문에 확고한 체제의 안정과 유지 및 강화를 위해 식민 엘리트를 양성하면서도 동시에 식민지

제국주의적 총동원 체제가 어떤 의미에서 가장 '전형적'으로 발현된 곳이 식민지였다. 제국주의적 '서구'(일본을 포함한)와 같은 복지국가적 '포섭'을 실현할 힘을 지니지 못한 식민지에는 총동원 체제의 폭력적인 메커니즘만이 그대로 남아 확대·증폭되었다. 윤해동, 『탈식민주의 상상의 역사학으로』, 50-51.

인들의 정치적 참여를 배제하였는데, 이것은 보다 강력한 식민통치의 강화와 맞물려 있다. 다시 말해 식민계급과 피식민계급 간 불평등 구조는 식민지인들의 삶을 파편화하였을 뿐만 아니라 식민지 사회 각 부분 간의 차별과 괴리를 더욱 심화시켰다. 식민체제하에서는 정체성과 존재 가치가 부정되기 때문에 탈식민화로의 역전은 기대하기 어렵다. 따라서 제국주의 권력을 유지하거나 뒷받침하기 위한 사회적 조건에서 불평등은 자연스러운 귀결로 이해할 수 있다.

식민지배로부터의 자유와 해방은 독립국가 건설을 기대하던 민족 구성원들에게 말로 표현할 수 없는 기쁨과 감격의 순간, 역사적 대전환이었다. 그것은 구질서의 종식, 식민체제의 해체, 새로운 질서 형성을 의미했으며 이 같은 흐름이 사회 전 분야로 확산되었다는 점에서 탈식민화는 식민체제가 초래한 갈등과 억압의 종식으로 요약된다. 식민주의의 해악을 경험한 한국인에게 해방은 식민주의로부터 새로운 민주주의로 급격한 변화를 의미하였다. 국가부문에서 구체제와 새로운 정치세력, 냉전반공 보수세력과 진보세력, 식민체제와 한국 민족주의 세력, 구체제 집권세력과 새롭게 등장한 정치세력을 중심축으로 한 상대적으로 이질적인 이데올로기 집단의 공존은 탈식민화 자체를 가로막는 구조적 제약으로 작동하였다. 식민체제로부터의 탈각과 더불어 나타난 각 세력들 간의 대립과 분열은 더욱 가열되었다. 식민체제가 구축해놓은 강력한 지배질서 아래 자유와 해방, 새로운 국가형성 및 민주주의에 대한 기대는 한계를 드러냈다.

그러니까 해방은 식민주의를 청산하기는커녕 식민체제와 동일한 선 위에서 정치적, 이데올로기적 정쟁이 현상유지 되고 있었고, 식민지 해방이라는 '축제 분위기'를 민족 내의 분열과 균열로 귀결되기에 이르렀다. 새로운 국가형성을 기대할 수 있는 정치적 공간에서의 '해방의 기쁨'은 새로이 폭발적으로 등장한 정치적 세력 간의 각축의 장으로 변화하게 된 것이다. 상이한 이데올로기를 표출하는 여러 세력들을 식민체제라는 낡고 오랜 틀에 담아내기에는 역부족한 상황이었다. 이러한 조건들은 탈식민화의 가능성을 차단하고 민족분열을 강화시키는 효과와 결과를 가져왔다. 탈식민화란 결국 식민제국주의체제에 의해 강권적으로 박탈된 '국권의 회복', 식민본국에 의해 수탈된 경제지배로부터의 해방, 그리고 '주체적 민족의식으로의 전환'을 의미하는 것이라 할 때, 이러한 조건하에서 탈식민화의 문제는 지난한 과제가 될 수밖에 없었다. 탈식민화의 해결이 무엇보다도 식민잔재의 청산이 선결과제라고 말할 때, 해방 이후의 상황은 실질적 탈식민화의 내용 부재로 이전의 식민주의체제와 비교해서 크게 달라진 것이 없었던 것이다.

중요한 것은 식민체제의 해체에 따른 해방은 한국인들의 예상을 뛰어넘는 혁명적 순간이었고 해방 초기의 한국의 상황은 이데올로기의 대립구조라는 극단적인 대립이 극명하게 표출됨으로써 불안정한 사회경제적 국면이 전개되고 있었다는 점이다. 탈식민화에 대한 한국 내에서의 요구와 열의는 곳곳에서 분출했지만 민족주의 세력과 일제협력 세력, 좌우분열, 보수와 진보의 대립은 탈식민화의 가능성은 매우 희박하였다. 1945년 해방 이후 백범 김구 암살을 비롯한 민족지도자들 간의 분열은 지도자의 부재라는 결과를 초래하였다. 해방과 동시에 진행된 민족분열은 한국인들 스스로 강력하게 조직할 수 있는 국가형성의 가능성을 약화시켰으며 그 결과 정치의 제도화는 상대적으로 낮을 수밖에 없었다. 해방정국은 식민체제의 특성을 그대로 유지한 채 국가형성의 수준에 이르지 못한 상황이라고 할 수 있을 것이다.

갑작스럽게 찾아온 해방과 더불어 분단 상태는 남북한 간의 극단적 대립, 치열한 이데올로기적 대립구도를 더욱 가속화시켰다. 혼란스러운 분단조건은 한국의 식민화 청산을 방해하였고 일제에 협력한 기구 및 일본식 군대, 경찰조직, 인사조직의 유지는 한국의 탈식민화를 제약하며 식민주의 구조 자체를 개혁할 수 없게 하는 원인이 되었다. 한국사회의 정치과정에서 법적, 사회적, 제도적, 정치적 조직화라는 조건을 갖추지 않은 상태에서 식민주의의 잔재를 한순간에 제거하거나 극복하는 것은 어려운 과제라 할 수 있다. 왜냐하면 식민주의의 종식이 곧바로 탈식민화를 의미하는 것은 아니기 때문이다. 이와 관련하여 늘 부각된 중심적인 주제는 식민화와 탈식민화에 대한 끊임없는 논쟁이었다. 인간의 자유나 해방과 관련된 다양하고 복합적인 이론들이 등장하고 있는데 이는 복잡해진 사회와 구성원들의 다양한 욕구, 관련된 문화정치학적 접근이 요청되는 담론의 시대임을 보여준다.

구체적으로 식민주의의 부정적 영향은 남성에 대한 타자로서의 여성, 서양의 타자인 동양, 부르주아와 프롤레타리아, 제국주의와 식민지, 지배적인 것과 주변적인 것 사이의 차별로 나타났다. 환언하면 억압적 규범이나 권위주의적 제국주의 폭력의 타자로서의 피지배자 등 다양하고 복잡한 담론이 새로운 패러다임을 내세우고 있고, 담론이 인간행위를 설명하고 사회의 제 문제를 해결하는 그 중심에 위치하고 있는 것도 명백한 사실이다. 이 같은 사실과 관련하여, 억압의 일상화로 요약되는 식민체제가 가져오는 위험성과 삶의 투쟁 공간이었던 식민체제의 비이성적 구조는 그 자체의 모순으로 인해 역사의 뒤안길로 사라질 수밖에 없었다.

제국주의 침탈과 억압, 식민제국주의라는 구체제에 대한 대응담론

내지는 논리구조를 갖는 탈식민주의는 식민주의와는 완전히 대립되는 '변혁의 과정'이라고 할 수 있다. 식민체제와 지배담론과의 갈등의 과정을 거치면서 식민주의에 정면으로 도전하는 과정에서 자유와 해방, 인간 존재에 대한 가치를 모색하는 탈식민주의에 대한 인식은 문화적 차이와 공존을 확장하는 문제와 타자에 대한 배려, 위계질서가 초래하는 차이의 문제에 대한 변화된 시각을 요구하였다. 식민주의에서 탈식민주의로의 이행은 극적인 변화가 아닐 수 없다. 이런 이유에서 탈식민주의는 서구 식민주의와 식민자본주의에 대한 대표적 저항이념이면서 동시에 내용 없는 수사학에서 벗어나 책임감 있는 강력한 이론으로 변화되어야 할 사회적 요구에 부합하는 담론이다.

앞에서 언급했듯이, 문제는 탈식민주의 시대가 도래했음에도 불구하고 구태의연한 제국주의적 사고방식을 탈각하지 못하고 있다는 사실이다. 해방 이후 70년의 우리나라를 되돌아볼 때 식민체제는 정치, 경제, 사회, 문화 등 거의 모든 수준에서 한국사회에 압도적이고 부정적인 영향을 미쳤다. 가장 큰 원인은 폭력으로 구축된 식민구조, 다시 말해 제국주의의 이분법적 대립에 기인한다. 피식민자에 대한 차별, 지배/종속이라는 이분법적 대립은 제국주의의 산물이다. 이에 대한 저항담론으로서 탈식민주의는 식민주의의 해체에 중점을 두기 때문에 현대를 살아가는 우리들에게 새로운 의미를 부여해줄 뿐만 아니라, 식민질서로 초래된 과거를 성찰하고, 탈식민주의 사회를 구성할 수 있는 역사이해의 지평을 확장시킬 수 있는 담론이다. 그러니까 탈식민주의는 이러한 새로운 가치와 지평에 힘입어 식민주의의 구조와 가치를 비판적으로 규명하면서 탈식민주의 사회를 향한 올바른 좌표와 가치를 정립할 수 있는 비판적인 문화담론이라고 할 수 있다.

하지만 식민주의에 대한 해답은 비교적 단순하다. 그것은 식민지 사회의 중요한 과제, 즉 서구중심부의 제국주의로부터 벗어난 탈식민화, 반제민족해방이라 할 수 있다. 그것은 외세의 억압과 침탈로부터의 자유이고, 탈식민적 권리의 확대를 수반하는 문제와 연결된다. 제국주의 지배와 침탈에 직면했을 때 식민지 백성들이 저항하는 것은 필연적이기 때문에, 그리고 탈식민화는 제국주의의 보수적 강권적 봉건적 지배질서와 가치에 대한 강렬한 투쟁 없이는 불가능한 것이기 때문에 우리가 추구하고 모색해야 할 탈식민적 과제는 제국주의 세력의 위협적인 지배로부터의 벗어남을 의미할 뿐 아니라 식민적 조건하에 있는 식민지 백성의 자기 정체성을 구축하고 제국주의와 식민지 간의 지배/종속 관계를 폐절하기 위한 끊임없는 저항을 포함한다.

같은 맥락에서 제국과 식민국의 관계는 남성제국주의 지배질서하에서 고통을 당했던 여성의 관계에 접목시킬 수 있다. 인류보편적인 시각에서 보더라도 역사적으로 남성제국주의 지배구조에 의해 여성들의 삶은 항구적인 위협에 직면했기 때문에 여성의 주체성, 존재와 정체성 형성 실현으로부터 먼 거리에 있었던 것은 의심의 여지없는 사실이다. 권위주의적 제도와 제국주의 문화를 특징으로 하는 봉건적 유교질서에서 여성존재의 삶의 양상은 처음부터 배제되어 남성과는 출발의 제약조건이 크게 달랐던 것이다. 이것은 여성주체들이 남성제국주의적 가치와 지배담론의 개입 없이 자율적으로 행동할 수 있는 공간의 부재를 의미한다. 말하자면 맹목적이고 비합리적인 남성제국주의 가치하의 종속적 상태에서, 남성중심적 보수적 가치관을 크게 탈각하지 못한 상태에서 여성 존재와 정체성은 상당히 훼손될 수밖에 없는 것이다. 식민지배자 사이의 지배/종속 관계에서 억압에서 나타나는 문제, 달리 말해, 제국주의

체제가 식민지 사회를 지배하기 위해 식민지 사회를 억압하고 통치한다는 문제, 이와 같은 관점에서 남성과 여성 간의 억압구조를 타파해야 한다는 탈식민 페미니즘이 지향하는 주제는 더욱 강조될 수밖에 없다.

　말하자면 권위주의적, 폭력적 정치체제라 할 수 있는 남성제국주의는 오랜 역사를 지나면서 남성이 구축한 식민담론을 통하여 여성들의 삶을 피폐하게 만들고 그들의 자율성을 억압하였다. 남성제국주의는 스스로 남성제국주의의 효과적 실행을 실현하고자 피식민자인 여성을 억압하고 지배함으로써 여성들을 열등한 존재로 간주하였던 것이다. 그 결과 남성제국주의는 여성에 대한 억압을 더욱 강화시켰다. 여기에서 우리는 남성우월적 가치가 자신들의 체제에 반하는 여성들의 정치 참여를 통제하고 배제하는 것을 의미하는 비이성적 지배담론이라고 할 수 있다.

　여기에서 우리는 탈식민주의의 정의와 탈식민화 과정이 갖는 특징을 살펴보고 그 대안을 탐색해보고자 한다. 탈식민주의 이론이 영미권의 담론으로 형성된 것은 지난 세기 말인 1980년대 이후라고 할 수 있다.[3] 탈식민주의란 무엇인가? 그것은 다음과 같이 정의할 수 있다.

---

[3] 탈식민주의 이론을 거시적인 차원에서 포괄적으로 검토하는 것은 중요하다. 이러한 까닭에 탈식민주의의 기원과 변천과정을 간략히 살펴보고자 한다. 탈식민주의의 복잡한 향상과 정치적 의미를 그것이 속한 맥락에서 포괄적으로 조망하는 책으로 바트-무어 길버트(Bart Moore-Gilbert)의 『탈식민주의! 저항에서 유희로』(*Postcolonial Theory: Contexts, Practices, Politics*, 1997)가 있다. 무어-길버트는 탈식민주의 계보와 탈식민주의 이론에 대한 절충과 제휴의 필요성을 제시한다는 점에서 균형감과 객관성을 유지하면서 상당히 심층적으로 논의한다. 그는 사이드, 스피박, 바바로 대변되는 탈식민주의 이론가들의 성과를 이론가별로 세밀하게 분석하면서 그들의 이론과 제3세계 탈식민주의 비평의 상관관계에 주목한다. 그는 탈식민주의의 출발로 알려져 있는 사이드의 『동양담론』(*Orientalism*, 1978)을 출발점이 아닌 분기점으로 간주하는데 그 이전을 '탈식민주의 비평', 그 이후를 '탈식민주의 이론'으로 구분하였다. 20세기 초의 흑인

사상가 뒤부아(W. E. B. Du Bois)를 비롯해 파농, 세제르, 셍고르(Leopold Senghor), 월콧(Derek Walcott), 응구기(Ngugi wa Thiongo), 아체베(Chinua Achebe), 소잉카(Wole Soyinka), 해리스(Wilson Harris) 등의 탈식민주의 비평이 제3세계의 거칠고 절제되지 않은 저항의 몸부림이자 자생적이고 주체적인 독립운동의 산물이라면, 이른바 '탈식민주의 삼총사'로 통하는 사이드, 바바, 스피박의 탈식민주의 이론은 데리다(Jacques Derrida), 라캉(Jacque Lacan), 푸코(Michel Foucault)의 프랑스 '고급 이론'에 의존하여 서구 독자의 입맛에 맞게 적당히 다듬어진 일종의 지적 유희에 가깝다는 것이다.

무어-길버트의 책이 우리의 시선을 끄는 것은 탈식민주의의 내적 긴장을 일방적으로 처리하지 않고 객관적으로 설명한다는 점이다. 즉 제3세계적 탈식민주의와 서구화된 탈식민주의의 차이를 역사적 경험과 정치적 입장의 차이로 접근하면서, 다른 한편으로 양자간의 제휴의 가능성을 꼼꼼하게 진단한다. 그는 사이드, 바바, 스피박이 탈식민주의를 이론화하고 제도화하는 데 결정적인 기여를 한 점을 분명히 인정하면서도, 그들이 이론적인 모순을 자초하고 식민담론 안팎에서 전개된 구체적인 저항을 간과하거나 경시한 것에 대해서는 비판적이다. 그의 분석에 따르면 "사이드는 양립하기 힘든 푸코와 그람시(Antonio Gramsci), 인본주의와 반인본주의를 무리하게 결합하는 과정에서 이론적 모순과 인본주의로의 회귀를 드러내며, 특유의 결정론적 시각 때문에 제국의 문화 '내부'에 존재하는 저항과 모순"은 물론 지배질서 '바깥'에서 전개된 동양담론에 대한 저항을 읽어내지 못한다. '해체론자의 몸부림'이라는 제목하에 다루어진 스피박의 이론 역시 맑스주의와 해체론 사이의 불가능한 화해를 시도하는 과정에서 하위계층의 주체성 문제를 놓고 본질주의와 반본질주의 문제를 명확하게 설명하지 못한다. 한편 '바벨탑의 퍼포먼스'로 묘사된 바바의 경우는 문제가 더 심각하다. 서구의 정신분석학과 탈구조주의를 주변화된 구성원들의 다양한 문화적 근원과 역사적 상황, 그리고 인종, 젠더, 계급 등에 상관없이 식민주의에 그대로 대입함으로써 오히려 탈식민주의의 탈역사화와 탈정치화를 가져올 뿐이라는 것이다.

무어-길버트는 탈식민주의 이론가들에 대한 최근의 탈식민주의 비평가들의 반론을 소개할 때에도 시종일관 객관성을 잃지 않는다. 예컨대 저자는 아마드(Aijaz Ahmad)와 덜릭(Arif Dirlik)이 제기한 반론의 의의를 긍정적으로 평가하면서도 사이드를 비판하는 근거인 본질론과 결정론을 아마드 스스로 재생산하고 있다고 역설하는가 하면, 아마드와 덜릭 모두 탈식민주의 이론가들이 서구학계에서 누리고 있는 특권을 비판하기 전에 자신들에 제도권 안에서 차지하는 특권적 위치를 되돌아볼 것을 촉구한다. 무어-길버트가 양면적인 태도를 보이는 것은 두 전통의 이분법적 대립이나 단절이 아니라 '변증법덕 화해'와 연속성을 강조한다. 이처럼 무어-길버트는 절충주의적인 대안을 조심스럽게 제시한다. 그는 탈식민적 혼종성에 대한 지나친 강조는 오히려 다양한 유형의 차이를 동질화시킬 뿐 아니라 문화다원주의라는 이름으로 새롭게 요컨대 탈식민주의는 식민주의가 갖는 문제들에 대해 이의를 제기하고 갈등과 투쟁, 인간의 생명을 경시하는 식민주의의 반인륜적인 이데올로기 틀을 해체함으로써 인간의 자유와 해방에 대한 의식의 전환, 압제로부터의 자유와 해방이라는 긍정적 의미와 효과를 갖는 대항담론을 말한다. 이는 압도적 강압체제인 식민주의에 대한 저항담론으로써 단순히 식민지배자와 피지배자, 남성과 여성 간의 성적, 계급적, 사회적 갈등을 추상적 차원에 머무르지 않고 식민지 백성들이나 남성제국주의 아래 종속된 여성들이 직면한 상황에 대해 문제를 제기한다. 이와 같은 관점에서 볼 때 탈식민주의는 가장 유용하고 적절한 담론을 도출함으로써 이론적 지평을 확장하는 커다란 변화이며 유효한 문화이론이라고 할 수 있다. 동시에 인종, 계급, 문화, 역사, 식민지배와 피지배 경험 등 역사적 상황과 현실적 삶이 드러나는 문제들을 다루기 때문에 쉽게 해결할 수 없거나 즉각적인 해답을 줄 수 없는 미완의 기획이며 한 사회 내에 존재하는 이데올로기적, 사회경제적, 성적 갈등과 이에 대한 대안모색과 직결된다.

결국 탈식민주의는 식민주의적 방식이 일으킨 갈등과 부정적 잔재를 해결할 수 있는 유효한 담론으로 기능하고 식민체제 이후 자유와 해방을 제약하는 제국주의적 장애요인들을 제거하고 탈식민화를 위해 필

위장된 기존의 위계를 쉽게 간과해버릴 위험이 있다고 분석한다. 동시에 공통적인 차이에 근거하는 연대의 효율성 역시 연대하는 구성체들간에 지배와 종속의 관계가 형성되는 경우가 많기 때문에 좀 더 신중하게 검토할 필요가 있다고 지적한다. 결국 무어-길버트는 차이점보다는 공통점이 더 중요하다는 확신에 근거하여 탈식민주의 비평과 이론의 제휴를 제안한다.
박인찬, 「탈식민주의의 정체성과 계보에 관한 절충주의적 접근－릴라 간디, 이영욱 역『포스트식민주의란 무엇인가?』(현실문화연구 1999) / 바트 무어-길버트, 이경원 역『탈식민주의! 저항에서 유희로』(한길사 2001)」, 『안과 밖』 11, 2001 하반기, 287-97.

요한 내적, 외적 조건을 만들어낼 수 있는 획기적인 담론이라고 할 수 있다. 다른 한편 탈식민주의는 기본적으로 식민주의의 권위주의적인 정치적 공간의 연속선상에 존재한다. 왜냐하면 그것이 식민체제가 갖는 기존의 성적, 계급적, 제국적 특성을 완전히 탈피하지 못한 상태에서 새로운 변화나 탈식민적, 정치사회의 자율적 구조를 새롭게 생산하기 때문이다.

탈식민론에 대해 조규형은 다음과 같이 설명한다.

> 탈식민론은 문화의 정치적 의미에 주목하면서, 특히 문화와 문화 간의 위계적 관계를 완화하고 해소하고자 한다. 영문학과 비평이론 분야에서 탈식민 논의가 본격화된 것은 1990년대 이후이지만, 짧은 기간 동안 이룬 성과는 상당하다. 이러한 접근 방법은 한편으로 영문학의 가치와 권위가 정치적, 문화적 현장 안에서 가능한 것이었다는 점을 분명히 하였으며, 다른 한편으로 영문학의 바깥에 위치한 타자의 입장에서 영문학을 볼 수 있는 방법을 제공하였다. 하지만 이러한 방식에 대한 아쉬움과 폐해로 남는 것은 문학과 문화에 있어서 미학적 차원이 과연 완전히 용도폐기될 수 있는 것이냐는 점이다. 더 나아가 날로 새로워지고 있는 전지국적 환경에서 탈식민론이 얼마나 현실 설명력을 가지고 있는가라는 의구심 또한 있는 것이 사실이다.[4]

식민주의가 감성과 지성을 통제하려는 고차원적으로 합리화된 폭력으로 군사 및 산업 서구 헤게모니적 문화와 결합된 특성을 보인다면,[5] 식민

---

4) 조규형, 『탈식민 논의와 미학의 목소리』, 서울: 고려대학교출판부, 2007, 5.

5) Anouar Abdel-Malek, *Social Dialectics: Nation and Revolution*, Albany: State U of New York P, 1981, 145-46.

주의에 대한 대항담론으로서 탈식민주의는 식민지배의 봉건적 잔재의 해체와 맞물려 나타난 새로운 질서의 가능성이라는 점에서 유의미하다. 다시 말해 제2차 세계대전 이후 독립한 제3세계 국가들이 식민지 이전의 고유한 문화 정체성 회복과 새로운 민족정체성을 형성하거나 구축하기 위한 해방적 성격을 띤다. 그것은 식민통치의 갑작스러운 붕괴 이후 새로운 민족해방국가가 도래하기 전 일종의 힘의 공백상태에서 형성될 수 있는 저항담론이면서 식민주의로부터의 탈피, 완전한 탈식민화를 구축하기 위한 이론이라는 점에서 중요한 의미를 갖는다. 주지하다시피 식민주의와 탈식민주의는 양립할 수 없다. 식민체제와 이에 대한 저항으로 '반식민저항'은 이데올로기 투쟁의 양극단이라는 점에서, 그리고 제국주의 통치로부터의 해방이라는 의미에서 탈식민주의는 식민지를 경험한 피식민지의 자유와 해방이라는 의미를 담고 있다.

하지만 그것은 역사적으로 고정된 개념이 아니라 시대마다 요구하는 관점에 따라 재해석되는 변동가능한 개념이며 식민주의의 강압적 특성에 대한 저항, 식민주의 정치체제에 대한 강력한 전환이라는 시각에서 해방적이고 역동적 특성을 띠며 식민체제에 도전하고 저항하는 과정에서 나타나는 결과물이다. 달리 표현하자면 탈식민주의는 식민화를 벗어나 사회와 역사의 발전을 가능케 추동시키는 총체적인 노력이라고 정의할 수 있다. 그렇기 때문에 탈식민주의는 그 발생에서부터 전복적 성격을 내포하고 있는 것이다. 식민주의 이후의 권위주의체제의 지배를 받는 피지배적 위치에 있는 피식민자가 식민지배에 맞서 저항한다는 점에서, 그리고 탈식민주의는 식민지인들인이 자유와 독립을 쟁취라는 점에서 식민주의의 결과이면서 식민주의의 반정치적 가치에 대한 담론적 저항을 모색한다.

그런데 문제는 식민화가 종식된 이후, 오늘날 탈식민이라는 용어가 우리들이 사용하는 일상 언어의 표현에서 사용하지는 않는다. 왜냐하면 탈식민주의 시대 역사적 변혁의 주체로서 의미를 지닌 탈식민이라는 용어는 여전히 추상적 개념으로 등장하기 때문이다. 그렇다면 탈식민주의 시대 지금의 상황에서 괄목할 만한 탈식민화는 완전히 이루어졌는가? 그렇지 않다. 외형적인 시각에서 볼 때 탈식민화에 대한 문제를 다룰 때 불행하게도 탈식민화는 여전히 모색하고 추구해야 할 과제이며 적극적으로 대면해야 할 과제이다.

앞서 언급한 대로 식민지배의 종식이 곧바로 탈식민화를 의미하지 않기 때문에 국가 간 장벽이 붕괴되고 글로벌 시대라고 말하지만 식민화는 여전히 지속되고 있다. 한국의 경우 1945년 해방 이후 1987년 민주화가 도래하기까지 그리고 포스트모더니즘 시대에 이르기까지 한국사회는 현대적 의미에서 제국주의가 식민적 토대를 형성하면서 헤게모니를 행사했기 때문에 식민역사에서 벗어나지 않았다는 것은 주지의 사실이다. 그것은 제국주의 잔재가 어김없이 사회적 갈등을 일으키는 요소로 작동하고 있기 때문이다. 말하자면 현대적 의미에서 제국주의는 정치, 문화, 사회, 경제 이데올로기 측면에서 제국주의 가치와 문화가 압도적인 힘을 행사하여 지배/종속 관계를 유지하고 있다는 사실이다.

독립 이후 형식적으로 탈식민주의 시대라 말하고 1989년 냉전체제의 붕괴는 역사의 종말6)을 의미했지만 식민주의 사고방식은 일상생활에 깊이 뿌리를 내리고 있다. 식민주의에 대한 과거의 아픈 기억, 역사적 반성은 지난 역사적 경험의 토대에서 앞으로 우리 사회가 어떻게 나아

---

6) Francis Fukuyama, "The End of History?" *National Interest* 16, Summer 1989, 3-18.

갈 것인가를 분명히 조망할 때 가능하다. 이와 같은 시각에서 볼 때, 탈식민화는 식민지배체제와 저항세력 간 권력의 충돌에서 모색해야 할 여전히 요원한 과제라고 할 수 있다. 환언하면 탈식민주의는 압도적인 제국주의적 지배담론과 권력구조에 대한 비판과 더불어 젠더, 인종, 차이와 자유와 해방, 정의, 생명존중에 대한 다각적 사유와 탈식민화를 구현하는 이론이자 실천적 담론구성이라고 할 수 있다. 왜냐하면 권위주의적 강권통치를 특징으로 하는 식민주의가 종식된 이후에도 탈식민에 대해 말하는 것은 현대 자본주의 사회의 제 문제와 연결되기 때문이다.

식민지 사회의 정치와 문화는 지배와 폭력, 억압과 생명경시와 같은 부정적인 의미를 갖는다. 반면에 '탈식민화 사회'에서 '탈식민주의'를 어떻게 이해하고 실천하는가에 대한 문제는 자유와 해방이라는 관점에서 인간의 의식을 식민화하는 권력과 부패에 대한 저항, 복잡하고 다층적인 일체의 권력적 요소에 대한 저항을 응축할 수 있는 문제의 중심이 된다. 말하자면 탈식민주의가 '탈식민화'를 주도하고 나아가 탈식민화를 위한 내용과 형식, 그 방향을 설정하는 중요한 담론이라는 사실을 명확히 인식하고 살펴보는 것은 '탈식민주의'를 이해하는 데 있어 매우 긴요하다. 탈식민주의는 그 이론과 내용과 관련하여 식민주의로부터의 자유와 해방, 인간성 회복과 생명존중, 주체적 독립적인 여성의 정체성 수립, 지배/종속관계의 타파 등과 같은 다양한 인간적 가치와 같은 인간존재의 핵심적인 주제를 담고 있다.

이와 같은 측면에서 볼 때, 한국민족이 과거 일제 식민체제로부터 자유와 해방, 건국을 이룬 것은 사실이지만 우리의 의식과 삶의 폭이 완전히 탈식민화되었다고는 말할 수 없다. 같은 맥락에서 탈식민화로의 전환에 대한 문제를 문학적 재현을 통해서 검토하는 것은 사실상 탈식민주의 시대 무엇을 어떻게 해야 하는가 하는 문제와 밀접한 연관성이 있다. '탈식민주의를 어떻게 이해할 것이냐?' 하는 현대사회의 중심적인 문제이기 때문에 '탈식민주의'는 이 책의 핵심이 되는 개념이다. '탈식민주의 시대 과연 우리의 의식과 삶은 탈식민화 되었는가?'라는 질문은 필자가 논의하고자 하는 주제와 일맥상통한다. 문제는 과거에 비해 비약적으로 확대된 인간주체는 주체적이고 독립적인 정체성을 구축하였는가? 필자는 이 질문에 대해서 회의적이다. 즉, 탈식민화는 외형적으로 제국주의로부터 자유를 얻어냈지만 우리의 일상에 깊이 침윤되어 있기 때문이다.

　　정치적 독립 이후에도 탈식민주의로 전환하는 것보다 탈식민적 의식을 갖고 그것을 지키는 것은 더욱 힘들고 어려운 과제라고 할 수 있다. 한 사회의 탈식민성은 탈식민주의를 제대로 인식하는 수준과 함께 진행된다. 탈식민주의가 우리 사회에 깊이 뿌리내리기 위해서는 사회구성원들 사이에 탈식민주의에 대한 사고방식, 의식의 변화가 요구된다. 왜냐하면 탈식민적 인식과 탈식민주의에 대한 이해가 커질 때 그 사회의 탈식민화가 진행되고 기반을 갖출 수 있기 때문이다.

　　탈식민주의라는 틀에서 집중적으로 논의할 탈식민 페미니즘도 남성 우월주의로부터의 해방이라는 맥락에서 접목시킬 수 있다. 여성의 주체적, 독립적 정체성 구축도 탈식민적 인식에 토대를 두고 있다. 이를 위해 여성의 정체성, 식민주의 담론, 성 이데올로기의 폐해와 공모관계를 밝히는 것은 남성제국주의에 의해 억압받는 여성 타자의 존재와 타자의 윤리학을 급진적으로 사유함으로써 탈식민 페미니즘의 정치적 함의를 명료하게 밝혀내기 위한 것이다. 그것은 또한 영문학 분야에 국한된 것이 아니라 인문학과 사회과학을 아우르는 일련의 사유지평이라고 할 수 있다. 한마디로 탈식민 페미니즘은 남성제국주의에 의해 조작되고 왜곡된 여성들의 삶과 여성해방에 대한 근본적, 비판적 성찰이라고 할 수 있다.

　　남성제국주의의 폐쇄적인 지배구조에서 여성주체는 개인적 정체성을 가진 주체로서 형상화되거나 탈식민적 주체로 언명되기보다는 남성제국주의 성차별 이데올로기와 봉건적 유교질서라는 가치 정향에 따라 정체성이 부정되고 폐절될 수밖에 없었다. 왜냐하면 남성제국주의는 효율적인 억압기제를 통해서 그리고 여성에 대한 폭력과 명백한 차별을 통해 이데올로기적 토대를 강화하였기 때문이다. 남성제국주의는 새롭게 태동하는 여성의 존재, 여성 정체성을 억압하기 위해 권위주의적 가치관으로 여성을 위협했고 여성 존재의 최상위에 '남성 권력'을 위치시킴으로써 '남성제국주의적 위계질서'와 구조적 기반을 강화하였다. 여기에서 남성제국주의라 함은 여성들과 명확히 구별되는 성 이데올로기를 통하여 남성중심성이라는 강력한 지지기반을 갖는 구조라고 할 수 있다.

　　이에 대한 저항으로 탈식민 페미니즘은 인간사회에서 이분법적 차별로 균열된 여성 주체들이 결속력과 응집력을 갖는 제국주의적, 전제적 성차별 이데올로기에 대한 대항담론이다. 이러한 부정적 현상들이 남성제국주의 지배의 연장이라는 사실을 지적하는 것은 중요하다. 전제적인 남성중심적 지배구조는 그 헤게모니를 유지하고 강화하고자 하는 특성이 있기 때문에 그것은 정치적 지배의 또 다른 형태로 인식할 수 있다. 이 같은 지배구조는 사회의 위계적 질서와 권위주의라는 보수적 가치를 유지, 강화하고 자신들의 위계질서에 저항하는 여성들의 요구를 제거하기 위해 정치적 수준에서 여성의 정체성 형성에 장벽이 된다. 이와 같은 관점에서 남성제국주의는 권위주의적 수구세력이다. 왜냐하면 그들은 '권위주의적 남성중심주의'를 외표화하고 그것을 지속적으로 유지하고 강화하기 때문이다.

남성제국주의 지배질서의 공고화는 헤게모니적 이데올로기로서의 남성우월적 구도를 유지하기 때문에 과거에는 여성들로부터 도전받은 바가 없거나 매우 미약하였던 것이다. 즉 남성제국주의의 특성은 권력이 남성적 권위주의 구조에 집중되고 강화되며 고도로 강권적인 유형이라는 특성이다. 이것은 강조되어야 한다. 남성제국주의 지배구조가 항구적으로 지속되는 체제를 유지하게 될 때 여성은 배제되기 때문에 여성 존재의 삶과 정체성은 불안정할 수밖에 없다. 남성지배적 구조는 여성들의 정체성 발전을 가로막는 장애요인으로 작용하기 때문에 자유롭고 주체적인 여성 존재, 여성 정체성 구축을 제약한다. 구조적으로 조직화된 남성제국주의 질서는 여성들 상호간 연대와 연합을 방해하기 때문에 이처럼 공정한 조건이 마련되지 않는 상황에서 남성의 지배는 곧 남성 우위의 일방적 권력으로 나타날 가능성이 매우 높다. 남성제국주의 권력에 대한 강력한 여성적 세력을 구축해야 하는 이유가 여기에 있다. 남성중심주의에 대한 저항과 비판이라는 시각에서 볼 때 탈식민 페미니즘은 여성의 시각에서 하나의 '혁명'인 것이다.

　　여기에서 말하는 '혁명'은 제국주의와 식민지의 성격을 분리하거나 근본적으로 변화시키는 메커니즘이다. 즉 그것은, 피식민자가 자신들의 정치참여와 식민지 해방, 자신들의 민족 정체성, 개인의 주체성과 같은 요구나 정치적 참여를 거부하는 저항이라고 할 수 있다. 그러나 무엇보다 중요한 것은 남성제국주의 지배체제하에 배제되어 억압받았던 여성들이 그 독점적 지배구조를 탈각하여 그것을 견제하는 사회적 조건을 구축하는 것이다. 이는 여성의 정체성 구축과 여성들이 직면한 문제를 극복하기 위하여 필수적인 요소라 할 것이다. 말하자면 남성과 여성 사이에 존재하는 근본적인 차이, 구체적으로 여성이 남성에 비해 열등하며, 이와 같은 지적 차이가 있기 때문에 여성은 남편에게 절대적으로 복종해야 한다는 사고방식, 즉 이분법을 전제로 구성된 것이다. 이와 같은 불합리한 사고방식은 지나치게 남성중심적 논리일 뿐만 아니라 왜곡된 허위의식인 것이기도 하다.

식민체제에서는 식민지배자들이 일방적으로 권력을 행사하기 때문에 식민지 사회는 민주적, 자율적, 정치적 제도적 틀이 형성될 수 없었다. 이러한 상황에서 양자 간에 커다란 간극이 존재하게 되며 갈등은 증폭될 수밖에 없다. 이것은 식민관료들이 식민지 경제의 자본을 독점했을 때 식민지 백성들의 삶의 토대가 붕괴되는 것과 같은 시각에서 논의할 수 있다. 식민지배자와 식민지 백성들의 갈등과 대결이라는 맥락에서 남성제국주의와 억압받는 여성들의 적대적 관계를 비교의 준거라 할 때, 남성과 여성 사이의 대립과 갈등이 증폭되는 것은 이해하기 어려운 것은 아니다. 이 같은 시각에서 남성중심의 지배질서의 존립과 여성들이 정체성이 위협당하는 관점을 연결할 때, 여성들의 지위를 획득하고 여성 문제를 적극적으로 수용하고 재조명하는 것은 제국주의적 남성권력에 대한 대응책이라 할 수 있다.

식민주의의 잔재를 청산하고 이에 따라 어떠한 탈식민화가 바람직한가를 모색하는 것을 목적으로 한다는 점에서 탈식민주의는 포스트모더니즘 시대에 기존의 서구중심적 질서와 권력관계의 역전에 대한 담론이다. 즉 식민주의에 대한 저항과 비판, 다시 말해 식민주의의 이항대립을 극복하고 삶의 일상에서 직면하는 다양한 영역에서 부정적 영향을 끼친 식민적 사고방식에 대한 비판과 성찰을 통한 탈식민화를 구현하는 것이다. 포스트모더니즘의 문화정치학으로서의 가능성에 대해 스티븐 코너(Steven Connor)는 다음과 같이 설명한다.

우리는 나쁜, 즉 비생산적인 포스트모더니즘과 좋은, 즉 생산적인 포스트모더니즘을 가지고 있습니다. 포스트모더니즘은 언제나 문화정치학이 되어야만 합니다. 비록 그것이 나쁜 것이어서 그것을 부정한다 하더라도 말입니다. 포스트모더니즘은 그 자체가 정치적으로 중요한 의미를 가지고 있습니다. 포스트모더니즘은 전반적인 인류해방의 발전과 관계가 있습니다. 인류라는 말을 포스트모더니스트들이 자주 사용하지는 않지만요. 전 지구적 차원은 우리가 항상 염두에 두고 있어야 합니다. [……] 언어와 재현 그리고 자기재현의 문제는 제가 보기에는 포스트모더니즘의 가장 핵심부에 있는 문제들입니다. 이런 면에서 포스트모더니즘의 모든 것이 저에게는 이러한 종류의 문화정치학을 나타내는 경우에만 가치가 있다고 봅니다. 물론 그러한 계획을 수행하는 데에는 예측할 수 없는 다양한 방법들이 있을 수 있습니다. 그 계획은 미리 쉽게 세워질 수 있는 것은 아니고 성과 페미니즘의 문제와도 확실히 관련될 것입니다. 그 계획은 종족, 식민주의, 포스트식민주의(postcolonialism)의 문제와도 관련을 가지게 될 것입니다.[7]

탈식민주의가 갖는 가장 중요한 내용은 식민지배에 대한 기억과 망각, 식민지배자와 종속민이라는 위계질서, 조직, 지배/종속의 상관관계, 그리고 식민주의 담론과 식민 이데올로기와 식민주의적 가치를 전복시키는 것이다. 말하자면 탈식민주의는 제국주의 지배문화에 대한 대항담론, 제국주의 이데올로기 폭로, 제국주의 인식론적 폭력과 권력에 대한 저항, 차이의 정치학, 정체성 정립, 정신의 탈식민화, 크게는 정치적 주권이나 신자본주의 문제, 그리고 세계화에 대한 의식이라 정의할 때 그것

---

7) 정정호, 『탈근대 인식론과 생태학적 상상력』, 서울: 한신문화사, 1997, 50-51.

은 서구중심적 사유와 식민성으로부터 탈피를 의미한다. 더 나아가 새로운 정체성, 민족주의에 대한 인식과 같은 문제들에 대해 인식의 전환, 나아가 문학의 지평을 넓히는 철학적, 윤리적 프로젝트로 확장된다. 제국주의적 독재와 억압이라는 폐쇄된 정치적 공간에서 벗어나 새로운 출로를 모색하고 추진하는 담론이라는 점에서 탈식민주의는 가치와 의미를 지닌다. 문제는 자본주의 체제가 지속되는 작금의 국제정치의 현실에서 제국주의 문제를 다루기는 쉽지 않다는 것이다. 자본주의가 전 지구적으로 형성되어 하나의 거대한 세계체제를 구성한다는 점에서 식민주의적 특성은 단번에 사라지지 않는다.

이는 탈식민주의와 여성의 삶이라는 주제와 연결된다. 거대 국가권력과 권위주의적 사고가 봉건적 유교 이데올로기의 보루로서 기능하듯이, 권위주의 체제와 남성제국주의적 사고방식은 상호 맞물려 인간존재를 제약하기 때문에 구조적으로 취약하다. 위로부터 통제된 방식과 권위주의적 체제를 특징으로 하는 남성우월주의적 지배구조는 경직되고 폭력적인 자체 구조로 인해 분열과 갈등으로 인해 단일화된 구심체를 형성하지 못하는 기형적 형태로 나타날 가능성이 크다. 앞에서 보았듯이 보수주의 사회에서의 유교 이데올로기의 영향력은 압도적으로 강력한 제국주의 가치가 표출될 가능성이 높다. 이러한 조건에서 여성들은 정치적 방법으로 자신들을 통제하는 유교질서의 압도적 힘을 견제할 수 있는 대안부재의 가능성을 배제할 수 없다. 이 점에서 제국주의적 사고방식은 여성존재를 부정하고 여성들의 사회적 참여를 통제하기 때문에 여성 정체성을 저해하는 부정적 결과를 갖거나 탈출구를 갖지 못하는 한계를 지닌다. 다시 말해 여성존재와 독립성은 이러한 제국주의적 유산으로부터 벗어나는 데 커다란 어려움에 직면한다. 이러한 논리는 서구중심적 사유에 접목시킬 수 있다. 민족주의를 예로 들어 설명하면 다음과 같다.

'민족'을 언어를 구심점으로 한 사람들의 정신 속에 형성된 '상상의 공동체'로 분석한 앤더슨(Benedict Anderson)은 20세기의 민족주의를 근본적으로 조합적이라고 설명하면서 이는 150여 년 이상의 경험과 세 종류의 민족 공동체 형성 과정을 이용하고 있다고 언명한다.

첫째, 관 주도 민족 공동체 형성의 모형인 교육 체계를 통한 민족의 형성을 여기의 민족 지도자들이 의식적으로 이용할 수 있는 위치에 있었다는 것이며, 둘째, 그들이 채택한 선거 제도, 당 조직, 그리고 문화적 유산에 대한 기념과 찬양 등은 19세기 유럽의 대중적 민족주의에 그 모형이 있는 것이었으며, 셋째, 시민 의식에 바탕을 둔 공화제를 채택한 것은 아메리카식 민족 공동체 형성 과정에서 전례를 찾을 수 있는 것이다 라고 한다. 이 말은 적어도 앤더슨이 예를 들고 있는 모잠비크·베트남·캄보디아 등의 민족 공동체 형성 과정과 그 결과적 현상들을 잘 설명해주고 있다. 20세기 신생국들의 경우 그들은 원시적 부족 제도나 중세적 봉건 제도를 극복하였으며 또한 그 극복된 형태는 유럽 또는 미 대륙의 여러 국가들에서 볼 수 있는 정치적 공동체로서의 민족 국가의 기본 틀이 되고 있기 때문이다. 설사 구제도에 있었던 군주가 명목상 존재한다 하더라고 기본적으로 20세기 신생국들의 민족 국가의 모습은 국가 단위로서의 민족이 서구식 제도를 받아들이고 있기 때문이다. 심지어 사회주의를 표방하는 국가 체제일지라도 원칙은 서구식 민족 국가인 것이다.[8]

---

8) 고부응, 『초민족 시대의 민족 정체성』, 서울: 문학과지성사, 2002, 112-13 재인용.

앤더슨은 민족을 상상적 공동체로 언명하고 있다. 문제는 앤더슨의 주장이 서구중심적 역사관이라는 점이다. 서구중심성은 식민체제하에서 강력하게 구성된 유럽중심적 사고 또는 가치를 지칭한다. 탈식민주의는 서구중심적 시각을 비판적으로 바라보며 제국주의의 지배적 권위에 대한 저항담론으로서, 탈식민 저항 전략을 모색하는 것은 식민체제와 그 권력구조에 대항하기 위한 투쟁의 과정이며 식민주의에 대한 저항의 표출이라고 할 수 있다. 이와 같은 주제에 부합하여 탈식민주의에 대한 포괄적 고찰은 제국주의 지배의 문제를 드러내는 것과 궤적을 같이하기 때문에 탈식민화를 위한 유용한 틀을 제공한다. 식민주의에 대한 안티테제, 식민주의로 인한 외상에 대한 문제, 식민체제에 의해 형성된 왜곡된 인식론적 사고방식, 지배 이데올로기와 복합적인 문제를 제기하고 있다.

　　탈식민주의 삼총사라고 지칭되는 사이드, 바바, 스피박은 탈식민주의 이론가로서 문화와 정치학을 접목시켜 문화와 정치적 권력, 권력과 담론의 연관성을 미시적 관점에서 분석하였다. 특별히 스피박은 "제국주의 개념에 대한 이해 없이 19세기 영문학을 읽는 것은 불가능하다"[9]고 지적했는데, 이것은 19세기 영문학이 영국 제국주의를 재현하는 중요한 역할을 담당했음을 의미한다. 일본 제국주의가 조선총독부를 통하여 원격통치 형태, 즉 눈에 보이는 시각화로 식민지를 통치했던 시기와 마물린다는 점에서 『토지』는 한편으로는 제국주의 이데올로기를 비판하고, 다른 한편으로 여성의 가치와 정체성 정립이라는 일관된 주제를 통해 여성들이 겪은 애절한 고통의 역사를 함축하고 전제적 남성중심적 사회에서의 여성 존재와 여성 고유의 주체성 및 여성의 존엄성 및 자아형성

---

9) Gayatri Spivak, "Three Women's Text and a Critique of Imperialism," *Critical Inquiry* 12.1, Chicago: U of Chicago P, 1985, 243.

문제를 수반한다. 이것은 문학을 역사적, 이데올로기적 범주, 구체적으로 이 소설이 재현하는 사회적, 정치적 시각을 고찰하는 것이다.

이와 같은 이유에서 『토지』는 제국주의와 성, 남녀 이분법적 차별이라는 복합적인 문제를 탐색하고 남성제국주의에 묻혀 있는 여성의 목소리에 대한 관심을 불러일으키는 텍스트로서 검토될 수 있다. 이는 문학이 수행하는 이론적인 논쟁일 뿐만 아니라 실천적인 문제, 그러니까 식민주의와 그 결과로 제기된 문제를 이해하는 것이며 식민담론과 저항의 가능성 사이의 긴장과 갈등, 탈식민주의적인 주체의 구성에 관한 문제를 제기하는 것이다. 여성의 존재와 그들의 욕구를 억압하는 남성중심적인 지배질서에 대한 도전과 저항, 그리고 남성지배질서에 의해 각인된 여성성 회복의 전복이라는 점에서 이 작품은 전통적인 남녀 관계와는 거리가 멀다. 호만스(Margaret Homans)는 여성 작가들의 소설에 나타난 모성애의 부재의 의미에 대해 논하면서 남성주의적 담론에 의해 재현되는 여성에 대한 표현은 환상적이고 주관적이라고 지적한다.[10]

박경리의 『토지』는 식민제국주의 체제의 오류와 문제를 폭로하고 그것을 전복할 수 있는 가능성을 시사하고 여성 작가의 역할을 부각시키면서 동시에 여성의 주체성에 대한 이해를 확장하기 때문에 탈식민주의 시각에서 접근할 수 있는 문학 텍스트로 기능한다. 해방 이후부터 지금에 이르기까지 한국사회에 있어 어떤 특징이 있다면, 그것은 다른 무엇보다도 식민주의 잔재로부터의 탈피, 즉 탈식민화의 과정을 지나고 있다는 것이라고 할 수 있다. 식민체제는 식민지 백성으로부터 권력과 권

---

10) Margaret Homans, "Bearing Demons: Frankenstein's Circumvention of the Maternal," *Mary Shelley's Frankenstein*. Ed. Harold Bloom, New York: Chelsea House Publish, 1987, 133-54.

위를 위임받지 않았음에도 불구하고 식민지 백성들의 정치참여를 배제한다. 식민지 백성의 정치체제와 권력을 식민지를 복속하여 식민체제를 유지하는 이 같은 방식은 식민종주국과 식민지 간의 괴리 내지는 갈등을 의미한다.

식민사회가 인간의 존엄성과 그 존립의 부정적 특징을 드러낸다면, 탈식민사회는 식민통치로부터의 해방, 정치적으로 자유롭고 사회적으로 평등하며 경제적으로 분배의 정의가 이루어지는 사회를 지칭한다. 탈식민주의가 다루어야 할 근본적인 문제는 식민주의가 종식되고 상당한 시간이 흘러갔음에도 불구하고 식민주의 시대와 다를 바 없는 식민의식을 탈각하지 못한 채 여전히 식민제국주의적 사고방식과 잔재에 휘둘린 채, 개인의 자유와 행복을 누리기에는 너무나도 취약하고 불안정한 사회 속에 살아간다는 것이다. 압축적으로 표현한다면 탈식민사회는 막연하고 추상적인 담론으로 유지되는 것이 아니라 이해관계를 달리하는 사회구성원과 사회집단의 갈등과 차이 속에서 서로를 부정하지 않고 갈등을 인정하면서 상호공존을 모색하는 사회라 지칭할 수 있다. 이는 자유로운 사상, 인류보편적인 사회적 윤리를 이루고 탈식민주의 혹은 탈식민적 의식이 사회 전반에 기반을 이루는 사회라고 정의할 수 있다.

앞서 언급한 것처럼, 박경리는 식민지 조선의 절망적 상황과 관련하여 여성의 문제를 매우 깊이 파헤쳤고 나아가 일본 제국주의와 자신의 정체성 사이에서 길항하는 여성들의 내면을 포착하여 형상화하였다. 『토지』에서 여성 인물들이 많이 등장하는 것은 여성을 본성적으로 남성과 다르다는 남성중심적 권력구조에 대한 비판과 함께 여성 억압을 강화하고 차별하였던 지식구조, 과거의 제국주의 문화와 얽힌 여성들의 삶, 그리고 주체적인 여성의 정체성을 새롭게 인식하게 하기 위함이다.

말하자면 여성을 사적 존재로 제한하거나 여성에 대한 차별, 부정적인 여성상을 배격하고 여성 존재가 갖는 의미와 가치에 주목하여 전통 유교 이데올로기에 대한 도전으로써 여성의 관점에서 여성의 삶을 기술하기 위한 것이다.

박경리가 태어난 시기는 일제 식민주의 시대였다. 국내적으로 자유와 해방을 향한 투쟁과 더불어 사회적, 정치적 변화의 시대였다. 주지하다시피 유교적 가치의 일상화, 그리고 자본과 물질에 의해 지배되는 자본주의 사회에서 여성들은 남성들에 비해 경제력이 취약하며 경제행위를 통해 남성들로부터 노동력을 착취당하거나 억압받아야만 했다. 보수적인 유교적 지배질서가 만연하는 사회에서 여성들은 자신들의 욕망과 자아실현의 욕구는 좌절되었기 때문에 공허한 삶을 살 수밖에 없었고 자신들의 주체성을 주장하거나 구축할 수 없었다. 삶의 어려운 조건에서 남성들의 생활방식에 순응하고 동화되어 피상적 삶을 살게 됨으로써 정체성을 상실하나 자신의 존재감을 잃게 된다.

즉 남성지배적인 사회에서 물질적, 성적으로 상품화된 것은 남성우월주의 사상이 그 원인으로 작용하기 때문에 여성들은 남성들의 욕망을 충족시키기 위한 대상이나 객체가 되어 공허한 삶을 살을 영위하게 되었던 것이다. 즉 여성의 주체성과 여성 존재의 정체성을 축소시킴으로써 여성의 주체성이 갖는 의미를 격하시켰다. 이는 남성우월적 문화가 지배하는 사회에서 여성들은 자신들의 정체성을 찾거나 구축에 실패할 수밖에 없다는 사실과 관련이 있다.

탈식민사회의 대조적 개념인 식민사회는 폭력이 제도화된 정치권력에 의해 식민지배를 부과받아야만 하는 폭력적 지배구조에 의해 작동되는 모순구조에 의해 강제적으로 구성된 사회를 의미한다. 말하자면,

식민지 사회는 누적되고 증폭된 갈등을 표출할 수 없는 억압 구조로 이루어진 사회로 인간의 자유가 제한된 사회라고 말할 수 있다. 탈식민주의 사상가이며 탈식민 이론의 출발점이라 불리는 파농은 제3세계 국가의 민족해방 문제와 백인사회에서 흑인의 주체적 경험을 제시하면서 제국주의 국가폭력에 대해 다음과 같이 언급한다.

> 식민체제는 식민지배자와 피식민자의 관계는 대립적 투쟁관계이기 때문에 식민주의를 극복하고 자신들의 정체성을 구성하기 위해서 폭력적 저항에 대해 사유한다. 그가 지향한 식민지 해방의 목표는 인종과 인종들 간 차별이 없는 평등한 사회였지 폭력에 대한 옹호나 폭력투쟁 자체는 아니었다. 파농은 식민동화정책은 인도주의와는 무관한 식민지배의 전략에 불과하다는 점, 흑인들은 인종적 열등감에서 벗어나야 하며, 필요하다면 탈식민화의 저항방식으로 폭력을 사용할 수 있다고 주장했다. [······] 그는 폭력 자체를 옹호하였다기보다는 탈식민 저항방식의 수단으로서 폭력을 제시하였다는 점에서 큰 효용을 갖는다. 그럼에도 불구하고 폭력적 탈식민 저항방식에 대한 파농의 심리학적 분석은 식민지배자와 피식민자의 대결이라는 정치적 이항대립을 넘어설 수 없는 한계가 있다.[11]

식민사회의 지배이념인 식민주의는 사회적, 군사적, 정치적, 경제적 차원에 머물지 않고 문화적 차원으로 확장되어 식민지 백성들의 삶을 억압하거나 정체성을 훼손하였다. 식민사회의 물적 토대는 식민지 백성들로부터 경제적 수탈, 그리고 식민본국과 식민지사회 구성원 간의 계급적 차별에 기반한다. 이와 같은 이유에서 식민지 사회는 주체적인 역사를

---

11) 권성진, 『서발턴 정체성』, 서울: 에세이퍼블리싱, 2013, 27.

구성할 수 없으며 식민주의에 의해 지나치게 왜곡된 식민의식에 종속되는 바람직하지 않은 특수한 지배체제에 의해 통치될 수밖에 없다.

식민체제하에서는 식민지 사회의 기득권을 누린 특권계급과 식민계급에 저항한 계급 간의 갈등은 심화되었고 같은 민족 내부에서 사회적 공동체적 기반은 약화되었다. 균등한 권리를 제공하지 못하는 식민체제하에서 평등한 권리가 실현되길 기대하기란 불가능할 것이다. 식민통치하에서 식민지 백성의 사회적 기반은 협애하였고 강압적 식민체제를 받아들여야만 하는 불안정한 상황에 위치한다. 에이메 세제르(Aimé Césaire)에 따르면 식민주의에 의해 구성된 식민화는 문화 건설이 아니라 피식민자의 사물화를 의미한다.[12] 이른바 식민주의는 인간 주체의 존재성을 위협하고 박탈하는 제국주의의 정치적, 경제적 억압과 폭력을 드러내는 억압적이며 통제적 권력이다. 즉 식민주의와 탈식민주의는 함께할 수 없는 담론이며 상이한 가치이기 때문에 양립할 수 없는 것도 그 때문이다.

식민통치로 지칭되는 허가받지 않은 식민종주국의 국가폭력은 식민지 백성들을 억압하거나 통제하였던 지배체제다. 이는 제국주의적 지배구조 속에서 식민경제체제를 침탈을 통해 식민상태를 유지지하고 식민지배의 외연 확장이나 강화를 의미한다.[13] 식민체제는 정치적 메커니

---

12) Aimé Césaire, "From *Discourse on Colonialism*," Ed, Bart Moore-Gilbert, Gareth Stanton & Wily Maley, *Postcolonial Criticism*, London: Longman, 1997, 73-90.

13) 식민지배와 이에 따른 경제적 종속이라는 문제는 역사적으로 반복되어온 쟁점이다. 이것은 현재 미국중심의 신자유주의 체제와 결부되어 있다. 신자유주의는 고전경제학에 기초하여 국가의 역할을 축소시키고 시장경제를 확대를 특징으로 하며 1980년대 초, 미국의 로널드 레이건(Ronald Reagan) 대통령과 영국의 마거릿 대처 수상(Margaret Thatcher)의 등장과 맞물려 시행한 세계경제의 재편이나 경제이론, 사상을 말한다. 미국일변도의 거대 금융자본은 국내에서 이익을 더 이상 창출할 수 없게

되고 자국경제를 보호하기 위해 WTO를 출범시킨다. 미국은 자신의 패권을 이용해 다른 국가의 무역장벽과 보호관세를 제거한다. 신자유주의의 구체적 정책은 공기업의 민영화, 공공복지제도의 축소, 정부규제의 철폐, 금융자유화, 노동시장 유연성 등이다. 신자유주의는 기업 활동에 대한 친 재벌 정책을 확대시키는 반면, 친 노동적이지 않기 때문에 사회적 불평등을 확대하고 자본중심적 이데올로기를 강화하게 된다. 노동유연화와 그것이 가져오는 부작용으로 인한 노동자의 권리 박탈, 노동 통제, 노동 소외, 정리해고, 빈부격차의 확대와 같은 부정적인 효과를 갖는다. 신자유주의의 주된 내용은 정부역할을 축소하고 시장원리를 확대하는 것이다. 신자유주의는 미국자본주의 중심의 강력한 외부적 힘에 의해 압도되는 반노동적 경제구조라고 할 수 있다. 미국을 중심으로 전개되는 자본주의적 이데올로기, 경제적 종속, 신자유주의에 토대를 둔 세계화라는 측면에서 신자본주의는 탈식민화의 방향과 역행하며 탈식민화의 가치와 명확히 배치된다고 할 수 있다. 신자유주의가 초래하는 가장 중요한 문제는 불균등한 부의 분배, 부의 양극화와 경제적 불안정이라고 요약할 수 있다.

논의를 확장하여 한국사회와 신자유주의가 갖는 문제에 대해 최장집은 다음과 같이 설명한다. 그는 한국사회에서 신자유주의에 대한 문제는 찬성과 반대라는 대립을 통해 가장 중요한 정치적, 사회적 쟁점으로 떠오르면서 중심적인 정치균열 축을 형성한다고 주장한다. "개혁-진보 진영에서 신자유주의에 대한 반대와 찬성의 구분은, 보수 진영의 이론의 여지없는 지지에 비해 복잡하다고 말할 수 있다. 그것은 두 가지 문제를 포함한다. 첫 번째는 신자유주의에 대한 찬성과 반대의 구분이 언론과 일상의 언어를 통해서 사용되는 좌와 우의 구분과 얼마나 일치하는가, 그리고 보수 대 진보-개혁의 구분이나 보수(정당) 대 진보-개혁(정당)의 구분, 즉 실제로 존재하고 경쟁하는 정당들 간의 구분을 얼마나 정확히 표현하는가 하는 문제다. 두 번째는 가치 함축적이고 정책 지향적인 측면에서 신자유주의에 대한 찬성과 반대의 구분이 그 문제를 해결하기 위해 현실을 설명하거나 정책 대안을 형성하는 데 얼마나 정확하며 설득력을 갖는가 하는 문제다. 이러한 문제 제기는 한국의 진보-개혁이라는 말이 갖는 의미의 애매함과 신자유주의 찬성 내지 반대라는 이분법적 구분이 경제와 사회에 관한 대안적 비전이나 프로그램으로서 얼마나 현실성을 갖는가에 대한 비판적인 입장을 함축하고 있다. 먼저 첫 번째 문제부터 살펴보도록 하자. 한국의 진보-개혁 세력과 이들을 대변했던 정부들은 국가주의, 민족주의로부터 도출되는 경제적 민족주의와 성장주의의 이념과 가치를 적극적으로 수용했다. 이 점에서 지난 정부들의 경제정책은 IMF 경제 위기 이후에도 신자유주의적 독트린을 적극적으로 수용하고 급진적으로 추진하면서 권위주의 시기 동안 확립된 바 있는 성장제일주의 정책을 일관되게 추진해왔다고 말할 수 있다. 오늘날의 사회경제적 불평등과 그에 따른 사회해체는 신자유주의를 적극적으로 표방한 어떤 보수적 정부에 의

해서 만들어진 것이 아니라, 지난 10년에 걸쳐 신자유주의를 적극적으로 추진했던 이른바 진보적·개혁적 정부에서 이루어진 결과들이다. […] 두 번째 문제, 즉 가치 함축적인 관점에서 취해지는 신자유주의에 대한 찬성과 반대의 구분이 현실 문제를 개선하는 데 얼마나 기여할 수 있는가를 살펴보자. 이 문제에서는 개혁파를 하나의 범주로 묶어서 이해할 수 없다. 왜냐하면 앞에서도 말했듯이 노무현 정부의 집권파 그룹들은 그 담론과 수사가 어떠하든 사실상 신자유주의 경제정책을 추진해 왔기 때문이다. 여기에서 신자유주의 반대를 말하는 그룹은 집권파가 아닌, 정부 밖에 있는 또 다른 개혁파 그룹을 두고 말하는 것이다. 이들의 관점에 따르면 좁게는 개혁적인 정부, 넓게는 한국 민주주의가 보수화된 이유는 신자유주의에서 찾을 수 있다는 것이다. 즉 신자유주의가 아니었더라면 한국 민주주의는 훨씬 더 개혁적인 내용을 가졌을 것이며, 소위 말하는 민주 정부들 또한 개혁적인 정책을 추구할 수 있었을 것이라는 주장이다. 과연 그러한가? 결론부터 말하자면, 개혁 정부의 실패는 신자유주의의 효과라기보다는 이들 정부의 정치적 실패에서 그 원인을 찾을 수 있다. 이와는 반대로 잘못된 결과의 원인을 신자유주의로 돌리는 방법은 개혁 정부들이 수행했어야 할 정치적 역할의 문제를 우회하거나 간과하는 오류를 안고 있다. […] 사회경제적 불평등의 확대와 그에 따른 사회 해체는 이들 개혁 정부가 민주주의에 적응하는 데 실패함으로써 만들어진 부정적인 결과며, 다른 무엇보다도 정당의 역할과 성격을 제대로 이해하지 못한 데서 비롯된 결과라는 말이다. […] 문제의 원인을 신자유주의로 돌리는 방법이 가져오는 또 다른 문제는 찬성과 반대의 단순 구도가 전부 아니면 전무의 이분법적 사고를 강화하는 데 있다. 그것은 문제의 근본 원인을 설정하고 그에 모든 책임을 돌리는 환원주의적 논리로서, 복합적인 현실 문제에 대한 이해를 오도할 가능성을 증폭시킨다." 최장집,『민중에서 시민으로』, 파주: 돌베개, 2009, 134–39.

결국 신자유주의는 정부역할의 축소와 시장원리의 확장을 통한 민영화라고 요약할 수 있는데 그것은 신자유주의가 지배적 담론이나 이념으로 확산되는 한국의 상황에서 영미식 자본주의로의 전환을 의미하여 노동자의 입장에서 볼 때 사회적 불평등을 심화시키거나 노동이 보호받을 가능성에 대해서는 상당히 취약하다. 모든 문제의 원인을 신자유주의에 돌릴 수는 없지만 신자유주의가 부정적인 효과를 도출했다는 점에서 탈식민화의 안티테제인 신자유주의는 한국사회에 매우 유해한 요인으로 작용하기 때문에 탈식민화는 급격히 탈각된다. 신자유주의의 갖는 시각은 헤겔의 '유물사관'과 직결된다. 다시 말해 갈등을 통해 인간 사회가 발전한다는 헤겔의 유물사관은 철저하게 물질에 가치를 두고 있기 때문에 인간의 정신을 과소평가한다. 하지만 인간의 가치는 유물사관을 넘어선다. 결국 신자유주의의 치명적인 문제는 정치적으로 노동자를 배제하거나 억압함으로써 노동 문제를 외면하는 데 있다. 노동을 부정하거나 노동 문제를 프롤레타리아 계급의 문제로 격하하거나 왜곡즘으로서 상당한 헤게모니를 강화할 수 있는 지배구조라고 할 수 있다. 식민주의가 지배하는 폭력이 만들어 낸 사회구조는 지배권력의 독점적 구조로 귀결된다. 식민지인의 목소리가 전혀 반영되지 않는 식민체제하에서 식민주의자와 동등한 목소리를 내거나 이 같은 상황이 실현되길 기대하기란 매우 어려운 일이다. 식민사회라는 구조적 조건은 식민지 사회의 정치적, 경제적 통치 양식을 결정하는 지배적 요인이기 때문에 식민사회에서 자유를 향한 변화의 주체로서 식민지 구성원의 역할이 극도로 분출될 수밖에 없다. 그것은 식민주의 그 자체가 지배/종속관계를 형성하고 지속적으로 재구성하기 때문이다.

바꾸어 말하면 식민주의라는 현실을 시발점(始發點)으로 하여 필연적으로 탈식민사회를 지향하고 구성하기 위한 하나의 결정적 계기라고 말할 수 있다. 식민본국이 식민지에 병력을 집중시켜 정치적으로 불안하고 군사적으로 취약한 식민지를 점령하는 것은 대단히 쉬운 일이다. 탈식민주의 틀에서 보면 제국주의는 제국의 보존과 안전을 위해 식민지를 식민화하였다. 그 결과 식민지에 경제적 봉쇄를 가하거나 착취함으

하는 것은 또 하나의 제국주의적 흐름이라고 할 수 있다. 또한 정부가 권위적인 방법으로 우리사회의 핵심구성원인 노동자의 사회적 권리를 협소화함으로써 노동 문제를 더욱 악화시켰다. 국가 간의 문화적 교류, 즉 국제화라고 말할 수 있는데, 지구촌이라는 명목하에 강대국 일변도의 패권을 지니고 효율성만 강조한다는 점에서 신자유주의를 추종하지 않는 국가는 와해되거나 주변화될 상황에 직면하게 된다. 이것은 또 다른 의미의 제국주의적 억압과 제국주의적 질서를 구성하는 것이다. 이것은 식민지 근대화 다시 말해 획일적, 수직적 위계질서를 표방했던 식민주의와 논리와 크게 다르지 않다. 노동의 개인화와 유연화는 개인의 삶을 변형시키며 노동자에게 고통 분담을 강요하기도 한다. 그런 측면에서 신자유주의와 개인의 정체성은 상충된다고 할 수 있다. 특히 노동문제에 있어서 신자유주의가 갖는 문제는 노동계급의 삶의 조건의 문제를 약화시키거나 노사 간의 갈등을 증폭시키고 노동 문제를 경시한다는 점에서 한국사회에서 해결해야 할 최대의 과제라 할 수 있다.

로써 피식민자의 생명을 위협하게 되고 식민지는 주변화될 수밖에 없다. 예컨대 식민체제하에서는 제국주의 지배세력에 의한 국가폭력이 지배를 위한 강력한 힘으로 기능하기 때문에 폭력은 제국주의 기획의 필수 구성요소라고 할 수 있다. 역사적 사실로 입증되었듯이, 식민체제하에서 식민지배자는 그 특권적 권력과 식민지를 압제하는 물리적 폭력을 행사함으로써 식민지 사회의 삶의 기반을 약화시켰으며 식민지인 개인의 삶을 침해하고 유린하였다.

탈식민주의 이론이든 자유와 평등을 주장하는 사상이든 탈식민화가 새로운 시대의 변화를 주도할 담론이라는 점을 부정할 수 없다. 이점에서 볼 때 탈식민화, 탈식민사회로의 이행이라는 세계보편적 의식을 공유한다는 점에서 의미가 있다. 왜냐하면 이 개념을 통하여 어떤 방식, 어떤 내용으로 식민화의 과정을 겪게 되었는지 규명하는 것, 그리고 이와는 상이한 탈식민화로의 이행, 탈식민화의 내용을 성찰하는 것은 넓은 의미에서 탈식민화가 인간존재와 생명 자체를 존중하는 정치적 과정이기 때문이다. 이 과정에서 탈식민성이라는 개념은 제국주의와 식민지 간의 갈등구조, 정치적 이슈와 대립적 가치관, 이를 기반으로 하는 식민주의와 탈식민주의 간의 관계 등을 들여다볼 수 있게 한다. 이러한 문제의식을 가질 때 우리는 식민주의 사고를 벗어나 인간의 삶과 생명이 존중받는 진정한 탈식민사회를 구성할 수 있다. 식민주의적 사고가 여전히 그 영향력을 발휘할 때, 탈식민주의는 그 사회가 직면한 제 문제들에 대해 해결방안을 제시할 수 없으며 식민사회의 기득권과 잔재를 지속하는 자리에 머물게 된다.

식민주의는 탈식민화가 된 이후에도 여전히 지배적인 이념으로 남아 식민의식을 주입시킨다. 다시 말해 우리 사회가 직면한 식민적 잔재들을 당연한 것으로 여기거나 이 문제를 도외시하는 것이다. 그렇기 때문에 우리의 일상사에서 탈식민화를 모색하는 것은 매우 중요한 과제다. 그렇다면 탈식민주의는 텍스트 안에서 어떤 관계가 있는가? 탈식민주의 관점에서 텍스트를 분석할 때, 텍스트가 가진 표면뿐만 아니라 이면을 살피는 것은 매우 의미심장한 작업이다. 이에 대해 사이드는 명료하게 설명한다.

> 텍스트는 변화무쌍하다. 달리 말해, 텍스트는 상황에 따라 크고 작은 정치학과 연관되어 있다. 그리고 상황과 정치학은 주목과 비평을 요구한다. 어떤 이론이라 할지라도 텍스트와 사회의 연관성을 설명하거나 고려해 줄 수 없듯이 누구도 모든 것을 자세히 조사할 수는 없다. 하지만 텍스트를 읽고 쓰기는 결코 중립적 활동이 아니다. 왜냐하면 작품에는 그것이 아무리 심미적이거나 오락적이라 할지라도 이해관계, 권력, 열정, 즐거움이 동반되기 때문이다. 언론 매체, 정치 경제, 대중 단체들은—즉 세속적 권력과 국가의 영향에 대한 추적들—우리가 문학이라 부르는 것의 일부분이다.

> Texts are protean things; they are tied to circumstances and to politics large and small, and these require attention and criticism. No one can take stock of everything, of course, just as no one theory can explain or account for the connections among texts and societies. But reading and writing texts are never neutral activities; there are interests, powers, passions, pleasures entailed no matter how aesthetic or entertaining the work. Media, political economy, mass institutions—in fine, the tracings of secular power and the influence of the state—are part of what we call literature.[14]

사이드의 진술처럼 텍스트와 제국주의 지배 이데올로기는 분리될 수 없기 때문에 텍스트는 정치적이다. 텍스트가 사회를 투영하고 사회 전 영역에 침윤된 이념과 의식을 반영한다는 것을 이해하기는 어렵지 않다. 같은 맥락에서 탈식민주의는 서구중심적 가치와 이에 대한 저항적 개념으로서 새로운 주체, 새로운 사유에 대해 문제를 제기한다. 하지만 탈식민주의에 대한 논의도 권위주의적 정치체제라 할 수 있는 남성제국주의의 비합리적 구조가 어떤 형태로든 지속되는 한 탈식민화는 부정적인 형태로 남을 가능성이 높다. 말하자면 남성위주의 틀이 갖는 구조적 힘 때문에 여성의 정체성 형성은 불가능하다. 여성의 정체성이 이루어진다고 해도 그것은 남성권력으로부터 완전히 독립된, 독자적인 정체성을 구축하는 것은 지난한 도정이 될 것이다.

여성의 주체적인 가치와 가치정향의 중요성을 강조하는 것은 매우 의미 있는 개념이다. 그러나 복합적이고 다양한 비평과 이론의 시대, 전문화되고 다양한 이론을 접하는 시대를 지나고 있다는 점에서 탈식민주의는 우리들의 구체적 삶과 가치를 조망할 수 있는 의미심장한 이론이면서 동시에 난해하고 추상적인 이론 그 자체에 함몰되거나 전락할 위험도 내포하고 있다. 그럼에도 탈식민주의가 식민주의와 남성제국주의를 끊임없이 비판하는 것은 그것이 식민지를 여성과 동일시하여 우월과 열등, 주체와 객체로 타자화했기 때문이다. 이 같은 맥락에서 볼 때 식민지 여성은 남성에 의해 응시되는 객체이면서 성적 매력을 지닌 대상으로 기능해 왔다. 즉 식민본국과 식민지의 관계를 남성과 여성이라는 관계를 구성하여 식민지 여성은 이중적으로 타자화되었다. 이에 대해

---

14) Edward W. Said, *Culture and Imperialism*, 318.

김양선은 식민종주국은 남성, 식민지는 여성이라는 민족주의 담론과 제국주의 담론은 탈식민의 다양한 의제를 지나치게 일반화하는 모순이 있다고 지적한다.

> 식민지 남성과 식민지배자를 '남성적'인 자질로 함께 묶을 수 있을까? 식민지의 민족주의 담론과 제국주의 담론의 구조적 동일성은 인정한다 하더라도 그것은 담론 생산방식과 구조상의 동일성을 확대해석 한 것이다. 따라서 양자를 '동지적 관계'라는 모종의 형제애로 묶는 것은 민족(주의)의 발생 배경과 효과를 고려하지 않은 것이라 할 수 있다. 이와 같은 지나친 일반화는 제국주의와 식민지 간의 차이를 설명하지 못할 뿐만 아니라 제국의 여성과 식민지 여성 간의 차이, 식민지 여성 내부에서도 계층이나 지역, 교육의 정도, 내면화든 의식적으로든 받아들인 이데올로기의 입지점 등에 따라 빚어지는 다양한 차이들을 간과한 것이라는 점에서 문제가 있다.[15]

하나의 건강한 담론, 그리고 담론 실천의 장으로서 우리 시대에 가장 필요한 보편적 가치를 실현할 수 있는 유효한 학문 담론이라는 틀에서 탈식민론은 유효하다는 사실을 부정할 수는 없다. 특별히 여성억압에 대한 탈식민적 분석은 여성억압, 여성을 대상화하는 제국주의 담론에 대한 저항담론으로 접근할 수 있는 효과를 갖고 있다. 그것은 식민주의적 행태와 문화로부터 탈피하여 어떤 새로운 질서를 형성할 수 있는 문화정치 영역으로 요약된다. 또한 21세기는 근대 합리주의와 질서에 대한 반발, 탈중심화, 파편화를 특징으로 삼는 포스트모더니즘 시대라고 할 수 있

---

15) 김양선, 『근대문학의 탈식민성과 젠더정치학』, 서울: 역락, 2009, 17-18.

다. 그렇다면 포스트 모더니즘은 탈식민주의와 어떤 관계가 있는가? 김의락은 포스트모더니즘의 특징에 대해 포스트모더니즘이나 후기구조주의가 기존의 서구중심성에 대한 반성이나 탈중심주의를 그 특징으로 한다고 설명한다.

> 탈중심시대의 특징은 다극화(多極化) 체제를 구축한 채 필요에 따라 가로와 세로로 뭉치고 흩어지면서 새로운 질서를 형성하는 것이다. 이런 시대의 판단능력은 개인과 국가의 운명을 좌우한다. 지금처럼 미국과 중국이라는 G2에 EU(유럽연합)와 일본이 가세하고 신흥국가들까지 참여하는 시대에 새로운 인식이 필요함은 당연한 것이다. 오랫동안 유럽의 문화적인 전통의 주변에서 활동에 오던 지식인들이 유럽 중심의 사고의 틀을 급진적으로 해체하면서 오늘날 그 중심을 탈환하고 현실 세계의 문제점들을 보다 신랄하게 제기하는 가하면 다른 많은 이론가들을 자극하는 자극제가 되고 있음이 사실이다. 70년대 이후 서서히 형성되기 시작한 탈식민주의적인 현상이 21세기 오늘날에 와서 더욱 분명한 모습으로 다가왔다. 이런 변화는 식민지로 인한 지배/피지배의 관계에서 주체적인 해방일 수도 있을 것이고 아니면 항상 대립과 서열만을 강조해 온 제3세계를 비롯한 선진국들의 민족주의 그리고 유럽 중심의 이원론적 사고방식을 극복하고 백인 남성중심의 제국주의적인 속성에서 벗어나며 주변화 되고 항상 소외되어 온 여성들의 정체성 찾기로 구체화되고 있는 것이다.[16)]

---

16) 김의락, 『영미문학과 탈문화』, 서울: 우용출판사, 2012, 9.

서구중심적 사고의 해체라는 맥락에서 탈식민주의는 포스트모더니즘이나 후기구조주의 및 페미니즘 시각에서 크게 벗어나지 않지만 중심에서 배제된 주변부의 목소리에 관심을 갖는 이론이자 사상, 패러다임의 전환이라고 할 수 있다. 즉 계급, 성별, 가치와 태도, 문화와 차이를 무시하고 획일적인 지배문화를 고집하여 궁극적으로 식민권력의 재현을 추구하는 식민체제, 서구중심적 가치를 비판하고 조망하기 때문에 대단히 의미심장하다. 그것은 광범위하게 배치된 권력의 식민성과 식민성의 허구, 폭력적 억압적 식민화를 탈식민적 관점으로 환기시키고 있기 때문에, 탈식민주의가 관심을 받는 것도 이와 같은 정치적 맥락에 기인한다. 전술한 바와 같이, 탈식민주의는 기존의 철학적 전통을 해체하거나 이에 대한 저항담론으로써 포스트모더니즘 정신을 구현한다.

말하자면 탈식민주의는 타인의 고통에 대한 책임과 관심과 타자에 대한 윤리적 의식, 생명존중 사상으로 확장시킬 수 있는 담론이기 때문에 포스트모더니즘 시대의 역사발전의 보편적 주체로서, 그리고 타자로서 살아가는 수많은 주변부 타자들의 권리와 정치적 정체성을 새롭게 구성하고 그들에게 구체적인 대안을 제시하는 강력한 미시정치학적 조망이다. 탈식민화와 관련하여 포스트모더니즘 담론과 저항담론으로써 탈식민주의 담론 간의 공통점과 차이점에 대한 논의는 상당히 중요한 의미를 내포하고 있기 때문에 근대성과 식민지의 연관성이라는 맥락에서 우리가 극복해야 할 근대성 극복논리의 중요한 담론이 바로 포스트모더니즘 이론이라고 할 수 있다. 정정호는 포스트모더니즘과 탈식민주의의 전개된 양상과 상호영향관계, 그리고 공유되는 부분에 대해 다음과 같이 정리하고 있다.

식민주의는 억압적이고 총체화하는 일관성을 가지며 포스트식민
성17)은 해방적이며 역동적인 이질성을 가진다. 어떤 의미에서 포
스트모더니즘과 포스트식민주의는 모두 저항담론의 전복적인 통
제 불가능성을 의미한다. 그러나 이들의 차이는 무엇인가? 포스트
모더니즘은 서구중심의 저항과 해체이론이며 포스트식민주의는
비서구(특히 제3세계) 중심의 해체와 대항이라고 볼 수 있다. 이것
은 포스트모더니즘이 하이데거, 푸코, 료따르 등 서구인들이 중심
이 되었고 포스트식민주의 이론은 파농, 사이드, 스피박, 바바 등
비서구인에 의해 시작된 것만 보아도 알 수 있다. 포스트식민주의
이론은 서구에서 포스트모더니즘이론이 일어나기 이전부터 독자
적으로 생성되었다고 볼 수 있다. 다시 말해 60년대 이후의 포스트
구조주의나 해체주의가 구체적으로 논의되기 이전에 식민화된 주
체의 정치적 의미를 점검하면서부터 벌써 다른 양상으로 제국주의
담론의 중심부/주변부의 이분법 해체와 유럽문화의 이성중심적인
지배담론의 해체 등이 있었다. 의미화의 불확정성, 언어와 담론 속
에서의 주체의 위치, 권력과 지식의 역동적인 작동구조 등에서도
포스트식민주의는 이미 포스트모더니즘이나 포스트구조조의와 유
사점을 가지고 있었다. 따라서 어떤 의미에서 서구 근대성 극복을
기도하는 포스트모더니즘이나 서구 백인중심의 형이상학에 대한
해체주의 이론의 씨앗은 이미 포스트식민주의 속에 있었다고 볼
수 있다. 그 후 포스트식민주의와 포스트모더니즘은 상호영향을
주었고 이념적으로, 전략적으로 공유되는 부분이 많다. 담론의 탈
중심화, 경험의 구성에 있어서 언어와 글쓰기의 강조, 위반, 흉내
내기, 희화, 아이러니의 전복적인 전략 등은 이들이 공유하는 부분
이다.18)

---

17) 인용문에서는 탈식민주의를 원문대로 포스트식민주의로 옮긴다.

포스트모더니즘과 탈식민주의는 탈중심화, 이분법 해체, 지배담론의 해체라는 상호 공유할 수 있는 공통점이 있다. 그렇다면 양자 간에는 어떤 차이가 있을까? 정정호는 이렇게 설명한다.

포스트모더니즘과 포스트식민주의는 목적과 전략에 있어서 엄연한 차이가 있다. 포스트모더니즘은 서구 내의 근본적인 변혁 운동이라기보다 철학적·지적 반성운동으로서의 문화정치학인 것은 분명하지만, 전 세계적인 맥락에서 볼 때 그 한계가 있다. 더욱이 포스트모더니즘 문화상황을 경험하는 것은 서구를 중심으로 한 선진공업국들의 일부이다. 대부분의 비서구 제국들은 그들 자체의 토착적인 전통과 문화구조 속에서 제아무리 서구화에 성공했더라도 그들의 일상사에서 서구식의 포스트모더니즘 문화상황에 들어가기 어려운 것이다. 우리나라의 경우도 분단체제의 극심한 모순과 아직도 실험 중인 서구정치 이론 중 하나인 민주주의를 위한 엄청난 소요 속에서 전근대(premodern), 근대(modern), 탈근대(postmodern)의 모두를 동시에 경험하는 (비동시성의 동시성) 중층적 사회, 문화, 정치, 경제구조를 가지고 있다고 볼 수 있다. 또 어떤 사람들은 성급하게 포스트모더니즘을 서구의 후기자본주의의 문화논리 또는 새로운 세계무역체제(WTO) 속에서 서구의 기득권과 지배권을 계속 유지하기 위한 일종의 장식윤리로써의 "안전판"이나 또 다른 봉쇄이론의 역할을 하는 순수서구이론으로 간주하기도 한다. 그러나 포스트식민주의는 처음부터 구체적인 전복과 변혁을 위한 정치적 기획을 지닌 새로운 범세계적 문화정치 운동이었다. 억압적이고 착취적인 서구중심의 제국주의와 식민주의에 대한 올바른 관계정립(서구와

---

18) 정정호, 『이론의 정치학과 담론의 비판학』, 서울: 푸른사상, 2006, 109-10.

비서구, 남성과 여성, 선진공업국과 저개발국가 등)을 위한 저항운동이다. 포스트식민주의는 아직도 서구의 신식민주의와 문화 제국주의에 대한 지속적인 통국가적(transnational) 대응전략이다. 포스트식민주의야말로 교묘하고 엄청나게 작동되고 있는 서구중심의 포스트모더니즘을 위반하고 반정(反正)하는 거의 유일한 대항담론이다. 그러나 포스트식민주의는 모든 것을 보편화하려는 국제적인 포스트모더니즘의 헤게모니에 대항하는 전략이다. 포스트모더니즘은 차이와 불연속, 단편화와 다성성, 혼성모방, 희화 등을 주장하기는 하나 보편적 모형이나 세계적인, 전 지구적인 경향을 추구하는 경향이 있기 때문이다. 따라서 포스트식민주의 읽기는 지방적 특수성이나, 역사적 상황을 고려하기 때문에 지역성과 역사성을 강조하여 개입과 위반의 정치의식을 첨예화시킴으로써 반동의 포스트모더니즘이 가질 수 있는 보편화, 일반화, 추상화하는 경향을 치유할 수 있다.[19]

탈중심화, 탈식민화라는 두 영역에서 포스트모더니즘은 서구중심의 이론이며 탈식민화뿐 아니라, 사회를 탈식민화시키는 강력한 추동력으로 작동하고 있음을 부정할 수 없다. 또 한 가지 사실은 포스트모더니즘이나 탈식민주의도 기존 권위, 지배질서의 해체라는 시각에서 탈근대라는 새로운 지점을 지나가고 있다는 것이다. 두루 알다시피, 탈식민주의는 서구 출신의 이론가들이 정립한 이론이 아니라 세제르, 파농, 사이드, 바바, 스피박 등 식민지 경험이 있는 제3세계 이론가들로 형성되었다는 사실이다. 그렇다고 해서 이들의 주장이 서구 이론과 무관한 것은 아니다. 제3세계 이론가들은 서구의 해체주의 후기구조주의, 다문화주의[20] 등

---

19) 정정호, 『이론의 정치학과 담론의 비판학』, 110-11.

서구 이론으로부터 완전히 분리된 이론은 아니며 어느 정도 절충된 것은 사실이다. 탈식민주의는 서구중심주의, 즉 서구를 중심으로 서구의 철학과 사상, 이론에 대해 이의를 제기한다. 이는 서구가 식민지를 근대화의 명분으로 식민화하고 착취한 식민주의에 대한 저항을 의미한다. 포스트모더니즘과 탈식민주의는 권력의 작동이나 주체의 위치, 해체라는 유사성도 지닌다.

탈식민이라는 주제와 관련하여 탈식민주의 이론을 면밀하게 주창한 사이드는 현실과 담론의 실천이라는 두 가지 가치를 깊이 인식하고 탈식민주의에 천착함으로써 식민주의에 대한 비판과 탈식민주의라는 문학 이론을 이끌어 내었다. 그는 기존의 유럽중심적 역사관, 서구중심적 식민주의 사고방식에서 벗어나 제국주의 자체에 대해 근본적으로 재고

---

20) 다문화주의는 한 국가에 속한 외국인으로 구성된 특정집단이나 특정 소수민족에 대한 제국주의적 양태에 대한 비판과 대안모색이라면 탈식민주의는 제국주의가 종식된 이후를 의미하면서 동시에 식민주의 잔재를 탈각하고 식민주의를 극복하기 위한 대안적 담론이다. 우리는 포스트모더니즘 시대, 다문화 사회에 살고 있음을 부정할 수 없다. 미국인 7명 중에서 1명이 디아스포라, 즉 '이산'의 시대다. 런던의 경우 하루에 325개의 언어가 사용된다고 한다. 영국인을 포함하여 325개의 민족이 런던에 살고 있다는 것이다. 나이지리아 내란을 피해 한국에 이주한 나이지리아인들이 공동체를 이룬 서울 이태원을 비롯해 안산이나 동남권인 부산, 호남권인 목포에 위치한 공장들은 회사대표와 임원들을 제외하고 많은 경우 외국인 노동자들로 구성되어 있다. 5천 년의 역사를 이어온 한국도 순수한 혈통의 단일민족이란 개념이 사라지고 있다. 오늘날 국제사회는 국가와 국가 간 이동, 국가 내의 소수민족과 같은 이질적인 문화와 다양성, 사회집단 사이의 차이와 간극이 공존한다. 폐쇄적이고 순수한 단일문화를 유지했던 전통적인 사회는 새롭게 변모되거나 변화되었다. 과거 제국주의 시대가 강압적, 권위주의적인 지배구조와 질서가 특징이라면 국경의 의미가 상당히 축소된 우리가 살고 있는 현대사회에서는 자본, 기술, 문화가 국가라는 경계를 넘는 국제화가 진행됨에 따라 다양한 인종, 민족, 문화가 교차하거나 혼종되었다. 전 지구적 차원에서 민족적, 지역적, 문화적 다양성이 표출되고 이와 함께 다양한 형태의 사상과 이데올로기가 등장하게 되었다는 점에서 볼 때 지금은 '디아스포라' 시대라 해도 과언이 아니다.

할 수 있는 중요한 문제를 제기하면서 문학이론가 및 문화비평가로, 그리고 현실참여 지식인이나 사상가로서 기존의 낡은 주제와 형식을 벗어나 변화하는 다양한 이론의 틀 속에서 획기적이고 적극적인 담론을 제시하였다고 할 수 있다. 탈식민주의 이론을 주창한 사이드의 기여를 고려할 때 그의 탈식민주의에 대한 개념을 살펴보는 것은 매우 중요하다. 그의 탈식민주의 이론과 사상은 그의 특이한 삶과 결부된다.

주지하다시피, 사이드의 『동양담론』21)은 오늘날 가장 영향력 있는

---

21) 사이드의 동양담론을 한국의 사회 상황에 적용시킬 수 있다. 그것은 문화, 정치, 경제, 사회 모든 영역에서 서울을 중심으로 보는 시각, 즉 서울은 중심이며, 서울이 아닌 곳을 주변부, 지방이라고 지칭하는 이분법적 사고방식이다. 서울에 위치한 대학을 "인서울 대학"이라고 말하거나 서울이 아닌 지역에 있는 대학을 "지방대학"이라 부르는 것이나 인터넷 공간에 한국의 대학순위를 매김으로써 대학을 서열화시키거나 위계적으로 설정하거나 규정짓는 것은 중심의 논리, 제국주의적 발상, 우리 안의 제국주의라고 할 수 있다. 서울을 중심으로 보는 시각은 서울 이외의 지역을 지방으로 타자화시키는 방식이기 때문에 이것은 식민주의가 식민지를 주변화함으로써 차별화시키는 제국주의적 시각과 크게 다르지 않다. 권명아는 『식민지 이후를 사유하다』에서 지방, 지역이라는 개념이 상징 투쟁과 헤게모니 지배에 의해 구성되고 구축된 개념이라고 설명한다. 지방은 중앙 집권적 헤게모니에 종속된 영역에 대해 장소적·상징적·심성적으로 식민화된 경계를 일컫는 명칭으로 이러한 식민화는 '토속성'이나 '향토성'이라는 이름으로 구성된다. 말하자면 지방이라는 개념은 중앙이 아닌 지역에 대한 지리적 구획에 의해 형성된 명칭이면서 동시에 중앙집권적 헤게모니에 의해 국민 국가의 내부 식민화를 재생산하는 상징, 심성, 표상이 영토화되는 상징적 장소라는 것이다. 이와 관련하여 지역 문화론의 경우 최근에 활성화되고 있지만 그 개념은 1980년대와 1990년대의 지역 문화 운동론 시각에서의 그 의미는 퇴색되면서 세계화와 지역의 관계 재설정 등 보다 실용적인 의제들에 집중되는 특징이 있다.

또한 지역 정체성에 대한 담론에서 지역 정체성은 젠더, 계급, 연령 등 다양한 주체성의 차이를 아우르기보다 '지역 정체성'을 절대화하는 양상을 보인다. 다시 말해 지역 정체성에 대한 논의는 중앙과 지방의 대립과 위계화를 강조하지만, 지역 내의 다양한 이질적 차이와 주체성의 역학은 '지역 문화 정체성'이라는 동일성으로 환원시키는 경향을 발견할 수 있다는 점이다. 저자는 지방 문화와 지역 문화에 대해 새로운 차원의 사유가 필요하다고 주장한다. 지방 문화라는 개념의 헤게모니에 저항

탈식민주의 이론서로 자리매김하고 있다. 그가 동양담론에 대해 관심을 갖게 된 주된 이유는 사이드 자신이 주변부 타자라는 위치 때문이다. 이와 같은 사이드의 배경을 고려할 때 그가 타자에 대한 관심을 기울인 것은 충분히 이해할 수 있다. 동양담론이란 서구와 대비되는 이분법적 차별, 흑백 논리에 대한 도전, 서구중심담론에 대한 비판적 시각에서 본 정치적 대안이나 대항담론이다. 즉 서구담론은 서양이 동양을 관찰하고 기술하는 사고방식으로 서구가 인간 삶의 모델이며 기준이 되기 때문에 철학을 비롯해 경제, 사회, 문화에서 서구가 지배적인 위치를 점유하고 이를 토대로 식민지를 정복하고 지배하는 개념으로 볼 수 있다. 반면에 동양담론은 서구와 비서구를 이분법적으로 철저히 구분하며, 이 같은 이분법적 차이가 서구와 비서구, 지배와 종속와 같은 제국적 권력관계의 토대를 제공한다는 측면에서 동양담론은 서구열강의 팽창과 제국주의를 위한 이데올로기로 작동하는 것이다.

    사이드는 이 책에서 탈식민화를 위해 동양담론을 극복해야 한다는

하면서 '지역 문화'를 하나의 대안으로 설정하고자 했던 지역 문화 운동의 오랜 저항은 지방 자치의 제도와 세계화라는 새로운 세계 체제가 도래하면서 새로운 굴절을 맞게 되었다고 분석한다. 1980년대 후반부터 제기되었던 지역 문화 운동은 냉전체제하의 국민 국가의 중앙 집권적 헤게모니에 저항하는 지점이기도 했으며 최근에는 '지역 마케팅'의 관점으로 경도된 세계화와 국민 국가 내 '지역' 간의 새로운 관계 구축과 밀접한 관련이 있다. '지역' 연구가 제시하는 중요한 점은 '지역'의 문제를 '국민 국가 내부의 문제'로 사유하게 만든 것이 전형적인 근대 정치학의 산물이기 때문에 역으로 지역의 문제를 재설정하는 것은 국민 국가 내부의 권력 기제를 사유하는 문제일 뿐 아니라 국민 국가의 바깥 혹은 너머를 사유하는 일이기도 하다. 이와 같은 사유의 전환은 그간 주로 국민 국가 내의 역학에 의해 구축된 '지역' 담론을 재구성해 국민 국가의 안과 밖을 넘나드는 새로운 차원에서 '지역'을 접할 때 가능해질 것이다. 여기서 '지역'은 국민 국가 내의 종속된 위치를 표상한다는 점에서 '지방'이라는 개념을 비판적 맥락에서 사용하는 것이 더 적절할 것이다. 권명아, 『식민지 이후를 사유하다』, 서울: 책세상, 2009, 81-84.

논지를 전개하면서 동양담론이 주장하는 인식록적 폭력에 대해 집중적으로 비판하고 있는데, 이는 탈식민화에 대한 위기감과 위험에 대한 인식과 저항을 암시한다. 눈에 띄는 것은 사이드가 동양담론을 극복할 수 있는 계기를 식민지 백성의 저항이 아니라 서양 문화권에 속한 지식인의 비판의식에서 찾고 있다는 사실이다. 사이드는 현실에 대한 담론의 지배, 서양의 주관적 담론22)이 역사적으로 실제적인 지배권을 행사했음을 지적하는데 다시 말해 서구의 동양담론이 동양의 시각과는 무관하게 동양관을 형성하고 지속했다는 것이다. 이것은 서구에서 형성된 식민담론이 상당히 왜곡되었음을 보여주는 것이라고 할 수 있다. 사이드 자신이 "비평가의 임무는 이론에 대해 반대의 목소리를 내는 것이고, 역사적 현실과, 사회, 인간의 필요와 관심사를 향해 이론을 열어두는 것"23)이라고 언급한 것처럼, 그는 피식민인의 저항보다는 지식인들의 비판의식에서 서구중심적 동양담론을 비판적으로 극복해야 한다고 주장한다. 사이드는 서구중심적 가치가 동서양을 이분법적으로 구분하고 있다고 지적하였다.

다시 말해 서양은 우수하고 동양은 열등하다는 허위 이데올로기의 작동과 그것의 근본적인 유래는 서구의 시각으로 동양을 타자화한 『동양담론』에 기원을 두고 있다는 점이다. 즉 동양담론이 동양과 서양 사이

---

22) 딜릭은 탈식민주의가 매우 복잡한 이질성과 우발적이거나 부수적인 사건에 기초하여 전 지구적으로 사회현상을 드러내는 것이라고 언급하면서 탈식민주의가 전 지구적 변화와 분리될 수 없는, 지적, 문화적 헤게모니적 위치를 차지하고 있다고 분석한다. Arif Dirlik, *The Postcolonial Aura: Third World Criticism in the Age of Global Capitalism*, Colorado: Westview, 1997, 52.

23) Edward W. Said, *The World, the Text, and the Critic*, Cambridge: Harvard UP, 1983, 242.

에서 만들어진 인식론적 자치에 근거한 사고방식으로 동양을 지배하고 재구성하여 동양을 위압하기 위한 서양의 방식[24]이라는 것이다. 사이드의 동양담론에 대한 비판은 동양담론이 동양을 재현하면서 동양을 통제하고 재구성하고 지배하기 위한 방편이기 때문에 동양담론은 서구가 만들어낸 이데올로기라고 할 수 있다.

> 동양담론이란 동양 곧 동양에 관계하는 방식으로, 서양인의 경험속에 동양이 차지하는 특수한 위치에 근거하는 것이다. 동양은 단지 유럽에 인접된 것이 아니라, 유럽의 식민지 중에서 가장 광대하고 부유하며 오래된 식민지였고, 유럽의 문명과 언어의 기원이었으며, 유럽 문화의 경쟁자였고 또 유럽인이 마음 속 가장 심원한 곳으로부터 반복되어 나타난 타자의 이미지이기도 했다. 동양담론은 동양을 문화적으로 또는 이데올로기적으로 하나의 모습을 갖는 담론으로서 표현하고 재현한다. 그러한 담론은 제도, 어휘, 학문, 이미지, 주의, 나아가 식민지의 관료제도나 식민지적 스타일로 구성된다.

> *Orientalism*, a way of coming to terms with the Orient that is based on the Orient's special place in European Western experience. The Orient is not only adjacent to Europe; it is also the place of Europe's greatest and richest and oldest colonies, the source of its civilizations and languages, its cultural contestants, and one of its deepest and most recurring images of the Other [……] Orientalism expresses and represents that part culturally and even ideologically

---

24) Edward W. Said, *Orientalism*, New York: Vintage, 1978, 3.

as a mode of discourse with supporting institutions, vocabulary, scholarship, imagery, doctrines, even colonial bureaucracies and colonial styles.[25]

사이드가 집중적으로 비판하는 것은 서구중심적 보편주의다. 그가 서구적 관점을 비판하는 이유는 서구중심적 시각은 서구와 비서구, 곧 서구는 합리적이고 비서구는 비합리적이고 야만적이라고 구분하기 때문이다. 사이드는 동양담론이 우월/열등이라는 이분법적 논리로 인간의 보편적 삶을 재단하고 동양을 열등한 타자라는 시각으로 바라보는 시각에 대해 문제를 제기한 것은 동양담론은 비서구를 야만의 세계로 이미지화하여 제국주의 착취와 식민지배를 더욱 강화하였기 때문이다. 사이드에 따르면, 동양담론이란 서양인이 경험 속에 동양이 차지하는 특수한 지위에 근거하며 서양이 스스로 동양과 대조적인 이미지, 관념, 성향, 경험을 갖는다. 그것은 단순히 상상에 그치는 것이 아니라 동양을 타자의 이미지, 문화적으로 또는 이데올로기로 하나의 실체를 갖는 담론으로서 표상한다(Orientalism 1-2). 사이드의 동양담론은 『토지』에서 명확히 나타난다. 일본인 이치가와(市川) 형사는 동양담론적 시각에서 일본 제국주의의 권력의 우월성을 주장하면서 식민지 조선을 타자의 이미지로 정형화하면서 역사는 강자가 약자를 지배하는 것이라며 식민체제를 정당화한다.

"멍텅구리 같은 놈들, 제 나라 지킬 능력이 있었으면 시초에 합병 같은 것 없었을 거 아닌가. 지금에 와서 왕왕거려도 소용없어, 현실을 직시해라, 현실이 소리로 해결이 되나? 소리란 힘이 아니야.

---

25) Edward W. Said, *Orientalaism*, 1-2.

약자들은 항상 울지. 갓난애기도 항상 울어, 능력이 없기 때문이다. 해서 젖을 안 주면 죽는다. 너희들은 학문을 했으니 알 게다. 대영제국이 인도를 어떻게 다스리고 있는지, 백인이 유색 인종을 어떻게 취급하는지, 또 중국에서는 백인 식당에 중국인과 개의 출입을 금한다는 팻말이 공공연하게 나붙어 있다고 했다. 역사란 강자가 약자를 지배한 바로 그 자체다. 이집트, 로마, 그리스, 그들은 모두 징벌한 타민족을 노예로 삼았다. 노예들은 일생을 지배자 채찍 밑에서 일하지 않으면 안 되었다. 너희들은 이미 아는 얘기다. 그러면, 대일본제국이 너희들 조선인을 개 취급했더냐? 노예로서 몽둥이질하며 사역하였더냐? 내 앞에 앉아 있는 너희들은 누구냐. 노예냐? 개냐? 분명 개도 노예도 아니다. 고등교육을 받고 있는 당당한 학생이라는 사실을 부인하지는 못할 것이다. 너희들이 학생이라는 것은 대일본제국의 은총이다. 옛날에는 서당이 고작이요 그것도 양반의 자식 몇몇이 꿇어앉아서 고리타분한 글자 좀 배우는 정도, 그러나 지금은 신분의 구별 없이 많은 청소년들은 균등하게 새로운 학문의 혜택을 받고 있다. 자아 보아라! 이 유치장을 비춰주는 전등을. 등잔을 켜고 살던 너희들의 생활은 전등으로 바뀌어졌다. 거리에는 자동차, 기차가 달리고 초가집이 있던 자리엔 이층 건물들이 들어섰다. [……] 그 같은 민족성과 문명에 동떨어진 미개한 상태에서 언제? 백 년이 걸려도 안 될 발전을 우리 대일본제국이 실현시킨 것이다. 내 말이 틀렸느냐?"[26]

한국인의 의향과 무관하게 주권을 침탈한 일제는 식민지 근대화라는 명목하에 식민지 시대에 한국의 근대화가 이루어졌고 식민지배가 한국의 경제발전을 가져왔으며 전통사회에서는 볼 수 없었던 일본 제국주의식

---

26) 『토지』, 4부 1권, 94-95.

교육을 받은 조선인들이 한국사회를 이끌었다는 주장을 펼친다. 식민지 근대화론은 일본 제국주의 체제를 위한 한국의 경제수탈이었음에도 마치 식민지 근대화론이 한국의 경제발전의 추동력인 것처럼 주장하는 것은 식민지배의 정당성을 미화하기 위한 이론적 틀에 불과하다. 제국주의가 말하는 문명은 폭력과 동일하다. 이는 일본인 선생 이시다가 옥선자에게 무자비한 폭력을 행사하는 장면에서 여실히 드러난다. 그는 수업 시작 전에 시국에 대해 말하면서 그는 천황을 신격화하며 그대한 절대적 복종과 제국주의 문명화를 옹호한다.

"우리들은 보다 더 긴장해야 한다. 전선에서는 매일매일 천황폐하를 위하여 대일본제국의 남아들이 죽어가고 있다. 총후(銃後)의 우리들 마음가짐이 안한(安閑)하다면 그것은 불충이다. 우리는 이번 성전에 신명을 다 바쳐서 승리로 이끌어가야 하며 천황폐하의 거룩한 빛이 사해(四海)를 덮고 생명 받은 자 그 모든 것들이 폐하 앞에서 감읍하는 세상을 만들어야 한다. 귀축(鬼畜) 영미(英米)는 머지않아 이 지구에서 사라질 것이다. 기필코 우리는 그놈들을 몰아낼 것이며 오로지 매진할 뿐이다. 그러나 가장 명심해야 할 일은 천황폐하의 신금(宸襟)을 편안하게 하는 일로서, 우리 오기미(大君)는 억조창새의 어버이시며 군왕이시며 또한 현인신이시다. 우리는 일사불란, 마지막 피 한방울까지 바쳐서 국가 만대의 안녕은 물론 팔굉일우의 이상을 완수해야 하며 영원토록 와가기미(나의 君, 내 님)의 옥체를 보위해야 한다. …… 우미 유카바, 미즈쿠 가바네 야마 유카바, 구사무스 가바네, 오키미노 헤니코소 시나메, 가에리미와 세지." [……] 이시다 선생은 하얀 손수건을 꺼내었다. 안경을 걷어 눈물을 닦으며

"오오 덴노사마[天皇樣·천황님] 덴노사마."

하는 것이 아닌가, 반의 삼분의 일쯤 되는 일본 아이들은 엄숙한 표정으로 감격해 있었지만 조선 아이들은 말똥말똥, 더러운 웃음을 참느라 애를 쓰는 것이었다. 피골이 상접한 사내가 우는 것도 그랬지만 덴노사마라는 용어 자체가 잘 쓰이지 않는 것이었고 다분히 희극적 표현이었기 때문이다. 가령 예를 들면 센세이사마[先生樣]했다면 그것은 무식하고 신분이 낮은 사람이 존경을 표하기 위한, 지나친 것으로 간주하는 게 통례다. 수쇼사마[首相樣] 아이진사마[大臣樣] 하고 부르지 않기 때문이다. 한데 불행하게도 교실 한구석에서 낄낄낄, 아주 낮은 웃음소리가 났다.

"다레카(누구냐)!"

이시다 선생의 알싹한 입이 마치 허공만큼이나, 엄청난 크기로 벌어졌다. 목소리는 뇌성벽력이었다.

"와랏타 야쓰와 도이쓰카(웃음 놈은 어느 놈이냐)!"

교실 안은 마치 죽음의 바다처럼, 정적에 응고된 것처럼 느껴졌다. 상의는 숨이 막힐 것 같았다. 딸꾹질이 나올 것만 같았다. 바로 옆에 앉은 옥선자(玉仙子)가 웃었던 것이다.

"데테고이(나와라)!"

이시다 선생은 부들부들 떨면서 소리를 질렀다.

"다마카와[玉川·창씨개명]! 오다에다로(너지)!"

"……"

"오마에가 와랏타나아(너가 웃었구나)!"

"데데곤카(나오지 못하겠나)!"

달려간 이시다 선생은 선자의 가슴팍, 교복을 움켜쥐고 교단 앞까지 질질 끌고 나왔다.

"고노 후추모노, 한갸쿠샤(이 불충자, 반역자)!!"

뺨을 연달아 갈긴다. 그러더니 선자를 벽면 쪽으로 끌고 가서 벽에 다 머리를 짓찧기 시작했다. 쓰러지니까 발로 차고 짓밟고 이시다 는 완전히 짐승이 되었으며 들린 사람 같았다. 학생들 속에서 고함 과 울부짖는 소리가 났다. 일본 학생들만은 차갑게 구타 장면을 지 켜보고 있었다. 무서운 폭행이다. 선자의 비명과 이시다의 으르렁 거리는 포효하듯 외쳐대는 소리, 무시무시한 폭행이다.

바로 이것이, 이시다의 광란하는 모습이야말로 일본인의 실상이 아니고 무엇이랴, 어질고 심약한 자도, 양심을 운운하고 도덕을 논 하는 자도, 부자 빈자 할 것 없이, 유식한 놈이나 무식한 놈 가릴 것 없이 일본인은 거의 모두가 신국사상(神國思想) 현인신(現人 神)에 대한 광신자들인 것이다. 일본에는 투철하게 진실을 탐구하 는 지성이 없다. 만세일계(萬世一系), 현인신이라는 황당한 그 피 막을 찢고 나오지 않는 이상 그 땅에는 진실이 존재할 수 없고 지 식은 말라버린 샘터와도 같은 심장을 안고 있을 수밖에 없다.[27]

천황에 대한 우상화와 식민지 백성의 생명을 경시하는 이시다의 말은 식 민체제에 대한 적극적 옹호를 시사한다. 한민족공동체의 메타포라 할 수 있는 옥선자는 힘의 논리로 무장한 견고한 제국주의 폭력구조 앞에서 무 자비하게 짓밟힌다. 이는 제국주의적 주의 위계질서에 의해 억압받고 고 통당하는 식민지 여성, 식민지배자와 피지배자의 관계를 각인시키는 식 민관계를 드러낸다. 이처럼 식민 이데올로기가 체화된 자들의 왜곡된 사 상과 가치관 때문에 식민체제의 근본적인 변화는 불가능하다. 제국주의 에 대한 옹호는 일본인 이치가와의 동화정책에 대한 옹호에서도 확인할 수 있다. 이치가와는 한국인의 민족정체성을 말살하기 위한 조선총독부

---

27) 『토지』, 5부 2권, 310-12.

의 통치 이데올로기였던 동화정책에 대해 다음과 같이 피력한다.

> 힘은 역사상 언제나 정의였고 아름다운 것이었다. 그리고 풍요한
> 것이다! 힘이 없다는 것은 언제나 불의, 추악한 것, 빈곤이다! 멍텅
> 구리 같은 놈들! 뭐 어째? 일본 제국주의를 멸망시키자? 식민지 교
> 육을 철폐하라? 독립을 쟁취하자? 자알 논다. 똑똑히 들어. 대일본
> 제국에 있어서 조선은 우리 피의 대가다! 일청전쟁 일로전쟁, 오리
> 는 그 두 차례 전쟁에서 특히 러시아하고의 전쟁은 만세일계(萬世
> 一系), 우리 국체를 걸었던 전쟁이었다. 우리 젊은이들의 시체더미
> 와 피바다에서 얻어낸 보상을 너희들이 도로 찾겠다? 길 가다 주
> 운 금화 한 닢이냐? 그러나 나는 너희들 젊은 의기를 존경하는 사
> 람이다. 남아 장부가 그런 용기도 없다면 인간 쓰레기다. 나는 충
> 분히 이해한다. [……] 물과 기름, 대일본제국의 나갈 길을 막을 자
> 없다! 머지않아 대일본제국은 동야의 맹주가 된다! 그리고 세계를
> 웅비할 것이다. 꿈이 아니다. 눈앞에 다가오는 바로 그 현실인 것
> 이다. 너희들 조선 민족이 살아남으려면, 도 자손들의 안녕을 보장
> 받고 행복을 누리려면 대일본제국에 동화되어야 한다.[28]

동양담론은 동양 사회의 모든 영역, 모든 구성원들의 삶에 권력을 행사
함으로써 동양을 지배하기 위한 왜곡된 논리에 지나지 않는 것처럼, 이
치가와의 말은 일제가 조선을 지배하기 위해 구성한 허구적 지배담론이
며 일본들이 자기 시각에서 자신들의 필요에 의해 임의적으로 만든 허
위 이데올로기에 불과하다. 식민지인들이 인간의 존엄성이 부정당하며
제국주의자의 횡포와 폭력에 기인한 모욕감으로 팽만하게 될 때 식민지

---

28) 『토지』, 4부 1권, 96.

는 암울한 현실에서 인간적 상호성은 존중될 수 없다.

예컨대 『동양담론』에서 나폴레옹이 이슬람과 이집트를 프랑스 문화적 범주 속에 종속시키기 위해 군사적, 물리적 폭력적 힘에 의해서만이 아니라 담론적 미시물리학을 통해 서양의 시선에 의해 구성된 동양이라는 동양담론을 기획하였다는 것에서 이를 확인할 수 있다. 중요한 것은 사이드가 동양담론을 극복하기 위한 저항의 지점을 식민지 백성의 저항적 측면보다는 서양중심적 담론의 정치적 동기를 밝혀냈다는 사실이다. 즉 그가 서양의 식민 담론을 비판할 수 있는 토대를 구성하였다는 사실, 그리고 서구 지식인의 비판의식에 천착했다는 점은 높이 평가되어야 한다. 한마디로 사이드의 동양담론은 서양이 식민지배를 정당화하기 위한 방편이며 동양을 위압하고 지배하기 위한 서양의 지식체계로 요약할 수 있다.

사이드의 탁월한 업적에도 불구하고 사이드에 대해 비판적인 로위(Lisa Lowe)는 『동양담론』에 대한 사이드의 의식은 모든 다양한 담론들이 고정될 수 없고 통일될 수도 없음에도 마치 동양담론이 일관되게 작동하는 것처럼 설명하는 것은 지나치게 단선적이라고 지적한다.[29] 문제는 동양담론을 도식화된 담론인 것처럼 평면적으로 단순화하고 있다. 사이드의 냉철한 문제의식은 비평가로서, 이론가로서 탁월한 통찰력을 갖지만 복잡하고 다양한 권력과 문화가 결부된 사회에서 동양담론에 대한 범주를 지나치게 획일화시킨 것은 문제가 있다.

그럼에도 불구하고 사이드의 분석은 동양담론이 서양이 동양을 부정적으로 정형화시켰다는 점을 밝혔다는 점에서 유의미하고, 나아가서

---

29) Lisa Lowe, *Critical Terrains: French and British Orientalism*, Ithaca: Cornell UP, 1991, 8.

동양담론에 대한 저항담론으로서 탈식민주의 이론을 면밀하게 구축하여 새로운 정체성 구축을 위한 대안을 현저하게 제시하였다는 점은 인정해야 할 것이다. 사이드가 개진하는 탈식민주의 이론의 장점은 서구적 시각에서 세계를 바라보는 것이 아니라 제국주의 지배에 의해 침윤된 피지배자의 관점에서 세계를 바라보고 있다는 점이다. 이는 동양담론에 대한 사이드의 비판이 탈식민화의 역할을 감당하는 정치적인 성격을 강하게 띠고 있음을 보여준다. 여기서 정치적 성격이라 함은 동양에 대한 성양인의 사고의 지평의 협소함에 대한 뚜렷한 비판, 한마디로 말해 서양 스스로 동양에 대해 갖는 사고방식의 범위 내지 한계에 대한 비판이다.

『동양담론』은 담론이 권력이라는 점에서 푸코가 제시한 담론과 권력과 같은 맥락에서 설명할 수 있다. 그의 이론은 권력을 총체로 파악하고 권력의 범위를 확장시킨 프랑스 후기 구조주의자 데리다(Jacques Derrida)나 푸코(Michel Foucault)의 담론을 계승하고 있다. 사이드는 특별히 푸코의 권력 담론을 원용하면서 인본주의적 태도를 견지하면서 탈중심화된 의식을 가져야 한다고 주장한다. 푸코에 따르면 권력은 일종의 그물망으로 지식과 결합하여 분리될 수 없는 복합체라고 분석한다. 말하자면 담론은 감옥, 군대, 병원, 학교 등 사회 모든 영역에서 권력을 행사하는데, 권력은 지식과 연계하여 타자를 억압하는 부정적 기능이 있고 지식 속에는 권력이 작동한다는 것이다. 또한 그는 담론 자체를 권력이라고 설명하면서 모든 사회에서 담론은 생산됨과 동시에 통제되고 선택되고 배열된다고 주장한다.[30]

여기에서 사이드와 푸코의 차이점은 사이드가 제국과 식민지 관계

---

30) Michel Foucault, *The Archaeology of Knowledge and the Discourse on Language*, New York: Pantheon, 1972, 216.

를 설명하면서, 서구중심적 가치체계인 동양담론을 문화적 권력으로 기능한다고 분석했다는 것이다. 또 한 가지는 사이드가 푸코의 이론을 철학적 토대로 삼고 있는 것은 분명하지만 사이드를 후기 구조주의자라기보다는 오히려 휴머니즘의 옹호자로 보는 시각이 유력하다.[31] 주목할 것은 사이드가 푸코의 이론을 방법론적인 틀로 원용하지만 푸코의 권력담론을 역사의식이 결여되었다고 지적하며 푸코의 문제점을 다음과 같이 비판한다는 사실이다.

> 그는 역사란 동일한 불어를 사용하는 것이 아니며 불균등한 경제, 사회, 이데올로기들 사이의 복잡한 상호작용이라는 사실에는 무관심한 듯하다. 그의 연구 대부분은 근대 사회에서 권력행사를 자민족 중심적인 모델이 아니라, 예를 들면 유럽과 세계의 나머지 사이의 관계를 포함하는 더 커다란 그림의 일부로서 상당한 의미를 가진다. 그가 간과하고 있는 것은 담론의 이데올로기들과 규율이 어느 정도까지 결코 유럽적이며, 세부 자료들(그리고 인간)을 다루기 위한 규율이 비유럽 세계 거의 전체를 경영하고 연구하고 재구성하기 위해—그리고 정복·지배·착취를 위해—어떻게 사용되었나 하는 점이다.

> He does not seem interested in the fact that history is not a homogeneous French-speaking territory but a complex interaction between uneven economies, societies, and ideologies. Much of what he has studied in his work makes greatest sense not as an ethnocentric model of how power is exercised in modern society,

---

31) Frank Lentricchia, *After the New Criticism*, Chicago: The U of Chicago P, 1980, 162.

but as part of a much larger picture involving, for example, the relationship between Europe and the rest of the world. He seems unaware of the extent to which the ideas of discourse and discipline are assertively European and how, along with the use of discipline to employ masses of detail (human beings), discipline was used also to administer, study, and reconstruct—then subsequently to occupy, rule, and exploit—almost the whole of the non-European world.[32]

사이드는 담론과 문화적 권력의 상호연관성을 제국주의와 식민지의 관계에서 찾아내어 동양담론이 학문으로서 작동하는 방식을 밝힌다.

동양담론은 동양과 서양 사이에서 만들어지는 목적론적이자 인식론적인 구별에 근거한 사고방식이다. 따라서 시인, 소설가, 철학자, 정치학자, 경제학자, 식민제국의 관료를 비롯한 수많은 저술가들이 동양과 동양인, 동양의 풍습과 '정신' 운명 등에 대한 정밀한 이론, 서사, 소설, 사회적 설명, 정치론 등의 출발점으로서 동양과 서양이 서로 다르다는 점을 받아들였던 것이다. 이 점에서 동양담론은 심지어 아이스킬로스, 빅토르 위고, 단테, 칼 마르크스가 동양을 논할 때도 유용하게 수용되었던 것이다.

Orientalism is a style of thought based upon an ontological and epistemological distinction made between "the Orient" and (most of the time) "the Occident." Thus a very large mass of writers, among whom are poets, novelists, philosophers, political theorists, economists, and imperial administrators, have accepted the basic distinction

---

32) Edward W. Said, *The World, The Text, and the Critic*, 222.

between East and West as the starting point for elaborate theories, epics, novels, social descriptions, and political accounts concerning the Orient, its people, customs, "mind," destiny, and so on. *This* Orientalism can accommodate Aeschylus, say, and Victor Hugo, Dante and Karl Marx.[33]

사이드는 동양담론이 만들어낸 허구적인 지식체계가 동양을 열등한 타자로 인식시키는 왜곡된 담론을 형성하였다는 점에서 동양담론은 서양이 동양을 지배하기 위한 정치적 기획이라는 비판한다. 이와 같이 푸코와 사이드는 권력/담론의 작동방식을 새로운 지식과 연관시켰다. 그렇다면 푸코와 사이드의 차이점은 무엇인가? 푸코가 현시적이고 물리적, 폭력적 권력이 아닌 삶의 일상적 공간에 항존하는 권력에 초점을 맞추어, 파놉티콘으로 표상되는 감시체계를 통해 권력의 비가시적인 작동을 분석하면서 "저항 없는 권력관계는 없다"[34]고 주장했다면 사이드는 제국주의와 식민지 관계에 초점을 맞추고 있다. 그리고 푸코의 담론이론이 담론과 권력을 연계시켰지만 권력의 작동 과정에서 문화적 차이에 대해 논의하거나 설명하지 않았다면 사이드는 『동양담론』이 푸코의 권력/담론과 동일한 수준에서 작동한다고 설명하면서 새로운 서구중심적 지식과 담론을 권력에 연계시킨다.

　　탈식민주의 연구의 획을 그은 사이드의 『동양담론』은 그것을 지나치게 획일적, 단순도식적 발상이나 환원적 논리라는 문제점을 드러내고 있는데 이는 어느 정도 사실이다. 그 이유는 그의 논의가 명시적이라기

---

33) Edward W. Said, *Orientalism*, 2-3.
34) Michel Foucault, *Power and Knowledge: Selected Interviews and Other Writings 1972-1977*. Ed. Colin Gordon, Brighton: Harvester, 1980, 142.

보다는 산발적이고 환원론적이기 때문이다. 하지만 사이드는 이 책에서 서구중심적 이데올로기와 서구담론에 대한 문제의식에서 비롯되었다는 점, 그리고 제국주의 체제와 비판적 거리를 유지하면서 동시에 탈식민주의에 대한 인식론적 통찰을 보여줌으로써 현실 정치에 영향력을 행사하였다는 것, 그리고 탈식민주의 이론을 통해 담론적 실천을 이행하고 있다는 점은 의미심장하다. 이와 같은 점에서 사이드의 이론은 강력하며 저항적이라고 말할 수 있다. 식민체제의 억압을 경험한 피식민자처럼 문화, 정치적 측면에서 인종이나 민족에 따른 차별과 여성에 대한 차별은 우리 내부에 존재하는 동양담론이라 할 수 있다. 한마디로 사이드는 동양담론이 서양에 의해 문화적으로 구성된 동양의 이미지, 정형화된 동양이라는 이데올로기로 존재한다는 것이다. 물론 사이드의『동양담론』이 동양은 침묵해야만 하는 서양의 타자라는 점에 대해 다양한 비판을 받고 있는 것은 사실이지만 이석구는 사이드가 서구의 자기 성찰과 자기비판이라는 시각에서 사이드의 탈식민적 저항을 옹호한다.

사이드는 오리엔탈리즘 내부의 균열과 틈새를 간과하는 것처럼 비친다. 동양에 관해 말하는 모든 서양인을 '인종주의자, 제국주의자, 자민족중심주의자'로 몰아붙이고, 고대 그리스에서부터 현대 미국에 이르기까지 시대와 지역을 가로지르는 오리엔탈리즘의 '내적 일관성'을 강조하다 보니 오리엔탈리즘 자체의 모순이나 서양의 자기비판은 전혀 인정하지 않는다는 것이다. 결국 사이드는 오리엔탈리즘의 일반적 독주와 궁극적 승리를 기정사실화하는 셈이다. 그런데 이러한 비판은 《오리엔탈리즘》 하나만을 두고 볼 때는 일면 타당하지만, 사이드의 후기 저서를 보면 반드시 그렇지만도 않다. 적어도 《오리엔탈리즘》에서 사이드는 그의 비판자들이 지적하는 것처럼 오리엔탈리즘의 '획일성, 고정성, 영속성'만 부각시킬 뿐, 오리엔탈리즘 내부의 모순과 외부의 도전에 대해서는 상대적으로 무관심한 것이 사실이다. 그러나 ≪오리엔탈리즘≫ 이후의 사이드는 오리엔탈리즘에 대한 서구의 자기 성찰과 자기비판, 그리고 제3세계의 반식민적, 탈식민적 저항에 주목하고 있다.[35]

『동양담론』이후 구체적으로 걸프전 종전 직후 출간된『문화와 제국주의』에서 사이드는 제국 중심의 지배 논리를 거부하며 탈식민주의 관점을 견지하고 있다. 그는 이 책에서『동양담론』에서 개진한 내용보다 훨씬 다양한 논쟁과 주제를 제시하면서 탈식민주의에 대한 내용을 총체적으로 세밀하게 포착한다. 말하자면『동양담론』에서 인간 해방과 합리적 구현을 내세우며 보편적 가치와 객관적 진리로 행세한 인본주의가 사실은 인종주의나 제국주의 같은 유럽의 지배 이데올로기와 밀접한 공모관계에 있었음을 폭로한다.

이와 같은 기여에도 불구하고 사이드의 이론은 또 다른 문제를 갖는데 그것은 동양담론이 모든 분야에서 동일하게 나타나는 것처럼 주장한다는 점이다. 기실 사이드의 설명은 국제사회의 제 문제를 지나치게 단순화시키고 있다. 또 한 가지 그가 서구중심부에서 탈식민주의 이론을 개진하는 것은 서구중심적인 질서를 재각인하거나 확인시켜줄 수 있는 소지가 있다. 태혜숙은 사이드가 젠더에 대한 정치적 인식이 결여되어 있다고 비판한다.

---

35) 이경원, 「오리엔탈리즘, 시오니즘, 테러리즘-사이드의 ≪팔레스타인 문제≫」, 『에드워드 사이드 다시 읽기』, 김상률 · 오길영 엮음, 서울: 책세상, 2006, 236.

오리엔탈리즘을 '탈'하려는 탈식민 담론이라면 반드시 페미니즘과 함께 가야 한다. 특히 초국가적 자본에 유리하게 초국가적 노동력의 유동성을 최대로 확보하고자 탈민족주의와 민족주의가 복잡하게 갱신되고 있는 지금, 사이드의 틀은 노동력 및 새로운 세계 구획(worlding)의 인종적 젠더화(racial gendering)를 설명하기는커녕 오히려 간과한다. 사이드에게서 젠더 문제는 명료하게 의미화되지 않은 잔여/초과/잉여로서 재현된다. 동/서 권력관계에 대한 위계적 이해를 비판하고 해체함으로써 차이들의 공존과 연결을 말하고자 한 사이드의 틀은, 백인 남성중심의 제국주의 문화를 여성화하여 유색 남성의 탈식민 입지를 마련하려는 남성주의적 재현, 젠더 관계의 비가시화, (동양) 여성의 대상화 및 착취 문제를 남겨놓고 있다. 그렇다면 여기서 필요한 것은 (동양) 여성을 대상화하고 머나먼 곳의 은유로서 막연하게 거론하는 구도를 본격적으로 드러내면서 그 구도를 경제라는 최종 심급과 연결시켜보는 방향이다. 그러한 방향은 오늘날 전 지구적 자본주의를 '노동의 여성화'로 특징짓게 하는 국제적 성별 노동 분업 체계 속에서 경제가 아니라 여성의 몸들이 최종 심급이 되고 있는 현실을 목도하게 한다. 이러한 현실은 사이드의 틀이 갖는 한계를 또 한 번 입증한다. 소련 해체 이후의 '새로운 세계 질서' 아래 가속화되는 전 지구의 금융화(financialization)는 종과 젠더에 따라 위계적으로 동원되는 인종화된 노동 분업 혹은 젠더화된 인종별 노동 분업 체계를 만들어왔다. 사이드의 오리엔탈리즘 및 문화와 제국주의 논의로는 인종과 젠더에 따라 위계적으로 동원되는 국제적 성별 노동 분업 체계가 사이드가 교수로 지냈던 미국 내의 자본주의적 다문화주의 아래서 비가시화되는 방식이라든가, 전 지구적 자본주의를 실질적으로 돌아가게 하는 노동력으로서 유색 인종/여성 노동이 착취되는 방식이 설명될 수 없다.[36]

사이드에 대한 다양한 비판에도 불구하고 그의 탈식민주의 이론이 강력한 영향력을 발휘하는 것은 이론을 현실과 연결시킨 탁월한 통찰력 때문이다. 탈식민주의가 한 사회의 제국주의적, 권위주의적, 전체주의적 특징으로 응집되어 있는 대립적 갈등구도를 해체함으로써 상호 공존할 수 있는 사회문화를 지향한다는 점에서 사이드의 기여는 자명한 사실이다. 다시 말해 사이드는 지배자의 이해관계에 따라 전유되고 왜곡되는 정치문화의 변화를 추구함과 더불어 제국주의적 의식의 기반을 해체하고 이에 대한 비판적 접근을 시도하였다. 그리고 그는 개인적인 삶의 조건과 독립적이고 주체적인 인간주체의 탈식민화의 실현을 위해 막연히 추상적인 대안을 제시하기보다는 탈식민이라는 사회의 변화와 요구를 정치적으로 표출하면서 탈식민주의에 대한 이해를 크게 확장했다는 사실은 부정할 수 없다. 지구촌 시대 다양하고 복잡한 문화는 서로 뒤엉켜 혼종될 수밖에 없기 때문에 다문화주의적 시각[37]에서 상호 공존

---

36) 태혜숙, 「사이드와 페미니즘의 정치」, 『에드워드 사이드 다시 읽기』, 김상률·오길영 엮음, 서울: 책세상, 2006, 285-86.

37) 서로 다른 차이와 다양성을 존중하고 종족, 인종, 계급, 성별을 넘어서는 다문화주의는 이질적이고 다른 차이를 이해하고 감싸주는 다문화주의는 억압적이고 착취적인 불평등한 구조를 비판적으로 사유하는 시각이다. 다문화주의는 서구 사회의 저출산으로 인한 노동력 문제, 내수경기침체, 노동비용절감과 이로 인한 글로벌 시대 다양한 문화권의 이동이라는 국제적 흐름에 따른 패러다임이다. 그런데 무차별적인 외국인의 입국과 다양성의 이름으로 소수자의 권리, 인간평등을 주장하는 다문화주의를 무비판적으로 수용할 때 민족과 문화의 갈등 같은 문제점을 드러내게 된다. 다문화주의는 오히려 진리를 부정할 수 있고 전 지구적 차원에서 테러와 고통을 수반할 위험을 소지하고 있다. 2015년 11월 13일 급진 수니파 무장세력인 이슬람국가(IS)가 파리에서 동시다발적으로 자행한, 일명 파리 테러(Paris Terror)를 추종하는 세력들이나 서구사회에 대한 저항과 반감, 이민자로서의 정체성에 대한 혼란과 불만을 표출하는 자생적 테러리스트인 '외로운 늑대'의 등장이 이를 입증하고 있다. 최근에 IS로부터 동시다발적인 테러를 경험하고 있는 프랑스의 사례가 이를 증명한다. 프랑스는 이민

적 가치를 찾아야 한다는 사이드의 주장은 설득력이 있다.

오늘날 어떤 누구도 순수하게 하나이지 않다. 인도인이거나 여성이거나 회교도이거나 미국인이거나 하는 분류들은, 잠시 동안 실제 경험을 따르면 신속히 뒤로 처져 의미가 상실되는 시발점 이상은 아니다. 제국주의는 전 지구적 차원에서 문화와 정체성의 혼합을 더욱 강화했다. 하지만 제국주의의 최악의 그리고 가장 모순적인 선물은, 사람들이 자신들을 오로지, 주로 독점적으로 백인이거나 흑인이거나 서구인이거나 동양인일 뿐이라고 믿도록 했다는 점이다. 그러나 인간은 자신의 역사를 만드는 것과 같이, 그들의 문화와 종족적 정체성 또한 만든다. 아무도 오랜 전통, 지속된 거주, 모국어, 문화 지리가 끈질기게 지속되는 것을 부정할 수 없다.

자 수용, 특히 600만 명 이상의 무슬림을 수용하고 있는데 이민자 수용 비율은 유럽에서 가장 높다. 이슬람이 프랑스를 집중적으로 공격하는 이유는 유럽국가 중에서도 자유와 민주주의를 표방하는 프랑스가 여성 인권이라는 시각에서 '히잡' 착용을 금지시켰기 때문이다. 이것은 무슬림들에게 이슬람이 표방하는 이슬람 정체성에 대한 훼손으로 인식되어 프랑스가 이슬람의 공격대상이 된 이유 중의 하나다.

프랑스 내부에서 이슬람 이민자에 대한 차별, 그리고 프랑스가 시리아, 이라크에서의 IS를 무력으로 공격한 것도 이슬람이 프랑스를 공격하는 또 다른 원인이라 할 수 있다. 프랑스의 자유민주주의적 가치와 이슬람의 배타성은 상호양립할 수 없기 때문에 갈등과 충돌이 일어난 것은 부정할 수 없다. 프랑스에 대한 IS의 테러는 다문화의 이름으로 모든 것을 수용할 수 없다는 사실을 재확인시켜 주었고 유럽의 서구적 가치의 함몰을 가져왔다. 물론 인류보편적인 시각에서 내전으로 인해 국경을 넘을 수밖에 없는 불가피한 상황에 처한 사람들에게 인류애 차원에서 공감하고 이민자들에게 도움을 주어야 함은 말할 것도 없다. 하지만 다양성이 모든 가치에 우선하는 것은 아니며, 다문화의 가면을 쓴 다문화주의는 우리에게 상상할 수 없는 위협이 될 가능성이 있기 때문에 지구촌 다문화 시대, 다문화주의를 무조건 낙관적으로 볼 수는 없다는 것이다. 글로벌 시대가 다문화주의의 무조건적인 수용은 위험하다. 문화적 차이에 기인하는 문화적 갈등이 없을 수는 없겠지만 다문화주의를 무조건적으로 수용하자는 사고방식은 위험하다. 다문화시대 상이한 문화적 조건에서 보다 적실하고 현실적인 방안을 지속적으로 모색해야 할 것이다.

[……] 사실상 생존한다는 것은 사물들 사이의 관계를 맺는 것이다. [……] 그러나 이것이 또한 의도하는 바는 타자들을 통치하려고 노력하는 것도 아니며, 무엇보다도 "우리의" 문화나 국가가 어떤 방식으로든 최고라고 (그리고 그런 이유로 최고는 아니라도) 지속적으로 반복하는 것이 아니다. 지식인들에게 그런 것 없이도 행동할 충분한 가치가 있다.

No one today is purely *one* thing. Labels like Indian, or woman, or Muslim, or American are not more than starting-points, which if followed into actual experience for only for a moment are quickly left behind. Imperialism consolidated the mixture of cultures and identities on a global scale. But its worst and most paradoxical gift was to allow people to believe that they were only, mainly, exclusively, white, or Black, or Western, or Oriental. Yet just as human beings make their own history, they also make their cultures and ethnic identities. No one can deny the persisting continuities of long traditions, sustained habitations, national languages, and cultural geographies. [……] Survival in fact is about the connections between things. [……] But this also means not trying to rule others, not trying to classify them or put them country is number one (or *not* number one, for that matter). For the intellectual there is quite enough of value to do without *that*.[38]

지금까지 사이드의 탈식민주의 이론에 대해 세밀하게 살펴보았다. 하지만 탈식민주의라는 말 자체가 일상적으로 사용되지 않기 때문에 탈식민

---

38) Edward W. Said, *Culture and Imperialism*, 336.

이라는 개념은 그리 간단한 것은 아니다. 적어도 정치적 수준에서 명확하게 정립된 것은 아니다. 더구나 지배/종속이라는 중요한 대립축이나 이분법적 개념으로 이해할 수는 없다. 말하자면 탈식민주의는 통제되지 않는 막강한 권력으로 식민주의를 이행하는 식민제국주의에 대한 비판이다. 식민제국주의 권력이 드러내는 문제점은 강력한 국가기구에 의한 식민지배로 인한 식민지 억압과 식민지의 피폐화, 식민지인들의 생명경시와 같은 것이다. 우리는 과거 식민지배를 경험했고 이를 제한할 수 있는 저항은 상대적으로 취약했다. 식민제국주의라는 강력한 국가폭력과 취약한 식민지라는 대립 구조 속에서 식민권력이 제대로 통제되지 않을 때, 그로부터 심각한 문제들이 발생한다. 중요한 것은 식민제국주의는 지배의 효율성을 위해 폭력적 메커니즘을 작동시키는 억압적 체제를 갖는다는 것이다. 식민체제가 식민지의 모든 상황을 결정하고 집행하는 것은 대단히 위험하다. 왜냐하면 인간을 억압하는 견제되지 않는 제국주의 권력은 구조적으로 폭력의 제도화가 실행되는 정치구조에 놓이기 때문이다.

그렇다면 탈식민주의와 여성의 관계는 어떤 양상을 띠는가? 탈식민 공간에서 여성이 배제되는 것은 대단히 심각한 문제다. 역사적으로 여성은 남성제국주의적 구조에 의해 여성들만의 자율적인 공간과 이데올로기적인 영역에서 심각하게 배제되었다. 이는 페미니즘이 주장하는 여성 문제의 핵심적인 문제다. 이 같은 맥락에서 탈식민주의와 페미니즘은 어떤 관련성이 있는지 고찰하는 것은 매우 중요하다.

식민치하에서 고통받는 여성들의 삶과 애환, 식민지 자본침탈에 대한 저항이라는 관점에서 탈식민 페미니즘 비평은 여성이 남성의 응시의 대상이 아니라 독립적 주체임을 주장한다. 식민주의와 남성제국주의 권력에 대한 비판에 초점을 맞춘다는 점에서 박경리의『토지』와 탈식민주의는 밀접한 관련성을 갖는다. 사회적, 문화적으로 남성중심적 독점구조인 식민주의적 가치에서 여성들의 평등한 권리의 실현을 기대하기란 매우 어려운 일이다. 이 소설의 핵심적인 주제 중 하나는 식민체제로부터의 자유와 해방이라고 할 수 있는데 그것은『토지』의 등장인물들이 식민주의로부터의 해방을 위하여 일제에 항거하며 독립운동에 투신하기 때문이다.『토지』의 중심축을 이루는 독립운동, 동학농민운동과 관련된 의병활동, 만주에서의 독립운동, 식민지배에 대한 저항, 일제의 권위주의적 폭력통치에 반대, 그리고 식민지 사회의 민족의식과 한민족공동체라는 사회구조를 침식하고 무너뜨리려는 제국주의에 대한 비판에서 확인할 수 있다. 그리고 여성의 주체성을 인정하고 여성/남성의 이분법의 극복이라는 핵심적 서사를 구성한다는 점에서『토지』는 탈식민적 가치를 함의하는 텍스트라고 할 수 있다.

이를 위해 식민체제의 억압구조하에서 비참하게 살아가야만 하는 식민지 민초들의 삶과 정체성에 천착하여 박경리『토지』를 탈식민주의 관점에서 고찰하는 것은 유의미한 작업이라 할 수 있다. 역사적으로 정치적, 사회적, 문화적 권력은 남성들이 독점하였다. 이것은 여성 존재의 자율성을 약화시킨 근본적인 원인이 되었다. 여성의 자율적 삶을 통제하고 남성중심적 권력을 발현하였기 때문에 여성들은 피지배자로서 존재했던 것이다. 이에 대한 저항담론으로 등장한 탈식민 페미니즘은 여성의 위상 정립, 그리고 남성제국주의 다양한 형태의 물리적 강압과 통제가 갖는 요인에 대한 결과와 분리할 수 없는 이론이다. 남성우월적 가치에 의해 예속되어야만 했던 여성들은 자아의 실현과 자기 정체성 확립이라는 의식이라는 측면에서 볼 때, 탈식민 페미니즘 이론을 통해 새로운 위상을 갖게 된다.

　　페미니스트이면서 탈식민주의 문화이론가인 스피박(Gayatri Chakra-vorty Spivak)은 탈식민 페미니즘 시각에서 여성의 위치를 새롭게 드러냄으로써 남성제국주의적 개념에 저항하고 그것이 갖는 관계를 여성적 시각에서 규명하였다. 인도 캘커타에서 태어난 스피박은 오늘날 우리가 직면하고 있는 복잡한 식민주의 문제를 단순한 구조로 파악할 수 없다는 관점에서 자기 목소리를 낼 수 없는 서발턴의 침묵에 초점을 맞춘다. 그녀는 맑스주의와 페미니즘을 이론을 절충하고 데리다의 해체주의를 확장하여 그것을 전략적으로 수용하였다. 나아가 탈식민주의와 페미니즘을 연대하여 탈식민 페미니즘 담론을 확장하였다. 기억해야 할 것은 스피박이 제3세계 출신, 인도 출신이면서 미국에서 활동하는 변경의 지식인이라는 점이다. 본격적인 논의에 들어가기 전에 페미니즘에 대해 살펴보자.

　　두루 알다시피, 페미니즘은 남성과 다른 여성적 특징, 여성적 상상력, 문화와 인종 등 다양하게 존재하는 여성들의 가치에 주목하는 학문영역이다. 이에 비해 페미니스트 문학비평은 남성중심의 위계질서와 문학비평을 벗어나 남성에 비해 상대적으로 경시되었던 여성작가의 문학작품을 여성의 기준에서 제시함으로써 여성작가의 위상을 격상시키고자 하였다. 페미니즘이 남성과 다른 여성적 차이, 문화와 인종 등 다양하게 존재하는 여성들의 가치를 부각시키는 것이라면 페미니스트 비평은 여성이 가정이라는 울타리를 벗어나 자율적, 독립적, 주체적 존재로서 여성적 글쓰기를 통해 자신들의 영역을 확장시킨 것을 지칭한다. 페미니즘과 페미니즘 비평에 대해 컬러(Jonathan Culler)는 다음과 같이 설명한다.

페미니즘이 남성/여성의 대립과 서구문화의 역사에서 남녀 대립과 관련된 대립을 해체하는 데 착수하는 한, 페미니즘은 후기구조주의의 또 다른 버전이다. 하지만 그것은 페미니즘 이론의 한 요소일 뿐, 페미니즘은 통합된 하나의 학파라기보다는 사회적, 지적 운동이며 논쟁의 공간이다. 한편으로 페미니스트 이론가들은 여성의 정체성을 옹호하며, 여성의 권리를 요구하고, 여성의 체험에 대한 재현으로서 여성적 글쓰기를 격상시킨다. 다른 한편, 페미니스트들은 남성과 여성 사이의 대립에 의해 문화와 정체성을 조직하는 이성애 중심적인 모태를 이론적으로 비판한다. 일레인 쇼왈터는 남성적인 절차와 가정으로 된 페미니스트 비판을 여성 저자와 여성 체험의 재현에 관심을 두는 페미니스트 비평인 '여성비평'과 구별한다. 이 두 가지 비평양식은 영국과 미국에서 자주 '프랑스 페미니즘'이라고 불리는 것과는 반대적 비평양식이었다. 프랑스 페미니즘에서 '여성'은 가부장 담론의 개념, 가설, 구조를 전복하는 급진 세력을 상징한다.

In so far as feminism undertakes to deconstruct the opposition man/woman and the oppositions associated with it in the history of Western culture, it is a version of post-structuralism, but that is only one strand of feminism, which is less a unified school than a social and intellectual movement and a space of debate. On the one hand, feminist theorists champion the identity of women, demand rights for women, and promote women's writings as representations of the experience of women. On the other hand, feminists undertake a theoretical critique of the heterosexual matrix that organizes identities and cultures in terms of the opposition between man and woman. Elaine Showalter distinguishes 'the feminist critique' of male assumption and procedures from 'gynocriticism,' a feminist criticism concerned with women authors and the representation of women's experience. Both of these modes have been opposed to what is sometimes called, in Britain and America, 'French feminism,' where 'woman' comes to stand for any radical force that subverts the concepts, assumptions, and structures of patriarchal discourse.[39]

페미니스트 비평은 여성작가의 문학작품을 여성의 기준에서 제시하거나 여성작가의 위상을 격상시킴으로써 여성의 존재와 삶, 여성의 본질에 초점을 맞춘다. 이는 여성들이 가정이라는 범주를 벗어나 주체적, 자율적, 독립적, 주체적 존재로서 여성의 영역을 확장시킨다는 점에서 그 자체로 중요한 의미를 갖는다.

　　탈식민 페미니즘을 논의하기 전에 페미니즘의 역사에 대해 간략히 정리하는 것은 상당히 중요하다. 여성중심 비평가로서 쇼월터(Elaine Showalter)는 『그들만의 문학』(A Literature of Their Own)에서 여성 문학의 주체성을 주장하며 여성 문학사의 발전을 시대적 변천에 따라 3단계로 분류하였다. 첫째, 여성적 단계(Feminine)는 1840-1880년까지 해당되는 시기로 여성들이 지배적인 남성들의 가치관과 이데올로기를 모방하고 남성문화의 지적 성취와 같은 수준에 이르기 위한 단계이다. 이 시기는 여성들이 지배적인 남성중심적 가치관과 이데올로기를 모방하고 남성문화의 지적 성취와 같은 수준에 이르기 위한 단계이다. 둘째는 여

---

39) Jonathan Culler, *Literay Theory: A Very Short Introduction*, Oxford: Oxford UP, 2000, 126-28.

성해방적 단계(Feminist)로 1880년부터 1920년까지에 해당하는 기간으로, 페미니스트 시기는 지배적 양식을 거부하고 여성의 가치와 권리를 주장한 단계였으며, 남성우월적 지배적 양식을 거부하고 여성의 가치와 권리를 주장한 단계로 볼 수 있다. 셋째, 여성의 단계(Female)는 1920년 이후부터 현재까지의 기간으로 모방과 저항이라는 두 가지 종속을 모두 거부하고 자율적인 예술의 근원으로서의 여성의 독특한 경험을 해석하고 가치를 부여한 단계로 여성작가들은 정체성을 추구하였다.

그녀는 19세기 여성들의 문학은 세대와 세대를 잇는 양식, 주제, 문제, 이미지들이 반복되는 연속체를 가지고 있다[40]고 언급했는데 이것은 여성의 관점에서 여성작가들만의 독자적인 그들만의 문학이 지니는 의미와 가치를 강조한 것이었다. 여성작가들의 글쓰기에 대하여 그 궤적을 추적하는 것은 여성의 정체성을 이해하는 데 유용할 것이다. 김숙재는 여성의 글쓰기 단계에 대하여 다음과 같이 설명하고 있다.[41]

첫째 단계는 엘리자베스 개스켈(Elizabeth Gaskell, 1805-1865)과 조지 엘리엇(George Eliot, 1819-1880) 같은 여성 작가들이 속하는데 내적으로는 지배적인 남성 미학의 기준을 모방하면서 외적으로는 요조숙녀를 지향하고자 한다. 하지만 이들의 작품세계는 여성 작가들 자신이 속한 가정과 사교계를 벗어나지 못했다. 그러면서 남성적인 직업으로 간주되는 글 쓰는 직업에 '이기적으로' 참여하였다는 사실에 대하여 남성들 또는 남성작가들, 혹은 다른 여성들에 대한 어떤 죄의식을 느꼈다. 한편 남성들의 소설에서 쉽게 용납되지 않는 관능성 또는 조야함을 피하려고 노

---

40) Elaine Showalter, *A Literature of Their Own: British Women Novelists from Brontë to Lessing*, Princeton: Princeton UP, 1977, 11.

41) 김숙재, 『영문학 이해: 여성과 자아』, 파주: 한국학술정보, 2004, 30-32.

력하였으나 조지 엘리엇은 『플로스 강의 방앗간』(*The Mill on the Floss*, 1860)에서 상당한 관능성을 암시하는 데 성공했다. 논란이 많았던 토마스 하디(Thomas Hardy, 1840-1928)의 『테스』(*Tess*, 1890)도 여주인공의 성적인 매력을 전달하기 위하여 시적인 이미저리와 암시에 많이 의존할 수밖에 없었던 것과 같은 맥락이다.

둘째 '여성해방적 단계'(feminist)는 엘리자베스 로빈스(Elizabeth Robins, 1862-1952)와 올리브 슈라이너(Olive Schreiner, 1855-1920) 등이 포함된다. 이 시기의 급진적 페미니스트들은 분리주의적 아마존과 같은 이상향과 여성 참정권론자들의 동지애를 옹호하였으며 주로 여성의 가치와 권리를 주장하였다. 원래 페미니즘(feminism)이란 용어는 라틴어의 페미나(femina, 여성이라는 뜻)에서 온 말이며 여성의 사회적 정치적 법률적 모든 권리의 확장을 주장하는 주의이다. 페미니즘 사상의 출발점이라 할 수 있는 18세기 영국의 울스턴크래프트(Mary Wollstonecraft, 1759-1851)가 쓴 『여성권리의 옹호』(*A Vindication of The Rights of Women*, 1792)는 페미니즘을 정리한 최초의 저작물로 간주된다. 이 책에서 저자는 중산계급 여성의 정신적 경제적 자립을 주장하고 있다.

셋째 '여성'(Female)의 단계는 이전 단계의 전통을 이어받으면서 여성의 글과 여성의 경험을 발달시켰다. 레베카 웨스트(Rebecca West, 1892-1983), 캐더린 맨스필드(Katherine Mansfield, 1888-1923), 도로시 리처드슨(Dorothy Richardson, 1873-1957) 등이 이 단계의 가장 중요한 초기 여성 소설가들이다. 제임스 조이스(James Joyce, 1882-1941)와 마르셀 프루스트(Marcel Proust)가 주관적 의식의 긴 소설을 쓰고 있었을 때 리처드슨은 긴 소설 『순례』(*Pilgrimage*, 1938 완성)에서 여성의 의식을 주요 소재로 잡았다. 쇼월터에 의하면 리처드슨은 여성의 감정을 이입하는 자연스러운 표현 도구로 무정형을 선택하고, 남성적 편견의 징표를 표현하는 방편으로 패턴을 선택하여 자신만의 특이한 '무정형 토로'라는 이론을 합리화하고 있다. 그 결과 여성 정신의 조직과 형태라고 생각되는 것들을 전달하기 위해 단편적이고 생략적인 문장들을 만들어내려고 의식적으로 노력하고 있다.

쇼월터는 19세기 여성들의 문학은 세대와 세대를 잇는 양식, 주제, 문제, 이미지들이 반복되는 연속체를 가지고 있다고 설명했는데[42] 이것은 여성의 관점에서 여성작가들, 즉 '그들만의 문학'이 지니는 가치에 의미를 부여함으로써 여성의 자유의지의 발현을 강조한다. 탈식민주의와 페미니즘은 서구 제국주의의 억압적 지배와 남성제국주의 지배담론에 대한 저항이라는 공통분모를 가지고 있다.

> 페미니즘 비평은 여성의 억압과 해방을 중심 의제로 삼는 페미니즘 사상을 작품 읽기에 적용하는데, 특히 종전의 비평들이 간과해버렸던 '성' 범주에 관심을 집중한다. 페미니즘 비평은 19세기 인문사회과학의 '객관주의적 보편주의'에 깔려 있는 남성중심성을 드러내고 주류 해석들의 잘못과 부당함을 입증함으로써 문학연구에 새로운 읽기 방식을, 비평의 새로운 지평을 열어주었다. 무엇보다 페미니즘이 새로 열게 된 지평은 철저하게 삶과 앎을 연결하는 유물론적 정치 실천에 밀접하게 맞닿아 있다. 영미문학에서 페미니즘의 출발점은 울스턴크래프트의 『여권옹호론』에 있다. 여성의 심리적, 경제적 억압과 남녀불평등에 대해 울스턴크래프트가 제기한 문제는 해리엇 테일러(Harriet Taylor), 존 스튜어트 밀(John Stuart Mill)을 중

---

42) Elaine Showalter, *A Literature of Their Own: British Women Novelists from Brontë to Lessing*, 11.

심으로 하는 19세기 영국 자유주의 페미니즘으로 집결되고 20세기 초중반까지 지속된 여성참정권 운동의 기폭제가 된다. [……] 60년대 말 이후 현대 페미니즘 진영은 여성은 남성과 다르므로 이런저런 성역할에 적합하다는 식으로 여성을 제한하는 데 이용된 여성의 차이에 관한 본질론적 정의와는 다른 방식으로 여성의 차이를 말하는 문제에 직면한 셈이다 즉, 여성적 '본성'을 부정하면서도 환원불가능한 차이란 무엇인지를 분명하게 밝혀야 하는 것이다. 이를 위해서 차이의 페미니즘 이론가들은 정신분석학, 해체론, 탈구조조의, 탈식민주의 등의 포스트 시대 이론들과 제휴하면서도 비판하는 복합적인 관계에 들어가게 된다. 이런 상호침투하면서도 간섭하는 관계를 통해 최근의 페미니즘적 인식은 여성이 남성과 다른 점뿐만 아니라 여성들 사이에서도 인종과 계급에 따라 다양하게 존재하는 차이들을 고려해야 할 필요성에 직면한다. 이런 필요성은 지금까지와는 아주 다른 방식의 비평활동을 요청한다.[43]

탈식민 페미니즘은 페미니즘의 탈식민화와 탈식민주의의 페미니즘이라는 이중적 과제를 수행하는 가운데 형성된 이론이다.[44] 탈식민 페미니즘에 천착한 스피박은 남성제국주의적 가치를 비판하면서 성, 계급, 문화적으로 주변부에 위치한 탈식민 서발턴[45] 여성에 대한 문제를 일관성

---

43) 태혜숙, 『한국의 탈식민 페미니즘과 지식생산』, 서울: 문화과학사, 2004, 30-32.

44) 태혜숙, 『탈식민주의 페미니즘』, 서울: 여이연, 2004, 47.

45) 서발턴은 '하층민', '하위 주체', '하위 집단' 등으로 번역되는데 사전적인 의미로 '하층민'이나 '하위집단'으로 번역하는 것은 서발턴 연구의 이론적 문제의식을 어느 정도라도 담아 내지 못한다. '하위 주체'라는 번역어도 서발턴 연구가 서발턴의 '주체성' 자체를 문제화 한다는 점에서, 그리고 그 문제의식의 연장선상에서 서발턴의 속성인 '서발터니티'(subalternity)를 번역하기가 더욱 곤란하다는 점에서 난점이 있다. 김택현, 『서발턴과 역사학 비판』, 서울: 박종철출판사, 2008, 16.

있게 탐색하는데 그것은 여성을 로맨스 세계와 결혼의 범주에 제한시키던 전통적인 여성상에 대한 관념을 전복시키는 급진적인 이론이라 할 수 있다. 특히 탈식민주의 페미니즘은 제3세계 여성들, 즉 남성우월주의에 의해 무분별하게 타자화되고 정형화된 여성들의 성과 성차별, 그리고 여성의 정체성과 관련된 문제를 포착하여 여성을 역사의 주체로 상정한다.

　이와 관련하여 모한티(Chandra Talpade Mohanty)가 "제3세계 페미니즘의 지적, 정치적 구축에 대한 논의는 헤게모니적인 '서구' 페미니즘에 대한 내부적 비판과 지리적, 역사적, 문화적 근거를 가진 지역 페미니스트들의 관심과 전략이라는 자율적인 공식화에 진입해야 한다"46)고 지적했듯이, 스피박은 서구중심적 페미니즘에서 벗어나 탈식민주의와 페미니즘을 결합한 탈식민주의 페미니즘이라는 이론을 통하여 다양한 상황에 처한 여성들의 차이를 깊이 인식한다. 이러한 인식은 식민주의적 페미니즘을 탈식민화하려는 새로운 지점에서 남성제국주의 지배담론에 대한 역담론적 시각이다. 이것은 여성을 남성우월적 논리에 종속시킴으로써 여성의 위기를 불러일으킨 전제적 제국주의 시각을 해체함과 동시에 제3세계 하위주체인 여성, 즉 서발턴을 정치적 주체로 새롭게 복원하고 제3세계 서발턴 여성들의 억압된 목소리를 들려주는 것이다. 남성제국주의 지배의 부정적 현실을 드러내는 스피박의 이론은 여성의 정체성과 그들만의 독자적 가치구조를 갖는다. 다시 말해 여성이 권위주의적 남성제국주의로부터 여성의 탈식민화로 이행을 구현함에 있어서 여성의 '목소리 내기'는 중요한 조건이라 할 수 있다.

---

46) Chandra Talpade Mohanty, Ann Russo, and Loudres Torres Eds. *Third World and the Politics of Feminism*, Bloomington and Indianapolis: India UP, 1991, 51.

같은 맥락에서 박경리의 『토지』는 여성의 삶, 여성성의 발전과 변화를 탈식민 페미니즘 시각에서 남성제국주의 문제를 폭로하고 드러내는 강력한 힘이 있다. 이 소설은 여성이 직면한 상황, 여성적 삶과 정체성이 갖는 특징을 탐색하는 의미를 지닌다. 이 과정에서 제국주의의 성격과 그 구조, 그리고 정치적, 사회적 수준에서 탈식민화로의 이행에 대한 어떤 여성적 가치를 규명할 수 있을 것이다.

위든(Chris Weedon)이 "탈식민 페미니스트들은 재현의 식민양식 및 서구 페미니즘 이론과 정치적 어젠다의 우월성을 내포함으로써 서구의 시각으로 비서구문화를 읽어내려온 경향에 대해 날카롭게 비판했다"[47]고 지적한 것처럼, 스피박의 탈식민 페미니즘 이론은 부조리한 남성제국주의 지배에 의해 억압당하고 역사에서 망각되고 기억되지 않는 여성 타자들의 삶을 대변함으로써 여성들의 삶의 문제를 제기한 것이다. 이러할 때, 제국주의와 남성우월주의가 상호 친화성을 갖게 되는 것은 의심할 여지가 없는 이치이다. 남성제국주의 원리는 여성 억압이라는 측면에서 서로 다른 가치를 추구하는 것이 아니라 동일한 논리에 기초한다. 남성지배식민주의 담론은 한편으로는 야만적이지만 매혹적인 미지의 영역, 개척과 개조의 대상인 식민지를 여성적인 자질과 동일시하며, 다른 한편으로는 제국주의 전쟁을 수행하기 위한 핵 단위인 가족을 책임지는 존재로 구성된다.[48] 말하자면 지배/종속, 이성/감정으로 남성과 여성을 구분하여 여성을 주변화하였던 것이다. 다시 말해, 스피박은 인

---

47) Chris Weedon, "Changes, Breaks, and Continuities: Feminist Theory and Cultural Analysis from Second Wave to the Present," *Feminist Studies in English Literature* 15.2, 2007, 196.
48) 김양선, 『근대문학의 탈식민성과 젠더정치학』, 167.

종, 계급, 성적으로 억압된 제3세계 여성들의 상황을 그들의 시각에서 말하게 함으로써 서구중심적 페미니즘을 제3세계 여성들의 삶으로 전환시켰다.[49] 남성제국주의의 모순에 대해 여성의 자기 목소리 내기는 남성제국주의 질서에 대한 저항이라는 점에서 스피박 이론의 중심축이다.

여성에 대한 타자화는 『제인에어』(*Jane Eyre*)에 등장하는 로체스터 (Rochester)의 아내 크리올 출신의 버사(Bertha Mason)에게서 발견할 수 있다.

> 이 소설에서 제인은 '로체스터'와 '버사'로 구성된 법률적 가족'의 '파괴자'로 등장한다. 그리고 전체 이야기의 전개는 '가정의 파괴'라는 반 가족 담론에서 성적 재생산의 영역인 가족 담론의 형성(즉 로체스터와 제인의 결혼)으로 옮아간다. 이 과정에서 제국주의 이데올로기는 버사와 로체스터 가정의 합법성에 심각하게 의문을 제기하고, 제인이 가족의 파괴자가 아닌 훌륭한 인격의 소유자로 거듭나게 만드는 촉매제 구실을 한다. 즉 로체스터는 자메이카 크레올 여성인 버사를 아내로 맞이함으로써, 순수와 사랑으로 가득차야 할 자신의 가정이 버사의 야만성과 동물성에 의해 심각하게 오염되었다고 생각한다. 그에게 버사는 인간, 동물의 경계선상에 있는 인물로 간주되며, 제인은 이러한 야만성과 수성을 극복해줄 수 있는 일종의 구원자로 인식된다. 따라서 버사가 크레올이라거나, 태생 원주민이 아니라는 피식민지 지역 내의 계층 구분은 최소한 19세기 유럽 사회에서는 거의 의미를 지니지 못한다.[50]

---

49) 민하는 제3세계 여성의 차이 문제에 대해 제3세계 여성들 스스로 제기해야 하고 그 차이에 대해서도 자기들의 용어로 정의해야 한다고 촉구한다. Trinh T Min-ha, *Woman, Native, Other*, Bloominton: Indiana UP, 1989, 44.

50) 정혜욱, 「타자의 타자성에 대한 심문」, 『타자의 타자성과 그 담론적 전략들』, 부산: 부산대학교출판부, 2004, 64-65.

스피박은 하위주체를 타자로 바라보는 제국주의 남성지배담론에 대한 대항이론인 탈식민 페미니즘을 통해 여성을 역사의 주체로 보고 서구지배담론이 구축한 지배담론을 탈구축함으로써 여성들의 정체성 문제에 천착한다. "탈식민 여성 서발턴은 서구 백인 남성중심 사회의 해체되고 파편화된 주체들의 현란한 지적 유희를 넘어서서 새로운 사회와 인간을 창조하려는 주체로서",51) 이들은 권력 중심부로부터 지배를 받는 최하층 부류에 속하는 제3세계 여성, 흑인, 노동자, 농민과 같은 계급이다. 보다 정확히 말해 서발턴은 막연히 권력구조의 최하층에 속하는 구성원이라기보다는 제국주의 체제에 저항하는 탈식민주의 시각에서 계급, 성, 인종을 포함하는 광의의 개념이라고 보는 것이 좋을 것이다. 스피박은 정체성 구축과 관련하여 서발턴 문제, 구체적으로 제3세계 여성들의 정체성 찾기라는 문제를 통해 차이의 정치학 문제를 본격적으로 다루면서 여성의 삶의 의미는 무엇이고, 여성으로서 자유롭게 생각하고 행동할 수 있는 삶의 규범에 천착한다.

다시 말해 여성의 삶을 행복하게 하는 것은 여성 존재의 독립성과 주체성은 어떤 것이고 또 그것을 어떻게 구성할 것인지와 같은 깊이 생각해야 할 근본적이고 중요한 이슈에 대해 문제를 제기하였다. 여성의 현실을 정확히 바라보고 그런 현실을 넓고 깊게 인식함으로써 여성이 처한 문제와 남성제국주의의 진실을 규명하였다는 점에서 그는 사려 깊은 실천적 여성 지식인이이라고 할 수 있다. 스피박이 천착하는 여성의 독립성과 자아형성과 관련된 정체성 구축 문제는 매우 의미심장한 주제임이 틀림없다.

---

51) 태혜숙, 『탈식민주의 페미니즘』, 124.

정체성 구축과 관련하여 탈식민주의 이론가인 바바는 이렇게 설명한다.

정체성 형성의 문제는 결코 미리 주어진 정체성의 승인이나 자기
수행적인 예언은 아니다. 오히려 그것은 항상 정체성의 이미지 생
산과 그 이미지를 가장하는 주체의 변형의 생산물이다. 타자에 대
해 존재하는 것, 즉 정체성 형성의 요구는 타자성의 질서를 차이화
하는 과정 속에서 주체의 표상작용을 수반한다. [……] 정체성 형성
과정은 항상 그것이 경유하는 타자의 위치에 분열의 표시를 갖는
정체성 이미지의 귀환이다.

[T]he question of identification is never the affirmation of pre-given
identity, never a self-fulfilling prophecy—it is always the production
of an image of identity and the transformation of the subject in
assuming that image. The demand of identification—that is, to be
for an Other—entails the representation of the subject in the
differentiating order of otherness. Identification [……] is always the
return of an image of identity that bears the mark of splitting in the
Other place from which it comes.[52]

'차이화'라는 것은 서구 백인여성과는 다른 제3세계 문화권 여성들의 시
각에서 정체성의 문제를 새롭게 재현하는 '차이의 정치학'을 의미한다.
정체성 문제는 그 내용에 있어서 복잡하고 다층적이기 때문에 정태적으
로 접근하기보다는 동태적으로 접근해야 한다. 왜냐하면 그것은 인간
삶의 현실의 복잡하고 다양한 양상 속에서 인간의 삶과 행동, 억압과 폭

---

52) Homi K. Bhabha, *The Location of Culture*, London: Routledge, 2008, 64.

력, 갈등이 공존하는 사회변혁의 유동적 과정 속에서 어떻게 지속적으로 정체성을 구축할 것인가라는 문제와 연결되기 때문이다. 예컨대 여성이 자신의 자유롭고 독립적인 삶을 구축하려 할 때 그것을 제약하는 권위적이고, 남성제국주의 권력과 냉혹한 현실 정치의 위계구조하에서 여성 스스로 자신의 정체성을 능동적으로 구성하기는 어려운 문제인 것이다. 바꾸어 말해서 남성제국주의는 어디까지나 남성에 의해 통치된다는 점에서 여성은 수동적 역할 이상을 갖지 못한다. 여기에서 우리는 견고한 남성제국주의 구조의 현실과 이를 대면해야 할 여성의 역할에 대해 상당한 차이를 발견하게 된다.

스피박은 남성과 여성 사이의 주요 문제들이 충돌하는 갈등의 중심에 서서 남성제국주의 권력에 비판을 가하고 문제를 노출시킴으로써 전제적 남성중심적 구조의 힘을 약화시켜 여성의 정체성 문제를 명확하게 드러내었다. 폭력구조에 의존하는 남성우월적 가치는 체제의 유지와 관리를 위해 여성의 복종을 필요로 하기 때문에 가부장적인 체제하에서 여성은 어떤 독립적, 독자적 존립기반을 가질 수 없다. 이러한 관점에서 볼 때 남성제국주의가 약화되는 흐름과 이에 저항하고자 하는 여성 정체성의 강화는 상호 연결된다. 즉 남성제국주의와 탈식민 페미니즘은 상이한 원리에 토대를 두고 있다는 전제하에서, 스피박은 남성제국주의 실체와 지배 형태에 대한 저항으로 탈식민 페미니즘 정치학에 천착한다. 그것은 여성의 삶에서 갖는 의미의 확장이라는 측면에서 지배, 권력, 물리적, 인식론적 폭력, 억압을 특징으로 하는 남성제국주의로부터의 벗어나 자율적, 독립적 존재로 자신들의 정체성을 구축하는 것은 두말할 필요도 없다.

윤리와 책임이라는 시각에서 스피박이 여성의 정체성 형성과 구축을 위해 상당한 이론적, 실천적 기여는 부정할 수 없다. 스피박의 공헌은 제국주의 남성의 폭력성과 억압성의 위험과 상흔을 드러내면서 제국주의 권력에 의해 배제된 타자로서 재현되었던 수동적 여성의 삶을 거부하고 공박하고 반복적으로 하위주체의 현실을 드러내고 옹호하는 데 있다. 환언하면 강고한 권력체제인 남성제국주의에 의해 식민화되고 타자화된 여성들의 시각에서 탈식민화를 모색함으로써 여성들의 정체성 수립과 여성주체의 변화에 대한 움직임에 대해 중요한 문제를 제시하였다는 점이다. 그것은 스피박이 제국주의 지배담론에 대한 저항으로써의 해체론적 방법을 통해 탈식민화를 지칭한다.

여기서 말하는 해체란 "자신을 마비시키지 않고 조사를 행하는 주체의 권위를 문제 삼아 불가능성의 상황을 집요하게 가능성의 상황으로 변환하는 것이다."[53] 말하자면 스피박의 하위주체담론은 바바처럼 추상적 이론에 머물지 않고 인간주체의 재현에 천착한 것이다. 제국주의 체제는 정치적 이해관계를 가진 집단에 의해 운영될 수밖에 없다. 이것이 의미하는 바는 지배권력이 자신들의 권력을 확보하고 유지하기 위해 식민지 자원의 수탈과 식민지 경영으로 연결된다. 스피박은 확고한 신념을 갖고 제국주의와 식민지 관계를 보다 세밀하게 남성제국주의와 식민지 하위주체의 관계에 천착하여 남성중심적 제국주의 시각을 비판한다. 그는 남성에 의해 혹사된 여성의 목소리의 복원, 소외된 하위주체를 정치적 주체로 새롭게 복원한다.

---

53) Gayatri C. Spivak, *In Other World: Essays in Cultural Politics*, London: Routledge, 1978, 221.

스피박의 공헌은 무엇보다도 페미니즘을 탈식민화시킨 것으로 돌려야 할 것이다. 「국제적 틀에서 본 프랑스 페미니즘」("French Feminism in an International Frame")은 제1세계 페미니스트 줄리아 크리스테바(Julia Kristeva)의 『중국 여성에 관하여』(*About Chinese Women*)에 대한 비판적 글쓰기로서, 스피박의 탈식민 페미니즘에 관한 관점이 명확하게 포착되는 대표적 논문의 하나이다. 크리스테바는 중국 방문 후 발표한 『중국 여성에 관하여』에서 사물의 질서와 상징질서간의 명확한 구분이 없이 무의식적 충동이 지배적인 중국 문자는 기본적으로 전 오디프스 단계인, 모성의 단계를 보인다고 주장한다. 이러한 특성은 중국의 모계적인, 그야말로 역사 이전의 기억과 아버지(the Father)의 속성인 이성과 합리성을 융합하고 있는 것이다. 따라서 중국 역사의 흐름은 모성적 단계에서 오디프스 단계로 이전하는 현상을 보인다는 것이 크리스테바의 논지이다. 같은 맥락에서 모성적 단계의 중국 역사 속의 남녀관계는, 유교적 청교도주의와 현대 서구의 부르주아 윤리관이 수입된 이후의 현대 중국의 남녀관계보다 양자의 희열(jouissance)에 바탕을 둔 관계였다고 크리스테바는 주장한다. [……] 그러나 스피박에 따르면, 크리스테바의 이 같은 가설은 제1세계 페미니스트가 지닌 재현의 특권을 여지없이 드러낸다. 제1세계 여성의 공감과 지성만으로 제3세계 여성을 논하는 것은 부족하다는 것이다. 후시앤 관장에서 크리스테바가 본 침묵하는 중국의 일반 여성은 크리스테바의 글쓰기의 대상이 될 뿐이다. 여기에서 문제시 되는 것은 그들, 중국여성이 아니라 크리스테바 자신의 정체성이다. 이같이 상호 의사소통이 결여된 상태에서 남는 것은 결국 제1세계 여성 크리스테바의 글쓰기라는, 유아론적 특권뿐이다. 다시 말하면, 크리스테바의 글은 전혀 다른 정치 사회적 상황에 프랑스의 고급 페미니즘의 원리

를 적용하는 것이 얼마나 무리한 일인가를 보여주는 대표적 사례
가 된 것이다.54)

가장 중요한 스피박의 기여는 남성제국주의에 의해 억압받는 여성의 실
존과 그들의 문제를 윤리적 차원의 영역으로 확장하였다는 사실이다. 제
1세계 페미니즘 시각에서 바라보는 중국 여성은 논의의 대상일 뿐 구체
적이지 못하고 수사에 치우쳐 있다. 이와 같은 이유에서 중국 여성은 탈
식민 페미니즘이 추구하는 여성의 정체성을 구현할 수 없다는 것이다. 해
체론자로서 스피박의 탈식민 페미니즘이 함축하는 것은 제3세계 여성들
이 제국주의 체제로부터 억압받을 뿐만 아니라 식민지 내부의 남성제국
주의에 의해 이중으로 억압받는다는 타자라는 것이다. 즉 서구 백인여성
과는 다른 제3세계 문화권 여성들의 정체성과 차이를 존중하기, 즉 주체
성의 문제를 새로운 시각에서 재현하는 차이의 정치학이다. 이 점에서 스
피박의 탈식민주의는 제3세계 서발턴이 재현되는 방식에 초점을 맞추고
있는 것이다. 그것은 남성제국주의에 의해 은폐되었던 여성들의 억압된
목소리를 내기 위한 노력이라고 할 수 있다. 바꾸어 말하면 여성 하위주
체들은 식민적 차별효과를 생산하는 제국주의와 가부장제 담론에 의해서
스스로 말할 수 없는 침묵당한 존재이기 때문에 우리는 여성 하위주체들
에게 말을 거는 방법을 배워야 한다는 것이 스피박의 핵심논점이다.55)

---

54) 유제분 엮음, 『탈식민 페미니즘과 탈식민페미니스트들』, 서울: 현대미학사, 2001,
    17-18.
55) 이에 대해 영(Robert Young)은 "여성이 스스로 말할 수 없다기보다는 여성이 말할
    수 있는 주체적 위치에 있지 않기 때문에 여성은 가부장제나 제국주의의 대상으로
    쓰이는 존재"라고 설명한다. Robert Young, *White Mythologies: Writing History and
    the West*, New York: Routledge, 1990, 164.

스피박이 우리의 관심을 끄는 이유는 기존의 백인여성중심의 페미니즘 비평의 문제를 극복하기 위해 침묵할 수밖에 없는 여성 서발턴들의 역사적 경험에 맞추어 여성 존재에 대한 새로운 성찰을 보여주는 탈식민 페미니즘을 제안함으로써 제국주의 지배체제가 여성을 타자로 보는 남성제국주의의 인식론적 폭력과 왜곡된 시각을 집중적으로 비판하기 때문이다. 스피박은 제3세계 여성들의 타자성과 재현에 초점을 맞추어 남성제국주의 지배구조를 해체하고 주변화되고 침묵당한 여성들의 역사를 재구성하여 주체로서 여성들의 역사를 새롭게 복원하고 여성들에 대한 다양한 인식틀과 이론적 토대를 구축했는데 이것은 과언이 아니다. 물론 한 이론가의 열정과 의지로 탈식민화가 이루어지는 것은 아니지만 제3세계 여성들의 입장을 대변하고 여성들의 문제를 집중적으로 부각시키고 탈식민주의의 내용과 외연을 확장한 것은 스피박의 기여라고 보는 것은 전적으로 옳다.

전술한 바와 같이, 힘의 논리와 억압체제를 구축한 식민주의적 수직질서와 이에 기초한 권력과 힘의 불균형, 식민지 사회 구성원들의 삶의 모든 영역을 파괴한 식민주의의 총체적 실상을 고백하고 식민지배에 대해 도전적이며 비판적이라는 점에서 탈식민주의는 식민체제의 적폐물이나 부정적 잔재로부터 벗어남, 혹은 그것을 넘어서 자기 정체성 모색과 함께 식민주의를 극복하고자 한다. 이와 같은 점에서 제국과 식민지의 관계를 남성과 여성의 관계로 환원시켜 여성의 탈식민화에 대해 이 소설을 통해 접근해보기로 한다. 박경리『토지』는 식민주의적 사고방식을 해체하고 지배의 폭력성을 드러내어 남성제국주의 구조와 가치를 탈중심화하는 강렬한 문제의식을 담아내고 있다. 이런 맥락에서 이 소설과 식민주의의 문제는 재현의 정치학으로 함축할 수 있다. 김진경은 이에 대해 다음과 같이 설명한다.

현대의 철학과 비평계의 주된 작업은 이제까지 우리가 '재현'이라고 믿어왔던 것들, 혹은 객관적이라고 믿어왔던 것들이 실상은 그것을 응시(gaze)하는 주체를 구성하고 있는 심리적, 사회적, 정치적, 문화적 요소들에 의해 채색되고 굴절되고 왜곡된 이미지임을 밝혀내는 것이다. 이러한 흐름 속에서 푸코(Michelle Foucault)는 병원이나 감옥 등 서구사회의 제도들에 어떠한 방식으로 지식과 권력의 억압이 작용하여 왔는지를 파헤쳤고, 사이드의 오리엔탈리즘은 서구 사회가 가진 동양의 이미지가 서구 사회의 욕망이 투사된 타자로서의 이미지임을 분석해내었던 것이다. 객체에 대한 응시 행위 자체가 주체의 주관성과 분리될 수 없다면, 그리고 묘사가 해석일 수밖에 없다면, '객체에 대한 객관적 이해와 모사(imitation)'란 불가능한 과제일 것이다. 그리고 관찰자/서술자의 의식을 구성하는 사회적, 정치적, 문화적 담화들에 의해서 현실이 채색되고 굴절될 수밖에 없기에 재현은 정치성을 벗어날 수 없다.56)

탈식민주의가 지나치게 서구중심적인 이론이라는 것은 명백한 사실이다. 그럼에도 불구하고 탈식민주의는 저항의 문화정치학으로의 역할을 담당하고 있고 식민지를 경험한 식민지 사회나 탈식민화된 사회에서 일반적으로 드러나는 재현에 대한 인식은 상당히 유의미하다. 다시 말해 탈식민주의는 식민주의가 피식민지를 어떻게 재현하고 있는지, 즉 식민주의가 갖는 폭력적 질서의 악순환과 그 억압구조를 해체에 있다. 식민주의가 궁극적으로 피식민자들의 삶을 삭제하거나 억압하거나 식민지

---

56) 김진경, 『지워진 목소리 되살려내기』, 서울: 동인, 2009, 13-14.

배를 근대화의 논리로 포장하거나 식민지배자들의 욕망을 투사하는 재현의 정치학에 대한 논제로 수렴된다고 할 때 탈식민주의는 식민주의가 갖는 힘의 구조를 해체하고 획일주의적 지배에 대한 저항과 비판을 의미한다.

> 지배권력은 타자화된 타자를 만들어내는 이른바 재현의 제국주의를 통해 타자에 대한 물산화된 이미지들(담론적 창조물)을 중심부에 투사함으로써 자신들의 정체성, 즉 동일성을 확립하고자 한다. 이 과정에서 재현은 필연적으로 창조의 형식인 동시에 배제의 형식이 된다. 지배권력은 이러한 재현의 정치학을 통해 물리적 공간뿐만 아니라 무의식의 공간에까지 타자의 공간을 창출함으로써 심리적, 정치적 중심화의 필요성을 충족시킬 뿐만 아니라 자기재현(self-representation)을 위한 타자의 모든 시도를 침묵시킨다.[57]

정치적 시각에서 볼 때 독립 이후의 탈식민화의 이행은 탈식민적 가치가 정착되는 긍정적 발전적 과정이라 할 수 있다. 여성의 정체성을 위협하는 잘못된 남성제국주의적 요인을 극복하고 전통적 유교질서의 위협으로부터의 해방이라는 성격을 띠고 있다는 점에서 그리고 그것을 탈각하기 위한 담론으로서 탈식민주의는 여전히 유효한 담론이다.

구태적 권위주의적인 남성제국주의에 대한 비판적 시각에서 박경리 『토지』는 여성들의 정체성에 대해 새로운 패러다임을 제시함으로써 여성을 역사의 주체로 진지하게 탐구할 수 있는 작품이다. 그것은 이 책이 탈식민주의 시대에도 사회의 문화와 가치, 그 구조에는 여전히 남성

---

57) 전봉철, 「차이의 공간화와 타자의 정치학」, 『타자의 타자성과 그 담론적 전략들』, 부산: 부산대학교출판부, 2004, 100-01.

제국주의적 요소들이 강력하게 비판하기 때문이다. 이와 같은 시각에서 다음 장에서는 강력한 남성제국주의가 그 자체의 모순과 협소한 지배체제라는 점에서 제도적으로 불안전하고 허약한 구조임을 밝히고 여성을 남성제국주의 권력을 유지하고 지속시키기 위해 여성 억압을 통해 체제를 유지하고 확립했다는 사실에 대해 논의할 것이다. 또한 동일한 지평 위에서 권위주의 권력인 식민이데올로기에 의해 왜곡된 여성들의 과거를 새롭게 구성하고 행위주체로서의 여성 존재에 대해 살펴보기로 한다.

III

제국주의와 식민지 여성 하위주체의 몸

1. 제국주의 흉내 내기

인도에서 출생한 호미 바바는 사이드, 스피박과 더불어 가장 중요한 탈식민주의 이론가 중의 한 사람이다. 그는 데리다의 해체이론, 라캉의 정신분석학[1]을 원용하면서 문화적 혼종성, 양가성, 모방과 같은 이론

---

1) 정신분석 비평의 역사와 흐름에 대해 장경렬은 명료하게 설명하고 있다. 그는 프로이트(Sigmund Freud)를 논의의 출발점으로 삼는다. 프로이트에 따르면, 성적 욕망을 해소하기 위한 리비도적 욕망은 인간의 삶의 근원이며 예술 창작의 원동력이라고 분석한다. 그가 말하는 리비도는 이드의 에너지 또는 무의식의 중요한 부분으로서, 예술 창조가 바로 이 이드의 에너지를 분출하는 방식 가운데 하나라는 것, 말하자면 예술 작품에 대한 분석을 통해 작가의 무의식을 이해할 수 있다는 것이다. 프로이트에서 출발한 문학 작품에 대한 정신분석 비평은 신경증 환자의 꿈을 분석하여 환자의 무의식에 접근하는 방식을 취함으로써 작가의 심리나 무의식에 도달한다. 프로이트 이후 정신분석 비평은 또 한 번의 전기를 맞이하게 되는데, 그 중심에 라캉(Jacque Lacan)이 있다. 라캉에 이르러 정신분석 비평은 작가나 독자를 뛰어넘어 텍스트 자체에 대한 비평으로 바뀌게 되는데, 원래의 심리분석 비평이 텍스트의 '기표'와 '기의' 사이의 일대일 대응을 전제로 기표 뒤에 숨어 있는 기의를 추적하는 작업이었다면,

을 통해 식민주의 담론을 해체한다. 바바 이론이 명확하게 다가오지 않고 애매모호한 이론으로 비춰지는 것은 그의 양가성 개념에서도 발견된

라캉의 정신분석 비평은 텍스트 안에서 자유롭게 이동하는 기표들에 주목한다. 그에게 텍스트란 기의에 구속되어 있지 않는 기표들의 끊임없는 자율적 이동이 가능한 공간이기 때문이다. 즉 기표와 기의 사이의 불일치를 전제로 하여 전개된다는 점에서 라캉의 논리는 후(後)구조주의의 언어관을 반영한 것이라고 하겠다.

논의를 확장하면, 인간의 정신(psyche)은 각각 '상상계'(l'imaginaire), '상징계'(le symbolique), '실재계'(le reel)로 규정될 수 있는 세 가지 국면으로 구성되어 있다. 인간 정신은 출생 이후 대략 6개월 동안 전적으로 '상상계'의 지배를 받는다. 이 상태에서 인간은 세계를 인식하고 해석할 때 이미지에 의존한다. 다시 말해 자아와 세상 사이의 분리가 이루어지기 이전의 전(前)언어적 상태-또는 주체와 객체 사이의 구분이 존재하지 않는 미분화의 상태-에 존재함을 의미하는 것으로, 라캉은 주객의 분화가 있기 이전의 상황을 '주이쌍스'(l'a jouissance, 희열)라는 용어로 설명한다. 출생 이후 초기 단계의 인간의 식은 이 '상상계'에 의해 지배되고 인간이 살아 있는 동안 지속적으로 의식의 일부로 존재한다는 것이다. 그 다음에 인간은 '상상계'의 한 국면인 '거울단계'(l'a stade du miroir)로 진입하는데, 이는 생후 6개월에서 18개월 사이에 인간의 의식이 처한 단계이다. 여기서 인간은 거울에 비친 자신의 이미지를 인식하는 능력을 습득하게 되고, 자아의 우직임과 거울에 비친 이미지의 움직임 사이의 관계를 의식하게 된다. 이 단계에서 인간은 비로소 주변과 명확히 구분되는 자아의 이미지-비록 그것이 허구적인 것이지만-를 인식하게 되어 자신과 하나로 받아들였던 대상과 구분된 독립적 존재임을 알게 된다. 자아와 분리된 대상에 대한 동경은 결핍 의식으로 남아 일생 동안 인간을 괴롭힌다는 것이다. 인간이 대상과 분리된 개별적 주체임을 깨닫게 될 때 인간은 '상징계'에 들어가게 되며, 이 단계에서 언어를 습득한다. 그렇다면 라캉이 설명하는 '실재계'란 무엇인가. '실재계'는 '상상계'나 '상징계'의 손길이 미치지 않는 그 너머에 존재하는, 객관적 인식이나 기술이 불가능한 세계, 언어를 통해 불완전하게나마 일별할 수 있는 세계. 상상계란 '언어 이전'의 세계, 상징계란 '언어 안의 세계', '실재계'는 '언어 바깥'의 세계로 설명할 수 있다.

이런 맥락에서 라캉은 문학 텍스트란 '실재계'와 자아가 분화되어 있지 않던 시절 또는 '상상계'를 회복하고자 하는 인간의 욕망-환언하면, 우리가 대상과 하나로 존재하는 합일체가 되었을 때 느끼는 '주이쌍스'를 회복하고자 하는 무의식적 욕망-을 순간적으로나마 포착할 수 있는 능력을 지닌 것으로 간주한다. 이런 논리에서 문학 비평은 하나의 문학 텍스트가 '상상계'뿐만 아니라 '상징계'와 '실재계'의 요소들을 어떤 방식으로 재현하고 있는가를 드러내려는 시도로 이해할 수 있다. 장경렬, 『매혹과 저항』, 서울: 서울대학교출판부, 2007, 29-30.

다. 그는 『민족과 서사』(*Nation and Narration*)에서 "민족"이 갖는 개념의 양가성에 대해 다음과 같이 설명한다.

> 민족문화의 '지방성'은 그 자체의 관계 속에서 통합되지 않고 단일하지 않다. 지방성은 외부 또는 그것을 넘어서는 것과의 관계 속에서 단순히 '타자'로 간주해서도 안 된다. 그 경계는 야누스처럼 두 개의 얼굴을 가졌고 외부/내부의 문제는 늘 그 자체가 혼종화의 과정이 되어야 하며 따라서 새로운 "국민들"을 정체성과 관련시키고, 의미의 다른 영역을 생성하고 필연적으로 정치적 과정 속에서 정치적 적대주의와 아무런 관련이 없는 지역과 정치적 재현을 위한 예언할 수 없는 힘들을 창출한다. […] 이와 같은 "불완전한 의미화"의 결과로 나타나는 것은 경제와 한계들 문화적, 정치적 권위가 타협되는 지점, 틈새의 공간들로 전환되는 것이다.[2]

바바는 자신이 속한 모호한 공간을 '제3의 공간'이라 부르며 세상을 강대국/약소국, 제1세계/제3세계 대립구도로 구분하는 것을 지양한다. 왜냐하면 그의 관점에서 볼 때, 세상은 복잡하게 얽힌 공간이기 때문이다. 그는 제1세계와 3세계를 포월하는 '제3의 공간'에서 새로운 균열과 변화가 발생한다는 이론을 개진하는데, 우리가 직면하는 세계는 다양한 문제들이 뒤엉켜있는 공간이기 때문에 복잡한 문제에 대해 명확한 해답을 주지 못한다는 것이다. 말하자면 계급, 종족, 성별에 따른 지배권력에 대한 비판과 더불어 지배권력과 권력구조에 대한 저항을 함축하고 지배와 피지배라는 이분법적 대립구조 자체보다는 이것을 불가능하게 하는 타

---

2) Homi K. Bhabha, *Nation and Narration*, 4.

자를 통한 주체성이 문제의 핵심이라는 것이다.

제3의 공간은 지배자와 피지배자가 하나의 공동체를 이루는 통합을 의미하는 개념이 아니라 이분법적 구도를 해체함으로써 대안을 모색하는 저항의 공간이다. 바바는 식민지배자와 식민지인의 관계는 일방적 지배/종속으로 설명하지 않고 양자 간의 대립적 구도를 해체할 수 있는 탈식민적 문화의 위치를 제시하는데,[3] 그것은 힘의 불균형에서 오는 식민지배

---

[3] 탈식민주의는 공식적인 식민지배가 끝났음에도 강대국이 주변국에 영향력을 행사하며 불평등한 관계를 유지하여 경제적, 문화적으로 지배한다는 의미심장한 담론을 구성한다. 여기에서 탈식민화와 한국의 상황을 접목시켜보자. '서울의 봄'으로 지칭되는 1980년대 초반의 한국 상황과 미국 중심의 신국제질서는 탈식민주의와 어떤 관계가 있을까? 미국은 자본주의를 전 지구적으로 확산시켜 서구 자본을 통해 국제사회에서의 미국주도의 국제질서, 미국중심의 패권화를 추구하였다. 여기서 생각해보아야 할 점은 한국사회가 미국의 식민지라는 주장에 대한 것이다. 과연 한국은 미국의 식민지인가? 이 질문은 그렇게 단순하게 판단해서는 안 될 문제라고 할 수 있다. 환언하면 미국은 타도해야 할 자본주의의 표상, 혹은 미제국주의로부터 한국사회를 해방시켜야 한다는 식의 급진적 단순한 사고방식은 한미관계를 극단적 관계로 보는 환원론에 빠질 위험이 있다. 이와 같은 생각은 대미관계의 개선을 염두에 둔 발상이 아니며 대미관계에서 발생할 수 있는 해결책도 아니다. 문제는 한국이 식민지라기보다는 세계경제 11위권이라는 국제적 위상, OECD 가입 후 올림픽과 월드컵 4강 진출을 경험하면서 한국은 마치 강대국이 된 것처럼 우월감에 젖어있다는 것이다. 이와 같은 상황에서 무역문제에 있어서 미국과의 불평등, 주한미군철수와 같은 극단적 주장은 사실상 강대국과의 관계를 제대로 이해하지 못하기 때문이며, 국제관계에서 한미동맹을 약화시킬 수 있다. 한국과 미국의 양국관계에서 완전한 평등을 유지하기는 사실상 지극히 어렵다. 때론 우호적일 때가 있으며 때론 갈등이 존재할 수도 있다. 현실적으로 한국이 선택할 수 있는 방안은 국가이익의 극대화를 모색하는 것이다. 한국은 힘의 계서 관계, 즉 강대국의 영향 아래 놓여 있는 현실에서 선택의 폭이 협소하기 때문에 미국과의 관계에 있어 문화적이고 경제적인 측면을 염두에 두어야 한다.
최장집은 다음과 같이 주장한다. 한국이 미국의 식민지라고 주장하는 NL(민족해방)이념은 한국사회의 모든 문제를 미국에 돌리는데 이것은 일방적인 논리에 불과하다. 과거에 한국사회의 학생운동은 한국 민주주의 발전에 기초를 놓았던 것은 명백한 사실이다. 학생운동의 주류였고 민족해방에 초점을 두었던 NL은 한국사회의 모든 문제를 미제국주의에서 찾고 있다. 말하자면 한국사회에서 발생하는 문제의 근본적

인 원인은 미국에 있다는 논리다. NL은 한국을 미제국주의자들에 의해 지배되는 신
식민지로 규정하였다. NL이념은 가장 급진적 생성을 가졌지만 한국사회의 내부 문제
를 모두 미국에 전가시켜 외부의 요인으로 돌리는 것은 지양되어야 할 환원론이다.
사회 내부구조를 보지 못하는 가장 정의적(情意的)이고 관념적인 민족주의 이념, 가
장 보수적이며 종교적인 성향의 이론이라는 것이다. 최장집, 『한국민주주의의 조건
과 전망』, 서울: 나남, 1996, 407-08.

　　NL과 PD(민중민주) 두 패러다임은 학생운동을 제도화하거나 하나의 결집된 세력
으로 그 영향력을 확대하였는데 NL은 한국사회를 미국의 식민지 반(半) 자본주의 사
회로 설명하면서 분단의 원인을 미국에 있가고 보기 때문에 반미와 분단체제의 극복
을 주장한다. PD는 한국사회를 신식민지 국가독점자본주의로 파악하고 한국사회의
모순은 자본가와 노동자 사이의 계급 모순을 혁파하기 위해 노동해방을 주장하였다.
NLPD가 정당성이 결여된 전두환, 노태우로 이어지는 군사정권을 파쇼로 규정하고
식민지 반봉건, 신식민지 국가독점자본주의론을 운동의 기치로 내세우면서 한국의
민주화를 이끈 추동력이었다는 점을 완전히 부정할 수 없다. 하지만 한국사회의 모
든 문제의 원인을 미국에 돌리거나 한국사회를 심층적, 다층적 이해하지 않았던 점,
반미 통일지상주의 등 문제를 지나치게 단순화시킨 점은 한계라고 지적할 수 있다.

　　같은 맥락에서 탈식민주의는 전제적 제국주의에 저항을 지향하고 자기정체성을
확립하기 위한 저항담론이지만 극단적 반식민투쟁을 목표로 삼지는 않는다. 그것은
탈식민화의 저해요소로 작용할 수 있는 갇힌 논리가 될 수 있다. 문제는 탈식민주의
가 그렇게 간단하지 않다는 데 있다. 범박하게 말하면 제국주의가 곧 악 자체이기 때
문에 제국주의에 대한 보복과 응징, 제국은 악이고 피식민자는 선이라는 것은 또 다
른 이분법적 사고방식과 크게 다르지 않다. 이는 한국에 주둔하고 있는 주한미군에
대한 논의로 확대할 수 있다. 주한미군의 주둔과 관련하여 한국을 미국의 식민지로
보는 것은 어불성설이다. 북한이 핵을 만들지 않겠다고 여러 차례 주장했으나 '반미
주의'라는 국가이념에 기초를 둔 북한체제는 기실 핵 생산에 주력하고 있다, 북한의
반미주의에 대한 대의명분은 주한미군이라는 점에서 미국이 철수했을 때 북한이 과
연 환영할 것인가? 그렇지 않다. 미국이 철수하면 북한체제는 붕괴될 가능성이 농후
하기 때문이다. 또한 한국은 미국의 세계전략의 핵심적인 위치를 점하는 것은 아니
라는 점이다. 주한미군은 한국에 대한 안보제공차원을 넘어, 북한의 핵무장 여부와
무관하게 한국에 주둔할 것이다. 한국과 북한의 관계가 개선된다고 해도 미군은 이
와 무관하게 한국에 주둔할 것이다. 그것은 주한미군이 북한이라는 체제에 대한 방
어, 즉 한국이 미국의 대외정책에 있어서 가장 중요한 지역은 아니며 2차적 이익
(derived interest)과 관련된 지역이다.

　　냉전시대 소련을 견제하는 것처럼, 현재 아시아를 지배하고자 하는 중국의 도전,
말하자면 아시아를 장악하고 아시아에서의 패권을 추구하는 패권국의 출현을 용납하

지 않겠다는 미국의 전략과 관련이 있다. 이는 미국의 패권에 도전하는 중국을 견제하기 위한 것이다. 1950년 1월 12일, 미국 국무장관 애치슨(Acheson)은 스탈린과 마오쩌둥의 영토적 야심을 저지하기 위해 극동방어선인 '애치슨라인'을 선언한다. 이 선언에는 한국이 제외된다. 애치슨선언 이후 같은 해 6월 25일 북한의 남침에 의한 한국전쟁이 발발한다. 주목해야 할 사실은 한국전쟁에 대한 미군의 참전도 북한 공산주의를 막기 위한 것이라기보다는 구소련과 중국(중공)의 팽창주의를 제지하기 위한 것이라고 볼 수 있다. 주한미군이 경기북부지역인 의정부와 동두천에 주둔하고 있는 2사단 병력을 평택기지로 이전한 것도 이와 무관하지 않다. 미국은 세계의 경찰이라는 위치, 미국의 국가이익의 확대라기보다는 미국의 범위나 영향력을 지속적으로 유지하고자 한다. 러시아도 아시아에서의 중국의 패권추구를 명확히 반대할 것이다. 왜냐하면 과거 구소련이 붕괴할 때 중국은 미국에 협력했기 때문이다. 이와 같은 사실에서 알 수 있듯이, 러시아는 전략적으로 미국과 가깝다고 할 수 있다.

같은 맥락에서 주한미군은 한국에서의 전쟁억제력과 밀접한 관련이 있다. 북한은 미국과의 전쟁에서 승리할 가능성, 그러니까 세계최강의 미군을 상대로 전쟁을 일으켜 승리할 가능성은 희박하다는 관점에서 북한은 미국과의 전쟁을 생각도 하지 않을 것이다. 체제의 지속을 위해 북한은 주한미군의 한국주둔을 원하고 있다. 중국도 마찬가지다. 만약 주한미군이 철수하게 된다면 일본의 대 중국정책은 핵무장으로 이어질 것이다. 또한 북한과 중국의 비밀외교는 남북한의 문제를 더욱 복잡하게 만든다. 과거 김일성이 중국을 41회 방문했는데 "비밀외교는 전쟁을 불러온다"는 말도 있듯이, 김정은과 시진핑의 비밀외교는 긍정적이기보다는 부정적인 성격이 강하기 때문에 나쁜 결과를 도출할 가능성이 높다. 국제정치의 역학구조를 볼 때 한국은 지정학적으로 러시아, 중국, 일본 등 강대국에 사이에 위치한다. 국제적 상황이 크게 영향을 미치는 지역이다. 우리가 아무리 평화를 원해도 국제역학관계가 한국의 평화에 커다란 영향력을 미친다.

통일도 같은 맥락에서 이해할 수 있다. 2018년 4월 27일 판문점에서 개최된 "판문점선언" 혹은 4.27선언에서 북한의 김정은은 단 한 번도 핵을 폐기하겠다고 말하지 않았다. 판문점선언의 주요 논점은 첫째, 남과 북은 남북관계의 전면적이며 획기적인 개선과 발전을 이룩함으로써 끊어진 민족의 혈맥을 잇고 공동번영과 자주통일의 미래를 앞당겨 나갈 것이다. 둘째, 남과 북은 한반도에서 첨예한 군사적 긴장상태를 완화하고 전쟁 위험을 실질적으로 해소하기 위하여 공동으로 노력해 나갈 것이다. 셋째, 남북한은 한반도의 항구적이며 공고한 평화체제 구축을 위하여 적극 협력해 나갈 것이다. 넷째, 남과 북은 완전한 비핵화를 통해 핵 없는 한반도를 실현한다는 공동의 목표를 확인하였다. 하지만 "판문점선언" 이전에 현실을 반영하지 않는 평화협정은 실제를 반영하지 않는 무의미한 문건이라 말해도 지나친 것은 아니다. 평화회담을 했다고 해서 북한의 공산사회주의체제가 바뀌거나 김정은이 전체주의 국가의 독재라

자와 피식민자 간의 권력관계를 근본적으로 재구성하는 급진적 이론이다. 중요한 것은 바바가 경제적 착취나 민족해방에 대해 언급한다기보다는 문화적 차이에 주목한다는 것이다. 그는 식민지배자는 식민지인 앞에서 지배욕망과 함께 두려움을 갖는다고 설명한다. 지배와 더불어 식민지 조선인에 대한 두려움과 불안은 일본 제국주의자의 정체성의 분열을 의미한다는 점에서 『토지』에서도 식민지배자의 양가성을 발견할 수 있다.

전술한 바와 같이 이치가와 형사가 주장한 일본의 식민지 근대화론은 식민종주국 일본식 근대화를 추종하고 따르는 것이 조선 발전의 추동력이 되지만 근대화된 일본을 따라가는 것은 불가능하다고 주장한다. 그의 말에는 식민지 근대화를 추종하라고 요구하면서도 조선에 차별화를 통해 일본의 우월성을 인식시키며 식민지배자의 양가적 욕망을 드러낸다. 같은 맥락에서 서희는 일본 여성들, 즉 쯔무라 양행의 안주인을 비롯하여 영사대리의 마누라, 우체국장의 처, 그리고 코가 긴 헌병 장교의 처와 함께 민족과 민족 간의 혼인에 대해 격렬하게 논쟁을 벌인다. 그는 일본 여성들의 주장에 맞선 대응담론을 개진한다.

> "피의 순수성 때문일 겝니다. 듣자니까 일본서는 사촌끼리도 혼인
> 을 한다지만 조선에서 사촌은커녕 남이라도 성씨가 같으면 혼인
> 못하지요. 일본에 비하여 성씨도 얼마 되지 않는데도."
> "왜 내가 이런 말을 하는고 하니, 내 조카가 조도전대학(早稻田大

라는 사실이 바뀌지는 않는다. 문제는 북한이 1992년 "한반도 비핵화에 관한 공동선언문"에서도 핵무기를 생산하지 않겠다고 선언했지만 이를 이행하지 않았고 2002년 9월 19일 노무현 대통령 재임 때 "9.19 공동성명" 때 비핵화를 말했지만 실행하지 않았다. 핵무기 생산에 이와 같은 현실에서 '반미'를 외치지만 지정학적으로 가까운 '반중'을 외치지 못하는 국제정치적 현실에서 주한미군의 한국주둔을 미국의 식민지라고 말하는 것은 논리적으로 이치에 맞지 않는 주장이다.

學) 사학과에 다녀요. 수재지요. 그 아이 말이 일본인과 조선인은 혼인을 해야 한다. 왜냐하면 피를 섞어서 조선인이 없어져야 하나는 거 아니겠어요? 중국은 워낙이 인구가 많아 어렵겠지만 조선쯤이야 가능한 일이라나요? 서양 역사에서 보면 알레기산다 대왕도 그 땅을 정복하면은 그 땅에서 반드시 제 나라 남녀를 데려가서 씨를 뿌렸다는 거예요."

이건 또 지독한 얘기다.

"그렇게 될까요? 통치는 받지만 한 민족이 말살이야 되겠어요?"

서희는 흥분도 감정도 없이 말했다. 연연한 연분홍 저고리의 순백색 치마, 볼을 쓸어보는 그의 흰 손에 심해(深海) 같은 비취 쌍가락지가 눈에 스민다. 코가 긴 여자는 차 한 모금을 마시고 나서

"그 말뜻은 나도 알겠지만 민족의 순순한 것을 따지자면 우리 일본같이 순수한 민족도 드물 거 아니겠어요? 왜냐하면 아시다시피 우리나라는 사방이 바다예요, 해서 일찍이 외적이 발을 들여놓은 적이 없거든요. 그런 순수한 민족에 남의 피를 섞다니 그건 말이 안 되는 거예요. 영국 같은 나라도 조그마한 섬나라이지만 세계 도처에 식민지가 있고, 구태여 피 섞지 않아도 잘만 해나가지 않아요? 생각해보세요. 피부빛이 시커먼 인도인하고 영국인이 피 섞겠어요?"

우편국장댁 말고 모두 여학교는 나온 처지여서 일단은 유식하다.

"아무튼 정복을 당한 나라는 노예의 처지를 벗어날 순 없지요. 그 학생은 인도적 입장에서 그런 말을 했는지 모르지만."

"그보다 내 조카는 멀리 내다본 거 아닐까요? 학문하는 사람으로서."

"학문하는 사람은 그렇게 생각할지 모르지만 난 불만이에요. 멀리보다 당장이 문제거든, 좀 더 철저히 할 필요가 있어요. 도대체 우리가 지배하는 처진가요? 이곳에선 조선인들이 판을 치고, 마치 우리가 지배당하는 꼴 아니에요? 반일분자는 가차 없이 색출해야 해요. 우환덩어리지 뭡니까?"[4]

위의 인용문에서 "이곳에선 조선인들이 판을 치고, 마치 우리가 지배당하는 꼴 아니에요? 반일분자는 가차 없이 색출해야 해요. 우환덩어리지 뭡니까?"라고 말하는 일본 여자의 말에는 피식민자에 대한 식민지배자의 두려움과 불안을 반영한다. 가장 폭력적인 방법으로 식민화를 이행하는 제국주의체제는 그 시작부터 권위주의적인 체제와 획일적 이데올로기가 갖는 억압구조를 특징으로 하기 때문에 탈식민화에 장애가 될 뿐이다. 말하자면 피지배자가 식민지배담론의 흉내 내기를 통해 동화됨으로써 위계질서에 위협을 가하는 동시에 식민지배체제의 와해나 해체를 통해 식민체제에 대해 저항한다는 것이다. 식민지배자에게 위협을 가하는 지배욕망과 더불어 불안과 두려움에 직면한다는 점에서 양가적이다. 이는 지배/피지배의 이분법적 대립을 넘는 반식민저항의 가능성, 다시 말해 식민체제의 가해자인 제국주의는 식민지를 차별하고 주변화함으로써 우월적 지위를 유지하지만 피식민자는 제국주의의 폭력과 권위에 저항함으로써 저항담론을 구성한다.

바바 이론이 일견 언어적 유희에 지나지 않는다고 생각하거나 지나치게 난해하다는 사실을 부정할 수 없지만 그의 이론은 권력과 피식민자의 관계를 경직된 이분법적 사고나 대립에서 벗어나 지배권력에 대한 저항과 비판, 대항담론이라는 새로운 탈식민 저항을 제시한다. 바바의 논리에 따르면 식민지 당국의 강압적 지배에 익숙해진 피식민자가 혼종화를 통해 식민체제를 전복시키는 탈식민 전략을 의미한다. 그런데 바바가 주장하는 문화적 차이는 문화적 다양성과는 크게 구별되는 개념이다.

---

4) 『토지』, 2부 3권, 225-26.

문화적 다양성은 인식의 객체이다—경험적 지식의 객체로서의 문화라고 할 수 있다. 반면에 문화적 차이는 "알 수 있는", 권위적이며, 문화적 정체성 구축을 위해 문화를 선언하는 과정이다. 문화적 다양성이라는 것은 비교윤리학, 비교문화, 혹은 비교 인종학의 범주에 포함된다면, 문화적 차이는 그것을 통하여 문화적 진술이나 문화에 대한 진술이 영향력과 언급, 적응성과 능력의 생산을 차별화하고, 구별하고, 승인하는 의미화의 과정이다.

Cultural diversity is an epistemological object—culture as an object of empirical knowledge—whereas cultural difference is the process of the *enunciation* of culture as 'knowledge*able*,' authoritative, adequate to the construction of systems of cultural identification. If cultural diversity is a category of comparative ethics, aesthetics or ethnology, cultural difference is a process of signification through which statements of culture or on culture differentiate [······], discriminate and authorize the production of fields of force, reference, applicability and capacity.[5]

바바는 문화적 차이와 문화적 다양성을 구별하여 사용한다. 그는 문화적 정체성을 구축할 수 있는 문화적 차이에 주목하고 있는데 이것은 식민체제를 전복할 수 있는 강력하고 유효한 수단이다. 정혜욱은 바바이론의 핵심을 다음과 같이 간명하게 설명한다.

그는 타자라는 용어 대신 '흉내 내기'(mimicry), '교활한 공손함'(sly civility), '문화적 차이'(cultural difference), '잡종'(hybrid) 등의 용어로 피식민 주체를 차이의 주체로서 개념화한다. 우선 '흉내 내기'는

---

5) Homi K. Bhabha, *The Location of Culture*, 49-50.

서구 담론에 대한 비전유의 징표이며, 규범화된 지식과-억압하는 권력에 위협감을 줄 수 있는 차이와 반항의 징표이다. 그는 욕망의 목적인 동시에 조롱의 대상인 흉내 내기를 통해 식민주의 담론의 경계를 드러내고자 한다. 그러므로 흉내 내기는 타자를 전유하는 조종과 훈육의 전략으로서의 모방(mimesis)이 아니라, 표준 지식과 훈육 권력에 위협을 가하는 차이와 비전유의 기호이다. 이것은 바바 식의 타자의 전략으로서, 끊임없는 미끄러짐을 통해 차이를 산출할 때 효과를 발휘할 수 있는 타자를 정초해내기 위한 것이다. '문화적 차이' 역시 총체화를 거부하는 타자의 시각으로, 문화란 고정되어 있는 실체가 아니라, 이산과 접경의 경계 지대들을 넘나드는 유동적인 것으로 언제나 국가라는 인위적 경계를 넘어선다는 의미를 지닌다.[6]

전술한 것처럼, 바바의 "문화적 혼종성"과 "흉내 내기"는 자아와 타자의 문제, 동양과 서양, 남성제국주의와 여성의 양극성을 넘어 양자 간의 문제를 해결할 수 있는 가능성을 제시한다. 그것은 피식민자의 저항이 제국주의 지배문화의 근간을 뒤흔들 수 있는 강력한 이론으로 탈식민주의 이론 중에서 매우 급진적인 개념이라고 할 수 있다. 식민담론의 권위에 대한 흉내 내기의 효과는 도전적이다. 왜냐하면 초과나 미끄러짐이 흉내 내기의 양가성에 의해 생산된 담론을 해체할 뿐만 아니라 식민주체를 부분적인 존재로 고착시키는 불확실한 담론적 과정이 되기 때문이다. 바바는 식민권력의 양가성이 반복적인 흉내 내기를 하나의 위협으로 설명하고 있다. 말하자면 흉내 내기 전략은 단순하거나 일회적인 저항이 아니라 끊임없이 미끄러지는 작용이기 때문에 피지배자들은 식민지배자

---

6) 정혜욱, 「타자의 타자성에 대한 심문」, 『타자의 타자성과 그 담론적 전략들』, 59.

들과 동일한 위치에 있을 수 없고 주체적 우월성의 결핍을 인식하게 되고 피식민자들은 식민체제 내에 내재하는 공간에 적극적으로 개입하여 정치적 저항을 수행한다는 것이다.

앞서 설명한 것과 같이, 바바이론은 식민주의와 탈식민주의를 오가면서 틈새 영역에서의 교섭을 통해 혼종적 저항에 저항의 초점을 맞추고 있다. 바꾸어 말하면 바바는 식민지배자의 지배욕망과 그에 대한 반작용으로써 피식민자의 저항이라는 이항대립적인 정치적 조건을 넘어 식민지배자가 그 자체로 가지는 모순과 역동적인 과정에서 쌍방 간에 발생하는 틈새 공간에 주목하여 혼종적 공간을 탐색한다. 식민지배자와 피지배자 간에 문화적 혼종이 일어나고 교섭하는 지점으로, 지배담론에 대한 저항이 발생하는 균열이나 분열, 문화적 차이에서 발생하는 갈등과 전복이 발생하는 영역, 즉 교섭의 공간을 의미하기 때문에 다분히 탈식민적 공간이다. 즉 틈새 공간에서 지배권력은 양가적인 성향을 띠게 됨으로써 지배권력의 정체성은 분열되거나 해체된다는 것이다. 그가 말하는 틈새 영역은 민족적, 문화적 이분법적 대립의 지식을 넘어, 식민지 권력관계의 교섭과정에서 문화적 차이에 발생하는 공간을 의미한다.[7]

식민자와 피식민자의 사이에 위치하는 공간은 피식민자의 저항이 발생하는 혼종적 공간이다. 여기서 가변적인 경계선상에서의 경험되는 틈새 영역을 포착하는 것은 매우 중요하다. 왜냐하면 이 지점은 식민자와 피식민자 사이에 낀 공간을 열어 놓기 때문이다. 이 영역은 식민적 계기의 '현재'에서 연출되는 문화적, 해석적인 미결정성의 공간이다.[8] "두 물체가 서로에게 힘은 크기가 같고 방향이 반대"라는 뉴턴의 제3법

---

7) Homi K. Bhabha, *The Location of Culture*, 292.
8) Homi K. Bhabha, *The Location of Culture*, 295-96.

칙인 작용-반작용의 법칙처럼, 바바는 지배와 저항이 식민지배자의 일방적 작용에서가 아니라 지배자와 피지배자의 관계 속에서 쌍방향적인 양가성에 유념하였다. 여기에서 바바가 말하는 양가성은 권력이 작동하는 바로 그 지점에서 저항이 발생한다는 것, 즉 대립은 저항과 대항의 경계선에서 나타나는 것이 아니라 지배와 저항의 관계 속에서 형성되는 분열된 틈새 영역에서 작동한다는 것이다.

지배권력이 무화되는 틈새 영역은 식민권력과 식민지인이 충돌하는 지점이면서 탈식민 주체의식을 창조할 수 있는 장, 말하자면 이항대립을 넘어서 길항과 긴장이 공존하며, 저항이 발생하는 '제3의 공간'이다. 주목해야 할 것은 '제3의 공간'은 라캉이 설명한 상징계와 실제계가 상호작용하는 공간으로 설명할 수 있는데 타자와의 상호대립적 문화를 교섭을 통해 전혀 새로운 문화를 정치적, 문화적 공간이 형성되는 것이다. 이 틈새영역은 제국주의에 균열을 내거나 지배권력의 허위성을 폭로함으로써 새로운 탈식민 정치학을 구현하는 이데올로기적 투쟁의 영역으로 함축된다. 바바는 일정 부분 푸코(Michel Foucault)의 이론에 의존하면서 푸코가 언급하지 않았던 저항의 계기를 이분법을 넘어선 '제3의 공간'에서 찾고자 했다.

식민지배자는 일방적인 힘의 논리와 수직질서라는 권력구조는 지배와 적대적 대립구도하에서 피식민자들의 삶을 심각하게 훼손하거나 파괴하고 피식민자간의 분열을 일으킨다. 이는 근대 자본주의와 밀접하게 연결되어 있다.

공간적으로 근대 자본주의는 초코드화된 중세 문화권(유교 문화권)에서 벗어나 탈코드화된다. 다른 한편 근대 자본주의는 민족 국가의 국경 내부를 재영토화하고, 또한 국경을 넘어 다른 나라(타자)를 병합해 영토를 확장해 나간다(제국주의). 하지만 제국주의에 저항하는 탈식민주의가 끊임없이 일어나며, 국경 내부에서도 재영토화에 반발하는 타자들(노동자, 여성 등)의 반항이 계속 나타난다. [……] 이처럼 가치(화폐), 시간, 공간, 언어 등에 있어 근대 자본주의와 민족 국가에는 재영토화와 탈영토화라는 두 가지 모순된 힘들이 작용하고 있다. 그 두 가지 모순된 힘들의 '차이'에 의해, 근대는 사회 체계를 반복하는 동시에 또한 그에서 이탈하는 이중적인 서사적 과정으로 나타난다. 다른 한편 그 같은 이중성은 근대 서사를 두 종류로 구분하는데, 즉 구성원들을 사회 체계 내부에 끌어 모으는 (구심력의) 방향의 서사와 사회 체계로부터 이탈하는 (원심력의) 방향의 서사의 두 종류로 나타난다. 전자에는 계몽 서사, 자유주의, 신자유주의 등이 있으며 후자에는 마르크스주의, 탈구조주의, 비판적 문학 서사 들이 있다. [……] 근대 서사는 두 가지 모순된 힘들의 차이적 관계에 의해 추동된다. 흥미로운 것은 근대를 특징짓는 다양한 언어들의 조합이 근대 서사를 추동하는 그두 가지 힘들의 관계를 표상한다는 점이다. 가령 동일성-차이(타자성), 랑그-파롤, 구심력-원심력, 표준어-방언, 독백(내면 고백제)-대화(다성성), 구문론-화용론, 논리학-수사학, 유클리드 기하학-비유클리드 기하학, 건축-해체, 시계의 시간(동일성)-기념비적·주관적 시간(이질성), 민족(국가)주의-문화적 혼혈성, 자본주의-공산주의, 식민주의-탈식민주의, 대서사-미시 서사(대서사-미시 서사), 물적 기계-분자적 기계, 군집-무리, 수목-리좀, 정착-유목, 경계화-횡단, 오이디푸스-앙티 오이디푸스, 편집증-분열증, 재영토화-탈영토화, 근대성-탈근대성 등이다. 이 언어들의 조합은 어느 한 항목이 다른 항목(타자)을 동일화시키지 못한다는 점에서

이항대립이 아닌 차이(더 정확하게는 차연)의 관계를 드러낸다. 근
대서사는 그 두 항목들 사이를 왔다 갔다 하면서 양자의 힘의 차
이에 의해 역동적으로 운동한다.[9)]

나병철의 설명대로 식민주의 이데올로기는 식민체제의 우월성이나 근대
성과 밀접한 관련이 있다. 17세기 서구 계몽주의 시대에 태동한 근대는
개념은 18세기 이성의 시대를 거쳐 합리주의, 진보, 발전 같은 개념을 포
함하는 이데올로기의 결과물이며 식민주의와도 분리할 수 없는 기획이
라고 할 수 있다. 정정호는 본격적인 근대의 시작은 18세기로 설명한다.

> 합리주의, 국가(민족)주의, 개발주의, 과학기술주의, 제국주의, 식민
> 주의 그리고 자본주의와 공산주의까지도 서구 근대 기획의 산물이
> 다. 18세기는 우리가 흔히 아는 것처럼 이성, 질서, 합리주의라는
> 단아하고 균형 잡힌 시대만은 아니었다. 18세기에 오늘날 근대 문
> 명의 토대를 놓은 인물들이 다양한 영역에서 활동한 시기였다.
> [……] 미국의 독립, 프랑스 대혁명, 자본주의의 태동, 산업혁명과
> 도시화의 시작, 근대적 자아 형성과 개인주의의 확립, 은행과 신문,
> 잡지가 시작되었고 근대소설이 발생하였다. 엄청난 지식과 정보 그
> 리고 개인의 욕구들이 충일한 시대였으며 백과사전과 언어사전들
> 이 출간되었다. 시민사회와 공적 담론의 장이 열린 "공영역"(public
> sphere)이 시작된 시대이기도 하다. 서구의 해외진출이 활발해지면
> 서 식민주의와 제국주의가 생겨나고, 세계주의와 세계화도 이미 시
> 작되었다. 18세기는 이 같은 문화적 전환기를 맞이하여 갈등과 모
> 순으로 뒤덮이는 동시에 풍요와 역동의 시기가 된 것이다. 바로 이

---

9) 나병철, 『근대서사와 탈식민주의』, 서울: 문예출판사, 2001, 81-83.

러한 시대적 특징 때문에 18세기는 우리에게 진정한 역사의식을 요구하고 있다. 18세기 시대를 가장 잘 나타내는 인식소는 '계몽'(enlightenment)이다. 그 뜻은 '빛을 비춰주기'인데 그 '빛'은 중세의 암흑과 '전' 근대 시대의 모든 불합리를 '비판'하며 광정하는 '빛'이다. 18세기의 이러한 계몽정신 또는 계몽사상은 곧바로 전근대 시대를 근대(성·화, the modern · modernity · modernization)로 이끌어 갔다. 근대는 진보, 발전, 비판의 개념을 더욱 확대시킴에 따라, 18세기의 시대정신은 "계몽과 근대의 대화"로 대표되었다. 18세기 영문학은 '계몽'과 '근대'라는 시대정신을 부분적으로 재현하였으나, 이성, 질서, 진보 신화에 오래 머무르지 않고 일부는 곧바로 의심하고, 위반하며, 저항하고, 비판하기 시작했다. 이 같은 비판 정신은 계몽과 근대에 이미 내재되어 있었기 때문에, 근대는 시작부터 반근대와 탈근대를 내포하고 있었다고 볼 수 있다.[10]

식민지 착취를 위해 인간의 생명을 경시하는 식민주의는 근대와 근대화, 문명화의 사명이라는 구호와 논리로 위장하였다. 말하자면, 서구의 근대성을 극복하고자 하는 포스트모더니즘이 탈식민주의와 상당한 관련성을 가지고 있다는 것이다. 여기에서 현대 21세기에 식민주의는 사라졌는가? 하는 의문을 제기할 수 있다. 주지하다시피, 식민주의는 과거에 제국은 식민지 없이는 존재할 수 없었다. 문제는 근대성과 식민성이다. 유럽에서 발생한 역사적 혁명도 식민지 자본과 노동력을 착취하기 때문에 근대성은 제국주의와 분리될 수 없는 함수 관계를 형성한다. 즉 식민지와 무관할 수 없고 무엇보다 중요한 것은 식민지는 정복하고 교화해야 할 영토이며, 식민지 백성들은 교육받고 문명화되어야 할 대상이라는 제국

---

10) 정정호, 『해석으로서의 독서: 영문학 공부의 문화윤리학』, 서울: 푸른사상, 2011, 125-27.

주의적 가치에서 볼 때 근대화와 식민주의는 제국주의를 새롭게 구성한다. 제국주의 가치를 추종하는 조준구는 평사리 마을 사람들에게 '서울 손님'으로 지칭된다. 평사리 마을 사람들은 검은 양복에 모자, 구두를 신고 등장하는 조준구를 탐탁하게 여기지 않는다.

> 윤씨부인에게 인사를 올리고 물러난 서울 손님이 길상을 따라 사랑으로 발길을 돌렸을 때 어정대고 있던 하인들과 계집종들의 눈은 일제히 그의 뒷모습으로 쏠렸다. 육 년 전이었던지 서희가 갓 났을 무렵, 잠시 동안 다니던 일이 있는 최치수의 재종형 조준구였다. 그러니까 치수의 조모, 조씨부인 오라버니의 맏손자인 것이다. 조준구가 사랑으로 사라지자 하인들, 계집종들이 수군거리기 시작했다.
> "몇 해 전에 한분 오셨제?"
> "와 아니라. 그때는 갓 쓰고 도표 입고 인물이 훤하더마는 지금은 영 숭업게 됐구마."
> "옷이 망했네. 까매귀가 보믄 아재비라 안 카겠나."
> "제비가 보믄 할아배야 하겠다."
> 킬킬 웃는다. 검정빛 양복에 모자, 구두를 신은 서울의 신식 양반 조준구는 상체에 비하여 아랫도리가 짧은데다 두상은 큰 편이었으므로 하인들 눈에는 병신스럽게 보였을 것이며, 하인들은 그것을 양복 탓이라 생각하는 모양이다. 조씨댁의 내림이 그러하였던지 생시 조씨부인도 자갈막한 몸집에 다리가 무척 짧았었다.[11]

작가는 친일파 조준구를 첫 등장에서 부정적인 인물로 묘사한다. 이는 일본 제국주의를 표방하고 추종해야 한다고 주장하는 조준구의 의식에

---

11) 『토지』, 1부 1권, 139-40.

서도 드러난다. 말하자면 식민지는 착취와 정복, 노동력을 제공하는 장소이며 동시에 근대화된 사회, 문화, 정치, 경제를 모방하고 답습해야 한다는 식민주의 논리와 크게 다를 바가 없다.

"그렇게들 옹졸해가지고, 한심스럽지요. 세계가 어찌 돌아가고 있는가 판단하지는 못할지언정 사소한 단발령 하나 탓을 한사코 대항하며, 그러지 않아도 어지러운 나라일을 더 어려운 판국으로 몰아넣으려 드는 이땅에서 국정을 쇄신한다는 것은 아예 바랄 수도 없는 일 아니겠소?"
"글쎄올시다. 단발령 하나 가지고 그런다 할 수만은 없을 것 같소. 어느 놈의 손이 나라일을 주무르려 하는가 그게 관심사 아니겠소."
"어디로 가든 서울만 가면 된다고 했는데 따지고 든다면 한이 있겠소? 실속 차릴 생각은 않고 왈가왈부하며 허송하는 동안 남들은 천리만리 밖에 가 있을 텐데 하찮은 의관만 가지고."
[……]
"알맹이를 모르고서 겉치레만 따른다고 문명인이 된다 할 수는 없을 것 같소이다. 이거 조공(趙公)을 걸고 드는 것 같아 실례의 말씀입니다만. 허허헛……"
준구는 애써 낭패한 기색을 보이지 않았다.
"태초부터 사람은 살기 편한 것을 좇게 마련이오. 그래 연장이라는 것도 생겨나고 모든 것이 발전해간다고 소생은 생각하오. 등잔불보담이야 전등을 켜는 편이 편리하지요."
"하아, 대궐 연당물을 끌어들여 전등이란 걸 켰다니 희한한 일이오. 암 편리한 거야 사람 사는 세상에서는 필요한 거구말구요."
준구는 입속으로 흥! 하고서
"애구니 양이니들 하지만 실상 그네들이 우릴 보구 야만인이라 하

고 있다는 것도 알아야 할 거외다. 옹졸한 양반네들 예의지국이라
아무리 뽐내봐야 그네들 눈에 미개한 나라의 기괴한 구경거리로밖
엔 안 보이니까요."12)

조준구의 말에서 알 수 있듯이 근대화에 대한 옹호는 제국주의 이데올
로기에 대한 옹호와 같은 맥락이라 할 수 있다. 인간의 이성을 기초로
형성된 근대사상은 인본주의가 갖는 그 자체의 문제로 인해 힘을 다한
것 같다. 억압적이고 이기적인 근대와 근대적 인간은 문명화 혹은 근대
화의 이름으로 인간의 삶을 파괴시켰다. 근대주의의 문제는 근대화라는
대의명분을 모방하고 답습하는 것이다. 이는 식민제국주의가 휘두르는
폭력에 대한 옹호와 피식민지의 삶과 정신의 피폐라는 결과와 분리될
수 없다.

어디로 가든지, 특히 소도시나 소읍 같은 곳은 거의가 다 그러한
데, 양과점을 위시하여 담배 가게, 이발소, 목욕탕, 대게 그런 비슷
한 업종은 일본인 경영이다. 다른 업체라고 그렇지 않다는 얘기는
물론 아니다. 비교적 일인과의 접촉이 잦은 업종인 데다가 눈에 띄
어야 장사가 되고 사업이 되기 때문인데, 눈에 띄어야 한다는 것은
결국 대중적이라는 내용이며 눈에 띈다는 그 자체가 벌써 식민지
백성들의 하층 구조에까지 스며들어 일상화되어가고 있다는 것을
뜻한다. 그러나 일상화되어가고 있음에도 불구하고 그런 것들이
조선의 산천과 사물과 사람들에게 어울리지 않는 것은 보급이 된
지가 오래지 않아 그렇게도 하겠으나 다만 생소하다 하여 오는 거
부감만은 아닐 것이다. 그 새로운 업종은 어디서 왔는가. 누가 들

---

12) 『토지』, 1부 1권, 145-46.

여왔고 누구의 손에서 경영이 되는가. 일본에서 건너왔고 일본이
그들에 의해 주로 경영이 된다는 사실, 그 사실에 대한 적개심이나
거부의 감정을 쉽사리 지적할 수 있을 것이지만 한편 유교 사상에
길들여진 조선 백성들의 잠재된 의식 속에는 예절과 검소 그 격조
높은 선비 정신의 잔영(殘影)이 있었을 것이요, 생략할 수 있는 데
까지 생략하는 세련된 미의식, 수 천 년 몸에 배고 마음 깊이 배어
있는 안목에서 본다면 서양 것은 요란해 뵈었을 것이고 일본 것은
저속하고 치졸해 보였을 것이다. 그러니까 서양 것, 일본 것이 혼
합된 그 같은 새로운 업종을 이용하고 거래하면서도 못마땅했을
것이며 보수파들은 더더구나 모멸하고 혐오하기도 했을 것이다.
곡물과 면포와 시탄(柴炭)이면 족하였던 종전까지의 서민들, 하기
는 어떤 세월, 태평성세라던 치하에서도 그런 것들은 충분했을 리
없고 늘 흡족하지 못했을 것인데 하물며 일제에게 강토를 빼앗겼
고 인성이 유린당하는 민족적 수난 속에서 없어도 생존이 가능한
과외의 것들, 서두에서 말한 바 있는 그런 것들이 서민들 생활에
기어들어가고 있다.13)

이처럼 근대화 개념에는 제국주의 체제를 유지하고 강화하는 지배/피지
배를 성립시키기 때문에 억압의 구조를 특징으로 하는 제국주의적 욕망
이 숨어 있다. 따라서 근대화는 제국주의 확장과 제국주의 가치를 함축
적으로 드러내는 기표가 된다.

근대성의 상상력이 미치는 범위 안에서 생각해 볼 때, 역사의 직선
적 발전 과정에서 규모와 영향력 면에서 핵심적인 사건들을 중요

---

13) 『토지』, 4부 1권, 11-12.

한 순서대로 배치한다면, 명예혁명이 맨 앞이고 그 다음에 프랑스 혁명일 것이다. 그 다음은 미국의 독립혁명, 스페인과 포르투갈 식민지의 독립혁명, 그리고 마지막으로 아이티 혁명이 될 것이다(마지막 두 혁명은 시간적으로 뒤에 올 뿐만 아니라 역사의 기관차를 뒤쫓아 가는 혁명일 뿐이지만), 그럼에도 불구하고 식민적/제국적 확장에 의해, 근대성의 수사학에 의해, 그리고 식민적/제국적 확장이 정당한 것으로 인식되는 식민성의 논리에 의해 동시에 형성된 매듭에서 역사적 사건은 제국의 중심부와 주변부의 식민지를 연결시키는 역사적-구조적 이질성에서 동일한 규모와 영향력을 행사하기 때문이다. 무엇보다도, 제국의 중심부는 식민지 없이 존재할 수 없다. 근대성과 제국의 관점에서 이해한다면, 즉 직선적이고 진보적이며 제한적이고 유럽 중심적인 역사 서술의 부분으로 이해한다면, 프랑스 혁명은 유럽 역사의 내적 현상으로 이해할 수 있다. 그렇지만 어떻게 식민지의 플랜테이션 덕분에 영국과 프랑스가 부를 축적할 수 있었다는 사실과 별개로 명예혁명과 프랑스 혁명을 생각할 수 있단 말인가? 명예혁명과 프랑스 혁명이 식민지에 '의존했다'는 것은 명백한 사실이다.[14]

그러므로 서구의 근대화 프로젝트와 식민주의의 사이에는 분리할 수 없는 밀접한 연관성이 있다고 볼 수 있다. 즉 서구 제국의 확장과 식민지는 상보적 관계로 연결되어 있다는 점에서 서구의 근대화 프로젝트는 식민지에 대한 은폐된 권력관계에 대한 것이기 때문에 식민주의 지배논리와 궤를 같이한다.

---

14) 월터 D. 미뇰로, 『라틴 아메리카, 만들어진 대륙』, 김은중 역, 서울: 그린비출판사, 2013, 109-10.

우리는 서구의 계몽적 근대(성)을 결코 거부할 수 없을 것이다. 이성, 자유, 진보, 평등, 발전신화에 근거한 서구의 근대에는 좋은 점들이 많이 있다. 정치적 근대화는 민주주의, 경제적 근대화는 자본주의, 철학적 근대화는 개인주의, 과학적 근대화는 과학기술주의이다. 그러나 서구의 근대는 동시에 너무나 많은 파행들―지배, 억압, 착취, 전쟁, 식민 등―을 만들어 냈다. 최근 나타난 그것의 논리적 결과가 코소보 인종청소 전쟁, 무한 경쟁의 신자유주의, 환경 생태계를 파괴하는 개발주의, 인간을 복제 생산하는 과학주의이다. 우리는 지금 "나쁜" "근대"로 인해 엄청난 대가를 지불하며 "위험한 세계"에서 불안하게 살고 있다. 주거너트의 질주하는 마차는 언제 멈출 수 있을 것인가? 바로 이 지점에서 "탈"식민 논의는 "탈"근대의 등을 타고 생태론으로 다시 넘어가야 하는 것이다. [……] 식민의 근본적 치유는 탈근대론에 의해 분석 진단되고 생태학적 개입에 의해서 완수될 수 있다. [……] 21세기 우리의 포스트식민 과제는 이러한 생태학을 자원보존이다 자연보호, 지탱가능한 사회 건설의 수준으로만 묶지 않고 생태학적 상상력을 인간사회와 문화의 관계망들―국가 대 국가, 종족과 종족, 사회와 인간, 인간과 자연, 개인과 개인―에 전면적으로 개입시켜 확산, 적용시키는 것이다.[15]

근대화 담론은 서양의 제국주의 지배의 목적을 위해 생산된 것으로 식민 지배를 합리화하고 공모함으로써 제국주의 목적을 위해 봉사한다는 점에서 식민주의와 맞물리는 영역을 구성한다. 미뇰로(Walter D. Mignolo)는 고대 로마제국의 식민주의와 근대에 형성된 식민주의는 차이가 있다고 주장하면서 식민주의와 식민성에 대해 다음과 같이 설명한다.

---

15) 정정호, 『이론의 정치학과 담론의 비판학』, 139-40.

근대/식민 세계에 특정한 형태로 등장한 식민주의가 로마 제국이나 잉카 제국의 식민주의와 다른 것은 자본주의를 '사회적 삶과 조직 양식'의 원리이자 토대로 만들었다는 것이다. 다시 말해 중상주의, 자유무역, 산업경제와 관련을 맺는 한, 근대성/식민성과 마찬가지로 제국주의/식민주의는 하나이며 동일하다. 제국주의/식민주의가 (스페인, 영국, 혹은 러시아의 제국적/식민적 제국처럼) 역사의 특정한 시기에 한정된다면, 근대성/식민성은 제국적/제국의 틀이 형성되는 원리와 믿음을 가리킨다. 식민주의가 지리-역사적으로 다양하게 드러난 제국주의의 구체적인 물증이었다면, 식민성은 일반적인 원리의 역할을 하는 근대성의 논리적 보완이었다. 식민주의 이데올로기를 실행하는 것은 식민성의 지배논리이다.[16]

이처럼 근대주의는 인간의 삶을 피폐시켰으며 서구중심주의, 식민주의, 제국주의, 남성제국주의와 같은 권위적이고 획일적인 이데올로기를 형성하였는데 근대주의나 근대성은 탈식민 문화정치학이 다루는 논의와 연결된다. 식민지배자와 피식민자의 위치도 타자와의 관계 속에 형성되기 때문에 지배자도 정체성의 혼동과 분열의 과정을 겪게 된다. 이와 관련해 피식민자는 식민체제에 포섭되기는커녕 오히려 지배논리에 대해 저항하게 된다. 식민지배자는 피지배자들에게 "나를 모방하라. 하지만 나와 비슷하게 모방할 수는 있지만 나와 똑같아서는 안 된다"라는 식의 제한적 허용과 차별을 통해 식민지배자의 가치체계를 지배의 전략으로 사용하는 것이다.

바바는 여기에서 저항의 가능성을 모색한다. 말하자면 식민지배자에 대한 피식민자의 탈식민 저항이 흉내 내기의 형태를 띤다는 점이다.

---

16) 월터 D. 미뇰로, 『라틴 아메리카, 만들어진 대륙』, 151.

"흉내 내기 안에서 정체성의 의미의 재현은 환유의 축을 따라 재언명된다. [……] 흉내 내기는 하나의 위장술처럼 차이가 주는 억압을 조화시키는 것이 아니라 존재를 부분적으로 환유적으로 보여줌으로써 그 존재와는 다르거나 옹호해주는 유사성의 한 형태이다. 역설적이게도 흉내 내기가 갖는 위협은 그것이 본질, 즉 '자체'를 숨기지 않기 때문에 포착하기 어려운 힘의 보여주기 속에서 갈등적, 환상적, 차별적인 정체성의 효과를 놀라운 전략적 생산물로 간주한다."[17] 바바는 식민주의가 행사하는 일방적 담론을 지양하고 식민주의에 대한 피식민자의 저항이라는 문화적 영역에 천착하여 양가성의 문제를 환기시킨다.

그것은 식민체제가 피지배자에 대해 일방적 지배를 행사할 수 없다는 것이며, 지배와 저항은 양가적 틈새에서 발생한다는 점에 주목하여 이 균열의 지점에서 피지배적 위치에 있는 저항이 식민지배의 토대를 무너뜨린다는 것이다. 흉내 내기는 파농(Franz Fanon)이 『검은 피부, 하얀 가면』에서 검은 피부를 표백함으로써 백인이 되고자 하는 아프리카 원주민들의 의식에서 나타난다. 파농은 이 책에서 자신이 프랑스에 거주할 때 낯선 백인이 파농을 보고 "더러운 검둥이 녀석!"이라고 말했을 때 파농 스스로 느꼈던 상황을 다음과 같이 진술한다.

그날 완전히 정신적 혼란에 빠진 나는 타자, 다시 말해 나 자신을 무정하게 감금시킨 백인과 함께 밖으로 나갈 수 없었다. 그래서 나는 나 자신의 모습으로부터 나 자신을 멀리, 아주 멀리 격리시켜서 나 자신을 대상으로 만들었다. 나는 절단되고 삭제된 자, 온몸을 검을 피를 뿌린 출혈, 그것이 아니라면 다른 무엇이란 말인가? 하

---

17) Homi K. Bhabha, *The Location of Culture*, 128-29.

지만 나는 이런 생각을 고쳐먹고 문제화하고 싶지 않았다. 내가 원했던 것은 단순히 다른 사람들과 동등한 인간이 되고 싶었던 것이다. 나도 세상 속으로 유연하고 젊은 상태에서 그것을 함께 만드는 일을 하고 싶었던 것이다.

Disoriented, incapable of confronting the Other. the white man, who had no scruples about imprisoning me, I transported myself on that particular day far, very far, from myself, and gave myself up as an object. What did this mean to me? Peeling, stripping my skin, causing a hemorrhage that left congealed black blood all over my body. Yet this reconsideration of myself, this thematization, was not my idea. I wanted quite simply to be a man among men. I would have liked to enter our world young and sleek, an world we could build together.[18]

파농은 흑인들이 갖는 열등감을 설명하면서 흑인인 자신의 시각으로 흑인의 정체성을 인정하고 흑인 스스로 열등감을 극복해야 한다고 피력한다. 파농이 비판한 흑인의 열등감은 식민지배자를 흉내 내고 싶어 하는 피지배자의 욕망과 연결된다. 그는 정신분석학적 시각에서 흑인들이 갖는 열등감을 논의하면서 피식민자, 즉 식민지인이 제국주의자에 대해 갖는 열등감이나 종속을 분석했는데, 그가 분석한 흑인의 흉내 내기는 제국주의 정치권력을 그대로 답습하고 국가폭력을 표출한다는 점에서, 그리고 착취와 억압을 그대로 추종한다는 점에서 제국주의적 흉내 내기라고 지칭할 수 있다.

---

18) Franz Fanon, *Black Skin, White Masks*, New York: Grove P, 1967, 92.

탈식민적 흉내 내기는 반어적인 타협을 나타낸다. […] 식민적 흉내 내기는 거의 같으나 완전하게 비슷하지 않은 차이의 주체로서 개혁되고, 인식가능한 타자에 대한 열망이다. 즉, 흉내 내기에 대한 담론은 양가성을 중심으로 구성된다. 이것이 효율적으로 작동되기 위해서는 탈식민적 흉내 내기는 끊임없이 미끄러짐, 그 초과, 그 차이를 생산해야 한다. 그와 같은 형태의 식민지적 담론의 권위는 내가 흉내 내기라고 부른 그와 같은 불확정성이라는 문제를 안고 있다. 즉, 탈식민적 흉내 내기는 그 자체가 부인의 과정인 차이의 표상화로서 나타난다. 그러므로 흉내 내기는 이중적 언명의 기호이며, 한편으로 타자를 '전유하는' 개혁, 규정, 규율의 복합적 전략이다. 하지만 탈식민적 흉내 내기는 부적절함이나 차이이기도 하며, 혹은 식민권력의 지배 전략에 조응하고 가시를 강화하게 하면서, 규범화된 지식과 규율권력에 재재적인 위협이 되는, 차이와 반항의 기호이기도 한 것이다.

[M]imicry represents an ironic compromise. […] colonial mimicry is the desire for a reformed, recognizable Other, as a subject of a difference that is almost the same, but not quite. Which is to say, that the discourse of mimicry is constructed around an ambivalence; in order to be effective, mimicry must continually produce its slippage, its excess, its difference. The authority of that mode of colonial discourse that I have called mimicry is therefore stricken by an indeterminacy: mimicry emerges as the representation of a difference that is itself a process of disavowal. Mimicry is, thus sign of a double articulation; a complex strategy of reform, regulation and discipline, which 'appropriates' the Other as it visualizes power.

Mimicry also the sign of the inappropriate, however, a difference or recalcitrance which coheres the dominant strategic function of colonial power, intensifies surveillance, and poses an immanent threat to both 'normalized' knowledges and disciplinary powers.[19]

여기에서 바바가 말하는 탈식민적 흉내 내기[20]와 조준구의 제국주의 흉내 내기는 명확하게 구분할 필요가 있다. 조준구에게 제국주의 자본은

---

19) Homi K. Bhabha, *The Location of Culture*, 122-23. 상기 인용문에서는 바바이론에서 말하는 '탈식민적 흉내 내기'와 제국주의를 그대로 추종하는 '제국적 흉내 내기'를 구분해서 사용한다.

20) 바바의 흉내 내기는 피지배자가 식민지배자에게 혼란을 일으킴으로써 타자성 주체를 모색하는 저항적 과정이 될 수 있다. 조규형은 탈식민적 흉내 내기란 시각에서 바바식의 흉내 내기를 '혼성모방'이라는 용어를 사용하기도 한다. 타자성의 주체에 대해 나병철은 다음과 같이 설명한다. 제국주의와 식민주의는 외국(바깥)을 자신의 주변부로 만들기 때문에 결코 바깥을 경험하지 못한다. 그 대신 제국주의는 끊임없이 확대되는 제국의 경계선만을 경험하게 된다. 그러나 다른 한편 식민 본국(제국의 중심)에 결코 동화될 수 없는 식민지(주변부)는 부단히 제국의 경계선을 위협하는 타자로서 남게 된다. 타자로서의 식민지는 제국의 경계선을 해체함으로써 (제국의 주변부에서 해방되어) 자기 자신의 내부를 회복하려 한다. 그런데 식민지가 자신의 내부를 되찾는 과정은 식민주의를 식민 본국이라는 바깥으로 되돌리는 과정이기도 하며, 식민지의 해방은 그 바깥과 자신과의 '차이'를 주장하는 것으로 나타난다. 이는 안/밖의 경계선(국경)을 만들어 그 내부의 눈으로 외부를 인식하고, 더 나아가 힘으로 외부를 병합하는 (제국주의적) 방식과는 매우 다른 과정이다. 후자는 경계(국경) 내부에 집착하여 그것을 더 확장시키려 하기 때문에 결코 바깥을 경험하지 못한다. 반면에 전자는 바깥에 대한 차이를 통해 안을 해방시키는 것으로서, 내부를 내세우는 것은 곧 외부를 경험하는 것이기도 하다. 이처럼 경계선 내부에 대한 집착에서 벗어남으로써, 안과 밖을 뒤섞는 방식으로 자신의 내부를 주체화시키는 방식, 그것이 바로 '타자성'(타자성의 주체)이다. 이는 내부와 외부의 구분을 유지하면서 또한 '내부에 집착하게 만드는 경계선'을 해체하는 존재론(그리고 인식론)이다. 타자성의 주체 역시 내부를 주체화시키려 하지만, 그것은 안의 눈으로 밖을 보는 방식이 아니라, 외부(밖)를 외부로 봄으로써 그와 다른 내부의 주체성을 확립하는 방식이다. 나병철, 『근대서사와 탈식민주의』, 86-87.

안전하고 자유와 정체성을 보장할 수 있는 공간으로 인식된다. 식민지를 수탈하여 얻은 물질적 가치, 말하자면 식민자본주의를 따르거나 그 가치관을 추종함으로써 스스로 자신의 삶을 새롭게 구성할 수 있을 것이라고 믿는다. 그것은 조준구가 지금까지 느끼고 경험하지 못했던 거대한 욕망의 표출이며 자신의 존재론적 가치와 삶을 재구성할 수 있는 삶의 축 혹은 자기 주체성을 확보할 수 있는 보장이라고 생각하기 때문에 식민 자본주의를 추종하고 답습한다. 조준구의 제국주의 흉내 내기는 문자 그대로 의식적으로 제국주의 이데올로기를 반복적으로 추종하는 행위라고 볼 수 있다. 조준구는 최참판댁의 비극적 상황을 이용해 최씨 집안의 재산을 모두 가로채는 간교하며 사악한 악한이다. 제국주의를 흉내 내는 조준구의 친일행위는 민족의 구체적 현실을 외면하고 제국주의 이데올로기에 동화된 피식민자의 내면화된 의식세계와 잔인한 성격에 기인한다.

> 보름 전의 일이었다. 한조가 낚싯대를 들고 둑으로 막 올라서는데 말을 탄 조준구를 만났던 것이다. 졸지간이어서 한조는 허리를 굽히는 둥 마는 둥 하고 길컨에 비켜섰는데 웬 까닭인지 조준구는 한조를 유심히 보며 지나갔다. 그 일이 있은 며칠 후 불문곡직하고 최참판댁에 불려간 한조는 힘깨나 쓴다는 서울서 데려온 하인 녀석과 합세한 삼수한테 매를 맞은 것이다.
> "와 이러노? 무, 무신 일로 사, 사람을 패노!" 했으나 그 말대꾸는 없었다. 실컷 두들겨 맞고 인사불성이 된 한조를 집에까지 메다준 삼수는 두 번 다시 우리 댁 나으리 험담을 하고 댕기봐라. 어느 구신이 잡아가는지는 모르게 될 기니께."[21]

조준구의 간교함과 비열함은 자신의 수하노릇을 하는 삼수를 헌신짝 버리듯 배신하는 행위에서도 찾을 수 있다. 최참판댁의 하인이며 조준구의 수하 역할을 하는 삼수는 탐욕에 사로잡혀 잘못된 길을 가는 인물이다. 최치수의 부친이 삼수의 할아버지인 쇠돌이 권한 노루고기를 먹고 숨지는 사건이 발생하자 그는 천대를 당한다. 이 사건으로 인해, 삼수는 삶의 가치가 무엇인지를 깨닫지 못하고 맘모니즘의 현실 앞에서 무기력하고 부도덕한 인물로 타락한다. 그는 사람보다 부와 탐욕을 절대시하며 육신의 탐욕에 함몰되어 앞을 보지 못하고 불의한 길을 선택한다. 삼수는 신분상승의 욕망을 꿈꾸며 악의 길에 서서 악한 꾀를 좇기 때문에 악행을 서슴지 않으며 악한 길에서 돌이키지 않는다. 이는 조준구가 삼월이를 능욕하도록 기회를 제공하는 행태에서 확인할 수 있다. 조준구의 하수인인 삼수는 조준구의 뜻을 따라 삼월이와 혼인하지만 임신한 삼월이에게 폭행을 행사하며, 대흉년 때 마을 사람들이 최참판댁을 습격했을 때 대문을 열어주고 재물을 얻기 위해 집안의 사당에 숨은 조준구를 구해주기도 한다. 하지만 조준구는 삼수가 의병의 앞잡이였다며 그를 일본 헌병에 넘겨 비참한 죽음을 맞게 한다. 결국 조준구의 주구노릇을 하던 삼수의 마지막은 자기 파멸로 귀결된다.

> 달려온 헌병들에게 맨 먼저 당한 것은 삼수다.
> "나, 나으리! 이, 이기이 우찌 된 영문입니까!"
> 헌병이 총대를 들이대자 겁에 질린 삼수는 그러나 무엇인가 잘못되었거니 믿는 구석이 있어서 조준구를 향해 도움을 청하였다.
> "이놈! 이 찢어죽일 놈 같으니라구!"

---

21) 『토지』, 1부 3권, 181.

무섭게 눈을 부릅뜬 조준구를 바라본 삼수 얼굴은 일순 백지장으로
변한다.

"예? 머, 머, 머라 캤십니까?"

"이놈! 네 죄를 몰라 하는 말이냐? 간밤에 감수한 생각을 하면 네
놈을 내 손으로 타살할 것이로되 으음, 능지처참할 놈 같으니라구
이놈! 어디 한번 죽어봐라!"

[……]

아침에 넉살좋게 지껄이던 삼수 모습을 하인들은 생각해보는 것이
다. 끌려나갈 때도 소인은 나으리를 살리디렜는데 이럴 수가 있느
냐, 그러나 그의 죽음에서 조준구의 본성을 하인들은 똑똑히 보았
다. 이용하고 나면 버리는 무자비한 생리에 소름이 돋았다.[22]

제국주의를 흉내 내며 같은 민족구성원에게 폭력을 행사하는 조선인 순
사의 행동에서도 드러난다.

강쇠는 귀를 잡힌 채 파출소까지 끌려갔다. 조선놈의 새끼가 일본
인한테 대항했다! 조선놈의 새끼가 자전거를 부수고 술병들을 박

---

[22] 『토지』, 1부 3권, 393-94. 이 소설은 많은 부분이 대화로 이루어져 있음을 확인할 수
있다. 최유찬은 다음과 같이 설명한다. 기본적으로 말은 체험의 전달 수단이고 감
정과 이성을 표현하는 도구이다. 작중 인물들의 말은 그들의 삶, 그 역사를 직접 이
야기하는 것이기도 하고 자신의 감정이나 소망을 피력하기도 한다. 즉 말을 통해서
독자는 등장인물들이 경험한 역사적 사건과 민초들의 반응을 알 수 있다는 것이다.
『토지』에서 대화는 상대를 지닌다. 등장인물들이 어떤 사건에 대한 견해는 타인의
반응에 따라 인물들의 의견은 교정될 수 있는데 이와 같은 변증법적 관계는 수없이
반복된다. 다시 말해 사건에 대한 결정적인 언급이 무엇인지 그 의미를 정확히 알
수 없는 상태에서 불확정적인 역사의 형상이 세워지는 것이다. 그런 의미에서 대화
는 역사의 골격을 형성하는 사건들을 요위하고 거미줄처럼 뻗어 있는 모세혈관의
역할을 한다고 할 수 있다. 최유찬, 『『토지』와 한국 근대 미시문학사, 한국근대문화
와 박경리의 『토지』』, 서울: 소명출판사, 2008, 30.

살냈다! 일방적으로 단쿠바지는 왕왕댔다. 강쇠가 순사에게 쥐어 박히고 걸어채이는데 단쿠바지는 계속 왕왕대며 반주를 했다. 강 쇠의 개진(開陳) 따위는 아예 들으려 하지도 않았다. 들으려 하지 않았다는 것은 조선말을 아는 바로 그 조선인 순사였다. 일본 순사 보다 강쇠를 많이 때린 것도 조선인 순사였다. 대일본제국에 대한 충성심을 의심받아서는 안 되겠기에 더욱더 때렸을 것이다. 자식 데리고 개가한 계집같이, 남편 자식을 두둔해야 하며 데려간 자식 의 말은 무조건 들으려 하지 않고 남편보다 앞장서서 제 자식을 때려야 하는 개가한 계집같이. 피의 배반, 제 피를 부정하고 배반 한 자에 대한 분노는 핏줄을 부르는 감정보다 더욱 격렬한 것인지 모른다. 그리고 혈흔같이 지워지지 않는 원한이 되는 것이다.23)

조선인 순사는 정치적 주권, 문화와 전통을 박탈당한 자국민을 폭력으로 통치하는 제국주의를 표상한다. 자전거를 타고 내리막길을 달리던 일본 인이 자신의 자전거로 강쇠를 들이받았음에도 강쇠를 비난한다. 그24)는 파출소에 끌려간 강쇠의 말을 듣지도 않고 강쇠에게 폭력을 행사한다. 이것은 조선인 순사가 제국주의를 흉내 내지만 그가 제국주의자로 자리 매김을 할 수 없다는 사실을 드러낸다. 식민지배자가 피식민자에게 흉 내 내라고 말하지만 지배자와 피식민자 간의 차별과 구별을 통해 지배

---

23) 『토지』, 4부 1권, 21.

24) 조선인 순사에 대한 논의를 확대하면 앞에서 언급한 앤더슨의 "제국과 민족의 공존 불가능성"이라는 진술과 연결된다. 일본 제국주의 지배체제하에서 그 체제를 옹호 하는 일본 제국주의의 신민으로서의 봉사하는 조선인 순사는 정해진 범위 내에서 경찰직을 수행하지만 일본 제국주의 내의 고급 관료나 고급경찰과 같은 특권적 위 치를 허용하지 않는다. 말하자면 조선인 순사도 일본 제국주의 체제에 대한 저항을 가능하게 한다는 것이다. 이와 같은 상황이 『토지』에서는 나타나지만 결국 식민체 제와 민족공동체는 양립불가능하다는 사실을 보여준다.

자의 우월성을 내세워 지배의 효율성을 합리화한다는 것이다. 식민체제는 지배의 효율성과 체제의 강화를 위해 물리적 폭력이나 폭압과 같은 폭력적 수단과 더불어 경제적 미끼나 제국경찰 신분을 부여함으로써 피식민자를 포섭한다. 이와 같은 문제는 학생들이 조선말을 사용한다는 이유로 학생을 처벌한 사건에서도 확인할 수 있다.

> 사건의 발단은 학교 뒤뜰에서 조선말을 쓰고 있던 여학생 두 명을 적발하여 교무실에 불러다가 꿇어앉히는 벌을 준 때문이었다. 그 일은 금방 교내에 퍼졌고 학생들은 흥분하고 분개했다. 같은 조선인이면서 그럴 수가 있느냐는 것이었다. 학생들이 조선말을 쓰다가 선생이게 들키면 어떤 형식으로든 벌은 받게 돼 있었다. 그러나 벌을 준 선생이 조선인이었다는 것에서 학생들은 심한 배신감을 느낀 것이다. 못 들은 척, 얼마든지 지나쳐버릴 수도 있었던 일인데 일본인과 다름없이 그것을 집어내어 벌을 주었다는 것이 학생들을 심히 자극했던 것이다.[25]

바꾸어 말하면 제국주의는 식민체제를 공고히 뿌리내리고 지배의 영속성을 보장하기 위해 식민지인을 미끼로 사용함으로써 식민지 사회의 경제적 발전이라는 대의명분과 지배이데올로기를 결부시킨다. 식민주의가 권위적, 전체주의적, 폭력적 가치로 응집되어 있기 때문에 식민지배자의 이해와 사고방식, 권력장악과 투쟁에 집중한다는 점에서 식민지는 균열되고 다양한 권리와 요구를 정치적으로 표출할 수 없게 만든다. 포섭과 동화를 통한 제국주의 기획은 식민 이데올로기를 추종하는 피식민자를

---

25) 『토지』, 5부 2권, 346.

수동적인 존재로 타자화함으로써 식민지 사회의 저항을 해체시킨다는 점에서 침략적, 폭력적 이데올로기를 구성한다. 이는 『토지』에서 단쿠바지를 입은 일본인 자전거 배달꾼의 오만함에서 드러난다. 자전거에 의해 부딪힌 강쇠에게 욕설을 퍼붓는 일본인 남성은 자신의 잘못을 부정하면서 조선인들을 야만인으로 규정한다.

> "이 얼빠진 새끼야!"
> 단쿠바지의 사내가 먼저 일어서며 일본말로 욕설부터 시작했다. 바구니며 채는 활동사진관 매표구 가까이까지 굴러가 있었다.
> "어이구 허리야."
> [……]
> "곤치쿠쇼오! 나니도 보케데루카!(이 짐승놈아! 무슨 엉큼을 떠는 게야!)"
> 일본말은 모르지만 욕설 몇 마디쯤 부두 노동을 할 때 귀에 익혀두었다. 험악하게 눈을 부릅떴던 강쇠는 다음 순간 등신같이 어리석은 본시의 광주리장수로 표변하는 것이었다.
> "뒤에서 내리꽂아놓고 이 사람이 무신 소리 하노?"
> "뭣이 어쩌고 어째! 뭐라 짖는 게야! 짖어봐라, 소용이 없단 말이다! 변상해! 부서진 자전거, 쏟아진 술 모두 변상해야 한다! 이 조선놈의 새끼야!"
> [……]
> "조선놈의 주제에 뉘고 따따부따 말대답이야! 조선놈의 새끼들은 모두 사기꾼이다. 도둑놈! 야만인이다! 그래 술하고 자전거를 어쩔 테냐!"[26]

---

26) 『토지』, 4부 1권, 19-20.

일본인의 오만한 태도는 조선인의 정체성에 대한 부정과 우월감으로 이어진다. 다시 말해 그는 일본과 조선이라는 이분법적 차별을 통해 조선을 계몽되고 근대화되어야 할 대상으로 간주한다. 이는 제국주의적 억압과 착취에 대한 대의명분과 분리될 수 없는 것이라 할 때, 식민주의에 대한 저항담론을 구성하는 탈식민주의는 성적, 계급적으로 고유한 여성의 주체적인 목소리로 여성 존재와 정체성 문재를 재현함으로써 제국주의의 일방적 이데올로기를 비판한다. 일제에 기생하며 제국주의를 추종하는 조준구는 김훈장과의 대화에서 을사보호조약에 대해 제국주의적 사고를 드러낸다.

> "소생도 읍내에 나가서 소상히 알아보고 왔소. 듣자니까 민대감(민영환(閔泳煥))이 자결하셨다 하지 않소."
>
> [……]
>
> "어디 민대감뿐이겠소."
>
> "조병세 대감께서도."
>
> "그렇소. 팔십 노구를 이끌고 가평(可平)서 올라와 정청(庭請)하시다가 일본 헌병에게 쫓겨났다 하오. 그래 가마 속에서 음독 자결하신 모양이오."
>
> "허허."
>
> "홍만식 참판도 자결하고, 자결한 사람이 앞으로도 속출할 것이오."
>
> "이런 천하에."
>
> "약현(藥峴)에 있는 이완용의 집에 불을 지르는 등 유생들이 들도 일어나는 등."
>
> "찢어 죽을 놈들! 조약에 도장을 찍은 다섯 놈들을 밟아 죽어야 하오!"
>
> "그네들도 그리고 싶어서 했겠소. 총칼이 한 짓이지요."

"나라가 넘어가는 판국에 제 목숨 지키려는, 으음! 목을 걸어놓고 왜 반댈 못했단 말이오. 대신놈들 치레로 세워났단 말인가요?"

격한 마음에 표현이 서툴다.

"그런다고 해결이 되는 것도 아니겠고 죽는다고 대신할 사람이 없겠소?"

준구는 쓰게 입맛을 다신다.

"독안에 든 쥐 꼴이 되었지요. 일본은 오조약에 도장을 찍은 그 사람들 아니라도 얼마든지 오적(五賊)을 만들어낼 거요."

"세상에 협박공갈하는 보호조약도 있답디까?"

"코에 걸면 코걸이 귀에 걸면 귀걸이 아니오."

조준구의 심정은 착잡하다. 친일 단체인 일진회 인사들과 어울려 다니며 주거니 받거니 친일적 언사를 농했던 것도 얼마 전까지의 일이었다. 사실 그 자신 친일파임에도 틀림없고 오늘의 사태를 예상하지 않았던 것도 아니었다.

[……]

"받아들이고 안 들이고 간에 그것은 이미 우리들 힘이 미치지 못하는 일이 아니겠소? 상감이 협박을 당하는 지경에 아무리 울부짖고 주먹을 휘둘러보았자 그놈들은 우리를 어린애 이상으로 보지 않을 게요. 아라사를 상대로 싸워서 이긴 그네들이니까."[27]

조준구는 식민지배자가 식민지 조선을 식민화함으로써 지배담론을 재현하는 제국주의적 가치를 옹호하는 기회주의자다. 그의 말에서 알 수 있듯이, 조준구는 제국주의 가치에 대한 신념과 더불어 조선인이면서 일본 제국주의를 추종하는 양의적 인물로 제국주의 지배 이데올로기를 재생

---

27) 『토지』, 1부 3권, 260-62.

산하는 친일파다. 그의 삶의 방식은 식민지배를 정당화하고 지배체제를 효과적으로 이행할 수 있는 강력한 동인으로 작동한다. 이런 측면에서 볼 때 조준구는 제국주의라는 틀 안에서 구질서와 제국주의 폭력적 가치를 공유하고, 식민주의라는 동일한 목적을 추구하는 친일 제국주의자다. 조준구는 공노인과의 대화에서 일본의 식민지배를 합리화한다. 그것은 식민지 상황에 대한 몰이해, 즉 제국주의 가치관에 함몰되어 제국의 비호 아래 제국의 신민이라는 부정적 사고방식과 유사하다. 서구화된 근대를 동경하고 추종하는 욕망은 제국주의 모방과 다름 아닌 것이라 하겠다.

> "그들은 부자라는 점이오, 물론 우리네 국토보다 땅덩어리가 커서 모든 자원이 풍부한 경우도 없는 것은 아니나 무엇보다 문명이 발달한 데 그 원인이 있는 게요. 가령 영국 같은 나라를 말할 것 같으면 본시 조그마한 섬나라에 불과했는데 오늘날 도처에 그들 식민지가 있고 세계에서 으뜸가는 강국이 된 것은 한마디로 말해서 문명 덕분이오. 사람의 손 대신 기계로써 만사를 움직이고 만들어내고 그게 또 사람 몇 몫의 일을 해내니 자연 물품을 손쉽고 싸게 만들어 쓰고 남으니 남의 나라에 팔고, 절로 부강해질 수밖에 더 있겠소? 부강해짐으로 하여 약소국을 차례차례 집어삼켰던 거요."[28]

제국주의 침탈과 지배, 식민지 근대화에 대한 동의와 협력이라는 조준구의 의식은 왜곡되고 반민족적 특성을 갖는다. 그것은 내용적으로 식민 체제가 갖는 폭력적 식민기구의 권력조직의 기반을 공고히 시키는 부정

---

28) 『토지』, 2부 3권, 106.

적 효과를 낳는다. 일본 제국주의가 갖는 지배의 추동력은 천황을 '현인신'(現人神)으로 수용하는 일본인의 사상에 기인한다. 군국주의와 폭력을 특징으로 하는 일본 제국주의는 가장 비이성적이고 왜곡된 가치라고 할 수 있다. 그것은 인간의 존엄성과 인간적 가치보다 제국의 유지와 통치, 천황숭배사상이라는 잘못된 사상에 기인한다. 일본 제국주의를 맹목적으로 추종하는 조준구는 일본말과 일본글을 학습함으로써 일본 제국주의를 흉내 내고 비생명적 가치를 답습한다. 그는 자신이 저지른 잘못된 과거를 회상하며 자기의 잘못을 뉘우치기는커녕 그때를 그리워한다.

> "남 먼저 머리를 깎고 양복을 입었으며 일본말 일본글을 배우고, 지금 생각해보니 그때는 정말 내가 소쇄한 청년 신사였네. 꿈도 컸고, 그러나 차츰 계집을 탐하게 되었고 이 세상 어느 낙에도 비할 수 없는 그것들에게 빠져들기 시작한 게야. 장안의 명기는 말할 것도 없고 전문학교를 나온 신여성에서 통지기에 이르기까지, 어린 것 늙은 것 할 것 없이 두루 섭렵했는데, 좋은 시절이었지. 재물은 썩을 만큼 남아돌고 할 일은 없어. 계집에게 쓰는 돈이야 새 발의 피, 결국 미두(米荳)를 하고 광산을 하고 사는 바람에 살림을 고스란히 날렸지만 좋은 시절이었다. 삼삼하게 떠오르는 계집들의 자태, 원 없이 놀았지."29)

작가는 제국주의와 조준구의 유착관계가 경제적 이해관계를 형성한다는 점에서 제국주의에 기생하는 조준구의 매판적 행태를 통렬하게 비판한다. 조준구의 친일행위는 식민체제에 대항하는 반제투쟁의 저항을 무화

---

29) 『토지』, 5부 1권, 232-33.

시키고 조선민족의 자주독립에 대한 민족적 열망을 가로막는 동기를 제공한다. 식민체제와 친일반민족세력 간의 협력은 탈식민화에 걸림돌이 된다는 점에서, 조준구의 행태는 식민지배담론을 재구성하며 중심부와 주변부의 관계를 더욱 심화시킨다. 이처럼 식민 이데올로기와의 결탁의 결과로 도출되는 친일파의 경제적 이익창출은 양자 간의 착종관계를 형성한다는 점에서 민족의식과 부합할 수 없다. 조준구는 제국주의 이데올로기와 친일파의 협력과 연합을 함축한다. 여기에서 사유해야 할 문제는 제국주의 체제와 친일파의 강도 높은 협력관계와 교착관계를 형성한다는 것이다. 식민체제하의 양자 간의 관계는 시간이 갈수록 제국주의 목표와 방식을 취하기 때문에 식민 이데올로기는 더욱 강화된다.

　　푸코의 억압 가설에 따르면 국가는 시민들의 성과 그것을 사용하는 관습에 대해 알아야 했고 시민들도 자신의 성을 통제할 수 있어야만 했다. 그러니까 국가와 개인 사이에서 성은 담론, 지식, 분석, 명령의 조직망이 성을 에워쌌다는 점에서 중요한 쟁점으로 부각되었다.[30] 탈식민주의 시각에서 볼 때 남성제국주의는 권력을 행사하는 위치에 있기 때문에 식민지 백성들의 성을 검열함으로써 그들의 성을 억압함으로써 권력을 강화했던 것이다. 같은 맥락에서, 조준구의 성적 폭력은 여성의 몸에 대한 제국주의 폭력이 갖는 문제를 암시한다. 박경리는 삼월이의 꿈을 통해 전통적으로 남성이 지배하는 성 이데올로기와 억압받는 여성의 고정, 획일화된 자기희생적 여성, 즉 성적 역할의 전복과 함께 여성 문제를 환기시킨다. 그것은 여성의 정체성의 위기감, 남성제국주의가 갖는 폭력성에 대한 거부행위이며 여성 존재를 억압함으로써 하위주체의 정

---

30) Michel Foucault, *The History of Sexuality*, Harmondsworth: Penguin, 1987, 26.

체성을 허약하게 만든 남성제국주의에 대한 비판을 의미한다.

　　이미 언급한 대로, 박경리는 『토지』에서 제국주의, 계급, 성차별, 그리고 이와 관련된 다양한 문제를 비판하지만 어느 특정한 문제로 환원시키지는 않고 여러 각도에서 사유한다는 점에서 텍스트의 지평을 확장시킨다. 이와 같은 점에서 『토지』는 여성 문제를 이해하는 데 큰 효용을 갖는다. 친일 제국주의자와 삼월이의 관계는 식민치하의 성과 계급의 모순을 반영하며, 이것은 다시 제국주의 담론과 전제적 가부장제 담론에 의해 희생되는 여성 문제를 함축한다. 말하자면 조준구의 폭력은 성과 계급이 중첩된 식민지 시대의 여성관을 드러내면서 갈등과 화합의 관계를 설명코자 했다는 점에서 의미를 갖는다. 다시 말해 탈식민주의 시각에서 남성제국주의에 저항하는 역사적 주체로 복원되는 것이다. 그렇다면 어떤 방법으로 제국주의 문제에 대응할 수 있을까? 제국주의 이데올로기와 식민지 공간에 걸쳐 있는 영역에서 발생하는 다양한 문제에 대안은 없을까? 제국주의자들은 제국의 이익에 부합하기 때문에 그리고 식민지배의 효율성을 위해 획일적, 폭력적 체제로부터 벗어날 가능성은 높지 않고 대화와 협력의 가능성은 매우 낮다는 점에서 식민주의를 공고히 할 것이다.

　　이에 대한 식민지인의 전략은 지배적 가치로 군림하는 제국주의 이데올로기의 토대에 균열을 가함으로써 그 구조를 해체할 수 있는 도전적이고 위협적인 저항의 방식이라고 할 수 있다. 여기에서 말하는 저항은 식민주의와 탈식민주의라는 상이한 가치가 충돌할 때 발생하는 탈식민적 저항을 의미한다. 그리고 그것은 제국주의의 구조와 계급관계, 봉건적 유교질서가 초래한 양극화된 여성에 대한 차별, 그리고 계급구조의 불평등에 대한 저항이라는 점에서 저항은 탈식민화를 위한 추동력이 된다. 즉 수동적 여성이기를 거부하며 제국주의 지배이데올로기에 대한 식민지 여성의 저항이라 할 수 있다. 제국주의적 가치와 식민지 백성 간의 권력관계를 역전시킬 수 있는 저항으로 작동한다. 바바가 지적하듯이, "저항은 지배담론이 문화적 차이의 기호들을 분절하고 식민지 권력의 예속관계들, 즉 위계질서나 규범화, 주변화 등 내부에 그 기호들을 다시 연관시켰을 때, 지배담론의 인식의 규칙들 내부에서 생산되는 양가성의 효과이다."[31]

탈식민주의는 식민지배체제의 정책과 가치, 그리고 식민 이데올로기에 대한 비판의식 담는 것이다. 그것은 모든 식민지인들이 수용하고 실현하는 개인의 자유와 해방, 인간적 존엄성과 권리와 같은 보편적 가치를 포함한다. 또한 식민체제가 작동하는 정치의 영역에서 배제되거나 불이익을 받음이 없이 인간으로서의 권리, 생명에 대한 존중과 같은 조건과 가치를 제도화하는 것이다. 따라서 탈식민주의란 그 의미와 그것이 작동하고 지속하기 위한 조건에 있어서도 윤리적 효능을 발휘해야 한다. 제국주의는 체제유지를 위하여 제국주의에 기생하는 조준구와 삼수를 이용하여 식민체제를 더욱 강화한다. 제국주의와 제국주의 추종세력이 식민 여성에 대해 폭력을 자행하는 행위는 식민체제의 남성과 식민체제의 여성을 분리와 동시에 여성 억압을 보여준다.

탈식민주의라는 거대담론에서 볼 때 제국주의를 흉내 내는 집단과 식민체제에 의해 억압되고 희생당하는 여성 존재는 그 이데올로기적 이질성과 차이 때문에 타자화되는데, 여성의 식민화는 민족공동체를 형성할 가능성을 축소시킨다. 바바의 설명대로, 식민지배자는 식민종속자에

---

31) Homi k. Bhabha, *The Location of Culture*, 156-57.

게 "식민종주국을 추종하고 흉내 내라. 하지만 식민지배자와 똑같아서는 안 된다"는 차별화를 통해 제국주의와 식민지 사이에 차이를 부각시켜 제국주의 지배를 확대하는 것이다. 다시 말해 식민지배자는 식민지 종속민을 수동적 존재로 정형화하거나 타자로 전락시킨다. 식민체제는 조준구로 대변되는 제국주의 추종자들을 식민 이데올로기에 포섭함으로써 식민지 사회의 민족공동체 형성을 방해하고 더 나아가 식민지의 문화와 가치를 해체시킨다. 민족을 동질적 삶을 함께하는 상상의 공동체[32]는 형성되지 않는다.

제국주의 체제는 한편으로 식민지 국가를 종속민으로 지배하고 다른 한편으로 식민지에 협조하고 추종하는 이들을 제국에 속한 신민이라는, 다시 말해 제국주의 일본의 구성원이라는 인식이나 동질감을 심어주거나 재확인시켜줌으로써 제국주의 지배를 정당화하고 강화한다. 이와 같은 관점에서 볼 때, 폭력에 기반한 제국주의 권력은 그 자체가 가진 폭력적, 공격적이며 비타협적인 강력한 헤게모니를 갖는다는 점에서 취약한 체제임을 알 수 있다. 이는 식민지인의 사회경제적 삶의 조건을 위협하고 폭력을 지속시키는 부정적 효과를 가져오기 때문이다. 바로 이와 같은 사실에서 식민주의는 탈식민주의와 본질적으로 공존하기 어려운 가치라고 할 수 있다. 식민주의가 도출하는 부정적 효과는 식민지배가 함축하는 민족공동체의 해체, 식민체제에의 내면화된 의존성을 부추기는 의식의 식민화라고 할 수 있다. 문제의 핵심은 식민주의가 그 지배 효과를 극대화하고 식민지인들의 사적 영역인 인격과 정체성, 생명과 몸을 포함한 존재 가치와 자발성을 부정하는 억압적 정치구조를 갖는다는

---

32) Benedict Anderson, *Imagined Communities: Reflections on the Origin and Spread of Nationalism*, London: Verso, 1983, 31.

것, 그리고 식민지인들의 삶의 자유와 자율적 공간을 박탈하는 통제체제라는 점이다. 이는 비윤리적 가치로 인해 탈식민주의의 가치와 병립하기 어렵기 때문에 도덕적 정당성을 확보하거나 윤리적 힘을 형성할 수 없다는 사실을 반증한다.

　　제국주의 권력과 허약한 식민지 간의 지배/종속이라는 상태와 그것이 도출하는 문제는 탈식민화로 나아가는 데 수많은 걸림돌이 된다. 즉, 폭력에 기반한 식민체제와 식민지 관계는 자유와 억압, 생명과 반생명이라는 비대칭적 권력 관계에 근거하기 때문에 탈식민주의가 제기하는 사회적, 정치적 동력을 저해하는 결과를 초래한다. 식민체제의 권력구조는 탈식민화 없이는 불가능한 체제이기 때문에 식민화를 지속하기 위해 권력구조를 그대로 유지하기 위한 식민정책은 더욱 강력해질 수밖에 없다. 일본 제국주의도 탈식민주의와 본질적으로 궤를 달리한다는 점에서 식민지의 유지를 위해 폭력과 학살과 같은 비도덕적, 반윤리적인 성향을 벗어날 수 없다.

　　『토지』에서는 일본 제국주의와 관련된 역사적 사건들이 많이 언급된다. 그 중에서 조선인들을 참혹하게 살해했던 관동대지진 사건에 대해 선우신과 서의돈이 나누는 목격담을 통해 제국주의의 실상과 잔인성을 드러낸다. 1923년 9월 1일 식민종주국의 수도 동경에서 발생한 관동대지진은 관동지방을 초토화시켰다. 식민체제는 관동대지진이 조선인에 의한 방화, 폭탄 투척이라며 지진의 원인을 조선인에게 전가시켜 아무 죄도 없는 조선인을 대량 학살하였다. 역사적 사실로 관동대지진 사건을 인용하는 것은 작가의식과 그가 지향하는 목적을 반영한다는 점에서 매우 중요한 의미를 지닌다.

한데 서의돈이 온 지 며칠이 안 되어 구월 초하루, 정확히는 열두 시경 별안간 집이 흔들리면서 시작된 것이, 동경을 쑥밭으로 만든 그 관동대지진(關東大地震)이었던 것이다. [……] 화재는 지진의 속성인데다 마침 점심때여서 집안에 불기가 있었고, 또 대부분 목조건물인 탓으로 시가는 삽시간에 불바다로 변했던 것이다. 아비규환으로 몰아넣은 그 무시무시했던 재난이 일본인들에게 악몽이었다면 재일조선인들에게는 그야말로 생지옥이었다. 잊을 수 없고 잊어서도 아니 되는 조선인 살육의 현장이었던 것이다. 조선인들과 사회주의자들이 혼란을 틈타 불을 지르고 우물에 독약을 풀었다는, 사실무근의 유언비어에 선동된 군중이 불탄 거리를 몰려다니며 죽창, 곤봉, 갈고리, 식칼까지 꺼내들고 닥치는 대로 조선인을 참살했던 것이다. 그것뿐만 아니었다. 경찰서에서, 연병장에서, 공장에서, 총으로 일본도로, 혹은 총검으로 수백 명의 조선인이 학살당한 것이다. 서의돈과 선우신은 함께 그 참상을 목격했으며 신변의 위협을 느끼기도 했으나 다행히 죽지 않고 살아서 지금 서울로 향한 기차간에 앉아 있다. 어떤 일인(日人) 식자(識者)는 미친 군중이라 했다. 그러나 군중은 미쳤을는지 모르지만 일본의 위정자는 지극히 예리하고 정확한 판단을 한 것이다. 사회주의자들의 민중선동으로 일어날 폭동을 예상한 위정자들이 유언비의 바로 근원인 까닭이다. 배고픈 이리들의 사나운 이빨을 피하기 위해 그들은 양을 내던진 것이다. 사회주의자들의 선동으로 미칠 군중을 앞질러서 조선인 학살로 미치게 하여 혼란의 물줄기를 돌려놓은 그들의 계산이야말로 민첩하고도 정확했다 할 수 있을 것이다. 오천이 넘는 조선인들의 목숨 따위, 그들에게는 양이기는커녕 빈대로 보였을지도 모를 일이다.[33]

---

33) 『토지』, 3부 2권, 99-100.

이 끔직한 사건을 통해 식민지 백성이 겪어야 했던 고통을 사실적으로 형상화하고 있다는 점에서 『토지』에 흐르는 중심 주제는 식민지 자원을 수탈하고 식민지 백성을 무고하게 살상한 식민체제에 대한 비판이라고 할 수 있다. 또한 일본의 '남경학살'에 대해 일본의 극악무도한 민족성에 대해 송장환과 정석과 술을 마시는 권필응의 탄식을 제시하며 일본 제국주의가 저지른 만행을 신랄하게 비판한다.

> "아무리 일본 인종이 극악무도하다 하더라고 일본인 전부가 악귀일 수는 없는 일. 군에 끌려나온 사내 모두가 짐승일 수는 없는 일. 한데 어찌하여 모두 악귀가 되고 짐승이 되었는가. 그런 만행은 다소간 정복자의 속성이라 하더라도 오만의 군대가 삼십만의 비전투원을 학살하다니. 자네들은 일본 군부의 작전이라는 생각은 아니했다 그 말인가?"
>
> "그, 글쎄올시다."
>
> "중국 땅이 일본 땅의 몇 배인가? 중국의 인구는 일본 인구의 몇 배인가? 그래도 생각이 안 나는가?"
>
> "……"
>
> "대저, 잔인성이란 용기 있는 자보다 용기 없는 자의 속성인데, 일본 민족은 매우 소심하고 겁이 많은 민족인 게야. 자고로 칼로써 다스려지는 백성이 그런 것은 당연지사, 한데 그들의 용감무쌍은 어디서 왔는가. 그 나라는 변혁이 없었고 섬나라, 가두어진 상태, 그 속에서 칼로 길들여졌다는 것은 무엇을 의미하는가. 거역과 선택이 없는 용기란 오로지 복종하는 그것인 게야. 그런 틀 속에 있다가 틀이 빠져버리면 어떻게 되겠나? 갈팡질팡 소심하고 왜소하고 가련한 모습, 마치 가둬 길렀던 새가 새장 밖에 나가도 날지 못하는 것처럼, 청일전쟁·노일전쟁, 그리고 만주사변하고는 다르거

든. 그것 국지 전쟁의 성격으로 틀 안에서 싸운 거고 …… 대륙에
다 개미같이 풀어놓은 군대, 그들을 짐승으로 만들지 않으면 악귀
로 만들지 않으면 어쩌겠나."[34]

식민지와 약자에 대한 침탈을 특징으로 하는 식민체제의 모순은 제국주
의 군대와 경찰의 폭력구조, 그러니까 폭력을 동원하여 식민지 백성을
탄압하고 식민지 조선의 수탈에 있다.

> 늙은 할미는 손녀를 보고 물었다.
> "머 묵노?"
> "사탕."
> "이어서 났노?"
> "아부지가 한푼 주데요."
> "댓기놈의 가시나! 양식도 못 팔아묵는데 배부릴 기라꼬 그거를 묵
> 나! 회만 생기고 이빨은 안 썩을 기든가? 애비도 애비다. 죽물도
> 안 들어간 창자에 사탕이 웬 말고."
> 내일이 없는 아비 어미의 자포자기한 생활, 자포자기한 사랑 때문
> 에 아이는 배도 안 부르고 이빨만 썩을 사탕을 먹게 된다. 떡 할
> 쌀, 엿을 고를 엿기름 한줌이 없어서 그런 것만은 아니다. 없는 것
> 이 어디 그것뿐일까. 코딱지만 한 남의 곁방살이, 처마 밑이 부엌
> 이며 아궁이에 지필 나무 한 가치 없고 간장 된장도 사먹어야 하
> 는 뜨내기 살림, 아이 입에 사탕만 물리던가? 돈 생기면 허기부터
> 달래려고 우동을 사먹게 된다. 우동만 사먹는가? 환장한 가장은 야
> 바위판에 주질러 앉아 돈 털리고 호주머니 바닥 털어 술 사먹고

---

34) 『토지』, 4부 3권, 280-81.

돌아와서 계집자식 친다. 내일이 없는 뜨내기, 그들은 모두 허무주의자다. 허무주의는 소비를 촉진한다. 바닥을 털어가며 사는 사람들, 끝없는 노동력을 제공해도 바닥은 메워지지 않는다. 노동을 팔고 싶어도 팔 자리가 없어 빈털터리요. 어쩌다 얻어걸리는 품팔이, 급한 김에 아이 입에 사탕 물리고 허기 달래려고 우동이며 국수며 혹은 떡이며, 해서 이들은 왕도 손님도 아닌 거지의 시늉을 내는 소비자인 것이다. 머지않아 거지로 전락할 사람들인 것이다.[35]

식민지 백성의 생명에 위협을 가하거나 인명을 학살하는 생명존중의 부재에 있다. 생명존중은 피식민자의 생명과 재산, 토지를 비롯한 모든 형태의 억압과 폭력성을 드러내기 때문에 탈식민화의 적이다. 서술자는 일본 제국주의와 그 폐해에 대해 지적한다.

오랜 옛날부터 문화의 수혜국(授惠國)인 조선을 미개국으로 왜곡하는 호전적인 저네들 국민의 자성을 위해 필요하지 않을까. 군웅이 할거하여 싸움으로 영일이 없었던 그네들의 역사에는 볼 만한 사상이 없고 학통은 미미하였으며 저 신라 예술의 정신세계에 미칠 만한 것도 존재하지 않았다. 근세에 이르러 이백오십 년 평화를 누린 듯 보이는 덕천막부(德川幕府) 시대를 말하더라도 역시 무가(武家) 전단으로서 무사도를 지주로 삼은 정치 체제였던 것이 엄연한 사실이다. 대명(大名)이라 이름한 지방 제후(諸侯)들은 덕천 정권의 위성들로서 지방 자치의 권한을 쥐고 그들이 행한 것도 역시 무단 정치였으며 병력으로 자가의 세력을 키웠고 그 자가 세력이 팽배하였을 때는 칼로써 무찌름을 당하는 무력만이 전능으로 군림하여 무력으로써 균형을 잡은 평화가 유지되어왔던 그와 같은 체제

---

35) 『토지』, 4부 1권 「서(序)」, 15.

앞에 밀어닥치는 외세는 무원고절한 섬나라 안에서 무력의 통합을 가능하게 했을 것이다. 한때는 양이(攘夷)와 개국(開國) 양파의 싸움이 없었던 것은 아니었으나 궁극에서 무사도 정신은 상통하는 제국주의를 받아들일 수 있는 터전이었다. 그리하여 그들은 크게 저해당함이 없이 제국주의 사상을 수입하고 외래 학문을 무제한 받아들이고 사회제도, 생활양식, 특히 신무기에 의한 군비 확장을 단행함으로써 명치유신의 지반을 굳힌 것이다. 이렇게 커진 힘은 군국주의의 찬가(讚歌)와 함께 필연적으로 침략의 촉수를 외부로 뻗을 수밖에 없었을 것이며 무사도 정신으로써 달구질을 받아온 국민들 역시 별 저항 없이 검붉게 물든 전쟁의 정열 속으로 휘말려들어갔으며 격정과 야욕은 애국이라는 덕으로 앙양되고 약탈, 음모와 악행을 아시아의 평화라는 미명으로 단장한 국가 권력자를 위해 기꺼이 목숨을 던지게 되는 것이다. 백성을 다스린다는 정치 이념은 백성을 사냥 몰이꾼으로 내모는 정치적 힘 앞에서 무력하고, 착하게 백성을 가르친다는 유교 사상은 무기를 쥐여주며 끝까지 싸워 이기라는 질타 앞에서는 속수무책이다. 그리하여 이 나라는 지금 미거하고 우매한 백성으로 치부되어 일본의 희롱을 받고 있는 것인가. [……] 물질문명의 시대는 흉기부터 앞장세우며 오고 있는 것이다. 정신문화의 시대는 척박한 가난의 살림을 안고 가고 있는 것이다. 그러나 반대로 오고 있는 자는 또 갈 것이요, 가고 있는 자는 다시 올 것이다. 다시 올 때까지 산맥과 지류는 마멸되고, 한 시대는 가고 한 시대의 사람도 가고 사물만이 남을 것이다. 이 사물에서 역사는 비로소 정확한 자(尺)를 들고 인간 정신을 측정할 것이며 공명정대한 역학적 기간으로 귀납될 것이다. 그리고 인간존엄을 찾게 될 사가(史家)는 이 시대의 승리를 영광의 승리하지는 않을 것이다. 패배를 치욕의 패배라 하지도 않을 것이다.[36]

서술자는 제국주의 사상과 제국의 식민지에 대한 폐단을 일목요연하게 설명한다. 즉, 제국주의는 식민지를 교화해야 할 대상으로 보고 피식민자들에게 비관주의 세계관을 만들거나 염세적인 사상을 주입시켜 삶의 기쁨과 희망, 삶의 충일성을 박탈한다. 이는 식민지인들의 생명과 직결되어 있다는 점에서 삶의 뿌리를 송두리째 없애는 것이다.

이와 같은 시각에서 볼 때 식민주의는 위협, 협박, 감금, 신체학대, 폭력, 전쟁에 이르기까지 생명 그 자체인 식민지 민초들의 삶과 생명을 부정한다는 점에서 사랑과 정의, 인류애, 평화와 같은 가치와 양립할 수 없다.

작가는 『토지』에서 봉건주의 사회에서 근대적 질서로 변화하는 역사적 과정을 다루면서 다양한 역사적 사건을 제시하는데 그 핵심적 주제는 식민체제로부터의 해방이라고 할 수 있다. 이와 같은 사실은 양현이 최서희에게 일본의 패망을 전하는 이 소설의 마지막 장면에서도 확인할 수 있다.

> 산은 청청하고 싱그러웠다. 어디서 무슨 일이 일어나고 있는지 강물은 아랑곳없이 흐르고 있었다. 멈추지 않고 흐르고 있었다. 얼마나 시간이 지나갔을까. 뚝길에서 사람들의 떠드는 소리가 들려왔다. 돌아보니 중 한 사람이 앞서가며
> "일본이 항복했소!"
> 하고 외쳤다. 뒤쫓아가는 사람들이
> "정말이오!"
> "어디서 들었소!"
> "이자 우리는 독립하는 거요!"

---

36) 『토지』, 1부 3권, 167-68.

각기 소리를 질러댔다. 양현은 모래를 차고 일어섰다. 그리고 달렸다. 숨차게 달렸다.

[……]

양현은 발길을 돌렸다. 집을 향해 달린다. 참, 참으로 긴 시간이었으며 깊은 멀고도 멀었다.

"어머니! 어머니! 어디 계세요!"

빨래를 하고 있던 건이네가 놀라며 일어섰다.

"어머니! 어디 계세요!"

"저기, 벼, 별당에 계시는데."

양현은 별당으로 뛰어들었다. 서희는 투명하고 하얀 모시 치마 저고리를 입고 푸른 해당화 옆에 서서 하늘을 올려다보고 있었다.

"어머니!"

양현은 입술을 떨었다. 몸도 떨었다. 말이 쉬이 나오지 않는 것이다.

"어머니! 이, 이 일본이 항복을 했다 합니다!"

"뭐라 했느냐?"

"일본이, 일본이 말예요, 항복을, 천황이 방송을 했다 합니다."

서희는 해당화 가지를 휘어잡았다. 그리고 땅바닥에 주저앉았다.

"정말이냐……"

속삭이듯 물었다. 그 순간 서희는 자신을 휘감은 쇠사슬이 요란한 소리를 내며 땅에 떨어지는 것을 느낀다. 다음 순간 모녀는 부둥켜 안았다. 이때 나루터에서는 읍내 갔다가 나룻배에서 내린 장연학이 뚝길에서 만세를 부르고 춤을 추며 걷고 있었다. 모자와 두루마기는 어디다 벗어던졌는지 동저고리 바람으로

"만세! 우리나라 만세! 아아 독립 만세! 사람들아! 만세다!"

외치고 외치며, 춤을 추고, 두 팔을 번쩍번쩍 쳐들며, 눈물을 흘리다가는 소리 내어 웃고, 푸른 하늘에는 실구름이 흐르고 있었다.[37]

일제의 패망은 친일파 조준구의 최후와 연결된다. 생명에 대한 무관심, 폭력적 체제를 옹호한 친일파 조준구의 처참한 끝은 그의 마지막 모습에서 명확히 드러난다.

> 눈을 부릅뜨고 죽은 조준구의 형상은 끔찍했다. 몽치는 부릅뜬 조준구의 눈을 쓸어서 감겨주었다. 끔찍했을 뿐만 아니라 삶의 기능, 존재했던 육체의 마지막 한 오리 한 방울까지 훑어내고 짜내버린 종말의 모습은 너무나 처참했고 머리끝이 치솟는 것 같은 공포감을 안겨주었지만 한편으로는 깊은 연민을 느끼게 했다. 생명에 대한, 인생의 덧없음에 대한 연민이었다. 호박덩이 같았던 두상은 쪼그라져서 조그맣게 돼 있었다. 몸도 줄어들어서 아주 작아져 있었다. 손가락은 모두 펴진 채, 그 다섯 손가락은 갈고리처럼 굽어져 있었다. 3년을 넘게 병상에 있었는데 어쩌면 조준구의 마지막 일년은 살아 있었다기보다 죽음을 살았는지 모른다. 죽은 후의 과정이 살아 있는 상태에서 진행되었으니 말이다. 시신을 씻을 때 욕창으로 탈저(脫疽)된 부분이 문적문적 떨어져 나왔고 썩은 냄새가 코를 찔렀다.[38]

조준구와 그의 처인 홍씨가 최참판댁의 재산을 강제로 빼앗는 것도 경제적 착취라는 관점에서 제국주의적 폭력을 그대로 모방한 것이다. 조준구가 서희로부터 강탈한 평사리 최참판댁은 생명력을 잃어 황량하고 삭막하다. 거칠고 메마른 해골은 일본 제국주의에 의해 빼앗겨 피폐화된 조국의 의미가 응축된 메타포라 할 수 있다.

---

37) 『토지』, 완결편 16권, 436-38.
38) 『토지』, 5부 2권, 293.

대문이 활짝 열려 있었다. 속이 휘둥그레 비어버린 고목(古木)처럼, 그리고 냉바람이 코끝을 스친다. 두 칸 오두막의 가난에서 오는 냉기하고는 사뭇 다르다. 처절하고 요괴스러운 냉바람이 마음을 썰렁하게 한다. 십여 년 동안 방치해둔 채 황폐할 대로 황폐한 집, 돌담들은 무너지고 풀이 돋아난 마당에 옹기 부서진 것 사금파리가 어지럽게 널려 있다. 지붕과 기둥만 남은 해골, 바로 그 해골이었던 것이다.[39]

제국주의를 흉내 내는 홍씨는 유복한 양반가 출신이지만 도덕관념이 없는 인물이며 아들 조준구가 꼽추라는 것을 부끄럽게 여겨 아들 병수를 냉대하는 잔인한 여성이다.

홍씨는 패악스럽고 욕심이 많은 데 비하여 우둔하고 요사스럽지는 않았다. 최참판댁에 온 후부터 그가 하는 일이란 몸단장이요, 맛난 것을 양껏 청해 먹는 그것이 일과였다. 조준구는 윤씨 부인에게 처가 신세를 졌다고 했는데 그것 역시 빈 말이었다. 홍씨의 문벌은 조씨네보다 떨어지는 편이었으나 살림은 유복했다. 그러나 홍씨가 물려받아 온 것이라곤 사치하는 기풍과 남에게 나눌 줄 모르는 인색함뿐이었고, 그 습벽은 남편에 대해서도 예외는 아니어서 아무리 준구가 곤란을 겪어도 홍씨는 자기 소유의 귀이개 하나 내어놓는 일이 없었다. 병신이지만 하나밖에 없는 자식에게조차 그의 생각은 마찬가지였다. 그럼에도 준구는 홍씨에게 꼼짝 못했다. 그것은 애정하고는 다른 것인 듯싶었다. 어쩌면 아들 때문이었는지도 모른다. 홍씨는 꼽추의 원인을 준구에게 몰아붙였던 것이다. 다리

---

39) 『토지』, 3부 1권, 112.

가 짧고 두상이 큰, 어딘지 이상한 조씨 가문의 내림을 두고 공박
을 했던 것이다.[40]

그는 탐욕에 사로잡혀 자신을 가혹하게 다루며 온갖 사악한 짓을 저지
른다. 일제 식민지체제와 유교질서하에서 자기에게 주어진 현실에서 자
신의 물질적 욕망만을 추구하는 홍씨는 자식의 고통에도 개의치 않는
비정한 여성이다. 허영심이 가득하고 남편 못지않게 추악한 횡포를 부
리는 홍씨는 서희와 봉순네로부터 멸시를 당한다.

> '사대부집 부인이 와 저 모양일꼬? 조심스런 데가 없고 상사람들인
> 우리보다 범절을 모르는고나, 또 행세하는 집안의 부인치 천기들
> 맨치로 화장도 유별나게 한다. 하기사 그 나으리에 그 아씨라.'
> 마루에 펼쳐놓은 일거리를 치우며 봉순네는 마음속으로 중얼거린다.
> 어서 건너오라고 준구로부터 재촉이 왔을 때 홍씨는 옷을 갈아입
> 느라고 법석이었다.
> "왜 이리 땀이 나느냐? 맹추야, 부채 가져와서 부쳐라."
> 두 번째 삼월이 전갈해왔을 때 비로소 홍씨의 몸치장은 끝이 났다
> 옥색 항라 치마저고리 옷고름에는 남빛 오장 수술에 밀화장도(蜜
> 花粧刀) 노리개가 매달려 있었다. 옥가락지를 끼고 검정자주의 감
> 댕기를 감은 쪽에는 옥녀비에 비치로 된 나비잠 말뚝잠이 꽂혀 시
> 원해 보였다. 잘생긴 얼굴은 아니었지만 살결이 희고 서울 여자라
> 땟물이 빠져 눈을 끌게 하기는 했다. 윤씨부인 거처 방으로 들어간
> 홍씨는 남편이 시키는 대로 윤씨부인에게 절을 하는 것이나 절하
> 는 폼은 단정하지가 못하였다.[41]

---

40) 『토지』, 1부 2권, 371.

허영심이 많고 사치스러운 홍씨의 경박한 행동은 서희와의 관계에서 갈등을 일으킨다. 홍씨는 최치수 살인사건 이후 조준구의 음모에 가담하여 최참판댁의 재산을 **빼앗기** 위해 혈안이 된 인물로 남편인 조준구처럼 가족보다는 재물에 대한 끝없는 탐욕을 드러내는 여성이다. 제국주의가 식민지 약탈의 욕망에서 벗어나지 못하고 착취와 억압이라는 구태의연한 가치에 함몰되어 있다는 점에서 재물에 대한 홍씨의 욕망은 식민지를 착취하는 제국주의 자본에 대한 욕망과 맥락이 닿아있다. 친일을 선택한 홍씨의 행태는 반민족적 제국주의 질서로의 도피이며 왜곡된 가치관과 역사관을 집약적으로 보여주는 것이기 때문에 탈식민주의와 역행한다. 폭력적이고 전체주의적인 식민체제에 대항하는 탈식민주의는 식민적 가치관에 대한 저항 문화를 형성한다는 점에서 개인의 자유와 해방이라는 가치로 삼고 홍씨 같은 제국주의 가치관에 함몰된 식민의식을 비판한다는 점에서 유의미하다. 그러니까 홍씨가 역사적으로 가장 오래되고 지속적인 억압의 주체라 할 수 있는 제국주의에 의해 의식이 분절화되는 양상을 띤다는 점은 주목해야 한다.

위의 인용문에서 알 수 있듯이 홍씨 부인은 원래부터 악한은 아니다. "패악스럽고 욕심이 많은 데 비하여 우둔하고 요사스럽지는 않았다. 최참판댁에 온 후부터 그가 하는 일이란 몸단장이요, 맛난 것을 양껏 청해 먹는 그것이 일과였다." 말하자면 태생적으로 탐욕스럽고 자신의 욕망을 추구하는 우매한 여성이다. 하지만 아무런 대가없이 **빼앗은** 최씨 집안의 부로 인해 그녀는 물욕만을 추구하는 인물임을 알 수 있다. 서희의 가산을 수탈한 조준구의 아내로서 식민 자본주의를 흉내 내려는 홍씨

---

41) 『토지』, 1부 2권, 367-68.

의 행위는 반민족적인 행위이며 탈식민화에 역행한다. 그것은 식민주의가 추구하는 식민적 가치나 식민체제의 정치적 지배를 합리화하거나 옹호하는 것과 다름이 없다. 이와 같은 시각에서 볼 때 홍씨는 식민지 자본과 자신의 사적 이익관계를 명확하게 반영하는 인물이라고 할 수 있다.

허약한 식민지 경제구조에서 제국주의 자본은 매판자본가들을 동원함으로써 식민주의 헤게모니는 더욱 강화된다. 다시 말해 식민 상황에서 제국주의체제 협력자는 지배세력과 상호의존적 협력관계를 맺게 되고 친일반민족주의들은 제국주의에 기생함으로써 식민체제에서 식민자본가로 성장하거나 식민지배를 심화시키는 역할을 하게 된다. 박경리는 홍씨를 제시함으로써 식민자본주의와 친일행위의 역학관계를 보여주는데 이는 제국주의를 추종하는 타락한 친일여성의 행태와 식민화된 내면의식을 통해 직접적인 폭력과 수탈을 자행한 제국주의 이데올로기를 비판하면서 동시에 식민화된 친일여성의 왜곡된 의식을 함축한다. 홍씨의 친일행위에서 알 수 있듯이 자기의 민족 정체성을 부정하는 왜곡된 역사관을 갖는 그의 식민화된 의식은 제국주의 지배담론이 만들어낸 식민 이데올로기에 기인한다. 홍씨의 친일적 사고는 식민지배를 더욱 공고히 하고 지배/피지배 권력관계를 심화시킬 뿐이다. 이는 제국주의 자본, 다시 말해 일제에 의한 식민지의 경제종속과 무관하지 않다.

제국주의적 가치에 함몰된 홍씨의 행위에서 알 수 있는 것은 제국주의 경제의 우월성을 은근히 추종함으로써 식민지 경제가 제국주의에 의해 침탈되는 상황을 재확인시켜준다. 이처럼 제국주의적 흉내 내기는 제국주의 이데올로기가 만들어낸 부정적 결과물이며 탈식민화에 대한 장벽이라 할 수 있다. 그것은 식민지의 제국주의에 대한 의존을 강화하며 식민지 백성의 탈식민화를 가로막는 부정적 효과를 갖기 때문이다.

그것은 인간 사회를 생물체에 비유하여 적자생존, 약육강식을 논리만 강조하는 스펜서식의 사회진화론과 유사성과 다름없음을 증명하는 다윈의 사회진화론과 크게 다르지 않다. 역사적으로 강력한 식민주의 국가와 식민자본에 비해 너무나 허약한 식민지 국가에서는 탈식민화를 작동시키는 데 크게 기여하지 못한다. 그것은 식민주의의 한 형태로 남아 있는 식민자본의 부정적 힘과 식민주의의 형태와 내용은 여전히 보이지 않는 형태로 남아 있다는 사실을 각인시킨다. 주목해야 할 점은 식민지 경영과 확장을 목표로 삼는 식민지배에 대한 저항은 제국과 식민지 간의 불평등 완화와 경제적 균형을 이룰 수 있도록 탈식민적 가치와 방향을 포함하고 보다 뚜렷한 대안을 새롭게 설정하는 것이다. 탈식민화를 위한 이슈와 문제는 권오송의 아내인 강선혜의 진술에서도 드러난다.

> 인간의 심리를 모른다 그 말이야. 집요한 것은 언제나 가해자(加害者)다. 보복당하리라는 두려움이 있으니까 상대를 뿌리째 뽑아서 후환을 없이하려는 집념, 너 생각해보아. 도둑놈 경우를 생각해보아. 남몰래 도둑질하다가 들키면은 칼을 들이대는 것이 그들 본능이야. 배은망덕한의 경우도 그래. 은혜 베푼 상대를 모략하고 중상하고 이간질하며 씹고 다니는 것도 자신의 합리화, 배은망덕을 덮으려는 심리 아니겠어? 그렇기 때문에 세상은 삭막하고 살아가기가 힘든 거지. 그러나 권선생은 이런 말을 했어. 죄를 짓게 되면 그것을 은폐하기 위하여 또 죄를 짓는다, 그 죄를 또 은혜하기 위해 죄를 계속 짓게 되는데 그게 바로 형벌이라는 거야. 결국 기가 쇠하고 무게 때문에 파멸하며, 후회나 회개가 구원이 되는 이유도 바로 그 때문이라는 거지. 나 그 말 듣고 많이 위로받았다. 속수무책이라도 덜 억울하더구나.[42]

가해자는 물리적 폭압으로 식민체제를 형성하고 유지하는 제국주의라는 점을 확인할 수 있다. 즉 가해자는 제국의 군사력의 확장을 위해 무분별하게 식민지 자본을 탈취하게 되고 그것은 결국 제국주의 국가의 경제적 파탄을 초래하는데 이는 지배체제의 식민욕망에 기인한다. 푸코가 『권력과 지식』(*Power & Knowledge*)에서 권력을 인간사회의 전 영역에서 작동하는 특성으로 분석한 것처럼 제국주의 지배담론은 식민지인의 정신영역까지 침투하여 식민지인의 삶과 정신을 피폐케 한다. 박경리의 『토지』는 제국주의 가치로부터 억압받는 여성의 삶의 토대를 침식한다는 점에서 식민지 여성들이 갖는 허약성 취약성을 여실히 드러낸다. 홍씨의 제국주의적 모방에 대한 대립적 개념인 탈식민적 모방은 제국주의에 저항을 표상한다.

탈식민 하위주체는 지배자를 흉내 냄과 동시에 지배자의 권위를 위협함으로써 지배자의 권력을 전유한다는 점에서 탈식민적 모방은 효과적 저항이다. 바바가 지적하듯이, "저항은 지배담론이 문화적 차이의 기호들을 분절하고 식민지 권력의 예속관계들, 즉 위계질서나 규범화, 주변화 등 내부에 그 기호들을 다시 연관시켰을 때, 지배담론의 인식의 규칙들 내부에서 생산되는 양가성의 효과이다."[43] 한마디로 바바가 말하는 흉내 내기는 하나의 대항세력으로서 지배질서의 존립을 위협하고 지배/피지배 권력관계를 역전시킬 수 있는 하위주체의 강력한 저항이며 정치적 무기라고 할 수 있다. 푸코의 구조주의적 담론이론과 바바의 권력과 저항의 관계에 대해 나병철은 이렇게 설명한다.

---

42) 『토지』, 5부 1권, 93.

43) Homi K. Bhabha, *The Location of Culture*, 156-57.

성과 반복적이고 순환적인 수행의 전략 사이에 분열이 드러난다. 근대사회의 개념적 양가성이 민족을 글쓰기를 수행하는 위치로 자리매김하는 것은 바로 그 분열의 과정을 통해서 발생한다.

The scraps, patches and rags of daily life must be repeatedly turned into the signs of a coherent national culture, while the very act of the narrative performance interpellates a growing circle of national subjects. In the production of the nation as narration there is a split between the continuist, accumulative temporality of the pedagogical, and the repetitious, recursive strategy of the performative. It is through this process of splitting that the conceptual ambivalence of modern society becomes the site of *writing the nation*.[45]

여기에서 주목해야 할 것은 식민지배자와 피지배자 사이에 중첩되는 영역, 다시 말해 지배와 피지배 사이에서 발생하는 교차지점에서 역동적인 저항이 발생한다는 점이다. 앞에서 언급한 것처럼, 바바는 식민주의 구조가 갖는 일방적 담론을 지양하고 대척적 위치에 있는 식민지배자와 피지배자 사이의 양가성과 문화적 혼종성에 초점을 맞추어 지배/종속이라는 권력의 역학관계를 포착하였다. 그것은 우리가 이제까지 간과해온 문제영역을 문화적 영역에서의 저항으로 확장했다는 의미를 담고 있다. 동일한 맥락에서 바바의 양가성은 식민지배자들이 식민지인들을 지배하기 위한 전략으로 사용되지만 다른 한편으로 피지배자들의 역동적인 저항을 강조한다. 더욱 중요한 것은 바바가 모색하는 탈식민화는 대립과 저항, 식민체제의 전복에 한정되지 않는다는 점이다. 바바가 말하

---

45) Homi K. Bhabha, *The Location of Culture*, 209.

는 혼종성이란 서구의 문화를 수용하면서 식민지배와 피지배 사이의 경계를 무너뜨리고 이항대립을 해체함으로써 권력을 역전시켜 제3의 독자적 위치를 생성하는 것이다. 전수용은 바바의 혼종성에 대해 다음과 같이 설명한다.

> 모든 문화의 경계는 가변적이기 때문에 경계를 설정하는 것은 쉽지 않다. 문화는 그 자체로 타자성을 지니며 단일하게 보이는 문화에도 여러 이질적 요소가 존재하기 때문에 차이의 공간들을 점유하고 있다는 것이다. 그러므로 문화적 단일성이나 절대성을 요구하는 것은 위험하다는 것이다. 바바의 주장에 따르면, 지배문화의 권위를 부과하려는 시도는 지배문화의 변형된 복제문화를 생산하고 이 변형된 문화는 지배문화의 권위를 전복할 가능성이 있다. 또한 문화의 정체성은 유동적이며, 토착문화의 유동적 정체성이 지배문화에 저항하는 배경이 된다. 식민지배자와 피지배자간의 교섭에 대해 논의하면서 바바는 현실적으로 식민지배자와 피지배자의 복잡한 상황, 예를 들면 인종이나 민족, 그리고 종교와 같은 문제에서 정체성은 가변적이기 때문에 양자 사이에 필연적으로 갈등이 존재한다고 분석한다. 바바가 궁극적으로 추구하는 것은 문화와 문화의 경계에 서서 그 차이를 번역하면서 인류사회의 유대를 형성하는 것이다.[46]

그런데 바바의 양가성은 문제점이 있음을 간과할 수 없다. 왜냐하면 그의 양가성 이론은 압도적인 권력을 행사하는 식민주의 체제가 식민지인 없이 존재할 수 없기 때문에 구조적으로 취약한 이론이며 피식민자의

---

46) 전수용, 『영어권 탈식민주의 소설연구』, 서울: 신아사, 2012, 120-44.

다양한 저항의 가능성을 포착하지 않기 때문이다. 덜릭이 바바를 '이상적인 구성주의자'라고 지칭했듯이,[47] 그의 이론은 문화적 차이만 언급할 뿐 현실적, 사회적, 정치적 실천이 드러나지 않는다. 다시 말해 사회적, 문화적, 정치적 국가 간 차이가 다층적으로 혼재하는 이데올로기적, 식민주의 공간에서 저항을 상정할 수 있겠지만 다층적으로 존재하는 틈새 영역에서 지배권력과 이에 대항하는 피식민자 간의 상극적 대립이 발생할 때 과연 바바의 이론이 실제 그대로 적용될 수 있을 것일까? 여기에서 그의 이론이 탈식민화를 위한 효과적 전략인지에 대해 고민해야 할 필요가 있다. 페리(Benita Parry)는 바바가 제시하는 탈식민론은 구체적 구조가 취약한 추상적 이론이며 역사성이 결여되어 있다[48]고 비판한다.

담론 자체에 함몰될 가능성이 있고 현실에서 직면하는 억압과 착취를 설명할 수 없는 위험, 즉 실천적 저항의 가능성을 외면한 채 이론에만 치중하는 결함이 있기 때문이다. 바바 이론이 가지는 또 한 가지 문제는 그가 제3세계 서발턴 여성의 탈식민화에 대해서는 특별한 언급을 하거나 관심과 주의를 기울이지 않는다는 점이다.

또한 분열의 틈새에 저항의 가능성을 모색할 수 있다는 바바의 분석도 문제점이 있다. 그는 식민지배자와 피지배의 문화가 만나는 지점에서 교섭과 협상의 공간이 이루어진다고 주장하지만 성격이 전혀 다른 문화 간에 타협보다는 오히려 정치적 갈등과 충돌이 발생하거나 분출될 가능성이 높다. 알다시피 문화충돌은 피지배 문화의 존립기반이 약화될 수 있고 정치 갈등을 확산시킬 수 있다. 그리고 서구 담론 내에서도 다양한

---

47) Arif Dirlik, *The Postcolonial Aura*, "Preface," viii.

48) J. C. Robert Young, *Postcolonialism, An Historical Introduction*, Oxford: Oxford Blackwell, 2001, 350에서 재인용.

차이와 갈등은 항존하고 있다는 사실을 바바는 간과하고 있다. 그러므로 바바의 이론은 식민지배자와 피지배자 사이에 발생하는 틈새와 균열을 이론적으로 분석하지만 과연 그것을 어떻게 효과적으로 실천할 수 있는 가에 대한 현실적이고 구체적인 설명이 결여되었다고 할 수 있다. 바바가 개진하는 이론의 단점은 현실적인 시각에서 볼 때 실천력이 부족하다는 것이다. 같은 맥락에서 식민지배자는 지배자의 위치에서 타협이나 교섭보다는 강압적이고 수직적인 위계질서에 의존할 개연성이 크다.

바꿔 말하면 지배자의 위치에서 바바의 탈식민론은 역사적이고 복잡한 문화, 언어, 인종, 종교, 경제, 사회적 현실을 경시하기 때문에 탈역사화하는 문제가 있다고 할 수 있다. 또한 식민지배자들에 대한 전복과 저항에 초점을 맞추고 있지만 지배자와 식민지 종속민 사이의 불평등한 권력관계에 대해서 아무런 해결책을 제시하지 못하고 정치적, 실천적 저항에 대해 언급하지 않기 때문에 식민담론 분석에 머물 가능성이 있고 탈식민주의 이론을 탈정치화할 가능성을 부정할 수 없다. 그럼에도 불구하고 바바는 자신만의 고유하고 독창적인 문화정치학에 착념하여 제국주의적 근대 이론을 비판하는 탈식민주의 담론을 생성시켰다는 점에서 바바의 탈식민론은 상당히 의미 있는 담론이라 하겠다.

2. 식민지 여성 하위주체의 몸

식민지에는 다양한 갈등이 존재한다. 그것은 자기파멸적 성격을 띤 식민제국주의가 식민지에 행한 억압과 수탈에 기인한다. 과도하게 집중된 제국주의 권력은 그 권력을 유지하고 확장하기 위해 폭력의 일상화를 통해 식민지를 종속화시킨다. 이에 대한 반작용으로 탈식민 정치주체들은 탈식민을 실현하기 위한 저항의 몸짓이나 식민주의에 대한 저항의 힘을 표출함으로써 해방을 향한 자발적인 가능성의 공간을 모색한다. 탈식민주의란 식민지를 경험한 사회의 다양한 요구와 갈등을 수렴하고 자유와 해방을 정치적으로 표출함으로써 식민체제로부터 완전히 벗어나기 위한 거대담론이다. 중요한 것은 얼마만큼 탈식민화가 성취되었는가 하는 문제의식이다. 그렇다면 탈식민주의 이론에 맞게 어떻게 진정한 탈식민화를 성취할 것인가의 문제는 의식의 전환이 없이는 불가능하다. 사고의 전환이 다뤄지지 않고는 탈식민주의에 대한 근본적인 변화를 기대하기는 어렵다.

이 같은 의식의 전환을 갖지 않는 한 식민적 잔재나 부정적 영향력으로부터 벗어나거나 식민주의의 지배적 가치에 동화될 소지가 있다. 앞서 밝혔듯이 탈식민주의는 식민주의의 억압으로부터 자유와 평등, 인간의 생명과 존엄성에 대한 가치를 뒷받침하고 옹호하는 것을 핵심적 가치로 여긴다. 이로부터 기존의 잘못된 제국주의 지배와 정치적 틀을 붕괴시킬 수 있었다. 식민주의로부터 탈식민주의로의 전환은 강력한 제국주의 체제의 해체와 더불어 탈식민화를 극대화하는 체제로의 전환을 의미한다. 이는 개인적 수준에서 식민주의에 대응하는 가치와 이데올로기, 사고의 전환을 요구하는 것이다. 말하자면 현실의 삶에서 발생하는 식민적 요소를 탈식민적 정치의제로 전환하는 것이다. 제국주의 폭력과 그 결과로 희생된 식민지 여성의 몸에 대한 문제도 탈식민주의 시각에서 접근할 수 있다.

박경리『토지』는 식민제국주의에 의해 희생되는 여성의 몸에 관해 문제점을 찾고 그에 대한 적극적 인식을 드러낸다. 일본 제국주의는 식민지 여성의 몸을 희생시킬 뿐만 아니라 제국주의자의 성적 만족을 극대화시키기 위한 도구로 전락시킨다. 즉 제국주의는 여성을 이해하고 존중해야 할 존재로 인식하지 않고 배타적이고 차별적인 대상으로 취급한다. 제국주의가 자행하는 폭력 앞에 식민지 여성의 몸은 식민지에 대한 은유라고 할 수 있다. 식민지 여성의 몸과 식민지 사이에 은유적 관계가 형성된다. 어떤 이유로도 도구화되거나 유린되어서는 안 될 여성의 몸은 제국주의를 추종하는 세력 앞에 유린된다. 즉 조준구의 성욕 앞에 찢겨지고 유린된 삼월이의 몸은 친일파 남성의 성적 착취의 대상이 되는데 이는 삼월이의 자살로 이어진다. 최치수가 죽고 윤씨부인이 호열자로 건강을 잃게 되자 조준구는 최참판댁의 재산을 탈취하고 적자생존이라는 제국주의 가치를 추종하며 '여성하위주체'(gendered subalterns)인 삼월이의 몸을 유린한다. 이는 제국주의가 식민지에 자행하는 폭력과 같은 맥락에서 이해할 수 있다.

　　제국주의의 폭력성과 남성우월적 가치의 획일성은 지배자의 욕망에 의해 식민지나 여성의 몸은 처절하게 찢어지고 피폐되어 존재성이 부정된다. 그것은 여성에 대한 이미지를 고착화시키고 식민지 여성 존재의 삶을 지배하는 남성제국주의 이데올로기에 기인한다. 강압적인 남성제국주의에 의해 파편화되는 삼월이의 몸은 생물학적 몸이 아니라 식민체제하에서 식민지 백성의 생명에 위협을 가하고 삶을 유린하는 식민·제국주의가 가하는 폭력에 대한 메타포라고 할 수 있다. 이는 『토지』에서 작가 박경리의 생명사상과 깊은 관련이 있음을 확인할 수 있다.

　　　『토지』는 공간과 시간 속에 존재하는 생명, 그 한의 세계를 살아가
　　　는 사람들의 모습을 담는 그릇이에요. 나를 오랫동안 누르던 그늘

과 그것에 저항하려는 삶과 생명에의 연민―글쓰게 하는 힘은 바
로 그 생명에의 연민이지요.[49]

제국주의 지배체제는 비단 사회적, 경제적인 착취뿐만 아니라 여성의 고
유한 가치와 삶, 정체성을 부정하는 폐해를 발생시켰다. 그래서 여성들
은 전제적 유교질서의 부정적 이데올로기의 그늘 아래 독립적 정체성을
구성하지 못한 상태로 주체적 삶을 방해받았다. 탈식민주의는 구체제,
즉 전제적 남성권력의 해체 내지는 탈식민적 의식으로의 과정으로서의
탈식민화, 그리고 이를 위한 실천의 과정을 포함한다. 이와 같이 상이한
사회적 조건이 요구하는 이슈에 대한 대안으로서 탈식민주의는 갈등과
타협에 기초한 이론이라고 할 수 있다. 이와 같은 시각에서 볼 때 식민
지 여성의 몸은 제국주의와 공모한 봉건적 유교질서의 부정적 효과를
밝혀냄으로써 대항담론을 구성하는 것이다. 보다 세부적으로 식민지 여
성의 몸에 대한 탈식민적 고찰은 여성에 대한 사고방식과 인식체계를
근본적으로 바꿀 수 있기 때문에 식민지 여성의 몸에 대한 문제는 중요
하다. 말하자면『토지』에 등장하는 여성들은 남성제국주의 질서에 의해
구성된 왜곡된 여성의 역사와 여성상을 전복하고 여성이 갖는 독특한
위치에 대한 사유를 새롭게 구성하는 일정한 함의를 갖는다.

　　폐쇄적인 갈등구조를 특징으로 하는 식민체제는 필연적으로 지배
자와 피지배자의 갈등구조를 성립시킨다. 갈등구조를 갖는 식민체제는
억압과 폭력을 동반한다는 점에서 강압적이고 타락한 체제라고 해석할
수 있다. 식민화는 오랜 권위주의적 정체제치와 남성제국주의가 구축해
놓은 폐쇄된 억압구조를 표출하기 때문에 이 과정에서 식민지 여성의

---

49) 송호근,「삶에의 연민, 恨의 美學(박경리와의 대담)」,『작가세계』, 1999 가을, 49.

몸은 유린되는 과정을 겪게 되고, 이것은 다시 피지배자를 억압하는 악순환을 초래한다. 주목해야 할 것은 식민지배자와 제국주의 여성의 관계는 단순히 대립적 구조가 아니라 지배자의 시선과 폭력에 의해 규정된다는 사실이다. 이는 제국주의의 일방적인 힘에 의해 유린되는 식민지 여성 삼월이를 통해 알 수 있다. 제국주의적 폭력과 약탈은 식민지 남성들뿐만 아니라 식민지 여성의 몸에 이르기까지 부정적 영향을 미친다. 제국주의와 가부장제의 공모 때문에 식민지 여성의 몸은 유린된다.

삼월이의 정체성은 식민체제의 폭력과 친일 제국주의자 조준구에 의해 희생당함으로써 식민지 여성의 몸, 말하자면 삼월이를 둘러싼 식민지 여성의 몸은 가부장제 권력에 의해 교묘하게 지배받고 착취당했던 여성을 함축한다. 박경리는 『토지』에서 권위주의적인 유교질서를 포착하고 비판한다. 제국주의를 흉내 내며 한 여인을 죽음으로 몰고 간 조준구는 우월감을 드러내며 진주 거리를 배회할 때 스쳐오는 바람이 그의 마음 한구석을 휘감아 올린다.

목욕을 하고 상쾌한 기분으로 거리에 나온 조준구는 두 다리로 걷는 것만 유감스럽지 천하 갑부의 풍모를 과시하며 꾀죄죄한 사람들과 마주칠 때의 우월감을 충분히 맛보며 진주의 요소요소를 배회하는 것이었다. 물론 멋쟁이 노신사였다. 금으로 된 회중시계며 넥타이핀, 커프스 버튼, 모두가 다 값진 것이었다. 그러나 어느 길 모퉁이를 지날 때 휭하니 스쳐오는 바람이 으스스하게 마음 한구석을 휘감아 올리는 것이었다.
'가만히 있자, 해가 중천인데 여관에 들어앉아 있는 것은 남 보기 흉하고 서희한테는 내일, 내일 가야 한다. 그러면 내 신세를 진 놈

이 진주엔 한 놈도 없단 말인가. 있다 하더라도 거처를 알아야지.'
마음 한구석을 자꾸만 휘감아오는 허한 바람 소리,
'뭐? 내가 논을 뺏은 그놈이 진주서는 졸부 소릴 듣는다구?'
조준구는 밤에 여관으로 돌아가지 않았다. 기생집에서 무거운 눈
을 떴다. 자리끼를 끌어당겨 물을 벌떡벌떡 들이켠다.
"거 참, 꿈도 고약하군."
중얼거리며 눈을 돌리는데 자리가 비어 있다. 어느새 껴안고 잔 여
자는 빠져나가고 없었다.
"고약한 꿈이야."
꿈에 삼월이를 보았던 것이다.
'그년이 목매달아 죽었던가? 물에 빠져 죽은 걸로 아는데?'
꿈속의 삼월이는 목이 매달린 상태로 공중에서 조준구를 따라오는
것이었다. 삼월이는 옆구리에 무언가를 끼고 있었다. 그것이 아이
라는 것이다.
"아이?"
조준구는 꿈속에서 크게 외쳤다.
"예, 나으리 아입니다."
삼월이는 옆구리에 낀 것을 들어올렸다. 아이다. 아이도 목이 졸린
채 줄은 공중에서 흔들리고 있었다. 조준구는 무서워서 달아났다.
아무리 달아나도 목 졸린 아이와 삼월이는 따라왔다. 바위벽을 기
어오르고 가시밭을 헤치고 들어가도 따라왔다.
'그 애가 자랐으면 스무 살쯤 됐을까?'
말쑥하게 차려 입고 개화장을 흔들며 기생집에서 나온 조준구는,
'상놈들이 졸부가 되는 세상이다. 종놈이 졸부가 되는 세상인데 왜
놈까지 한패가 되어 나를 벗겨먹어?'
망하기 시작하던 그 사기당한 광산을 조준구는 생각한다. 그것만

아니었다면 만석살림은 만석 위에 있었을 것을. 꿈에 본 삼월이와 아이, 그리고 밤길 조심하려던 눈이 작은 사내 얼굴이 번갈아 눈앞을 어지럽힌다.[50]

삼월이는 남성제국주의 이데올로기에 유린당하고 억압받고 은폐된 식민지 여성이라는 함의를 갖는다. 조준구의 꿈속에서 삼월이의 원혼이 조준구를 맴돌며 따라다니는 장면에서 알 수 있듯이, 조준구는 자신이 저지른, 차마 기억하기 싫은 악행 때문에 내면이 파편화된다. 그의 꿈속에 삼월이가 등장한 것은 자신의 삶을 유린한 조준구에 대한 저항이자 식민지 여성의 삶을 죽음으로 몰고 간 식민체제와 친일 제국주의자의 견고한 지배구조에 대한 저항이다. 이는 식민지를 효율적으로 관리하기 위한 강압적 수단이자 지배질서의 존립을 위한 식민지배자의 전략이라고 할 수 있다. 제국주의 체제의 폭력 앞에서 삼월이는 남성의 소유물이나 성적 욕망의 대상일 뿐이다. 자신의 성적 욕망으로 인한 삼월이의 죽음과 최씨 가문을 빼앗은 악행에도 불구하고 조준구는 양심의 가책에 대해서 뉘우치기는커녕 잃어버린 재물에 대해 미련을 접지 못하고 분개한다. 그는 해도사와에게 자신의 집안이 패망한 것은 아내 홍씨와 아들 병수 때문이라고 궤변을 늘어놓는다.

"그놈을 낳은 계집, 그러니까 내 정실인데, 그 계집은 탐욕이 천하제일이요, 표독스럽기가 살쾡이 저리 나앉으라, 나한테서 긁어간 재물만 하더라도 실로 막대한 것이었건만 그래도 탐심은 불길 같았으니, 서울서도 누구라 하면 알 만한 가문의 계집인데 천성에는

---

50) 『토지』, 3부 1권, 136-38.

엄한 가풍도 아무 소용이 없는 모양이라. 천벌을 받아서 임종할 시에는 곁에 사람 하나 없이, 언제 죽었는지도 모르게 돼졌는데 그 많은 재물이며 패물들이 뉘 손에 넘어갔는지, 그게 다 뉘 돈인데!" 하다 말고 조준구는 호박덩이 같은 머리를 치켜들려고 용을 쓰며 흥분한다. 그것이 다 최참판댁 재물이라는 것은 꿈에도 생각지 않은 모양이다. [……] "자식놈이라도 성했으면 어미 재산을 그냥 떨어뜨려 보냈겠느냐? 우리 집안이 망한 것은 병신놈을 낳았기 때문일세. 여하튼 에미라는 년이, 지가 내질러놓고서 병신이라 하여 자식을 돌보지도 않고 죽기만을 바랐으니, 이 애비가 없었던들 그놈이 연명은커녕 배필이나 얻었을까? 가난한 선비 집구석에 땅마지기 떼어주고 데려왔는데 그게 지금의 자부일세. 은공 모르기론 연놈이 다 같아. 내가 애비 노릇 못한 게 뭐 잇누? 세상에 태어나게 한 것만도 크나큰 은혜, 비록 병신으로 나타나기는 했으되."[51]

조준구는 악행으로 점철된 과거를 회상하며 다음과 같이 말한다.

"혁혁한 가문은 어디로 갔을꼬? 만석꾼 살림은 다 어디로 갔으며 서울의, 시골의 고래등 같은 기와집에는 씨종, 하인배가 입안의 혀같이 돌아주었건만 그것들은 다 어디로 갔으며 내 곁에 있던 처첩들은 또 어디로 가소 시중들 사람 하나 없는 고적한 처지가 되었는지 허허어 참, 이럴 수가 있나. 이럴 수는 없지." [……] "남 먼저 머리를 깎고 양복을 입었으며 일본말 일본글을 배우고, 지금 생각해보니 그때는 정말 내가 소쇄한 청년 신사였네. 꿈도 컸고, 그러나 차츰 계집을 탐하게 되었고 이 세상 어느 낙에도 비할 수 없는 그것들에게 빠져들기 시작한 게야. 장안의 명기는 말할 것도 없고

51) 『토지』, 5부 1권, 230-31.

전문학교를 나온 신여성에서 통지기에 이르기까지, 어린 것 늙은 것 할 것 없이 두루 섭렵했는데, 좋은 시절이었지. 재물은 썩을 만큼 남아돌고 할 일은 없어, 계집에게 쓰는 돈이야 새 발의 피, 결국 미두(米豆)를 하고 광산을 하고 사는 바람에 살림을 고스란히 날렸지만 좋은 시절이었다. 삼삼하게 떠오르는 계집들의 그 자태, 원 없이 놀았지. 헌데 이 사람아."[52]

제국주의 남성의 소유물로 희생되는 식민지 여성의 몸에 대한 문제는 탈식민 공간에서 찾지 않으면 안 될 것이다. 이것은 여성의 주체적 역사를 구성할 수 있는 유의미한 공간이 아닐 수 없다. 탈식민화란 기본적으로 식민체제가 구축한 정치적, 경제적, 사회적, 문화적 구조를 넘어서 자유와 상호공존과 같은 보편적 가치를 담는 탈식민주의라는 새로운 담론 내에 위치시킴으로써 기존의 식민체제의 권위주의적이고 억압적인 지배구조를 추동하지 않고 제국주의 이데올로기를 해체한다. 말하자면 제국의 중심성에 대한 도전과 저항을 통해 타자화되고 주변화된 식민지 여성의 위치를 넘어서는 것이다. 권위주의적 제국주의 지배체제는 기존의 정치적 지배구조를 더욱 강화하고 지배적인 관계의 급격한 변화를 근본적으로 차단하는 구조라고 할 수 있다.

이 같은 남성제국주의 지배체제하에서 여성의 정치적, 사회적 위상은 위축되고 부정될 수밖에 없다. 강권적 지배구조는 정치적 구심체가 되어야 할 여성의 자율적 공간을 저해하고 여성 스스로 리더십 형성을 방해하고 갈등을 촉발시키기 때문에 여성의 정체성 기반 형성의 계기를 직간접적으로 방해한다. 이와 같은 점에서 여성의 정체성 구축의 단계

---

52) 『토지』, 5부 1권, 232-33.

로 발전되기에는 구조적 한계가 크다고 할 수 있다. 탈식민화 과정에서 여성들은 가시/불가시적인 제국주의 지배권력과 남성제국주의가 가하는 폭력으로 탈정치화되었던 것이다.

같은 맥락에서 남성중심주의의 여성에 대한 왜곡된 인식과 제국주의하에 압도되고 억압당했던 여성주체, 그리고 여성의 역사를 재인식한다는 점에서 『토지』는 남성제국주의 권력구조 속에 위치하고 있기 때문에 정치적이며, 남성과의 차이에서 오는 타자성이라는 점에서 전복적 성격을 띤다. 다시 말해 제국주의 지배담론에서는 자기의 목소리를 낼 수 없었던 여성들의 이야기를 대변하고 제국주의, 성차별이라는 복합하고 다층적인 서발턴 여성의 삶을 살아가는 여성들의 단절된 역사를 극복한다는 점에서 탈식민적 사고를 적극적으로 투영한다.

그러니까 탈식민화에 대한 문제의식은 그 내용에 있어 여성의 자율적 영역을 확대하고 그것을 극대화하고자 하는 긍정적 의지, 남녀관계의 구조적 변화에 대한 필요성을 강조하고 있다. 제국주의와 가부장제하에서 억압받고 소외되는 식민지 여성은 존재로서의 주체적 모습을 형성하지 못하는 수동적 대상이지만, 주변화되고 타자화된 여성이 여성억압적인 유교질서라는 기존 체제에 저항함으로써 제국주의 가치에서 나타나는 남성우월적 가치와 충돌이 발생한다. 박경리의 『토지』는 식민체제의 폭력성을 확인시켜주면서 일본 제국주의의 가치의 해체와 식민주의 문제에 대해 비판의 가능성과 탈식민 의제를 제공한다는 점에서 매우 의미심장한 탈식민 텍스트라고 할 수 있다. 탈식민주의에 대한 이해와 여성의 탈식민화는 가장 중요한 논점이다. 여성의 탈식민화라는 주제와 관련하여 박경리의 『토지』는 권위적이고 배타적인 제국주의가 갖는 권력에 대해 주체적이고 독립적인 여성성이나 여성에 대한 의식과 같은 요소를 강조하면서 여성의 탈식민화라는 주제와 부합한다. 남성중심적인 담론을 형성시켜 여성이 배제되고 남성만의 권력을 획득하고 유지하는 지배구조를 남성제국주의의 특징이라고 할 때, 남성이 여성을 지배하고 여성에 대해 명확한 힘의 우위에 서게 된다. 이는 당연히 여성 탈식민화라는 가치와는 역행되는 부정적 이데올로기이다.

　이 장에서는『토지』를 통해 여성들을 착취하거나 차별을 둔 제국주의와 가부장 담론의 허구성을 폭로하고 여성이 한 개인으로서 새로운 자아의식과 삶을 구현하는 과정에서 경험하는 갈등과 모순을 살펴보고자 한다. 이것은 탈식민 페미니즘 관점에서 남성제국주의로 인해 왜곡된 여성 타자의 피할 수 없는 수동성에 대한 비판과 무관하지 않다. 말하자면 남성지배담론으로 구성된 여성들의 피식민 의식을 창조적으로 극복함으로써 여성 정체성을 구축하는 주제와 밀접한 관계가 있다는 것이다. 이와 같은 맥락에서 식민주의와 식민지 여성의 몸이 함축하는 의미를 구체적으로 조명하고 식민지 여성들과 그들이 처한 상황이 어떠한 방식으로 형상화되고 있는지, 또한 유교질서가 지배적인 사회에서 여성들의 정체성은 어떻게 모색할 것인가에 대한 작가의 의도를 탐색할 것이다.

　탈식민적 시각에서『토지』는 제국주의로 초래된 여성들의 주체성 왜곡[53]과 제국주의 문제를 함축하고 있다. 말하자면 여성이 직면한 문

---

53) 서구의 지배 상황에서 민족의 정체성과 형성과 문화 간의 상호관계를 논의할 때 파농(Frantz Fanon)의 민족 문화론은 상당한 적실성이 있다. 파농은 그의 책『대지의 저주받은 자들』(The Wretched of the Earth)에서 식민지에는 역사가 전혀 존재하지 않거나 야만적 역사였다고 말하는 서구 식민주의의 주장에 맞서 아프리카의 역사를 드러내고, 아프리카 민족 문화를 형성해야 한다는 논지를 펼친다. 그런데 특별히 짚고 넘어가야 할 점은 제국주의 지배에 대한 저항으로서 민족이 형성되었다는 점이다. 고부응은 이에 대해 다음과 같이 예를 들어 설명한다. "영국의 식민지였던 나이지리아를 본다면 현재의 나이지리아 지역에 나이지리아라는 독립된 민족은 없

었다. 서구의 식민지 쟁탈전에 의하여 프랑스령·영국령 등의 아프리카 분할 구도의 결과로서 나이지리아가 생겼기 때문이다. 여기에서 민족의 형성은 영국의 지배를 받는 현재의 나이지리아 지역의 흑인들이 프랑스가 아니라 영국의 지배를 받는다는 사실과 그 식민 체제가 폭력적인 착취 구조를 갖는다는 것을 인식하고 그 체제에 대한 저항 집단으로서 나이지리아 민족이 형성되었다. 따라서 태곳적부터 해당 민족이 존재해왔고 따라서 미래에도 그 민족이 영원할 것이라는 민족적 가치는 허구에 근거하고 있는 것이다. [……] 민족이란 기본적으로 근대 이후의 산물이기 때문이다. 민족의 역사를 영원한 과거에서부터 영원히 계속될 미래에까지 연장하는 것은 사실적 의미에서가 아니라 그 해당 민족집단을 하나로 묶는 연대감을 형성하기 위한 허구적 가치 체계인 것이다." 고부응, 『초민족 시대의 민족 정체성』, 180.

여기서 민족과 민족주의 문제에 대해 논의를 확장해보자. 최장집은 한국민족주의에 대한 우리들의 인식이 여전히 양극적이라고 설명한다. 그는 일본의 식민통치와 그로 인한 자생적인 근대국민국가 형성의 기회의 상실, 냉전체제하에서의 해방과 분단은 한국인들로 하여금 민족주의라는 현상을 객관적으로 관찰하지 못하게 만들었다고 지적한다. 결과적으로 민족주의에 대한 한국인들의 인식은 극도로 감정적, 이념적인 특성을 가질 수밖에 없었다는 것이다. "우리는 사회에 광범하게 확산되어 있는 민족주의적 정서와 언술에도 불구하고 한국의 민족주의를 '사실주의적' 시각을 통해 엄밀히 탐색하려는 지적 시도는 그리 많지 않음을 보게 된다. 동시에 민족주의에 대한 긍정의 논리는 한국인들이 금세기에 들어와 경험한 민족적 수난을 강조하면서 민족주의를 다른 어떤 이념보다도 우선하는 지상명제로 파악한다. 실제에 있어 이러한 논리는 체제유지의 논리와 결합되어 왔다. 다른 한편으로 민족주의에 대한 비판의 논리는 민족주의를 비합리적이며 유토피아적이라고 비판하며, 따라서 민족주의를 민족공동체의 중심적인 가치 및 규범으로서, 그리고 그것에 도달하기 위한 실천적 무기로서 인식하는 것에 대해 부정적이다. 이러한 논리에서 볼 때 민족주의는 애초에 분단을 가능케 했고 분단을 지속적으로 재생산하면서 남과 북을 통틀어 한국사회를 불구화하는 이념적 원동력으로서 인식된다. 왜냐하면 민족주의는 근대 부르주아 혁명과 계몽주의 사상의 유산이라 할 합리주의, 자유주의, 민주주의의 발전을 저해하고 그를 통해 남한에서는 부르주아 민주주의를, 북한에서는 민주주의적 사회주의로의 발전을 가로막는 장애요인이 됨으로써 남북한 체제가 개방성, 근대성, 민주주의를 통하여 분단체제를 극복할 수 있는 가능성을 크게 제약하기 때문이다." 최장집, 『한국민주주의의 조건과 전망』, 171-72.

최장집에 따르면 한국민족주의는 전투성, 억압의 산물이라는 것이다. "한국에서의 민족주의는 정치적인 지배질서와의 동태적 대쌍관계를 통해 그 성격이 만들어졌고 변화되었던 것이다. 따라서 특정조건하에서의 운동과 이념의 특성을 일반화하여 고정불변의 특성으로 인식할 필요는 없다. 왜냐하면 그것은 운동과 이념이 직제들을 통해 여성의 자율성 확립을 환기시킨다. 그리고 지배가치를 확대하는 남성지배체제에 균열을 일으키거나 그것에 대해 체제 비판적인 저항의식을 함축하고 식민 이데올로기를 강화한다는 점에서 당대의 역사와 사회적 상황을 투사할 수 있는 텍스트로 기능한다. 이와 같은 점에서 텍스트는 다양한 목소리의 위계 없는 차이를 생산해내면서 제국주의 지배담론과 피지배 사이의 이질성을 통해 차이를 드러낼 수 있고 탈식민주의 가치를 드러낼 수 있는 유효한 텍스트가 된다.

　　저자는 지배담론의 단일 전략에 맞서 소설 쓰기 작업을 통해 지배담론을 전복할 수 있는 가능성을 제시한다. 바흐친(Mikhail Bakhtin)은 『대화적 상상력』(*The Dialogic Imagination*)에서 소설의 담론적 특징을 다음과 같이 설명한다.

　　　　소설은 언어에 대한 갈릴레오적 인식의 표현이며, 단일하고 통일적인 언어의 절대성을 부정한다. 소설은 자기의 언어를 이데올로기적 세계에서 유일한 언어적, 의미적 중심으로 간주하기를 거부한다. [⋯⋯] 소설은 이데올로기적 세계의 언어적, 의미론적 탈중심

면하고 있는 상황과 조건의 변화에 따라 다를 수 있기 때문이다. 이러한 점에서 한국민족주의의 비극은 그 자체의 어떤 이념적 혁명성이나 비합리성 때문이 아니라, 이념적 무기로서의 민족주의가 현실적 조건과 그것의 변화에 대한 적응과 학습과정을 통하여 현실성과 합리성을 갖춘 구체적인 정책적 프로그램으로 발전할 수 있는 기회가 때 이르게 소멸되었다는 데 있다"(192). 민족주의는 자민족중심의 배타적 민족주의, 달리 표현하면 닫힌 민족주의, 극단적 반공주의와의 결합, 파시즘이나 나치즘 같이 타민족을 억압하기 위한 강력한 이데올로기적 도구로 사용되기도 한다. 민족주의에 대한 극단적 양상은 탈식민화의 장애요소가 될 수 있다. 탈식민화를 위한 건강한 민족주의는 식민통치가 초래한 침탈이나 이데 대한 집단적 저항뿐만 아니라 다양한 민족들이 가지고 있는 고유한 역사적 준거, 민족마다 다른 이질성, 문화적 특성과 정체성, 문화의 상호 차이를 긍정하면서 공존할 수 있는 문화정치학에 기반한 탈식민 사회의 구축을 고려해야 할 중요성이 여기에 있는 것이다.

화를, 문학 의식의 어떤 언어적 갈 곳 없음을 상정함으로써 시작하는데, 이것은 이데올로기적 사상을 포함함에 있어 더 이상 신성 불가침적이고 통일적인 언어적 매체를 지니지 않는다.

The Novel is the expression of a Galilean perception of language, one that denies the absolutism of a single and unitary language— that is, that refuses to acknowledge its own language as the sole verbal and semantic center of the ideological world. [⋯⋯] The novel begins by presuming a verbal and semantic decentering of the ideological world, a central linguistic homelessness of literary consciousness, which no longer possesses a sacrosantic and unitary linguistic medium for containing ideological thought.[54]

바흐친은 대화를 '주체들 사이의 상호작용'이라고 정의했는데 개별주체는 불완전하게 때문에 타자와의 대화를 통해 상호공존을 주장한다. 이를 제국주의 지배구조의 해체와 맥을 같이한다는 점에서 매우 의미심장하다. 박경리는 식민체제하에 살아가는 여성들이 직면하는 삶의 척박한 상황과 현실에 대한 문제를 『토지』에 응축함으로써 식민지 여성의 탈식민화를 향한 강력한 갈망을 구체적으로 드러내고 있다는 점에서 바흐친의 대화주의는 『토지』에 접목시킬 수 있다. 말하자면 이 작품은 남성지배에 의해 왜곡된 다양한 주체들 간의 차이와 대립, 식민 경험의 갈등과 모순을 드러내면서 역사적 인식을 함축하고 있는 소설이다. 제국주의

---

54) Mikhail Bakhtin, *The Dialogic Imagination: Four Essays by M. M. Bakhtin.* Ed. Michael Holoquist. Trans. Caryl Emerson and Michael Holoquist, Ausin: U of Texas P, 1981, 366-67.

인식에 기반한 탈식민 텍스트로 볼 수 있다. 이와 같은 시각에서 『토지』는 전체 맥락에서 제국주의 문제와 여성의 정체성 문제를 함축하고 있고 억압체제인 식민지배에 대한 그의 저항의식을 드러내는 장치라는 점에서 유효한 탈식민 텍스트 읽어낼 수 있는 것이다.

앞서 밝혔듯이 타자 담론을 이끌고 있는 탈식민주의는 식민지배의 억압적 구조가 남긴 유산을 청산하고, 식민지배가 종식된 이후에도 남아 있는 식민성을 찾아내어 그 문제를 비판적으로 인식함으로써 탈식민성, 즉 식민성에 저항하는 문화적 가능성에 대한 담론이라 할 수 있다. 문제는 식민적 가치관이나 식민담론은 쉽게 지워지지 않는다는 사실이다. 또한 식민담론은 직접적 식민통치 시대의 지배적 기제보다 더욱 다양하고 교묘한 방법으로 수행되어 문화영역과 다국적 자본과 결합하여 압도적인 힘을 행사하고 있다는 점이다. 주지하다시피 탈식민주의는 제국주의 침탈과 지배, 식민지 민중의 억압과 핍박과 탈식민화를 위해 식민주의를 타파하겠다는 열망과 역사적 이해가 중심적 주제라 할 수 있다. 현대적 의미에서 탈식민주의는 신자유주의적 세계화로 인한 강화된 시장 경쟁논리나 제국주의의 위계적 구조가 갖는 차별성에서 벗어나 피식민자, 제3세계, 주변부의 시각에서 탈식민화에 대한 거시적이고 총체적인 대안을 모색함으로써 서구중심적 문화제국주의에 저항한다.

이는 여성주의 혹은 여성해방주의라고 번역할 수 있는 페미니즘 이론과 분리될 수 없다는 점에서 중요하다. 왜냐하면 페미니즘은 남성과 다른 여성적 차이, 기존의 남성중심주의의 권위적 특성과 획일성을 뒤로 밀어내면서 남성으로부터 억압당한 여성의 정체성 수립을 본격적으로 대면하고, 여성의 문화와 문화의 정체성 같은 다양하게 존재하는 여성들의 삶과 가치에 주목하는 학문 영역이기 때문이다. 남성제국주의 질서에 대한 도전과 저항, 이에 맞서는 강력한 남성제국주의 지배질서 간의 긴장과 대립 구도 속에서 여성의 자아실현에 대한 욕망과 여성의 자주적인 목소리 내기, 그리고 탈식민주의적 가치의 실천이라는 점에 비추어 우리는 정치적 맥락에서 이 작품을 탐색할 수 있다는 점에서 이 소설은 급진적 메시지를 담고 있고 이는 19세기 여성들의 삶과도 밀접한 연관성을 갖는다.

페미니즘 시각에서 볼 때 19세기 여성들은 희생과 자기헌신을 요구하는 '가정의 천사'(the Angel of the House)라는 시대착오적 이데올로기에 묶여 가정이라는 제한된 공간을 벗어날 수 없었다. 여성들은 가정을 다스리며 가정 중심적 삶의 방식과 규정에 따라 살아가야 하는 여성을 구현해야만 했다.[55] 말하자면 여성들이 가정이라는 제한된 울타리를 벗어나 자율적, 독립적, 주체적 존재라는 사실을 강조함으로써 여성들을 정치적으로 조직하고 여성들 스스로 대표함으로써 논의에 중심에 여성을 위치시킨다. 페미니즘의 범주와 긴밀히 접맥시킬 수 있는 페미니스트 문학비평은 남성지배적 권위주의를 혁파하기 위해 새로운 시각을 제시한다. 페미니즘과 페미니즘 문학비평은 상호보완적이고 영향을 주는 분리할 수 없는 영역이라 하겠다. 그것은 여성을 권위적 남성권력에 대항하는 역사의 주체로 상정하여 서구중심담론에 포섭되지 않고 서구지배담론이 구축한 남성제국주의를 탈구축하여 여성의 문제를 집중적으로 다루는 것이다.

즉 남성중심의 위계질서와 문학비평을 벗어나 남성에 비해 상대적으로 격하되었던 여성작가의 문학작품을 여성의 시각과 기준에서 제시

---

55) Mary Poovey, *The Proper Lady and the Woman Writer: Ideology as style in the works of Mary Wollstonecraft, Mary Shelley, and Jane Austen*, Chicago UP, 1984, 10.

함으로써 여성작가의 위상을 격상시키고 평가하여 여성을 부각시킨다. 달리 표현하면 페미니스트 문학비평은 남성을 투쟁의 대상으로 파악하는 것이 아니라 여성상을 주체적으로 구현함으로써 남성지배담론을 탈구축하며 여성을 역사의 주체로 상정하고 의식적으로 자각된 주체라는 관점을 견지한다. 페미니즘이 권위적이고 폭력적인 가부장 구조에 함몰되지 않고 남성제국주의에 내재하는 억압적 요소와 모순을 넘어 새로운 차원에서 여성의 가치와 존재를 모색하면서 여성작가들의 사회적, 심리적, 문학적 측면에서 남성권력에 대해 독립적 자아를 추구하려는 강렬한 열망을 촉구한다면 탈식민 페미니즘은 제국주의와 서구중심적 시각에 대한 문제를 제기하고 더불어 여성의 억압과 남녀불평등, 그리고 여성의 주체적 독립적 삶을 추구하는 페미니즘의 문제의식을 결합한 새로운 패러다임을 열어준 영역이라 하겠다.

탈식민 페미니즘 관점에서 『토지』를 읽을 때 놓쳐서는 안 될 부분은 이 소설이 진정한 자아실현을 통한 정체성과 주체성 찾기, 여성이 처한 삶의 총체적 표현이나 여성의 해방이라는 문제의식을 가지고 있다는 것이다. 남성 이데올로기의 폭력에 상처입고 유린된 여성의 몸에 대한 문제와 맞물려 있다. 이는 여성을 대상화하고 지배하고자 하는 전제적 남성지배 논리와 제국주의적 사고방식에 주변화되고 타자화된 여성의 삶을 판타지로 보는 시각을 견지한다. 그것은 여성들이 직면한 현실에 순응하지 않고 오히려 이에 저항하는 여성들의 움직임과 대응, 여성을 문화적으로 재현하고 성적 차별과 사회적 억압에 대해 고통받는 여성의 상황을 극명하게 보여주거나 고발한다는 점에서 작가의 탈식민적인 사고방식과 무관하지 않다. 식민지 여성의 상황이라는 맥락에서 박경리의 『토지』는 식민체제와 유교 이데올로기의 굴레 속에서 자신의 욕망을 추구하면서 비극적인 삶을 살아가는 고통받는 여성들의 삶의 문제가 나타난다. 이 소설이 제국주의 비판을 담지하고 있는 것은 여성의 정치적 참여가 제한되는 것과 그들이 겪는 사회적, 경제적 불평등, 그리고 여성 존재나 여성 정체성 구축 같은 문제 자체를 제시할 수 없었던 압도적인 제국주의 지배구조에 대한 비판이다.

제국주의는 권위주의를 강화하거나 제국주의적 이데올로기를 확대함으로써 남성중심주의적 가치와 지배구조의 보루가 되었다는 것은 주지의 사실이다. 요컨대 제국주의는 언제나 지배적인 이데올로기로서 강력한 효과를 가졌다. 이것은 권위주의적 억압과 지배를 강화하고 여성의 삶의 상황을 통제하는 유교질서, 곧 남국주의의 중요한 축을 이루었던 여성을 억압하는 권위주의적 통제의 단적인 측면이라 할 수 있다. 제국주의적 사고는 탈식민화 이전까지의 모든 강한 국가, 양육강식, 사회적 진화론, 식민지 근대화 등 여러 가지 용어로 설명할 수 있는데 모두 제국주의적 사고를 표현하는 용어이며 식민체제의 형성과 식민지의 식민화를 거치면서 강성 권위주의적인 제국주의 국가의 핵심적 특징이 되었다.

제국주의는 형식과 내용에 있어서 제국주의 유지, 관리에 유리한 정치 집단이나 식민체제와 매우 친화적인 군대, 경찰 같은 고도로 조직화된 권력 집단들을 통해 권력을 획득한다. 나아가 제국주의 체제를 관리하는 엘리트 집단을 형성하여 이데올로기적으로나 가치에 있어 제국주의 유지의 가장 동질적인 특정 집단과 조직을 구성하여 제국주의의 목표를 추구하기 위해 제도화된 체제를 구축한다. 이렇게 조직화된 제국주의는 식민지 관리를 위해 압도적 우위를 가지며 특권적 의식으로 무장한 식민주의 엘리트 관료들은 식민체제의 요구와 기대에 부응하여 매우 폐쇄적인 의식에 포획되어 식민주의를 더욱 공고화했다. 여기에서 강조해야 할 것은 제국주의의 목표와 핵심적 내용은 탈식민주의가 추구하는 중심 내용과는 크게 괴리되어 있다는 점이다.

이런 이유에서 식민체제는 식민화된 백성들의 저항에 부딪히게 되며, 폭력적 권력 기반으로 식민지를 더욱 강력하게 지배하게 된다. 필자가 시종일관 제국주의 지배체제를 비판하는 까닭은, 제국주의가 억압적인 구조와 제도를 통해 우리의 삶과 사회 저변의 기본적 욕구를 제한함으로써 정치의 악순환을 거듭하게 만들고 인간의 자유와 인간적 가치를 위축시키는 결과를 가져오기 때문이다. 다시 말해 제국주의 목표와 가치의 실현을 위해 식민지 자원을 강탈하고 식민지 백성을 동원하는 제국주의 이데올로기와 문화는 식민체제에 의해 통제당하고 억압받는 식민지 백성의 자유와 해방의 부재와 연결된다. 식민체제하에서 정상적인 제도와 인간적 가치가 성장할 수 있는 조건은 매우 제한적이며 인간 존재의 가치와 자율성, 다양성은 부정된다는 점에 주목할 필요가 있다. 역사적 사실에서 알 수 있듯이 식민주의가 초래한 갈등요인은 단순히 경제적 수탈에 머무는 것이 아니다. 획일화된 권위주의적 특성 때문에 발생하는 이분법적 차별, 갈등을 제도화할 수 없는 계급구조와 분열뿐만 아니라, 인간의 정신, 이견과 다양성 표출을 억압하고 인간의 정신을 황폐화시키는 급격하고 부정적인 식민주의적 가치에 있다. 제국주의 이데올로기는 강압적 남성중심주의로 확장되는데 그것은 남성이 여성을 성적인 대상물로 인식함으로써 여성들의 삶의 본원적 가치를 말살하는 것이다.

소설 앞부분에 등장하는 귀녀는 최참판가의 계집종으로 자신의 신분을 벗어나 새로운 삶을 살기 위해 성적 욕구를 드러내는 여성이다. 귀녀가 신분상승을 할 수 있는 가장 유효한 방법은 상전인 최치수를 유혹하는 것이다.

"진지상 올릴까요."

방문 앞에 계집종 귀녀가 와서 묻는다. 벌써 두 번이나 물어보는 말이다. 방안에서는 아무 기척이 없다.

"등잔에 불을 켜야겠습니다."

하며 귀녀는 방문을 열고 들어온다. 최참판댁 당주(當主)인 최치수(崔致修)는 책에서 눈을 떼지 않는다. 오래 묵은 한지(韓紙) 같은 저녁 빛깔이 방안에 밀려들고 있다. 등잔불이 흔들리면서 밝아온다. 어둑어둑한 방에서 정말 글을 읽고 있었는지. 최치수 콧날에 금실 같은 한줄기 불빛이 미끄러진다. 수그러진 그의 콧날이 날카롭다. 이 세상 온갖 신경질과 우수가 감도는 옆모습, 당장에라도 벌떡 일어서서 눈을 부릅뜨고 고함을 칠 것 같은 위태위태한 분위기가 방안 가득히 맴돈다.

"자리나 깔아."

"예."

거들떠보는 것도 아니었건만 귀녀는 눈웃음치며 도토롬한 입술을 오므린다.

병약한 치수로서는 번거로웠던 명절날 집안 행상에 어지간히 시달리어 피곤했던 것 같다.

"저녁은 안 드시겠습니까?"

아랫목에 자리를 깔아놓고 다시 확인하려 했으나 귀녀는 대답을 듣지 못하고 방에서 물러난다. 대청을 지나 건너편 방으로 해서 그 방에 잇달린 골방으로 들어간 귀녀는 품속의 면경을 꺼내어 얼굴을 비쳐본다. 치수 방에 들어가기 전에도 이 방에서 면경을 보았었는데. 머리를 쓰다듬고 한 번 더 꺼무꺼무한 자기 눈을 들여다보고 나서 면경을 품속에 넣는다. 뒤뜰로 향해 난 정지문에서는 아직 엷은 빛이 스며들고 있다. 골방문을 열고 뒤뜰 신돌 위의 신발을 신으려다 말고 귀녀의 눈이 맞은편으로 쏠린다. 사랑 뒤뜰을 둘러친 것은 야트막한 탱자나무의 울타리다. 울타리 건너편은 대숲이었고 대숲을 등지고 있는 기와집에 안팎 일을 다 맡는 김서방 내외가 살고 있었는데 울타리와 기와집 사이는 채마밭이다. 그 채마밭을 질러서 머슴 구천이가 지나가는 것이었다. 냉담한 귀녀의 눈이 구천이의 옆모습을 따라가다가 눈길을 거두며 실뱀이 꼬리를 치는 것 같은 미미한 웃음을 머금는다. 귀녀는 신발을 신고 치맛자락을 걷으며 안채를 향해 돌아나간다.56)

그는 "실뱀이 꼬리를 치는 것 같은 미미한 웃음을 머금고 치맛자락을 걷으며 안채를 향해 돌아다니며" 최치수를 유혹한다. 귀녀는 최치수의 소실이 되어 그의 아이를 갖기를 바라며 매일 삼신당에 가서 최참판댁의 대를 이을 씨종자 아들을 갖기를 갈구한다. 봉건적 사회구조에서 하녀의 신분을 벗어나고 부를 누릴 수 있는 유일한 길은 최치수의 아이를 잉태하는 것이다.

"최치수는 아직도 귀녀를 본체만체하는가?"
귀녀는 잠자코 있었다. 뻔하게 아는 일을 왜 묻느냐 하듯이.
"최치수 마음을 귀녀는 꼭 잡고 싶다, 그거는 아니겠지!"
"알면서 왜 묻소!"
말이 퉁겨져 나왔다.

---

56) 『토지』, 1부 1권, 15-16.

"나는 사람이 싫소!"

"그러면 다만 제물."

"독 오른 독사같이 해가지고, 보기만 해도 소름이 끼치요."

그러나 그것은 거역당한 원한인 것같이 들렸다.

"그러면 다만 재물이."

평산을 같은 말을 되풀이 한다.

"새삼스럽게 와 그러요?"

"다짐을 두어야겠기에."

"그것만도 아닐 게요."

"……"

"나는 천한 종의 신세요."

"저절로 면천(免賤)이야 되겠지. 아암 되고말고."

"그것만도 아니요. 여보시요 나으리."

갑자기 놀리듯 불러놓고 귀녀는 어둠 속으로 끼둑끼둑 소리내어
웃었다.

"고래적부터 최씨네는 지체 높은 양반이고 내 피는 종이었겠소?"

"……?"

"우리 조상도 본시 종은 아니었다 합디다. 천첩의 자손도 아니었다
합니다. 조상도 역적으로 몰리면 하루아침에 멸족인데 그 틈에 살
아남은 자손, 백정인들 아니 되겠소?"

"네 소원이라면."

"……"

"그렇소, 내 소원이라면 나를 종으로 부려먹은 바로 그 연놈들을 종으
로 내가 부려먹고 싶다는 그거요. 하지만 그렇게야 안 되겠지요."[57]

---

57) 『토지』, 1부 1권, 380-81.

귀녀는 삼신당에 나가 자신의 신분상승의 욕망을 채우고자 몰락한 양반인 탐욕스러운 김평산을 이용한다. 귀녀와 김평산은 최치수가 성적 기능을 상실한 남자라는 사실을 모른 채 여자를 가까이 하지 않아 아이가 생기지 않는 것으로 착각하여 칠성이를 계획에 끌어들여 임신을 계획한다.

삼신당 앞에 갔을 때 귀녀는 먼저 와서 기다리고 있었다. 어둠 속에서, 서로 말없이 어둠에 가려진 서로를 지켜본다. 오는 길에 평산이를 만났느냐고 귀녀 쪽에서 먼저 물었다. 칠성이는 만났노라고 대꾸한다.
"다짐을 두어야겠소."
"멋을?"
"쥐도 새도 모르게 그럴 수 있소?"
"그럴 수 있지러, 안 그러믄 내가 여기 왜 왔일꼬?"
"그러믄 됐소."
"귀녀나 조심해야 될 기구마. 여자는 입이 헤프니께."
"흐음…… 거기 일이요? 내 일이지."
[……]
귀녀가 먼저 삼신당으로 들어갔다. 귀녀는 부싯돌을 비벼, 들고 온 초에 불을 붙였다. 칠성이 기겁을 한다.
"부, 불은!"
불을 끄려는 듯 팔을 들었으나 귀녀는 말없이 몸으로 막아선다. 삼신당 안에 모셔놓은 동자불 앞에 초를 세운다. 귀녀 머리칼은 물에 젖어 있었다. 개울에서 목욕을 했던 것이다. [……] 촛불을 받으며 무수히 머리를 조아리는 그녀의 옆모습은 처절하고 아름다웠다. 칠성이는 그 얼굴이 두려웠다. 몸에서 힘이 빠져나가는 것 같았고 달려들어 초를 넘어뜨리고 싶었다. 그러나 옴짝할 수 없다. 이윽고 귀녀는 나긋한 손을 들어 마치 바람에 날리는 꽃잎같이 촛불을 껐다. 칠성이 입에서 길고 긴 숨결이 토해진다. 그는 씨름판에 나간 장사같이 귀녀의 주변을 맴돌 듯 몸을 움직이었다. 귀녀는, 그렇다, 귀녀는 신성한 처녀성을 한 사나이에게 바치기 위하여 목욕재계를 했던 것이 아니다. 그는 자수당 미륵불에게 뜨거운 소망을 기원하기 위하여. 음란도 이 여자에게는 죄가 아니었다. 거짓도 이 여자에게는 죄가 아니었다. 살인도 이 여자에게는 죄가 아니었다. 오로지 소망을 들어달라는 다짐만이 간절했을 뿐이다. 신은 이 여자에게는 악도 선도 아니었다. 오로지 소망을 풀어줄 수 있는 능력, 영험이 있느냐 없느냐가 중요한 일이었을 뿐이다. 씨름판의 장사같이 맴을 돌던 칠성이는 재빨리 허리끈을 풀고 귀녀에게 덤벼들었다. 여자는 아무 저항 없이, 수없이 머리를 조아리던 행위의 연장인 것같이 남자를 받아들였다. 최초의 고통을 여자는 개울물을 끼얹었을 때 느꼈던 짜릿하고 오소소 떨리었던 그 고통의 연속인 양 받아들였다.[58]

여성을 남성의 종속된 존재로 간주하는 남성중심주의 사회에서 귀녀는 자신의 신분상승과 재물에 대한 욕망을 충족시키고자 칠성이를 이용하고 순박한 성정을 가진 강포수와도 육체적 관계를 갖는다. 귀녀가 살아가는 유일한 목적은 여성이 남성에게 전적으로 복속되어 남녀차별을 당연시하고 비인간적인 삶을 살아가는 남성제국주의 지배구조에서 탈피하여 남성들만 향유하는 계급적 특권을 향유하고자 하는 신분상승에 대한 욕구라고 할 수 있다. 그는 도덕이나 당대 여성들이 지켜야 할 정조를 아랑곳하지 않고 육체를 도구로 신분상승을 도모한다. 젊고 예쁜 귀녀의 몸은 강포수의 마음을 사로잡는다.

---

58) 『토지』, 1부 1권, 398-400.

귀녀는 돌을 하나하나 쌓아서 방축을 만드는 것처럼 사태를 앞에
서부터 뒤까지 생각해본다. 귀녀의 생각은 암팡지고 민첩하게 돌
아간다. 어차피 버린 몸이다. 지아비가 있어 정조를 지켜야 할 처
지도 아니다. 칠성이든 강포수든 누구이든 원하는 것은 남자의 씨
가 아닌가. 일이 귀찮게 된 것만은 틀림없으나 그렇다고 피할 수
있는 것도 아니었다. 강포수는 죽을판 살판 덤비니 별 뾰족한 방도
가 없는 것이다.

'차라리 무신 핑계라도 대고 칠성이를 따부리까, 그럴 수는 없을 기
다. 일은 벌이고 말았으니. 그라믄 후일 강포수는 어떻게 하노. 버젓
이 내가 최참판댁 귀한 독자 어미로 들었고 보믄 설마 이곳에 나를
끌고 와서 욕보인 일을 발설하기야 할라꼬. 칠성이보다 강포수 다루
기가 쉽지, 미련하고 눈치 없고 …… 그때는 그때 도리가 있겠지.'
[……] 이미 남자를 알아버린 귀녀는 강포수도 체면 없는 칠성이
같은 줄 알았다. 귀녀 편에 도리어 수치심이 없었다. 자포적인 개
방의 태세였다. 귀녀는 강포수가 칠성이와 같지 않음을 깨달았다.

"나하고 살자, 나하고."

귀녀는 꿈결처럼 강포수의 목소리를 들었다.

산바람은 싸늘했으나 몸에서는 땀이 흘렀다. 이지러져서 반쪽도
안 되는 달은 여전히 얼어붙은 것처럼 반 공중에 떠 있었다. 후둑
후둑 나뭇잎이 떨어진다. 가지에 남은 나뭇잎도 바람에 바스락거
렸다. 귀녀는 동침의 비밀, 쾌락을 느끼기 시작한 것이다.[59]

귀녀는 지금까지 익숙해져 있는 유교질서에 역행하여 성적 자유를 추구
하지만 최치수는 자기 가문의 소실이 되어 부와 재산을 소유하고자 하
는 귀녀의 음모를 알아차리고 그를 강포수에게 넘기려고 한다.

---

59) 『토지』, 1부 2권, 86-88.

"이년!"

"예?"

"이년! 그래 애는 뱄느냐?"

삼신당에서 은조랑씨 제아님네 놋조랑씨 재앙님네 하며 빌던 일을 생각하여 최치수의 잔인이 발동된 것이다. 속절없이 애를 밴 귀녀로서는 청천의 벽력같은 말이었다. 얼굴이 풀잎같이 변한다.

"무, 무슨 말심을……"

"나쁜 년 같으니라구, 하룻강아지 범 무서운 줄 모르더라고 이년!"

"……"

"소행을 생각하면 가만두지 않겠다만 강포수한테 들은 말이 있고 해서 용서하느니라."

"예?"

귀녀는 희미하게, 아주 희미하게 여유를 되찾는다.

[……]

"강포수 계집이 되라 그 말이야, 총 대신 너를 주는 게야."

웃음은 일시에 사라졌다. 귀녀 얼굴에 이는 변화를 응시한다. 핏물이 괴기라도 한 듯 벌겋게 핏발이 선 귀녀의 눈이 최치수의 눈을 피하기는커녕 무섭게 대항한다.

"억울하옵니다."

뱃속에서 밀어내듯 목소리는 굵었다.

"종년 신세보다는 낫지 않겠느냐."

"싫사옵니다!"

"왜?"

"강포수 청을 들어주기로했다."[60]

---

60) 『토지』, 1부 2권, 173-74.

귀녀의 삶과 몸의 지배자인 최치수는 "강포수 계집이 되라 그 말이야, 총 대신 너를 주는 게야."라며 자신의 남성제국구주의 권력을 공공연하게 행사한다. 식민지를 사람의 몸에 비유할 때, 식민지는 몸에 대한 은유이다. 제국주의가 폭력을 통하여 식민주의를 강탈한 것처럼, 남성적 권력을 지닌 제국이 힘없고 연약한 식민지를 유린한 것이다. 남녀 간의 근원적 차이를 강조하며 여성에게 선택의 자유를 허락하지 않는 유교사회에서는 여성의 몸을 남성에게 귀속된 부속품으로 간주한다. 역사적으로 남성제국주의 질서에 대한 저항이 불가능했듯이, 귀녀의 삶의 절대적 지배자인 최치수는 양반에게 부여된 남성우월적 권위로 귀녀의 삶과 자유를 구속한다.

그것은 남성우월적 지배가치와 여성이라는 이분법적 계급구조에서 오는 대립적 관계, 말하자면 남성 지배이데올로기가 조작한 남성우월성이라는 허위의식으로 인해 여성의 존재론적 가치의 부정을 의미한다. 결국 여성에 대한 남성의 지배 이데올로기에 따라 귀녀의 모든 계획은 수포로 돌아간다. 이는 남성제국주의 권력에 기생하는 식민화된 귀녀의 의식, 하인의 신분에서 벗어나 신분상승을 추구하는 귀녀의 욕망에 기인한다. 중요한 것은 남성이라는 이유 하나만으로 여성의 삶을 종속시키는 남성의 지배권 행사는 여성의 정체성을 억압해 온 폭력적 지배관계의 모순을 드러낸다. 즉 남성제국주의 질서가 여성의 몸과 정신을 지배함으로써 여성의 삶과 정체성, 그리고 자유를 박탈했다는 점은 여성의 정체성 확립과 남성제국주의 지배가 대척점에 있음을 환기시킨다. 여성을 둘러싸고 억압하는 억압구조에서 자신의 존재를 외면당한 귀녀는 최치수에게 원한을 품는다.

악마의 얼굴, 악마의 미소, 악마의 희열, 보복의 화신,

'내가 강포수하고 살아? 내가 강포수하고 살아? 화전을 일구며 살수 있겠느냐?'

이제는 야망 때문이 아니었다. 보복 때문이다. 서희가 얼굴에 침을 뱉었을 적에 귀녀는 보복의 칼을 갈았다. 이제는 그 칼을 내리침에 주저할 것이 없는 것이다. 이미 죽이기로 작정하였고 죽일 것을 주저했던 귀녀는 아니었다. 그러나 지금 귀녀는 만석꾼 살림보다, 아니 백만 석의 살림보다 여자로서 물리침을 당한 원한이 더 강하였다. 최치수를 사랑했던 것도 아니었으면서. 지금 귀녀는 백만 석의 살림을 차지하는 야망보다 노비로서 짓밟힘을 당한 원한이 더 치열하였다.

'그놈은 나를 손톱 사이에 낀 때만큼도 생각지 않았다!'

비단과 누더기를 구별하는 따위의 자존심! 야수 같은 강포수의 헌신과 인간쓰레기 같은 칠성이와의 동침을 거치면서 마지막까지 최치수에게 여자 대접을 받고자 하는 희망은 애정일까 허영일까 또는 집념일까. 악업(惡業)을 쌓기 위해 목욕재계하고 동자불 앞에서 도움의 기도를 올리던 귀녀, 모든 것은 밖에서부터 시작되었던 것이다. 고귀함도 염원도 사랑도 밖에서부터 시작되었던 것이다.[61]

귀녀는 악을 일삼는 김평산을 부추겨 최치수를 교살한 후 투옥되어 최치수의 아이를 잉태했다는 거짓말이 발각되고 모든 음모가 탄로 난다. 김평산과 칠성이가 처형되고 아기를 잉태한 상황에서 귀녀의 형 집행은 연기된다. 강포수는 장에서 산 시루떡과 불에 구운 어포를 가지고 귀녀를 찾는다. 자신을 끝까지 돌보는 강포수의 헌신적 사랑에 귀녀는 회한

---

61) 『토지』, 1부 2권, 175-76.

의 눈물을 흘리며 뉘우친다. 우리는 이 장면에서 『지킬 박사와 하이드』(*Dr. Jekyll and Mr. Hyde*)의 주인공처럼 인간 내면의 분열된 자아나 본성, 즉 빛과 어둠을 표상하는 정의롭고 친절하며 지킬 박사, 그리고 분노와 욕망, 약한 자를 괴롭히고 학대를 가하는 하이드의 형상을 귀녀에게서 발견할 수 있다.

"귀녀야."
대답이 없다.
"나다. 강포수다."
"흥, 또 왔구마. 어디서 뒈진 줄 알았더마는."
목소리가 들려왔다. 강포수는 안도의 숨을 내쉰다.
"여기 묵을 거 가지왔다. 받아라."
몸을 질질 끌며 다가오는 기척이 났다. 창살 사이로 손을 내밀었다.
"딜이보낼게. 손은 넣어라."
강포수는 꾸러미를 모로 세워 창살 사이로 넣으려 했다.
"강포수, 손."
"머라꼬."
강포수는 흠씬 놀라며 물렀다.
"손."
[……]
"마, 마, 많이 여빘고나."
"강포수의 손은 쇠가죽 겉소."
부드럽고 낮은 목소리였다.
"이, 이거 배고플 긴데."
다시 꾸러미를 디밀려 하는데 이번에는 귀녀 쪽에서 강포수의 손을 거머잡았다.

"강포수, 내 잘못했소."

"알았이믄 됐다."

"내 그간 행패를 부리고 한 거는 후회스러바서 그, 그랬소. 포전 (圃田) 쪼고 당신하고 살 것을, 강포수 아, 아낙이 되어 자식 낳고 살 것을, 으으흐흐 ……"

밖에 나온 강포수는 담벼락에 머리를 처박고 짐승같이 울었다. 하늘에는 별이 깜박이고 있었다. 북두칠성이 뚜렷하게 나타나서 깜박이고 있었다.

오월 중순이 지나서 귀녀는 옥 속에서 아들을 낳았다. 그리고 여자는 세상을 원망하지 않고 죽었다.[62]

제국주의 지배와 남성우월주의의 이중적 억압, 그리고 선과 악이 혼재하는 삶의 상황에서 귀녀는 강포수의 진실한 사랑과 헌신에 감동받아 자신이 범한 모든 죄를 뉘우치고 강두메를 낳은 후 생을 마감한다. 생명지향적인 가치에 역행하는 극단적이고 파괴적인 귀녀의 삶은 한편으로는 제국주의 지배 이데올로기의 억압구조에 의해, 다른 한편으로 자기희생을 거부하고 최참판댁이라는 상류사회에 대한 뒤틀린 욕망 때문에 자기파멸로 귀결된다.

　　남성제국주의는 남성과 여성 사이의 성적 차이를 부각시킴으로써 여성들을 종속시켰다. 식민체제하에서는 제국주의 지배세력에 의한 국가폭력이 체제안정과 유지를 위한 강력한 힘으로 작동한다. 남성제국주의도 여성을 지배하거나 삶을 착취하여 여성을 주변화시킨다는 점에서 권위주의적이고 폭력적이다. 이는 식민주의 논리에 종속되어 여성을 상

---

62) 『토지』, 1부 2권, 243-45.

품화함으로써 여성은 남성의 욕구충족을 위해 소비되는 존재로 파악하기 때문이다. 제국주의가 폭력적 억압과 착취를 통해 식민지를 유지함으로써 식민지배의 외형을 강화하듯이 봉건적 유교질서가 여성의 삶을 통제한다는 사실은 중요한 시사를 던져준다. 유교질서는 여성들에게 순응적, 희생적 삶을 강조함으로써 남성제국주의를 강화한다. 식민체제에서 남성중심주의는 여성들에게 주체적 정체성 형성에 장애물로 작용한다. 다시 말해 여성들에게 여성으로서의 존재, 자기 정체성을 부정하며 순종적 삶을 강요하였다. 남성중심주의 가치는 그 자체로 여성을 남성에 복속시키는 제국주의적 폭력성을 내재하고 있기 때문에 여성들의 주체적 삶은 부정된다. 여성들이 남성제국주의가 압도적이었던 식민주의 상황에서 대항담론을 구성하는 것은 상당히 어려운 문제라고 할 수 있다.

박경리는 『토지』에서 제국주의 체제하에서 억압받는 식민지 백성들이 제국주의 가치를 흉내 내는 남성에 의해 유린된 삶을 형상화하고 있다. 동시에 식민주의에 저항하는 여성들의 저항을 그려낸다. 『토지』는 전제적 제국주의와 이에 적대적으로 대립되는 식민지 여성들의 저항의 역사, 그리고 식민지배담론을 전복할 수 있는 탈식민 텍스트로서 그 외연을 확장하였다는 점에서 여성의 정체성, 여성의 몸과 여성의 정체성 문제를 함의한다. 다시 말해 박경리가 억압받는 식민지 여성을 천착했다는 사실에 주목할 필요가 있다. 즉 남성중심주의는 억압을 기반으로 하는 남성우월주의가 갖는 권위적 가치를 근간으로 하는 지배구조라는 점에서 여성의 목소리와 몸, 여성 정체성을 훼손시키는 강력한 기제라고 할 수 있다. 같은 맥락에서 『토지』는 식민지 상황, 유교 이데올로기가 지배하는 시대에서 제국주의적 가치를 추구하는 남성우월적 가치가 여성 개인의 삶에 작동하는 부정적 영향력을 광범위하게 보여주고 있다.

식민지 여성의 저항은 최치수를 살해한 김평산의 아내인 함안댁의 삶에서도 확인할 수 있다. 그는 거드름을 피우며 아내를 학대하는 남편의 행패에도 불구하고 억압받으며 복종하는 여성 타자이다.

안방으로 들어간 평산은 방문을 열어젖힌 채 큰대자로 눕더니만 얼마 되지 않아 코를 드렁드렁 골았다. 이렇게 곯아떨어지면 해나절이 훨씬 지나야 일어날 것이다. 안방 문을 닫아준 함안댁은 손짓하여 아이들을 불러서 아침을 챙겨 먹이고 그 자신도 숭늉에 밥 한 덩이를 말아먹은 뒤 호미를 찾아든다.
"아부지 주무시는데 밥 묵고 나면 정지에 밥상 갖다놓고 밖에 나가 놀아라."
[······]
함안댁이 집으로 돌아왔을 때 코고는 소리는 여전했으나 마당은 텅 비어 있었다. 장독가에 호미를 놓고 손을 씻은 함안댁은 머리에 쓴 수건을 걷어서 손과 얼굴을 닦은 뒤 항아리의 뚜껑을 연다. 소금을 헤쳐 묻어둔 계란 하나를 꺼내다 말고.
'네 개 남았을 건데? ······ 그놈, 거복이놈의 짓이구나!'
윗마을에 시집가는 처녀가 있어 명주저고리를 지어주고 얻어왔던 계란을 아무도 몰래 묻어놨었다. 닭을 치면 알을 낳기도 전에 잡아서 남편에게 바쳐야 했고 어디 닭뿐이겠는가, 돼지라고 그랬을 것이요 소라고 온전히 길렀을 것인가.
"이년! 가장을 뭘로 아는 거야! 네년 발싸갠 줄 아느냐! 쌍년 같으니라구. 못 배워먹은 년!"
밥상을 걷어차는 행패를 당하지 않으려면 어떡하든 김치 된장 이외 먹음직스런 찬이 하나는 더 있어야 했다. 읍내로 싸돌아다니면서 며칠이고 집을 비웠으니 망정이지, 집에 드는 날을 위해 보물같이 묻어둔 그 계란이 두 개나 없어진 것이다.

'그놈 사람 되긴 글렀어. 부모의 말이 문서더라고 내가 이런 말 안 할려고 했더만, 우리 한복이나 믿고 살아야지.'

파국이 끓었을 때,

"밥상 디려랏!"

꺽쇤 남편의 목소리가 울려 퍼졌다.

"예."

함안댁은 파국에 계란을 풀어 넣고 솥에 넣어둔 밥그릇을 꺼내어 밥상을 차린다.

밥상을 받은 평산은 늘 그랬듯이 짜니 싱겁느니, 숟가락으로 밥을 푹푹 쑤시고, 그러나 무사히 먹어주었다. 밥그릇 국그릇을 비운 것이다. 푼돈이나마 간밤에는 재미를 보았고 잠은 늘어지게 잤겠다, 계란국으로 속을 푼 김평산은 드물게 기분이 좋은 것 같았다.[63]

허울과 체면을 중시하며 거들먹거리며 폭력을 휘두르는 평산은 여성 존재를 폄하하고 여성의 정체성을 거부하는 인물이다. 함안댁은 남성제국주의 이데올로기에 희생당하는 전형적인 유교 이데올로기에 함몰된 여성이다. 함안댁이 봉건적 유교질서 아래 남성의 지배문화를 자연스럽게 받아들이는 것은 남성중심주의의 산물이고 그것이 남성제국주의 사회에서 여성의 정체성임을 말해주는 것이다. 탈식민주의가 다뤄야 할 절실한 안건은 여성들이 직면한 사회경제적 삶의 조건이 권위주의적 유교질서에 의해 크게 위협받고 있다는 점이다. 따지고 보면 함안댁이 직면한 문제는 여성의 정체성과 결코 무관하지 않다. "이년! 가장을 뭘로 아는 거야! 네년 발싸갠 줄 아느냐! 쌍년 같으니라구. 못 배워먹은 년!"이라는

---

63) 『토지』, 1부 1권, 131-33.

말에서 알 수 있듯이, 전통 유교사회에서 여성의 기반은 심대하게 격하되고 있다는 사실을 확인할 수 있다.

김평산은 권위주의적 가치관과 양반이라는 허위의식에 젖어 있다. 이 같은 허위의식은 여성 존재의 부정과 직결될 수밖에 없다. 즉 문제의 핵심에 봉건주의적 가치를 추구하는 남성제국주의 이데올로기가 있기 때문에 여성들의 어떠한 인격적 사회적 도전을 거부한다. 그러니까 유교적 이데올로기가 지배하는 사회에서 남녀 간의 힘의 관계는 균형을 이룰 수 없음을 드러내는 것이다. 김평산의 허위의식은 여성 존재와 여성의 가치를 경시하는 현실에서 양반의 사회경제적 기반을 강화하기는커녕 양반사회를 붕괴시킨 원인으로 작용한다. 박경리는 김평산을 출세지향적이고 욕심이 많은 부정적 인물로 그려내고 있다. 이는 그의 인물 표사에서 드러난다.

> 평산은 띤띤하게 부른 배를 내어 밀고 어슬렁어슬렁 제 집 있는 쪽으로 걸음을 옮긴다. 목덜미가 살점 속에 푹 파묻혀 있는 것 같았다. 빚어놓은 메주덩이 같이 머리끝에 갈수록 좁고 아래로 내려와서는 양 볼이 띠룩띠룩한 비지 살이다. 빵빵하고 숱이 많은 앞머리는 다 붙어서 이마빼기가 반 타나 될까 말까, 그 좁은 이미 복판에는 굵은 주름이 하나 가로 지르고 있었다.[64]

허울 좋은 명분만 내세우는 양반이지만 마을 사람들로부터 양반의 권위를 인정받지 못한다는 점에서 김평산의 행동은 누적된 갈등의 표출이나 불안정한 양반계급의 위기와 급격한 해체를 드러낸다. 이는 남성우월적

---

64) 『토지』, 1부 1권, 130.

가치가 투영된 유교질서 아래 대다수 여성들이 겪어야만 하는 고통이며 남성제국주의가 가져온 피폐라고 할 수 있다. 마을 사람들도 공공연히 김평산을 악한으로 평가한다.

> "저 망나니가 와 저리 싸다니노? 여기는 들판이지 노름판이건데?"
> "육덕 좋기도 하다. 잘 드는 칼로 한 점 쓰윽 비어냈이믄 근량이
> 오지게 날거로?"
> "개기는 야들야들할 기고."
> "개기치고 인개기 맛이 제일이라더만."
> "범 물어갈 소리 대강 하구, 일이나 해!"
> 젊은치들의 객쩍은 잡담을 두만아비 이팽이가 나무란다. 평산을
> 사갈시 하는 품은 남정네들보다 아낙들이 더 노골적이었다. 아낙
> 들은 그를 만나면 일부러 다른 논둑길을 잡아서 피해갔다.[65]

폭력으로 여성을 대하는 김평산의 잔인함은 과부 막딸네를 대하는 장면에서도 확인할 수 있다. 거복이 막딸네의 콩밭에 콩을 훔치자 막딸네는 이 사실을 함안댁에게 전한다. 큰 아들 거복의 나쁜 손버릇을 고치기 위해 함안댁은 방문을 걸어 잠근 채 아들에게 매를 든다.

> "이놈! 너 죄를 네가 알지!"
> "어머니! 아무, 아무 잘못 없습니다!"
> 거복이는 두 무릎을 맞대며 벌벌 떨었다.
> "맞아야 한다. 그래도 안 나을 병이라면 너하고 나하고 죽는 거다.
> 자아 옷을 걷고 종아리 내놔라!"

---

65) 『토지』, 1부 1권, 136-37.

"어머니! 내가 무슨 짓을 했다고!"

"이놈! 종아리 내놓지 못할까!"

"매를 맞아도 알고 맞겠습니다."

거복이는 사색이 되었다.

"막딸네 콩밭에 들어가고도 모른다 하겠느냐."

"예? 그, 그런 일 없습니다! 제가 하지 않았소!"

매가 날았다, 아랫도리를 후려쳤다.

"아이고!"

함안댁은 미친 듯이 아이를 때린다. 아랫도리고 어깻죽지고 가리
지 않고 매질을 하면서 눈물을 줄줄 흘린다.[66]

함안댁에게서 자초지종을 들은 김평산은 이를 못마땅하게 여기고 불쌍
한 과부 막딸네를 찾아가 그에게 폭력을 행사한다.

'사지를 찢어죽일 년!'

자식과 마누라를 거쳐서 온 모욕이었기에—콩밭에서 콩을 훔치고
안 훔친 그것은 문제 밖이다—권위 의식은 한층 도도해졌던 것이
다. 무슨 짓을 했든지 면대하여 따졌다면 그 버르장머리를 고쳐주
어야 한다고 생각했던 것이다. 양반과 상놈 사이에 시비는 성립될
수 없다. 응징이 있을 뿐이다.

그는 막딸네 집 마당 안으로 쑤욱 들어섰다. 남자 없는 집안, 도둑
의 손이 탈까 근심되었던지 막딸네는 닭장을 손보고 있었다.

"우짠 일이시요?"

막딸네는 다소 불안을 느낀 듯 말했다.

"남자 없는 집에 우짠 일이시요?"

---

66) 『토지』, 1부 1권, 348-49.

되풀이 말했다.

"이년!"

"뭐라꼬요?"

"아가리 찢을라!"

"아아니, 아가리를 찢다니 무신 말심이요?"

막딸네는 무섬증을 느끼고 풀이 죽는다.

"네년의 죄를 몰라서 악다구니냐!"

평산은 뚜벅뚜벅 막딸네 앞으로 다가간다. 주먹을 쥐고 버짐이 핀 막딸네 볼을 친다.

"아이고 사람 치네!"

난쟁이 막딸이가 부엌에서 쫓아 나왔다.

"어매!"

다시 주먹은 막딸네 코를 쳤다. 코에서 피가 쏟아진다.

"아이구! 울 어매 죽소!"

"감히 뉘를 보고 …… 주리를 틀어 죽일 년 같으니라구."

막딸네는 코를 막아 쥐며 도망치려 했다.

"동네 사람들! 울 어매 죽소!"

평산이 달아나려는 막딸네한테 발길질을 했다. 땅바닥에 쓰러진 막딸네 코에서는 연방 피가 쏟아진다.

동네 사람들이 모여들었다. 평산은 피가 묻은 주먹을 보릿대 무 거기에 비벼 닦고

"이년, 또 아가리 놀렸다가는 삽짝 출입 못할 줄 알아."

마지막 으름장을 놓고 떠났다.

모여든 사람들은 미친개 피하듯 평산이를 외면했다. 야무네는 막 딸네를 끌어 일으키고 막딸이가 떠온 물을 끼얹으며 흐르는 피를 막아준다.

"아무리 상민들이 들고 일어나 봐야 양반들 행패는 여전하고 ……"

영팔이 한탄했다.

"개백정 겉은 놈! 지깟놈이 양반은 무슨 놈의 양반."

한돌이 침을 콱 뱉었다.

"제 기집 치는 거만으로 부족해서 남의 아낙을 쳐?"

야무네는 피를 닦아내며 혀를 끌끌 찼다. 막딸이는 울어쌌는다.

"세상에 상사람은 성도 없는가. 법은 양반님만 위해서 있는 긴가.
아무리 상사람이라 하지만 남자가 남의 여자를 쳐?"[67]

김평산의 온갖 악행에도 불구하고 함안댁은 남편을 옹호한다. 온종일
노동만 하는 힘없고 연약한 그는 스스로 "부덕(婦德)을 닦는 자신에게
자랑스러움을 느끼었고 세상이 어지러우면 똑똑한 사람도 제 남편같이
허랑방탕하게 살 수밖에 없다고 믿는 것이었다."

> 평산의 허풍을 믿어주는 사람도 그 혼자였다. 술집을 큰집 드나들
> 듯이 하면서 닳아진 엽전 한 닢 내어주는 남편은 아니었지만 서울
> 양반과 어울려 다니는 그것만으로도 고마워서 함안댁은 더욱 뼛골
> 이 빠지게 길쌈을 하고 들일을 하고, 삯바느질을 하고, 그러는 한
> 편 남편에게는 땀내나지 않은 입성을, 때 묻지 않은 버선을 하며
> 마음을 썼다. '씨가 있는데 장사를 하시겠나 들일을 하시겠나, 이
> 난세에 벼슬인들 수월할까. 하기는 요즘 세상에는 벼슬도 수만금
> 을 주고 사서 한다는데.' 고달픈 마음에서 자기 위안을 위해 하는
> 말은 아니었다. 그는 진정 이야기책에서 읽은 현부인을 본받으려
> 했고 부덕(婦德)을 닦는 자신에게 자랑스러움을 느끼었고 세상이

---

67) 『토지』, 1부 1권, 350-52.

어지러우면 똑똑한 제 남편같이 허랑방탕하게 살 수밖에 없다고 믿는 것이었다. '용이 구름을 못 만나면 등천을 못하는 법이지. 그 분도 한이 왜 없겠나. 그러니 노상 울분에 차서 술을 마시고 손장난도 하시고, 왕손도 세상을 잘못 만나면 나무꾼이 된다는데.'[68]

여성 억압적 유교 이데올로기가 여성의 정체성을 규정할 때 유교질서는 필연적으로 남성제국주의 시각에서 여성의 정체성을 구성한다는 점에서 모순적이라 할 수 있다. 여성의 정체성은 남성제국주의를 옹호하는 수단이 될 수 없고 그것을 정당화할 수도 없다. 이러한 모순으로 인해 도출되는 결과는 일본 제국주의 폭력과 맞물린 남성제국주의 폭력은 식민지 여성의 몸에 대한 위협과 억압을 의미한다. 유교질서가 지배하는 현실에서 사회적 기반이 취약한 여성들은 차별을 당하기 때문에 여성 존재나 여성 정체성의 구축은 불가능하다.

"못 일어날까!"
"아아."
함안댁은 몸서리를 친다.
"아아, 흉측스런 꿈도, 흉측스런 꿈을 꾸었소."
평산의 주먹이 떤다.
"아가리 찢을라! 자빠져 자란 말이야!"
하다가 그는 함안댁의 멱살을 잡고 베틀에서 질질 끌어낸다.
"왜 이러시요."
"으으잉! 죽여버려야지."
"왜 이러시오, 여보!"

---

68) 『토지』, 1부 1권, 335-36.

평산은 함안댁을 쓰러뜨린다. 뼈만 남은 여자의 몸을, 메말라서 잎 떨어진 겨울나무 같은 여자의 몸을 주먹으로 마구 내지르며 머리 끄덩이를 잡아끌며 발길질하며, 그러다가 울부짖으며 정욕을 채우 는 것이었다.

한 번에 그치지 않았다. 송장같이 된 여자를 이리 뒤치고 저리 뒤 치면서 다시 범하며 신음하는 평산은 공포에 몰린 구역질과도 같 이 배설을 되풀이하는 것이었다.[69]

"뼈만 남은 여자의 몸을, 메말라서 잎 떨어진 겨울나무 같은 여자의 몸을 주먹으로 마구 내지르며 머리끄덩이를 잡아끌며 발길질하며, 그러다가 울부짖으며 정욕을 채우는 것이었다"라는 서술에서 알 수 있는 것은 함 안댁은 남편의 폭력 앞에 힘없이 희생되는 서발턴 여성으로 식민지 여성 이 겪는 총제적인 삶의 현실을 보여주는 인물이다. "그는 자신의 무식을 한탄한 일은 별로 없었다. 마을에서 글 좋다는 평판이 있는 김훈장을 존 경해본 일도 없었다."[70] 양반이라는 권위와 허세를 부리며 여성을 전통 적인 성과 성역할로 제한시킨 것은 남성제국주의가 갖는 부정적 잔재라 는 시각에서 자신의 아내 함안댁에게 수시로 폭력을 행사하는 김평산의 행태는 폭력의 일상화라는 점에서, 그리고 여성의 삶과 정체성을 저해하 고 붕괴시키는 부정적 잔재라는 점에서 어떤 형태로든 비판받아야 한다.

김평산을 통해 알 수 있듯이 권위주의적 힘을 갖는 남성중심의 사 회와 틀은 탈식민주의가 주장하는 조건들이 무엇인지, 그리고 어떻게 부 합할 것인지 면밀하게 검토함으로써 여성들의 삶과 정체성 구축이라는

---

69) 『토지』, 1부 2권, 181.
70) 『토지』, 1부 1권, 282.

실질적 문제의 해결과 대안 제시라 할 수 있다. 그렇게 함으로써 탈식민화를 저해하고 여성의 목소리를 약화시키는 남성제국주의에 대한 비판을 통해 문제를 해결할 수 있다. 탈식민주의가 지나치게 이론적이고 이상적이라면 의미를 가질 수 없다. 그것은 하나의 구호에 그칠 가능성이 있기 때문이다. 따라서 여성 정체성의 취약한 부분을 강화시키고 신장시킴으로써 폭력적 남성권력의 악순환으로부터 벗어날 수 있다. 김평산이 폭력성을 드러내는 원인은 최치수에 대한 열등감에 기인한다.

> 최치수의 심부름길이라는 생각은 문전을 떠나면서부터 팽개쳐버린 평산은 팔도강산 유람길에 나온 풍류객같이 굵은 목을 뽑고 턱을 추켜들어 잃었던 존엄을 찾은 듯이 의젓한 태(態)를 과시했다. '통감 권이나 읽었는데 그놈의 글같이 허무한 게 있을까. 근 이십 년 넘기 책을 덮어두었더니만 까막눈 진배없이 됐으니, 허참.' 개다리 출신이라 괄시받은 처지에 글 잘해서 과거할 것도 아닌데 나귀에 하인까지 거느리고 보니 유식이 양반으로서 갖추어야 할 구색임을 느끼는 모양이다. 그는 자신의 무식을 한탄한 일은 별로 없었다. 마을에서 글 좋다는 평판이 있는 김훈장을 존경해본 일도 없었다. '사대부댁 규수였었단 말씀인가? 요망한 계집년, 글은 무슨 놈의 글이야. 개발에 달걀이지, 달걀. 사람이 푼수를 잃으면 명대로 못 사는 게야.' 아들에게 글을 가르치는 함안댁을 보고 욕설을 퍼붓는 것도 아내에 대한 시샘에서가 아니었다. 중인 출신 주제에, 네까짓 게 가소롭다는 기분에서였다. 중인과 양반이라는 신분 의식은 평산에게 상당히 엄격했었고 아내에 대한 우월감 또한 집요한 것이었다. 그러니만큼 최치수 신분에 대한 열등감은 그만큼 강했었는지 모른다.[71]

식민지 압제 상황에서 식민주의와 남편의 폭력에 노출된 함안댁은 유교 이데올로기에 의해 자기 목소리를 내지 못하는 식민지 여성, 식민지 여성의 몸을 표상한다. 그는 남편의 폭력에도 불구하고 두 아들을 공부시키며 인내한다. 김평산의 폭력을 견디어내는 끈질긴 힘은 양반이라는 그 권위를 떠받들고 견디어야 하는 힘 때문이다.[72] 남편이 양반이라는 자부심, 곧 신분에 대한 함안댁의 신분 의식은 투철하다.

> 평산의 허풍을 믿어주는 사람도 그 혼자였다. 술집을 큰집 드나들 듯이 하면서 닳아진 엽전 한 닢 내어주는 남편은 아니었지만 서울 양반과 어울려 다니는 그것만으로도 고마워서 함안댁은 더욱 뼛골이 빠지게 길쌈을 하고 들일을 하고, 삯바느질을 하고, 그러는 한편 남편에게는 땀내나지 않은 입성을, 때묻지 않은 버선을 하며 마음을 썼다. '씨가 있는데 장사를 하시겠나 들일을 하시겠나, 이 난세에 벼슬인들 수울할까. 하기는 요즘 세상에는 벼슬도 수만금을 주고 사서 한다는데.' 고달픈 마음에서 자기 위안을 위해 하는 말은 아니었다. 그는 진정 이야기책에서 읽은 현부인을 본받으려 했고 부덕(婦德)을 닦는 자신에게 자랑스러움을 느끼었고 세상이 어지러우면 똑똑한 사람도 제 남편같이 허랑방탕하게 살 수밖에 없다고 믿는 것이었다. '용이 구름을 못 만나면 등천을 못하는 법이지. 그분도 한이 왜 없겠나. 그러니 노상울분에 차서 술을 마시고 손장난도 하시고, 왕손도 세상을 잘못 만나면 나무꾼이 된다는데.'[73]

---

71) 『토지』, 1부 1권, 281-82.

72) 『토지』, 1부 1권, 76.

73) 『토지』, 1부 1권, 335-36.

유교적 가치관과 봉건주의적 이데올로기에 함몰되어 가족을 위해 자신을 희생하는 함안댁은 반가의 아내라는 명예와 자부심으로 남편의 폭력을 인내하며 살아간다. 그에게 양반 가문이라는 위신은 생명처럼 소중하기 때문에 남편을 옹호한다.

"나도 시집올 적에는 다 혼인 잘한다고들 했지."
그러나 함안댁은 한숨 대신 빙그레 웃었다. 그리고 땀을 흘리면서도 아랫목 따뜻한 곳으로 옮겨 앉는다.
"치혼사 한다 그랬겠지요."
"그 양반도 세상을 잘못 만나 그렇지, 뭣한 시절이면 중인 집안에 혼살 했겠나."
"……"
"가문 뜯어먹고 살더라고, 어려서는 외가 것 먹고 성례 후엔 처가 것 먹고 늙으면 사돈댁 것 먹는다 안 하든가?"
"성님도 짓덕이사 많이 타가지고 안 왔십니까?"
"글쎄 …… 친정 살림, 그거 다 허한 거라네."
"그래도 잘만 간수했이믄."
"시발에 핀데 말할 것도 없다."
"우리네사 여태 내 땅 가지고 살았소? 게우 땅마지기나, 그것도 숙모님 제우답이지 우리 거는 아니지마는 이녁 거만 있이믄 멋이 어렵겄소."
"이 사람아 그런 소리 말게. 그 양반이 상사들겉이 농살 짓겠나?"
"엎어놓고 매로 때리믄 맞지 우짜겄십니까."
두만네의 어세는 신랄했고 함안댁은 얼굴에 노기를 띤다.
"맞을 사람이 따로 있지."
"안 배운 일을 하기는 어렵겄지마는 술이 과하고 손장난이 과도하니께 성님이 이 고생 아니겠소."

"배우지 못해 일을 못하시나? 속 모르는 말 말게. 술이 과하고, 그
렇기로소니, 용이 못 된 이무기가 물속에서 꽝을 치더라고 …… 때
못 만난 한탄을 어쩔꼬?"

함안댁 눈에 눈물이 글썽 돈다.

"성님, 이런다고 섭하게 생각지는 마소. 하 보기가 딱해서, 못 오르
는 나무는 치다보지도 말라 했는데 지금 벼슬길을 바라겠소? 김훈
장은 남들겉이 농사짓고 하거마는 아무도 그 양반을 양반 아니라
생각는 사람은 없소. 강산이 내 거라도 내 눈 하나 없이믄 고만인
데 성님겉이 뼈가 가루가 되게, 그러다가 여차하시믄 우짤랍니까."

"명은 하늘에 달린 거구, 지아비 섬기는 지어미의 도리를 잊어 쓰
겠나. 아무리 병이 들었기로소니 행세하는 집안의 여자가 제 먹을
약 제 손으로 지어오는 법은 없느니라."[74]

양반 신분을 과시하며 허위의식을 드러내는 김평산의 행태는 결국 김평
산에게 파멸을 이끈 김치수 살인 사건으로 귀결된다. 문제는 폭력적인
김평산이 김치수 살인의 혐의자로 관가에 끌려가자 함안댁이 자살한다
는 것이다. 함안댁의 자살은 김평산에 저지른 죄에 대해 자신이 보상하
겠다는 의식, 곧 책임 있는 주체임을 드러내는 것이다. 그것은 양반의
아내라는 신분 의식, 곧 유교 이데올로기에 기인한다는 점이다. 함안댁
의 자살은 남성제국주의 질서에 의해 대상화되고 타자화된 여성의 존재
방식을 보여주는데, 남성중심주의에 의해 은폐되고 식민체제에 의해 착
취당한 식민지 여성의 현실을 총체적으로 드러내는 것이다. 박경리는
함안댁을 통해 남성제국주의 질서하에 살아가는 여성의 현실을 보여주

---

74) 『토지』, 1부 2권, 114-15.

면서 존재론적 상황에서 갈등하는 서발턴이 겪는 삶의 모순을 사실적으로 드러내는데 이는 기존의 봉건적 지배와 착취와 유교질서의 부정적 구조를 드러냄으로써 여성들의 문제를 부각시키는 것이라 하겠다.

스피박이 폭력적 억압기제인 제국주의적 지배구조로부터 침묵당한 서발턴 여성의 '자기 목소리 회복'을 강조하고 있는 것도 바로 이와 같은 이유 때문이다. 또한 남성에게 집중된 권력을 핵심적인 문제로 보고 이에 대한 비판을 통해 여성들이 독립적 정체성을 확립할 수 있는 문제를 제기한다. 이는 여성의 존재에 대한 사회적 윤리를 창출하는 데 상당히 기여함으로써 탈식민적 가치를 환기시킨다. 식민주의 문제를 제대로 해결하기 위해서는 식민체제라는 정치의 틀을 바꾸는 것도 중요하지만, 식민주의 체제에서 강압적 방법으로 실현됐던 제국주의 문화와 제국주의 가치가 식민지인들의 삶의 방식을 통제했기 때문에 식민지인들은 자기 목소리를 낼 수 없었던 것이다.

> 스피박은 어떤 이론도 정설로 받아들이지 않고 분석의 발판도 하나로 고정시키지 않은 채 젠더화된 서발턴의 이질성을 중심에 놓는 페미니즘 이론을 생산하기 위해 해체론, 맑스주의, 포스트 식민주의의 인식들과 방법들을 활용한다. 그러한 이론 작업에서 스피박은 지식생산의 주체로서 자신이 놓여있고 선택한 복잡한 정치경제적 입장을 분명히 하며 특수를 보편화하는 위험을 경계하면서 이론 생산과 결부된 이해관계 및 효과를 짚어보는 자기비판적 태도를 견지한다. 그래서 스피박의 이론은 적극적인 대안 생산보다는 집요한 비판과 경계심의 개발을 지속적으로 수행하는 쪽을 지향한다. [……] 우리는 제국주의적 인식소의 폭력으로 말미암아 이미 폭력과 모종의 공모관계 속에서 말을 하고 글을 쓴다. 스피박은

우리가 서식해 있는 기존 폭력적 구조들이 안고 있는 제도적 제약
을 인식하면서 일방적 폭력이 자행되지 않도록, 정지 역학을 하는
협상에 임하되 주변에서 서성거리지 말고 우리를 그 중심에 위치
시킬 것을 강력하게 요청한다.[75]

다수 남성에게 권력과 힘이 집중된 권력구조에서 여성들은 연약할 수밖
에 없다. 따라서 남성제국주의 지배체제와 불평등 구조를 근본적으로 혁
파하지 않는다면 탈식민화는 무의미하며, 효과도 미미할 수밖에 없다.
양자 간 정치적, 사회적, 불평등은 여성의 자유를 억압하며 탈식민화는
축소되거나 침식시킨다. 독립 이후 탈식민사회에서 정치적 제약과 성적
불평등을 어떻게 하면 바로잡을 수 있을 것인가? 그것은 남성과 여성 간
의 사회적 평등과 여성의 독립적 정체성 구축에 있다. 즉 여성들에게도
남성과 대등한 수준에서의 자유와 평등으로 연결될 때 탈식민화는 가능
하다. 남성의 일방적인 권력독점과 불평등에 기반한 사회에서는 탈식민
화가 이루어지지 않는다. 그것이 바로 탈식민주의가 모색하는 진정한 의
미의 탈식민화, 개인의 자유 등 탈식민주의 이론의 정수라고 할 수 있다.
　　스피박은 서발턴의 삶에 천착하면서 '과부순장제'(寡婦殉葬制, sati
혹은 suttee)에 주목한다. 남성제국주의 지배와 억압에서 비롯된 고통과
좌절로 인해 자신의 목소리를 낼 수 없었던 여성의 삶과 그들의 정체성
은 스피박의 논의에 잘 드러난다. 스피박은 탈식민주의 페미니즘이 논
의하는 복합적인 여성 억압에 대한 유용한 논거를 제공함으로써 문화적,
정치적 실천을 강조한다. 문화제국주의와 남성제국주의 담론에 대해 깊
이 천착한 그는 '과부순장제'를 비판적으로 분석하고 있다. 이 글에서 스

---

75) 태혜숙, 『한국의 탈식민 페미니즘과 지식생산』, 100-01.

피박은 여성이 인간 주체로서 자신의 목소리를 가지고 있는 인도여성이 영국 제국주의와 인도의 남성제국주의에 의해 침묵 당함으로써 자신의 목소리를 낼 수 없는 식민화된 인도여성의 식민 상태를 읽어냄으로써 왜곡된 남성제국주의에 도전한다. 인도여성의 몸에 대한 식민화에 얽힌 복잡한 관계, 말하자면 영국 제국주의와 인도의 가부장제가 상호 공모함으로써 인도의 하위계층 여성의 억압에 대한 저항을 밝힌 것이다. 그는 인도여성에게 순사를 허용하여 남성제국주의 이데올로기와 가부장제의 허구성을 밝혀냄으로써 여성의 자유의지에 대한 존중, 그리고 탈식민사회에서 새로운 주체로서의 여성과 여성 해방을 위한 새로운 가능성을 모색했던 것이다.

여기서 각별히 중요한 것은 '여성의 목소리'를 내지 못하도록 통제하는 가부장구조가 여성의 정치적, 사회적 삶의 커다란 제약조건으로 작용한다는 사실이다. 여기에서 무엇보다 핵심이 되는 것은 여성억압적이고 남성중심적 질서를 해체하고 이를 극복하는 것이다. 그런데 '여성의 목소리 내기'가 권위주의적 구조와 가치를 특징으로 하는 구조적 위치를 갖고 있는 현실에서 서발턴 여성으로 살아갈 수밖에 없는 여성이 자신의 목소리를 여성의 언어로 표출하기는 매우 어렵다. 권위주의적 통제는 여성들이나 여성 노동자들을 분열시킬 뿐만 아니라 남성과 여성 간의 차별, 서구여성과 제3세계 여성들 간의 차이를 심화시켰다. '과부순장제'는 소외되고 억압된 여성들이 자신들의 삶에 영향을 미치는 불평등한 사회구조를 보여준다는 점에서 여성에 대한 통제강화를 의미하며 봉건제도하의 질서의 기제, 곧 남성우월주의라는 허위 이데올로기에 의해 '성적 지배'의 대상임을 내포한다. 그것은 남성제국주의 구조와 질서가 초래한 여성에 대한 식민성을 명확히 환기시킨다. 말하자면 단순히 순종적이고 복종적인 수동적 존재에 머무르지 않고 전통적인 유교 이데올로기에 예속된 여성을 함축적으로 표상한다.

식민본국인 '영국'과 남성제국주의 질서를 강요하는 '남성'에 의한 이중적 압제에서 여성들은 자신의 의지와 무관하게 '성적 대상'으로 재현되었던 것이다. 이러한 재현 방식은 식민지배자와 피식민지 사회의 남성이 권력을 행사하는 권위주의적 사회의 양상과 이로 인해 정체성의 위협을 겪은 여성들의 삶을 보여준다. 그러므로 '과부순장제'는 제국주의에 의해 주권과 역사를 침탈당한 인도 사회의 기표가 되는 것이다. 제국주의 권력과 가부장 권력의 동력관계 속에서 여성의 몸은 제국주의와 피식민자가 충돌하는 지점이면서 배제당하고 압제당하는 여성의 현실을 보여주는 역사적 상흔이다. 이와 같은 맥락에서 스피박은 '과부순장제'를 통해 자신의 삶의 경험을 자신의 목소리로 들려줄 수 없는 여성의 현실을 보여줌으로써 남성제국주의 지배질서의 단면을 통렬하게 비판하고 동시에 남성제국주의로부터의 해방을 표상한다는 점에서 탈식민적 성격을 강하게 띤다. 따라서 '과부순장제'가 갖는 함의는 제국주의와 식민지, 권위적인 유교질서와 예속된 여성 간의 경계를 구획 짓기도 하고 그 경계를 무너뜨릴 수 있는 탈식민 페미니즘의 구성이라고 할 수 있다. 남성제국주의 권력과 강압적, 제도적 질서에 의해 호명되고 위치 지워진 여성에 대한 문제설정은 남성제국주의에 적극적으로 저항할 수 있는 새로운 대안이며, 탈식민 페미니즘 가치가 지향하는 상징적 의미를 표출한 것이라고 할 수 있다.

'과부순장제'를 통해 환기해야 할 점은 제국주의와 권위주의적인 인도 사회의 계급적, 성적 지배적 사회구조, 그리고 남성중심적 사회의 힘을 견제하거나 남성우월적 사회의 구조적 변화를 가져올 수 있는 자율적인 '여성의 목소리 내기'라 할 수 있다. '과부순장제'는 기존의 획일화된 남성권력구조에 대한 거부, 여성해방, 기존의 보수적 남성우월주의 사회 전복이라는 문제를 집약적으로 보여주는 것이다. 결국 스피박이 '과부순장제'를 논의의 중심에 둔 것은 남성제국주의 사회구조를 비판하고 그것에 의해 약화하고 소외되어 파편화될 수밖에 없는 여성의 목소리를 표출하거나 대변함으로써 새로운 주체 형성에 대한 문제를 제기하기 위한 것이다. 여성의 존엄성에 대한 존중은커녕 여성억압적인 봉건적 질서와 권력의 해체는 남성제국주의라는 표상과 지배권력이라는 총체적 틀을 해체시키는 것이다.

즉 남성우월적 사회의 가치를 전복시킨다는 측면에서 여성의 자기 목소리 표출은 여성의 자율성과 정체성을 담지하는 문제와 맞물려있다. 그런 의미에서 제도화된 구조나 정치적 조건이 갖추어지지 않은 현실에서 '여성의 정체성'을 새롭게 조명하고 남성제국주의의 틀의 해체라는 점에서 스피박의 문제제기는 급진적이라 할 수 있다. 이처럼 스피박의 탈식민 페미니즘은 남성에 의해 규정되고 소외된 여성과 주체구성에 천착한다. 그러니까 여성억압을 부각시키면서 여성 스스로 자기 목소리를 내야 한다는 문제제기는 여성문제에 대한 하나의 전환점을 형성하였다. 이는 커다란 변화라고 할 수 있다. 왜냐하면 '목소리 내기'는 여성들이 가부장제 질서해체를 통해 자신들의 정치적, 문화적 존재로서의 정체성 형성을 의미하기 때문이다. 같은 맥락에서 지금까지 논의한 '과부순장제'는 전제적 가부장제로부터 탈식민주의로 이행하는 성격을 띠면서 여성의 역사는 탈식민 페미니즘의 역사이며 탈식민주의 주체형성이라는 의미심장한 문제의식을 던져준다.

탈식민 페미니즘의 맥락에서 볼 때 박경리의 『토지』는 식민지 여성의 몸에 대한 제국주의 폭력을 분명하게 보여준다. 이는 최참판댁의 하녀로 조준구의 성노리개가 되어 비참하게 생을 마감한 삼월이의 삶에서 재확인된다. 이데올로기적이고 식민주의적 사고방식을 가진 조준구는 억압과 침탈, 폭력을 반영하기 때문에 친일 제국주의자의 전형이라는 점을 지적할 필요가 있다. 그는 제국주의에 기생하며 식민체제하에서 식민주의 개척을 통해 구축되는 제국적 가치를 추종한다. 그의 의식은 식민지의 물질적 기반에 의해 공고하게 형성되는 식민주의 이데올로기의 허위의식이라고 할 수 있다. 서구사회의 기반을 확고히 하고자 하는 제국주의적 이데올로기에 절대적 우선순위를 두는 것이다. 제국주의 국가에서 식민지 건설은 국가의 핵심과제다. 일차적으로 식민지 팽창과 그 결과물은 강력한 제국주의 국가의 경제 발전의 함수라고 할 수 있다. 말하자면 식민지는 제국주의 국가의 경제적 부의 축적을 가져왔고 그에 따라 제국주의는 더욱 심화, 확대되었다. 따라서 식민주의는 경제 발전과 정치적 지배력 확대를 위해 제국주의 국가에 의해 끊임없이 추구되었다.

조준구와 그의 처 홍씨가 식민주의를 추종하는 여성이라면 삼월이는 제국주의를 흉내 내는 조준구와 조준구의 사냥개 노릇을 하는 삼수에게 희생당하는 식민지 여성이다. 이탈리아의 사상가로 사회주의와 공산주의 이론을 통해 서구 맑시즘 이론형성에 토대를 제공한 안토니오 그람시(Antonio Gramsci)[76]의 이론적 개념인 서발턴은 농민, 농민과 같

---

76) 이탈리아 공산사회주의 이론을 주창한 그람시의 헤게모니 이론은 그의 사상의 핵심으로 하나의 계급이 다른 계급을 지배하거나 통제할 때 경제적, 물리적 폭력에만 의존하는 것이 아니라, 피지배 계급이 지배계급의 가치나 신념체계를 수용하고 그들의 신념이나 도덕적 가치를 공유하는 것도 포함된다. 이는 러시아 공산당(볼셰비키)에 의한 실천적이고 현실적인 사회주의를 표방한 레닌의 러시아 혁명과는 달리, 피지배계급의 동의에 기초한 혁명을 대안으로 상정한 것이 특징이다.

은 지배계급에 종속되어 살아가는 집단을 의미한다. 서발턴 여성인 삼월이가 조준구에게 능욕당한 채 버려지자 삼수는 조준구에 대한 반발심과 분노에 삼월이에게 매질을 가하는데 이는 식민지 여성의 몸을 학대함으로써 자신의 우월적 위치를 확인하기 위한 남성제국주의의 일면을 보여주는 것이라 하겠다. 식민체제하의 여성의 몸은 제국주의와 이를 표방하는 친일파 기생세력에 의해 희생당하는 여성을 표상한다. 남성제국주의 이데올로기에 의해 제국주의 가치를 추종하는 남성의 욕망의 대상이 되어 유린되는 식민지 여성이며, 동시에 전제적 가부장제의 희생물이면서 말할 수 없는 주변부 여성임을 드러낸다. 조준구와 삼수에게 버려진 식민지 여성 삼월이는 『제인 에어』(*Jane Eyre*)에 등장하는 "다락방의 미친 여자"라고 지칭되는 버사 메이슨(Bertha Mason)처럼 남성제국주의에 의해 희생되는 서발턴 여성이다.

> "내가 목욕하러 온 줄을 뻔히 알믄서 홀몸도 아닌데 무신 심청고."
> "와? 구신이 오는 줄 알았더나."
> "지랄한다. 내사 남정네가 온 줄 알았다 말이다."
> 순이는 찰싹찰싹 물을 끼얹으며 물살에 떠내려가는 파아란 참외 껍질을 바라본다.
> "외는 어디서 가지왔노."
> "……"
> "새미 물에 띄우놓은 거를 건지왔고나."
> "그랬다."
> "간도 크다 들키믄 우짤라꼬."
> 삼월이는 참외를 두 쪽 내어 한쪽을 순이에게 내밀었다.
> "묵어라."

우격다짐이다. 참외를 받아먹는 순이는 삼월이 손에 있는 칼을 힐
끔힐끔 쳐다본다. 삼월이는 이 세상에 참외 먹는 일 이외는 아무
것도 생각지 않는 듯 열중해 있다. 아니 부산스레 소리 내어 먹는
행위 자체를 잊고 있었던 것이나 아니었는지.

"순아."

"와."

"내가 구신겉이 보이나?"

"누가 구신을 봤어야 말이제. 사람이 우째 구신 겉을꼬."

그의 말대로 모습은 수척하여 귀신이 저럴까 싶을 정도다. 그러나
그보다 요 며칠 사이 삼월이 전과 같지 않다는 것이 마음에 걸린
다. 그동안 병신처럼 말이 없고 반 정신이 나갔다고들 했었는데 어
쩐지 하는 말에 조리가 있는 것 같기도 했고 노상 빛을 잃고 있는
눈동자가 야무지게 보여질 순간도 있다.

'맘에 씨어서 그리 보이는 기지, 아무리 반 정신이 나갔다 카지마
는 자식을 잃어부리고 지가 우찌 환장이 안 되겠노.'

열흘 전에 아이를 잃은 것이다. 이질을 앓았는데 약 한 첩 먹여보
지 못하고 오히려 주위에서는 죽기를 바라는 야박한 인심 속에서
아이는 싸늘하게 식어갔다.[77]

식민체제에서 주변부 여성은 그 체제의 지배담론과 식민저항 사이에 존
재하는데 이는 식민체제와 그것을 흉내 내는 조준구의 폭력성 혹은 제
국주의 폭력의 결과물이다. 자율적으로 구성하고 생산되어야 할 여성
정체성이 제국주의적 가치관과 질서에 의해 서열화되거나 억압될 때 탈
식민적 문제의식은 식민체제와 여성의 정체성, 독립적, 주체적 정체성

---

77) 『토지』, 3권, 351-52.

구축의 가능성을 제시한다.

　제국주의 기획과 군대에 의해 삶이 피폐되는 식민지 여성의 전형은 정남희라고 할 수 있다. 그는 야간학교 선생인 정석과 양을례 사이에 태어났다. 양을례는 나형사에게 정석이 독립운동에 가담하고 있다는 사실을 알린 친일여성으로 나형사와 동거하기도 한다. 부산에서 요릿집을 경영한 적도 있는데, 이로 인해 딸 남희는 거기서 일본인 장교에게 능욕을 당한다.

　　"병정놈한테 당한 거예요. 그 몹쓸 놈이 아이를."
　　"병정놈! 왜놈 병정이오?"
　　을례는 고개를 끄덕였다. 무장은 다 해체되고 여자는 누더기같이 초라하게 자기 무릎만 내려다본다.
　　"천하에 무도한 놈들!"
　　차라리 연학은 눈을 감아버린다. 눈앞의 여자를 죽이고 싶은 충동이 일었다. 도끼를 치켜들고 달려가서 개동이 놈을 찍어 죽이고 싶었다. 나는 무엇인가, 나는 무엇을 했나. 정확하게 한땀 한땀 구부리고 뻗으면서 가지 끝을 기어가는 한 마리 자벌레, 소리 없이 잠자듯 시간은 흘러가는데 조선인들은 모두 어디로 갔는가. 도가니 속에서 축 늘어진 지렁이가 다 되고 말았단 말인가. 밟아도 꿈틀거릴 줄 모르는 지렁이, 연학의 눈앞에는 범호의 얼굴이 커다랗게 다가왔다. 그 매서운 눈초리가 연학을 응시하는 것이었다.
　　"우리 집에 가끔 오던 놈이었어요. 그것도 명색이 장교라 하는데 그런 짐승일 줄이야. …… 함께 사는 사람하고 면식도 있고 해서."
　　여자의 목소리가 들여왔다. 그 치욕스런 상대를 여자는 함께 사는 사람이라 표현하는 것이었다.

"남희를 귀여워했고 점잖으며 교양도 있어 뵈든데 …… 속았어요,
그날."

하다가 여자는 말을 끊었다.

"그날."

또 말이 끊어졌다. 한참 있다가

"그날, 그놈이 와서, 차 타고 구경가자 했던가 봐요. 그래 그 철없
는 것이 따라갔던 모양이에요. 우리는 몰랐지요. 나중에 알았을 때
그 사람 얼굴빛이 달라지더군요. 안절부절못하고, 저녁 때 아이를
집 앞에 내동댕이치는 것을 보고 그 사람이 달려 나가서 차를 막
아섰지요."

여자는 이제 그 사람이라고 표현했다.

"시비가 붙었어요. 원래 야쿠자 출신인 그 사람이 아이구치(단도)
까지 휘두르는 소동이 벌어졌는데 무슨 소용이 있겠어요? 일당한
뒤 무, 수슨 소용이."

을례는 말을 잊지 못하고 손수건을 다시 꺼내었다.

"지쿠쇼! 고로시케야루, 고로스! 기사마가 닌겐카!(짐승놈! 죽여주
겠다. 죽일 거야! 네놈이 인간인가!)"[78]

여성 주체로서 남희의 육체는 제국주의자의 성욕의 도구로 희생당하는
식민지 여성을 표상한다. 그러니까 식민지 여성의 몸은 제국주의자의
쾌락의 대상, 말하자면 피지배자의 위치에서 은폐되고 철저히 파괴되는
식민지 여성의 기표라 할 수 있다. 이는 식민체제하의 민족적 고난과 남
성제국주의적 부정적 가치가 뒤섞여 있음을 드러낸다. 일본군 장교의
폭력은 여성을 성적 도구로 인식하는 황폐화된 제국주의자의 가치관과

---

78) 『토지』, 5부 3권, 186-87.

등치한다는 점에서 작가는 남희라는 인물을 통해 제국주의 지배에 대한 비판을 가한다고 할 수 있다.

식민주의는 제국의 이익과 정치적 목표를 실천할 수 있는 이데올로기를 내세워 식민주의적 기반을 더욱 공고히 하는 정치체제임을 부정할 수 없다. 조준구로 표상된 일제에 빼앗긴 땅을 차지하겠다는 서희의 결심은 반식민주의적 사고방식의 표출이다. 토지를 되찾고자 하는 그녀의 의도와 목적은 일제에 빼앗긴 국가와 영토회복이라는 점에서 탈식민적 의식과 일치한다. 그것은 식민제국주의가 자신들의 존립 및 경제적 부를 유지하는 것과 관련된 문제이다. 탈식민적 사고는 제국주의적 침탈, 식민지 선점과 관계될 수밖에 없다는 사실과 직결된다. 식민주의는 경제적 부와 효율성이라는 물질적 가치를 중시하는 식민제국주의자들의 정치적 인식이며 지배적인 사고방식으로 자리 잡기 때문에 그것은 식민지배로 귀결되었던 것이다. 식민주의가 정치적 지배와 물질적 부의 강압적 선점이라고 할 때, 그것은 자유와 인간존재의 자율적 삶의 방식이라는 보편적 기본 원리와 배치되는 것이 아닐 수 없다. 왜냐하면 이는 신분적, 성적, 위계질서가 주는 차별성에서 벗어나 자유와 평등과 같은 인간에게 보편적으로 부여되는 권리와 밀접하게 연관되어 있기 때문이다.

『토지』에 등장하는 친일여성들은 탈식민 의제에 역행하는 퇴행적 양상을 띠는데, 그들은 제국주의 자본을 소유하거나 사적 이익을 추구하고 제국주의에 기생하기 때문에 파편화하고 조작되어 삶의 타락으로 귀결된다. 환언하면 이들은 제국주의 권력에 의해 자신들의 정체성이 해체되고 파편화되는 타락한 존재로 규정할 수 있다. 식민주의는 체제의 확장을 위해 식민지 여성을 도구화하고 대상화함으로써 식민화를 강화한다. 탈식민이라는 맥락에서 불안정한 식민지 여성의 삶은 식민 이데올로기에 포섭됨으로써 반민족적 삶을 살아가게 되는데 이것은 식민권력으로 만들어진 식민지배담론의 결과물이라고 할 수 있다.

친일여성과는 대조적인 남희는 제국주의 체제의 폭력에 희생당하는 식민지 여성이다. 제국주의 폭력은 식민지 여성인 남희의 정신과 육체를 유린한다. 우울하고 말이 없는 남희는 야만적인 제국주의 폭력 앞에서 정신과 육체, 일상적 삶 자체가 온통 마비된다. 이는 "밟아도 꿈틀거릴 줄 모르는 지렁이"로 표현되는 말에서 알 수 있듯이, 야만적인 제국주의 폭력 앞에서 정신과 육체가 마비된 조선을 상징한다. 심각하게 생각해야 할 문제는 제국주의라는 막강한 권력에 희생되는 식민지 여성의 몸이다. 문제의 사건에서 알 수 있듯이, 제국주의 체제는 식민지 사회의 치안과 질서, 자원 수탈을 넘어서 피식민자를 폭행하는 기구라는 점이다. 마비된 상태로 삶을 살아가는 것이 현실의 고통을 잊게 할 수는 있겠지만 마비는 정신과 육체의 죽음을 의미한다. 이와 같은 이유에서 사적 영역에서의 남희의 마비상태는 공적 영역인 식민체제하의 조선의 경제, 문화, 백성의 영혼과 삶의 마비를 직관적으로 느낄 수 있다.

> 며칠이 지나갔다. 남희는 부엌에 나가 일을 거들기도 했고 소제도 했다. 방에서 책을 읽기도 했다. 그러나 하고 싶어서 그랬다기보다 연학이 당부한 일이기에 한다는 식이었으며 여전히 말이 없고 감정의 표시도 없었다. 집안 식구래야 모두 오랜 세월 연공을 쌓은 수족 같은 사람들이었지만 결국은 타인들이었고 서희가 기거하던 거처와 사랑은 폐쇄된 듯 쓸쓸해보였다. 넓은 집안은 조용했고 역시 쓸쓸했다. 처음에는 연학의 당부가 있어서 그랬겠지만 모두 남희에게 신경을 쓰는 것 같았으나 남희의 이상한 분위기에 질리는 것 같았고 다음에는 관심을 두지 않게 되었다. 차츰 남희는 있는

듯 없는 듯 그런 존재가 되었다. 그리고 남희 자신도 집안의 분위기나 사람들 마음이 변화하는 데 개의치 않았고 도통 소외감 같은 것을 느끼지 않았다.[79]

식민지배담론은 식민지 여성의 존재론적 가치를 배제하기 때문에 식민지 여성은 제국주의 지배담론에 깊이 침윤되어 있는 인식론적 폭력에 그대로 노출된다. 이 같은 점에서 탈식민론은 식민주의 이데올로기를 전복하거나 그에 대한 대항담론을 구성할 수 있는 강력한 방어기제임을 함축한다. 여기에서 박경리는 남희를 통해 극악한 제국주의 장교의 폭력에 따른 고통과 아픔, 눈물은 식민지 백성의 공동체적 고통과 생명의 존엄성을 환기시킨다. 동시에 성폭행 사건이 함축하는 의미는 탈식민적 저항과 탈식민화의 대안 모색, 다르게 표현하면 여성들의 정체성을 말살하는 제국주의 영역에서 짓밟힌 여성의 현실, 억압받는 절대적 타자로서의 여성들을 대변한다.

남희는 집을 나섰다. 천천히 언덕을 내려와서 시가지로 들어선다. 가고 싶어 가는 것도 아니요 가기 싫은 것을 억지로 가는 것도 아니었다. 연학이 말했기 때문에 간다는 그런 심정이었다. 오늘은 검정 바지에 자주색 털 스웨터 차림이 아니었다. 보랏빛이 되는 회색, 모직 원피스에 미색 재킷을 걸친 아주 세련된 모습이다. 옛날 양현이 입었던 것을 안자가 몇 가지 챙겨주어서 남희는 골라 입은 것이다. 물론 모두 고급지였다. 옷이 날개라 하던가. 부산에 있을 적에도 옷을 잘 입은 편이었으나 평사리에 온 이후에는 초라해졌다. 그러나 거리에 나왔다 해서, 고급 양복을 입었다고 해서 남희

---

79)『토지』, 5부 4권, 353.

심리가 변한 것은 아니었다. 자유롭다는 생각도 하지 않았다. 사람들 속에 있을 때나 혼자 있을 때나, 남희는 자유라는 그 자체에 대하여 느낌이 없었다. 말하자면 일종의 마비 상태라고나 할까. 산에서 아이가 다쳤을 때 죽을지 모른다는 공포 때문에 남희는 한 번 울었다. 얼마 전에 연학이랑 함께 오면서 오빠랑 할머니랑 부산에 찾아왔을 때 자신을 숨어버렸다. 그 말을 하고는 흐느꼈다. 그것은 멀리멀리 달아났던 감정이 한순간 돌아와 주었다고나 할까. 사진관 옆에까지 왔다. 남희는 멈추어 섰다. 쇼윈도 가까이까지 간다. 여러 사람의 사진이 내걸려 있었으나 중심은 결혼사진이었다. 신부는 머리에 꽃을 얹고, 한복에 면사포를 쓰고 있었다. 그리고 꽃다발을 안고 있었다. 남자는 검정 양복에 나비넥타이를 하고 있었다. 무슨 생각을 하는 것도 아니었는데 남희는 골똘히 그것을 들여다본다. 한손에는 꽃다발 한손은 신랑 팔을 잡고 있는 신부, 남희는 한순간 부르르 떨다가 그러나 결혼사진을 끝없이 바라보고 서 있는 것이었다.[80]

또한 식민제국주의 권력에 유린당한 남희의 몸은 침략자 일제에 둘러싸인 조선인과 식민지 조선민족공동체의 고통의 실상 자체를 함축한다. 개인의 생명침탈은 제국주의 지배가치가 작동하는 사회구조, 정확히 말해 식민지인의 삶을 황폐하게 만드는 제국주의 이데올로기에 있다. 식민체제하에서 남희의 아픔을 공감할 가능성은 낮기 때문에 그는 자신의 목소리를 내지 못한다. 제국주의에 의해 마비된 식민지 여성, 일본인 장교에 의해 찢겨진 식민지 여성은 거리의 군중 속으로 걸어 들어간다. 이것은 생명과 주체적 삶을 향한 방향으로 정향됨을 의미한다. 그리고 그

---

80) 『토지』, 5부 4권, 354-55.

것은 제국주의 이데올로기에 영합하는 친일반민족 세력을 제외한 한민족공동체는 식민지 사회의 정치, 경제, 문화 등 식민지 백성이 겪는 압제 속에서 제국주의로 인해 응축되지 않는다는 점을 보여준다. 다시 말해 절망 속에서 내딛는 남희의 한걸음은 식민지 여성의 주체성 생성과 구축, 여성존재의 의지, 탈식민화를 향한 의지를 나타낸다. 여기에서 앤더슨이 말한 "제국과 민족의 공존 불가능"[81]이라는 설명은 상당한 적실성을 갖는데 이는 제국주의 폭력에 희생당한 개인의 삶을 넘어 탈식민화를 향한 방향전환이라는 점에서 매우 특별한 의미를 갖는다.

여성존재의 주체성, 삶과 생명을 향한 한걸음은 제국주의에 의해 왜곡된 식민역사를 해체하고 탈식민화를 위한 역사 복원, 여성 정체성을 구축한다는 점에서 여성 스스로 역사의 주체로 자리매김하는 것이라 할 수 있다. 탈식민화는 식민지배 상태나 통치가 파괴되고 종식되는 곳에서 출발한다는 점에서 새로운 삶, 탈식민화를 향한 남희의 한걸음은 매우 의미심장하다. 탈식민화를 향한 첫걸음은 강압적인 제국주의에 의해 파편화된 여성존재를 역사의 주체로 이해하고 왜곡된 식민지배담론 여성의 가치로 치환할 수 있는 계기가 되기 때문이다. 다시 말해 그녀의 한걸음은 탈식민주의 담론영역을 구축할 수 있는 토대가 된다. 여성이 정치적 차원에서 자신들의 정체성과 존재, 자유와 독립성을 구체적으로 해결하지 못하는 것은 제국주의라는 정치적 틀에 갇혀 있다는 사실에 기인한다.

갈등과 압제를 전제로 하는 제국주의는 사실상 그 자체의 모순과 결함 때문에 전복적, 저항적 성격을 내포한 탈식민 페미니즘으로부터 끊

---

81) Benedict Anderson, *Imagined Communities*, 88.

임없이 도전받는다. 제국주의 지배체제와 저항세력 간에 지속적인 협력과 타협이 불가하거나 하나의 정치적 공동체를 구성할 수 없는 것은 양자 간에 적대적인 대립과 양립할 수 없는 갈등이 존재하기 때문이다. 즉 피지배적 위치에 있는 여성과 여성의 가치가 효과적으로 구현되지 못하는 것은 첫째, 제국주의가 갖는 일방적인 지배에 그 원인을 찾을 수 있고 둘째, 지배/종속이라는 이분화된 구조와 여성 차별적인 성 이데올로기적 균열과 양극화에 기인한다.

강력한 권위주의적 태도와 가치를 가지는 제국주의적 특성들은 탈식민주의가 추구하는 가치를 위협하는 요소들이기 때문에 이분법적이고 상호대립적인 갈등 구도에 커다란 정치적 변화를 불러일으킬 수 있다는 점에서 탈식민성은 중요한 의미를 갖는다. 바꾸어 말하면 탈식민주의의 기본적인 가치는 식민주의, 식민성의 해체에 있다. 우리가 흔히 간과하고 있는 문제는 우리의 사고와 의식 속에 깊이 뿌리박힌 식민성, 남녀관계에 상존하는 여성의 가치의 자유와 평등에 대한 도외시, 여성 차별과 갈등, 이분법적 사고, 제국주의 체제와 구조 등에서 나타난 부정적인 잔재를 비판 없이 수용한다는 점이다. 탈식민주의는 제국주의라는 구체제를 해체하는 변혁 과정으로서 식민주의적 사고로부터의 벗어남을 포괄한다.

탈식민주의는 "인간의 존엄성과 생명, 자유와 평등, 타자에 대한 배려와 식민주의로부터 벗어남"을 함의한다. 그렇기에 자유를 추구하는 개인이 식민화로부터 해방을 실현코자 한다면, 식민주의 이데올로기와 탈식민 이데올로기의 충돌은 필연적이다. 만약 식민제국주의가 식민지인들의 갈등을 억압할 때 갈등과 저항의 강도는 강력하게 되는데, 탈식민주의는 갈등의 축소를 지향하는 담론이 아니라 식민제국주의의 폭력적 권력 행사에 대한 강력한 저항을 통한 탈식민화를 의미한다. 탈식민이라는 의제를 말할 때 중요한 것은 탈식민주의가 집단적 운동이라기보다는 역사 변혁의 주체로서의 개인의 주체적인 의식과 사유에 있다. 이는 추상적인 탈식민화가 아니라 실질적 탈식민화를 위한 전제조건이라고 할 수 있다.

중요한 것은 탈식민주의 시대가 도래했음에도 식민주의적 가치가 초래하는 남성과 여성 간의 정치적, 경제적, 성차별 문제를 다룰 수 있는 탈식민화에 이르는 수준에 도달하지 못했다는 사실이다. 남성과 여성, 지배자와 피지배자 간의 갈등 구도에서 식민지 여성은 획기적인 변화의 동인, 말하자면 기존의 남성제국주의 구조에 안주하지 않고 새로운 변화를 불러일으킴으로써 정치적으로 목소리를 낼 수 없었고 대표되기 어려웠던 여성을 정치의 장으로 이끌어 내는 새로운 인식 틀을 제시한다. 이와 같은 점에서 우리는 서희에게서 여성이 전통적 지배질서에서 벗어나 자율적이고 독립적인 삶으로의 확장, 여성 정체성을 구성할 수 있는 잠재력과 가능성을 발견할 수 있다.

여기에서 논의되어야 할 중요한 문제는 식민체제하에서 주체의식 없이 살아가는 여성의 삶과 현실, 즉 지배적 가치에 의해 소외되고 타자화된 여성들의 존재와 여성적 가치와 존재방식을 새롭게 바라볼 수 있는 시각을 포착하는 것이다. 이와 같은 시각에서 볼 때 서희는 제국주의적 위계질서에 대한 도전과 대항, 그리고 식민지배담론을 기표로서 제국주의 질서에 대한 저항과 전복의 가능성을 잘 보여준다. 환언하면, 여성의 탈식민화를 위하여 새롭게 조명되어야 할 문제들에 대한 탐색, 여성을 대상화하는 가부장제의 인식론적 폭력에 맞서 여성주체의 자기인식, 정체성 구축, 과거에 머무는 수동적 존재가 아닌 능동적 주체로서의 여성, 여성의 위치를 재구성하는 탈식민 페미니즘으로 외연을 확장할 수 있음을 시사한다.

여성의 정체성 구축이라는 문제는 앞에서 언급한 탈식민주의 이론의 중심적 위치에 있는 사이드의 『동양담론』과 접맥시킬 수 있다. 사이드가 동양과 서양 사이에 구성된 인식론적 권력의 작동방식을 분석한 『동양담론』에서 서구중심적 인식체계는 동양을 지배하고 재구성하여 동양을 억압하기 위한 서양의 사고방식[82]이라고 밝혔듯이, 허구적 주체인 남성제국주의는 여성들의 삶을 지배하고 위압하는 왜곡된 사고체계인 것이다. 정치적, 사회적 이슈라 할 수 있는 탈식민주의 이론과 담론은 전제적 가부장제나 제국주의체제에 종속적 위치에 있던 피식민자가 지배권력에 저항함으로써 사회구조의 총체적 변혁을 모색할 수 있는 전복적 특성을 가지고 있다. 그러니까 권위주의적 남성 질서에 대한 대척점을 점유하거나 남성제국주의 체제의 근간을 침식한다는 점에서 탈식민성은 인간의 가치와 정체성, 사회를 변혁시킬 수 있는 의미심장한 담론을 구성한다. 다시 말해 탈식민화에 대해 정확히 인식하고 논의하는 것은 우리가 살고 있는 현실 사회의 제반 문제를 다룰 수 있는 유의미한 논쟁이라고 할 수 있다.

---

82) Edward W. Said, *Orientalism*, 3.

IV

탈식민 정체성

탈식민주의를 말하지만 탈식민주의가 처음부터 자리매김한 것은 아니다. 식민체제하에서 숨죽이며 살아야만 했던 시기를 반추해볼 때 탈식민주의는 누구도 부정할 수 없는 담론이자 이데올로기라고 할 수 있다. 그렇다면 탈식민주의는 우리가 소망하고 갈구하는 방향으로 나아 가고 있는 것일까? 현대적 의미에서 탈식민주의는 식민주의적 사고를 비판적으로 바라볼 수 있는 새로운 관점을 제시했다. 식민지 상태로부 터 벗어나 자유와 해방을 경험했음에도 탈식민주의는 여전히 우리에게 과제로 남아있다고 해도 지나친 말이 아니다. 탈식민주의의 논쟁은 그 이론만큼이나 다양한 이견이 존재한다. 탈식민주의에 관한 논의에서 빼 놓을 수 없는 것은 인간의 존엄성과 생명존중이다. 이것이야말로 탈식 민 논쟁의 핵심문제라 할 것이다. 우리 사회가 직면한 문제는 탈식민주의에 대한 실질적인 관심과 동력에 대한 관심이 부족하다는 점이다.

이와 관련된 논쟁은 탈식민주의 이론을 보다 풍요롭게 사유할 수 있는 지적 토대를 구축하는 밑바탕이 될 것이라는 점에서 탈식민주의는 식민지배체제가 초래한 온갖 부정적이 억압과 폭력에 대한 문제에 대해 접근하고 새로운 대안을 찾아내는 것을 의미한다.[1] 이러한 관점에서『토지』는 제국주의 지배구조에서는 실현할 수 없었던 여성들의 주체성 확립이 얼마나 어려운 과제인지 잘 보여주는 작품이다. 놓치지 말아야 할 것은 남성제국주의 권력에 의해 억압받고 사회경제적인 차별을 당한 여성, 자유와 평등이라는 인류보편적 윤리나 정치권력으로부터 소외된 사회적 약자인 여성이라는 관점을 배태하고 있다는 점이다. 한마디로 말해 식민지 여성의 몸은 제국주의 폭력이 가장 적나라하게 표출된 여성 정체성 부정을 압축적으로 표현한 것이라 하겠다.

『토지』가 주목받는 것은 바로 이와 같은 이유에 있다.『토지』는 양가적인 제국주의가 만들어놓은 문화적 틀 속에 갇힌 여성들의 비참한 현실을 비판적으로 보여주면서 그들이 근본적으로 남성들에 비해 상이한 정치적 조건에 갇혀 보수적 남성제국주의자들이 구축해 놓은 지배질서로부터 결코 자유로울 수 없음을 보여준다. 이와 같은 시각에서 볼 때 여성들은 식민주의에 대한 변혁과정을 포괄한다. 즉 식민체제하의 여성의 몸이 표상하는 것은 식민담론에 의해 남성의 성적 대상으로 인식되어 타자로 살아가야 했던 여성이다. 말하자면 그것은 남성에게 봉사하기 위한 헌신적이고 자기희생적인 여성의 역할에 대한 저항이며, 정형화된 식민주의에 포섭되지 않고 혁파해야 할 문제라고 할 수 있다.

---

1) 권성진,『서발턴 정체성』, 22.

문학작품이 본질적인 정체성의 개념을 강화하고 개인을 재현하는 데 반해 이론은 집단적인 정체성에 초점을 맞추어 보다 확장된 사회적 문제와 관계되는 지점에서 양자 간에 긴장이 발생한다. 문학이론에서 중요한 것은 담론이 정체성을 재현하는 것인지 아닌지 생산사는 것인지에 관한 문제이다. 이 때문에 컬러(Jonathan Culler)는 최근의 이론이 동일시 과정을 통해 정체성 문제를 추구하면서 집단적 정체성의 산출에도 중요한 역할을 수행한다고 말한다. 그는 시민사회와 탈식민사회에서의 정체성 문제를 언급하면서 현대 이론에서 초래된 가장 첨예한 갈등은 행위자로서의 개인에 대한 주장과 사회적·담론적 구조의 힘에 관한 주장이 상충하는 인과론적인 설명으로 간주될 때 발생된다고 주장한다. 컬러는 이론을 조종하는 것이 어떤 생각이나 논쟁이 효력을 발생하는지를 알아보고자 하는 욕망이라고 설명한다.[2]

　　탈식민화를 실현하고자 하는 자각된 주체가 되어야 할 여성은 남성 제국주의 지배구조의 저변에 위치한 현실에서 광범위하게 억압받고 소외되어 있다. 정체성 구축은 주체나 개인의 개별성이 어떤 형식으로든 표현되어야 할 핵심적인 문제이며 문학이론을 공부해야 하는 목적과 의미를 꿰뚫을 수 있는 중요한 벽두의 문제임이 틀림없다. 『토지』에 등장하는 인물들은 봉건적 유교질서의 특징인 지배/종속, 비대칭적인 차별에 대해 여성 주체의식을 갖고 식민주의의 왜곡된 담론에 대한 저항이라는 점에서 여성의 정체성 문제를 깊이 천착할 수 있는 텍스트라고 할 수 있다.

　　일본 제국주의는 그 체제가 피식민자인 조선인들에게 부과한 인식

---

2) Jonathan Culler, *Literary Theory: A Very Short Introduction*, Oxford University UP, 2000, 108-20.

론적 질서와 폭력으로 유지된 체제라는 점에서 탈식민주의는 다양한 문제를 제기한다. 즉 제국주의 권력의 구조와 저항에 대한 문화적 기반, 집단적인 정체성 형성에 대한 문제를 제기할 수 있는 계기를 제공한다. 덧붙여 탈식민주의는 식민지배자들이 피식민자들을 규정한 정체성의 문제를 우리가 당연하게 수용할 수 없다는 문제를 환기시킨다. 이처럼 탈식민주의는 적어도 정치 참여에 있어 남녀평등 원리에 입각하여 남녀가 사회적 요구와 주장들이 표출될 수 있어야 하고, 탈식민적 정치과정을 통해 제국주의적 과도한 통제와 영향력을 제거하여 식민주의의 독점적 구조와 의식에 저항하는 담론이다. 그것은 여성도 남성과 똑같은 목소리를 낼 수 있는 소통과 사회경제적 구조의 구축을 모색한다. 반면에 식민주의와 맥을 같이하는, 동양담론은 서양인의 경험 속에 동양이 차지하는 특수한 지위에 근거하며 서양이 스스로 동양과 대조적인 이미지, 관념, 성향, 경험을 갖기 때문에 그것은 단순히 상상에 그치는 것이 아니라 동양을 타자의 이미지, 문화적으로 또는 이데올로기로 하나의 실체를 갖는 담론으로서 표상한다.[3]

서구중심적 사고방식에 의하면 비서구는 비합리적이고 야만적이며, 열등한 타자라는 왜곡된 시각임에도 불구하고 서구인들은 비서구를 야만의 세계로 이미지화하여 제국주의 착취와 식민지배를 더욱 강화하였던 것이다. 그것은 폐쇄적인 동서양의 갈등 구도를 영속화하거나 근대화의 명분으로 식민지인을 교화하고 정복하는 공허한 슬로건이나 서양인에 의해 형성된 관성화된 구도, 식민화를 위한 식민본국의 인종차별에 근거한 비이성적 이데올로기에 불과하다. 한마디로 요약하자면 동양

---

3) Edward W. Said, *Orientalism*, 1-2.

담론은 탈식민주의가 지향하는 가치와는 양립할 수 없는 서구중심적 시각에서 만들어진 허구화된 담론이다. 동양담론적 시각에서 볼 때 식민지 여성들은 타자화된 피식민자의 위치에 있다. 제국주의적 가치가 지배하는 사회에서 심각한 사회적, 인간적으로 불평등한 상황에 놓일 때, 여성들은 타자화되고 그들의 정체성은 커다란 도전에 직면하게 된다. 제국주의 관점에서 여성은 식민담론의 억압에 노출되어 부속 기능에 불과한 존재, 식민체제를 강화하기 위한 교화되고 문명화되어야 할 타자에 불과하다.

> 근대의 이성적 주체가 인륜적 총체성의 유대를 파괴하고 있는 것은, 그처럼 주체의 동일성이 타자와의 관계에서 생겨나는 문제에 대처하지 못했기 때문이다. 이런 인식을 통해 그'헤겔'는, 타자들 속에서 주체를 생각하는 삶의 공간에 두 발을 내딛는 동시에, 잃어버린 인륜적 총체성(유토피아)을 복원하려는 서사적 기획의 필요성을 통찰한다. [……] 그는 주체의 자기동일성이 그 동일성을 박탈하는 타자와의 관계(외화)를 경험한 후 타자성을 자신의 한 계기로 포함하여 다시 동일성으로 돌아옴(지양)으로써 근대의 분열이 해소될 것으로 생각했다. 이런 헤겔의 변증법에는 주체의 동일성이 타자성의 의해서만 역동적으로 성립된다는 차연의 주제가 포함되어 있다. 차연이란 동일성이 타자와의 관계(타자성) 속으로 미끄러짐으로써 끊임없이 운동하는 과정을 말한다. 동일성을 멎게 하는 것이 공시적인 체계(혹은 로고스적 공간)라면, 차연은 체계와 체계 사이의 공시-통시가 통합된 역사적 공간에서 운동한다. 따라서 헤겔의 변증법은 주체의 동일성이 타자성을 필요로 하며 정신은 역사적 삶의 공간을 매개로 해야만 자신을 드러낼 수 있음을 말하고

있다. 그러나 헤겔은 주체의 분열의 해결책으로서 칸트의 이성이 감당할 수 없었던 통합의 힘을 보다 확장된 압도적인 이성(절대 정신)에서 찾고 있다. 즉 그는 이성적 주체(칸트)가 타자와 관계하면서 생긴 분열을, 차연의 역사적 운동으로 발전시키는 대신, 다시 개인 주체의 내면에서 반성된 로고스(절대 정신)의 원리로 끌어 모으고 있는 것이다. 헤겔은 칸트의 로고스 중심적 공간에서 벗어나 역사적 삶의 공간에 두 발을 뻗기 시작했으나, 다시 로고스적 공간으로 되돌아와 머리(관념)로 물구나무서게 된다. 물론 그의 절대 정신에는 칸트의 이성과는 달리 타자성(그리고 역사성)의 계기가 포함되어 있다. 그러니 그것은 더 이상 삶의 공간에서 운동하지 못하게끔 두 발이 아닌 관념(머리)으로 지탱되고 있는 것이다. 인륜적 총체성을 지향하는 그의 서사 역시, 두 발과 삶의 공간과의 마찰을 통한 운동이 아니라, 머리로 반성된 로고스적 목표에 삶의 과정을 끼워 맞추는 목적론적 기획으로 복귀하고 있다.[4)]

위의 인용문은 많은 함의를 내포한다. 라캉이 '동일자 속의 타자성'의 응시로 설명했다면 헤겔(Georg Wilhelm Frich Hegel)은 분열에 대한 두려움으로 설명한다. 식민지 여성의 몸은 양가적이다. 말하자면 한편으로는 제국주의에 대한 무의식적 욕망을 표출하며, 다른 한편으로 주변부 타자로 밀려나가기 때문이다. 중요한 것은 여성의 상황은 힘의 논리와 여성 억압이라는 위계적 권력에 토대를 둔 제국주의적 폭력성과 위계적 질서에 의해 억압받고 피폐된 여성 주체나 여성들이 처한 상황이라고 할 수 있다. 즉 식민지 여성은 직면한 현실의 반영이며 침묵당하고 주변화된 타자로 이해할 수 있다. 타자에 대하여 공감하고 이해하는 윤리적 주체

---

4) 나병철, 『근대서사와 탈식민주의』, 48-50.

로서의 여성은 여성의 역사라는 측면에서 여성의 총체적 삶과 존재에 대한 재해석, 여성존재에 대한 거시적이고 일관된 인식을 지닌 존재라고 할 수 있다. 이러한 원리는 작금의 여성공동체뿐만 아니라, 미래의 여성들의 삶에 적용되어야 할 권리이다. 그리고 신분적 위계구조나 성차별로부터 이탈하여, 여성으로서의 보편적 권리를 향유하는 의미를 포괄한다. 이와 같은 시각에서 『토지』를 이해하는 것은 타자의 이해라는 주제와 관련할 때 유의미한 출발점이 아닐 수 없다.

타자를 통한 주체성 형성은 타자를 이해하고 포월함으로써 가능하게 된다. 『토지』에서 타자를 포용하는 인물은 조병수라고 할 수 있다. 그는 제국주의에 협조하고 타자를 억압하는 아버지 조준구와 대조적으로 고통당하는 주체로서 자기 정체성을 모색한다. 신체불구자로 태어난 자신에 대한 열등감과 좌절, 부모의 잘못에 대한 죄의식에 사로잡혀 있다. 조병수는 단순히 신체적 아픔에서 오는 좌절이 아니라 부모의 멸시와 학대로 고통을 당하지만 그럼에도 불구하고 타자를 이해하는 따뜻한 인물이다. 동시에 식민지배자가 피지배자를 대하는 방식처럼, 신체적 아픔을 가진 타자로서 고통 속에 살아간다. 하지만 신체적 한계를 극복하고 자기보다 다른 사람을 포용하고 포월하는 윤리적 주체로 자신을 극복한다는 점에서 조병수는 객체가 아닌, 주체로서 자기 정체성을 갖는다.

부모로부터 외면당하고 세상과 격리된 채 자기만의 방에 갇힌 병수는 당대 유교질서의 가족 이데올로기에 의해 제한된 삶을 살아가는 여성의 삶과 맥락이 닿아 있다. 전제적 가부장제에 의해 이분화된 여성의 이미지, 말하자면 자녀생산, '집안의 천사'라는 고정된 여성상에 자유를 박탈당한 여성처럼 조병수는 『프랑켄슈타인』(*Frankenstein*)에 등장하는 '괴물'이나 '들짐승'의 이미지로 그려진다.

"어이구, 저기이 멋꼬!"

강쇠는 비실거린다. 그것은 괴물이었다. 바위 곁에 웅크리고서 눈을 둥그렇게 뜨고 있는 것, 분명 사람의 얼굴이긴 했으나.

"멋들 하는 거여. 싸게 업더라고. 이 동리 최참판댁에 사는 사람이다."

강쇠는 비로소 상대가 누군가를 깨닫는다.

"이기이 어디 사람이요?"

짝쇠는 어이없다는 듯 영산댁과 강쇠를 번갈아본다.

"잔소리 마라!"

강쇠는 괴물을 냉큼 들쳐 업는다.

"곱새도 보통 곱새가 아니거마는. 벵신이라고 누가 내버린 거 아니요?"

"주둥이 닥치라!"

괴물은 조준구의 아들 병수였다. 수염은 기를 대로 내버려두었든지 둥그렇게 뜬 눈만 사람임을 나타낼 뿐 흡사 들짐승 같았다.

"천벌을 받아도 안 될 것이요잉. 워찌 이 불쌍한 양반이 대신 받는다 말시?"

영산댁은 앞서가면서 콧물을 닦는다.

[······]

영산댁 얼굴에 연민의 빛이 지나간다. 베개를 꺼내어 머리에 받치려 한다.

"눕힐 기이 아니라, 더운 국물부텀 떠먹이소."

강쇠는 이불자락으로 몸을 감아주고 이불깃을 여며주며,

"아 참 그려. 그래야겠제잉. 어마도지혀서 정신이 다 나가번졌당게로."

강쇠가 등을 받쳐주고 영산댁이 국물을 떠먹인다.

"이 양반아, 뭣 땀시로 집을 나가기는 나간다요? 목심이라는 것은 관대로 그렇기는 못 끊는 법인디."

국물을 받아먹는 병수 눈에서 눈물이 뚝뚝 떨어진다.

"죄는 죄진 사람이 받는 법이여. 뭣 땀시로 이 고생을 사서 한단가?"

존댓말이 되었다가 하댓말도 되고, 옛날 같으면 어림도 없는 일이지만 그러나 영산댁이 병수를 업수이 여겨 그런 것은 절대로 아니다. 오히려 측은하고 불쌍하여 거두어주고 싶은 심정에서 친밀감을 나타냈을 뿐이다.

"그런께로 어디 벵이 나서 이 지경 된 기이 아니고 굶었거마는. 굶은 데다가 치버서 쓰러진 모앵이구마. 조금만 더 오른 인가가 있는데."

짝쇠는 꼽추인 병수의 몰골이 신기해서 보고 또 보며 말했다. 강쇠는 입을 꾹 다물고 있었다.

"여, 영산댁."

병수 입에서 가늘고 힘이 부치듯한 말이 나왔다.

"그, 그라믄 그런께로 서로 아는 사이구마는. 누굽니까. 친척 되는 사람인가배요?"

짝쇠는 태평스럽게 궁금증을 나타낸다.

"이 국물이나 더 마시고 말심하시오. 뜻뜻한 것이 들어가면 속도 풀리고 정신이 들 것인께로. 그람 한잠 푹 주무시시오."

"영산댁."

"예. 워째 그러시오? 말심해보더라고."

"내, 내가 못난 놈이오!"

"워쩔 수 없제요. 잘났어도 별수 없을 것이요. 몸이 성하다면 모리까 뭣을 워찌 할 것이요? 아무도 이 동네에선 서방님 나가라 헐 사람은 없일 거고 사방님 나쁘다고 욕하는 사람도 없당께로. 부모 잘 못 만난 죄밖에 더 있어라우?"

흐느껴 운다. 병수는 어린것처럼 흐느껴 운다.

"무서워서 죽을 수 없었소. 백번 천번 죽으려 했었지만 그래도 즉
어지질 않더군요."

[……]

"그런 말심이랑 안 허는 것이여. 못다 살고 가면 차생에서 또 고생
헐 것인께로 살아보는 데꺼지 살아보고서."

"주, 죽을 수가 없어서 …… 여까지 왜 왔는지 모르겠어! 아서 생각
하니 …… 강물에 빠졌는데 이 못난 놈이 기어 나오질 않았겠소? 으
흐흣흣 ……"

흐느껴 울더니 종내는 통곡이다. 여느 사람의 반밖에 안 되는 몸뚱
이, 그나마 가죽과 뼈만 붙은 듯 여윈 몸뚱이는 멍들고 껍데기가
벗겨지고, 죽으려고 얼마나 처절하게 싸웠을까. 명이란 질기고도
긴 것. 영산댁은 행주치마를 걷어 콧물을 닦는다.

"조준구 그 사람이 서방님 반 몫이만 어질어도 이 지경은 안 됐을
것인디, 사람 하나 나쁜 탓으로 만 사람이 고생 아니겠소? 죽는 것
도 독하고 모질어야 서방님겉이 유순하면 죽는 것도 관대로는 안
되는 것이요. 암말 마시시오. 푹 한잠 자고 난 뒤, 방은 따습은께."[5]

병수의 자살시도는 서희에 대한 사랑의 좌절이라기보다는 부모의 죄에
대한 죄인식과 죄책감 때문이다. 즉 부모의 마비된 양심과 그들이 저지
른 죄를 속죄받기 위한 행위라고 할 수 있다.

탈식민주의의 가장 중요한 의제 중 하나는 식민지배로부터의 자유
와 해방, 즉 탈식민화이고, 다른 하나는 식민주의적 사고방식과 의식으
로부터의 해방이라고 할 때 이를 탈식민 페미니즘에 접목시키면 봉건적

---

5) 『토지』, 3부 1권, 96-98.

유교 이데올로기로부터의 자유와 해방이다. 같은 맥락에서 볼 때 자신의 정체성에 대해 괴로워하는 조병수의 몸부림은 일방적인 남성제국주의 사회에서 억압받는 여성과 다름없다. 이기적이고 사악한 부모와는 달리 병수의 영혼은 맑고 순수하다. 병수는 어릴 적부터 남몰래 서희에게 연정을 품지만 서희와의 결혼을 도모하는 부모에게 혼인의 부당함을 주장한다. 최씨 집안의 재산을 가로채고자 하는 부모의 사악한 악행 때문에 수차례 자살을 시도하기도 한다. 서현주는 병수의 자살시도에 대해 다음과 같이 분석한다.

> 조병수의 자살시도는 불쌍한 서희의 입에 밥을 넣어주지는 못할망정 서희의 밥을 뺏어 먹는 자기모멸 때문이다. 그러한 심적 고통으로 인해 실제로 자살을 시도한다. 최참판댁을 나와 밥을 굶으면서 걸인 행세를 하며 배회하고 자신의 목숨을 끊으려고 한다. 심적 고통에서 육체적 고통으로 자신을 벌하며, 육체적 고통을 통해서 외부 환경의 위험에 노출되어 있는 상처받을 가능성을 가진 몸을 인식한다. 육체적 고통을 느끼는 수동적인 몸에 대한 인식은 타자에 대한 수용 불가능성의 열림을 가능하게 한다. 사랑에 대한 인지와 좌절, 그리고 죄책감으로 인해 자기 유지와 거주를 포기하는 자살을 시도함으로써 고통을 통해 자기중심주의와 완전한 결별을 선언한다. 신체적인 고통으로 인해 스스로 살기 위해서 기어 나온 조병수는 통과의제적 과정을 겪음으로써 신체의 수동성을 인지하고, 세계에서 분리된 주체로 서는 동시에 타자의 고통에 대한 인식을 넘어 공감하는 데까지 이르게 된다.[6]

---

6) 서현주, 『박경리 토지와 윤리적 주체』, 227.

불평등한 식민체제와 신체불구자에 대한 차가운 시선을 넘어 타자의 아픔에 공감하는 병수는 남성제국주의 근본 토대를 뒤흔들 수 있는 강력한 동력, 다시 말해 남성과 여성의 사회적 힘의 관계나 남성중심적 지배담론을 역전시킬 수 있는 인물이라는 점에 주목할 필요가 있다. 이는 거대한 지배담론, 고도로 집중된 남성의 지배와 그 권력구조에 대한 저항을 의미한다. 즉 남성제국주의 질서에서 여성의 정체성 구축은 병립하기 어렵다. 여성의 존립을 약화시키거나 제거하려는 남성중심적 지배이데올로기가 여성의 정체성을 위협하듯이, 그는 권위적인 사회구조에서 자기 목소리를 낼 수 없는 억압당하는 타자라 아니할 수 없다.

> 타인보다 가혹했던 생모, 자식을 우리 속의 동물로 취급하던 생모, 그들의 악행이 더하고 덜하고가 없었지만 병수에게는 어미보다 아비가 다소 나았던 것만은 사실이다. 그러나 뼈에 사무친 숱한 그 고통들을 지금 병수가 못 잊어하는 것은 아니었다. 잊으려 했고 잊었다 할 수도 있을 것이다. 용서한 것이 아니며 병수는 용서를 받은 것이다. 불구자로서의 번민이나 부모가 자식에게 가한 수모, 천지간에 맘도 몸도 기댈 수 없었던 처절한 고독, 그것은 병수 자신을 위한 목마름이었지만 그 목마름 같은 것을 누르고도 남을 크나큰 고통은 자기 자신이 죄인이라는 의식이었다. 부모의 큰 죄는 바로 자신의 죄요, 부모의 악업으로 얻은 재물로 자신이 연명되고 있다는 그 뼈를 깎는 고통, 더러운 곡식을 아니 먹으려고 수없이 기도했던 자살, 그러나 생명에의 집착 때문에 스스로 죽음을 포기하였고 더러운 물 더러운 곡기를 미친 듯 빨아 당기지 아니했던가. 병수는 죽지 못하는 치욕 때문에 미쳐 날뛰었다.[7]

---

7) 『토지』, 3부 3권, 340.

병수는 권위적이고 폭력적인 제국주의 사회구조 속에서 억압당하는 식민지 백성의 현실과 크게 다를 바 없다. 다시 말해 식민체제 아래서 함몰된 식민지 백성의 현실을 함축한다. 여성이 처한 상황을 대변한다는 점에서 괴물의 형상을 한 병수의 모습은 독자들에게 연민을 불러일으킨다. 같은 맥락에서 병수가 표상하는 것은 제국주의에 의해 사회적으로 억압받고 침묵당한 식민지 여성의 현실이다. 그리고 그것은 남성제국주의 폭력에 대항하여 실질적인 권력을 이행한 적이 없는 수동적 존재, 다르게 표현하자면 제국주이 지배와 피지배, 차별과 간극이라는 이분법적 사고방식에 대한 여성의 새로운 문화 정치학을 촉발시키는 근간이기도 하다. 그것이 바로 매우 직접적 측면에서 여성 정체성이 구축되는 방식인 것이다.

　여기서 이성적으로 성찰해야 할 것은 제국주의적 시선이다. 사랑받고 보호받아야 할 아들을 바라보는 조준구와 홍씨의 시선은 식민지 백성에 대한 제국주의적 시각이며, 일방적 권위와 인식론적 폭력이라 할 수 있다. 식민지배자의 시선에 의해 소외되고 제거된 식민지 백성은 식민지배담론과 그 자체의 헤게모니 구조 때문에 정체성과 자율성을 심각하게 훼손당한다. 하지만 최씨 가문의 재산을 가로챈 부모의 악행에 대한 죄책감에 자살을 시도하지만 신체적 고통과 부모의 학대라는 비극적 상황에 굴복하지 않고 새로운 삶을 모색한다. 병수는 목공예 기술을 배우고 소목장(小木匠)이 되어 통영에 거주한다. 그는 김광쇠의 아들 휘와의 대화에서 어릴 적 자신의 꿈에 대하여 다음과 같이 말한다.

　"휘야."
　"예 선생님."

"나는 집을 짓고 싶었네라. 몸이 이렇지 않았다면 집을 짓고 싶었다."

"저하고 함께 집을 지어보시지요."

휘는 미소하며 말했고 병수도 싱긋이 웃었다.

"내 소원이 무엇인지, 모르지?"

"……."

"옛날에 내가 살았든 동네에 목수 한 사람이 있었다. 못생긴 곰보였지. 처자도 없는 혈혈단신, 몇 번밖에 본 일은 없었지만 얘기는 많이 들었어. 나는 그 사람이 부러웠다. 연장망태 짊어지고 발 닿는 대로 떠다니는 그의 팔자가 부러웠네. 자유인이지. 다시 태어난다면 나는 그런 사람이 되고 싶어이."[8]

최씨 가문의 재산을 탈취한 아버지 조준구가 가산을 탕진하고 자신에게 돌아오자 그는 아버지를 보살핀다.

박경리는 상처받고 소외된 병수의 삶을 제시하면서 인간의 정체성 과정을 중시하며 삶의 가치에 의미를 부여한다. 플라톤의 동굴의 우화처럼, 어둡고 깊은 동굴 속에 갇힌 채 동굴 벽만 응시했던 뒤틀린 병수가 동굴의 결박을 끊고 새로운 자아를 발견했을 때 삶의 가치와 자기인식이라는 정체성을 구성한다. 병수는 어둡고 암울한 식민체제에서 부모와의 갈등으로 고통당하지만 궁극적으로 자기 정체성을 수립한다. 즉 식민지 현실과 부모의 학대에 기인하는 무기력과 방황, 건강하지 못한 자신의 존재감으로 인한 삶의 모순과 분열을 넘어 끊임없는 삶의 가치와 자신의 존재감을 깨닫고 새롭게 주어진 상황을 적극적으로 수용한다. 그리고 삶의 과정에서 앞에 놓인 장벽, 말하자면 뒤틀리고 왜곡된 삶의

---

8) 『토지』, 5부 1권, 205.

현실에서 벗어나 본질을 새롭게 인식함으로써 자신의 정체성의 위기를 극복한다.

병수는 신체적 고통과 죄책감 때문에 괴로워했던 삶을 승화시키고 극복함으로써 타인에 대한 이해와 더불어 양반이라는 허위의식을 버리고 자기 정체성을 확립한다.

> "불구자가 아니었다면 나는 꽃을 찾아 날아다니는 나비같이 살았을 것입니다. 화려한 날개를 뽐내고 꿀의 단맛에 취했을 것이며 세속적인 거짓과 허무를 모르고 살았을 것입니다. 내 이 불구의 몸은 나를 겸손하게 했고 겉보다 속을 그리워하게 했지요. 모든 것과 더불어 살고 싶었습니다. 그러나 결국 나는 물과 더불어 살게 되었고 그리움 슬픔 기쁨까지 그 나뭇결에 위탁한 셈이지요. 그리고 보면 내 시간이 그리 허술했다 할 수 없고 허허헛헛 …… 내 자랑이 지나쳤습니까?"[9)]

병수처럼 타인의 고통에 함께 아파하고 이해하며 배려하는 인물은 김한복이다. 살인자 김평산의 둘째 아들로 태어난 한복은 아버지의 죄와 어머니 함안댁의 자살, 제국주의에 기생하는 형 김거복(김두수) 때문에 괴로워한다. 아버지 김평산의 죄를 부정하고 동족을 괴롭히는 친일 제국주의자 두수와 다르게 그는 어머니의 성품을 닮아 양반기품의 선하고 유순한 성격으로, 스스로 삶의 역경을 이겨내고 형 두수와 완전히 상반된 삶을 산다. 친일행각을 벌이며 순사부장이 된 두수는 아버지에 대한 원한과 복수심에 동족 윤이병을 살해하는 악한이지만 동생 한복은 아버

---

9) 『토지』, 완결편 16권, 155.

지가 저지른 죄에 대해 죄책감을 갖고 조용히 자신의 삶을 살아가는 인물이다. 김평산의 처형과 함안댁의 자살 사건 이후 함안 외가에 거주하게 된 한복은 200리나 떨어진 먼 길을 마다하지 않고 평사리를 찾는다. 영만이와 두만네는 한복이를 사랑과 정으로 대한다.

> "한복이가 왔다."
> 영만이 소리를 지르며 달려 나온다. 돼지우리 속의 밀린 거름을 쳐내고 있던 두만이도 그 소리를 듣고 쫓아 나온다.
> "한복아!"
> 다시 영만이 소리치며 한복의 손을 잡으려 하자 두만이는 동생을 쥐어박아 놓고 그 자신은 신기한 짐승을 보듯이 한복이를 이리저리 살펴본다. 그의 의식 속에는 살인 죄인의 자신, 살인 죄인, 강렬하게 새겨진 기억이며 말이었던 것이다. 살인 죄인의 자식.
> "한복이가 오래간만에 왔는데 와 그라고 있노."
> [……]
> 두만네는 한복이를 달래어 손발을 씻겨주고 빨아놓은 영만의 옷을 갈아입혀 준다.
> "두만이 말 믿지 마라. 니는 양반집 자손이고 또 니 어머님은 얼매나 엄저코 착한 어른이라고, 항복이 니는 엄마를 닮았인께."[10]

하지만 동네 아이들은 한복이를 살인자의 아들이라며 욕하며 폭력을 가한다.

> "저기이? 한복이 아니가."
> "한복이다."

---

10) 『토지』, 1부 2권, 250.

"한복이놈이다!"

타작마당에서 놀고 있던 영만이 또래의 조무래기들이 확 흩어진다. 그러나 다음 와자하니 떠들면서 두 아이를 빙 둘러쌌다.

"샐인놈의 새끼야! 니 머하로 여기 왔노!"

한 놈이 쏘아댔다. 한 놈은 돌을 주워 던졌다. 한 놈은 바싹 다가서서 한복의 머리끄뎅이를 끄덕인다. 그러자 모두 와 하고 달겨들었다. 영만이 소리를 지르고 울었다. 조무래기들은 거복이한테 매맞은 생각을 하며 더욱더 한복에게 주먹질을 한다.[11]

살인자의 자식이라는 비난과 죄의식이 그를 사로잡지만 한복은 이에 굴복하지 않고 평사리에 정착해 부모의 산소를 지키며 성실하게 살아간다. 그는 아버지가 지은 살인죄와 제국주의의 앞잡이로 살아가는 형의 죄를 씻기 위해 송관수의 부탁을 받고 간도를 오가며 독립운동에 사용할 군자금을 운반하기도 한다. 주위의 차갑고 따가운 눈총에도 불구하고 살아갈 수 있는 이유는 어머니 함안댁에 대한 그리움 때문이다.

> "참 세상 조화 기묘하고나. 에미 애비도 없는 것이 우예 살아남았노. 그래 니 성도 안 죽었나?"
>
> "야."
>
> "하기사 니 성은 열예닐곱 됐일 거로?"
>
> "열아홉 살이요."
>
> "하모 그쯤 됐을 기다. 나이로 봐서는 이자는 머지않아 밥산노릇은 할 기고 그눔아가 본시부터 손톱 길기로 동네서는 호가 나 있었이니께 설마 숭년 들었다고 가만히 있었겠나. 남의 담을 넘었이믄 넘

---

11) 『토지』, 1부 2권, 254-55.

었지, 굶어죽기야 했일 기라고."

순간 한복의 얼굴이 새빨개진다.

"참말이제 악새풀같이 맹도 질기다. 부모가 있어도 벨들어 죽고 굶어죽었는데 천지간에 의지가지할 곳 없는 저 어린기이 우찌 살았이꼬. 아비는 샐인 죄인으로 죽었고 어매는 살구나무에 목을 매달아서, 아 내가 그 목맨 줄을 지금도 가지고 있구마는. 중값 줄라 캐도 안 팔고 갖고 있지러. 명색이 양반의."

[……]

눈물은 나오지 않았다. 서러운 생각이 들지도 않았다. 부끄러웠다. 수치스러웠다. 수치스럽다 생각할 때마다 가슴이 두근거리고 이마에 땀이 솟는다.12)

한복은 스무 살에 서서방이 데리고 온 제정신 아닌 여자아이와 혼인한다. 서서방이 걸식하면서 얻은 밥을 나누어주기도 한 장바닥에서 주워온 계집애는 의지할 곳 없는 열여섯 살의 여자아이였다. 한복의 진심을 아는 마을 사람들은 한복이를 측은히 여겨 정화수를 떠놓고 성례를 시켜준다.

몇 해 전에 처음 관수가 찾아왔을 대 어디 가는 길이냐고 물은 일이 있었다.

"불쌍한 우리 어매 찾아다니제. 할 일없이 댕기겠나."

들었을 순간에는 묵은 상처를 니져대는 것만 같았다. 그러나 한복이는 이내 냉정해졌고 그 말은 빈말이 아닐지 모르나 반드시 그러리라 할 수도 없다는 생각이 들었던 것이다. 그가 산으로 들어간 뒤 왜헌병과 조준구 등쌀에 견디어낼 수 없었던 것도 사실이지만

---

12) 『토지』, 1부 3권, 112.

아들을 찾겠다고 거의 발광하다시피 마을을 나가고는 종적이 없는 그의 노모가 살아 있으리라 믿는 것은 전혀 어리석은 일이었기 때문이다. 그리고 불쌍한 어미 찾아가는 길이라는 말을 했을 때 한복은 일그러진 관수 얼굴에서 거리를 두는 생소한 표정을 보았다. 어미에 대한 공통되는 아픔을 되새기고 싶지 않다는 의식적 회피였으나 정확히는 변명이었다. 이유는 딴 곳에 있었다. 관수가 어디로, 무엇을 하러 다니는지 자신은 관심할 필요가 없다는 결단에는 겸양과 아울러 자신을 보호하려는 본능이 감추어져 있는 것이다. 세상에는 눈감고 살자, 눈을 꼭 감고 살자, 나는 어느 측에도 끼어들 수 없는 인간인께─칠흑 같은 그날 밤 마을 장정들이 횃불을 들고 연장을 들고 최참판댁을 습격하던 대열에 한복이는 참가하지 않았다. 그때 나이 열일곱, 어리긴 했으나 설령 장년이었다 하더라도 어떤 경우 어떤 사정에서도 한복이는 최참판댁 문턱을 넘어설 수 없는 것이다. 차가운 담벽에 붙어 서서 횃불이 난무하는 최참판댁을 멀리 보는 한복은 추위와 흥분에서 떨었다. 그 집에는 최참판댁네 핏줄 아닌 조씨네가, 그 친일파가 도사리고 있다손 치더라도 한복이는 결코 그 높은 대문의 문턱을 넘어설 수는 없는 것이다. 그들은 백로요 자신은 까마귀, 백로 속에 검정 까마귀 한 마리는 섞일 수 없는 것이다. 멀어져가는 함성을 담벽에 기대어 서서 한복이는 들었고 멀어져가는 횃불을 바라보았다. 눈감고 흙 속에 묻히는 날까지 결코 가실 수 없는 시퍼런 멍, 고약처럼 끈적끈적 붙어다니는 죄인의 자식, 이 밤에 벌어진 사건은, 이 밤 많은 장정들이 살던 마을, 살던 집, 가족을 버리고 떠나야 하는 요인이 된 최치수의 죽음은 누구 때문이던가. 착한 사람들, 충성스런 사람들, 그리고 씩씩한 사내들이 가고 함성도 횃불도 없어진 칠흑 같은 어둠 속에서 한복이는 소리 없이 울었다.[13]

진주농고 학생이던 한복의 큰아들 영호가 학생운동에 가담한다. 이 사건 때문에 영호가 경찰에 연행되고 학교에서 퇴학당하게 되자 한복은 죄책감에서 벗어나 새로운 희망을 품게 된다. 그는 아버지의 살인죄와 일본의 앞잡이로 제국주의 경찰의 하수인인 두수의 악행에 대한 죄책감 때문에 만주에 군자금을 나르는 독립운동에 참여한다. 형과는 완전히 상반된 삶을 보여줌으로써 인간으로서의 존엄성을 찾고, 평사리 마을 공동체와 화해를 이룬 한복은 아버지와 형이 저지른 죄에 대한 자괴감과 죄의식에서 벗어난다.

> 독립되리라는 희망, 더더구나 좋은 세월이 와서 볏섬을 그득그득 쌓아놓고 살 수 있으리라는 희망, 그것이 아니다. 현재가 견디기 어려우니 희망에 매달릴 수밖에 없고 생존을 포기할 수 없으니까 희망도 포기할 수 없는 것이다. 가난한 자여, 핍박받고 버림받은 자여, 희망은 그대들의 것이며 신도 그대들을 위해 있나니, 희망의 무지개는 저 하늘과 하늘 사이에 걸리는 것, 그것은 미래인 것이다. 아무튼 마을에서 김영호는 영웅이 되었다. 한복은 영웅의 부친이 된 것이다. 음지같이 빛 잃은 무반의 후예로서 그나마 영락하여 시정잡배와 다를 바 없었던 김위관댁, 중인 출신의 조모와 살인 죄인의 조부, 동네 머슴이던 부친과 거렁뱅이였던 모친, 그런 가계의 김영호가 지금 희망의 대상으로 부상된 것이다.
> 봉기노인이야 들내놓고 빈정거렸으며 욕설도 서슴지 않았으나 마을사람들이라고 질시와 혐오, 모멸감이 없었다 할 수는 없다. 농업학교 교복과 모자를 쓰고 영호가 귀향할 때면 마음씨가 괜찮다는 사람도

---

13) 『토지』, 3부 1권, 102-03.

"이제 오나?"

건성으로 말했고 영호가 멀리 가기도 전에

"개천에 용났다는 소리를 들었이믄 좋겠다마는."

[……]

"영호 니 꼬부랑 말 배운다믄? 어디 한분 해봐라. 쇠바닥이 들을
말리는가 구겡이나 하자."

거침없는 야유, 유식한 데 대한 경의는 터럭만큼도 없었다. 한복의
부자가, 또 안사람 모녀가 아무리 성실하고 겸손하게 처신하여도
결코 회복할 수 없었던 인간으로서의 존엄성, 마을의 일원으로서
동등한 권리, 이제 그 존엄성을 찾았고 동등한 권리를 얻은 것이다.
진정한 뜻에서 한복이 일가는 마을 사람들과 화해한 것이다. 아니,
오히려 긴 세월 핍박한 몫까지 합쳐서 사람들은 한복의 일가를 인
정하려고 서둘며 과장하기까지 하는 것이다.[14]

그는 자신이 태어나 자란 평사리와 새로운 정체성을 구성할 수 있는 평
사리라는 공간 사이에서 과거와 현재를 성찰한다. 한복의 삶의 공간을
분리했던 불안과 혼동으로 파편화되었던 과거와 현재의 틈새에서 새로
운 삶의 의미를 부여할 수 있는 평사리에 뿌리를 내린다. 평사리는 그에
게 질서와 안정감을 부여하며 과거와 현재를 넘어서는 치유와 회복의
공간이다. 즉 식민체제의 억압과 부모의 기억에 대한 상흔, 과거의 아픔
과 상처가 치유됨으로써 한복이의 정체성을 가능하게 하는 공간으로 작
용한다. 한복에게 평사리는 타자화되었던 자신의 과거와의 상호작용을
통해 평사리 마을 민초들과의 교차점을 생산하고 자신의 정체성을 구성
하는 전이의 장소라고 할 수 있다.

---

14) 『토지』, 4부 1권, 63-64.

여성인물이 토지의 중심에 놓여있지만 앞서 언급했듯이 생명경시, 인간존재에 대한 억압과 같은 부정적 이데올로기로 구성된 식민주의는 시대적 착오이며 잘못된 가치구조다. 제국주의적 위계질서를 추종하고 답습함으로써 타자들에게 고통을 주었던 김평산의 죄 때문에 한복은 죄의식을 갖고 멍에를 지고 살아간다. 하지만 두수는 착한 동생과 대조적인 인물이다. 두수의 삶은 원한과 보복으로 점철되어 있기 때문에 아버지의 죄에 대한 굴레에서 벗어나 자신의 삶에 멍에를 씌운 세상을 향해 피의 복수자(報讐者)가 되기로 결심한다. 피식민자의 삶을 피폐하게 하는 식민체제의 하수인으로 살아가는 두수에게 민족공동체나 민족의식은 찾아볼 수 없다. 제국주의의 사냥개로 살아가는 그의 유일한 목표는 출세하여 체제의 수호자라 할 수 있는 순사부장이 되는 것이다.

흥! 의병장? 독립운동? 개나발 같은 소리 작작해. 왜놈이 임금이건 조선놈이 임금이건 나한테 무슨 상관이야? 어느 놈이 잘살든 못살든 내 알 바 아니고 내가 근심할 일은 내 일신 하나뿐이야. 언제 어떤 놈이 나를 대신해주었더란 말인가? 천대와 구박 …… 천대와 구박, 내가 받은 건 그것밖에 없었다. 나라가 망했다고 울어? 우는 눈구멍에 오줌을 깔기지. 나라가 뭐야? 망해라! 망해! 살인 죄인의 자식인 이 김두수, 조선 백성 되길 버얼써, 십여 년 전에 사양해온 터라, 조선 백성? 개돼지 취급이라도 조선 만세를 부를까? 발붙일 곳이 없어도 내 나라 내 강산이라며 울까? 의병장? 독립투사? 여부가 있나. 주렁주렁 한 줄에 엮어서 그 절개 높은 상판에다 똥칠을 할 테다! 난 대일본제국의 주구요 역적이요 대악당 김두수란 말이야. 까짓 비수 한 자루 품고 비리갱이같이 만주 벌판을 헤매는 그 놈을 내가 무서워해? 천만의 말씀이다. 천만의 말씀! 그 따위 배포

하면 이 김두수는 지금까지 살아 있지도 않았을 게야. 우국열사라
는 놈들이 목숨을 걸었으면 나도 목숨을 걸었다. 걸었어![15]

살인자의 아들이라는 상처와 고통, 세상에 대한 적개심과 분노, 복수에
대한 일념으로 삶을 살아온 두수는 폭력을 휘두르는 악의 화신이 된다.
두수는 독립지사들을 체포하여 고문하고, 연약하고 힘없는 여성인 송애
와 금녀를 육체적, 정신적으로 유린한다.

　　제국주의 경찰이 위임한 권력과 그것의 소유를 삶의 목표로 삼는다
는 점에서 김두수가 탈식민적 가치에 역행하는 악의 축을 구성하는 부
정적 인물이라면, 봉건적 유교질서에서 주어진 삶의 한계에 갇혀 자기희
생적 삶을 살아가는 여성은 월선이다. 자기희생적이고 헌신적인 삶을
추구하는 월선에 대한 용이의 사랑과 이기심에 사로잡혀 탐욕스러운 임
이네를 대하는 용이의 모습은 극히 대조적이다. 용이와 월선은 서로 그
리워하며 지고지순한 사랑을 갈구한다. 하동읍에서 주막을 운영하는 월
선은 폐쇄적인 유교 이데올로기로부터 자유로울 수 없다. 용이를 사랑
하지만 유교질서에서 자유롭게 사랑을 추구할 수 없다. 마찬가지로 용
이도 폐쇄적인 남성제국주의 이데올로기를 넘지 못한다. 버릴 수 없는
조강지처 강청댁의 존재, 그리고 신분이 낮다는 이유로 월선과의 혼인을
반대하는 어머니의 유언 때문에 용이는 마음 아파한다.

　　'이놈아, 우찌 그리 사나자식이 단이 없노. 부모가 만내준 기숙은
　　벵이 들어 죽었으니 할 수 없고 지사 무신 짓을 했던지 간에 자식
　　낳아준 제 집인데 그거를 버렸나? 모두 팔자다. 니가 몸부림을

15) 『토지』, 2부 1권, 102.

친다고 머가 달라지겠나? 이 구비를 한분 넘기보라. 그라믄 사램이 사는 기이 벨거 아니네라, 그거를 깨달을 기다.'

[……]

'읍내에 내가 왔다고 월선이를 꼭 만낼 것도 아니겠고 또 무신 염치로 만낼 기며 할 말인들 있겄십니까.'

'그라믄 니 가심이 와 그리 뛰노? 니는 니 맴을 못 믿고 있는 기다. 그래도 조상이 나를 돌봐주니께 이분에 죽지도 않았고 자손도 얻은 거 아니가. 이씨네 집에 문을 안 닫게 된 것만도 고마븐데 무신 딴 생각을 하노 말이다. 월선이하고 또 상고안을 하믄 자손에 해로 블 것을 우찌 모리노?'

'그 말 마소, 오매. 그 말 마소!'[16)]

조강지처와 임이네를 버리지 말라는 어머니의 말 때문에 용이와 월선의 사랑은 이루어질 수 없다. 무엇보다 두 사람의 각별한 사랑을 방해하는 것은 용이의 봉건적 사고방식 때문이다. "자식된 도리, 사람의 도리"[17)]를 중시하는 그의 의식은 폐쇄적 유교 이데올로기를 넘지 못한다.

니를 술청에 내어놓고 …… 그래놓고 밤에 니를 찾아가는 내 꼴을 생각해봤다. 자꾸자꾸 생각해봤다. 부끄럽더라. 그, 그래서 못 갔다. 니가 눈이 빠지게 기다릴 것을 알믄서 니가 밤에 잠을 못 자는 것을 알믄서. 영팔이가 그러더마, 내 안부를 묻더라고. 간장이 찢어지는 거 같더마. 천분만분 더 생각해봤제. 다 버리고 다아 버리뿌리고 니하구만 살 수 있는 곳으로 도망가자고. 안 될 일이지, 안 될

---

16) 『토지』, 1부 2권, 423-24.
17) 『토지』, 1부 1권, 176.

일이라. 이 산천을 버리고 나는 못 간다. 내 눈이 멀고내 사지가 찢기도 자식 된 도리, 사람으 도리는 우짤 수 없네.[18]

유교 이데올로기는 일부종사(一夫從事), 삼종지도(三從之道), 칠거지악(七去之惡) 같은 성차별적인 유교 이데올로기를 강화함으로써 권력을 강화하였다. 특히 식민체제는 식민지 백성과 그 구성원들에 대한 지배를 강화하기 위해 일본식 호적법을 적용한 민적법(民籍法)을 시행하였는데, 그 목적은 식민체제의 강화를 위한 수단으로 삼기 위한 것이었다. 여기서 검토되어야 할 것은 식민지배의 효율성과 가장의 권위를 강조하는 남성우월주의 이데올로기 때문에 여성은 모든 과정에서 배제되었다는 점이다. 이는 탈식민주의가 식민 이데올로기의 해체를 추구한다는 점에서, 식민지 백성의 삶과 존재를 삭제했던 식민체제를 비판하고 지배 대신 성차별이라는 대안적 서사를 구성하는 것과 일맥상통한다. 탈식민주의와 봉건적 유교질서는 여성에 대한 시각이 일치하지 않기 때문에 양자 사이에는 갈등과 긴장이 존재한다. 왜냐하면 보수적 가장이 강력한 지배력을 행사하는 남성우월적 가치는 가정이라는 제한된 범위 내에 가둬둠으로써 여성들에게 독립된 자유를 부여하지 않기 때문이다.

이와 같은 권위주의 체제에서 월선과 용이의 사랑은 이루어질 수 없기 때문에 월선의 내면적 고통과 고뇌는 이루 말할 수 없이 크다고 할 수 있다. 달포 동안 용이가 모습을 나타내주지 않자 용이 야속하기만 하다. 밤이면 용이를 원망하고 잠을 이루지 못하며 마을 사람들에게 용이의 안부를 묻는다.[19] 월선은 사랑하는 용이가 그리워 한밤중에 사람들

---

18) 『토지』, 1부 1권, 176.
19) 『토지』, 1부 1권, 168.

눈을 피해 배를 타고 평사리를 찾는다.

모래밭을 한참 헤매다가 월선이는 둑길로 올라가서 마을길로 들어섰다. 오목한 초가에서 엷은 불빛이 새어나오고 마당에 사람이 왔다 갔다 하는 집도 있었다. 열어젖혀 놓은 용이네 삽짝 가까이까지 온 월선이는 마당에서 나는 인기척에 허리께만큼 자란 수수밭으로 몸을 숨긴다.

[……]

'우짤라고 여까지 왔일꼬? 구신이 씌있는가, 환장했지. 아무 일도 없임서, 아무 일도 없임서 …… 발걸음을 딱 끊고, 내 몰라라 하는 건가. 무상한 사람, 옛적에도 그렇더마는.'

눈물이 왈칵 솟는다. 찝질한 눈물 맛과 콧가에 스치는 수숫잎의 냄새.

[……]

하늘에서는 눈보라같이 별이 쏟아져 내려왔다. 쏟아지는 별들은 반공중에서 제각기 맴을 돈다. 그러나 그것은 별이 아니었다. 월선의 눈에서 튀는 어지러운 불꽃이었고 뛰는 가슴과 현기증에서 오는 불꽃의 난문(亂舞)이었다.

[……]

"보소."

분명 입속으로 중얼거린 것 같았는데 용이 번쩍 얼굴을 쳐들었다.

"누고?"

"……"

"누고?"

[……]

"누, 누고?"

월선임을 똑똑히 두 눈으로 보고 난 뒤에도 그는 누구냐고 물었다.

"나 집에 다니러 왔소. 지나는 길에."

여자의 목소리는 쌀쌀했다.

"지지, 집에, 집에 온다고?"

한동안 우리에 갇힌 짐승같이 용이는 뱅뱅이를 돌았다.

"그라믄, 그라믄 거기 가 있거라. 내가 곧 갈 기니, 곧 갈 기니!"[20]

두 사람의 사랑은 다음 장면에서 절정을 이룬다. 월선이 죽기 전 용이는
애타는 마음에 월선을 찾는다.

방으로 들어간 용이는 월선을 내려다본다. 그 모습을 월선은 누이
부신 듯 올려다본다.

"오실 줄 알았십니다."

월선이 옆으로 다가가 앉는다.

"산판일 끝내고 왔다."

용이는 가만히 속삭이듯 말했다.

"야 그럴 줄 알았십니다."

"임자."

"야."

"가만히."

이불자락을 걷고 여자를 안아 무릎 위에 올린다. 쪽에서 가느다란
은비녀가 방바닥에 떨어진다.

"내 몸이 참제?"

"아니요."

"우리 많이 살았다."

---

20) 『토지』, 1부 1권, 169-70.

"야."

내려다보고 올려다본다. 눈만 살아 있다. 월선의 사지는 마치 새털 같이 가볍게, 용이의 옷깃조차 잡을 힘이 없다.

"니 여한이 없제?"

"야. 없십니다."

"그라믄 됐다. 나도 여한이 없다."[21]

무당의 딸이라는 신분적 제약에도 불구하고 월선과 용이의 사랑은 순수하고 아름답다. 강청댁이 아이를 낳지 못하고 호열자로 소천하자, 월선에게 용이의 아내가 될 수 있는 기회가 있었지만 용이가 칠성이의 아내 임이와 관계를 맺음으로써 둘 사이에 홍이가 태어난다. 앞서 언급한 바와 같이 유교 이데올로기에 갇힌 용이의 폐쇄적 사고방식은 임이네를 대하는 태도에서도 나타난다.

"예 있소. 지금 실컨 잡사보소."

지껄이는 입을 막기라도 하듯이 임이네 쪽으로 던져준다.

"아니 지금 묵고 저버서 한 말은 아니요. 이야기가 그렇다 그 말 아니요. 남정네가 하도 미련해서."

그러나 임이네는 기쁜 빛을 감추지 못하고 배추뿌리를 주워모아 한곁에 둔다. 그리고 좀 더 다가서듯이

"이팝에 비단을 감고 있어도 정 없는 세상은 못 산다 카더마요."

노골적으로 털어놓으며 대담하게 나오는데, 그러나 용이는 통 관심이 없다.

"쪽박을 차도 마음만 맞이믄 살지, 안 그렇소? 남으 제집한테 속태

---

21) 『토지』, 2부 3권, 290-91.

우는 것도 골병은 골병이지마는 그것도 남자 하기에 달린 것 아니
겄소. 안보는 데서는 무신 짓을 하든지 집에 들믄 가숙 불쌍한 줄
알고 따따스리 대하믄 그만 아니겄소? 욕심만 똥창까지 차가지고
이녁 밥그릇 작은 줄만 알았지 제집, 자식새끼는 옆에서 죽어도 모
릴 사람이요. 살아갈수록 나이 들어갈수록 서글프고 가소롭고 한
이 되네요."
　칠성이 사람됨됨을 알고 있는 용이는 임이네가 빈말을 하고 있다
생각지는 않았다. 동정이 안 가는 것도 아니었으나 여자들끼리 하
면 모르되 외간남자를 보고 제 남편 험담하는 임이네가 곱게 보이
지는 않았다.[22]

　『토지』에서 물질욕과 탐욕, 그리고 성욕과 같은 인간의 본능적 욕구를
강하게 드러내는 여성은 최치수를 살해했던 칠성의 아내인 임이네라고
할 수 있다. 자신의 욕망에 사로잡혀 식민 자본주의에 부합하는 삶을 추
구했던 조준구의 처, 홍씨처럼 임이네는 원초적, 생물학적 욕구를 강하
게 표상하는 인물이다. 칠성이 처형되고 과부로 남게 된 임이네는 "무섭
게 자라는 잡풀 같은 생명력"을 지닌 여성이라 할 수 있다. 탐욕에 충실
한 여성이기 때문에 그이게는 도덕성이나 자비롭고 선한 여성상을 발견
할 수 없다.

　　임이네는 본시 죄의식이 엷은 여자다. 죄의식을 가지라는 것도 실
　　상 어거지였고 칠서이의 죄명 탓으로 모든 삶의 기반이 무너지고
　　만 것을 그는 날벼락으로 생각했고 재앙이라 생각했으며 부부로서
　　의 정신적인 유대를 갖지 못한 만큼 고난과 슬픔과 또한 기쁨까지

---

22)『토지』, 1부 2권, 68-69.

그것은 어디까지나 현실에서 비춰주는 대로의 반응일 뿐이었다. 고마운 척, 눈물겨운 척할 수 있는 교활한 지혜가 없는 것은 아니었다. 그러나 넘쳐흐르는 생명력, 조금만 땅이 걸고 짓밟지만 않으면 무섭게 자라는 잡풀 같은 생명력은 교활한 지혜를 위해 여유를 주지 않았다 할 수 있을는지도 모른다. 마을 사람들 눈에 그가 거들 먹거리는 것같이 보였다는 것은 윤씨부인이 도와준다거나 먹고 입는 것이 자기네들과 같아졌다는 시샘 때문에 그렇기도 하려니와 그 무성한 생명력에 압도당하는 것 같은 느낌에서 더욱 그렇게 보여졌는지도 모를 일이다. 더욱이 아낙들은 옛날로 돌아간 그 미모에 약이 올랐을 것이다.[23]

작가는 성적 매력을 지닌 임이네를 이기적이고 탐욕스러운 인물로 서술하고 있다. 임이네는 물질에 대한 놀라운 집착과 식욕, 성욕을 지닌 여성이다. 제국주의가 여성을 존재적 가치를 지닌 독립적, 자율적 존재로 여성들의 위상을 격하시킨다는 점에서 식민지 여성의 몸이 함축하는 의미는 중요하다. 임이네에게서 알 수 있는 것은, 강압적이며 권위적인 제국주의에 희생되는 여성의 몸은 억압받는 식민지 여성의 상황을 사실적으로 보여준다. 말하자면 여성을 존재가치로 보지 않고 상품으로 취급하는 모순을 갖는다는 점에서 제국주의는 문제를 드러낸다. 이것은 여성의 정체성 개념과 밀접한 관련이 있다. 여성의 정체성은 여성의 생각을 자유롭고 합리적으로 표현할 수 있는 영역이어야 하지만, 식민체제하에서 여성 정체성 형성이 방해받게 될 경우 여성들의 주체적 자아와 정체성은 표현하지 못하게 되는 것이다. 살인자의 아내이기 때문에 더 이

---

23) 『토지』, 1부 2권, 319-20.

상 마을에서 살 수 없게 된 임이네는 성매매를 통해 힘겨운 삶을 살아가는데 이는 식민체제하의 척박한 현실에서 생존을 위해 자신의 몸을 팔아 삶을 유지해야 하는 상황을 함축한다.

> 보리타작이 끝났을 때 어느 날 밤 용이가 겉보리 한 말을 갖다 준일이 있었다. 예산과 달리 임이네는 용이의 마음을 짚어본다거나 고마워하기보다 겁이 더럭 났었다. 강청댁 말대로 옛날에는 용이에 대한 그의 감정은 화냥기였었는지도 모른다. 어쨌든 그는 용이의 관심을 끌어보려고 무던히 애를 쓴 것만은 틀림이 없었다. 그러나 지금은 가뭄에 마르고 갈라진 논바닥 같은 임이네의 마음이었으며 남자를 그리는 정이란 조금치도 없었다. 처음에는 고생이 견디기 어려웠고 세상을 원망도 했으나 갈라진 논바닥이기보다 오히려 바위가 되었는지도 모른다. 아픈 것도 없고 슬픈 것도 없었다. 화냥기처럼 그는 자기 자신을 돌보는 일조차 없었다. 누가 보아도 그는 거지 중의 상거지꼴이었다. [……] 백정하고 움막에 살았다는 풍문은 사실이 아니었다. 그러나 임이네는 아이들과의 한 끼를 위해 보리밭에서 치마를 걷은 일이 있었고 강가 바위 뒤에서 백정에게 몸을 맡긴 일이 있었고 빈집에서도 몸을 팔았다. 몸을 맡겼던 사내는 백정말고도 소금장수, 머슴놈, 떠도는 나그네, 얼굴조차 기억할 수 없는 사라들이었다. 여자에 궁한 그네들이지만 아이 셋이 따른 임이네를 길게 데리고 살려 하지는 않았다.[24]

식민체제하에서 성매매를 통해 하루하루를 연명해야만 하는 임이네의 몸은 억압과 착취의 대상이 된다. 식민지 여성의 몸은 생명에 대한 강인

---

24) 『토지』, 1부 2권, 289-90.

한 집착이면서 동시에 자신의 생존과 직결된 문제라고 할 수 있다. 용이는 임이네를 동정하여 겉보리와 곡식, 감자를 가져다준다.

> "오늘 감자를 팠는데 아아들 삶아먹이소."
> 목소리에는 아무것도 요구하는 뜻이 없었다.
> "그, 그, 그래도 강청댁이 아, 알믄 난리 벼락이 날 긴데."
> 어둠 속에서 용이는 피식 웃는 것 같았다.
> "걱정 마시이소. 모르요. 아아들 굶기서 되겄소."
> "그, 그라믄 와 이캅니까."
> "……"
> "생판, 이, 이런 공것을."
> 하다가 별안간 임이네는 울음을 터뜨린다. 울음을 터뜨린 임이네 자신이 용이보다 더욱 황당하다. 일 년 넘게 눈물방울이라고는 흘려본 적도 없었고 울음을 터뜨리기 전에 고맙다거나 슬프다거나 그런 감정을 느끼지도 않았는데 어째서 울음이 터져 나왔는지 그 자신도 모를 일이었다. 그런데 울음은 걷잡을 수가 없었다.
> "와, 와 이랍니까."
> 성정이 여자 울음에 약한 용이 어찌할 바를 모른다. 임이네한테 무슨 딴마음이 있어 찾아온 용이는 아니었다.
> "머 운다고."
> 하면서 쩔쩔매다가 그는 어느덧 말뚝같이 굳어지고 말았다. 약하게 비춰주는 모깃불, 희미하게 흔들리는 여자의 모습, 오장을 후벼 파는 것 같은 여자의 흐느낌 소리, 가슴에 불이 댕겨지는 것 같은 측은한 마음은 이상한 감동을 불러일으켰던 것이다.[25]

---

25) 『토지』, 1부 2권, 291.

용이에게 자신의 몸을 허락한 임이네는 성적 매력과 더불어 끈질긴 생명력을 지닌 여성임을 다시 확인할 수 있다. 호열자가 창궐하여 윤씨부인을 비롯해 많은 사람들이 생명을 잃지만 임이네는 아들을 낳고 용이의 아내로, 평사리 주민의 신분을 회복한다.

용이는 나자빠지면서 무엇이 쏟아져 나오는 것을 보았다. 천지가 멎어버린 것 같은, 시간도 멎어버린 것 같은 정적이, 그리고 나서 아이의 울음소리가 파도처럼 방안에 퍼지고 울렸다. 두 주먹을 모은 채 꼿꼿하게 선 고추에서 오줌이 치솟았다. 임이네 얼굴에 승리의 미소가 떠올랐다. 일찍이 용이는 그와 같은 아름다운 미소를 임이네한테서 본 일이 없다.
"보소."
이번에는 환하게 웃었다. 용이는 손바닥으로 여자 얼굴 위의 땀을 닦아준다. 물결치듯이 용이 전신은 떨고 있었다.
"이러고 있일 기이 아니라 보소, 탯줄부터 끊어주쇼. 저기, 저어기 가새하고 실이 있거마요."
용이는 가위와 실을 집는다.
"탯줄을 실로 묶어가지고 나서 짜르소. 한뼘쯤 해서 묶으고."
임이네 시키는 대로 한다.
"와 그리 떨고 있소? 아이는 닦아서 저기 포대기에 싸가지고 내 옆에 눕히주소."
역시 시키는 대로 한다. 검붉었던 아이 얼굴은 차츰 붉은 빛으로 변해가고 있었다. 젖꼭지를 찾듯이 빨간 입술을 내두르는 것이 흡사 둥우리 속에서 모이를 받아먹는 순간의 까치새끼 혓바닥 같다. 이윽고 태반이 나오고 출혈이 심했다. 용이 얼굴이 창백해진다.
"걱정 말고 한태는 짚에 싸소."

충만된 기쁨을 서서히 감당해가면서 임이네는 용이에게 지시했다.
여왕벌같이 위엄에 차 있었고 자신에 넘쳐 있다.[26]

하지만 훗날 아들 홍이마저 친모인 임이네를 홀대하자 남편과 아들로부터 사랑받지 못한 임이네의 욕망은 물질적 집착으로 바뀌게 된다. 남편과 아들로부터의 무관심과 따돌림을 당한 임이네가 의지할 것은 물질이었다. 작가는 돈밖에 모르는 그를 '숭악한 독사'에 비유한다. 기름집에서 발생한 불이 용이의 가게에 옮아 휩싸고 있을 때 임이네는 홍이를 찾기보다 돈이 든 베개를 끌어안는다.

> "홍아! 홍아!"
> 미친 듯 울부짖는 월선의 고함이 고막을 찢는다. 거리는 아비규환의 도가니로 화하고 거무칙칙한 어둠과 시뻘겋게 솟아오르는 불기둥과 사태처럼 쏟아지는 사람의 무리, 짐짝ー용이 혼잡을 헤치고 뛰어들었을 때 베개 하나를 품에 안은 임이네가 불길 속을 어찌할 바를 모르고 헤매고 있었다.
> "홍이는?"
> "호, 호, 홍이요?"
> 베개만 안은 채 임이네는 몽롱하게 용이를 쳐다보았다.
> "아아는 우짜고 베개만."
> 베개를 뺏아 불길 속에 냅다 던지며
> "이기이 아아가!"
> 임이네를 거리 쪽으로 밀어 던지고 불속으로 뛰어들려 하는데,
> "보소오! 보, 보소! 홍이 여기 있소!"

---

26) 『토지』, 1부 2권, 411-12.

"아부지! 아부지이!"

사람 울타리 속에 갇힌 월선과 홍이 악머구리처럼 동시에 외쳤다. 이때 나자빠졌던 임이네가 벌떡 일어섰다.

"베개! 베, 베개, 아아앗! 내 베개!"

불속으로 달려간다.

"아니 저기이!"

간신히 치맛자락은 잡았는데 그새 불길에 옷에 옮는다. 용이는 임이네를 거리 쪽으로 질질 끌어내어 몸뚱이를 땅바닥에 굴리듯, 옷에 옮겨 붙은 불을 끈다. 그러나 임이네는 괴상한 소리를 지르며 불길 속으로 뛰어들려 한다.

"이기이 환장했나!"

"내 베개! 아아악! 내 베개!"

용이 팔에서 빠져나가려고 발버둥을 치던 임이네 사지가 갑자기 뒤틀리고 무섭게 경련을 하더니 까무러치고 말았다. 용이는 비로소 그 베개 속에 큰돈이 들어 있었던 것을 깨달았다.

"어째 이럽매? 밥으 묵쟁쿠 일어납세"

달래오망이 목소리가 들려왔다. 소리 나는 쪽으로 고개를 돌린 용이 눈알이 금세 시뻘게진다. 월선이는 어디 갔는지 보이지 않았고 홍이만 맥 빠진 얼굴을 하고서 송장같이 나동그라진 제 어미 옆에 앉아 있었다. 이상한 감각, 용이는 전신을 부르르 떤다. 뱀 한 마리를 밟은 것 같은 감각이 전신을 타고 올라온다. 힘을 준다. 발에 힘을 준다―죄책, 무섬증, 잔인한 증오심, 뒹굴며 싸운다. 힘을 준다. 힘을 준다! 뱀의 창자가 터진다. 뒹굴고 굽이치면서 뱀은 죽는다. 용이 얼굴에 땀이 흘러내린다.

'배미다! 배미! 저 기집은 숭악한 독사배미다!'[27]

---

27) 『토지』, 2부 1권, 24-26.

임이네의 내면에 자리를 잡은 물질욕은 그의 삶을 서서히 황폐화시킨다. "월선이로 인한 사랑의 투정"이나 살인자의 아내라는 불명예, 가난, 그리고 타고난 성정 때문에 임이네는 그 누구보다도 물질에 집착한다.

> 요지부동한 임이네 거짓과 거짓말을 벗기고야 말겠다는, 순전히 대결을 위한 대결이 되고 마는 것이다. 옛날에는 말없이도 다스려졌던 여자가 어느새 거인(巨人)이 되었고 사내는 힘 잃고 이 빠진, 천부의 자긍심만은 잃지 않으리라 몸부림치는 한 마리의 늙은 사자. 월선이로 인한 사랑의 투정이라면 얼마간의 연민도 가질 수 있는 용이였다. 그러나 비참했던 이력 때문에 버림당하지 않는 것만이 살길인 줄 믿었던 지난날의 임이네는 아니었다. 남편 없어도 돈 있으면 산다는 배짱이었다. 용이보다, 아니 이 세상 어느 누구보다 소중한 것은 돈, 오직 돈이었다. 돈에다만 그는 그 자신의 장래를 걸었다. 이 세상 마지막이 온다 하여도 혼자만은 살아남을 것 같은 왕성한 생명력, 불모의 바위틈을 피 흘려가며 기어오르는 생명에의 의지, 무서운 힘이었다.[28]

물질에 대한 탐욕을 삶의 목표로 삼는 임이네는 맘모니즘, 물질만능주의와 같은 물적 가치를 추구하는데, 임이네가 물질에 대한 집착을 보이는 이유는 타고난 본성과 식민자본주의에 기인한다. 말하자면 식민자본주의가 임이네를 돈의 노예로 만드는 원인을 제공한다는 점에서 돈으로 표상되는 물질은 식민주의와 결부시킬 수 있다. 탈식민화에 대립되는 식민지 사회에 나타나는 전형적인 특징은 착취와 연관된 물질숭배, 식민지를 파괴하고 착취하는 물질숭배로 나타난다. 식민체제에서 식민지를

---

28) 『토지』, 2부 1권, 20.

착취하고 그 지배를 정당화시킨 것처럼 물질은 식민지 백성의 삶과 밀접한 관계가 있음을 부정할 수 없다. 탈식민화는 식민지를 지배하는 식민체제의 착취가 끝나는 지점, 식민지 자본의 수탈이 종식되는 지점에서 시작된다고 말할 수 있다. 제국주의는 반생명, 반윤리적 정체체제, 그리고 자본침탈이라는 강압적 특징을 강하게 띤다는 점에서 폭력과 식민지배를 위한 물질적 착취와 지배 이데올로기를 결합하는 헤게모니를 구성한다.

식민체제하에서 여성 정체성을 구성하기 위한 추동력이어야 할 여성이 식민지배로 인하여 여성 존재는 부정된다. 주지하다시피 전제적 가부장제 이데올로기는 단일화된 남성의 목소리, 강력한 권력에 의해 유지되는 매우 효과적인 정치구조다. 그렇기 때문에 남성들은 여성들에 대하여 권력을 행사할 수 있고 폭력적, 권위적 힘을 중심으로 여성들을 억압하고 지배할 수 있는 것이다. 이에 대한 저항으로 스피박은 여성의 정체성이라는 면에서 남성제국주의 체제에 동의를 거부하고 그 체제의 부정적 요소를 비판하면서 여성의 목소리를 강조했는데 이것은 여성의 시각에서 볼 때 여성 문제는 사안의 긴급성, 여성 존재에 대한 문제 제기라는 점에서 상당히 중요하다. 왜냐하면 여성의 목소리를 내는 것만으로는 여성 문제를 해결할 수 없기 때문이다.

탈식민주의는 남성제국주의의 희생자인 여성을 위한 윤리학으로 환원시킨다는 점에서 여성들의 삶의 영역의 자율성이야말로 탈식민화를 위한 가장 근본적인 문제를 제기한다. 지배를 본질로 하는 제국주의 행태는 그 자체로 권력과 폭력을 동반하기 때문에 제국주의적 권력으로부터 발생하는 힘이 타인의 삶을 억압할 때 그 권력은 무책임하고 나아가서는 위험한 인간행동일 뿐이다. 중요한 것은 인간의 인간에 대한 이해,

보다 구체적으로 말해 여성에 대한 이해와 배려는 남성제국주의로부터 탈피할 수 있는 정치적 윤리라는 것이다. 탈식민주의의 본질이 배타적이기보다 남성과 여성 양자 간의 균형, 정적이지 않고 동태적 사유를 보여줄 수 있다는 점에서 매우 의미 있는 담론이다.

이와 같은 시각에서 볼 때 남성과 여성이 동등한 위치에서 자기 의지에 따라 자기 정체성을 수립하는 것은 탈식민주의가 지향하고 구현하고자 하는 목표와 부합하기 때문에 이런 논리가 갖는 정치적, 윤리적 함의는 크다. 특히 주목해야 할 문제는 여성의 정체성 구축이다. 정체성 수립은 여성 자신들의 독립적 삶의 기반을 확보하고 삶을 영위하기 위한 필수조건이다. 그것은 여성의 삶 자체에 의미를 부여하는 길이기 때문에 정체성 확보는 가장 우선적인 과제라 할 수 있다.

여성 정체성의 구축 없는 여성의 탈식민화는 내용에서 과거와 조금도 달라지지 않는 것이다. 여성의 무능력을 무분별하게 공격하는 남성제국주의 담론은 남성과 여성을 이분법적 구도를 구성하여 양자 간의 다양한 차이와 갈등을 설정하여 바람직한 남녀관계를 어렵게 하는 결과를 초래했다. 탈식민화과정에서 탈식민 논리는 확산됨에 따라 과거와 같은 남성의 권위주의적인 지배구조는 더 이상 가능하지 않고, 개인적 가치와 행위를 강압적으로 규제할 수 있는 가치체계가 있는 것도 아니다. 강권적 지배와 압제가 빚어내는 남성제국주의 틀에서 벗어나 자유롭고 독립적인 삶의 조건을 향상시키기 위해서 여성들이 그들의 영역에서 인간적 가치를 증진하는 것 혹은 패러다임의 변화는 탈식민주의 담론의 본질적인 측면이라고 할 수 있다. 이런 의미에서 여성의 정체성과 남성제국주의 이데올로기에 대한 비판은 탈식민화 수행을 위해, 상호 배타적인 요소가 아니다.

말하자면 여성들의 자유로운 정체성을 확립시키기 위해 다른 어떤 것보다도 남성제국주의 구조의 완전한 해체는 절실하다는 것이다. 그러므로 여성의 정체성 구축은 여성의 탈식민화를 위한 결정적 관건이기 때문에 여성 존재가 지향해야 할 목표이면서 여성의 자유와 존엄성에 대한 의식의 전환을 갖게 되는 것에 대해 생각하게 된다. 여성들의 정체성 문제는 여성 스스로 어떤 최선의 가치를 지향하는 것이지만, 그에 비해 남성중심적 가치와 질서 및 사회 제도는 크게 잘못되었다는 전제 위에 서 있다. 그래서 여성 존재에 대한 의식을 바꾸고 사회구성원들의 생각을 그에 맞게 변화시켜야 한다. 이는 도덕적 자율성을 갖는 여성들이 사회의 주체가 되어 탈식민주의가 나아가야 할 방향을 모색하는 것이기도 한다. 탈식민주의는 남녀 간 정치적 평등의 원리 위에 서 있기 때문에 남성제국주의의 가치와 양립하기 어렵다. 다른 각도에서 말한다면, 탈식민주의는 여성의 자율성과 가치가 작동할 수 있도록 권력을 조직하는 정치적, 사회적 기본 틀을 구성하는 것이다.

　과거지향적, 보수적 관점의 제국주의 여성관은 과거의 정치문화로부터 전수된 유교의 수직적 위계질서나 권위주의적 지배를 구현하는 반여성적이고 억압적인 구체제의 발상이라는 사실을 부정할 수 없다. 이와 같은 잘못된 사고방식은 탈식민화를 구현하고 추구하는 가치와는 어울릴 수 없는 것이다. 탈식민화란 여성들의 갈등을 수렴하고 갈등을 표출하여 그들의 목소리를 듣는 노력이 수반되고 여성들이 기본적, 보편적 가치를 누릴 수 있는 과정에 참여하는 것도 포함되어야 한다. 왜냐하면 여성들의 문제는 대체로 오랜 권위주의적인 제국주의 체제가 구축해놓은 구질서의 모순에서 발생하기 때문이다. 그러므로 탈식민화는 기존의 강고한 제국주의 체제와 정치질서에 대한 강력한 여성의 정체성 수립,

상흔으로 남아있는 식민지배의 기억과 무관할 수 없다. 제국주의 질서의 이면에는 여성 개인의 문제라기보다 제국주의와 봉건적 유교질서라는 구조적 문제가 상존하고 있음을 깊이 인식해야 한다. 다시 말해 식민지배 상황에서 주변인이며 억압받는 식민지인으로서 살아가는 여성의 삶과 정체성에 구축은 매우 지난한 과제라고 할 수 있다.

일본 제국주의에 대한 여성의 저항은 제국주의의 강고한 지배구조와 폭력에 대한 격렬한 투쟁이며 제국주의의 토대에 균열을 가함으로써 그 구조를 해체할 수 있는 도전적이고 적대적인 행위라 할 수 있다. 그리고 그것은 조준구로 표상되는 제국주의 협력자나 지배담론에 대한 공격이며 제국주의적 위계질서로부터의 탈각이다. 이와 같은 적극적 저항은 수동적 여성이기를 거부하고 여성의 목소리로 저항하는 반식민적 행위, 식민체제하에서 여성 정체성을 확립하기 위한 주체적 행동이며 제국주의 이데올로기의 허구성을 드러내는 주체적 실천이다.

『토지』는 제국주의 폭압구조에 의해 생존권을 위협받는 식민지인들의 불안감과 비참한 상황을 제시하고 식민지 조선과 여성의 정체성을 말살하려는 제국주의 권력과 그 이데올로기에 대한 저항의식을 드러내기 때문에 탈식민 텍스트의 특성을 보여준다. 즉 작가는 고통과 아픔, 고난의 상황에서 그 상황을 전혀 새로운 눈으로 바라볼 수 있는 이해와 현실의 어려움을 직시하게 함으로써 인간 존재에 대한 깊이 있는 안목을 갖게 한다. 이와 같은 점에서 이 소설은 여성 억압적인 식민주의와 그 이데올로기를 강력하게 비판하고 항의한다는 점에서 유효한 분석틀을 제공한다. 억압체제인 제국주의 이데올로기에 대한 제국주의 지배구조와 그 모순을 비판적으로 전유함으로써 탈식민적 가치를 구현하는 텍스트로 읽을 수 있는 것이다.

박경리는『토지』에서 여성에 대한 억압을 다양하고 복합적인 관점에서 제시하면서 식민주의 문제와 봉건적 유교질서의 폐해와 여성의 정체성 형성과 관련된 탈식민 의제를 서희를 통해 다면적으로 보여준다. 어린 나이에도 불구하고 양반가문의 위엄과 명예를 갖춘 서희는 고집스러운 성품에 자기주장을 강하게 지닌 여성이다. 주체성과 자아의식이 강한 여성이라는 점에서『토지』의 주인공인 서희의 성격을 살펴보기로 한다. 식민체제가 행하는 폭력과 약탈, 여성 억압에 포섭되지 않고 저항하는 여성이라는 점에서 그는 탈식민화를 성찰하게 하는 인물이다. 독립적이고 주체적인 여성, 여성 정체성 구축이라는 시각에서 볼 때 서희의 강하고 고집스러운 성격은 주목할 필요가 있다.

> 눈을 비비며 봉순네를 내려다본다. 제 어머니가 아닌 것을 확인한
> 서희는 조용한 밤을 찢어발기듯 울음을 터뜨렸다.
> "끄치시오, 애기씨!"
> 봉순네는 서희를 안고 흔들었으나 두 다리를 버둥거리고 악을 쓴다.
> "봉순네."
> 방문 밖에서 소리가 들여왔다. 봉순네는 소스라치게 놀란다.
> "예."
> 급히 서희를 내려놓고 방문을 열었다. 방안에서 새어난 불빛을 받
> 고 서 있는 사람은 윤씨부인이었다. [……]
> "끄치지 못할까?"
> 윤씨는 낮은 목소리로 서희를 꾸짖었다. 서희는 방바닥에 엎어진 채
> 울음을 그치지 않았다. 그렇게 무서워하던 할머니였는데도. [……]
> "끄치지 못하겠느냐?"
> 서희는 더욱 악을 쓰며 엎어진 채 두 다리를 버둥거리며 울부짖었

다. 윤씨 손의 회초리가 버둥거리는 서희 다리를 내리친다.

"마님."

뜰 아래서 봉순네가 울먹거렸다. 한 번, 두 번, 세 번, 연한 종아리
는 이내 붉은 줄이 그어졌다.

서희는 빨딱 몸을 일으켰다. 그는 윗목에 놓아둔 반짇고리에서 손
에 잡히는 대로, 그것은 실꾸리였으나 실꾸리를 집어 팽개쳤다. 순
간 윤씨의 얼음장 같은 눈에 놀라움이 떠올랐다. 이윽고 윤씨 입가
에 경련 같은 미소가 번진다.

"그년 고집도."

윤씨는 만족한 듯 뇌더니 방에서 나왔다. 마당귀에 회초리를 버린
윤씨는 아무 말 없이 별당에서 나가버렸다. 방안으로 쫓아 들어온
봉순네는 파아랗게 까무러친 서희를 안았고 삼월이는 냉수를 가
져와서 아이 얼굴에 뿜는다.

"애기씨! 애기씨!"

봉순네는 서희를 흔들어대었다. 서희는 눈을 떴다. 울지는 않았다.
그러나 이 집념의 덩어리 같은 아이는

"엄마 데려와!"

쨍! 하게 울리는 소리를 한번 질렀다.[29]

차갑고 냉정한 서희의 성격은 아버지 최치수의 삶과 무관하지 않다. 최
씨 집안의 몰락과 서희의 삶은 최참판댁의 안주인이며 최치수의 어머니
인 윤씨부인과 밀접한 관련을 갖고 있음을 부정할 수 없다. 윤씨부인은
요절한 남편의 명복을 빌기 위해 구례 연곡사에 불공을 드리러 갔다가
동학운동의 수령이었던 김개주에게 능욕을 당해 임신한다. 무당 월선네

---

29) 『토지』, 1부 1권, 55-57.

는 윤씨부인에게 종적도 없이 절로 피하여 한 해를 넘기라고 권하자 그는 최씨 집안의 심복들의 도움으로 휴양이라는 명목하에 아이를 낳으러 절로 간다. 가마를 타고 떠난 어머니, 어머니의 부재로 무덥고 긴 여름을 보내야만 했던 치수는 마구간에서 말채찍을 들고 나와 일하는 하인들의 등을 때리며 심통을 부리며 계집종들을 못 살게 들볶았다. 윤씨부인이 환이라는 이름의 아들을 낳고 최참판댁으로 귀가했을 때, 치수는 자신을 냉정하게 대하는 어머니에게 상처받는다. 어머니의 부정과 자신을 차갑게 대하는 어머니로 인해 극심한 불안감을 겪는 최치수는 외로움과 상실감에 빠져 잔인하고 차가운 인물로 성장한다. 어둡고 고독했던 치수의 소년 시절은 궁핍한 식민지 현실과 무관하지 않다.

이듬해 이월달 꽃바람이 부는데 어머니는 가마를 타고 돌아왔다. 치수는 미친 듯이 마을길까지 쫓아가서 가마를 따라왔다.
"어머님!"
마음이 급하여 가마를 따르며 불렀으나 가마 안에서는 아무 대답이 없었다. 가마가 내려지고 어머니가 뜰에 나섰을 때, 치수는 그 얼굴을 지금도 잊지 못한다. 백랍(白蠟)으로 빚은 사람 같았다. 모습은 그렇다 치고 어머니가 자기를 보는 순간 한 발 뒤로 물러서며 도망갈 곳을 찾듯이 이리저리 뒤돌아보는 게 아닌가.
"어머님!"
불렀을 때 어머니의 눈은 불꽃이 튀는 듯 험악했다. 그토록 오랜 시일 이별하여 꿈에 그리던 어머니가, 그동안 잘 있었느냐? 하며 부드러운 손길로 등을 어루만져줄 줄 알았던 어머니가 저럴 수 있는지 치수는 눈앞이 캄캄했다. 어머니는 할머니에게 인사를 올린 뒤 별당에 들었고 별당 문은 꼭 닫혀진 채 해는 저물고 말았다. 이

때부터 모자 사이에는 보이지 않는 강물이 흐르기 시작했다. 이유를 알 수 없는 거부였다. 치수의 소년 시절은 어둡고 고독했다. 허약하여 본시부터 신경질적인 성격은 차츰 잔인하게 변하였으며 방약무인의 젊은이로 성장했다.[30]

식민지 현실에서 어린 나이에 부모를 잃고 할머니 윤씨마저 세상을 떠나자 천애고아의 몸이 된 서희는 몰락한 가문을 회복하기 위해 주체적이고 독립성을 갖춘 강한 여성으로 성장한다. 최치수와 그의 둘째 부인 사이에서 외동딸로 태어난 서희는 아버지의 죽음을 직면한다. 최치수의 삼년상을 치르면서 서희는 최씨 집안의 가장으로, 가문을 재건할 여성 주체로서 성숙한 안목을 갖게 된다.

> 정월 초하루, 최참판댁 서희는 부친의 삼년집상(三年執喪)에서 풀려났다. 아직 담제(禫祭)가 남아 있었으나 상복은 벗은 것이다. 조석에 올리는 상식(尙食) 때 철든 사람이라면 육친의 죽음 당시의 슬픔을 되새겨가며 곡을 했을 테지만 어린 서희는 만 이태 동안 조석으로 곡을 할 때마다 슬픔을 키워나갔다 할 수 있을 것 같아. 그는 날이 지나가는 데 따라 자신이 고아나 다름이 없는 사실과 아울러 부친의 죽음의 뜻을 알기 시작했다. 우제(虞祭), 졸곡(卒哭), 소상(小祥), 대상(大祥)의 행사와 조석상식의 일과는 어린아이에게는 과중한 것이었으나 대신 서희는 그런 것을 통하여 정신이 단련되고 생각이 제법 성숙해졌으며 이제는 의젓한 태도를 서희한테 볼 수 있게 되었다.[31]

---

30) 『토지』, 1부 1권, 359.
31) 『토지』, 1부 2권, 257.

1세대 윤씨부인과 2세대 최치수의 죽음은 전통적 유교 가치관의 몰락을 의미한다. 어머니 별당아씨의 도주, 그리고 할머니 윤씨부인의 죽음으로 인해 삶의 질곡을 겪는다. 아버지와 할머니의 죽음은 한 개인의 죽음을 너머 최참판댁의 몰락을 의미한다. 윤씨부인의 사망은 최씨 가문의 완전한 종말과 쇠퇴라 할 수 있다.

> 윤씨부인이 죽은 뒤의 최참판댁 넓은 집안은 일시에 폐허가 되었다. 식솔이 많기 때문이기도 했으나 마을에서도 가장 많은 시체가 최참판댁에서 나갔고 김서방을 위시하여 봉순네 그리고 윤씨부인이 죽었다는 것은 대들보가 부러지고 기둥이 빠져나간 것이나 다름이 없다. 그러나 그것으로 끝나지는 않았다.[32]

최참판댁의 남은 혈육인 서희는 평사리에 창궐한 돌림병을 피하기 위해 그리고 친일 제국주의자 조준구에게 땅과 재산을 빼앗겨 '한'(恨)을 품은 채, 간도 용정으로 이주한다. 그곳에서 길상과 공노인의 지략으로 곡물, 토지 등의 재산을 불린다. 세습이라는 시각에서 볼 때 서희는 봉건적 유교질서로 살아가는 전형적인 인물이라 할 수 있다. 서희는 연곡사 우관 스님의 보살핌 속에서 성장한 고아 출신의 하인 길상과 신분을 초월하여 결혼하고, 훼손된 가문의 명예와 권위를 회복하며, 일제에 협력하는 조준구와 식민지 억압에 대해 저항하는 인물이다.

> "모조리, 다 잡아가라지, 하지만 나는 안 될걸. 우리집은 망하지 않아, 여긴 최씨, 최참판댁이야! 홍가 것도 조가 것도 아냐! 아니란

---

32) 『토지』, 1부 2권, 415.

말이야! 만의 일이라도 그리 된다면 봉순아? 땅이든 집이든 다 물 속에 처넣어버릴 테야. 난 그렇게 할 수 있어, 찢어죽이고 말려죽 일 테야. 내가 받은 수모를 하난들 잊을 줄 아느냐?"[33]

서희는 이동진의 아들 이상현을 사모하였지만 길상과 혼인하게 되는데 이것은 길상에 대한 사랑이라기보다 여성으로서의 주체적인 삶의 정립 과 정체성, 그리고 최씨 가문의 재건이라는 목적을 이루기 위한 것이다. 길상은 서희를 연모하고 만주 용정에서 서희를 도와 최씨 집안의 재건 에 기여한다. 이와 같은 시각에서 볼 때 식민주의와 식민치하에 살아가 는 서희는 식민지배자와 피지배자 간의 역학관계를 역전시킬 수 있는 가능성과 탈식민적 가치를 환기시킨다. 할머니 윤씨부인의 기질을 물려 받아 어릴 적부터 고집이 센 그는 설상가상으로 조준구에게 가산을 빼 앗기게 되자 냉혹하고 매정한 여성으로 성장한다.

포악스럽고 음험하고 의심 많고 교만한 서희, 그러나 그것이 그의 전부는 아니었다. 제 나이를 넘어선 명석한 일면이 있었다. 본시 조숙했지만 그간 겪었던 불행과 지켜보지 않을 수 없었던 많은 죽 음들로 해서 그의 마음은 나이보다 늙었고 미친 듯이 노할 적에도 마음바닥에는 사태를 가늠하는 냉정함이 도사리고 있었다. 무료하 고 지루한 나날, 서책에 묻혀 시간을 보내는 생활은 그를 위해 아 행한 일이었으며 거기에서 얻어지는 지식은 또 지혜를 기르는 데 살찐 토양이 되어주었다. 언문으로 된 이야기책에서부터 서고에서 꺼내어온 여러 가지 한서(漢書)를 읽었으며 그 중 오경의 하나인 『춘추』를 탐독했다. 그 밖에 서울서 발행되는 신문 조각 같은 것

---

33) 『토지』, 1부 3권, 233.

도 가끔 읽었다. 심지어 조준구로부터 배운 일본 글로 일본 책까지 한두 권 읽었다. 이쯤 되면 여식으로 박학하고 세상 물정에 밝다 하겠는데, 그것으로 총명한 천품을 무한히 닦아갈 수도 있겠는데 서희는 그 명석함도 자기 야심과 집념의 도구로 삼으려 했을 뿐 자신에게 합당치 못한 현실에 대해서는 아무리 그 총명이 뚫어본 사실일지라도 인정하지 않으려는 완명(頑冥)한 고집 앞에 이성은 물거품이 된다. 그에게는 꿈이 없다. 현실이 있을 뿐이다. 자지 자신을 위해 왜곡된 현실이 있을 뿐이다.[34]

평사리에 창궐한 호열자로 죽음의 문턱까지 갔다가 돌아온 서희는 강인한 생명력으로 병을 극복한다. 그는 집안의 몰락, 구천이와 어머니 별당아씨의 도피, 조준구의 악행으로 인한 가문의 몰락 같은 질곡을 겪으면서 적개심을 품는다. 앞서 언급한 것처럼, 서희는 나이에 비해 "조숙하고 영민하며 기승하고 오만한" 성격을 지닌 인물임을 다음의 대화에서 다시 확인할 수 있다.

> "한 분 울음을 잡혔다 싶으믄 온 집안의 사람들이 정신을 못 차리고, 우리 옴마는 아이구 우짜꼬 아이구 우짜꼬 함시로. 애기씨는 생각 안 나십니까?"
> 서희는 얼굴빛이 변하고 깎은 듯 둥근 이마에 푸른 줄이 뻗는다.
> "그건 철없을 때 얘기야!"
> 쇠된 목소리가 사방에 깨어져서 울린다. 비로소 봉순이는 자신의 실수를 깨닫는다.
> "그거사 머, 어릴 때사 머, 누구나 다. ……"

---

34) 『토지』, 1부 3권, 284-85.

하다가

"오만 가지 보는 것마다 죽은 옴마를 생각나게 하고 말입니다. 잊어부릴라꼬 하지마는."

가까스로 말머리를 돌렸으나 어머님 데려오라 하면서 울었다는 그 쓰라린 시절을 끄집어낸 뒤끝이어서 어미를 생각나게 한다는 말은 자극이 되었다.

"안 물라꼬 하지마는 생각해보시이소. 울 엄마가 살았이믄 저기 저 마리에서 지금도 바느질을 하고 있일 긴데 말입니다. 양주댁인가 그 쪽제비 겉은 서울내기, 지가 뭔데 사람을 괄시하겄십니까. 참말이지 객식구 아니냐 말입니다. 그런 주제에 울 옴마 방에 떡 뻗치고 앉아서 누구 일을 하고 있십니까? 참말이지 눈에 쌍심지가 돋아서 아무래도 못 살겄십니다. 지가 머 서울서 우떤 대가댁에 있었는지는 모르지마는, 흥 울 옴마 바느질 솜씨 따라올라 카믄, 신 벗어놓은 데나 올기라고요? 얼런도 없지. 그뿐이겄십니까. 울 옴마가 있었이믄 갬히 마님 장롱을 열었겄십니까? 장롱 쇠때도 울 옴마가 딱 갈미하고 저승차사가 와도 안 내 났을 긴데." [……]

"참말이지, 애기씨 자라시는 기이 여삼추만 같십니다. 애기씨만 자라서 살림채를 잡으시믄 소인은 죽어도 눈을 감겄십니다."

수동이는 눈물을 떨어뜨리기 일쑤였다. 그러지 않는다 하더라도, 연하고 아직은 미숙한 머릿속에 거듭거듭 못을 박지 않는다 하더라도 조숙하고 영민하며 기승하고 오만한 서희가 그동안 어려운 일들을 겪어내면서 굳힌 것은 경계심과 주어진 모든 것을 지켜나가리라는 결심뿐이었다. 앞으로 자신의 신상에 변화가 있으리라는 예측도 과민하게 받아들여지고 있는 터이어서 마음의 무장은 밤낮으로 불경처럼 외어대는 세 사람의 기대 이상으로 강인한 것이었다.

'어디 두고보아라. 내 나이 어리다고, 내 처지가 적막강산이라고,

지금은 나를 얕잡아보지만 어디 두고보아라.'

그런 앙심은 이미 아이가 가지는 성질의 것은 아니었다. 그것을 두려워하는 사람은 역시 조준구다. 아침이면 봉순이를 거느리고 서희는 윤씨부인 상청에 나가 상식을 올리고 곡을 하는데 조준구는 그 곡소리가 질색이었다. 온갖 저주와 최씨 가문을 마지막까지 지키어나갈 것을 맹세하는 것 같은, 저주와 다짐을 하기 위해 해가 지고 다음날이 새어 상청에 나가기를 기다린 듯, 처절한 울음이었다. 날로 새롭게 날로 결심을 굳히는 듯, 곡성을 들을 때마다 조준구는 한기를 느끼곤 했다.[35]

서희는 식민지 여성들이 경험하는 갈등을 표출할 수 없고 자기 목소리를 낼 수 없음을 상징적으로 드러내는 인물이라 할 수 있는데 이는 여성의 자기 목소리 내기와 밀접한 관련이 있다. 자기 목소리 내기를 검토하지 않고서 여성의 정체성 구축이라는 결과를 기대하는 것은 사실상 무의미하다. 이는 탈식민화가 가속화되면서 식민상황에서 자신의 목소리를 낼 수 없었던 여성, 그러니까 남성제국주의와 권위적인 유교질서에 압도되어 억압받았던 여성의 상황과 관련지을 수 있다. 자기 목소리 내기는 탈식민화를 위한 일종의 의사소통방식이라는 점에서 말할 수 없는 여성의 정체성을 새롭게 구성하거나 진정한 자아를 구성할 수 있는 가장 효과적인 방식이며 정치적 권리의 표명방식이라 말할 수 있다. 왜냐하면 여성의 목소리를 억압하고 탈식민화를 가로막는 가장 중요한 동인은 바로 권위주의적인 남성제국주의와 폭력적이며 전근대적이며 획일화된 구조를 갖는 유교 이데올로기에 구조에 뿌리를 두고 있기 때문이다.

---

35) 『토지』, 1부 3권, 76-77.

여성을 억압하는 유교질서는 여성에 대해 갖는 남성들만의 배타적 기득권적 구조를 말한다. 그것은 남성의 권위를 강화하고 지속적으로 그 구조를 강고하게 유지하는 것으로, 남성중심적 권력 구조를 강화하는 성격을 갖는다. 앞에서 말했듯이 서구 제국주의적 구조는 식민지배를 함축할 뿐만 아니라 여성을 억압의 대삼으로 삼는다. 이 같은 구조에서 거시적으로 탈식민화를 지향하는 정치적 상황과 조건을 형성하는 것은 쉽지 않은 과제라 할 수 있다. 중요한 것은 유교 이데올로기가 식민주의 이데올로기와 결합하여 상호 지배구조를 상승시키기 때문에 이 구조에 대해 새롭게 접근해야 한다. 여성 억압적 구조가 유지된다는 것은 식민주의적 사고방식을 반복함으로써 식민체제하에서의 억압과 모순을 그대로 유지한다는 뜻이다. 남성이 여성의 정체성을 존중하고 협력적, 공존적 남녀관계의 형성하고 이를 강화하기 위한 정치공간을 마련하는 것이 필요하다.

하지만 정치공간은 그렇게 쉽게 형성되는 것이 아니다. 이런 이유에서 『토지』는 여성이 남성제국주의의 대상이 되는 현실에서 유교질서가 지배하는 헤게모니적 구조를 해체하는 탈식민 텍스트라고 할 수 있다. 여성의 자유와 삶을 억압하는 유교질서에 대한 저항을 담고 있다. 서구 제국주의와 봉건주의 사회에서 여성은 남성에 의해 식민화되고 대상화되었다. 이것은 여성의 정체성에 역행하는 부정적 지배질서라고 할 수 있다. 바꾸어 말하면 식민구조의 해체 없이는 탈식민화는 실현되기 어렵고 탈식민화로 구현되지도 못하고 수사적 담론으로 끝나버릴 가능성이 농후하기 때문이다.

여기서 놓치지 말아야 할 문제는 남성제국주의는 여성을 지배하고자 하는 권위적 체제라는 점에서 본질적으로 허약하며, 그 자체의 지배적 이념으로 인해 그 기반은 취약하다는 사실이다. 여성 존재에 대한 당연히 있어야 할 문제에 대해 논의를 끌어낸다는 점과 그동안 은폐되고 관심을 끌지 못했던 여성들의 목소리에 상응하고 그 요구에 부응하고자 하는 움직임의 확산과 같은 효과들이 넘치는 것은 고무적이다. 많은 사람들이 지적하듯이 남성제국주의로부터 여성들의 자유와 해방을 위한 전반적인 흐름에서 볼 때, 여성의 자유와 독립, 그리고 여성 정체성 형성은 탈식민화의 중심적 내용을 모색하는 것은 매우 극적인 변화가 아닐 수 없다. 남녀 간 구별과 경계를 넘어 이질성을 수용하며 여성에 대한 억압, 폭력적 질서의 해체와 더불어 여성의 존재양상을 드러내는 것은 중요하게 다루어야 할 과제로 파악된다.

『토지』1부 1권의 중요한 인물로 등장하는 최치수의 어머니인 윤씨부인은 뜻하지 않게 남편을 잃고 '한'을 품고 살아간다. 앞에서 언급했듯이, 그는 요절한 남편의 명복을 빌기 위하여 천은사에 불공을 드리러 갔다가 동학운동의 수령 김개주에게 능욕을 당해 자살을 시도할 때 하인인 바우 내외가 윤씨부인을 구한다. 집으로 돌아간 윤씨부인은 바우 내외, 문의원, 월선네의 설득으로 아이(환)를 잉태하게 된다. 양반가문의 안주인이 혼외임신을 하는 것은 가부장제 사회에서는 용납할 수 없는 사건이기 때문에 노비인 간난할멈과 중인 계급의 문의원, 우관선사의 도움으로 아들 환을 낳게 된다. 세월이 흘러 김환(구천)이 최참판댁에 들어왔을 때 윤씨부인은 그의 이름도 묻지 않고 하인으로 받아들인다. 구천이 별당아씨와 도주하자 구천과 며느리의 불륜을 수용하고 도피를 돕는다. 별당아씨와 구천의 도주는 유교사회에서 용납할 수 없는 사건이며 아들 최치수에게 굴욕적인 사건임에도 윤씨부인은 구천을 선대한다. 최치수는 어머니의 고통스러운 과거를 추적한다. 윤씨부인이 숨기고 싶은 자신의 과거를 부정하지 않고 김환을 선대하는 것은 그에 대한 타자에 대한 배려이며 가장 본질적이고 절대적 가치인 생명존중에 있다. 그리고 자신의 문제를 해결할 수 있는 소통의 부재, 자신의 정체성을 자생적으로 말할 수 없는 자기 목소리의 부재에 있다. 생명이 존중되고 그것을 최고의 가치로 두는 것은 유교 이데올로기보다 우선한다.

특히 윤씨부인의 비밀을 은폐하는 것은 봉건적 유교질서와 인습, 유교 윤리에 대한 저항과 전복을 의미한다. 김환을 밖으로 내쫓지 않고 배려하는 것은 윤씨부인에게 매우 어렵고 힘든 일이다. 그런 면에서 윤씨부인의 정체성은 여성의 정체성을 강조하면서 남성중심주의적 지배구조에 대한 적극적 저항을 형성하는 것이다. 이것은 전통 유교사회에서는 드문 것이다. 유교문화와 전통에서 여성에 대한 남성의 권위의식은 어떤 것보다 끈질기고 강력하기 때문에 윤씨부인의 정체성은 그런 맥락에서 나온 것이다. 적극적 저항은 유교질서에 대한 무조건적 저항이나 투쟁을 말하는 것은 아니다. 왜냐하면 유교질서를 완전히 부정할 때 객관성을 잃을 수 있기 때문에 윤씨부인은 자신의 여성적 위치와 유교사회의 구조를 객관적으로 바라보면서 자신의 정체성을 추구한다. 다시 말해 윤씨부인의 정체성은 전통적 유교질서에 항거하는 대항 담론을 구성하는 것이며, 새로운 여성 존재의 가치와 여성으로서의 정체성 확립을 보여준다. 또한 자신을 능욕한 김개주를 원한과 복수의 대상으로 생각하지 않고 사랑할 대상으로 여긴다. 이는 남성우월적인 유교질서에 대한 부정이며 새로운 여성 정체성의 구현이라 할 수 있다.

산에서 돌아오던 날 어머님 하며 기뻐서 어쩔 줄 모르며 달려온 치수를 뿌리친 그때부터 윤씨부인은 죽은 남편의 아내가 아니었던 것과 마찬가지로 그 남편의 아들인 치수의 어미도 아니었던 것이다. 그 의식의 심층에는 부정(不淨)의 여인이며 아내와 어미의 자격을 잃은 육체적인 낙인이 빚은 절망 이외의 것이 또 있었다. 핏덩어리를 낳아서 팽개치고 온 뼈저린 모성의 절망이었다. 전자의 경우 어미의 자격을 빼앗은 것이라면 후자의 경우는 스스로 어미의 권리를 버린 것인데 결국은 두 경우가 다 버렸다 함이 옳은 성싶다. 그러나 버림은 버림에 그치는 게 아니었다. 그것은 적악(積惡)이며 그 무게는 짊어져야 하는 짐이었다. 짐은 땅이 꺼지게 무거운 것이었다. 양컨에 실은 무게를 느끼면 느낄수록 허리는 휘어지고 발목은 파묻혀 들어갔다. 조금만 움직여도 산산조각이 날 것 같은, 그러나 윤씨부인은 이십 년을 넘게 모질게 지탱해왔던 것이다. [……] 윤씨부인의 의식의 심층을 한층 더 깊이 파고 내려간다면 죄악의 정열로써 침독(侵毒)되어 있는 곳을 볼 수 있을 것이다. 이십 년 넘는 세월 동안 그의 바닥에는 한 남자가 살고 있었다. 그 남자의 비그이 삼줄과 같은 질긴 거미줄을 쳐놓고 있었다. 형장의 이슬로 사라진 그 남자, 그 남자의 비극과 더불어 살아온 윤씨부인이 사면을 거절한 것도 그 때문이요. 피맺히는 아들의 매질을 원했던 것도 그 때문이다. 뜻밖의 재난으로써 그치지 않았기 때문에 그는 운명을 원망하지도 않았었다. 영원히 사면되기를 원치 않았던 그에게는 그와 같이 끈질기고 무서운 사랑의 이기심이 도사리고 있었던 것이다.[36)]

유교 이데올로기가 지배하는 전통사회 전체 속에서 자신의 삶과 시각을 새롭게 구성하는 것은 타자화되고 주변화되었던 삶으로부터의 이탈이다. 이는 전통적 가치와 봉건주의 시대의 권위적 담론을 폐하고 타자화

---

36) 『토지』, 1부 2권, 209-10.

된 여성 주체의 변혁, 말하자면 주변부가 되지 않기 위한 근본적 변화이며 여성의 정체성 확립을 새롭게 구성하는 의미를 것이다.

> 사회 변동 과정에서 '주변성'이 갖는 의미에 관한 논의는 비단 오늘의 역사에서만이 아니라 모든 변혁의 역사 속에서 강조되어온 부분이다. 시대적 전환기에 들어서면 '주변부'는 항시 문화 창조를 위한 새로운 '거점'으로 떠오르며, 이 사실은 역사를 읽어본 사람이면 누구나 알고 있는 상식에 속한다. 봉건사회를 무너뜨린 힘은 상인계층이라는 '주변부'에서 나왔고, 서구 근대 지성사에서 유태인 지식인이 차지하는 비중은 그들이 자기 사회에서 차지해온 '주변적' 위치와 깊은 관련이 있다.[37]

윤씨부인의 정체성은 최참판댁을 탈취하고자 했던 조준구를 대하는 장면에서도 확연히 드러난다. 그는 일본 제국주의를 추종하고 남성우월적 가치를 드러내는 조준구의 폭력에 강하게 저항하면서 자신의 정체성을 찾는다. 남성이 갖는 양반의 권위로 조준구가 유교적 가치와 위계질서를 들먹이며 서희가 거주하는 별당을 요구하지만 윤씨부인은 단호하게 거절한다. 그리고 서희가 최참판댁의 주인이며 조준구는 자신보다 항렬이 낮은 손아랫사람이라는 사실을 환기시킨다. 그는 여성 주체의 권리를 부정함으로써 정체성에 균열을 내는 조준구의 위협에 대해 단호하게 말한다.

> 윤씨 방으로 들어간 조준구는 평소 어려워하던 표정과는 달리 꼿꼿하게 얼굴을 쳐들었다.

---

37) 조혜정, 『탈식민지 시대 지식인의 글 읽기와 삶 읽기 2』, 서울: 또하나의문화, 2006, 221.

"여쭐 말씀이 있어 왔습니다."

"말해보게."

"이럴 줄 알았더라면 불원천리 이곳까지 처자를 끌고 오지는 않았을 것입니다. 굶주리고 헐벗는 한이 있을지라도 어찌 노비의 처신을 감수하겠습니까. 할머님께서 존명해 계셨더라면 친정 손주며느리가 종이 살던 집으로 쫓겨나는 것을 그냥 보고만 계셨겠습니까?"

준구는 눈물을 떨어뜨렸다.

"허나 지금 어머님은 계시지 않지."

윤씨부인은 나직이 말했다.

"돌아가신 어른에 대한 효성이 아닌 줄로 아옵니다."

"자네 말도 일리는 있네."

"뒤채로 나가라는 분부는 거두어주시고 대신."

윤씨부인은 그 말을 묵살하고 나서

"자네로 말할 것 같으면 분명 내겐 손아랫사람이었다?"

"......?"

"내가 효부가 아님은 차치하고 자네가 할 말은 아닐세."

준구는 말문이 막힌다.

"그리고 돌아가신 어머님은 자네 집안에서 출가외인일세."

"하, 하오나."

"두말 말게."

"하, 하오나 명색이 사대부집 자손이 종의 거처로 쫓겨나다니 그, 그것은 너무하신 처사 아니옵니까?"

"그 집이 행랑이냐?"

"김서방이 거처하던 곳입니다."

"김서방은 종이 아닐세. 그도 그렇거니와 그곳 말고는 일을 만한 곳이 없고 사랑에 아녀자를 동거케 할 수는 없는 일 아니겠느냐?"

"어려운 부탁이온데, 서희는 아직 어린 몸이니 아주머님 가까이 두시는 편이 어떠하온지요. 안채는 넓은 방도 많고, 하오면 병수어미를 별당에."

"안 될 말이네. 손님이 소중하지 않는 바는 아니나 서희는 이 집의 임자니라. 경망하게 어디로 옮기겠느냐? 정 자네들이 불편하다면 할 수 없는 일, 서울로 돌아가게. 나로서는 그 집을 수리한 것도 돌아가신 어머님 생각을 했기 때문이요 더 이상 말하여 나를 불효하게 하지 말라."

준구의 기세는 눈에 띄게 꺾였다.

"그리고 또 한 가지 일러둘 일은, 뒤채로 옮긴 뒤 되도록 자네 안사람, 안의 출입은 삼가도록 일러주게. 하인들의 질서가 안 잡히고 서희만 하더라도 한창 예민할 시기니만큼, 나는 자네 안사람이 서희 본보기 되길 원치 않네."[38]

여성 주체의 가치와 권리를 추구하며 여성의 정체성에 정치적 담론을 구축하는 것은 탈식민적 페미니즘 이론과 일맥상통하는데 이는 탈식민 페미니즘이 페미니즘을 투영하기 때문이다. 탈식민 페미니즘은 페미니즘을 확장한 여성 정체성 구축을 위한 다른 대안이라고 할 수 있다. 이것은 자율적이고 독립적이며 다양한 여성 주체의 목소리를 위한 새로운 담론 기반으로, 봉건적 유교질서에 근본적으로 저항하는 주체적 측면이 강하다. 여기서 여성의 저항은 식민주의적 가치를 구성했던 제국주의 질서의 해체, 유교적 가치가 지배하는 폐쇄된 공간 속에서 자신들의 정체성을 결여한 여성들의 목소리 내기를 의미한다. 그리고 그것은 제국주의와 전제적 남성지배적 구조와 획일적 지배에 저항하는 탈식민적 가

---

38) 『토지』, 1부 2권, 374-75.

치를 담지하면서 여성의 정체성 구축을 목표로 한다.

탈식민 페미니즘이 가지는 영역은 제국주의 권력과 자본에 저항한다는 점에서 여성들에게 새로운 지평을 열어주는 기획이다. 요컨대 탈식민 페미니즘은 전통적인 가치가 지배하는 정치적 질서의 거부, 즉 남성제국주의의 문화적, 사회적 구조의 본질을 뒤흔드는 여성 주체들의 새로운 사회변혁을 모색한다. 탈식민주의 페미니즘 비평을 선도한 스피박은 서구중심적 근대성에 대한 데리다의 해체주의 방법과 탈식민주의를 결합하여 새로운 윤리를 제시한다.

스피박이 우리의 주목을 끄는 이유는 남성제국주의로부터 자신들을 보호할 방어기제를 가지고 있지 못한 타자로서 살아가는 제3세계 여성 주체의 자율성에 대해 깊은 관심을 기울이기 때문이다. 다시 말해 억압과 좌절을 비판적으로 조망하면서 그들의 목소리를 회복하고 남성제국주의 질서에 저항하고 도전하는 독립적 주체로서의 여성상을 탈식민 페미니즘 시각에서 문제를 도출함으로써 담론적 실천을 이행하기 때문이다. 스피박이 강조하는 해체 이론은 바바의 혼종성 이론의 모호함을 넘어서 그것을 극복하는 지점에 초점을 맞추고 있다. 스피박은 정치적으로 식민종주국으로부터 독립한 제3세계 국가에서 내부 식민화로 인해 억압받는 여성과 노동자들의 새로운 종속 상태에 대해 집중적으로 논의한다. 그의 탈식민주의 관점은 개인의 정체성에 대한 논의를 민족의 역사와 문화의 관계로 확장하여 정체성 문제를 집중적으로 다루고 있는데, 스피박의 이론이 탁월한 점은 개인의 '정체성'을 구성하는 계급과 성·인종 같은 다양한 요인이 자기 자신의 주체를 형성할 수 있는 효과를 갖는다. 정체성은 인간 개체가 자신의 고유한 존재론적 본질을 인식하고 가치와 철학을 형성하는 개별적 특성이라고 할 수 있다.

스피박은 서구 제국주의가 제3세계에 가한 인식적 폭력에 대해 비판하며 스스로 자신의 목소리를 낼 수 없다고 주장하면서 '여성의 정체성'에 대한 문제의식으로 탈식민 논의를 이끌고 있다. '남성제국주의와 순종적 여성'이라는 성 이데올로기에 대한 논의를 확장시켜 봉건적인 유교질서 아래 살아가야만 하고 열등한 이미지로 재현된 여성에 천착한다. 여성들이 문화적 혼종성이나 양가적 정체성 때문에 혼란을 겪는 현실에서 그는 여성을 남성의 수동적 대상이 아닌 주체로 인식함으로써 여성 고유의 가치를 새롭게 모색하고 문화적 재현문제를 명확하게 직시한 것이다.

여성에게 복종을 강조하는 식민주의 압제, 전제적 유교 이데올로기, 어머니 별당아씨의 불륜, 할머니의 죽음 등을 겪고 조준구에게 전답과 곡식 등 전 재산을 침탈당한 서희는 할머니 윤씨부인이 남긴 금괴를 처분한 돈을 갖고 간도로 이주한다. 제국주의 침탈에 모든 것을 빼앗긴 서희의 삶은 식민화된 조선의 은유라고 볼 수 있다. 송관수가 최참판댁을 방문했을 때 조준구가 서희로부터 강탈한 최참판댁은 찬바람이 부는 싸늘한 죽음의 분위기다. 이는 식민체제의 침탈을 특징으로 하는 토지제도로 인하여 조선의 서민들은 삶의 터전인 토지를 송두리째 빼앗긴 식민 공간을 표상한다.

대문이 활짝 열려 있었다. 속이 휘둥그레 비어버린 고목처럼, 그리고 냉 바람이 코끝을 스친다. 두 칸 오두막의 가난에서 오는 냉기하고는 사뭇 다르다 처절하고 요괴스러운 냉 바람이 마음을 썰렁하게 한다. 십여 년 동안 방치해둔 채 황폐할 대로 황폐해진 집, 돌담들은 무너지고 풀이 돋아나 마당에 옹기 부서진 것 사금파리

가 어지럽게 널려 있었다. 지붕과 기둥만 남을 해골, 바로 그 해골이었던 것이다.[39]

다시 말해, 조준구가 빼앗은 평사리 최참판댁은 식민주의와 팽창적인 식민권력에 의해 빼앗긴 식민의 공간이다. 제국주의가 식민지를 복속시키고 식민지인에게 가하는 폭력성을 암묵적으로 드러내는 공간이라고 할 수 있다. 박경리는 식민지 조선의 민초들의 삶에 대해 기술한다.

내일이 없는 아비 어미의 자포자기한 생활, 자포자기한 사랑 때문에 아이는 배도 안 부르고 이빨만 썩을 사탕을 먹게 된다. 떡 할 쌀, 엿을 고을 엿기름 한줌이 없어서 그런 것만은 아니다. 없는 것이 어디 그것뿐일까. 코딱지만 한 남의 곁방살이, 처마밑이 부엌이며 아궁이에 지필 나무 한 가치 없고 간장 된장도 사먹어야 하는 뜨내기 살림, 아이 입에 사탕만 물리던가? 돈 생기면 허기부터 달래려고 우동을 사먹게 된다. 우동만 사먹는가? 환장한 가장은 야바위판에 주질러 앉아 돈 털리고 호주머니 바닥 털어 술 사먹고 돌아와서 계집 자식 친다. 내일이 없는 뜨내기, 그들은 모두 허무주의자다. 허무주의는 소비를 촉진한다. 바닥을 털어가며 사는 사람들, 끝없는 노동력을 제공해도 바닥은 메워지지 않는다. 노동을 팔고 싶어도 팔 자리가 없어 빈털터리요 어쩌다 얻어걸리는 품팔이, 급한 김에 아이 입에 사탕 물리고 허기 달래려고 우동이며 국수며 혹은 떡이며, 해서 이들은 왕도 손님도 아닌 거지의 시늉을 내는 소비자인 것이다. 머지않아 거지로 전락할 사람들인 것이다.[40]

---

39) 『토지』, 3부 1권, 112.
40) 『토지』, 4부 1권, 15.

식민 상황에서는 절대적인 진리나 삶의 가치를 발견하기 어렵다는 점에서, 식민치하 상황에서 절망에 빠져 삶을 체념하는 민초들은 허무주의적 색채를 강하게 띠고 있다. 또한 지배자와 피지배자간의 정치적, 경제적, 사회적 권력은 토지와의 관계와 분리될 수 없다는 사실에서 알 수 있듯이, 농민사회에서 삶의 근원을 탈취당하는 것은 단순히 식량부족을 의미하는 것이 아니라 식민지 농촌의 파멸, 농지소유권, 나아가 국권침탈을 함축한다. 이런 관점에서 일제에 빼앗긴 땅을 회복하는 것은 식민 자본주의에 대한 저항이라고 점에서 매우 중요하다.

같은 맥락에서 조준구에게 집을 강탈당한 후 서희는 하동과 가까운 진주에 도착한다. 서희의 진주 집은 식민체제에 의해 파괴된 평사리의 집과는 매우 대조적인다. 이에 대해 작가는 다음과 같이 묘사한다.

> 조준구는 반들반들 윤이 나는 구두에 발을 끼우면서 신돌이 암팡지고 튼튼하다는 생각을 한다. 새 죽지처럼 하늘로 쳐올라간 서까래 봇대에 물려든 기둥이 너무 튼튼하다는 생각을 한다. 동편을 향한 사랑은 동편으로 창문이 크게 트여 있었다. 널찍널찍한 칸잡이, 서울의 고옥과는 판이하게 다른 넓은 공간이다. 평사리의 접 전체 칸수에는 미치지 못하나 방마루의 넓이는 그곳보다 크다. 남쪽을 향한 창에선 남강이 내려다보다고 치자나무 한 그루가 있다. 동편으로 쭉 뻗어난 마당엔 손질이 잘 된 수목이 바야흐로 봄을 다투고 있는 것이다.[41]

서희는 친일 제국주의자 조준구에게 빼앗긴 토지를 되찾겠다고 결심한다. 가문을 되찾겠다는 일념에 공노인의 도움으로 서희는 곡물과 토지

---

41) 『토지』, 3부 1권, 139-40.

매입을 통해 부를 축적한다.

그러면 서희가 어떻게 하여 부자가 되었는가. 그러니까 1908년 칠월 초순, 일행이 회령가도를 지나 용정촌에 도착했는데 공노인이 그때까지 용정촌에 살고 있었다는 것, 그 사실이 일행에게는 매우 중요하였고 서희가 축재할 수 있었던 요인이기도 하다. [……] 언젠가 공노인은 자부심을 가지고 그런 말을 했다. 어쨌든 신용 하나가 밑천인 공노인은 서희에게 둘도 없는 좋은 길잡이였다. 윤씨 부인이 농발 대신 괴어두었던 막대기 속의 금은을 국자가 청인에게 주선하여 거금 삼천 원을 만들어준 것도 청국말에 능하고 그쪽 사회에 면식이 많은 공노인이었다. 자금 삼천 원을 굴리는 데 적절하게 주선한 것도 역시 공노인이었다. [……] 큰 곳간을 마련한 뒤 한 달에 여섯 번 서는 장날이면 인근 촌락에서 모여드는 곡물, 두루(豆類) 그 중에서도 특히 백두를 매점하여 곳간에 쌓아올리는 일부터 시작했다. 그리하여 물건이 귀해지고 값이 앙등할 무렵이면 청진서 돈보따리를 들고 온 상인에게 곳간 문이 열리는 것이다. 이런 식으로 안방에 앉은 서희는 촉수와도 같은 그 예리한 신경을 사방으로 뻗쳐 삼 년 동안 자본을 두 배로 늘리는 데 성공했다. 이 같은 성공은 서희의 굳은 의지와 정확한 판단력에 의해 이루어진 것이지만 공노인의 성실한 주선과 손발이 되어 움직여준 길상의 존재가 없었던들 가능하지 못했을 것이다. 그러나 재산을 크게 비약시킨 결정적인 기회는 청나라 상부국(商埠局)에서 토지를 매입했던 그때다. 당시 청나라 정부에서는 상부지 안의 토지 전부를 매입하여 민간인에게 조차하고자 두도구(頭道溝), 백초구(百草溝), 국자가의 상부지소를 모두 매수했다. 그러나 용정촌만은 사정이 달랐다. 여러 해 전에 청국으로 귀화한 조선인의 명의로 취득한

십만 평가량의 토지는, 소수의 일인들도 포함되어 있었으나 이미 수백 명 조선인에게 분매(分賣)되어 대부분이 조선인들 소유였으므로 상부국의 매입은 용이하지 않았던 것이다. 그러던 것이 작년 여름 상부국에서는 도로의 부지, 모범 가옥의 용지 등 필요에 의해 땅을 매입키로 했는데 이 정보를 재빨리 가져온 사람이 공노인이다. 이때 서희는 실로 대담무쌍한 곡예를 했던 것이다. 시가 요지에 오백 평을 평당 육 원으로 사서 그것을 상부국에 십삼 원으로 전매하여 일약 삼천오백 원의 이득을 올렸다. [……] 서희는 두 번째 투자에서도 투자액을 빼고도 사백 평의 땅을 얻은 셈이다. 이대 토지 투기로 일확천금을 꿈꾸며 자기 자본은 물론 빚까지 끌어들여 토지를 샀다가 미처 처분 못한 사람들 중에는 도산자가 속출했고 용정촌에는 한때 경제공황까지 빚어졌던 것이다. 서희는 퍽 운이 좋았다.[42]

식민체제하에서 친일제국주의자 조준구에게 최씨 가문의 재산을 빼앗긴 서희는 간도에서 곡물무역을 통해 막대한 부를 축적함으로써 거상(巨商)으로 당당하게 군림한다. 탈식민적 시각에서 볼 때 식민지 백성과 식민지 여성의 삶과 정체성을 총체적으로 구성함으로써 식민주의자와 피식민자 간에 존재하는 위계적 구조를 해체시킨다. 서희의 주체적 말과 행위는 지배/종속 관계를 전위시키는 여성의 저항은 엄밀히 말해 식민지배담론을 전복시킬 가능성을 함의한다는 점에서 매우 중요한 의미를 갖는다. 여기에서 서희는 제국주의 사회 내에서 소외되고 타자화된 여성의 상황을 대변하고 있다는 점이다. 그것은 제국주의를 위협하고 전복시키는 여성의 힘을 의미하는 것이며 여성의 삶을 지배하는 다양한

_____

42) 『토지』, 2부 1권, 66-68.

방식의 권력망 속에서 주체로서 자리매김하고자 하는 의지의 표현이며 새로운 주체구성에 대한 낙관적 조망을 함축한다.

여기서 서희의 사랑에 대해 알아보자. 서희는 아버지의 친구이며 아버지와 다름없는 이동진의 아들 이상현을 사모한다. 이상현은 유교질서의 전통과 새롭게 직면한 시대 사이에서 갈등하는 인물이다. 그는 일본에서 새로운 학문을 공부한 이부사댁 양반가 출신의 지식인이자 결혼하여 2남 1녀를 둔 상태에서 서희를 사모하기 때문에 심적 갈등을 겪는다. 서희를 사랑하지만 양반이라는 권위의식에 사로잡힌 상현은 서희를 사모하는 길상과 대립한다.

> "세상이 달라지고 곳이 달라졌다는 말씀을 드린다면 저는 비겁한
> 놈이 됩니다. 세상이 달라지지 않고 곳이 달라지지 않았다 하더라
> 도 억지를 쓰시는 일은 선비 체통에 어긋나는 일 아니겠습니까?"
> [······]
> "못 오를 나무는 쳐다보지도 않는 게요."
> 상현은 주정 비슷하게 다시 시작했다.
> "자네가 똑똑한 것도 알고 잘생긴 것도 안다. 이곳은 내 딸이 아니
> 지만 우린 조선 사람이야."
> "······"
> "아무리 세상이 뒤죽박죽 반상의 구별이 없어졌기로 일조일석에
> 근본이 바뀌어지는 것은 아니야. 내 땅이 아니라고 해서, 양반들이
> 김훈장 꼴이 되고 양가의 규슈가 장사꾼으로 떨어졌다 해서 그것
> 을 기화 삼는다면 내 칼이 자네 목에 들어갈 줄 알란 그 말이니라."
> "저도 한말씀 드리지요."
> "······"

"못 오를 나무 쳐다보지도 마십시오. 신언서판(身言書判)이 분명
하신 서방님을 저도 우러러보아왔습니다. 이곳은 내 땅이 아니지
만 물론 우리는 모두 조선 사람들입니다. 나라가 망하니 삼강오륜
도 땅에 떨어졌다고들 하더군요. 그러나 양반의 체통만은 엄연하
게 남아 있는 것으로 믿습니다. 내 땅이 아니라고 해서, 천애고아
라 해서 뼈대 있는 집안의 규수를, 야심의 노리개로 삼을 시, 저의
칼도 그냥 있지는 않을 것입니다. 저는 분명 골수까지 종놈으로 썩
어버린 놈이니까요. 그걸 충성심이라고들 하지요."
상처받은 짐승같이 영악한가 하면 체념한듯한 그런 눈이 상현을
쳐다본다.
"이놈!"
"······"
"종놈의 신분으로 뉘한테 그따위 헛바닥을!"
"서방님, 구차스럽소이다. 신분을 불러내지 않을 수 없는 그 정도
로 허약한 분인 줄 미처 몰랐소이다."[43]

상현은 3·1 만세운동에 참가하기도 하고 신문기자, 소설가의 삶을 살기
도 하지만 식민체제의 현실에서 벗어나 도피하고 싶은 욕망으로 무기력
한 삶을 살아가는 인물이다.

끈질기게 그리고 감당하기 어려운 이 나라의 백성이라는 것, 청백
리 이부사댁의 후예요 지조 높은 독립투사 이동진의 아들이라는
것, 간도 연해주를 방황한 뒤 일본으로 건너가 새로운 문물에 접했
으며 세계의 흐름을 숨 쉬고 온 지식분자라는 것, 또 상현은 어디

---

43) 『토지』, 2부 1권, 39-40.

서 숨을 쉬었는가. 그것이 비록 탁상공론일지라고 독립, 독립, 독립을 외치는 젊은 열기 속에서 숨을 쉬었다. 그 비중은 자신의 열정보다 항상 무겁고 크다. 의문이나 냉정어니 비판이 허용될 수 없는 절대적 명제인 것이다. 곳곳 장터에서 만세를 부른 장꾼의 의문이나 냉정, 비판보다 죄가 무거운 것이 지식분자다. 상현은 자신의 인간됨이 선이 가는 것을 안다. 동시에 맹목적 무조건일 수 없는 자신을 어쩔 수 없는 것이다. 꽃같이 떨어져라! 꽃같이 떨어질 충격이 입어야 한다. 서의돈과 함께 군중 속에서 울었다. 밟혀죽어도 여한이 없겠노라 했다. 그러나 지금은 시체처럼 열정은 싸늘하게 식어가고 있다. 조선도 고아임을 확인할밖에 없고 상현은 자신도 끈 떨어진 연일수밖에 없는 것을 느낀다. 그런데 그 비애가 단순할 수 없는 것이다. 비겁한 놈! 유약한 놈! 비애는 겁을 먹는다.[44]

그는 서희를 연모하면서도 집안에서 정한 박씨와 혼인하고, 봉순(기화)을 사랑하지만 기화의 사랑을 거부한다. 이처럼 분열된 상현의 자아는 현실에 안주하지 못하고 무책임한 식민지 지식인을 표상한다. 상현은 기화와 동거하면서 딸 양현을 낳지만 기생의 딸이라는 이유로 양현의 존재를 부인한다.

"그게 나하고 무슨 상관이야!"
악을 쓴다.
"이상현의 아이니까."
"미친 소리 말어, 기생년도 애비 있는 자식을 낳아? 일없어!"
"이 개자식이!"

---

44) 『토지』, 3부 1권, 24.

산호주의 손이 상현의 **뺨**따귀를 갈긴다. 반사적으로 상현의 손도 산호주 **뺨**을 향해 날았다. 그리고 다시 덤비려는 산호주의 손목을 꽉 잡는다. 상현의 눈은 미치광이처럼 번쩍번쩍 빛났다.

"잘 들어. 차후 두 번 다시 내 앞에서 그런 말 했다간 주둥이를 찢어버릴 테다!"

"개자식!"

산호주는 으르렁거렸다.

"뭣이!"

상현이 손목을 놓고 산호주 목에 두 손을 감는다.

[……]

'좋다 이거야! 기화가 애를 낳아? 낳아? 낳았음 낳았지 내가 살인할 것 없잖아. …… 애를 낳았다구, 애를 말이지. …… 낳았다. 낳았다. ……'[45)]

식민지 시대, 자신의 삶과 현실에 대한 갈등 때문에, 상현은 스스로 비겁하고 유약하고 무기력한 지식인이라는 현실을 한탄한다. 서희가 상현에게 결의남매를 제안하면서 길상과의 혼인 결심을 밝히자 첫사랑인 서희를 잊지 못한 채 방황하던 그는 화를 내며 밖으로 뛰쳐나간다.

"누이로 생각하시고 저도 오라버니로 모시고 그러기 위해 술상을 마련하였습니다."

상현은 서희가 쐐기를 박는다고 생각했다. 아니 말뚝을 박는다고 생각했다. 머릿속이 쾅쾅 울리고 숨이 찼다. 나쁜 계집애! 나쁜 계집애!

"네. 좋소이다! 원하신다면 내 부족하나마 서희 애기씨 오라버니가

---

45) 『토지』, 3부 2권, 141.

되어드리리다. 그러면 이 술을 마시면 결의남매가 되는 거다 그 말씀이오?" [……]

"저의 나이 열아홉입니다."

"그래서."

"부끄러운 말씀이오나 이 수천 리 타국에서 지아비 없이 홀로 지내기기에는 모든 것이 너무나 벅차고 어렵습니다. 이 머리꼬리를 늘이고 다니는 것도 남부끄럽습니다."

"그래서."

"아까도 말씀드렸지만 천애고아이고 보니 제 스스로 그 일을 결정하지 않을 수 없소."

"이제는 천애고아가 아니잖소."

"그러니 의논을 드리려 하는 게요."

"신랑감을 이 오라비더러 구해오라 그 말이오?"

"아닙니다. 이미 그 상대는 있습니다. 다만 중이 제 머리를 못 깎는다 하지 않습니까?"

상현의 얼굴이 파아랗게 질린다. 무릎 위의 두 주먹이 부들부들 떨고 있다.

"그가 누구요?"

속삭이듯 낮은 목소리다.

"길상이요."

"그래요?"

하다가 미친 듯이 웃어젖힌다. 어느덧 기장(氣丈)한 서희의 얼굴도 파랗게 되어 있었다. [……]

"필경엔 종놈 계집이 될 최서희! 그 어미에 그 딸이로구려!"

술잔을 집어든 상현은 서희 얼굴을 향해 확 뿌린다. 서희 얼굴에 술이 흘러내리고 상현은 방에서 뛰쳐나간다.[46)]

의남매를 맺자는 서희의 제안에 상현은 자존심의 상처를 입고 귀국한 후 서희에게 받은 모욕감에 봉순을 찾아간다. 서희가 조준구를 피해 간도로 갈 때 봉순은 길상이 서희를 연모한다는 사실을 깨닫자 간도로 가지 않고 잔류하여 기생이 된다. 서희에게 상처받은 상현과 길상에게 상처받은 봉순은 서로 의지하며 살지만 곧 이별하게 된다. 상현은 기생 산호주로부터 봉순이 낳은 딸 양현에 대한 소식을 듣고 기화(봉순)에게 가려고 생각하다가 부친 이동진이 있는 간도의 하얼빈으로 도피한다. 그것은 하동에 있는 어머니, 아내와 아들, 그리고 기화와 양현을 버린 죄의식과 무책임한 자신의 과오를 시인하는 것이다. 상현은 봉순과 양현을 버리고 낙오자의 삶을 살지만 이내 양반이라는 권위의식을 버리고 양현을 전에 없던 사랑으로 대한다. 이는 임명희에게 보내는 서신에서 확인할 수 있다.

> 나는 이 일을 누구에겐가, 특히 명희씨에게 밝혀두지 않고는 소설을 쓸 수 없었습니다. 왜 그래야 하는지 나도 그 이유를 뚜렷이는 알지 못하오. 사람에게는 여러 가지 사랑이 있는 것 같소. 사실 여러 가지 사랑이 있소. 남녀 간의 사랑, 육친에 대한 사랑, 우정, 조국을 사랑하는 마음, 여러 가지 성질의 사랑이 있소이다. 불타는 사랑, 연민도 사랑일 것이며 때론 미움이 사랑일 수도 있을 것이오. 지금까지 내 몸속에 우글거리던, 중요하지 않았던 것을 모조리 쫓아내고 생각한 것은 그 중요하지 않은 것에 우리가 얼마나 얽매여 살아왔던가 그 일이었소. 얽매며 살아왔다, 하면은 사람들은 웃을 것이오. 이상현이 언제 얽매여 산 일이 있느냐고 말입니다. 그

---

46) 『토지』, 2부 1권, 198-99.

러나 나는 어느 누구보다 얽매여 살아왔다 할밖에 없소이다. 일견 얽매여 사는 것 같은 그런 사람 이상으로. 나는 그것을 풀려고 끝없는 도피의 길을 찾아다녔던 것이오. 그러나 나를 얽어맨 그것들이 사람 사는 데 별로 중요한 것이 아니라는 것을 깨달았을 때 나는 내가 자유인 것을 깨달았고 정직해지는 것을 느꼈소이다. 앞서 사랑에는 여러 가지 성질이 있다고 했지요? 그것도 나로서는 깨달음이었소. 나는 지난날 어떤 기생을 사랑했소이다. 기생이기 이전에는 최참판댁 침모의 딸이었지요. 나는 그 여자에 대한 감정을 동정이라 생각했소. 그는 남몰래 내 딸을 낳았기 때문입니다. 내가 이곳으로 도망온 뒤 그 여자는 비참하게 세상을 떴고 내 딸은 지금 최참판댁 부인이 거두어주고 있다는 것입니다. 나는 진실로 그 아이에게 내 사랑을 전하고 싶소. 그리고 그 아이에게는 하나밖에 없는 핏줄의 정이 필요할 것이오. 나는 어느 시기가 오면 조선으로 돌아갈 것입니다. 그간 명희씨에게 부탁하고 싶은 것은 앞으로도 부쳐 보낼 예정인 원고, 물로 잡지사에서 소화해주어야겠으나 그 원고에서 받게 될 원고료를 아이 양육비로 도움되게 선처하여주셨으면 하는 것입니다.[47]

아버지의 권유로 상현은 처가의 도움을 받아 일본 유학길에 오르고 이후에 신문기자의 길을 걷다가 다시 소설가로 직업을 바꾸며 방황한다.

주정뱅이 이상현, 결국 그가 도달한 것은 자신이 낙오자라는 인식이었다. 그것은 이상하게도 그를 편안하게 했다. 모든 불꽃은 다 꺼져버렸고 갈등과 고뇌와 자책감은 가라앉았으며 차디찬 공간에

---

47) 『토지』, 3부 3권, 387-88.

다 이상현이라는 한 사내, 한 피폐한 사내를 놓았을 때 상현은 자신을 객관화할 수 있었고 그 객관화한 자신을 통하여 타자를 인식할 수 있었다. 이상현은 그러나 그것이 사람으로 향한 새로운 인식, 출발로는 생각하지 않았다. 그것은 나이 탓이었는지 모른다. 기질 탓이었는지 모른다. 어쩌면 그는 현재에서 미래의 시간을 닮아버리고 싶었는지 모른다. 그는 자신에게 주어졌던 시간을 그 시간 속에 흘러간 사물, 그 원래 출발점으로 되돌아갈 수 있을지 모른다는 생각을 했던 것이다. 그것은 기록하는 행위로서 시작하는 출발점, 그의 기억은 보물의 창고였다.[48]

서희는 상현을 몰래 흠모하고 그리워하지만 애매모호한 태도를 취하는 상현에게 분노감을 품는다. 아버지와 어머니, 할머니를 잃고 방황하던 그는 배우자를 선택하는 과정에서 갈등한다. "휘두르고 달려드는 창을 서희는 분질러버림으로써 애정을 확인하고 상대에게 상처를 남겨놓고 끝장을 내고 싶은 것이다. 서희는 그러한 자신의 욕망을 깊은 애정으로 믿고 있었다."[49] 상현에 대한 서희의 사랑은 애정이라기보다는 최씨 가문의 명예회복과 복원이라는 욕망에서 비롯된 것이다.

이상현을 생각할 때면 서희 마음에는 분통이 치솟는다. 불이 난 뒤 집을 짓고 새 집으로 이사를 하고, 그런데도 상현은 그동안 여전히 모습을 나타내지 않는 것이다. 서희는 옹졸한 위인 같으니라고 하며 마음속으로 경멸을 했으나 무시하는 마음은 잠시였고 매일 투지에 가득 차서 상현을 기다리는 것이었다. 자존심을 빡빡 긁어놓

---

48) 『토지』, 완결편 16권, 81.
49) 『토지』, 2부 1권, 176.

는 사내, 나타나기만 하면 내가 받은 상처의 열 배 스무 배로 갚아
주리라, 서희의 기다림은 순전히 그 보복을 위한 정열로써 지탱되
어 있었다. 때로는 자기 처지가 그러하니 애써 피하는 거라고 자위
를 해보기도 했으나 그런 이해심보다 노상 앞질러 달아나는 것은
자기 위주의 철저한 이기심이었다.

[……]

'설혹 내가 군자금을 거절했기로, 독립지사들을 좀 비방했기로 어
찌, 내 사정을 몰라주는 거지? 어떻게 해서 하동을 더나왔는지 두
눈으로 똑똑히 보고서도 그럴 수 있어? 천지간에 누가 있다고? 한
이 맺히고 맺힌 나를, 산 설고 물 설은 이곳까지 함께 온 정리만으
로도 그럴 수는 없을 텐데, 난 하동으로 돌아가야 할 사람이다. 살
을 찢고 뼈를 깎고 피를 말리는 고초를 겪는 한이 있어도 나는 내
가 세운 원(願)을 잊어서는 아니 된다. 내 살을 찢고 내 뼈를 깎고
내 피를 말리던 원수를 어찌 꿈속엔들 잊으리!'⁵⁰⁾

상현과의 결합은 서희의 여성 정체성에 위협을 가하는 퇴행성, 억압받는
여성 타자적 위치로의 회귀, 말하자면 전통적인 유교질서로의 역행이라
는 점에서 정체성 확립의 위험을 함축한다. 즉 서희를 유교가치가 투영
된 구질서에 예속화하려는 남성우월적 지배이데올로기로의 회귀를 의미
한다는 점에서 서희는 상현과의 결합을 거부한다. 조준구에 대한 복수
만을 기다리는 서희는 이동진의 독립운동 자금요청을 거절하고, 일본인
이 건축한 절에 시주하면서 일본과 관계를 맺기도 한다. 서희가 군자금
요청을 거절한 것은 한편으로는 조준구에 대한 복수, 다른 한편으로는
최참판댁의 집과 토지를 되찾아 가문을 재건하기 위해서이다.

---

50) 『토지』, 2부 1권, 174.

'내 원수를 갚기 위해선 무슨 짓인들 못할까보냐. 내 집 내 땅을 찾기 위해선 무슨 짓인들 못할까보냐. 삭풍이 몰아치는 이 만주 벌판에까지 와가지고 그래 독립운동에 부화뇌동하여 고향으로 돌아갈 수 없는 몸이 될 수는 없지, 그럴 수는 없어. 내 넋을 이곳에 묻을 수는 없단 말이야! [……] 내 일념은 오로지 최참판댁을 찾는 일이오. 원수를 갚는 일이오. 태산보다도 크고 바다보다 깊은 이 내 원한을 풀지 못한다면 나는 죽은 목숨이도, 당신네들은 싸우시오, 나는 이 손톱 마다마디에 피를 흘리며 기어서라도 돌아가야 할 사람이오. [……] 낸들 왜국이 망해 거꾸러진다면 오죽이나 좋겠소? 조준구를, 그 계집을 사도거리에 끌어내어 내 원한의 비수를 꽂는다면 오죽이나 좋겠소? 그러나 그것은 하시(何時) 세월이요. 나는 기다리고만 있을 순 없소. 내 생전 내 눈으로, 그렇소. 나는 일각이 여삼추요. 내가 죽지 못한 이유가 뭐였지요? 이곳 수천 리 타국에까지 온 이유가 뭐였느냐 말씀이오. 내 돈이 아까워 군자금을 아니 낸 건 아니었소. 당신네들에게 협력을 한다면 나는 내 희망을 버려야 하는 게요. 나는 원수의 힘을 빌어 원수를 칠 것이오. 생각해보시오. 기백, 기천의 군병에다 여인네들 비녀 가락지나 뽑아서 마련한 군자금으로 왜군을 치겠다는 생각, 그건 마음일 뿐이오. 애국심일 뿐이오. 그리고 결국엔 헛된 꿈일 뿐이오. 나는 할 수 있는 일과 할 수 없는 일을 구별했을 뿐이오. 내가 할 수 있는 일은 이른바 내가 써야 할 군자금을 마련하는 일이오, 충분히 마련되는 그날 나는 돌아갈 것이오, 그리고 싸울 것이오, 내 원수하고, 섬진강 강가에 뿌린 눈물을, 내 자신에게 한 맹세를 나는 잊지 않을 것이오, 이 원을 위해 서방님을 잊어야 한다면 내 골백번이라도 잊으리다.'[51]

51) 『토지』, 2부 1권, 174-75.

집과 가문의 명예를 되찾고자 하는 서희의 강한 결심은 이동진의 군자금 요청에 대한 거부에서도 드러난다. 간도에서 축적한 부를 군자금에 헌납할 수는 없었다. 왜냐하면 서희에게 국가의 독립보다 가문 재건과 회복이라는 개인적 목적이 더 중요했기 때문이다. 주목해야 할 것은 여성이 배우자를 선택할 수 없는 유교사회에서 서희가 배우자를 선택한다는 것이다. 이는 가문의 재건과 권위회복에 기인하지만 여성이 배우자를 선택하는 것은 시대적 상황에서 볼 때 매우 파격적이다. 또한 양반신분의 상현과 결혼할 수 없는 이유는 상현에게는 이미 결혼한 아내가 있는 까닭이다. 한때 상현을 흠모했던 서희는 현실의 삶에 함몰되어 무책임한 지식인의 삶을 사는 상현에 대한 미련을 버리고 살아가는 목적인 무너진 가문의 재건과 명예회복을 모색한다. 서희의 가슴에 맺힌 '한'은 길상과의 결혼으로 이어진다. 하인 신분의 길상과 결혼하는 것도 관습과 전통에서 벗어나기 때문에 서희는 갈등한다. 그것은 남녀 간의 주종관례를 의미하는 위계질서와 근대적 가치관의 충돌을 의미한다.

'내 얼굴에 술을 끼얹고 미친 듯이 뛰어나가던 사람, 아마 다시는 나타나지 않으리. 뜬구름 같은 그 사람을 놓아주고 나는 평생토록 충성하리라 믿은 이 사내를 내 곁에 두려 하였건만 설마한들, 지가 내 곁에서 떠날 수 있을까? 겨루던 상대가 물러나버렸기에 어쩌면 길상이는 제 마음을 단속하는지도 모르겠어. 비겁해지지가 싫어서 말이야. 안됐다는 생각도 들었겠지. 길상이는 그럴 수 있는 사내지. 아 아니 뭐라고!'

[······]

'내 천길 낭떠러지를 뛰어내리듯 너를 택하려 하기는 했으되 어찌 감히 너 스스로가 생심을 품을 수 있단 말이냐? 하늘의 별을 따지,

어림 반 푼이나 있는 일이겠느냐! 언감생심, 나를 여자로 보아? 계집으로 네 눈에 보이더란 말이냐? 그래 너는 장살(杖殺)의 그 숱한 사연도 몰랐더란 말이냐? 내 비록 천애고아로서 이곳까지 왔다마는, 양반이 아직은 썩은 무말랭이가 되진 않았어! 감히 하인의 신분으로서!'[52]

길상도 서희를 동정하고 사모하며 연정을 간직하고 있지만 그것은 집안의 몰락이라는 사건 속에서 서희를 지키고 싶은 마음 때문이다. 다시 말해 길상이 그를 진실한 사랑의 대상으로 삼았다고는 말할 수 없다.

서희와 길상의 혼인과정에서 옥이 엄마라고 불리는 과부가 등장한다. 회령을 오가는 길상은 자상하고 이해심 많은 옥이 엄마를 만나게 되고 옥이네에게 집착한다. 그는 이미 혼인을 약속한 여자가 있다는 소문을 내고 다닌다. 서희는 자신을 버리고 떠난다는 길상의 말에 분개한다. 길상이 옥이 엄마에게 연정을 품게 되자 서희는 그 여인을 찾아간다.

순간적인 심리 변화라는 것은. 서희는 거짓 없이 말했던 것이다. 사실 당초부터 서희에게는 경쟁의식 같은 건 없었다. 얼굴이 어떻고 조건이 어떻고 따위는, 그런 것을 길상이 필요로 하지 않는다는 것을 아슴푸레 느끼고 있었다. 그렇다면 길상은 무엇을 원했으며 어떤 결과를 만들려는가. 서희가 거짓 없이 말했다는 것은 길상이 이 여자와 헤어지지 않을지도 모른다는 예감 때문이다. 설령 사랑하지 않는다 하더라도. 아니 사랑하고 있지 않아, 그건 설움 때문이야. 서희는 속으로 뇌이며 눈길을 여자도 목도리도 아닌 곳으로 옮긴다. 서희가 알기로는 길상에게는 좋은 혼처가 많았다. 그것을

---

52) 『토지』, 2부 1권, 203.

다 마다하고 볼품없고 가난에 찌든, 아이까지 딸린 과부와의 관계를 숨기지 않고 떠벌리고 다녔다는 것은, 그것이 길상의 슬픔이라는 것을 서희는 비로소 느낀다.[53]

하지만 서희와의 만남 이후 옥이 엄마는 길상과의 관계를 정리하고 잠적한다. 비록 하인의 신분이지만 관대한 성품을 갖고 태어난 길상은 서희의 삶을 지탱해주는 커다란 버팀목이 된다. 신분을 초월한 길상과의 결혼은 전술한 것처럼, 단순히 신분을 초월한 혼인, 말하자면 신분타파라기보다는 제국주의를 옹호하며 그 가치를 수호하는 조준구에 대한 복수, 무너진 최씨 가문의 권위 회복이라는 실리추구에 있음을 부정할 수 없다. 옥이엄마를 찾아간 서희는 그 방에서 길상이의 목도리를 발견하고 길상에게 줄 새 목도리를 산다.

"이놈아!"
드디어 서희 입에서 욕설이 흘러나왔다.
"네에. 애기씨 말씀하시오."
"너 나를 막볼 참이구나."
"네에. 막보아도 무방하구 처음 본대도 상관없소이다. 십여 년 세월 수천수만 번을 보아와도 늘상 처음이었으니까요." [……]
서희는 망토를 벗어던지고 방바닥서 굴러떨어진 꾸러미를 주워 물끄러미 쳐다본다. 그러더니 다음 순간 그것을 길상의 얼굴을 향해 냅다 던진다.
"죽여버릴 테다!"
서희는 방바닥에 주질러 앉아 울음을 터뜨린다. 어릴 때처럼, 기가

---

53) 『토지』, 2부 1권, 405.

넘어서 숨이 껄떡 넘어갈 것 같다. 언제나 서희는 그랬었다. 슬퍼
서 우는 일은 없었다. 분해서 우는 것이다. 다만 어릴 때와 다르다
면 치마꼬리를 꽉 물고 울음소리가 새나지 않게 우는 것뿐이다.
"난 난 길상이하고 도망갈 생각까지 했단 말이야. 다 버리고 달아
나도 좋다는 생각을 했단 말이야."
철없이 주절대며 운다. [……]
와락 달겨들어 나둥그러진 꾸러미를 낚아챈다. 포장지를 와득와득
잡아찢는다. 알맹이가 밖으로 나왔다. 그것을 집어든 서희는 또다
시 길상의 면상을 향해 집어던진다. 진갈색 목도리가 얼굴을 스쳐
서 무릎 위에 떨어진다.
"헌 목도린 내버려! 내버리란 말이야! 흐흐흐 …… 으흐흐홋 ……"54)

앞에서 밝혔듯이, 남성권력에 기반한 위계질서와 계급제도의 함수관계를
깊이 인식하고 있는 서희가 이상현과의 은밀한 사랑을 끝내 거부하고 길
상과 결혼하는 결정적인 이유는 몰락한 가문의 재건과 복수, 명예회복이
라는 삶의 유일한 목표에 기인한다. 서희가 방바닥에 앉아 울음을 터뜨
린 그 다음날 아침 길상과 혼인하게 되는 결정적 사건이 발생한다.

두 남녀는 여관을 나왔고 함께 길을 걸었고 마차에 올랐으나 성난
얼굴로 서로 외면하는 것이었다. 상대편 얼굴 보기가 민망하기도
했으나 그보다 역시 아직은 서로의 마음에 풀리지 않는 멍울이 남
아 있었던 것이다. 푼수 없이 지껄인 길상이나 체모 잃고 울어버린
서희, 푼수 없었다고 느끼는 이상, 체모 잃었다고 느끼는 이상, 이
들 사이에는 엄연한 거리가 있는 거고 거리를 의식하면 할수록 멍

---

54)『토지』, 2부 1권, 410-11.

울은 굳어질 수밖에 없다. 그들은 더 깊은 고뇌를 안고 돌아가는
것이다. 흔들리는 마차 속에서 때론 절망이, 때론 희망이 교차하는
마음은 끝없이 방황하면서. 그러나 이들에게 결정적인 계기가 왔
다. 그것은 용정을 향해 달리던 마차가 어떻게 되어 그랬던지 뒤집
힌 사건이다. 학성(鶴城)에서 안미대(安味臺)에 이르는 중간쯤, 계
곡 사이의 좁고 가파로운 내리막길을 달리던 마차가 돌연 뒤집히
면서 계곡으로 굴러 떨어진 것이다.[55]

죽음의 위기가 발생한 사건은 서희와 길상의 삶에 전주곡이 된다. 죽음
의 위기 앞에서 새로운 관계를 정립한다. 숙명적, 세습적으로 양반과 하
인으로 고정된 신분제의 굴레와 계급제도라는 그릇된 인식에서 완전히
벗어나 서희와 길상, 두 사람은 이상적인 남녀관계를 구성한다. 양반과
하인이라는 계급제도는 사랑 앞에서 힘없이 무너져 내린다. 그것은 남
성중심적 질서가 여서에 가하는 속박으로부터의 자유, 개인의 정체성과
자유로운 영혼을 소유한 사랑이라는 관계로의 발전을 의미한다. 동시에
길상과의 결혼은 가문의 회복이라는 서희의 소망과 분리될 수 없는 대
등한 의미를 갖는다.

    만주에서 두 사람의 결합은 구질서로부터의 해방, 독립운동의 구심
점이라는 점에서 그리고 이산(離散)의 경험이라는 점에서 중요한 의미
를 갖는다.[56] 특별히 일제의 식민통치를 경험한 한국인들에게 이산은 해

---

55) 『토지』, 2부 1권, 411-12.

56) 이산(diaspora)은 '해외거주 자국교포'로 번역할 수 있을 것이다. 예를 들어 한국인이
    미국에 거주할 경우 '재미거주 한국교포'라고 정의할 수 있다. 딜릭은 이산을 구성
    하는 계층은 정치적 망명이나, 경제적 필요 때문에 해외로 진출하는 사람들로부터
    사회적 고학력자, 부유층 등 다양한 사람들로 구성된다고 설명한다(The Postcolonial
    8). 한국사회와 학계에서는 통상 diaspora를 '이산'으로 번역한다. 본고에서는 용어의

통일성과 의미의 명확성을 위해 '이산'으로 사용한다. 헌팅턴(Samuel Huntington)은 『새뮤얼 헌팅턴의 미국』(*Who Are We?*)이라는 책에서 이산에 대해 다음과 같이 설명한다. "이산은 초국가적인 민족 내지 문화 공동체로, 여기에 속하는 사람들은 국가일 수도 있고 아닐 수도 있는 고국에 정체성을 갖는다. 이스라엘인들은 '고전적인 디아스포라'이다. 이 용어 자체도 성격에서 나왔으며, 오랫동안(BC 586년 예루살렘 파괴 후에)전 세계로 흩어진 유대인들을 지칭했다. 이스라엘인들은 '희생자' 디아스포라의 원형이었고, 몇몇은 오늘날의 세상에도 존재한다. 그러나 중요한 것은 이민자 디아스포라이다. 디아스포라는 민족 집단과 다르다. 민족 집단이 특정한 국가 안에 존재하는 민족적, 문화적 단위라면 디아스포라는 국가들을 넘나드는 민족, 문화 공동체이다"(339-40).

헌팅턴은 디아스포라는 민족 집단과 다르다고 언급하면서 디아스포라의 중심적 초점은 자신들의 고국이라고 설명한다. 그들에게 국가가 존재하지 않으면, 가장 중요한 목표는 돌아갈 수 있는 국가를 만드는 것이다. 아일랜드인과 이스라엘인들이 그렇게 했고, 팔레스타인 사람들은 그렇게 하는 과정에 있고, 쿠르드족과 시아파, 체첸인들은 그렇게 하고 싶어 한다. 고국이 존재하는 경우에 디아스포라는 그것을 강화시키고, 발전시키고, 거주지 사회에서 고국의 이익을 도모한다(340). 그는 디아스포라의 중요성은 기본적으로 두 가지 변화의 결과라고 설명한다. "첫째, 가난한 나라에서 부자 나라로의 대규모 이주는 고국과 거주지 국가 모두에서 디아스포라의 숫자, 경제적 힘, 영향력을 확대시켰다. 인도인 디아스포라는 1996년에 1천 5백만 내지 2천만 명의 사람들로 구성되어, 순자산이 400억 내지 600억 달러에 달하고, 고도로 숙련된 20만 내지 30만 명의 의사, 엔지니어, 그 밖의 학자, 전문가, 다국적 기업의 관리자와 중역, 첨단기술 사업가, 그리고 인도 출신 대학원생들의 두뇌 은행을 갖고 있는 것으로 추산되었다. 중국의 경우 3천만 내지 3천 5백만의 디아스포라가 존재하는데 일본과 한국을 제외한 모든 동아시아 국가의 경제에서 중국 디아스포라가 핵심 역할을 수행하며, 중국 본토의 놀라운 경제 성장에 결정적으로 기여해왔다. 멕시칸 디아스포라의 경우, 양쪽 나라에서 중요한 사회, 정치, 경제적 역할을 수행하며 그리고 중동과 미국에 있는 필리핀 디아스포라도 본국 경제에 핵심존재이다. 둘째, 경제적 세계화와 지구적 통신 및 교통의 발전은 디아스포라가 고국의 정부 및 사회와 밀접한 경제, 사회, 정치적 관계를 유지하도록 해준다"(341).

헌팅턴은 이와 같은 변화들로 본국 정부와 디아스포라의 관계는 세 가지 방식으로 바뀌고 있다고 간주하면서 다음과 같이 설명한다. "첫째, 정부는 점점 더 자신들의 디아스포라를 자국 사회의 반영이 아니라 자신들 나라의 소중한 자산으로 본다. 둘째, 디아스포라는 고국에 점점 더 중요한 경제, 사회, 문화, 정치적 공헌을 한다. 셋째, 디아스포라와 본국 정부는 본국과 거주지 사회 정부의 이익을 도모하기 위해 점점 더 협력한다"(342). 결국 본국 정부는 디아스포라를 국가 공동체의 필수 구성

방직후 이데올로기 갈등과 남북한의 분단과 밀접한 연관성을 갖는다. 식
민지배의 결과 국외적으로는 중국과 러시아를 중심으로 독립운동을 확
대하였다. 그 과정에서 독립운동은 사회주의로부터 직접적 영향을 받게
되었고 국내적으로는 보수적 성격이 강한 민족운동이 진행되었다. 이는
민족 내에서의 좌우갈등과 더불어 사회적 갈등과 분열을 초래하였다.

식민지배의 여파는 한민족공동체의 분열, 그리고 정치문화가 제대
로 정립되지 않는 상황에서 견고한 국가 건설에 걸림돌로 작용하거나
건강한 민족주의 형성에 부정적인 결과를 촉발시켰다. 결과적으로 독립

원으로 예찬한다. 헌팅턴의 주장에 따르면, 디아스포라는 자신들의 거주지는 물론
이며 고국의 이익을 위해 국제사회에서 경제적, 사회적, 정치적으로 중차대한 영향
력을 행사한다고 할 수 있다. 권성진, 『탈식민 정체성』, 서울: 에세이퍼블리싱, 2011,
143-44.

　『토지』에서 서희 일행이 머물게 되는 만주는 이산의 공간이다. 이성혁은 다음과
같이 설명한다. "만주의 도시 공간은 지배-피지배의 권력관계가 관철되는 가운데,
일상생활을 통해 여러 이민족들이 몸을 뒤섞는 공간이었다." [……] 그는 다양한 민
족이 혼종된 만주에서 조선인들이 처한 상황에 대하여 다음과 같이 설명한다. "조선
인이 일본인처럼 일등 국민(지배자)으로서의 지위를 결코 갖지 못했음에도 불구하
고, 도리어 조선인들은 일본의 침략을 위한 앞잡이로 인식되어 만주국 내 중국인들
의 암묵적인 멸시와 증오의 눈길을 받아야 했다. 일본인의 체질화된 암묵적인 무시
도 겪어야 하는 조선인은, 조선에서보다 만주에서 심적으로 더욱 착잡한 상황에 놓
이게 되었다. 저선인은 지배자로서의 일본인과 피지배자로서의 중국인을 지속적으
로 마주쳐야 하는 만주국 도시 공간에서 분열적인 일상을 살아야 했다. 이 상황 속
에서 지배자 의식과 피지배자 의식이 모순적으로 공존한 조선인은 더욱 복합적인
정신분열적 무의식을 가지게 될 터였다." 이성혁, 「1940년대 만주국의 한국 초현실
주의 시에 나타난 식민주의 비판」,『탈식민주의 안과 밖』, 서울: 한국외국어대학교
출판부, 2013, 80-81.

　만주는 한국인들의 민족적 정체성을 유지할 수 있는 삶의 공간이었음을 알 수
있다. 특히,『토지』에서 만주는 서희의 삶을 회복할 수 있는 장소로써 탈식민화를
지향하는 자유와 해방의 공간이라는 함의를 갖는다. 이는 지배담론에 의해 분열되
었던 탈식민의 영역이며 근대의 식민 상황에서 주변화된 민족적 정체성과 자아 정
체성을 형성할 수 있는 가능성의 공간이라고 할 수 있다.

국가 형태를 띠지만 전 국민의 요구가 폭넓게 반영되지 않는 상황에서 이념적 격차를 비롯한 다양한 변화를 겪으면서 이념적 성향도 다양하게 형성되었다. 이러한 상황에서 국가와 개인을 연결하는 시민사회의 부재, 국가권력이 사적 영역을 통제하는 결과를 초래하였다. 이처럼 식민주의와 이산은 분리할 수 없는 관계를 갖는다.

『토지』에서 서희 일행의 간도 이주는 조국의 식민화와 조준구의 악행에 따른 것이다. 고향 하동을 떠나 용정에서 민족적 동일성을 이루어 한민족공동체를 이룬다는 점에서 이산의 특징을 띤다. 이 소설이 이산에 대해 본격적으로 다루는 것은 아니지만, 서희가 회복해야 할 가문의 명예를 위해 민족공동체를 구성한다는 점에서 이산은 그 의미를 집중적으로 강화시킨다.

스튜어트 홀(Stuart Hall)에 의하면 이산의 경험은 본질이나 순수함보다는 이질성과 다양성이라는 특성을 인정한다.[57] 서희에게 이산은 전통적 여성의 이미지를 벗어나 새로운 여성의 정체성을 수립하는 이질적 경험이라는 점에서, 만주 용정은 조선인의 경제적 이익을 추구하고 정체성을 구성함으로써 서희의 귀향을 위한 중요한 장소로 기능한다. 역사적으로 볼 때 일본 제국주의의 폭력과 압제에 불만을 품은 한국인들이 만주로 이주했는데 이는 만주를 독립운동의 근거지로 삼기 위한 정치적 목적과 식량부족에 따른 경제적 목적에 따른 것이었다. 1932년 일제는 만주지방의 3개성을 합쳐 만주국, 즉 일제의 괴뢰정권을 수립함으로써 일본 제국주의의 아시아 침략을 위한 군사기지로 만들었다. 간도는 주

---

57) Stuart Hall, Cultural identity and diaspora, In J. Rutherford(Ed), *Identity: Community, Culture, Difference*, London: Lawrence and Wishart, 1990. (Reprinted in L. McDowell (Ed), *Undoing Place?* London: Arnold, 1997.

권을 상실한 조선인들이 새로운 삶을 시작하기 위한 공간으로 작용하지만 뿌리를 내릴 수 없는 아픔의 공간이기도 하다.

> 공노인은 간도 땅의 조선 사람들을 수풀에 앉은 새로 봤을 것이다. 뿌리를 박을 수 없는 남의 땅, 제비는 제비끼리, 물오리는 물오리끼리 날듯, 철 따라서 무리지어 떠날 때 날개 하나만 믿고 떠나듯이 공노인은 방랑의 자기 생애에서 용정 딸을 반드시 종착역으로 생각지 않았는지도 모른다. 방랑자에겐 많은 짐이 필요 없는 것이다.58)

자유와 해방의 공간이라는 의미에서 만주는 서희에게 삶을 새롭게 구성하는 회복의 장소이며 봉건적 유교질서로부터의 이탈, 즉 여성의 정체성을 모색하는 탈식민 공간이다. "탈식민주의 문학에서 정체성과 관련된 위치, 즉 공간과 공간의 전위 문제는 이주민의 정착과 방해의 과정에서 발생되는 탈식민사회의 주된 특징이다."59) 탈식민주의 시각에서 장소는 탈식민화라는 주제와 관련하여 각별한 의미를 지닌다.

> 탈식민주의 시각에서 장소는 문화적 가치들이 서로 겨루는 갈등의 터전(site of struggle)이며 도한 그 가치들이 구체화되어 드러나는 재현의 현장(site of representation)이 된다. 그런 의미에서 장소는 지질학적 공간이 아닌 문화적 공간으로 보아야 한다.60)

---

58) 『토지』, 2부 1권, 214.

59) Bill, Ashcroft, Gareth Griffithes and Helen, *The Empire Writes Back: Theory and Practice the Post-Colonial Literature*, London: Routledge, 1989, 9.

60) 박주식, 「제국의 지도 그리기」, 『탈식민주의 이론과 쟁점』, 서울: 문학과지성사, 2003, 260-61.

만주에서 송장환은 홍이와 정호를 비롯한 학생(생도)들에게 한민족공동체라는 민족정신을 고취시킨다는 점에서 만주 공간이 갖는 의미에 대해 검토하는 것은 중요하다.

"여러분, 여기가 어디지요?"
칠판에 그려놓은 것은 조선과 만주의 지도였다. 송 선생은 요동반도 서북쪽에 동그라미 하나를 그려놓고 물었다.
"안시이성(安市城)입니다."
앉은키가 고르지 못하여 들숭날숭해 보이는 생도들 좌석에서는 일제히 입이 벌려졌고 굵고 가녀린 목소리가 혼합하여 울려 퍼졌다.
"네, 그렇습니다."
송 선생의 백묵 든 손은 아래로 내려와서 요동반도 끄트머리쯤 동그라미 하나를 더 그려 넣는다.
"안시성에서 훨씬 내려온 이곳이 지금의 대련(大連)입니다. 그리고 올라간 여기가 요동성이며 한참을 더 올라가서 지금의 장춘(長春)이지요. 부여성(夫餘城)은 장춘 후방에 있고 지금의 하얼빈은 여기."
대련, 요동성, 장춘, 할 때마다 만주 지도 속에는 동그라미 하나씩 늘어났다.
"그러면 다음 이쪽을 보십시오, 우리 조선 땅과 아라사, 그리고 청국, 이 세 나라의 국경이 모여 있는 이곳은 연해주로 넘어가는 길목인데 여기 훈춘 방면에서 보기로 합시다. 훈춘에서 북쪽으로 사뭇 올라가면 송화강(松花江)."
송선생은 강줄기를 죽 그어나갔다. 역사를 가르치는지, 지리를 가르치는지 어쩌면 그 두 가지를 다 가르치고 있는지도 모른다.
"훈춘에서 송화강까지 그 사이의 거리는 족히 이천 리는 될 것입니다. 우리 조선 땅의 길이를 삼천 리라 하는데 여러분들도 지도상으로 대개는 짐작이 될 줄 압니다. 자아 그러면 그 당시의 국경선을 그려봅시다."

안시성과 요동성 밖에 있는 요하(遼河)를 따라 백묵이 힘찬 줄을 그어나간다. 부여성 외곽으로 해서 하얼빈까지 왔을 때 백묵이 부러졌다. 나머지 짧아진 백묵이 송화강을 따라 시베리아로 쭉 빠져나간다.

"어떻습니까, 여러분! 압록강 두만강 밖에 있는 이 땅덩어리의 크기 말입니다. 오늘날 우리의 잃어버린 강토, 조선의 땅덩어리만하고 여러분은 생각지 않습니까?"

"예! 그렇습니다!"

"그러니까 오늘날 우리의 강토 조선, 조선의 땅덩어리만한 것이, 어쩌면 더 클지도 모르는 땅덩어리가 압록강 두만강 너머에 또 하나 있었다고 생각한다면 틀림없을 것입니다. 아시겠습니까, 여러분!"

"예, 알겠습니다아!"

"이 넓은 땅덩어리가 고구려 적에는 우리 영토였다는 것을 알았습니까?"

"예! 선생님."[61]

만주는 우리 민족의 영토였으며 일본 제국주의에 대항이라는 점에서 탈식민 공간이지만 일본 식민체제하에서 주권을 박탈당한 조선인들은 해방에 대한 열망과 더불어 이산의 아픔을 드러내는 공간이기도 하다.

---

61) 『토지』, 2부 1권, 124-25.

간도협약 이후의 간도 사정은 어떠한가. 한마디로 말하여 간도의 백만을 헤아린다는 조선인은 중국과 일본 사이의 쿠션 같은 존재였다. 중국은 조선인을 때림으로써 일본을 때리는 효과를 얻으려 했고 일본은 조선인을 방채 삼아 밀고 나간다 할 수 있었으니까. 조선인의 대부분이 소작농과 고용의 입장에서 비참하게 살아야 하는데 오할의 소작료, 전 수입의 일할 오부가 공과금, 팔부의 비싼 이자, 게다가 일본 경찰의 지배하에 있는 우리 백성들, 착취는 중국이, 탄압은 일본이, 그것만으로 끝나는 것은 아니었다. 간도 주민 자체가 완강한 저항 세력이었기 때문에 일본의 경찰권은 강화되고 일본 경찰권의 강화에 불안을 느끼는 중국은 조선독립운동을 저지하려 들었고 일본이 중국 침략을 계획하는 만큼 조선인을 앞세워 토지 매수를 공작하고 중국은 또 불안하여 토지매매는커녕 토지상조권(土地商租權)에 대해서조차 창구를 닫아버리는 현상, 일본은 조선인의 국적 이탈을 절대로 승인 아니 하는가 하면 중국은 귀화해야 땅을 준다, 해서 이중 국적자는 늘어났고 따라서 조선인은 이중의 탄압에 신음해야 했다. 그리고 배일 민족운동은 조선인 배척으로 나타났는데 물론 일본의 앞잡이가 조선인에게 없지 않았으나 동북 정권의 일본을 업으려던 지난날의 행적이 있고 팽배해오는 배일 민족운동은 그들에게 일말의 위기의식을 불러일으켜 그 칼끝을 조선인 배척운동으로 돌려왔다 할 수도 있었다. 그리고 민중들은 단순한 민족 배외운동으로 흐르기 쉬운 존재였기에 결과적으로 관민 모두가 합세하여 쫓기는, 상처 입은 짐승 한 마리를 일본과 함께 몰아붙였다 할 수도 있을 것이다.[62]

---

62) 『토지』, 4부 3권, 114-15.

중국인의 착취와 일본의 탄압 때문에 간도 공간은 조선인들에게 기억하기 싫은 고통의 장소로 작동한다. 1945년 일본의 패망과 관련하여 만주 공간과 이산의 아픔에 대한 최병우의 분석은 돋보인다.

일본 군대가 만주 각처로 흩어져 약탈을 일삼고 조선인들을 마구 죽인다는 소문은 경신참변 이후 셀 수 없이 일본군에 의한 학살을 경험한 조선인들에게는 엄청난 공포가 아닐 수 없었을 것이다. 일본인들의 패전의 책임을 조선인들에게 전가하고 학살을 할지도 모른다는 불안감이 이러한 흉흉한 소문들을 만들어내고 민심을 불안하게 하는 요인이 된 것이리라. 또 일본군을 몰아내고 만주 지역으로 들어온 소련군 역시 불안한 소문의 대상이 되지 않을 수가 없었다. 한치 앞을 바라볼 수 없는 상황에서 소련군이 일본 국적을 지닌 조선인들을 일본인들과 마찬가지로 적국민으로 여겨 가혹히 대한다는 소문은 충분히 공감을 가지고 퍼져나갔을 것이며, 이는 조선인들이 만주를 떠나 고향으로 귀환하여야 하는가 말아야 하는가를 고민하게 하였을 것이다. [……] 재만조선인들은 일본인들의 보호 아래 만인들과 경쟁하였고 그런 사실들은 만인들에게 조선인에 대한 적개심을 만들어내기 충분했다. 더욱이 만인들로서는 만보산사건에서 보듯이 일본인들의 정책을 믿고 만인들에게 우월감을 가지고 대하였던 조선인들에게 핍박과 수모를 당했다는 느낌을 가지게 되었을 것이다. 일제 패망 직후 조선인들이 만인들의 공격을 두려워 한 것은 이러한 역사적 사실에 기인한 바 없지 않다. [……] 만주 지역 조선인들의 대다수는 토지를 분배받은 후 조선으로의 귀환을 포기하게 된다. 만주 지역에서의 귀환이 일제의 패망 직후에 집중적으로 이루어지고 1946년이 지나면서 현격히 줄어들게 되는 것은 공산당의 정책에 따른 이러한 경제적인 문제와 밀접히 관련된다. 이로 보아 일제가 패망하고 불안한 정치적, 사회적 상황이 계속되던 만주 지역에서 조선으로 귀환할 것인가 만주에 정주할 것인가는 재만조선인들에게 많은 갈등을 불러일으키는 문제였다. 그러나 조선인의 40% 정도는 귀환을 선택하고 나머지는 정주를 선택하였다. 이러한 귀환과 정주의 선택의 문제는 만주에 이주한 기간과 그로 인한 각각의 처지에 따라 만주와 고국에 대한 선호가 달랐다는 데 기인하기도 하겠지만, 경제적인 이유가 더 중요한 결정의 요인이었음을 간과할 수는 없는 일이다.[63]

탈식민 공간이면서 동시에 핍박과 억압의 공간인 만주에서 고향으로의 귀환은 쉽지 않은 결정이지만 서희는 만주에 정착하기보다 평사리로의 회귀를 결심한다. 왜냐하면 서희가 살아가는 유일한 목적은 가문을 박탈한 일본 제국주의의 사냥개인 조준구에 대한 응징과 가문의 회복이기 때문이다. 동시에 고국으로의 귀향(歸鄕)은 길상에게 서희의 하인이라는 신분적인 열등감을 불러일으키는 장소임을 각인시켜주는 삶의 과정이다.

> "망해라. 망해라, 최서희! 망해라! 망해! 망해라. 그러면 넌 내 아내가 되고 나는 환국이 윤국이 애비가 된다. 그리고 돌아가지 않아도 된다! 어떻게 망해? 어떻게 망하느냐 말이다! 비적단이 몰려와도 최서희는 안 망한다. 고향에는 옛날같이, 옛날과 다름없는 엄청난 땅이 최서희를 기다리고 있어! 기다리고 있단 말이야!" 지금까지, 돌아가는 일에 대해서만은 타인이었다. 오 년 동안―서희가 독단으로 일을 진행해 왔었다. 그 독단은 서희의 의사였다기보다 조선

---

63) 최병우, 『이산과 이주 그리고 한국현대소설』, 서울: 푸른사상, 2014, 48-60.

에서 매입되는 토지에 관한 일엔 길상이 극단적으로 회피해온 것이 실정이다. 서희는 서희대로 얼마나 외로웠을 것인가. 그러나 서희는 의지로써 뻗쳐왔고 길상은 애정 때문에 뻗쳐왔다. 먼동이 트려면 아직 한참은 더 있어야 한다. 나뭇가지가 얼기설기 걸려 있는 희뿌연 하늘에 별이 하난 동편 기슭을 향해 떨어진다. 날이 갈수록 애정의 질곡은 뼛속 깊이 몰려들어가는데 그럴수록 몸을 흔들며 질곡에서 빠져나가는 꿈은 희망봉(希望峰)만큼이나 거대해지는 것, 자승자박의 상태는 바로 그 상승작용의 갈등 때문이다.[64]

하지만 길상은 자신의 신분차별을 극복하고 자신의 정체성을 스스로 증명해 보이기 위해 서희의 귀국에 동참하지 않고 간도에 남아 독립운동에 참여함으로써 심리적 자유를 얻게 된다. 만주 공간에서 서희와 길상의 혼인은 중요한 의미를 갖는다. 그것은 전통 유교질서와 권위로부터의 탈각을 환기시킬 뿐만 아니라 최씨 가문의 권위와 회복, 즉 수직적 질서로의 회귀라는 양면성을 띤다.

'봉순이 …… 하인하고 혼인을 했다 해서 최서희가 아닌 거는 아니야. 나는 최서희! 최참판댁 유일무이한 핏줄이야, 이곳 사람들은 호기심에 차서 나를 바라본다. 고향 사람들은 힐난의 표정으로 내 얼굴을 외면한다. 모두들 나를 격하(格下)하려 들고 있다. 봉순이 그 아이는 더욱더 그러하겠구나. 최참판댁 가문이 시궁창에 던져졌다 생각할 게 아니야? 시녀였던 그 아이가 사모하던 하인이 지금은 내 남편이야.'
서희는 웃는다.

---

64) 『토지』, 2부 3권, 171.

'그도 내 편에서 애걸복걸한 혼인이라면? 모멸의 뭇시선 속에서 그러나 난 이렇게 높은 자리에 앉아 있는 게야. 나는 손상당하지 않어! 최참판 가문은 손상되지 않는다 말이야! 알겠느냐? 나는 지키는 게야. 최서희의 권위를. 최참판 가문의 권위를 지키는 게 아니라 되찾는 게야. 영광도 재물도.'[65]

두 사람의 결합은 기존 유교질서에 대한 저항을 통해, 남녀 간의 새로운 가치관을 모색하는 탈식민적 가치를 함축한다. 식민주의적 위계질서와 지배담론이 식민지 여성을 힘없고 아무 말도 못하는 고정된 이미지로 정형화하거나 타자화했을 때 서희의 주체적인 말과 행위는 지배권력에 흡수되지 않고 저항함으로써 탈식민화를 지향한다. 길상과의 결합에서 서희는 환국과 윤국을 낳는다. 중요한 것은 서희가 김길상을 최길상으로, 두 아들에게 김씨 성이 아닌 최씨 성을 부여함으로써 여성의 정체성을 모색하고 있다는 사실이다. 이는 주목되어야 한다.

> 서희는 과감하게 껍데기를 찢어발리고 핵을 보존키 위해 오히려 양반의 율법에 반역까지 하지 않았던가. 이를 테면 하인과 혼인한 것이 그것이며 소위 오랑캐들이 사는 북방에 가서 주린 창자를 움켜쥐고 대의를 부르짖는 청빈한 선비들, 언 손에 총대 들고 야음을 타서 선만(鮮滿) 국경을 넘나드는 꽃 같은 젊은이들, 그리고 결빙한 두 만강을 수없이 건너오는 우직한 백성들의 집신, 무수한 발을 외면한 채 용정촌에서 장사와 투기로써 수만 재산을 모으고 일본에서는 새로운 재벌들을 탄생케 했으며 중국에서는 민족 자본의 숨구멍을 트게 한 저 세계대전의 호경기, 그것을 만주서 맞이했던

---

65) 『토지』, 2부 2권, 292.

최서희는 곡물과 두류(豆類)에 투자하여 일확천금을 얻은 것이 그
것이며, 빼앗긴 가산도 가산이려니와 수모에 대한 보복과 가문의
재기를 위하여 교활무쌍한 술수를 서슴지 아니했던 것이 그것이며
진주로 돌아온 후에도 최서희가 호적상 김서희로 둔갑하고 김길상
이 최길상으로, 그리하여 두 아들에게 최씨 성을 가지게 한 것 등
등 ......(66)

당당하고 대담한 서희의 행동은 강압적인 식민체제 속에서 함몰된 식민
지 여성상이 아니라 주체적이고 독립적인 여성 주체를 표상한다. 19세기
빅토리아 시대의 천사 혹은 악마로 이분화된 여성의 이미지, 말하자면
자녀생산, '집안의 천사'라는 고정된 여성상에 대해 박경리『토지』는 여
성의 정체성 문제를 새롭게 조명한다. 다시 말해 이 소설이 우리의 관심
을 끄는 이유 중의 하나는 여성의 정체성, 여성 존재에 대한 문제를 제
기하기 때문이다. 여성의 존립을 약화시키거나 제거하려는 제국주의 지
배 이데올로기는 여성의 정체 그 자체를 위협하는 매우 위험한 것이 아
닐 수 없다. 앞서 언급했듯이, 문제의 핵심은 여성들이 경험하는 갈등을
표출하고 목소리를 내는 것이다. 그것은 탈식민화의 과정으로서 중요한
의미를 갖는다. 강압적, 폭력적 제국주의는 여성들의 갈등 표출을 억압
함으로써 이로 인한 엄청난 부작용과 저항을 직면하게 된다. 즉 다양한
여성들의 요구와 여성적 가치를 규제하면서 여성들의 자율적인 공간을
통제하였다.

　　이러한 조건에서 기존의 남성제국주의 질서에 저항하는 여성들의
움직임은 탈식민화 이행을 위한 운동으로 이해할 수 있다. 탈식민화가

---

66)『토지』, 3부 1권, 183.

가속화되면서 식민지 상황에서 자신의 목소리를 낼 수 없었던 여성, 그러니까 식민주의에 압도되어 억압받았던 여성의 저항은 이 소설을 함축하는 논쟁의 초점이라고 할 수 있다. 자기 목소리 내기는 식민체제에 대한 저항이다. 그것은 말할 수 없는 여성의 정체성을 새롭게 구성하거나 진정한 자아를 구성할 수 있는 가장 효과적인 방식이며 정치적 권리의 표명방식이라 말할 수 있다. 여성의 자기 목소리 내기를 검토하지 않고서 여성의 정체성 구축이라는 결과를 기대하는 것은 사실상 의미가 없는 것이다. 식민체제는 식민지 자본을 수탈하거나 착취함으로써 식민지배의 외형을 강화하기 때문에 식민지 여성들의 사회적 기반은 협애할 수밖에 없게 된다.

식민주의 기획의 수단인 경제적 수탈은 경제적 종속을 통해 식민지 백성의 정체성을 지우거나 수동적 존재로 정형화함으로써 저항을 해체하거나 축소시킨다. 그리고 폭력에 의해 유지되는 식민체제는 식민지 백성들의 정체성을 부정한다는 점에서 매우 불안정한 체제라고 할 수 있다. 이처럼 물리적 탄압과 폭력을 기반으로 하는 식민체제의 정치적 지형에서 경제적 침탈은 식민지 백성들의 삶의 터전, 문화적 전통과 순수성을 훼손하거나 박탈시킬 수 있는 강력한 동인이다. 중요한 것은 서희가 식민체제 아래 주변부로 존재하면서 식민지 상태에 순응하는 수동적 여성이 아니라 제국주의 권력에 강력하게 대응하는 주체적 여성이라는 점이다.

이와 같은 맥락에서 서희의 귀향은 삶의 목표였던 최씨 가문의 명예와 실질적인 재산의 회복을 의미한다. 그런데 서희는 태어나 자란 하동 평사리로 가지 않고 진주에 자리를 잡는다.

대합실 걸상에 앉은 연학은 무료하여 창밖을 내다본다. 여전히 거리는 쓸쓸해 보였다. 가을이 지난 이맘 때 쯤이면 진주는 꽤 활기가 넘치는 고장이었다. 추수를 끝낸 근동의 지주들이 느긋하게 돈을 쓰기 위하여 모여드는 시기였기 때문이다. 백화점에 물건들이 그득그득 쌓여 있던 시절이 언제였던지, 혼수 장만에 토목점이 왁자지껄하던 때가 그 언제였던지, 은은한 지분 냄새 풍기며 날아갈 듯 맵시를 뽐내던 명기(名妓)들의 소식이 감감해진 것은 언제부터였을까. 너그럽고 규모가 널찍널찍했던 도시는 시어머니 눈살에 오그라든 며느리같이, 거리에는 낙엽만 구르고 있었다.[67]

진주에 도착한 서희는 만주 용정을 떠나 새로운 삶의 분기점에 위치한다. 그는 과거와 현재, 어느 세계에도 귀속되지 못한 채 서 있다. 서희가 진주에 자리를 잡은 것은 과거의 기억, 그러니까 할머니 윤씨부인과 아버지 최치수 사건에 대한 고통스러운 기억과 흔적, 그리고 자기를 버리고 구천과 떠나버린 어머니에 대한 기억으로부터 자유로울 수 없기 때문이다. 이와 같은 맥락에서 진주의 공간적 위치와 의미는 중요하다. 즉 식민지 시대의 정치 지형에서 진주라는 공간은 서희의 실존과 삶을 조명하는 장소로 그가 지나온 과거의 삶의 의미에 대해 낯선 두려움과 예감이 중첩되고 교차하는 지점이다. 간도로 갔던 서희와 평사리 사람들에게 진주는 매우 중요한 장소로 기능한다. 역사적으로 보수적이며 동시에 백정들의 신분해방운동인 형평사(衡平社)운동의 시발점이기도 한 진주는 조선 전체의 크기와 비율을 줄인 축도(縮圖)로 기능한다.

---

67) 『토지』, 5부 3권, 168-69.

"진주란 참 묘한 곳이야."

"묘하다면 다 그렇지."

"아니 특히 그렇다는 얘기지, 극과 극이 공존해 있는 본보기 같은 도시 아닐까?"

"여러 가지 여건이 그렇게 만든 거야. 역사적으로도 …… 모든 것이 수용될 수 있는 공간인데 또 그게 알맞게 크니까 서울 같을 수도 없고, 유동이 안 되니까 부산 같을 수도 없는 거 아니겠어?"

"그건 그래, 사회주의의 온상 같은 형평사운동의 시발점이 진준가 하면 보수적 기풍이 강하고, 기생 문호에 절은 부패가 있는가 하면 서릿발 같은 열부의 기개를 숭상하고, 민란의 소용돌이 속에서도 근왕사상(勤王思想)은 확고하고, 상중하의 계급의식은 여전히 투철하지."

"그건 이 나라의 축도(縮圖)일 게야."[68]

활기차고 생동감 없이 낙엽만 구르는 쓸쓸한 도시, 진주는 한편으로 전통과 현재가 공존하는 공간이며 주권을 상실한 식민지 조선의 현실을 방증하는 공간이다. 다른 한편으로 진주는 단순히 도시라는 공간을 넘어 식민담론에 포섭되지 않고 식민주의에 균열을 가하는 제국주의에 저항적인 탈식민 공간으로 기능한다. 조준구에게 집을 강탈당하고 다시 찾은 서희의 진주 집은 바야흐로 희망의 봄을 다투는 튼튼하고 넓은 공간이다. 진주 공간은 여성 존재의 정체성 형성과 가문의 회복이라는 갈망과 식민지 현실이 중첩되는 시대에 탈식민적 가치를 드러내는 장소라고 할 수 있다. 서희의 정체성 형성과 진주로 표상되는 장소는 식민과 탈식민, 억압과 자유의 여러 가치들이 공존하는 기억의 공간이며 서희의

---

68) 『토지』, 3부 3권, 75.

정체성을 구축할 수 있는 문화적 공간이며 해방공간[69]이다.

　　그것은 구체제의 전통과 문화를 표상하는 시간과 기억이 중첩되는 공간이며 회복과 재생, 서희의 정체성을 새롭게 구축할 수 있는 식민지 극복이라는 의미를 갖는다. 말하자면 조선의 식민지 해방, 친일 제국주의자 조준구를 파멸시킬 수 있는 효과적인 전략이 맞물리는 공간으로 지배담론과 지배 이데올로기를 전복시킬 수 있는 가능성, 지배담론의 잔인성과 허구성을 드러내기 위한 저항의 공간으로 귀결된다.

　　이와 같은 맥락에서 볼 때 『토지』는 과거 제국주의 압제와 통제에 맞서 여성의 진정한 정체성과 여성의 가치를 지금 모색하고 재발견함으로써 여성의 주체성을 새롭게 구성한다. 이는 식민체제하의 과거를 소설이라는 공간에서 새롭게 형상화했다기보다는 고통스러운 과거를 현재의 사건으로 재현한다는 점에서 '과거의 현재화'를 가능하게 하기 때문이다. 즉 식민적 요소인 남성제국주의적 지배질서의 악순환의 고리를 끊고 일상의 삶의 현장에서 탈식민화를 모색한다는 점에서 『토지』는 '과거의 현재화'를 가능하게 하는 문학작품이다. 말하자면 식민체제하의 여성 존재론적 의미뿐 아니라 여성의 정체성을 총체적으로 조명함으로

---

69) 해방공간이 갖는 의미에 대해 최장집은 이렇게 설명한다. '해방'이라는 말은 제2차 세계대전의 종전과 더불어 일제 식민통치의 억압에서 벗어나 자유를 맞이한 8·15 광복을 의미함과 동시에 해방 직후의 일정한 시기를 담는 표현이다. 이에 비해 '공간'이라는 말은 다소 복합적인 것으로 최소한 두 가지 의미를 갖는다. 첫째, 일제의 식민통치 기구의 갑작스러운 붕괴에 따른 힘의 공백이라는 객관적 조건을 지칭하며 둘째, 한국사회의 다양한 세력들이 서로 경쟁하며 새로운 질서를 형성할 수 있는 긍정적인 의미로서의 '가능성의 정치영역'을 지칭한다. 즉 해방공간은 우리민족이 자율적으로 새로운 질서를 형성할 수 있는 가능성의 공간을 갖게 된다는 것, 그리고 사회의 아래로부터 민중의 자발적이고 폭발적인 동원을 가능하게 하는 해방의 기쁨과 국가형성에 대한 열망의 분출을 의미한다. 최장집, 『민주화 이후의 민주주의』, 서울: 후마니타스, 2006, 49.

써 탈식민적 질서를 모색하는 텍스트라고 할 수 있다.

정체성 형성의 조건에 대해 애피아(Kwame Anthony Appiah)에 따르면, 정체성 형성을 위해서는 그것을 표현하기 위한 말이 있어야 하고 충분한 숫자로 구성된 개인들이 자신의 정체성을 내부에서 실현하여 자기의 정체성으로 생각할 수 있어야 하며, 그리고 그것이 자신들의 존재 방식에 부합해야 한다고 말한다.[70] 애피아의 설명대로, 자신의 정체성에 대해 알고 고민하는 것은 탈식민론에서 중요한 의제라고 할 수 있다.

백인소년을 응시하는 흑인의 눈빛에서 두려움과 도전을 경험하는 것처럼, 식민지배자가 경험하는 양가성, 달리 표현하면 식민지배자의 자기 분열이다. 바바는 다양하고 일방적이지 않고 쌍방적인 관계를 상정하여 이질적인 교섭이 작동하는 지배/피지배자의 이항대립적 구조를 넘어서는 탈식민론을 모색했다. 문제는 정체성이 고정적인 개념은 아니며 변화 가능한 특성을 지닌다는 점에서 정체성 형성과 구축은 쉽지 않다는 점이다. 그럼에도 불구하고 탈식민화를 위해 개인의 정체성 형성은 매우 중요하다. 바바와 달리 스피박은 서발턴이 재현되는 방식에 초점을 맞춘다.

말하자면 스피박의 탈식민론은 자기 목소리를 내지 못하는 여성들의 목소리 내기라고 할 수 있다. 그는 바바처럼 추상적 이론에 머물지 않고 인간주체의 재현에 천착한다. 스피박이 지적했듯이, 제국주의적 가부장제 사회의 억압으로부터 침묵당한 서발턴 여성의 자기 목소리 회복을 제시하는 것처럼, 박경리『토지』는 폭력적인 식민체제의 실상을 드러내고 식민체제에 대한 도전과 저항을 환기시키면서 동시에 식민지 여성

---

70) Kwame Anthony Appiah, *The Ethics of Identity*, Princeton: Princeton UP, 2005, 24.

이 자기 정체성을 갖고 주체적, 독립적 여성상을 보여준다. 역사적으로 여성은 남성의 시각에서 주체가 아니라 수동적 대상이었다. 달리 말하면 여성은 유교지배담론과 이데올로기에 의해 억압받고 착취당했던 말할 수 없는 존재였지만 조준구에게 빼앗겼던 최참판가를 되찾는 것은 자유와 해방의 역사적 순간이며 수동적 과거에서 벗어나 남녀관계의 전복을 의미한다.

며칠 전에 조준구와 마주보고 앉았던 자리에 서희는 그림자같이 앉아 있다. 허울만 남았구나. 서희는 마음속으로 중얼거린다. 나비가 날아가버린 번데기, 나비가 날아가버린 빈 번데기, 장엄하고 경이스러우며 피비린내가 풍기듯 격렬한 봄은 조수같이 사방에서 밀려오는데 서희는 자신이 살아 있는 사람이 아니지 않는가 하고 생각해보는 것이다. 실재하는 것은 아무거도 없었고 어느 곳에도 없었다. 서희는 죽음의 자리에서 지난 삶의 날을 생각하듯이, 사랑을 읽었을 때 사랑을 생각하듯이, 회진(灰塵)으로 화해버린 집터에서 아름답고 평화스러웠던 집을 생각하듯이, 어둠 속에서 광명을 생각하듯이. 그러나 서희에게는 생각할 뿐 기구(祈求)가 없는 것이다. 생각은 흘러가도 돌아가고 골짜기에서 암벽을 돌아 마을 어귀의 도랑으로. 마음속에는 나비가 날아가고 비어버린 번데기가 가랑잎같이 흔들리고 있는데 생각의 강물은 방향도 잡지 못한 채 생명의 허무, 사멸의 산기슭을 돌아간다. 어느 제왕이 영화를 쌓아올린들 그것이 무엇이야. 만년의 인간 역사가 무슨 뜻이 있으며 역발산기개세(力拔山氣蓋世)의 영웅인들 한 목숨이 가고 오는데 터럭만큼의 힘인들 미칠쏜가. 억만 중생이 억겁의 세월을 밟으며 가고 또 오고 저 떼지어 나는 철새의 무리와 다를 것이 무엇이며 나은 것은 또 무엇이랴. 제 새끼를 빼앗기고 구곡간장이 녹아서 죽은 원

숭이나 들불에 새끼와 함께 타죽은 까투리, 나무는 기름진 토양을
향해 뿌리를 뻗는다 하고 한 톨의 씨앗은 땅속에서 꺼풀을 찢고
생명을 받는데 인간이 금수보다 초목보다 무엇이 다르며 무엇이
낫다 할 것인가.[71]

원한을 갚기 위해 **뼈**를 깎는 고통을 참은 서희는 주체할 수 없는 허무함
을 견딜 수 없다. 그에게 다가온 허무함은 어쩌면 가문의 회복 후에도
채워지지 않는 그의 끝없는 욕구 때문일 수도 있을 것이다. 고통스러운
과거로부터 벗어나는 시간 앞에 서희가 느끼는 것은 낯선 두려움이다.

수많은 역사, 사연이 똬리를 틀 듯 둘러싸여 있는 평사리의 최참판
댁, 고래등 같은 기와집, 꿈에서도 잊지 못했던 탈환의 최후목표였
던 평사리의 집을 거금 오천 원을 주고 조준구로부터 되찾았을 때,
그것으로 서희의 꿈은 이루어졌고 잃었던 모든 것을 완벽하게 회
수했던 것이다. 그때 서희의 감정은 기쁨보다 슬픔이었고 허망했
다. 그리고 뭔지 모르지만 두려움 낯섦, 과거에 대한 두려움이었고
낯섦이었다. 서희는 회수한 평사리의 집에 꽤 오랫동안 접근하지
못했다. 그랬다. 서희는 과거를 두려워한 것이다. 그가 기억하고
있는 일들은 모두 음산한 비극뿐이었기 때문이다. 어쩌면 평사리
의 집은 의식 속에 방치된 채, 서희는 현실에 쫓겼는지 모른다. 연
못가에서 서희는 새삼스럽게 그토록 열망했던 곳을 찾는 순간부터
회피하려 했던 모순을 의아하게 되새겨본다. 그리고 처음으로 옛
집에 돌아온 사람같이 집안 여기저기를 마음속으로 짚어보고 매만
져보는 것이었다.[72]

---

71) 『토지』, 3부 1권, 179-80.

가문의 명예와 재산을 회복한 서희는 과거의 원한에서 벗어나 새로운 여성의 정체성과 민족애로 삶의 가치를 확장한다. 두려웠던 과거로부터 벗어나 자신의 정체성에 대해 생각한다. 그것은 주권을 상실하고, 경제적 착취와 굴욕적인 식민주의에 대한 여성의 주체적 저항의 표출이며 식민주의에 예속된 여성 자아를 찾기 위한 저항의 몸짓이다. 여기에서 짚어봐야 할 것은 가문의 회복과 재건이라는 목적을 이루지만 평사리 공간은 역설적으로 서희에게 모든 것을 빼앗아간, 뼈아픈 상처를 환기시키는 장소라는 점에서 낯선 공간이라는 점이다. 서희는 평사리 집을 되찾고도 오랫동안 다가서지 못하며 불안해한다. 그것은 억압적이고 파괴적인 과거와 새로운 정체성을 형성할 수 있는 현재가 상충할 때 가장 극명하게 드러나는 괴리라고 할 수 있다. 이는 과거와 현재의 시간적 대립이 아니라 남성제국주의 질서와 여성의 탈식민화의 대립으로 이해할 수 있다. 또한 서희에게 잠재된 유교 가치관과 계급구도, 그리고 새로운 여성 존재의 형성을 의미하는 낯선 현재와의 긴장관계라고 표현할 수 있다. 이 같은 시각에서 볼 때, 구질서를 상징하는 최참판댁이라는 유교질서로의 회귀는 서희에게 무의미하고 죽은 것이나 다름이 없다.[73]

> 최참판댁의 영광, 최참판댁의 오욕, 이제 최참판댁의 상징은 재물로만 남았고, 호칭도 최참판댁보다 최부자댁으로 더 많이 불리게 되었다. 최서희 집념은 창 없는 전사(戰士), 노 잃은 사공, 최참판댁의 영광과 오욕과는 상관없이 단절된 채 아이들은 자라고 있는 것이다. 아버지의 존재만이 그들 가슴속의 신화(神話)요, 아버

---

72) 『토지』, 5부 1권, 281-82.
73) 『토지』, 3부 3권, 17.

지의 존재로 하여 아이들 가슴속에는 민족과 조국에 대한 강렬한 의식이 자라고 있는 것이다.

'왜 돌아왔을까?'

왜 돌아왔을까. 반드시 조선으로 돌아와야만 했을까. 아버지와 아들이, 남편과 아내가 헤어져야 했던 이유가 이제 와선 무의미한 것이 되어버렸다. 서대문의 붉은 담벽은 뉘우침의 매질을 하였고 아들의 창백한 얼굴도 뉘우침의 매질을 한다. 과거는 무의미한 것이며 죽은 것이다. 현재만 살아 있는 것, 미래만이 희망이다. 아이들은 현재요 미래다.[74]

요컨대 평사리 최씨 가문의 회복은 전통 유교질서의 해체와 새로운 여성으로서의 정체성을 확인시키는 새로운 가능성을 시사한다. 그것은 폭력적 가치를 추종하는 식민제국주의 체제에 대한 저항이며 유교 이데올로기 극복, 그리고 여성 존재의 삶을 묵인하는 봉건적 질서를 거부하는 것이다.

조준구에 대한 원한을 갚은 후 서희에게 뜻하지 않은 사건이 발생한다. 그것은 서희를 흠모하였던 주치의 박효영이 서희로부터 사랑을 거절당하자 생을 마감한 것이었다. 서희는 이 사건을 통해 자신의 삶을 되돌아보며 어머니 별당아씨와 김환(구천)의 애틋했던 사랑에 대해 생각한다.

서희는 흐느껴 울었다. 소매 속에서 손수건을 꺼내어 눈물을 닦았으나 흐르는 눈물은 멎지 않았다. 그가 앉은 별당, 어머니 별당아씨가 거처하던 곳, 비로소 서희는 어머니와 구천이의 사랑을 이해할 수 있었다. 과연 어머니는 불행한 여인이었던가, 나는 행복한

---

74) 『토지』, 3부 3권, 17.

여인인가 서희는 자문한다. 어쨌거나 별당아씨는 사랑을 성취했다. 불행했지만 사랑을 성취했다. 구천이도, 자신에게는 배다른 숙부였지만 벼랑 끝에서 그토록 치열하게 살다가 간 사람, 서희는 또다시 흐느껴 운다. 일생 동안 거의 흘리지 않았던 눈물의 둑이 터진 것처럼.[75]

최참판댁의 재건과 명예회복이라는 목표를 향해 달려왔던 서희는 자신과는 다른 삶을 살았던 어머니 별당아씨와 김환의 사랑에 대해 깊이 인식하게 된다. 인간에 대한 깊은 이해와 통찰이라는 점에서 서희는 여성으로서 정신적으로 성장한다. 이와 같은 서희의 성찰과 인간 존재에 대한 인식은 제국주의에 대한 저항으로 확장된다. 식민치하의 여성이라는 상황에서 서희는 제국주의 경찰을 대하는 장면에서도 식민지 여성으로서의 정체성을 당당하게 드러난다. 제국주의 경찰인 경부(警部) 구마가이 젠터(態谷善太)가 서희를 찾아가는 장면에서도 알 수 있듯이 식민지 배자를 대하는 서희의 말과 행동은 강권적인 식민체제를 위협할 수 있는 강력한 여성 주체임을 시사한다. 제국주의와 친일파 조준구에 의해 타자화되고 손상된 자신의 정체성을 당당하게 드러내는 서희에 태도에 제국주의 경찰은 압도된다.

구마가이도 일본도 일본인이요, 조선 민족을 압제하는 최전방의 포수인 그, 싫든 좋든 앞으로 대결해나가야 할 상대다. […]
"알지 못하는 두 여성을 두고 닮았다든가, 어느 쪽이냐, 질문부터 애매하지만, 덩달아서 애매한 답변 하기는 싫습니다. 총독 통치하

75) 『토지』, 5부 1권, 283.

에 있는 빠질 분은 아니겠지만, 저희들 역시 당신네들 감시 속에서 죄 없이 전전긍긍 세월을 보내야 하니 감상에 빠질 겨를도 없겠습니다만."

"하아, 이것 한 방 맞았군요."

구마가이는 머리를 긁는 시늉을 했다. 그러나 그의 심중은 편안치가 않았다. 남자라는 자각에 주먹질을 당한 것만 같았다. 별안간 자기 자신이 왜소해진 것을 느낀다. 여자라면 다소간의 차이는 있겠으나 그런 화제에 동요하는 것이 상식이다. 최서희라는 여자는 예외라는 것을 알면서도 기분이 묘해진다. 대단한 여자다. 구마가이 같은 베테랑도 공략하기 어려운 여자다. 서장이 그런 말을 하지 않았어도 구마가이는 그것을 알고 있었다. 알고 있었는데 새삼 무서운 여자라는 것을 느낀다. 말이 신랄하다든지 의미가 깊다든지 그런 것보다 서희가 자아내는 분위기에는 생래적(生來的)인 당당함, 그것이 구마가이를 위압했다. 당당함뿐이랴. 발톱을 감춘 암호랑이 같은 영악함이, 언제 앞발을 들고 면상을 내리칠지 모른다는, 그것에는 다분히 선입견도 있었다. 분통이 터진다. 그러나 터뜨리지 못하게 서희의 말에는 잘못이 없었고 허식이나 수식이 없다. 허식도 수식도 없다는 것은 괘씸하다. 일본서는 최상급에 속하는 여자를 내보였는데 눈썹 하나 까딱이지 않고 오히려 불쾌해하다니, 일본이 모욕을 당하였다. 조선 사람 거반이, 친일파만 빼면, 낫 놓고 기역자 모르는 무시꾼조차 일본을 모멸하고 비웃는 것은 다반사가 아니던가. 구마가이 경부는 그것을 모르는 바보인가. 바보가 아니다. 그들의 모멸이나 비웃음은 원성이요 약자의 자위다. 그러나 서희는 원성도 자위도 아닌, 조선의 문화, 그 월의 꽃 속에 앉아 허식도 수식도 할 필요가 없는, 제 얼굴을 내밀고 있으니, 날카롭고 예민한 사내다. 엷은 그 입술이 상당히 깊게 넓게 느낀다.[76]

위의 인용문은 서희가 연약하고 힘없는 식민지 여성이라는 이미지를 벗어나 식민지배자의 권위와 지배를 거부함으로써 식민 상황을 전복시킬 수 있는 권력의 위치에 있음을 보여주는 것이라 하겠다.

독립적이고 주체적인 식민지 여성이라는 이미지와 대조적인 서희의 당당함은 조준구를 대하는 장면에서도 나타난다. 경제적 파탄에 이른 조준구에게서 평사리 최참판댁 집문서를 회수함으로써 가문의 명예를 회복하는데 이것은 제국주의를 흉내 내며 제국주의에 깊이 침윤되어 있는 조준구에 대한 복수를 의미한다. 그리고 그것은 서희 개인의 복수를 넘어서 친일제국주의 지배로부터의 자유와 해방, 제국주의와 그 추종자에 대한 복수라고 할 수 있다. 이와 같은 맥락에서 볼 때 자신의 정체성을 확인하려는 여성의 몸은 일방적인 제국주의 사회에서 억압받는 여성인 것이다. 권위적이고 배타적이며 여성을 구속하는 제국주의에 대한 여성의 저항은 남성과 여성의 사회적 힘의 관계를 역전시키거나 식민지배담론과 그 기반을 뒤흔드는 힘이라는 점에서 매우 중요하다.

즉 자아정체성, 여성성 서사는 제국주의 구조를 위협하는 강력한 역량이다. 그것은 거대한 지배담론, 고도로 집중된 남성의 지배와 그 권력구조에 대한 저항을 말한다. 서구문화에 대한 저항으로서 탈식민 정체성 확립은 차이를 인정하는 개별적인 문화정치학에 대한 인식과 제국주의 가치관을 추종하는 구태적인 인식에서 벗어나 자유와 해방, 화해와 공존이라는 타자를 배려하는 인식 틀로 새롭게 재구성되어야 할 것이다. 이는 미시권력차원에서 드러나는 제국주의로 표상되는 국가폭력, 권위적 남성 우월주의와 같은 획일화된 부정적 잔재들을 해체하는 것이다. 즉 이데올

76) 『토지』, 4부 2권, 134-35.

로기에 기인한 갈등의 경계선 해체를 비롯한 다양한 영역과 함께 무소불위의 남성제국주의, 성차별을 포함한 탈식민담론의 변혁적 운동과 여성의 정체성 구축을 포함한다.

그럼에도 불구하고 기억해야 할 것은 탈식민주의는 현대사회의 중심과제의 하나이지만 우리가 직면한 다양한 문제를 지배/종속과 같은 이분법적이고 극단적으로 환원하는 접근방식은 바람직하지 않다는 것이다. 이와 같은 접근은 문제를 근본주의적으로 해결하려고 하거나 모든 이슈를 이데올로기적으로 환원하는 것이기 때문에 탈식민주의의 다양한 이슈에 대한 문제의식을 제대로 이해할 수 없을 뿐만 아니라 전체적으로 조망할 수 없게 만들 위험이 있다.

V

신여성

    『토지』 공간에 등장하는 신여성은 봉건적 유교질서에 대한 저항과 거부를 드러내는 존재로 자신의 정체성을 구성하고자 하는 유형도 있고 현실 앞에서 무력하게 여성 존재는 억압되고 구속되는 양상을 띠는 유형도 있다. 근대적 의미에서 신여성은 전통적인 유교질서로부터 벗어나 여성의 주체적 독립적 자아를 추구하는 여성을 의미한다. 『토지』에도 여러 명의 신여성이 등장하는데 이들은 근대식 교육을 받고 일본 유학을 다녀온 여성 지식인이다. 강선혜는 신여성에 대해 다음과 같이 말한다.

> "이중 구조야. 이를 테면 수구와 개화가 따로 있는 게 아니구 함께 있는 거야. 함께 얽혀 있는 거야. 너도 그렇고 나도 그 이중 구조의 희생물이라 할 수 있어. 신여성이라 일컫는 교육받은 여성들,

그 대부분이 완상품이며 고가품이요 돈푼 있는 것들이 제이 제삼의 부인으로 주문하는 완상품이다 그 말이야. 그러면 진보적인 쪽에선 어떤가. 그들 역시 사람으로서의 권리를 여자에게 주려고 안해. 이론 따로 실제 따로, 남자의 종속물이란 생각을 결코 포기하지 않아. 여자가 인간으로서 있고자 할 때 인형처럼 망가뜨리고 마는 것이 현실이야. 신여성이 걸어간 길은 완상물이 되느냐 망가지느냐 두 길뿐이었다."[1]

임명희의 제자인 유인실은 강인하고 자기 정체성이 강한 신여성이다. 그는 임명희의 소개로 수예학교 야간 선생으로 근무하는데 학업을 갈망하는 학생들을 위해 헌신한다. 인실은 사랑과 민족이라는 문제, 즉 식민지 배국의 구성원인 일본인 오가다 지로와의 사랑 사이에서 심각하게 갈등한다. 다시 말해 신여성인 유인실이 반일운동으로 구속되기도 하고 오가다 지로는 동경대지진 때 조선인 유학생을 구한 일본인이이라는 것이다. 식민치하에서 신여성들은 구시대를 탈각하고 자유와 해방을 추구하지만 권위주의적인 남성제국주의라는 삶의 굴레에서 자유로울 수 없다.

식민지 시대 사용되던 신여성이라는 용어는 가부장제 시대, 여학교를 졸업하고 동경에서 공부한 신식교육을 받은 여성으로 억압적인 유교질서와 전통적인 결혼제도, 성윤리, 여성에 대한 고정적 이미지를 거부하고 남녀 간 차별에 대해 이의를 제기한 광범위한 범위를 아우르는 개념이다. 다시 말해 계급적, 성적 차별이 강하되는 남성중심주의 질서의 부정적 억압원리와 경제적 독립, 자유연애 같은 보편적 가치의 강화를 시도하고자 하는 원리와 가치를 담는다.

---

1) 『토지』, 5부 1권, 88.

이런 관점에서 본다면 신여성은 여성의 존재와 가치, 역할과 정체성, 거의 모든 영역에서 새로운 가치관을 주장하는데 문제는 유교적 가치관과의 대립, 그리고 그 간극과 모순으로 인해 고민하고 갈등할 수밖에 없었다. 이 소설의 시대적 배경을 보더라도 구질서와 신여성은 서로 다른 가치와 관점 간의 이해, 합의가 이루어질 수 있는 문화적 공간이 협애하였다. 박경리는 『토지』에서 유인실에 대해 다음과 같이 진술한다.

"하긴 선혜씬 배짱이 있어서 남자 같으니까, 여자도 인간이 되자하며 용감하게 남자를 공박하고 쓴 그 글만 하더라도."
"글 얘기를 하면 나 같은 여자도 부끄러운 생각이 든답니다."
"부끄럽기는요, 당당하지요."
"실은 쓰려고 해서 쓴 게 아니랍니다. 언니는 모르시겠지만 본정통에서 찻집을 하나 차렸지요. 지금은 때려치웠지만 오아시스라고, 찾아오는 손님들은 대개 학생, 문인들인데, 나도 그런 사람들을 위해 시작한 일이었지만, 그래 우리 찻집을 드나들던 『신여성』지의 김상태, 시도 쓰고 하는 사람인데 글 하나 써보라고 권하지 않겠어요? 못 쓸 것도 없다, 그것도 배장이었어요. 문장은 김상태가 고쳤지만 모두들 읽고 문재(文才)가 있다 하더구면."
선혜는 코를 벌름거렸다.
"인실아."
인경이 들어왔다.
[……]
"얼굴을 보아. 콧대 높게 안 생겼는가. 잘했어 여자라도 오기와 고집은 있어야 해. 겁을 집어먹고 도망쳐온 사내자식들보다 월등하다."

선혜는 인실을 추켜세운다.

"특히 인실이는 눈이 좋다. 이지적인 아름다움이 있어. 어릴 적에
도 눈이 좋다 생각했는데 눈 하나가 얼굴 전체를 지배하고 있단
말이야."2)

조선인 유인실과 오가다 지로 간의 사랑이라는 서사구도에서 볼 때 유
인실은 일본 제국주의 이데올로기에 함몰되거나 동화되지 않는다. 문제
는 오가다를 사랑하지만 제국과 민족이라는 대립적 구도, 즉 제국주의
국가와 식민지 국가라는 대척관계를 구성한다는 데 있다. 오가다는 경
직된 사고에서 벗어나 세계시민주의적인 사상을 지닌 남성으로 인실을
순수하게 사랑하며 주체적이고 독립적인 여성 존재에 대해 인식하고, 여
성의 정체성을 존중하는 자유로운 정신을 소유한 인물이다. 식민지배국
의 남성이라는 식민지배자가 갖는 성적 우월성에서 벗어나 인실을 사랑
의 대상으로 존중받아야 할 여성으로 대하는 균형 잡힌 의식을 지닌 그
는 인실의 사랑을 확인하고 행복해한다.

"나는 편지도 보내지 않았소, 히토미(仁實)를 불러내지도 않았소.
담장을 뛰어넘지도 않았소. 히토미의 오빠를 따라온 거요. 이래도
내 의도를 오해하는 겁니까?"

[……]

"히토미상, 나 내일 열두시부터 창경원 앞에서 기다리겠소. 나오고
안 나오고 그것은 당신의 자유요. 우정도 사랑도 결별도 모두 당신
의 자유, 당신의 의사요, 당신 자신이 선택하는 거요."

[……]

---

2) 『토지』, 3부 2권, 123-24.

서로 오랫동안 바라본다. 불꽃같이 뜨거운 것, 그것은 밀착이 아니다. 두 사람 사이를 가득 넘치듯 가득 메운 것이다.

"실감할 수가 없어. 도무지 실감이 나질 않아. 내가 지금 이곳에, 서울땅에, 창경원에 앉아 있다는 것이. 히토미, 이리 와서 내 곁에 앉아요."

[……]

'이대로가 좋은 거야. 무엇을 더 생각할 필요가 있어? 이대로, 이 순간만은 목이 타지 않는다. 부드러운 양털같이 따뜻해. 겨울의 저 빛줄처럼 따뜻하다.'

[……]

"여장부!"

오가다는 소리를 질렀다.

"뭐라구요?"

인실이 얼굴을 쳐들었다.

"그래보고 싶었어요. 무슨 말이든 외쳐보고 싶었어요."

하얀 이빨을 드러내며 웃는다. 안경 속의 눈이 물결같이 흔들린다. 형용할 수 없는 환희가, 핏줄이 터질 것만 같은 충일감이, 이 여인을 사랑하기보다 이 순간을 사랑한다는 말을 거짓말이다. 기쁨이 그를 겸손하게 하였고 양보하게 했을 뿐이다. 소유하자는 생각도 않겠다고 했다. 그러나 오가다는 이미 소유했다는 확신 속에 있었다. 인생의 비밀을 두 손 안에 꽉 쥐고 있었다.[3]

두 사람의 사랑은 현실에서 동떨어진 로맨스의 세계를 구성하며 이상적 남녀관계를 드러낸다. 말하자면 인실과 오가다는 낭만적인 사랑과 내면의 성찰을 통해 서로에게 새로운 삶의 가능성을 찾는 인물임을 상기시

---

[3] 『토지』, 4부 2권, 220-23.

킨다. 흥미로운 점은 작가가 식민본국의 남성인 오가다를 긍정적으로 서술하고 있다는 것이다. 오가다는 여성을 인격과 자유, 삶의 선택권을 가진 여성 주체로 생각하기 때문에 인실과의 관계는 식민지배자와 식민지 여성이라는 갈등 관계를 넘어선다. 그는 식민주의라는 현실에 함몰되기를 거부하는 제국주의 체제의 위계질서와 남녀 사이의 이분법적 차별을 거부하고 식민지를 부정하는 의식 있는 세계시민주의자라고 할 수 있다. 오가다는 아들 쇼지에게 다음과 같이 말한다.

> '그래 내 아들아! 너의 어머니는 바로 저 불쌍한 동족을 위하여 북만주, 네가 보고 싶어 하는 황량한 벌판에서 지금 싸우고 있단다. 가해자로서 괴로워하고 있는 일본인, 나를 언제인가 아버지로 네가 받아들이듯 동족을 위하여 투쟁하는 조선의 여성도 언젠가는 네가 어머니로 받아들여야 한다. 우리는 민족이기 이전에 사람이라는 사실도 너는 받아들여야 한다. 세상은 민족과 민족의 투쟁이 없어지고 억압하는 자와 억압당하는 자의 투쟁으로 진행되어야 하며, 그렇게 될 때 비로소 지상에는 식민지라는 존재가 없어질 것이다. 그리고 너의 어머니와 나의 슬픈 사랑, 비극도 없어질 것이다.'[4]

인실과 오가다의 관계는 한편으로는 제국과 식민지, 식민지 종주국의 신민과 식민지인이라는 대립적인 관계에서 제국의 남성, 식민지 여성 간의 사랑은 민족이라는 경계를 넘어서기 때문에 사람들로부터 비판의 대상이 된다.

---

4) 『토지』, 5부 3권, 293.

"어떤 경우에도 사랑한다는 것은 순수한 것입니다. 내가 일본의 위
정잡니까? 조선 총독부의 관립니까? 남의 사랑을 욕되게 하는 사
람은 그 사람 자신이 불결하기 때문입니다."
벌떡 일어선다. 돌멩이를 주워서 힘껏 강물을 향해 던진다.
'그건 나도 마찬가지예요. 나도 오가다 당신만큼 당하는 일이에요.
우리는 둘이 다 이단자예요. 반역자예요. 용서받지 못할 여자예요.
민족반역자, 뿐인가요? 매춘부보다 더러운 여자, 우리 사라에 무슨
일이 있었지요? 그래도 나를 갈보, 왜갈보라 한답니다.'[5]

중요한 것은 두 사람의 관계에서 유인실이 능동적인 역할을 한다는 것,
그리고 기존의 남성은 식민지를, 여성은 피식민지로 설정하는 방식에 역
행한다는 점이다. 즉 식민지배국의 남성과 식민지 여성 간의 사랑이라
는 구도가 뒤바뀌어 여성을 능동적인 인물로 형상화함으로써 여성의 역
할을 부각시킨다. 인실에게 투사된 오가다의 욕망과 좌절은 식민지 남
성이 직면한 분열과 불안이 중첩되어 있다. 여기서 주목해야 할 점은 식
민담론에 균열을 낼 수 있는 식민지 여성의 저항이라는 점에서 내선일
체 논리를 전복한다는 것이다. 다른 한편으로는 오가다와 인실은 민족,
제국주의, 남녀 간의 이질성을 극복할 수 있는 관계를 드러낸다. 이는
조찬하가 기획한 통영여행에서 확인할 수 있다. 식민지배와 종속, 식민
지 상황의 현실을 벗어난 통영이라는 장소는 순수한 남녀 간의 합일을
이루는 에덴동산처럼 기쁨과 희열이 충만한 장소라고 할 수 있다. 이곳
에서 인실과 오가다는 서로의 마음을 확인하지만 인실은 낭만적인 사랑
과 민족의식 사이에서 고민한다. 이는 인실에게 통영에서 여관을 안내

---

5) 『토지』, 3부 3권, 437.

해주던 지게꾼 노인과의 대화에서 확인할 수 있다.

"할아버지 여기 계세요?"
의아해하며 인실이 물었다.
"아, 아닙니다. 나는 지게꾼이라요."
"그런데."
"여기 선창가에서 칠팔 년을 지내다보니 손님들을 데리다주게 되
고, 손이 비믄은 군불도 때주고 물도 질어다주고 그래저래 술잔이
나 얻어묵십니더. 벌이 없는 날에는 밥술도 얻어묵고. 우리네 신
세가 다 그런 거 아니겄십니꺼."
"네. ······ 그렇군요."
"본시는 촌에서 논마지기나 부치묵고 살았는데 왜놈 땀시 째끼났
지요. 만주로 갈라꼬 고향을 나오기는 나왔는데 그것도 뜻대로 안
되고."
"가족이 많습니까?"
"권속 말입니꺼? 흠 ······ 혈혈단신입니더. 굶기서 직이고 병들어도
돈이 없인께 저승 차사를 우찌 말리겄십니꺼?"
"······"
"난생 처음 도방에 나오고 보이 해묵고 살 기이 있어야제요. 다리
밑에서 거적 깔고 문전걸식, 지난 일 말하믄 머하겄십니꺼. 다 소
앵이 없는 일이고 더러분 세상 한탄한들 그것 다 소앵이 없지요.
왜놈이 철천지 원수요 인피를 써서 사람이지 삼강오륜도 모리는
짐승만도 못한 놈들, 품속에 땡전 한푼 없어도 나는 왜놈의 짐만은
안 집니더."[6]

---

6) 『토지』, 4부 2권, 275-76.

식민체제 때문에 가족과 삶의 기반을 상실한 지게꾼 노인의 저항과 민족의식은 일본인 오가다와의 사랑과 민족 사이에 고민하던 인실의 마음에 깊은 상처를 남긴다.

조선여성이 일본남성과 결혼하는 것은 매우 특이한 사건이다. 인실이 오가다의 아이를 잉태하며 고통을 겪는데 이는 한민족공동체라는 민족의식에 기인한다. 요컨대 두 사람은 서로 사랑하는 관계이면서 식민지배국의 남성과 피지배국의 여성, 제국과 민족이라는 간극, 즉 적대적 관계에 놓여 있기 때문에 두 사람의 관계는 심각한 갈등을 드러내고 있다.

이와 대조적으로 친일파 귀족 조병모 남작의 차남인 조찬하는 유복한 가정에서 성장하여 오차노미즈 여자대학 국문과를 나온 수준급의 교양과 지식을 갖춘 일본인 여성 노리코와 결혼한다. 조찬하가 일본여성 노리코와 결혼을 서두르게 된 것은 그가 사랑했던 임명희와 형 조용하의 결혼으로 인한 상처에 있다는 것은 부정할 수 없지만 사랑과 이해로 맺어진 이들의 관계는 서로를 삶을 존중하기 때문에 별다른 문제없이 성공적인 결혼생활을 유지한다.

찬하가 노리코를 처음 만난 것은 혼다 교수의 연구실에서다. 그때 찬하는 연구실의 조수로, 장래가 보장된 것도 희망도 없이 막연한 상태로 그냥 머문다는 이외 아무것도 아닌 담담한 시기였다. 형과 명희의 결혼으로 입은 상처도 생생할 무렵이었다. 혼다 교수의 질녀였던 노리코는 이 근처까지 왔다가 인사차 들렀다고 했다. 연록색 원피스에 갈색의 모자, 구두를 신고 지갑보다 조금 튼 황금색 백을 들고 있었다. 체격도 늘씬하고 세련된 모습이었다. 자연스럽게 혼다 교수는 두 사람을 소개했고 그 후 이들은 가끔 긴자 끽다

점에서 만나 커피를 마시게 되었다. 영화도 함께 보았으며 음악회, 그림 전람회 같은 곳에도 가곤 하여 교제는 꽤 깊어졌던 것이다. 좋은 땅에서 한껏 햇볕을 받으며 자유롭게 자란 식물처럼 노리코는 미인이라 할 수는 없지만 독특한 품위를 지니고 있었다. [……] 결혼 후에는 일본의 종래 여자처럼 꿇어앉아서 바닥에 손을 짚고 절을 하며 다녀오십시오, 돌아오셨습니까, 하고 남편을 대하지 않았다. 결혼 전과 다름없는 생활태도였는데 그것은 노리코의 의사였다기보다 찬하가 전적으로 그에게 자유를 주었기 때문이다. 구김살이 없고 천착하고 집요한 성미가 아닌 노리코는 자신이 자유로운 만큼 남편도 자유롭게 놔두는 것에 대하여 일말의 의혹도 없었다. 상황이 복잡하고 상황에 대응하는 내적인 것이 섬세한 데다 큰 상처를 안고 있는 찬하에게 노리코는 편안한 존재였으며 구김살 없는 그의 성품을 사랑했다. 노리코는 물론 찬하를 사랑했다. 대단히 깊이 사랑했다.[7]

조찬하와 노리코의 행복한 결혼생활은 조병모가 친일귀족이라는 것과 노리코의 부모가 조찬하와의 결혼을 적극적으로 원했기 때문이다. 조선인과 일본인의 결혼이라는 공통점이 있지만 이들의 결혼과 달리 인실과 오가다의 사랑은 순탄하게 이루어지지 않는다. 인실은 오가다를 사랑하면서 일본인과의 결혼에 대해 죄책감을 갖고 있다. 그것은 인실의 민족의식에 기인한다. 즉 인실은 잔인성과 수탈을 특징으로 하는 제국주의 체제에 저항하며 오가다와의 사랑에 대해 죄의식에 사로잡혀 갈등한다. 사랑과 조국 사이에서 갈등하는 인실은 오가다에게 항변한다.

---

7)『토지』, 4부 3권, 181-82.

"당신은 누구인가요? 만일 당신이 야나기와 같이 값싼 자비심으로 우릴 대한다면 전 분노를 느낄 것입니다. 그런데 당신에게 분노를 느낀 적이 없는 것은 무슨 까닭일까요? 코스모폴리탄이기 때문일까요. 아니지요. 당신은 결코 일본을, 일본인을 초월하지도 극복하지도 못할 거예요. 제가 조선인인 것을 절대로 포기하지 않는 것처럼, 그러나 당신은 깨끗해요. 드물게 …… 더러운 게 너무 많은 세상에, 심지어 우국지사라는 허울을 쓰고 소름끼치게 더러운 인간도 많은 세상에 …… 지난 진재 때 조선인 학살의 지옥 속에서 전 죽창과 곤봉을 든 일본 아이들을 목격했습니다. 조선 아이들에게 돌 던지는 일본 아이들은 흔히 보는 일이구요. 그것은 저주받은 일본의 미래입니다. 당신네 역사의 산물이구요."[8]

인실은 오가다에게 조선인 멸시, 중국과 만주, 연해주, 미국, 일본 내에서 그리고 조선 국내에서 벌어지는 독립투쟁과 거듭되는 학살이 일본의 야만적인 탄압, 잔인성, 약탈, 폭력 때문이라며 격분한다. 그리고 그것은 약탈의 도구, 생명존중과 민족주의에 대한 의식이 없는 결핍, 식민지배의 잔인성에 기인하는 것이라고 지적한다. 일본에 대한 인실의 감정은 더욱 적극적인 반감과 저항으로 변한다.

"잔인성, 길들여진 잔인성 말입니다. 일본인의 본성이 잔인하다는 게 아니에요. 역사적으로 길들여온 잔인성이란 것이지요. 그러면 왜 길들여졌는가, 반문하게 되면 당신네들이 생각하는 용기, 그것이 애매해지지요. 자살에는 물에 빠져 죽는 것, 약을 먹고 죽는 것, 목을 매달기도 하고 이마나 가슴팍에 총을 쏘아 죽고 목이나 가슴

---

8) 『토지』, 4부 2권, 290.

을 칼로 찔러서 끝내는 일, 자살도 가지가지인데 배를 갈라서 내장이 쏟아지는 죽음, 생선, 산짐승, 동물의 경우를 두고 생각할 때 내장이 나오는 것은 죽음 후의 일이지요. 사람을 포함하여 동물에게 가장 더럽고 추악해 보이는 것이 내장이에요. 배를 갈라서 내장을 드러내 죽는 방법은 그래서 가장 추악한 거 아니겠어요? 그것을 의식화(儀式化)하고 미화하는 이유가 뭐죠? 그야말로 야만적이며 그로테스크한 것을 아름답고 숭고하게, 따라서 사람에 틀림이 없는 천황이 현인신(現人神)도 될 수가 있었던 거예요. 가치전도, 전도된 진실에 순치(馴致)되어온 일본인은 비극이라는 감각도 없는 채 비극 속에 있는 겁니다. 그것은 다 약탈의 도구며 장치예요. 보다 높은 곳을 향하는 이상이나 고매한 목적을 위해서라면 그와 같은 도구 장치는 도저히 있을 수가 없는 거지요. 당신네 나라에 사상이 없는 거지요. 당신네 나라에 사상이 없는 것은 너무나 당연하지 않습니까? 문화가 빈곤한 것도 말예요. 민족주의도 없구요. 애국이라는 말을 빌린 공범 위식, 당신들의 애국심은 공범 의식이지요. 유일하게 아름다운 죽음이 있었다면 도회령(蹈繪令)에 의해 순교한 나가사키[長崎]의 천주교도, 그들의 죽음뿐일 거예요."[9]

인실과 오가다는 제국주의와 식민지라는 적대적 관계, 즉 식민지배국과 피지배국이라는 관계를 구성하기 때문에 인실의 관점에서 볼 때 두 사람의 관계는 반제(反帝)·반식민이라는 민족주의 관점에서 이해할 수 있다. 오가다의 아이를 출산한 인실은 조찬하에게 맡기고 만주로 떠나기로 결심한다. 이는 삶의 문제로부터의 회피가 아니라 조국에 헌신할 것을 맹서한 여자가 제국주의 국가의 오가다와의 진실한 사랑, 그리고

---

9) 『토지』, 4부 2권, 293-94.

민족에 대한 반역에서 오는 갈등, 정체성의 분열에 기인한다.

　"우리는 끝났습니다."
　"이 사실을 오가다상이 압니까?"
　"아니요."
　"그렇다면 이 문제를 상의한 뒤 두 분이 끝내도 늦지 않을 것입니다."
　"그렇지 않아요. 그렇지가 않습니다."
　하는데 갑자기 인실의 목소리가 잠긴다.
　"저는 그분한테 생명보다 중한 것을 주었습니다. 더 이상 나는 줄 것이 없어요."
　생명보다 중한 것, 그것은 단순히 여자의 순결을 두고 하는 말이 아니라는 것을 찬하는 안다. 조국에 헌신할 것을 맹서한 여자가 그 조국에 반역 행위를 했다는 뜻이 더욱 깊다는 것을. 그럼에도 불구하고 찬하는
　"이제는 그 사람한테 받으십시오."
　하고 말했던 것이다.
　"제가 설명을 해야만 아시겠습니까? 하기는 선생님이 알아야 할 의무는 없는 거지요. 저는 울부짖었습니다. 우리의 진실은 부끄러운 것이 아니었다고. 하지만 저의 행동은 마땅히 돌로 쳐 죽여야 할 배신인 것을 저 자신이 인정합니다. 하지만 저는 그 어느 것에도 승복 안 할 결심입니다. 저는 새롭게 시작할 거예요. 그렇습니다. 저는 속죄할 그 아무것도 없고 인간을 몰아넣는 그 비정한 것과 싸울 거예요."[10]

---

10) 『토지』, 4부 3권, 41-42.

한편으로 일본인을 사랑하고 다른 한편으로 조국에 대한 배신감 때문에 유인실은 자신의 존재와 민족의식 사이에서 혼란을 겪는다. 계명회 사건에 연루되어 집행유예를 선고받은 그는 기예학교(技藝學校) 교사로 복무한다. 공장 감독의 학대와 추행에 저항하다 팔이 부러진 기예학교 학생이자 방직공장 여공인 박차순 학생 사건에 대해 인실은 학교 주인인 조용하에게 다음과 같이 항의한다.

> "일본이 우리땅을 강점하여 내 민족을 핍박하고 착취하는 데 대하여 반대하는 것을 사회주의라 한다면 저는 사회주의자겠지요. 조선은 지금 정권 운용할 처지도 아니며 국토는 잃고 민족이 말살되어 가는 형편인데 반일이면 되는 거지, 기치를 선명히 할 필요가 있을까요? 그리고 강자가 약자를 착취하고 생존의 권리를 박탈하는 경우가 비단 국가와 국가, 민족과 민족 간에만 있는 일도 아니지 않습니까. 기업과 노동자의 경우에도 생존을 외치고 권리를 주장하면 이런 경우 사회주의자라는 못을 박기도 하더군요."[11]

식민지배담론은 식민체제를 힘의 논리로 정당화함으로써 수직적 위계질서와 우월성이라는 권력구조를 구성하기 때문에 식민지인들의 의식과 정신구조를 마비시켜 식민지배관계에 대한 저항과 갈등을 일으킨다. 즉 『토지』에서 유인실과 오가다 지로의 관계도 식민지배국가와 식민지라는 적대적 대립관계와 더불어 조선인과 일본인의 사랑이라는 구도에서 여성의 한민족공동체의 구성원이라는 민족의식과 정체성 구성에 대한 문제를 환기시킨다. "캄캄한 암흑과 절벽 앞에 인실은 한 마리 눈먼 짐승

---

11) 『토지』, 4부 2권, 184.

이었다. 자살에의 유혹도 수차례 받았다. 모성애나 연민 같은 것, 그런 것은 인실에게 너무나 염치없는 감정이었다."[12] 민족배신이라는 죄의식에 사로잡힌 인실은 용정에 도착한다. 그곳에서 몇 개월을 보내며 개인적 사랑과 민족애에서 나온 내적 갈등에 직면한다.

> 하나의 생명을 떠밀어내고, 용정에서의 시간은 탈출도 해방도 아니었다. 인실은 한없이 쏘다녔다. 산이고, 강변이고 어디고 간에 길거리를 헤매다 밤이면 셋방에 와서 쓰러지곤 했다. 그리고 긴, 참으로 긴 겨울 동명과도 같이 방 한 칸에 갇히며 자신과 치열한 싸움을 벌였다. 동경의 그 몇 개월과 같은 악몽의 나날이었다. 집요한 자신과의 작별은 이듬해 봄 해란강 강가 사소한 풍경에서 시작되었다. 강이 풀리어 뗏목이 흘러가던 해란강, 새 풀이 돋아나 싱그러웠고 햇볕이 따스했다.
> "무슨 샐까? 북쪽으로 가는 걸까, 남쪽으로 가는 걸까."
> 강변에 웅크리고 앉아서 나는 새를 바라보며 중얼거리는데 어디선지 노랫소리가 들려왔다. 선구자, 노래는 선구자였다. 고개를 돌렸을 때 네댓 명의 중학생이 모래밭에 앉아서 선구자를 부르고 있던 것이었다.
> [……]
>
> 지난날 강가에서 말 달리던 선구자아
> 지금은 어느 곳에 거친 꿈이 깊어었나아[13]

---

12) 『토지』, 4부 3권, 270.
13) 『토지』, 4부 3권, 271.

인실은 오가다와의 사랑이라는 개인적 차원을 넘어 만주에서 독립운동에 가담한다. 12년이라는 시간이 지나 오가다를 다시 만난 그는 조선의 독립 이후로 자신들의 사랑을 연기하는데 이것은 박경리가 일본 제국주의 국가폭력을 비판하고 드러내는 데 머물지 않고 식민지배자와 피지배자라는 이분법적 대립의 극복과 식민주의 지배구조에 대한 비판과 해체를 시사한다는 점에서 중요한 의미가 있다.

앞에서 언급했듯이 제국주의 구조는 식민지배를 함축할 뿐만 아니라 여성을 억압의 대삼으로 삼는다. 이 같은 구조하에서 거시적으로 탈식민화를 지향하는 정치적 상황과 조건을 형성하는 것은 쉽지 않은 과제라 할 수 있다. 여성의 탈식민화를 가로막는 가장 중요한 동인은 바로 권위주의적인 제국주의적 사고방식과 획일화된 구조에 뿌리를 두고 있다. 말하자면 여성에 대해 갖는 식민체제의 배타적 권력구조에 기인한다. 그것은 남성의 권위를 강화하고 지속적으로 그 구조를 강고하게 유지하는 것으로, 제국주의 권력 구조를 강화하는 성격을 갖는 것이며, 여성 억압적 구조가 유지된다는 것은 식민주의적 사고방식을 반복함으로써 식민체제하에서의 억압과 모순을 그대로 유지하는 것이다. 다시 말해 제국주의 이데올로기의 해체는 탈식민화를 위한 중요한 시발점이 된다.

식민체제와 유교 위계질서 구조에서 여성은 남성에 의해 식민화되고 대상화되는데 이는 여성의 정체성에 역행하는 부정적 지배질서라고 할 수 있다. 바꾸어 말하면 식민구조의 해체 없이는 탈식민화는 실현되기 어렵고 탈식민화로 구현되지도 못하고 수사적 담론으로 끝나버릴 가능성이 농후하기 때문이다. 여기에서 놓치지 말아야 할 문제는 남성제국주의가 여성을 지배하고자 하는 권위적 체제라는 점에서 본질적으로 허약하며, 그 자체의 지배적 이념으로 인해 그 기반은 취약하다는 사실이다. 이와 같은 시각에서 볼 때 삶의 공간에서 신여성은 자유롭고 독립적인 삶을 추구한다는 것은 바람직하다. 그리고 그것은 여성해방과 여성존재에 대한 당연히 있어야 할 문제에 대해 논의를 끌어낸다는 점과 그동안 은폐되고 관심을 끌지 못했던 여성들의 목소리에 상응하고 그 요구에 부응하고자 하는 움직임의 확산과 같은 효과들이 넘친다는 점에서 고무적이다.

많은 사람들이 지적하듯이 남성제국주의 억압으로부터 여성들의 자유와 해방을 위한 전반적인 흐름에서 볼 때 여성의 자유와 독립, 그리고 여성 정체성 형성은 탈식민화의 중심적 내용을 모색하는 것은 매우 극적인 변화가 아닐 수 없다. 남녀 간 경계를 넘어 상호 간에 존재하는 이질성을 수용하며 여성에 대한 억압과 폭력적 질서의 해체와 더불어 여성의 존재양상을 드러내는 것은 어떤 식으로든 바람직한 과제로 파악된다.

유인실이 제국주의와 민족 사이에서 여성 존재로서의 자유롭고 주체적인 삶을 견지했다면, 임명희의 학교 동창인 길여옥은 여성으로서의 자신의 정체성을 추구하는 과정에서 삶의 질곡과 고통을 겪는 신여성이다. 그는 남편으로부터 배신당한 후, 기독교로 회심하여 전도사로 살아간다. 박제된 학으로 살아가는 임명희와 대조적인 여성으로 실패한 결혼을 극복하고 적극적으로 새로운 삶을 추구한다.

반평생을 자신은 늘 길 위에 있었으며 길을 걷고 있었다는 생각이 퍼뜩 들었던 것이다. 형무소에 수감되어 있던 그 기간, 해골이 사람꼴로 되어갔던 그 기간을 빼고 나면 늘 길 위에서, 길을 걷고 있었다는 여옥의 생각은 어느덧 명희에게 옮겨져 갔다. 늘 집안에만

있었던 여자, 언제나 자기 자신 속에 갇혀 있었던 명희, 한때는 여
수에 와서 여옥과 함께 지낸 적이 있었으며 통영의 그 외딴 바닷
가에 몇 해를 처박혀 있기도 했었다. [……] 한 인생이 끝내 허물
한 번 벗지 못하고 영원한 유충같이 명희는 거기 누워 있었다. 외
로운 사슴 한 마리가 외길에서 발돋움하다가 기척에 놀라서 멀리
깊은 숲속에 숨어버린 듯 명희는 거기 누워 있었다.[14]

신여성은 남성과 여성, 양자 간 관계의 갈등이 만들어 내는 핵심적 문제
를 드러내는 동시에 여성의 탈식민화의 기반인 자유롭고 독립적인 여성
성을 강화한다는 의미에서 여성의 자율성을 보여주는 개념이다. 작가는
남성제국주의 질서의 억압을 거부하고 자유롭고 주체적인 삶을 추구하
는 인실과 여옥을 통해 신여성을 그려낸다. 작가는 신여성에 대해 여옥
의 시각에서 다음과 같이 언급한다.

"나라가 망하는 그 틈새 일부 여자들은 달음박질로 새 교육을 받았
는데 명희 너도 나도 그 부류에 속하지만 세상의 인식이 달라지기
도 전에 남자가 여자의 인격을 인정하기도 전에 이런 새로운 여자
들이 나왔다는 것은, 소위 신여성들인데 공중에 휭 떠버린 상태가
될밖에 없었지. 서울의 강선혜 같은 여자가 그 대표적인 거라 할
수 있겠지. 명문거족의 딸들은 기왕의 누려온 그 특권으로 해서 새
로운 학문도 시집가는 혼수같이 되어 전과 다름없는 며느리 아내
로 낙착이 되었지만 그럴 수 없는 계층의 여자들은 오히려 신분이
떨어져버린 느낌이야. 남의 소실 후처 댁이 심지어는 광대 취급이
고 소수가 사회 일각에서는 뭔가 해보겠다고 가시밭길을 걷는데

---

14) 『토지』, 5부 3권, 431.

말로는 존경한다 하기도 하지만, 평가하는 데는 교육받은 여자라
는 것이 보탬이 되기보다 남과 다르다는 것 때문에 호기심의 대상
이 된다는 거지. 호기심의 대상으론 시골이라고 다를 게 없어. 더
했음 더했지, 구경거리가 된다는 것을. 호기심의 대상이 된다는 것
을 우쭐해서 좋아하는 속빈 신여성도 많긴 많았지만 옛부터 구경
거리가 된다는 것은 천한 거였어. 넌 줄곧 온실에서만 살아왔으니
까, 글쎄 어느 정조 견디어낼는지 …… 너에게 하고 싶은 말은
…… 담을 쌓아도 제발 내 앞만 가리는 이기주의만은 되지 말아라
그 말인데, 노처녀나 이혼녀나 과부나 편협하고 옹골차고 물기 없
이 말라서 자기 둘레만 깨끗이 하고 자기 식량만을 챙기는 그런
습성은 밖에서 오는 핍박 때문에 자연 그렇게 된 것이지만 그것을
이겨야 해. 그렇지 않으면 인생이 너무 초라해져. 우리도 살아 있
다는, 살아 있다는 것은 아름다운 거야."15)

부유한 가정 출신의 여옥은 오선권과의 불행한 결혼으로 갈등한다. 자
신을 사랑의 대상이 아니라 성공을 위한 수단으로 이용하는 남편에게
배신감과 분노를 표출한다. 오선권은 일찍이 처가의 후원으로 유학을
마치고 돌아오지만 결혼을 자기 욕구를 충족시키기 위한 과정으로 생각
하고 일본유학 시절에 돈 많은 여자를 만나 불행의 원인을 제공한다. 그
는 신여성과의 결혼과 자유로운 삶을 추구한 지식인이지만 전통 유교
이데올로기로부터 자유로울 수 없는 물질지향적, 이기적인 남성이다. 여
옥은 남편의 외도로 배신감과 분노 때문에 상처에서 벗어나지 못해 결
국 결혼은 파국으로 치닫게 된다. 유교 봉건적 사회질서의 굴레 때문에
독립적인 자기 주체성을 정립하는 것은 매우 힘겹고 어렵다는 사실은

---

15) 『토지』, 4부 2권, 89.

청조(靑鳥) 잡지사 사무실에서 강선혜와 시인 이정백(李亭伯)과 청조사 기자 최인기(崔仁基), 그리고 신문사를 그만둔 배형광(裵炯光)의 대화를 통해 확인할 수 있다.

> "우리 조선사회에선 말이야, 무대에 한두 번 섰다가 별볼일없는 여자가 된다구. 김 안 나는 물이 더 뜨겁다는 말 못 들었나? 조선놈의 사회가 그런 거라고."
> 끼어들지 않고 신문을 읽고 있던 캡 쓴 사내가 말했다.
> "그럼 일본이나 미국 가서 살아야겠수다."
> 그 말도 묵살하고 선혜는
> "화려한 꿈은 꿈을 뿐이지. 연극이 어떻고 셰익스피어가 어떻고 고상한 인텔리처럼 자처해보았자 이곳에선 에잇! 얏! 하는 말광대계집 이상으론 생각 안 해."
> "그건 어느 정도 사실이지."
> [……]
> "조선에는 아직 여선생, 여의사, 전도부인 말고는 그렇지요. 인텔리 여성들은 신식 기생이지요."[16]

실패한 결혼 때문에 여옥은 신앙에 눈을 떠 기독교인이 된다. 그는 지나간 과거에 낙심하지 않고 여수에서 전도사로서의 새 삶을 살아간다. 그 과정에서 기독교도들의 반전 공작 참가로 형무소에서 복역하지만 그는 자기 앞에 펼쳐진 삶의 현실에 좌절하지 않고 신여성으로서 자기 정체성을 추구한다. 이는 남성제국주의가 여옥의 정체성을 지배하려 할 때 여옥이 얼마나 위기의식을 느끼고 있는지 여실히 보여준다. 그리고 결

---

16) 『토지』, 3부 2권, 451-52.

혼의 실패에도 봉건적 질서에 단호하게 맞서 여성으로서의 주체적 정체성을 정립하기 위해 당당히 삶을 살아간다.

"저는 독립운동가가 아닌 전도사업에 종사하는 사람입니다. 더군다나 선각자 지식인들과는 동떨어진 산간벽촌을 찾아다니며 일을 하는 처지입니다. 저는 저 나름대로 복음 전도에 있어서 어떤 방법이 효과적인가 많이 생각해보았고 또 체험에서 얻어진 것도 많습니다. 한마디로 말씀드리면 애국 사상과 복음을 함께 전해야 한다는 것입니다. 산간벽촌에 있어서 기독교란 아주 생소하고 서양 사람종교라는 의식이 강합니다. 그리고 미신적으로 믿어지는 불교며 무당들, 점쟁이를 통한 귀신신앙도 뿌리 깊은 것입니다. 유교에서 오는 조상숭배도 그렇고요, 그러나 아무리 몽매 무지한 사람에게도 내 나라를 잃었다. 내 나라를 찾아야 한다는 말은 대단한 호소력을 가지는 것입니다. 서령 그들이 아무것도 행할 수 없는 무력한 존재일지라도 심정적으로 불이 붙는 것입니다. 그래서 저는 우리 조선에 있어서 독립사상과 기독교 정신이 일치해야 한다는 것을 깨달았습니다. 순수한 전도 정신만 가지고는 안 된다는 것입니다. 물론 선각자들이 기독교를 받아들였고 그 선각자들은 모두 애국자, 우국지사들이었습니다. 깨우치지 않아도 이미 깨달은 사람이며 학생들 역시 그러합니다. 그러나 그 수는 우리 민족 전체를 볼 때 매우 적습니다. 저의 생각으론 보다 확실하게 두 가지를 합쳐서 밀고 나가야 구석까지 스며들 수 있고 공고해질 것이며 헐벗고 굶주린 백성, 그리고 보살필 주권과 나라를 잃은 백성들을 구제하고 깨우치며 나라 사랑을 불어넣은 것이 곧 주를 향한 합당한 우리의 봉사라고 저는 생각합니다. 어찌 나라를 저버린 자가 반역자 아닐 것이며 반역자가 어떻게 지순한 신앙을 가질 수 있겠습니까."[17]

오선권과의 사랑과 이별 때문에 고통과 회환의 삶을 살던 여옥에게 새로운 삶의 계기가 마련된다. 오선권의 친구인 최상길과의 만남은 과거의 상처와 아픔을 치유할 수 있는 기회가 된 것이다. 한창 기독교 복음을 전할 때 일본 제국주의는 기독교를 탄압하고 여옥을 체포한다. 형무소에 투옥되어 갖은 고문을 당할 때 최상길은 여옥의 감옥생활과 출옥을 돕는다. 이 사건을 계기로 상길은 여옥에게 강렬한 사랑의 감정을 품는다.

> "길여옥이란 여자에 대한 감정 말입니다. 처음 만났을 때 그는 선배의 누이였고 친구의 아내였습니다. 전도사로 여수에 나타났을 때도 선배의 누이이며 한때 친구의 아내였다는 사실 때문에 도와주어야 한다는 생각을 했을 뿐입니다. 그리고 상대가 편안했던 것도 없었고요. 파렴치한 친구에 대한 분개도 한몫 했을 겁니다."
> "흥."
> "형무소에 들어갔을 적에도 같은 교인으로 순교하는 그에 대한 존경심, 그리고 내 자신의 양심 때문에 그를 도왔습니다. 좀 이상하게 들릴지 모르지만 그에게 애정을 느낀 것은 형무소에서 그를 업고 나온 그 순간이었습니다. 평생 동안 그같이 이상한 감정을 느껴보기는 처음이었습니다."
> "사람의 형상도 아니고 새털같이 가벼운 죽어가는 여자, 내 자신도 이해할 수 없었습니다. 마음 밑바닥에 피눈물이 고이는 것 같고, 이 죽어가는 여자를 위해 내 뭣인들 못하리, 그때 난생 처음 강렬한 애정을 느꼈습니다."[18]

---

17) 『토지』, 3부 2권, 249-50.
18) 『토지』, 5부 3권, 127.

여옥은 식민지 현실에서 오선권의 배신 때문에 고통을 경험했지만 최상 길의 진실한 사랑으로 자신의 모습을 찾음으로써 여성으로서의 정체성을 회복한다. 그것은 결혼의 실패에 기인한 상처와 아픔, 외로움과 무력감이 있지만 굴복하지 않고 전도사로서의 새로운 삶의 구성함을 의미한다.

박경리는 소설의 형식을 빌려 당대 사회의 성, 혼인, 봉건적 사회구조, 신여성운동에 대해 복합적으로 조명한다. 특히, 식민종주국과 식민지라는 종속적 관계를 구성하는 폐쇄적이고 폭력적인 식민주의의 단면을 비판하면서 길여옥을 통해 전통사회의 뿌리 깊은 민간신앙과 기독교에 대해 객관적 시각을 보여주고 있다. 그는 조선이 서구문화와 기독교 신앙에 대하여 폐쇄성을 지양하고 공존을 통해 한민족공동체의 정체성 확립, 제국주의로부터의 완전한 자유와 해방을 환기시킨다. 박경리가 신여성에 대해 갖는 총체적인 사상을 추론하는 것은 쉽지 않겠지만 당대의 불합리한 행위규범, 성 이데올로기를 넘어 여성의 해방, 남녀 간의 자유연애와 여성의 긍정적 측면을 제시하는 것은 어느 정도 사실이다. 하지만 작가는 신여성이 갖는 양면성을 인식하고 있기 때문에 임명희의 오빠 임명빈을 통해 잘못된 신여성운동에 대해 비판적 시각을 견지한다.

"소위 신여성들, 뭐 비단 독립운동을 두고 내가 말하는 건 아니라구. 사회 전반에 걸쳐서 신여성이란 과연 무엇을 할 수 있으며 어떤 성격을 띠고 있는가, 말똥이나 하고 삐죽구두만 신으면 신여성이냐, 만세운동의 앞장만 서면 신여성이냐, 학교 선생질이나 하면 신여성이냐, 남녀평등을 부르짖으면 신여성이냐, 그래서 문제가 생기는 거라구."

[……]

"참고삼아서 들어두는 게다. 누구든 한번은 생각해볼 만한 일이니까. 다른 하나, 용감하게 행동하는 여자, 용감하다 해서 뭐 폭탄 안고 총독부에 들어간다는 예긴 아니고요, 매사에 있어서 자신이 신여성이라는 것을 과시하는 여자라고나 할까? 무슨 일에든 앞장서길 좋아하고 혁명투사연하고 인생을 논하고 예술을 논하고 모두 시시해서 시집갈 곳이 없고 모르는 것 하나 없고 여자라서 잘나지 못하라는 법 있느냐, 기염을 토하고, 그러나 신념이 있다면 그렇게 하진 않지."

"한데 식자 든 여자 중에는 잘난체하기 위해서, 그 허영을 채우기 위해서 용감해지는 사람도 있다. 그거라구, 위험천만이지. 애국하는 행위가 경박하다 그 얘기라구.

[……]

무책임하게 시류를 쫓아서 마치 껍데기만 핥고서 남녀평등을 부르짖는 신여성과 마찬가지로 이혼의 자유, 결혼의 자유를 내세운다면 그같이 경박한 일이 어디 있겠어?"[19]

임명빈의 말에서 알 수 있듯이 신여성은 여성의 자유와 교육에 대한 갈망으로 인해 당대 여성들의 동경의 대상이었지만, 유교사회의 가치관에서 볼 때 반발이나 조롱의 대상이 되었다는 점에서 사회적 비난과 비판을 불러일으켰다. 즉 과거의 문화와 가치, 전통과 윤리에서 벗어나 자기인식을 통해 새로운 시대의 가치관과 문화를 반영하는 여성이라는 점에서 과거의 여성상과 자신들을 구분시킨다. 문제는 논의의 대상이 되는 여성 정체성의 정의나 여성의 가치는 여옥을 통해 명확하게 드러나지

---

19) 『토지』, 3부 1권, 353-55.

않는다는 것이다. 즉 비록 여옥이 제도에 얽매이지 않고 자아성취와 독립적인 삶을 추구하지만 가부장 사회의 불합리한 제도로부터 완전히 벗어난 여성이라고는 말할 수 없다. 즉 사회적 가치관에 반기를 드는 신여성적인 가치관과 자기 정체성을 끊임없이 추구하지만 구질서와의 갈등과 신여성의 실체적 내용은 명확하게 표현되지 않는다는 것이다. 따라서 여옥은 신여성적인 내면의식을 충분히 갖추지 못한 채 내적 갈등과 모순을 극복할 수 없었으며, 유교 이데올로기에 흡수될 가능성을 지닌 여성이라고 할 수 있다.

신여성운동이 여성의 자율성과 주체성을 구축하는 데 기여했음을 부정할 수는 없다. 여성의 정체성이 식민지 시대 남성제국주의 구조에 대한 저항을 통해 형성되었다는 점에서 유의미하다. 하지만 신여성운동이 여성의 정체성 형성 구축을 위한 토대가 될 수 있을까? 강고한 유교질서 비해 매우 취약한 까닭에 실제로 여성 정체성 확립에 크게 기여하지 못했다. 그것은 신여성운동이 조선사회에 광범위하게 존재하지 않았으며 자율적 구심체 역할을 하지 못했다는 사실에 기인한다. 이러한 환경에서 신여성운동을 형성하는 구성원의 부재와 이에 대한 총체적 욕구분출이 없었고 명확한 대안이 결여되었다는 점에서 신여성 운동은 약화될 수밖에 없었다. 또한 식민체제와 남성권력 간의 유착관계, 그리고 사회적 동의와 여성의 목소리를 낼 수 있는 기반이 형성되지 않은 상태에서 신여성운동은 전통 유교질서로의 회귀나 퇴행을 막는 강력한 기제가 될 수 없었다.

그럼에도 불구하고 신여성운동이 정작 중요한 것은 남녀 간의 갈등의 진원지였던 과거의 남성우월적 지배와 복종 일변의 가치관에 역행하는 새로운 방향을 예견하고 제시하였다는 점, 남녀 간의 성차별과 불평등 해소의 가능성, 그리고 여성 정체성에 대한 새로운 인식을 가능하게 하는 정치적 공간을 열어놓았다는 점이다. 즉 그것은 탈식민 의제와 병행하는 지속적이고 연속적인 협상과 타협을 통한 새로운 가치를 정립한다는 것이다. 이것이 의미하는 것은 신여성의 존재와 정체성을 희구하고 갈망하는 것은 여성 개인의 영역과 정체성 구축이 아니라 여성들이 유교질서에 갖는 부정적인 문제들을 개선하려는 의지라고 하겠다.

여성들이 현실의 삶에서 경험하는 수많은 문제들을 한 번에 해결할 수 있다는 생각은 낭만적이고 비현실적이다. 다양한 차원에서 발생하는 여성의 정체성과 관련된 문제들은 그 크기만큼 복잡하고 다양하기 때문에 이를 정치적, 문화적, 사회적 내용을 포괄하는 것은 쉽지 않다. 그러니까 신여성운동이 독자적인 자율성과 힘을 확보하기까지는 상당한 시간과 사회적 합의와 협력이 필요했다는 것, 그리고 전체 조선사회의 여성들의 이익과 주장을 충분히 포괄하지 못했던 것이다.

신여성문제는 유교적 위계질서와 상반되는 가치와 이해관계, 이에 대한 대립과 갈등의 과정에서 발생한다. 유교질서의 관점에서 신여성을 적대적 집단으로 볼 수 있으며 궁극적으로 남성중심적인 권위주의 사회를 구축하고자 한다. 이와는 달리 유교적 가치와 상반되는 신여성들이 갖는 의식은 유교적 관점을 수용할 수 없다는 문제가 있다. 이처럼 양자 간의 차이로 초래되는 문제는 여성의 정체성 확립이라는 문제로 집약되기 때문에 해결해야 할 중요한 출발점이 아닐 수 없다. 결국 개인적 자유보다 보수적 가치와 남성중심성을 한 축으로 하는 유교이념은 신여성 문제를 부정적인 현상으로 간주하고, 반면에 개인의 자유와 독립을 한 축으로 한 신여성 간에는 쉽게 화해할 수 없는 차이와 시각, 말하자면 한국의 전통적 유교 문화와 신여성적 가치관이 서로 상이하기 때문에 갈등할 수밖에 없었다.

봉건적 유교사회에서 발생하는 보수적 가치와 사회적 문제의 갈등이라는 사실을 고려할 때, 역사적으로 여성들은 제국주의 폭력에 대항하여 실질적인 권력을 이행한 적이 없는 수동적 존재에 머물렀다는 점에서『토지』는 권위주의적인 남성제국주의 구조와 권력에 대한 비판을 함축한다. 다르게 표현하자면, 여성을 타자로 간주하고 여성의 삶을 부정하는 왜곡된 남성중심주의 시각은 남녀 간의 차별과 간극, 성 이데올로기에 대한 이분법적 사고방식을 근본적으로 전환시키며 여성의 새로운 문화 정치학을 촉발시키는 근간이기도 하다. 그것이 바로 매우 직접적 측면에서 여성 정체성이 구축되는 방식인 것이다. 이성적으로 성찰하며 여성의 존재를 바라보아야 함에도 불구하고 여성을 바라보는 시선과 그를 둘러싸고 있는 물리적 환경은 여성에 대한 제국주의적 시각과 매우 일치하고 재확인할 수 있다.

제국주의는 여성에 대한 남성의 일방적 권위와 인식론적 폭력이 강요되는 특징을 갖는다. 다시 말해 여성을 보다 종속적인 존재로 만듦으로써 여성을 남성의 영역에 종속되어야 할 인간존재로 인식하게 한다. 그러므로 제국주의 지배가치에서 소외된 여성은 주변부 집단으로 남아 있을 가능성은 매우 크다. 탈식민주의의 안티테제인 제국주의적 특성은 지배적인 담론과 그 자체의 헤게모니 구조 때문에 여성의 정체성과 자율성을 심각하게 훼손시켰다. 그것은 기존의 남성제국주의 헤게모니를 강화하고 여성에 대한 지배를 유지하기 위해 기능을 확대시킴으로써 탈식민화에 역행하였던 것이다. 그 결과 여성의 삶의 영역은 정치적 수준에서 탈식민화는 지연되고 전체적 수준에서 탈식민주의의 내용과 실체는 약화되고 후퇴할 수밖에 없었다. 신여성문제에 대한 거부는 여성의 정체성에 대한 문제를 회피하는 퇴행적인 사회의 특징이며 여성의 탈식민화란 거대한 변화를 담아낼 수 없다.

신여성이라는 시각에서 여성의 자기 목소리 내기는 식민제국주의가 식민지인을 억압하고 그들의 삶을 규제하고 통제하는 것과 같은 맥락에서 볼 수 있는데, 이는 당시 사회가 고착화시킨 여성 존재의 정체성을 위협하는 "집안의 천사"라는 고정적 이미지에 대한 저항이자 반항이라 할 수 있다. 『토지』에 등장하는 여성인물은 유교 이데올로기에서 완전히 벗어날 수 없기 때문에 여성 정체성의 형성은 어려운 과제라는 것을 알 수 있다. 신여성으로의 삶을 살아가는 임명희는 역관 임덕구의 딸로 동경에서 전문대학을 졸업한 미모와 지성을 겸비한 여성이다. 여성의 정체성은 고정된 것이 아니라 시대마다 변하는 동적 개념으로 해석되고 해석되어야 한다. 이 같은 맥락에서 신학문을 배웠지만 소극적인 성격과 가부장적 사고방식을 가진 그는 오라버니 임명빈과 친분이 있는 이상현을 사모하여 사랑을 고백한지만 기혼남인 상현으로부터 거절당한다.

> 희망도 기대도 가질 수 없는 상대인 만큼 서운하고 안타깝고, 누이에 대해선 애처롭고, 그러나 명빈은 두 사람의 관계를 깊이 염려하지는 않았다. 상현에게는 처자가 있을뿐더러 사랑의 상처가 있었고, 절제심이 강하여 결코 모험을 하지 않을 명희의 성품을 아는 터이라 그저 모르는 척하고 있으면 된다는 생각이었다. 그러한 명빈의 심정은 누이의 청춘을 장식해준다고나 할까, 아름다운 추억, 사랑의 슬픔과 기쁨을 가져보아라 하는 관용이었다 할 수도 있을 것이며 심취한 외국 소설에서 받은 영향 때문에 플라토닉 러브를 동경한 명빈의 감상도 있었을 것이다. 비교적 괜찮은 혼처를 명희

가 탐탁하게 여기지 않았던 것은 상현에 대한 동경과 상현만한 사
람이 없다는 무의식중의 심리작용인 것은 사실인데 그렇다고 해서
상현과의 결합을 열망하는 것은 아니며 체념하다시피, 그러면서
뭔지 모르게 해결을 하지 못하고 있는 상태, 명빈이 지적했듯이 명
희는 소극적이며, 자제력이 강했다기보다 정열이 부족했는지 모른
다. 상현에 대한 연정이 막연한 것은 상황의 탓이라기보다 명희 자
신의 성격에서 온 탓이 더 많을 성싶다. 따라서 다른 남자에 대해
서도 내키지 않고 용납이 안 된다는 것 역시 선명치가 못한 것이
다. 애매모호하게 세월만 가고, 그래서 자의반 타의반 독신주의라
는 또 하나의 막연한 곳에 기착한 것인지도 모른다. 그것을 이제
와서 명빈이 깨달은 것이다.[20]

주어진 상황에 움츠리지 않고 굴복과 타협을 모르는 최서희나 외부에서
형성된 불가항력에 맞서 자신의 의지를 발현한 길여옥과 달리 임명희는
자신에게 주어진 삶과 사랑, 학문에 대한 애착과 열정이 없는 여성이다.

늘 집 안에만 있었던 여자, 언제나 자기 자신 속에 갇혀 있었던 명
희, 한때는 여수에 와서 여옥과 함께 지낸 적이 있었으며 통영의
그 외딴 바닷가에 몇 해를 처박혀 있기도 했었다. [……] 한 인생이
끝내 허물 한 번 벗지 못하고 영원한 유충같이 명희는 거기 누워
있었다. 외로운 사슴 한 마리가 외길에서 발돋움을 하다가 기척에
놀라서 멀리 깊은 숲속에 숨어버린 듯 명희는 거기 누워 있었다.
말로는 이제 나는 옛날과 다르다, 다르다 했지만 장소 어느 시간에
도 명희에게 변한 것은 없었다.[21]

---

20) 『토지』, 3부 1권, 357.
21) 『토지』, 5부 3권, 431.

허물을 벗지 못한 유충처럼 자기 자신 속에 갇혀 있는 명희는 상현에게 거절당하자 결혼이라는 탈출구를 모색한다. 그는 자신의 결혼생활을 명확히 의식하고 선택하는 인물은 아니다. 결혼의 허구성이나 폐쇄적인 여성관과 같은 삶의 굴레에서 오는 좌절과 고통은 신여성운동이나 개방된 의식이 당대의 현실에서는 수용될 수 없었던 것이다. 본질은 여성에 대한 남성들의 인식에 변화가 없는 상황에서 여성의 정체성 형성은 요원하다는 것이다. 강력한 남성중심적인 가치가 여전히 지배이념으로 지속되거나 광범위한 영향을 행사할 때 여성의 정체성은 거부된다. 그런 까닭에 명희는 유교적 가치에서 비롯된 질곡이나 수직적 질서로 회귀할 수 있는 위험에 직면한다. 즉 통제되지 않는 남성지배적 권력은 탈식민적 가치의 장벽이라는 사실을 반영하며, 동시에 여성의 정체성을 위협하는 요소로 작동한다. 무엇보다 남성제국주의 구조가 초래한 문제는 사회적 힘의 관계, 즉 여성과 남성 간의 관계를 극도로 대립시키는 사회적, 성적, 불평등의 증가에 있다고 할 수 있다. 임명희와 조용하의 관계는 이를 압축적으로 보여주는 사례다.

조용하의 음모에 넘어간 명희는 그와 결혼한다. 친일파 조병모의 장남인 조용하는 학교와 방직공장을 경영하는데 그는 결혼으로 명희의 삶을 얽매어놓음으로써 자유를 박탈한다. 명희는 사랑 없는 결혼생활이라는 현실적 장벽에 부딪히게 된다. 문제는 명희가 일방적이고 권위주의적인 남성중심주의에서 벗어나지 못하고 구질서에서 벗어나지 못하는 여성이라는 점이다. 즉 신교육을 받았지만 남성제국주의적 가치관, 유교 이데올로기가 지배하는 상황에서 명희는 여성성을 발현할 수 있는 총체적이며 실현 가능한 대안을 구성하지 못하기 때문에 내용과 형식에서 자신의 정체성을 확립하지 못한 인물이라고 할 수 있다.

박경리는 강선혜를 통해 유교질서와 새로운 질서 사이에서 방황하는 신여성을 제시한다. 재력가의 외동딸로 결혼에 실패한 후 동경유학을 마친 강선혜는 허영심이 가득한 신여성이다. 작가는 강선혜의 집에 대해 이렇게 묘사한다.

오륙십 칸이 넉넉한 큰 집이었으나 도무지 꾸밈새라곤 없어 뵌다. 물건도 아무 곳에나 쌓인 채 내버려둔 것 같고, 몹시 분주한 집안 사정이란 인상이다. 강선혜가 혼자 쓰고 있는 사랑도 아니요 별당도 아니요 애매한 모양의 독채, 그 뜰 앞에만은 꽃이 피어도 시들시들 할 것만 같은 해당화 한 그루가 개다리 꼴로 앙상한 가지만 남긴 체 서 있었다. 그리고 격에 맞지 않는 신발장 하나가, 이건 또 턱없이 높아서 웅장한 감마저 주는 화강암 신돌 한 곁에 오두마니 놓여 있었다. 방안에선 아무 기척이 없다.[22]

강선혜의 집에 대한 묘사에서 알 수 있듯이 막강한 재력을 가진 강선혜의 집은 내버려진 집처럼 분주하고 앙상한 가지처럼 무질서하다. 이는 그가 겉만 화려하며 내면은 허영심이 가득하고 시든 꽃과 같은 인물임을 시사한다. 강선혜는 신여성이 직면한 상황에 대해 객관적으로 통찰한다.

신여성이라 일컫는 교육받은 여성들, 그 대부분이 완상품이며 고가품일 뿐 사람으로서의 권리가 없다. 좋은 혼처에서 주문하는 고가품이요 돈푼 있는 것들이 제이 제삼의 부인으로 주문하는 완성품이다 그 말이야. 그러면 진보적인 쪽에선 어떤가. 그들 역시 사람으로

---

22) 『토지』, 3부 1권, 360.

서의 권리를 여자에게 주려고 안 해. 이론 따로 실제 따로, 남자의 종속물이란 생각을 결코 포기하지 않아. 여자가 인간으로서 있고자 할 때 인형처럼 망가뜨리고 마는 것이 현실이야. 신여성이 걸어간 길은 완상품이 되느냐 망가지느냐 두 길뿐이었다.[23]

명희는 권력과 신분을 이용하여 자신에게 접근하는 귀족 출신의 조용하와 진실한 사랑 없이 결혼한다. 조용하의 우울증과 정신적 가학에 시달리고, 시동생인 조찬하를 연모하며 결혼생활은 파탄에 이른다. 여성의 존엄성을 짓밟는 남편 때문에 명희는 삶을 체념하고 투신자살하기 위해 통영을 찾는다. 그는 자살하기 전에 판데굴을 찾는다.

굴 양켠에는 음식점 같은 것이 몇 채 있었다. 명희는 내리막으로 된 굴 입구에 들어섰다. 썰렁한 냉기가 얼굴을 쳤다. 사뭇 내려갔을 떼 햇볕은 완전히 차단되었고 전등이 희미하게 사방을 비춰준다. 사방은 모두 완벽한 콘크리트, 사방에서 울려오는 소리는 모두 명희 자신의 발소리였다. 발소리는 벽에 부딪쳐 멀리 갔다가 다시 벽에 부딪쳐 돌아오는 것이었다. 천국도 지옥도 아니었다. 극락은 더욱 아니었다. 다만 저승이었을 뿐이었다. 저승! 철저하지는 않았지만 기독교가 몸에 밴 명희였으나 바다 밑 굴속은 저승이라는 말 외 적절한 어휘는 없을 것 같았다. 굴을 빠져나왔을 때 세상은 햇볕에 가득 찼다기보다 눈부시게 흰, 그것도 투명한 모시베로 둘러쳐져 있다는 느낌을 받았다. 명희는 굴 앞에서 걸음을 멈추었다. 목적지를 이제는 잃은 것이다. 새로운 목적지를 찾아야만 했다.[24]

---

23) 『토지』, 5부 1권, 88.
24) 『토지』, 4부 1권, 361.

명희는 저승체험을 거치면서 자신의 존재 변화를 자각하게 된다. 그는 밤을 지새우며 무릎을 꿇고 기도하는 친구 여옥에게 속마음을 털어놓는다.

"난 막연히 집을 떠났어, 자살하리라는 생각도 안 했었고 너에게 이런 말 하리라는 생각도 안 했고, 그렇지만 어떻게 생각하면 어젯밤 난 목욕을 했는지 몰라. 왜 지금 그 생각이 나는고 하니, 새벽에 나를 건져준 어부의 아내가 쑤어온 미음 맛이 지금도 혀끝에 남아 있는 것 같아. 그것은 맛이었어. 맛이란 참 상쾌하더구먼. 그리고 또 부산에서 통영까지 올 동안 난 멀미를 안 했거든. 그건 무슨 뜻인고 하니 새삼스럽게 뱃멀미를 할 필요가 없었지. 멀미는 항상 나랑 함께 있었으니까. 그랬는데 통영서 여수까지 오는 동안 멀미를 지독하게 하지 않았겠어? 또 있는 것 같다. 아까 이제부터 넌 사람이 된 거다, 그런 말을 했지? 그랬는지는 몰라. 가려야 하고 싸안아야 할 것이 없다. 그건 참 홀가분한 일일 거야. 아무 곳에나 갈 수 있고 아무하고나 얘기할 수 있고 무슨 일이든 할 수 있고, 화분이 아닌 빗자루."25)

명희에게 여성으로서의 재탄생을 이루기 위한 과정은 자신의 정체성을 구성하기 위한 과정임을 확인할 수 있다. 남성제국주의는 여성의 주체성을 인정하지 않거나 남성우월성을 강조함으로써 여성의 정체성을 부정한다. 여옥의 반복되는 좌절과 고통, 방황의 원인은 여성 존재의 삶을 거부하는 남성우월주의에 기인한다. 즉 자유와 해방, 교육받는 여성의 지성에서 출발하여 보다 행복한 삶을 동경했던 명희는 경직되고 남성우월적인 조용하의 억압 때문에 심한 좌절을 겪게 된다. 그것은 신여성들

---

25) 『토지』, 4부 1권, 370-71.

사이에 연대감을 형성하지 못하며 남성중심주의 사회에서 잘 적응하지 못했다는 사실에 기인한다.

이와 같은 측면에서 볼 때 명희는 유교적 위계질서에 지배받지 않고 자신의 내면의 목소리에 순응하며 남녀 간의 사회적, 성적 차이를 극복할 수 있는 교육을 받지만 깊이 뿌리박힌 유교질서로부터 벗어날 수 없다. 말하자면 명희가 이질적인 남성우월적 지배로부터 벗어나기를 강렬히 바라며 자유로운 삶을 추구하지만 현실에서 직면하는 문제와 고통 때문에 여전히 좌절된 삶을 산다는 것이다. 이는 작가 박경리가 소설이라는 형식을 통하여 재현하고 있는 신여성, 그러니까 신여성운동에 대해 작가가 개입할 수 있는 영역보다는 작가가 경험했던 가부장제 담론이 훨씬 더 크게 영향력을 발휘한다는 것을 의미한다. 즉 작가의 시각으로 『토지』를 읽고 있지만 사실은 유교적 지배가치의 현실을 완전히 부정할 수 없는 작가의 의도를 읽고 있는 것이다. 하지만 그것이 남성제국주의적 가치를 받아들이거나 일반화하는 것은 아니다.

논의를 확장하면, 명희가 신여성으로서 갈등하는 것은 결혼이라는 복고적 전통과 신여성이라는 현실이 맞물려 있기 때문이다. 유교질서에서 벗어난 독립적 존재라는 시각, 다시 말해 결혼생활 및 현실로부터의 도피가 여성의 정체성 회복을 의미하지 않는다는 점, 그리고 여성의 정체성을 식민체제 이전의 전통사회로의 회귀에서 찾는 것은 남성제국주의 질서에 함몰된 여성을 의미하는 것이다. 여성의 탈식민화에 대한 강렬한 요구나 지향하고자 하는 의식도 식민체제의 자본이라는 유혹 속에서 현실과 타협할 가능성이 농후하기 때문에 탈식민화에 대한 가능성도 약화될 수 있다. 요컨대 탈식민화는 식민주의적 사고에 지배될 때 탈식민주의는 식민주의의 퇴행적 구도로 역행할 위험이 있다.

여기서 알 수 있는 것은 현실적으로 서구의 보편적 지배구조하에서 제3세계 여성의 삶과 정체성 형성은 매우 어려운 과제임을 확인할 수 있다. 제3세계 여성은 서구와 비서구 사이의 모호한 경계선에서 서구를 선택하려는 강한 유혹을 받게 된다. 즉 탈식민화에 대한 근본적인 의식개혁이 이루어지지 않으면 제대로 이룰 수 없다는 것이다. 남성제국주의에 대한 의식의 개혁 없이 탈식민화를 기대하기는 어렵다는 사실이다. 그렇기 때문에 박경리는 식민 시대의 남성과 여성의 관계, 그리고 가부장제의 힘이 작동하는 현실에 대해 객관적인 시각을 유지하면서 유교적 가치를 비판한다고 볼 수 있다.

제국주의의 힘이 강력하게 작동하는 식민지 사회에서 제국주의를 추종하는 여성인물이 있는데 홍성숙이 이를 잘 보여준다. 제국주의를 흉내 내며 그 가치에 대한 옹호가 식민지배담론과 연관될 때 나타나는 결과는 탈식민적 가치나 인식의 약화로 나타나게 되는 것이다. 일본에서 신식교육을 받은 홍성숙은 식민 이데올로기에 적극적으로 순응하는 신여성이다. 환국이 서대문형무소에서 아버지 길상을 면회하고 돌아오는 길 기차 식당칸에 블라우스에 흰 마직 슈트를 입은 홍성숙이 등장한다. 최서희와 마주친 홍성숙은 최서희에게서 "차갑고 아름다운 눈동자, 의아해하는 빛도 없고 흔들리지 않는 호수" 같은 느낌을 받는다.

실제 나이도 예닐곱 위였으나 어릴 적부터 남을 이끌고 오늘에 이른 서희는 연령보다 정신이 훨씬 노숙해 있었기 때문에 사실 멋모르게 솔직하고 다변하고 여자를 넘지 못하는 감성을 상대하는 것이 거북하다. 불쾌해하는 빛이 스쳐간다. 자리를 뜨는 것이 상책이지만 서희도 이제 어른이 된 아들의 어머니인 것이다. 남편을 옥중에 두고 사는 여자인 것이다. 성숙은 자신이 가난해서도 아니요, 지체가 형편없는 처지여서 그런 것도 아닌데 명성이나 재력에 약한 여자다. 실제 이해관계가 얽혀 있다든지 경쟁자로서 출현했다면 모를까, 그럴 요인이 없는 상대에게는 단연 경의를 표하고 환심을 사려 하고 친하게 교제하며 자신을 빛내려는 경향이 짙은 여자다. 그러니까 자신보다 못한 사람은 버리고 자신보다 나은 사람을 취하는 성향인 것이다. 그렇다고 해서 성숙은 지금 서희에게 열등감을 느끼는 것은 아니었다. 최서희의 아름다움에는 자신이 미치지 못하나 서희보다 젊다는 자신이 있었다. 지체는 그쪽이 다소 높다 하더라도 하인과 혼인하였다는 하자로써 상쇄가 되었으며 막대한 재력에는 자신의 학벌, 예술가로서 대항할 수 있다는 생각이었다.

"혼자 여행이란 아주 지루한 거예요. 심심해서 어쩌나 했더니 마침 귀한 분을 만나 얼마나 다행인지 몰라요."

"별말씀을 다 하십니다."

행선지까지 함께 얘기하며 가겠다는 것인데 서희는 마음속으로 딱하게 됐다는 생각을 한다.

"진주까지 가세요?"

"네. 하지만 부산서 며칠 볼일 본 뒤 진주로 갈 거예요."

환국은 창밖을 바라보며 혼자 있고 싶어 하는 어머니 심정을 생각하여 초조해진다.

"독창회 관계로 부산서 협의할 일이 있어요. 부산의 청중들이 어느 정도의 수준인지 모르지만 하도 간곡하게 권하는 바람에, 사실 서울도 아직은 형편없어요. 결국 우리 세대는 희생되고 지반 닦아주는 것 이외 아무것도 아닌 것 같아요. 여자가 무슨 일을 한다는 것, 그리고 인정받는다는 것, 그건 우리 조선에서는 백 년 후에나 가능할까요? 서양보다 뒤떨어진 일본만 하더라도 예술은 신성시되고 예술인들은 동경과 존경을 받는데, 여기선 한숨밖에 나오는 게 없으니 용기를 잃을 때가 많지요. 백로가 까마귀 속에서 비웃음을 받는 격이지요. 창가(唱歌)들으러 가자, 네, 창가 들으러 가자예요."26)

인용문에서 알 수 있듯이 그는 제국주의적 가치를 최고의 것이라 믿고 제국주의에 동화27)되어 사치와 허영, 눈앞에 닥친 이익과 자신의 명예에만 관심을 두는 이기적인 여성이다. 홍성숙은 자신의 욕망을 성취하기 위해 성악 독주회를 열고 지금보다 더 유명한 최고의 성악가로서의 성공을 꿈꾼다. 홍성숙의 끝없는 허영과 비교의식은 최서희를 장사꾼이라고 비아냥거리는 장면에 나타난다.

---

26) 『토지』, 3부 3권, 289-90.

27) 19세기 영국과 프랑스를 비롯한 서구열강들이 식민지를 쟁탈할 때 프랑스는 식민지인들의 불평을 제거하기 위한 목적으로 동화정책을 실시하였다. 프랑스가 아프리카나 인도차이나 반도를 식민화시킨 것과 한국에 대한 일본의 동화정책은 차이가 있다. 일본의 제국주의화는 복잡하다. 한국은 일본 제국주의자들과 같은 피부색과 역사적으로 매우 유사한 문화를 가지고 있다는 점에서 유럽식 제국주의와는 차이가 있었다. 이와 같은 까닭에 일본 제국주의는 총독부를 통해 조선의 근대화와 더불어 대동아공영권이라는 명분을 내세웠다. 일본 제국주의는 한국인들에게 일본어와 일본문화를 강제로 주입시킴으로써 한국어를 말살시키고 한국인들에게 열등감을 조장함으로써 식민화를 강화하였다. 일제의 식민지 동화청책은 단순히 식민지배의 효율화를 위한 편의적 목적이 아니라 한민족의 문화를 파괴하기 위한 언어말살정책이었기 때문에 이는 식민지 동화정책의 핵심전략이라고 할 수 있다. 식민지배자의 언어인 일본어 사용은 식민지배를 정당화하는 논리를 내세워 식민지의 교육체제를 파괴함으로써 피식민자들의 정신과 의식의 식민화로 확장된다. 다시 말해 일본어 보급은 한국어의 말살은 식민지 동화정책의 수단이 된 것이다. 일본어 수업을 확대시키고 한국어 수업을 축소시킴으로써 식민지화를 더욱 공고화시키기 위한 식민지 지배를 위한 정책이었다.

"간도에 계셨다는 얘길 들었는데 그곳에선 상업을 하셨다지요? 여자의 몸으로 대담한 분이라 생각했습니다."

"노래는 아무나가 부를 수 없지만 장사는 누구나 할 수 있는 일 아니겠어요?"

"그럴까요? 조용하 씨 말씀이, 조용하 씨 아시지요?"

이때도 성숙은 명희언니의 남편이란 말을 하지 않았다.

"한 번 뵌 일은 있지만 모릅니다."

"음악 애호가지요. 저도 그분의 후원을 받고 있지만 귀공자답게 취미가 좋고 예술에 대한 이해도 깊은데 그분 말씀이 앞으로 주먹구구식의 무식꾼들은 장사 못한다 그러더군요."

조용하를 내세워 자신은 솟아오르고 서희를 무식한 장사꾼으로 차던지려 한다.

"회사를 설립하여 많은 자본을 한곳에 모아 일본 자본과 싸울 수 있고 따라서 지식과 두뇌가 없인."

"만들어서 파는 것은 그럴 테지요. 나는 쌀장수였으니까, 무식꾼이 하는 장사를 했으니 실패가 없었어요."[28]

홍성숙은 일본 제국주의자들도 함부로 할 수 없는 최서희의 재력을 부러워하며 일본 제국주의로부터 귀족작위를 받은 조용하에게 접근한다. 힘의 논리를 삶의 지침으로 삼아 제국주의적 가치를 추종하는 그는 남편이 있는 여성임에도 불구하고 세검정 별장에서 조용하와 두 번 밀회를 나눈다. 마침내 두 사람의 외도가 신문에 대서특필로 보도되자, 홍성숙은 조용하와의 결혼을 기대한다. 하지만 홍성숙은 조용하로부터 수모를 당하며 버림받는다.

---

28) 『토지』, 3부 3권, 293.

"자유의 몸이 되는 거예요."

"자유?"

"그것도 되도록 빠르게요."

"그러고 보니 나도 상당히 구식 사내로군. 여자의 파멸은 이혼하는 그 자체로 알고 있었는데 이혼이 파멸을 구한다? 진정으로 그렇게 생각하는 거요, 홍성숙 씨?"

홍성숙 씨, 그 호칭에는 먼지를 털어내는 것 같은 혐오가 있었다. 성숙은 머쓱해진다. 그러나 결코 불리한 방향으로 생각하려 하지는 않는다. 뭉게뭉게 피는 불안을 두고.

"외국에선 얼마든지 이혼하고 재혼하는 사례가 있지 않아요? 유명한 사람치고, 우린 평범한 사람들 아니에요. 낡은 인습에 얽매여 살아서는 안 되고 사실 애정 없는 부부 생활이란 죄악이니까요."

조용하는 아까처럼 낄낄낄 웃는다.

"파멸을 막기 위해 이혼하는 것도 좋고 자유의 몸이 되는 것도 좋고 재혼하는 것도 하기는 나쁠 것 없지요."

"설사 신문에 대서특필한다 하더라도 그건 시일이 지나면 …… 그동안은 괴로울 거예요. 하지만 무대에서 다시 서지 말란 법 있어요? 선생님 후원이 있고 따뜻한 이해, 사랑만 있다면 전 언제든지 재기할 수 있을 거예요."

'이건 완전히 바보다. 제 마음만 결정되면 다 되는 겐가? 성악가, 그걸 여의봉(如意棒)으로 아는 모양이지만 어디 혼 좀 나보라.'

"그렇지요? 선생님, 안 그래요?"

"하하핫 하하핫핫, 그거 어려운 일 아니지요. 그러나 그렇게 되면 또 이혼해야 하지 않을까?"

"지금, 그런 농담하실 때가 아니란 말이에요! 남은 속상해서 죽겠는데."

몸을 던지려 하는데 한 손으로 막는 조용하.

"내가 농담하고 있는 것 같소?"

갑자기 얼굴은 무섭게 변했다.

"홍성숙 씨."

"말씀하세요."

했으나 성숙의 얼굴빛도 달라졌다.

"만일 재혼의 상대자를 조용하, 이 나라고 생각한다면 그것은 크게 잘못된 생각이요."

"네?"

"새삼스럽게, 놀라기는 왜 놀라는 게요? 분명히 나는 당신한테 결혼 약속 같은 것 한 일 없어."

"뭐, 뭐라 하시는 거예요!"

"당신 선배하고의 이혼을 생각한 일이 없었고 이혼하지도 않을 게요."

"그, 그렇다면!"

"……"

"이, 이 사태 수, 수습은."

"수습하는 길은 한 가지뿐이오."

"무, 무슨 소릴 하시는 거예요!"

"부정하시오. 모든 것은 사실이 아니라고 부정하시오."

"부, 부정."

숨이 차서 말을 끊었다가 다시

"부정하라구요?"

"그렇소, 소문만 가지고는 얘기가 안 돼."

"그, 그럴수가, 안 하겠다면?"

"당신은 영리한 여자니까 그럴 수 있을 게요. 나하고의 문제만은 크게 오산을 한 모양인데."

"그래요? 오산을 해요? 오산을 저만 했나요? 조용하 씨 불편이 없게 그, 그렇게 시키는 대로 부정이나 할 그런 여자로 아셨나요? 그야말로 오산이군요."

드디어 홍성숙은 입술을 실룩거리며 역습으로 나왔다. 그 얼굴은 보기 민망했다.

"그런 여자 아닌 줄 대강 짐작은 했으나 그러나 승산이 있어야 덤빌 것 아니겠소? 얻는 것보다 잃는 게 많다면?"

"저만 잃게 되나요? 피장파장 마찬가지 아닐까요?"

"나는 무대에 서는 가수가 아니오. 당신은 남녀평등을 표방하는 모양이지만 남자가 바람피우는 것 그게 뭐 대단한가. 조강지처를 거금을 주어 이혼하고서 중인집 딸을 모셔온 내 전력 때문에 이번에도 그러려니, 달콤한 꿈을 꾼 모양인데. 아니면 미인계(美人計)라는 것이 있다더군. 사내를 협박하여 끝없이 돈을 뜯어내는 사기단도 있다는 말을 들었는데 명예와 재물이 있고 보니, 하하핫핫 하하핫 …… 남의 이목 생각할 양이면 애초 조강지처를 쫓아냈을까. 하하핫 ……"29)

홍성숙은 유교적 신분질서와 남성제국주의 이데올로기가 압도적인 사회에서 남녀관계를 전복시키는 신여성적 특성을 드러내는 인물이다. 이는 전통사회에 대한 저항의 의미로 해석할 수도 있겠지만 오로지 성악가로서의 세속적 성공을 위해 제국주의를 모방하고 추구하는 그의 왜곡된 가치관에 기인한다. 그는 조용하로부터 버림받게 되자 자괴감과 괴로움에 사로잡힌다.

---

29) 『토지』, 3부 3권, 368-70.

'나쁜 자식! 나쁜 놈!'

그날 산장에서 발길질이나 다름없는 언동으로, 그것은 결별의 선 언이었으며, 낯가죽을 벗기듯 잔인한 수모였다. 자살을 하든지 미치든지 그러나 성숙은 그럴 여자는 물론 아니었다. 본능적인 자 위수단으로 그는 남편에게 밀착해 갔다. 자신의 명성? 하여간 그 런 것이 땅에 떨어질 뻔했던 위험한 고비를 넘긴 성숙은 남편에 대하여 전보다 훨씬 강한 권태를 느끼기 시작한 것이다. 먹다 남은 식은 밥 대하듯, 사사건건 남편의 하는 짓이 눈에 거슬렸고 신경질 을 참을 수 없게 되었다. 무능하다는 말을 하루에도 몇 번이나 내 뱉었다. 누가 살짝 건드려주기만 하여도 달아나고 싶은 심정이었 던 것이다. 어디 조용하와 비견할 만한 사람은 없는가, 용감하게 이혼을 하고 조용하에게도 복수도 될 것이 아닌가.[30]

하지만 홍성숙은 자신의 외도에도 불구하고 그대로 이해하고 받아준 남 편을 신경질적으로 대한다. 박경리는 신여성이라는 이름으로 인간의 도 리와 윤리를 벗어나 제국주의적 가치를 옹호하고 추종함으로써 자신의 욕망을 위해 살아가는 홍성숙의 타락을 비판적으로 드러낸다.

번번이 당하고 치사스럽게 싸우기도 하면서, 그야말로 배설자가 가 지고 노는데 홍성숙은 그와 헤어지지 못했다. 상종하지 않으리라 굳게 결심을 하면서도 사흘이 못 가서 중독이라도 된 것처럼 배설 자를 만나곤 했다. 홍성숙의 외로움 때문이었다. 사회적 발판을 다 잃은 때문이었다. 그에게서 모든 것은 쇠퇴해하고 있었다. 초창기 의 성악가 홍성숙은 그 희귀 가치 때문에 존재했고 화려한 황금기

---

30) 『토지』, 4부 1권, 193.

를 누렸다. 그러나 자질이 뛰어나고 정통적으로 공부한 후배들에 게 밀리면서 급속하게 그는 퇴조의 길을 걷게 되었다. 게다가 허영 과 사치와 경박한 성품에 불미스런 사생활은 결과적으로 음악계에 서 추방당한 것 같은 꼴이 되고 말았던 것이다. 울분과 초조, 오뇌 와 권태, 사그라지지 않는 야망을 안고 뒹구는 가정생활은 황폐 그 것이었고 살림에 무관심한 나태한 생활을 그를 겉늙게 했다. 무골 호인이지만 무미건조한 남편에, 슬하에는 자식도 없었다. 욕구불만 에서 정신없이 먹어내는 음식, 소화불량은 반복이 되고 비대해질밖 에 없었다. 몸이 망가지기 시작한 것이다. 이 무렵 배설자를 만났 고 어울리면서 홍성숙은 별수 없이 유한마담으로 전락해갔다.[31]

박경리는 제국주의적 가치와 문화를 추종하며 여성 존재의 가치와 존엄 성을 스스로 폐기한 홍성숙을 통해 왜곡되고 부정적인 신여성의 양상을 보여준다. 눈에 띠는 것은 그가 순종과 희생이라는 여성들의 전통적 가 치를 거부하고 독립된 자기만의 길을 걸었다는 점에서 신여성적 특징을 보여주고 있다는 점이다. 작가는 다양한 신여성을 그려내면서 피지배적 위치에 있던 여성의 정체성에 대한 다양하게 신여성을 형상화하면서 동 시에 일본경찰의 밀정으로 홍성숙에게 들러붙은 찰거리미 같은[32] 무용 가 배설자를 제시함으로써 일본에 협력하는 친일여성의 몰락을 각인시 켜준다.

홍성숙을 앞세워 그 방면의 사회, 부유하면서 부패의 냄새가 감도 는 소위 상류층에 교묘히 잠입해갔다. 그리고 그들 앞에서 배설자

---

31) 『토지』, 5부 1권, 335.
32) 『토지』, 5부 1권, 340.

는 애국지사, 독립운동가의 딸이라는 탈을 더 이상 쓸 필요가 없었다. 그의 부친이 대련에 살았던 것은 거짓이 아니었다. 상해에 있었던 것도. 그러나 독립운동가는 아니었다. 일본의 밀정이었던 것이다. 어쨌든 배설자는 조선을 통치하는 당국과 맥이 통하는 여자, 권력을 배경으로 한 무용가 배설자로서 그는 자신의 영역을 넓혀 갔다. 그가 경찰의 끄나풀인 것은 사실이었다. 경찰의 간부이자 죽은 부친과도 지면이던 곤도 게이지[近藤啓次]의 정부(情夫)인 것도 사실이었고, 언젠가 배설자는 무심한 듯 꾸미면서 홍성숙에게 흘린 말이 있었다. 조선의 예술가들을 통합하는 단체를 관(官)의 주도하에 결성할 것을 추진 중이라는 말이었다. 그것은 홍성숙을 사로잡는데 그 이상의 달콤한 미끼는 없었다. 관의 산하 단체, 그 후원으로 재기하고 싶은 욕망, 헛된 꿈을 꾸게 되었으며 통합 예술단체에서 감투라도 하나 얻었으며, 홍성숙은 멋지게 자신을 추방하고 소외한 무리에게 일격을 가하고 싶었다. 아니 최소한 예술가로서 낙오되지 않고 그 명맥이라도 잇고 싶었다. 이리하여 배설자와 홍성숙의 공생 관계는 굳어졌던 것이다. 공생 관계라기보다 실은 배설자의 매발톱에 홍성숙은 꼼짝없이 채인 것이다. 부당한 욕망이 없었다면 어째 함정에 빠졌을 것인가. 소모를 재촉하는 함정에.[33]

신여성은 그것의 발생 과정에 있어 새로운 여성의 삶의 방식이라는 특성을 내포한다. 구체제의 전제적 질서나 권위주의적 유교질서에서 종속적 지위에 있던 여성이 남성의 지배권력에 저항한다는 점에서 시대가 어떻게 변하든 여성의 정체성에 대한 논의는 시사하는 바가 크다. 이 점에서 신여성은 남성제국주의 권력과 저항세력 간 대립과 충돌의 정치적

---

33) 『토지』, 5부 1권, 335-36.

결과물이다. 남성과 여성 간의 성적, 계급적 갈등은 여성문제를 해결할 수 없는 핵심 문제로 대두되었다는 점에서 『토지』는 이러한 갈등을 명료하게 보여주고 있다. 결국 신여성의 등장은 유교질서의 붕괴와 더불어 신교육을 받은 여성들의 요구로부터 발생했음을 확인할 수 있다.

유교전통은 계급 간, 여성에 대한 차별구조를 특징으로 하기 때문에 여성들이 사회진출과 정체성을 정립할 기회는 전무하였다. 그 결과 우리사회의 여성들이 갖는 공간은 협소하였고 여성에 대한 이데올로기적 차별과 성차에 따른 남녀 간의 괴리를 좁힐 수 없게 되었다. 이와 같은 상황에서 여성들은 자신의 권리와 정체성 향상을 위한 강력한 변화를 희구하였다. 신여성문제는 이러한 시대상황에 그 토대를 두고 있다. 이런 조건에서 여성의 권리를 안착시키고 발전시키는 것은 탈식민적 가치와 내용과 형식에서 일치하는 바가 있다. 신여성이라는 개념이 사회에 건강하게 뿌리내리고 발전하기 위해서는 여성의 정체성에 대한 이해가 있어야 한다. 하지만 남성중심적 가치가 강력하게 작동했던 우리사회에서 여성의 정체성 수립은 어렵다. 유교적 가치와 남성중심적 지배가치가 여성의 존재와 가치를 부정하고 지극히 좁은 구호와 형식적 주장을 만들어낼 수밖에 없었던 것이다.

임명희나 강선혜, 홍성숙, 배설자는 신문물의 세례를 받았으나 근본적으로는 재래식 여자를 벗어나지 못하는 신여성의 특징을 보여주는 인물들이다. 특히 부유한 조용하와 결혼하여 인형 같은 삶을 살다가 결국 처절한 고통을 치르고 자유의 몸이 되는 임명희의 모습에는 '겉은 신여성이되 속은 재래식 여성'에 다름없는 몰주체적인 과도기적 신여성을 비판하는 작가의 따가운 비판이 실려 있다.

[……] 홍성숙이나 배설자 같은 예술가 여성들은 작가에 의해 신여성의 파탄을 가장 적나라하게 드러내는 교양 없고 무가치한, 친일파 세력으로 그려진 예이다. 그것은 민족주의자와 친일파를 때로 선인-악인이라는 다분히 도식적인 틀로 배치하는 결과와도 연결된다. 신분질서의 금기를 뛰어넘어 낭만적 사랑에 지지를 보내는 박경리의 태도는 개인성과 자유라는 근대적 가치에 대한 열망을 암시하지만, 이러한 근대적 가치에 대한 선망은 철저히 정신적이고도 윤리적인 기준에 의해 세워진 문화적 민족주의와 충돌을 일으키기도 한다. 그리하여 『토지』에 등장하는 신여성론은 오히려 반일론, 계몽적 민족주의 사상과 연관되어 호소력을 지니며, 당대 신여성들의 내적 갈등과 고뇌를 리얼하게 그려내는 과정으로 연결되지는 못한다.34)

신여성문제는 여성이 직면한 문제를 포착하는 것에서 출발하였지만 현실과의 괴리, 그리고 사회적 요구와 변화를 반영하지 못했다. 그러나 여성의 정체성 형성에 대한 중요한 대안을 모색했다는 사실은 강조되어야 할 것이다.

여성을 보는 시각은 세계보편적 윤리적 관점에서 보아야 한다. 그런데 서구남성이 동양에 대해 동양담론적 시각을 갖듯이 식민지배담론은 명백히 식민지 여성에 대해 차별적 시각을 갖는다는 점에서 잠재적으로 취약하다. 여성 존재의 실존적 가치는 묻지 않고 남성중심주의적 가치를 구현하기 위해 존재하는 효용으로서의 존재는 이미 정체성을 상실한 것과 다름이 없다. 이는 여성의 순종과 복종만을 강요하는 당대 폐

---

34) 백지연, 「박경리의 『토지』: 근대체험의 이중성과 여성 주체의 신화」, 『역사비평』 43, 1998, 348-49.

쇄적이고 강압적, 수직적인 식민체제에서 소외되고 배제되어 자기 목소리를 낼 수 없었던 당대 여성들의 상황을 암시한다. 중요한 것은 『토지』가 남성제국주의 위계질서의 수직적 구조와 사고를 비판적으로 바라보고 있다는 점이다. 다시 말해 괴물의 언어습득은 수직적, 피배/피지배 관계로 형성된 주종관계, 제국주의 이데올로기를 전복시킴으로써 여성의 독립된 자아를 추구한다는 점이다.

말하자면 『토지』는 당대 여성의 삶을 상당히 사실적으로 제시하고 동시에 그것을 여성의 의식으로 확장시킴으로써 탈식민 페미니즘 시각에서 볼 때 작품의 가치를 잘 드러낸다. 전제적이고 독단적인 남성제국주의는 여성들이 경험하는 갈등의 단초이기 때문에 작가는 이를 단호히 거부한다. 여성주의적 관점에서 볼 때, 『토지』는 식민주의 담론에서 이질적 타자로 인식되거나 제국주의 사회의 규정에 의해 억압받고 착취당하고 차별받아야만 했던 여성들의 삶을 사실적으로 반영한다. 그것은 여성 존재에 대한 가치가 얼마나 보편성을 갖느냐 하는 문제와 연결된다.

바꾸어 말해 신여성문제는 지배적 위치에 있던 남성제국주의가 함축하는 수직관계에 균열을 일으키며 불평등한 타자로 구성되어 사회적, 문화적 역량이 무시되고 주변화되는 여성의 실존과 존재 방식을 역동적으로 드러내는 것이라 볼 수 있다. 다시 말해 전통적인 여성상을 넘어서 자신의 창조자에게 저항적인 태도를 보인다는 점이다. 그것은 곧 수동적인 여성상에서 벗어나 자신의 감정을 표출할 수 있는 적극적인 여성, 자신의 정체성 구축을 위해 몸부림치는 여성상과 연결된다. 이는 유교적 가치가 지배하는 사회에서 자신의 의지와 무관하게 억압받고 소외당하는 여성의 희생, 여성의 역할을 대변하고 강조하고 있다. 이것은 남성제국주의가 여성에게 가한 차별과 인식적 폭력에 대비된다.

인간사회에서 단절된 존재로서의 여성은 식민사회에서 억압되고 배제된 여성존재의 상황을 대변한다. 그것은 여성 주체성의 복원이라는 문제와 스피박의 이론이 연결된다. 스피박의 논의가 돋보이는 것은 제3세계 여성들이 직면한 남성제국주의의 억압과 착취와 동양에 대한 서양의 지배, 여성에 대한 남성제국주의 지배를 확연하게 드러내 보임으로써 남성중심적 가치를 와해시킨다는 점이다. 스피박의 작업은 제국주의적 자본주의에 맞서는 역사의 주체로서 여성을 복원해내려는 것이다.[35] 다시 말해 스피박은 남성제국주의에 의해 은폐된 여성의 개별 주체성을 확립할 수 있는 탈식민화의 가능성을 열어놓았다. 남성과 여성의 관계를 지배/복종, 주종의 관계에서 동등한 관계로의 인식을 전환시키는 데 지대하게 기여한 것이다.

즉 그는 여성의 문제를 안고 동시에 그 문제를 넘어선 것이다. 특히 남성제국주의 담론이 주체적인 여성은 남성 지배문화에 장벽이 되기 때문에 남성의 욕망의 대상이나 수동적 타자라는 이미지, 식민구성원으로 제시되었던 것이다. 이것은 일종의 권력담론과 연관되어 있다. 전술한 바와 같이 동양담론은 근본적으로 타자로서의 동양이라는 인종과 성이 얽힌 서양의 시각이라 할 때, 동양담론의 성 이데올로기 또한 지배적인 남성과 지배당하는 여성이라는 시각에 근거한다. 말하자면 서양이 동양을 "성적 차별에 근거한 서양의 시선"[36]으로 동양을 바라보는 시각은 여성에 대한 성적 욕망과 분리할 수 없다는 사실이다. 그것은 여성의 주체

---

35) 태혜숙, 『탈식민주의 페미니즘』, 67.

36) Ella Shohat, "Gender and Culture of Empire: Toward a Feminist Ethnology of the Cinema," *Visions of the East: Orientalism in Film*, New Brunswick: Rutgers UP, 1997, 20.

성을 거부하고 남성의 성적 우월성을 강화시키는 남성제국주의의 욕망의 표출이며 지배구조의 재현과 다를 바가 없음을 견지하는 것과 일맥상통한다.

제국주의 구조는 사회의 모든 영역에서 남성우월적 권위주의와 여성억압이라는 점을 고려할 때 여성에 대한 차별과 소외는 남성제국주의가 갖는 핵심 문제라 할 수 있다. 왜냐하면 여성이 겪는 차별은 남성제국주의가 획일화시킨 남녀 차별적 대립구조와 연결돼 있기 때문이다. 그동안 폐쇄된 유교적 위계구조와 틀 속에서 전혀 실현되지 못했는데 그것은 제국주의 권력이 존립을 위해 강권적 통치와 같은 부정적 가치를 재생산하고 강화한 데 원인이 있다. 제국주의적 통제는 여성이 직면한 문제를 왜곡하는 것이지 여성 문제를 해결하는 데 전혀 기여하지 못한다.

여기서 많은 문제가 발생한다. 여성의 독립과 존재, 정체성 구축 문제는 지금까지와 다른 방향으로 나아가야 한다. 제국주의적 체제가 여성에 대해 갖는 의식은 차별적이고 분명 배타적이다. 남성제국주의 담론이 대체로 이런 내용들로 구성되어 있기 때문에 남성과 여성의 이분법적 차별과 불평등 심화 내지 여성 존재에 대한 경계는 더욱 첨예하게 대립하도록 만들었다는 사실이다. 중요한 정치적 이슈인 여성의 삶과 현실은 남성제국주의에 의해 만들어진 사회적 반작용이다. 남성제국주의에 의해 형성된 부정적 효과, 그리고 권위주의적 체제의 강력한 허위 이데올로기가 그대로 유지될 때 여성 억압이라는 이데올로기는 끊임없이 일상화되고 제국주의적 구조와 가치는 강화된다. 하지만 남성제국주의는 그 자체의 결함 때문에 여성으로부터 강력한 저항에 직면할 수밖에 없다.

남성과 여성의 문제를 이분법적인 좀 더 넓은 틀에서 심도 있게 논의해야 한다. 왜냐하면 그것은 여성의 탈식민화와 관련해 중요한 의미를 갖기 때문이다. 남성제국주의자들은 일관되게 남성의 우월성을 표명하고 지지한다. 즉 남성제국주의적 지배야말로 지속적인 사회의 유지를 가능하게 만드는 이데올로기이자 가치라고 생각한다. 하지만 이러한 발상은 여성의 정체성 수립 문제를 근본적으로 간과하는 오류를 지니고 있다. 왜냐하면 여성존재를 부정하는 현실에서 여성의 탈식민화를 모색하거나 구축하기 위한 그 어떤 대안도 찾을 수 없기 때문이다.

　　환언하면 지배/피지배라는 제국주의적 이분법적 구조에서 여성의 정체성 수립은 존립할 수 없다는 사실이다. 그만큼 여성의 정체성 형성은 여성의 탈식민화에 있어 핵심적인 개념이라 할 수 있다. 중요한 것은 여성의 저항은 남성제국주의와 가부장제에 대한 불만을 압축적으로 보여준다는 점이다. 여성의 정체성을 몰각하거나 여성이 남성의 부속물로 전락하게 될 때 독단적, 배타적 남성제국주의의 기반은 약화될 수밖에 없고 커다란 도전에 직면하여 결국 붕괴된다.

　　여성의 실존과 삶, 그리고 여성 정체성을 위협할 때 남성제국주의는 해체의 정황에 놓이게 될 가능성이 크다. 이는 남성제국주의 자체의 구조적 결함 때문이다. 탈식민화에 대한 대안을 갖지 못하고 권력중심적 이데올로기와 강압적 지배와 맹목적 가치는 저항에 직면할 수밖에 없다. 사회와의 소통이 결여된 권력중심적 메커니즘은 탈식민화에 장애로 작용한다. 탈식민주의 시대 강권적 지배가 개혁되거나 중심적 이슈들이 제대로 다뤄지지 못할 때 큰 저항을 불러일으키기 때문에, 그리고 탈식민적 가치가 요구하는 것과의 괴리와 갈등으로 인해 남성제국주의는 해체와 자멸의 궤적을 따르게 될 가능성이 크다. 차이와 갈등, 억압과 균열이 밖으로 표출되지 못하는 가부장적 구조가 기반을 상실하게 될 것은 말할 필요도 없다.

요컨대 여성의 저항은 제국주의의 피지배자로 온갖 고통을 당한 식민상황에 직면한 여성의 삶이라고 할 수 있으며, 제국주의의 허구화된 이데올로기와 권력담론을 해체하고 전복하기 위한 시도라고 볼 수 있다. 그리고 그것은 여성의 주체적, 독립적 정체성 형성을 가로막은 제국주의 권력의 지배구조에 대한 피식민자이며 타자로 호명된 여성의 저항이다. 여성의 저항이라 함은 신여성들이 자기 자신의 삶을 선택할 수 있는 위치에 서 있다는 것이다. 여성성, 즉 수동적 존재로서의 삶을 거부하고 남성제국주의에 의해 억압되고 주변화된 현실을 벗어나 주체적이고 능동적인 삶을 선택한 것은 남성제국주의 질서에 대한 저항을 암시한다.

이처럼『토지』는 단순히 신비롭고 낭만적인 분위기를 재현하는 작품을 넘어 여성을 억압하는 제국주의 지배질서와 이데올로기에 포획되지 않고 여성이 주체가 된 관점에서, 가부장제 사회의 구조의 모순을 반복적으로 폭로하거나 부각시키고 있다. 그리고 더 나아가 사회의 주체로서 여성 정체성 구축이라는 문제의식을 집약적으로 구현하고 있다는 점에서 여성의 가치를 구현하는 작품이라고 할 수 있다. 그러니까『토지』는 여성들에게 정치적 자유와 정체성 형성을 허용하지 않았던 남성제국주의 지배구조의 모순에 대한 여성들의 저항을 형상화하여 보여주고 있다는 점에서, 그리고 당대 사회적 상황에서 종속적 위치에 있던 여성들의 삶의 존재방식을 대변하는 등 총체적으로 여성들의 문제를 드러낸다는 점에서 급진적 담론과 탈식민적 가치를 담는 작품이다.

소설은 권위주의적, 강권적인 사회구조와 불평등한 유교사회의 계급구조를 꿰뚫어보고 있으며 역사적, 사회적 문맥을 포월하기 때문에 탈식민 페미니즘 시각에 근거해 여성의 정체성 구축에 초점을 맞추고 있다고 하겠다. 그리고 여성을 지배의 대상으로 보지 않고 남성과 대등한 삶의 동반자로 보며, 여성 주체의 자유와 해방을 구현하기 때문에 여성론적인 소설인 것이다. 여성의 목소리를 통해 가부장적 이데올로기의 억압을 폭로하거나 해체함으로써 정체성을 확립하고자 하는 여성의 이야기이다. 전제적인 유교질서에 도전하고 그 사회의 모순과 틈새를 파고듦으로써 여성의 주체성, 전통적 유교사회의 이데올로기의 구속과 속박에서 벗어나기 위한 몸부림이라 할 수 있다.

다시 말해 식민지 여성은 남성제국주의를 극복하고 자신의 주체성을 확립함으로써 생존방식을 모색하고자 하는 여성의 은유다. 그리고 그것은 여성들의 정체성을 구성하기 위한 새로운 대안제시이자 여성들에게 정치적 자유와 해방을 구현하기 위한 방법이다. 자유와 평등에 입각해야 할 여성의 존재가 차별당하고 남성의 가치체계에 억압받는 상태에서, 주체성이 결여된 여성들이 남성에 의한 식민화를 거부하고 여성 본연의 가치를 필연적으로 추종하기 위한 강력한 저항이라 할 것이다. 이와 같은 점에서 작가는 남성제국주의 지배에 의해 수동적이고 피동적인 삶을 살아가는 여성을 남성제국주의 틀의 희생자로 형상화하고 있다.

남성제국주의의 이항대립적인 구분에 따라 여성의 존재 배제, 정체성의 위기, 주체성 형성의 위기 등이 탈식민 페미니즘의 주제가 되는 것은 자연스러운 귀결이다. 이와 같은 시각에서 작가는 남성제국주의가 압도적인 사회에 대해 대항담론, 자신들의 정체성을 어떻게 형성해야하는가에 대한 여성 정체성 구축 문제를 제시하면서 여성에 대한 부정적인 이미지를 전환하고, 성적 차별과 사회적 억압과 전횡 속에서 여성의 존재가 부정되는 상황을 압축적으로 표현하고 있다.

필자가 『토지』를 탈식민주의 관점에서 접근한 이유는 이 작품이 제국주의 담론 속에 드러나는 남성중심적 권력구조를 비판하면서 남성우월적 지배구조에 저항이라는 전복적 의미를 지니고 있기 때문이다. 이는 여성 정체성 문제를 제시하고 자신들의 존재와 삶, 정체성에 대한 주체적 자각이라는 주제로 외연을 확장하여 남성지배담론의 전복과 해체라는 점에서 정치적 함의를 가지기 때문이다.

탈식민화는 남성제국주의 폭력으로부터 여성을 보호하고 여성 존재의 가치를 드러내는 특성과 더불어 개인의 역사적 경험과 정서 같은 가치를 중시하는데, 여성을 남성제국주의의 수동적 대상으로 인식하는 것은 식민화를 더욱 심화시키는 요인이 된다. 즉 여성의 수동성은 탈식민화 실천 과정에서 다루어야 할 중차대한 문제가 아닐 수 없다. 그리고 여성의 목소리는 남성제국주의 위계질서하에서 무색해진다. 여성을 '가정의 천사'로 규정하고 남녀 간의 문제를 지배와 종속이라는 위계질서에 따라 분류하는 남성중심적 가치는 이 점을 더 명확하게 한다. 즉 여성을 남성우월적 구조와 가치에 순복해야 할 대상이라는 인식은 남성 우월주의에 의해 타자화된 여성의 현실을 여실히 보여준다.

여성 정체성 구축이라는 시각에서 볼 때 주어진 조건에서 자신의 정체성 구축에 장애가 되는 비이성적, 수동적 태도는 남성제국주의 구조의 물리적 외연을 확장하고 강화하기 위한 것이다. 압도적 억압구조인 남성우월주의는 여성이 사회에 접근할 수 있는 기회를 박탈하고 여성의 정체성을 구축할 수 있는 가능성을 허용하지 않음으로써 여성이 행위의 주체라는 점을 전면적으로 부정한다. 왜냐하면 남성제국주의는 여성이 자신의 자유롭게 목소리를 낼 수 있는 기회와 가능성을 근본적으로 차단하고 여성 존재를 노골적으로 타자화함으로써 여성을 위압하기 때문이다.

전제적 남성중심주의 구조에서 남성에게 절대적으로 유리한 법은 약자인 여성을 보호하기는커녕 힘없는 여성의 목소리를 삭제시킬 가능성이 크다. 여성의 자율성과 능력을 부정하는 제국주의 구조 속에서 여성 개인의 욕망이 실현되기란 어려운 것이다. 제국주의 질서는 여성들에게 일정한 독립성과 정치적 자율성을 보장할 수 없는 위계적 질서이며 바람직한 관계를 형성할 수 없는 부정적인 구조이기 때문에 여성 정체성 형성에 잠재적 장애물로 작동한다. 이를 달리 표현하자면 권위주의적인 헤게모니를 장악해온 남성중심의 일원적 질서는 여성들이 자신들의 정체성 구축을 가로막기 때문에 남성제국주의 체제에서는 창조적 독립적 여성의 주체형성 방안이 나오기는 힘들다는 것이다.

자기 목소리의 부재 못지않게 주목해야 할 여성의 문제는 가부장제의 경계를 넘어서 끊임없이 자신의 삶을 주도적으로 극복해야 할 의지가 부재하다는 점이다. 일상적이고 직접적인 폭력이 난무하는 남성제국주의 구조하에서 여성은 남성제국주의의 구조가 갖는 힘에 사회적으로 인정받지 못하고 남성과 동등하게 공존할 수 있는 사회적 인식이 형성될 수 없게 되어 자신의 목소리를 낼 수 없다. 여성 위에 군림하고 지배하는 남성제국주의에 순응하는 여성, 말하자면 남성들의 응시의 대상인 여성의 절대적인 순종이 요구되었던 것이다. 정정호의 말을 빌리자면, 이분법적인 교조적 민족주의, 이론적 사대주의(맹목적 서구 국수주의), 국내 외국인 근로자에 대한 차별, 여성, 지방색 등 이와 같은 문제들을 지혜롭게 해결하기 위해 우리는 우리 내부의 파시즘을 내던져버리고 민주적이고 반권위주의적인 비판의식을 견지해야 한다.[37] 여기서 다시 확인할 수

---

37) 정정호, 『해석으로서의 독서: 영문학 공부의 문화윤리학』, 363.

있는 사실은 남성제국주의의 권위적 질서의 변동을 위한 대안적, 적극적인 저항 없이 여성이 자신의 목소리를 내기는 불가능하다는 점이다. 이런 까닭에 남성우월적 사회구조에서 여성의 정체성을 형성하고 구축하기 위해서는 강압적이고 권위적인 남성제국주의 구조를 타파해야 한다.

길버트와 구바가 가부장제 사회에서 이름 없는 여성을 괴물이라고 설명한 것처럼,[38] 『토지』에서 남성제국주의에 희생당하는 여성은 괴물로 함축된다. 남녀 간의 지배/종속관계라는 역사적 현실에서 여성들은 남성에 의한 지배대상으로 인식된 채 주변부적 존재로 전락하여 자기 정체성을 형성하지 못하고 남성지배적 사고의 틀에 갇혀 있다. 이런 맥락에서 박경리의 글쓰기 작업은 남성제국주의에 의해 침묵당하는 여성을 대변한다고 할 수 있다. 그는 기존의 남성중심적 가치와 질서 또는 규범으로부터 벗어나 여성들이 처한 삶의 궤적을 주의 깊게 탐색함으로써 남성과 여성의 상황, 즉 중심과 주변의 역학관계를 전치시킨다. 『토지』가 우리에게 각별한 텍스트인 이유는 전제적 유교적 위계질서에 억압받고 가려진 여성의 역사와 피동적으로 구성된 여성을 표상한다는 데 있다. 다시 말해 이 소설은 사람들로부터 외면당하고 버림받는 식민지 여성들은 식민체제하에서 여성을 타자로 구성함으로써 침묵당하는 여성을 은유적으로 환치된 것이다. 다시 말해 전통적인 여성이 보여주는 고정적 정체성에서 벗어나 주체적이고 독립적인 여성 정체성을 구축할 수 있는 새로운 가능성을 역동적으로 보여준다.

이런 의미에서 여성의 주체적이고 독자적인 가치와 정체성 구축을 강조하는 탈식민 페미니즘은 여성을 지배하고 종속시키는 남성제국주의

---

38) Sandra M. Gilbert and Susan Gubar, *The Madwoman in the Attic: the Woman Writer and the Nineteenth-century Literary Imagination*, New York: Yale UP, 1979, 269.

에 의해 격하되고 억압받는 현실을 벗어나 여성특유의 부드러운 감성과 가치관을 담지한다. 그리고 여성적 시각에서 사회적 불평등과 희생, 기계적이고 획일화된 사고방식과 남녀 간의 성차를 파헤친다는 점에서 매우 급진적이고 동적이라 하겠다. 이처럼 여성의 역할과 관련하여 여성 존재에 대한 문제의식을 반영하기 때문에 『토지』는 여성의 권리신장을 드러내어 남성중심적, 제국주의적 틀이 갖는 권위적이고 획일적인 담론에 대한 일정의 대안을 모색할 수 있는 유효한 텍스트로서의 힘을 갖는다. 왜냐하면 여성의 창조적 가치를 문화적, 역사적 관점에서 사유하고 남성지배담론과 성차별적인 가부장제 이데올로기에 도전함으로써, 새로운 시각으로 여성의 의미와 가치를 탐구하며, 창조적이고 주체적인 정체성을 확립하는 과정을 담는 작품이기 때문이다. 따라서 이 소설은 제국주의적 가치에 대한 저항이자, 여성의 탈식민화를 구축하는 과제를 제시하면서, 탈식민주의 이론이 상정하고 있는 정치적·사회적 조건을 갖추고 있는 텍스트로 특징지을 수 있다. 이는 작가가 남성중심의 지배담론에 의해 구성된 텍스트를 탈식민 페미니즘 시각에서 다시 쓰면서 지배담론의 모순과 허구성을 드러내기 위한 명확한 의도가 있다고 할 수 있다.

박경리는 자신의 목소리를 낼 수 없는 존재로 등장하는 주변화되고 소외된 여성을 문화적 실존과 가치를 복원하려는 의지를 담아내어 그들이 직면한 정치, 사회적 구조에 대해 사유한다는 점에서 새로운 윤리를 제시한다. 또한 제국주의적 가치를 일정하게 극복하기 위한 시도라는 점에서 홍씨나 양을례도 제국주의에 희생되는 여성의 전형이라고 할 수 있다. 여성억압적이고 강압적인 남성제국주의는 단순히 여성을 억압하고 차별만 한 것이 아니라, 남성 자신들의 권력을 유지하가 위해 여성 존재의 자체를 부정하고 정체성에 규율을 부과하였으며 삶을 통제하였다. 그것은 남성제국주의 사회에서 자신들의 자유와 주체를 드러낼 수 없었던 여성들의 은폐된 삶과 직결된다. 권위적이고 위계적인 관계는 대체로 제국주의의 지배문화와 깊은 관련이 있다고 할 수 있다.

삶의 과정에 있어 여성에 대한 통제, 사회 내에서의 여성에 대한 통제는 제국주의의 획일적인 형태를 닮은 것이라 할 수 있다. 제국주의와 남성중심주의의 결합이야말로 제국주의 지배문화의 핵심요소이자 사고방식이라 할 수 있을 것이다. 즉 남성제국주의가 그 자체의 권력구조를 확대하기 위해 광범위하게 형성된 억압적 체제라는 것은 사실이며, 이 점에서 여성의 삶 여러 영역에서 가치와 정체성을 소멸시키는 제약적 요소로 작용하였던 것이다. 이러한 문제의식 속에서 여성들이 지향해야 할 점은 지배와 통제, 억압과 차별 같은 권위적이며 성차별적인 다양한 종류의 남성우월적 가치관에서 벗어나 자율적이고 독립적인 주체성, 배려, 다양성, 섬세함과 관용을 바탕으로 제국주의적 억압을 뚫고 새로운 여성상을 재구성하는 것이다.

역사적 경험에서 볼 수 있듯이 남성제국주의가 사회를 지배할 때 여성의 존재와 정체성이 구축될 수 있는가 하는 문제는 상당히 의문스럽다. 여성의 정체성 구축 없이 탈식민화는 가능하지 않기 때문이다. 남성제국주의는 여성의 자율성과 주체성을 억압한다는 점에서 정체성 형성에 대한 위기감은 탈식민화를 환기시키는 동인이 된다. 이것은 표면적으로 강고한 남성제국주의 지배질서가 여성들에 의해 전복될 수 있음을 강하게 암시한다. 영(Robert Young)에 따르면 여성 스스로 말할 수 없다기보다는 여성이 말할 수 있는 주체적 위치에 있지 않기 때문에 남성제국주의의 대상으로 쓰이는 존재[39]인 것이다. 그것은 이 소설을 집필할 때 여성작가로서 삶의 궤적을 간접적으로 보여주는 것으로 제국주의적 폭력성과 가부장제적 사고방식에 의해 왜곡된 여성의 삶과 자기 정체성 구축을 위한 함의를 내포하고 있다. 보수적인 남성제국주의 사회에서 성 이데올로기에 저항하지 못하고 침묵당할 수밖에 없었던 여성의 현실에 주목하여 남성지배담론의 역사를 해체하고 여성의 정체성 구축이라는 대안담론의 가능성을 조명하고 제시하였던 것이다.

식민제국주의는 고도로 효율적인 국가기구와 억압적인 통치구조를 가진 강압적 지배체제였고, 식민화는 제국주의가 만들어놓은 인위적인 결과였다. 제국주의 지배문화는 피식민지에 복종과 예속을 강조한다. 정치적, 군사적 지배와 저항이라는 대립구조는 시간이 경과함에 따라 문화적, 이념적 측면으로 확대된다. 이 과정에서 피지배국의 문화적 동질성과 통합성은 훼손될 수밖에 없다. 탈식민주의 관점에서 볼 때 제국주의 문화는 어떤 형태를 띠건 피지배국가에 침투하여 강력한 정치적 영향력을 가지게 되고 피식민지의 사적, 민족적 이해보다 지배문화의 이익을 추구한다. 그리고 명시적으로나 암묵적으로 남성제국주의는 무책임하고 일방적 지배구조에 불과하다. 지배 이데올로기를 외삽하고 위계적 제국주의 질서에 피식민인들의 의식을 동화시키기 위해 식민지배체제는 효율적으로 작동한다.

하지만 식민 상황에서 주체적 독립국가 형성의 조건은 단순히 식민체제의 종식, 다시 말해 단순히 제국주의 지배로부터 탈각하는 것을 의미하는 것은 아니다. 그것은 주체적 정체성 형성과 연결되는 복잡한 문제 영역이라고 할 수 있다. 그것 없이는 응집된 민족공동체의 수립과 진정한 탈식민화는 불가능하기 때문이다. 정체성 수립은 탈식민화가 표방

---

39) Robert Young, *White Mythologies: Writing History and the West*, 164.

하는 목적과 일치하기 때문에 정체성 형성과 그에 수반하는 잠재적 영향력은 그만큼 중요하다.

　권위주의 시대를 지나 남성제국주의에 대한 저항담론을 구축하는 것은 매우 중요하다. 탈식민주의는 남성/여성의 이분법적 차별에 토대를 둔 다양한 억압기제를 해체할 수 있는 담론적 실천이며, 남성제국주의에 대한 정치적 대안으로 여성을 위한 강력한 대항담론으로 유효한 이론이다. 이와 같은 점에서 남성제국주의에서 자유롭고 여성을 위한, 여성의 시각에서 이론적 탐구나 논의를 넘어 탈식민화를 모색하기 위해서는 탈식민주의가 단순히 학문적 이론을 넘어 여성의 현실영역으로 지속적으로 확대되어야 한다. 남성제국주의의 지배권력과 제국주의적 특성을 부정적으로 인식하는 탈식민 페미니즘은 여성의 권리와 자유라는 사적 영역의 확대, 나아가서 여성 정체성 구축의 시발점이라고 이해할 수 있다. 여성의 탈식민화는 여성 정체성 형성이 압도적인 내용을 갖는 것이다.

　말하자면 권위주의적이며 폭력적인 남성제국주의 대 탈식민 페미니즘이라는 양자 간의 갈등과 긴장관계 속에서 남성중심적 지배담론에 저항하는 여성 정체성 구축, 성 이데올로기와 남성문화로부터 벗어나고자 하는 탈식민 페미니즘의 이론적, 사회적 기반을 구축해야 할 것이다. 탈식민주의는 하나의 혁명적 이데올로기나 정치적 레토릭이 아닌 인간해방의 중심적 담론으로, 즉 탈식민화는 식민지를 경험한 민족이 안고 있는 구조적 문제에 대한 대안을 제시할 수 있다는 것이 요체다. 요컨대, 식민적 사고방식과 의식의 전환, 타자의 생명과 정체성 존중, 타자에 대한 배려를 생산적으로 결합해야 하는 것은 탈식민론이 갖는 작지 않은 대안이라 할 수 있다.

그것은 단지 정치적 투쟁이나 기존 질서에 대한 무조건적인 부정을 통해 쟁취할 수 있는 단순한 시도가 아니라 권위적이고 억압적인 제국주의적 틀을 해체하여 탈식민화를 지향하고 강화한다. 그런데 문제는 탈식민 논쟁이 언제나 레토릭 수준에 머물거나 모든 것을 제국주의로 환원시키는 계급 중심적, 투쟁 중심적 수준에 머문다는 것이다. 탈식민주의는 다양하게 논의되고 있지만 내용의 부재로 인해 이데올로기적이고 추상적 수준에서만 논의된다는 것이다. 보다 구체적으로 권위주의적이고 폭력적인 식민주의에 대한 안티테제로 형성된 탈식민주의의 논의의 핵심은 식민화와 탈식민화 사이의 길항관계, 전유, 차이의 정치학과 정체성 정치, 문화적 다양성, 자본의 세계화[40]에 대한 저항, 문화적 실

---

40) 정정호는 우리나라와 세계화의 과제에 대하여 다음과 같이 언급한다. 국가적으로는 경제, 정치, 사회적으로는 지구촌의 일환으로 참여해야 하고 제도적으로는 한국사회의 각종 제도의 정비, 국가기관, 기업체, 대학, 언론 등의 정비가 이루어져야 할 것이다. 또한 문화적으로도 지방성을 유지하며 보편성을 향한 국제상호의존을 받아들이고 개인적으로는 세계화의 구축에 참여의식을 가지고 실천해야 할 것이다. 이 분법적 양극체제에 토대를 둔 거대담론의 하나였던 냉전체제가 붕괴되고 난 후 우리에게 가장 중요하게 부각되는 문제는 아마도 다극화 또는 다중심화되어 가는 전지구적인 상황 속에서 소수자 담론(minority discourse)의 확산이 될 것이다. 이러한 문화적 다양성과 문화다원주의가 지배하는 21세기의 세계에서는 맹목적 민족(국가)주의, 종족차별주의, 엘리트주의, 성차별주의, 문화패권주의 등은 점차 커다란 도전을 받게 될 것이다. 중심문화와 주변문화, 거대 도시문화와 소수 지방문화, 서구문화와 비서구문화 등이 서로 억압하지 않고 유기적으로 창조적으로 연계되어 진정한 복합문화주의를 통한 공동문화를 이룰 수 있다면, 그것은 신문명의 시대가 도래하게 될 것이고 (이것이 우리가 도저히 해낼 수 없는 철없는 낙관주의만이 아니라면), 그것은 분명 우리가 지구와 인류의 생존을 위해 반드시 도달해야 하는 생태학적 (문화) 시대가 될 것이다. 정정호, 『이론의 정치학과 담론의 비판학』, 93.

이 책에서는 소수자의 인격이라는 측면에, 사상의 자유, 사회로부터 차별받고 있는 소수자 인권보호라는 옷을 입혀 감상적인 소수자 담론을 옹호하고 있다. 성소수자를 예로 들어보자. 소수자 보호라는 명분으로 아동성애자를 성소수자로 인정할 수 있는가? 있을 수 없는 일이다. 이것은 단순히 '성적지향'의 문제가 아니라 '사회

천과 같은 문제틀을 비판적으로 사유함으로써 탈식민화를 위한 대안적 문제를 규명하는 것이다.

이에 비춰볼 때, 탈식민주의는 이를 구축하기 위한 타자의 정치학, 차별적인 이데올로기를 부정하며, 인간존재는 인식론적으로 평등하다는 관점에 입각한 패러다임이다. 요컨대 탈식민주의 시대 가장 중요한 과제는 과거 제국주의가 남긴 부정적 잔재나 폭력으로부터의 해방이다. 이 개념은 탈식민주의가 지향하는 목표로, 식민화에 대한 대항적인 개념이나 해체이론의 한 부류가 되어서는 곤란할 것이다. 그것은 단순히 제국주의, 식민주의, 식민성으로부터의 이탈이나 추상적인 개념에 머무르는 것이 아니라 권위적이고 맹목적인 남성중심주의와 지배담론에 대하여 거부하거나 저항의식을 가지고, 우리 내부의 식민주의적 사고와 식민적 행태를 넘어야 함을 의미한다. 그리고 지속적이고 끊임없는 과정을 통하여 성차별 없는 평등에 기초한 새로운 형태의 대항담론으로 나아가야 할 것이다.

구체적으로 남성제국주의의 지배구조 주변부에 위치한 여성, 남성에 비해 열등한 존재로 억압받고 착취당하며 폐쇄적인 삶에 갇힌 여성, 이와 연계되는 여성문제에 천착하는 것이다. 중요한 것은 남성 대 여성 이분법적 차별과 선택이 아닌 양자 사이의 담론적 균형을 유지하는 것

적 문제'와 연결되어 있다. 소수자 담론은 인간사회의 질서를 뒤흔드는 저출산 문제, 결혼제도의 붕괴와 같은 사회 문제와 관련된다. 따라서 문화다원주의 시대 소수자 담론은 심각한 문제를 내포하고 있다. 소수자를 위한 담론의 이름으로 소수자를 옹호하는 것은 개인의 지적, 정신적 사고가 객관적 진실을 밝히기는커녕 사회의 구조적 틀을 뒤흔들고 현대사회에서 책임 윤리와 인간성 타락에 이르는 문제의 심각성을 보여준다. 성소수자 담론은 남녀구별을 없애고 동성애와 동성결혼을 합법화함으로써 남성과 여성의 성을 해체한다. 그리고 그것이 위험한 이유는 건강한 가정과 사회, 국가의 근간을 뒤흔들기 때문이다.

이다. 즉 여성주체는 남성을 이데올로기의 대립적 대상이나 갈등의 객체로 볼 것이 아니라 양자 간의 적절한 균형을 유지하며 상호 자율적 공간에서 공존하는 존재라는 사실을 인식하는 것이다. 동시에 고정적이고 낡은 틀에 박힌 남성지배의 중심축이 아니라 자유롭고 주체적인 여성의 삶을 구축하기 위해 새로운 형태의 인식과 방안을 창출하고 촉발시킬 수 있는 창조적 의미 생성 과정이 되어야 한다.

이러한 관점에서 볼 때, 탈식민성은 남성중심성에서 벗어나 여성 존재의 의미를 탐구하고 실천하는 측면에서 연계성을 가지는 중요한 동인(動因)이며 핵심적인 개념이기 때문에 여성의 역사를 재조명할 수 있는 상당히 중요하고 유의미한 담론이라 할 수 있다. 그리고 그것은 여성의 주체성을 수립하고 그들에게 새로운 비전과 주체적 여성성을 확립하며 통찰력을 주는 가장 유효한 주제를 담당하기 때문에 여성의 주체적 역량을 강화할 수 있다. 이는 여성의 탈식민화를 위한 문화정치학을 모색할 수 있는 역동적, 변혁적 촉매이자 새로운 가능성을 열어주는 여성 해방의 담론이다.

근현대를 관류하며 지속적으로 부정적인 영향력을 행사했던 식민주의는 일방적, 폭력적 권력에 기반하여 항구적인 지배가 가능할 것처럼 보였다. 하지만 식민주의는 권위적 구조와 지배, 정당성 결여 그리고 강압적 구태를 탈각하지 못함으로써 지지기반을 상실하였다. 식민주의 종식 후 제국주의적 가치와 문화를 퇴장시키고 탈식민화를 가져오기 위해 무엇을 어떻게 해야 하는가 하는 문제가 제기되고 있다. 중요한 것은 식민주의와 제국주의 담론에 포섭되지 않는 탈식민화에 대한 총체적 시각이 결여되면 민족, 정체성, 계급, 인종, 종교 같은 복합적인 문제들을 간과하거나 도외시할 가능성이 크다는 사실이다. 또한 반제국적인 탈식민주의가 서구이론 중심으로 논의될 때, 저항이라는 초점에서 벗어나 자칫 또 다른 서구중심 지배담론이나 문화적 제국주의에 감금될 수 있다.

또한 식민화 이후 탈식민화로 나아가기는커녕 어려운 용어를 사용함으로써 이해하기도 쉽지 않다. 탈식민주의가 이런 특성과 결합될 때 바람직한 탈식민화를 도출하지 못할 것임을 예측하기는 그리 어렵지 않을 것이다. 그 이유는 지배담론이 지적용어 사용으로부터 자유롭지 못하면 탈식민화는 진전될 수 없기 때문이다. 환언하면 탈식민주의에서 설명하는 난해하고 복잡한 용어는 무의식적으로 서구중심담론을 확장시켜 지식인의 식민지 종속성을 강화시킬 수 있고 이론 자체나 공허한 비평적 담론이나 수사적인 정치적 슬로건에 그칠 가능성이 있다. 즉 거시적이고 추상적인 구호를 외치는 탈식민화는 낭만적, 관념적, 추상적, 이론적 수준에 머물 수 있는 위험이 있음을 부정하지 아니할 수 없다. 서구사상을 무비판적으로 수용할 때 우리는 서구의 지배적 사고, 서구 가치관에서 벗어날 수 없게 된다. 그러므로 건강하고 생명력을 갖추지 못한 탈식민 논의는 자기 정체성을 지닐 수 없게 되고 현실에서 무화될 것이다.

탈식민주의 시각에서 남성중심적사회의 구조적 모순은 여성의 정체성을 부정하며 피식민인의 문화, 정치, 경제를 통제하고 수탈했던 남성제국주의 지배 상황과 접맥시킬 수 있다. 제국주의적 남성우월주의와 성차별구도에 억압받는 여성들의 상황을 드러냄으로써 여성들의 정체성 형성에 장애물이 되는 남성제국주의 이데올로기에 대한 도전의식과 의식을 표명한다는 점에서 『토지』는 탈식민 텍스트로 읽을 수 있다. 또한 기존의 권력지향적 남성들이 여성들에게 가한 억압과 모순을 전복시키고 여성의 자율적 의사표현과 고유한 정체성, 사회경제적 삶의 질 같은 탈식민적 가치를 구현하고 있다. 여성 정체성 구축에 대한 정립이 부재한 탈식민화는 절반일 뿐이다. 여성의 탈식민화라는 패러다임의 핵심요소는 남성가부장적 잔재를 청산하는 것이다. 구체제의 잔재가 해결되지 않는다면 남성제국주의적 가치는 부활할 수 있다. 강력한 제왕적 권력을 행사하는 남성중심적 가치가 지배하는 사회구조에서 이에 대응하는 여성중심적 가치를 정립하지 않고서는 탈식민화로의 전환은 불가능하다는 점은 과언이 아니다. 여성의 자율성과 독립성을 인정하지 않고 권위주의적 방법으로 억압하는 것은 여성존재 자체를 부정하는 것이다.

탈식민화의 기초는 여성의 존엄성과 생명, 인간적 가치의 존중에 있다. 여성성 정체성 구축이라는 패러다임을 형성할 수밖에 없는 조건을 만드는 것이야말로 탈식민화의 핵심주제라고 할 수 있다. 여성의 자율성이 취약하고 제한되는 남성제국주의 구조하에서 탈식민화가 구현되는 것은 어렵기 때문이다. 그러므로 탈식민주의란 남성제국주의적 가치의 해체와 권위주의적 사고의 전환이라는 주제, 이데올로기에 대한 관심과 집중이라기보다는 인간의 생명과 존엄성, 그리고 정치적 투쟁과 이데올로기가 아닌 인간에 대한 고민과 깊은 성찰과 애정이라 할 수 있다.

VI

결론

    여성의 독립적인 정체성 확립, 그것은 여성의 삶과 여성과 남성과의 관계, 여성 존재의 윤리학으로 나아가는 주제이다. 남성과의 대립적, 적대적 관계에서 벗어나 역동적이고 사회적, 정치적으로 의미 있는 여성의 존재와 삶을 구성하는 윤리학으로 나아가기 위한 전제조건이라고 할 수 있다. 남성제국주의에 대한 여성 존재의 정체성 모색이라는 시각에서 『토지』는 매우 중요한 메시지를 담고 있다. 각별히 이 소설에 등장하는 괴물의 재현은 식민적 억압이라는 중핵적인 문제의식을 지니면서 탈식민적 가치와 정향을 갖고, 남성제국주의 지배로부터 여성해방이라는 구체적인 대안을 제시하고 있다.

    말하자면 『토지』는 종속적 지위에 머물고 있는 여성주체의 저항, 다시 말해 남성중심적 억압적 이데올로기를 벗어나고자 하는 몸짓과 더불어 여성 정체성 문제의 중요성을 각인시켜주는 탁월한 작품이다. 『토지』는 불합리하고 억압적인 남성제국주의의 이분법적 차별을 넘어서는 저항의식과 도전이라는 점에서 윤리적 가치를 지향하는 텍스트라고 할 수 있다. 무엇보다도 이 소설이 지속적인 관심의 대상이 되어온 이유는 작품 자체가 지닌 탈식민적이고 정교한 구조이며, 남성 지배 이데올로기와 사회제도에 대해 도전하면서 여성의 정체성 문제를 총체적으로 조명함으로써 적극적으로 모색하기 때문이다. 그것은 여성들이 정치적으로 종속적 지위에 머물거나 차별 당하지 않고 평등한 사회 구조에서 자신의 자율성과 평등성을 추구하는 것이다. 또한 서발턴 여성의 존재가치를 인정하는 인식론적 전환, 개인적 윤리를 추구하는 것이다. 여성의 고뇌를 심화시키고 제국주의적 가부장제에 의해 약탈당하는 피식민인의 갈등이라는 맥락에서 이 소설은 여성을 중요한 사회구성원으로 문제의식을 드러내는 탈식민적, 반제국적 가치를 함의한 탈식민 텍스트로 특징지을 수 있다.

이분법적 사고방식을 지양하고 여성들이 겪고 있는 다양한 사회적, 문화적 갈등을 표현하고 수용할 수 있는 메커니즘을 구축하는 것은 탈식민화를 앞당길 수 있는 관건이다. 탈식민성의 기준은 남성우월적 가치의 부정적 요소에 대한 새로운 시각에서 여성의 정체성 구현과 더불어, 그것을 가능하게 하는 사회적 합의의 도출이 필요할 것이다. 사회적, 문화적 영역에서 인간의 자유와 권리 같은 보편적 가치를 얼마나 적실하게 실현하는지 고민하고, 사회적 불평등 구조를 지양하며 삶의 가치를 고양하는 데 실질적으로 기여하지 않으면 안 될 것이다. 차이에 대한 존중이 결여되고 공동체적 윤리를 부정하는 불평등한 사회구조와 전제적 체제가 재생산된다면 탈식민화는 쉽게 풀 수 없는 어려운 과제로 남을 것이다.

다시 말해 우리의 의식에 깊이 뿌리내리는 식민성에 대한 사고의 전환과 거시적 대안을 갖지 않는 한 식민주의의 영향과 의식으로부터 벗어나기는 어려운 일이다. 획일적이고 제국주의적 사고방식은 수용할 수 없으며 여성의 독립적, 주체적 자아형성은 포기할 수 없는 이 시대의 과제임이 틀림없다. 말하자면 남성 대 여성이라는 극한 대립의 막다른 곤경에서 벗어나기 위해서는 남성제국주의의 권위적 강박관념에서 벗어나야 한다. 전제적 가부장 구조에서 여성의 정체성을 수립하는 것은 탈식민이라는 대전제와 직결된다. 정체성은 탈식민화를 실현할 수 있고 민족 주체성을 재구성하며, 역사이해의 지평을 확장할 수 있는 유용한 틀이나 탈식민화의 올바른 좌표를 설정할 수 있게 해주기 때문이다.

여성의 정체성은 문화적, 사회적인 이슈에 머무르는 것이 아니라 근본적으로 문화적이고 사회적이다. 왜냐하면 제국주의적 가치에 저항하여 여성의 자유와 존재를 지켜내면서 여성 스스로 자신의 존재성을 드러내기 때문이다. 이와 같은 시각에서 볼 때 여성문제의 핵심은 정체성 구축이라는 가치와 목적의 구성이라 할 수 있다. 그것은 전제적인 가부장제 시각에서 덮어두면 한시적으로 지나가는 논쟁이나 정치적 도전인 것처럼 보일 수 있다. 하지만 남성제국주의가 갖는 지배적이고 권위적인 행태는 땅에 묻어도 그 자체의 부정적인 특성 때문에 결국 밖으로 드러나게 된다. 이는 전반적으로 여성의 사회적, 정치적 변화와 관련되어 있다.

이와 같은 관점에서 『토지』는 식민주의와 남성제국주의 폭력이 가하는 여성의 몸 등 다양한 이슈들을 내세워 여성의 문제를 재현하면서 남성제국주의에 의해 무력해지고 억압당하는 여성 존재의 가치와 권리를 지향한다. 역사를 통틀어 여성이 중요한 역할을 담당해왔다는 점에서 여성 정체성 구축이 탈식민 페미니즘의 가장 핵심적인 주제라는 것은 새삼스러울 게 없다. 이 소설은 여성들이 남성과 동등하게 정치적으로 자유롭고 남성으로부터 종속적 지위에서 벗어나 동등한 사회구성원으로서의 지위를 가져야 하며 역할을 수행할 권리가 있다고 전제한다. 그럼으로써 여성의 고유한 자율성을 존중하고 억압적인 상황에 저항하는 여성들의 삶을 역동적으로 제시하고 있다. 이 같은 점에서, 『토지』는 기존의 남성제국주의를 전복시킴으로써 성 이데올로기에 의해 차별 당한 여성들의 삶과 권리, 여성의 존재라는 핵심적 가치를 구현한다.

이와 관련하여 탈식민주의 이론 또는 담론에 있어 여성의 정체성을 모색하고, 이를 통해 탈식민화로 나아가는 것은 매우 긴요하다. 바꿔 말하면 탈식민 담론이 여성의 사회적, 문화적, 경제적 조건에서 갈등과 대립을 넘어서 남성의 억압이나 제국주의적 가치를 지양하고, 더 나아가 전 지구적 차원에서 탈식민적 가치를 구현하며, 인간존재의 주체적 삶의 문제를 인식하는 문제로 확대되어야 한다. 탈식민 논쟁의 초점은 이데올로기적으로 공격하고, 급진적인 사고를 표현하거나 현실에 기초를 두지 못한 채 내용이 부재하며, 지나치게 추상적으로 논의하거나 관념이고 공허한 담론 수준에 머물 때 탈식민화는 이루어질 수 없다는 점이다. 왜냐하면 탈식민화는 담론적 실천보다 훨씬 더 넓은 지평에서 제국주의적 현실에 대한 건강한 안티테제로서 역할을 수행해야 하기 때문이다. 식민성 문제를 이해함에도 불구하고 추상적 비판이나 이데올로기적 담론이 이루어질 때 탈식민화에 대한 사회적 변화를 갖지 못한다.

다시 말해 탈식민화는 인간의 삶과 개별적 존재의 정체성을 정립하는 인간적인 배려를 정립하고, 구체적이며 실천 가능한 대안을 제시하는 것이 논쟁과 대립보다 앞서기 때문이다. 이러한 정향은 탈식민주의가 정치적 담론으로서 보다 현실적인 방안을 제시할 수 있을지 의문스럽다. 탈식민주의가 단지 제국주의 지배체제에 대한 저항이나 전복에 목표를 둔다면 도리어 지배/저항이라는 이항대립적인 제국주의 담론에 갇힐 위험이 있다.

탈식민화를 모색하는 데 있어 중요한 것은 식민주의적 잔재와 부정적 의식을 탈각하고 주체적인 자기 정체성을 형성하는 것이다. 다르게 말하면 식민주의적 억압과 지배에 저항했던 투쟁을 벗어나 개별 민족의 문화와 가치를 존중함으로써 정체성을 구축하고 이를 기초로 미래지향적 가치를 추구하는 새로운 문화 공동체를 형성하는 것이다. 이것은 식민지배로 표출되는 문제를 해결하기 위해 다른 어떤 것보다 중요하다. 정체성 확립은 탈식민화와 궤를 같이하기 때문에 자기 정체성, 민족 정체성을 모색하는 것은 탈식민화 이행의 필요조건이 된다. 이런 점에서 탈식민화는 국민국가라는 범위, 정치적 경계선을 넘어서 인류보편적 윤리를 지향해야 한다.

그것은 단순히 국가와 국가, 민족과 민족 간의 지역을 넘어선다는 의미가 아니라 정치체제의 차이를 넘어 인종적 갈등과 민족적 계급투쟁을 벗어나 역사와 문화를 인정하고 타자의 문화에 의미를 부여하는 것이다. 탈식민화는 경제적, 정치적 지배를 벗어나는 것뿐만 아니라 문화적, 사회적 수준에서 상이한 이데올로기와의 갈등과 대립을 지양해야 할 것이다. 차후 10년 후에 여러 수준에서 전개될 이념적 정향이 다른 집단들 사이의 다양성을 상호인정하고 포월하는 것은 상당히 중요하다. 다만 다양성은 인류보편적인 가치에서 벗어나거나 인간사회의 질서를 파괴하지 않는 조건하에서 인정되어야 한다. 왜냐하면 무차별적이고 무질서한 다양성 차이의 인정은 오히려 대립과 투쟁의 단초로 작용할 개연성이 짙기 때문이다. 앞서 말했던 전통과 권위를 부정하고 남녀 간의 성별을 없애고 생명윤리를 저해하는 '성정치'는 다양성의 이름으로 정당화될 수 없다.

　이 책에서 탈식민주의를 다룬 이유는 식민주의가 남긴 부정적 영향력에 대한 지속적 논의가 있어야 한다는 문제의식에서였다. 중요한 것은 탈식민 논쟁이 극단적 대립과 투쟁을 벗어나 제국주의의 문화적 지배로부터 벗어나는 것이다. 서구 바깥에 침묵을 강요당한 수많은 사람들은 서구인의 대상이 아니라 자유롭고 고유한 정체성을 지닌 주체적 존재라는 인식을 가져야 한다. 그뿐만 아니라 서구인의 하위범주에 위치한다는 인식에서 벗어나야 한다. 결국 『토지』에서는 가부장제의 희생자인 여성이 남성제국주의 문제에 대한 해결책을 여성에게서 찾는다. 남성제국주의에 대한 비판과 아울러 이에 대한 대안으로 주체적, 독립적 존재로서 여성의 정체성 구축을 통해 극복할 가능성을 제시한다. 서구 문화에 대한 저항으로서 탈식민화 작업은 차이를 인정하는 개별적인 문화정치학에 대하여 인식하고, 제국주의적 모방, 서구적 척도에 대한 순응적인 의식에서 벗어나 차이를 인정하는 실천, 주변부 타자들에 대한 끊임없는 배려로 나아가야 할 것이다.

　미시권력 차원에서 드러나는 문화적 제국주의의 부정적 영향은 현실에서 그 지배력을 더욱 강화하고 있기 때문에 권위적 전체주의, 폭력주의, 서구문화 중심주의 등 획일화된 식민주의의 부정적 요소들을 비판적으로 해체해야 한다. 지금까지 절대적으로 생각하던 삶의 경계선이 허물어지면서 탈식민화의 다양한 이슈영역, 즉 경제적 불균등, 서구 패권주의, 문화제국주의, 권위주의, 문화 정체성 수립 등과 같은 문제가 부각되었다. 서구문화 이론의 거대한 흐름인 탈식민화는 탈식민 담론과 실천의 변혁적 과정이라는 연속선상에 위치한다. 탈식민화를 위한 조건들을 모색하는 것은 무엇보다 중요하다. 그것은 이론이나 담론적 실천에 머물기보다 오히려 이론과 실천 사이의 끊임없는 상호역동성을 통하여 실천 가능한 보편성을 포괄하는 방향으로 재구성되어야 할 것이다. 이는 우리가 탈식민화 과정에서 직면하는 문제들을 여전히 갖고 있기 때문이다.

더욱 중요한 것은 개인적, 사회적 가치가 난무하는 오늘날 우리가 직면한 모든 사회적 이슈를 지배/종속이라는 이분법적 이데올로기로 접근해서는 안 된다는 것이다. 반생명적인 제국주의적 가치를 배척하는 것은 매우 중요하지만 모든 문제를 저항의 방식이나 저항의 정치학으로 접근하는 것은 바람직하지 않으며 위험하다. 자신의 가치와 신념에 배치되는 다른 어떤 사상이나 이론을 거부하고 자신만 고집한다면 탈식민화는 어쩌면 영원히 풀 수 없는 문제로 남을 수 있다. 다원화된 사회구조에서 경직된 과거와는 다른 정치와 권력, 성과 이데올로기를 이해하기 위한 새로운 패러다임의 변화에 역량을 총집결하지 않아야 할 이유가 없다. 여기에서 남은 과제는 상호공존적이고 협력적인 남녀관계가 형성, 유지될 수 있도록 여성의 정체성을 인정하고, 이에 병행해 양자의 존재 가치가 표출될 수 있는 정치 공간을 형성하는 것이다. 이런 공간이 마련된다면 남녀관계의 내용도 더욱 충실해질 것이다. 남녀관계에서 정체성이 보장되지 않고 존재성이 부정당하며 불신감이 팽배한 지점에서는 이 관계는 매우 암울할 수밖에 없다.

탈식민주의적 의식과 책임 윤리라는 시각에서 남성제국주의와 탈식민 페미니즘 양자 간에 최적의 균형과 가치가 타협되고 조화되지 않는다면 영원히 양립될 수 없는 모순으로 남을 수 있다. 어쩌면 탈식민화라는 문제는 푸는 것이 아니고 문제 자체가 제거될 때 완전한 탈식민화가 이루어질 수 있기 때문에 그것은 쉽게 풀리지 않는 숙제임이 틀림없다. 탈식민주의가 추구하는 방향은 사회적 갈등을 추상적으로 동원하는 것이 아니라 현실적 대안으로서 대립을 완화시키면서 협력과 공존, 개인주의적 자유와 인간주체의 가치와 삶을 보장하는 실질적 문화공간을 구성하는 것이다. 그것은 제국주의의 침탈과 식민지배가 초래한 삶의 질곡에 대한 거시적이고 총체적인 도정을 포괄한다. 결국 탈식민화는 개인적 수준에서 자율성과 정체성을 형성하고, 국가적 수준에서 배타적 민족주의의 경계를 넘어서 다른 공동체의 문화를 존중하는 기나긴 도정이라고 할 수 있다.

참고문헌

1. 기본자료

박경리. 『토지』 1-16권. 솔출판사, 1994.

2. 단행본 및 논저

강찬모. 「박경리의 소설 『토지』에 나타난 간도의 이주와 디아스포라의 귀소성 연구」. 『어문연구』 59, 2009.

권명아. 『식민지 이후를 사유하다』. 서울: 책세상, 2009.

권성진. 『탈식민 정체성』. 서울: 에세이퍼블리싱, 2011.

_____. 『서발턴 정체성』. 서울: 에세이퍼블리싱, 2013.

고부응. 「탈식민주의 이론과 영문학 교육」. 『영미문학교육』 9.2, 2005.

_____. 『초민족 시대의 민족 정체성』. 서울: 문학과지성사, 2002.

김숙재. 『영문학 이해: 여성과 자아』. 파주: 한국학술정보, 2004.

김양선. 『근대문학의 탈식민성과 젠더정치학』. 서울: 역락, 2009.

김의락. 『영미문학과 탈문화』. 서울: 우용출판사, 2012.

김진경. 『지워진 목소리 되살려내기』. 서울: 동인, 2009.

김치수. 「역사와 역사소설은 어떻게 대응하는가」. 『대산문화』 6, 2002.

김택현. 『서발턴과 역사학 비판』. 서울: 박종철출판사, 2008.

나병철. 『근대서사와 탈식민주의』. 서울: 문예출판사, 2001.

_____. 『탈식민주의와 근대문학』. 서울: 문예출판사, 2004.

미뇰로, 월터 D. 『라틴 아메리카, 만들어진 대륙』. 김은중 역. 서울: 그린비출판사, 2013.

박인찬. 「탈식민주의의 정체성과 계보에 관한 절충주의적 접근―릴라 간디, 이영욱 역 『포스트식민주의란 무엇인가?』(현실문화연구 1999) / 바트 무어-길버트, 이경원 역 『탈식민주의! 저항에서 유희로』(한길사 2001)」. 『안과 밖』 11, 2001.

박경리. 『문학을 지망하는 젊은이들에게』. 현대문학사, 1995.

박주식. 「제국의 지도 그리기」. 『탈식민주의 이론과 쟁점』. 서울: 문학과지성사, 2003.

백지연. 「박경리의 『토지』: 근대체험의 이중성과 여성 주체의 신화」. 『역사비평』 43, 1998.

_____. 「근대체험의 이중성과 여성주체의 신화―박경리 장편소설 『토지』」. 『미로 속을 질주하는 문학』. 창작과비평사, 2001.

서정미. 「토지의 한과 삶」. 『창작과 비평』 56, 1980 여름.

서현주. 『박경리 토지와 윤리적 주체』. 서울: 역락, 2014.

송재영. 「소설의 넓이와 길이」. 『문학과 지성』 15, 1974 봄.

송호근. 「삶에의 연민, 恨의 美學(박경리와의 대담)」. 『작가세계』, 1999 가을.

원유경. 「소설, 로맨스, 여성의 글쓰기: 메리 셸리의 『프랑켄슈타인』」. 『근대영미소설』 5.2, 1998.

_____. 『영문학 속 여성 읽기』. 서울: 세움, 2012.

유제분 엮음. 『탈식민 페미니즘과 탈식민페미니스트들』. 서울: 현대미학사, 2001.

윤해동. 『탈식민주의 상상의 역사학으로』. 서울: 푸른역사, 2014.

이경원. 「오리엔탈리즘, 시오니즘, 테러리즘―사이드의 ≪팔레스타인 문제≫」. 『에드워드 사이드 다시 읽기』. 김상률·오길영 엮음. 서울: 책세상, 2006.

이성혁. 「1940년대 만주국의 한국 초현실주의 시에 나타난 식민주의 비판」. 『탈식민주의 안과 밖』. 서울: 한국외국어대학교출판부, 2013.

이재선. 「숨은 역사·인간 사슬·욕망의 서사시」. 『문학과 비평』 9, 1989 봄.

이태동. 「여성작가 소설에 나타난 여성성 탐구－박경리, 박완서 그리고 오정희의 경우」. 『한국문학연구』 19, 1997.

장경렬. 『매혹과 저항』. 서울: 서울대학교출판부, 2007.

전봉철. 「차이의 공간화와 타자의 정치학」. 『타자의 타자성과 그 담론적 전략들』. 부산: 부산대학교출판부, 2004.

전수용. 『영어권 탈식민주의 소설연구』. 서울: 신아사, 2012.

정정호. 『탈근대 인식론과 생태학적 상상력』. 서울: 한신문화사, 1997.

_____. 『이론의 정치학과 담론의 비판학』. 서울: 푸른사상, 2006.

_____. 『해석으로서의 독서: 영문학 공부의 문화윤리학』. 서울: 푸른사상, 2011.

정혜욱. 「타자의 타자성에 대한 심문」. 『타자의 타자성과 그 담론적 전략들』. 부산: 부산대학교출판부, 2004.

조규형. 『탈식민 논의와 미학의 목소리』. 서울: 고려대학교출판부, 2007.

조한선. 「프랑켄슈타인에 나타난 출산 모티프」. 『현대영어영문학』 56.2, 2012.

조혜정. 『탈식민지 시대 지식인의 글 읽기와 삶 읽기 2』. 서울: 또하나의문화, 2006.

최병우. 『이산과 이주 그리고 한국현대소설』. 서울: 푸른사상, 2014.

최유찬. 「『토지』와 한국 근대 미시문학사」. 『한국근대문화와 박경리의 『토지』』. 서울: 소명출판사, 2008.

최장집. 『한국민주주의의 조건과 전망』. 서울: 나남, 1996.

_____. 『민주화 이후의 민주주의』. 서울: 후마니타스, 2006.

_____. 『민중에서 시민으로』. 파주: 돌베개, 2009.

태혜숙. 『한국의 탈식민 페미니즘과 지식생산』. 서울: 문화과학사, 2004.

_____. 『탈식민주의 페미니즘』. 서울: 여이연, 2004.

_____. 「사이드와 페미니즘의 정치」. 『에드워드 사이드 다시 읽기』. 김상률·
　　　오길영 엮음. 서울: 책세상, 2006.

황현산. 「생명주의 소설의 미학」. 『한국 대하소설 연구』. 서울: 집문당, 1997.

헌팅턴, 새뮤얼. 『새뮤얼 헌팅턴의 미국』. 형선호 역. 서울: 김영사, 2004.

홍성암. 「역사소설 연구방법론 서설」. 『한국학논집』 9. 서울: 한양대학교출판부,
　　　1986.

Abdel-Malek Anouar. *Social Dialectics: Nation and Revolution.* Albany: State U of
　　　New York P, 1981.

Anderson, Benedict. *Imagined Communities: Reflections on the Origin and Spread
　　　of Nationalism.* London: Verso, 1983.

Ashcroft, Bill, Gareth Griffithes and Helen. *The Empire Writes Back: Theory and
　　　Practice the Post-Colonial Literature.* London: Routledge, 1989.

Appiah, Kwame Anthony. *The Ethics of Identity.* Princeton: Princeton UP,
　　　2005.

Bakhtin, Mikhail. *The Dialogic Imagination: Four Essays by M. M. Bakhtin.* Ed.
　　　Michael Holoquist. Trans. Caryl Emerson and Michael Holoquist.
　　　Ausin: U of Texas P, 1981.

Bhabha, Homi, K. *Nation and Narration.* London: Routledge, 1990.

_____. *The Location of Culture.* London: Routledge, 2008.

Césaire, Aimé. "From *Discourse on Colonialism.*" *Postcolonial Criticism.* Ed.
　　　Bart Moore-Gilbert, Gareth Stanton & Wily Maley. London: Longman,
　　　1997.

Culler, Jonathan. *Literary Theory: A Very Short Introduction.* Oxford: Oxford UP,
　　　2000.

Dirlik, Arif. *The Postcolonial Aura: Third World Criticism in the Age of Global
　　　Capitalism.* Colorado: Westview, 1997.

Eagleton, Terry. *Criticism and Ideology.* London: Verso, 1978.

Fanon, Franz. *Black Skin, White Masks.* New York: Grove P, 1967.

Foucault, Michel. *The Archaeology of Knowledge and the Discourse on Language.* New York: Pantheon, 1972.

_____. *Power and Knowledge: Selected Interviews and Other Writings 1972-1977.* Ed. Colin Gordon. Brighton: Harvester, 1980.

_____. *The History of Sexuality.* Harmondsworth: Penguin, 1987.

Fukuyama, Francis. "The End of History?" *National Interest* 16, Summer 1989.

Gilbert, Sandra M. and Susan Gubar. *The Madwoman in the Attic: the Woman Writer and the Nineteenth-century Literary Imagination.* New York: Yale UP, 1979.

Hall, Stuart. "Cultural Identity and Diaspora." *Identity: Community, Culture, Difference.* ED. J. Rutherford. London: Lawrence and Wishart, 1990. (Reprinted in L. McDowell (Ed), *Undoing Place?* London: Arnold, 1997).

Homans, Margaret. "Bearing Demons: Frankenstein's Circumvention of the Maternal." *Mary Shelley's Frankenstein.* Ed. Harold Bloom. New York: Chelsea House Publish, 1987.

Lentricchia, Frank. *After the New Criticism.* Chicago: The U of Chicago P, 1980.

Lovell, Terry. *Consuming Fiction.* London: Verso, 1987.

Lowe, Lisa. *Critical Terrains: French and British Orientalism.* Ithaca: Cornell UP, 1991.

Malek, Anouar Abdel. *Social Dialectics: Nation and Revolution.* Albany: State U of New York P, 1981.

Min-ha, Trinh T. *Woman, Native, Other.* Bloomington: Indiana UP, 1989.

Moers, Ellen. *Literary Women.* New York: Double day & Company, 1976.

Mohanty, Chandra Talpade. Ann Russo, and Loudres Torres Eds. *Third World and the Politics of Feminism.* Bloomington and Indianapolis: India UP, 1991.

Poovey, Mary. *The Proper Lady and the Woman Writer: Ideology as style in the works of Mary Wollstonecraft, Mary Shelley, and Jane Austen.* Chicago UP, 1984.

Renan, Ernest. "What is a nation." *Nation and Narration.* Ed. Homi K. Bhabah. London: Routledge, 1990.

Said, Edward. W. *Orientalism.* New York: Vintage, 1978.

_____. *The World, the Text, and the Critic.* Cambridge: Harvard UP, 1983.

_____. *Culture and Imperialism.* New York: Vintage Books, 1993.

Shelley, Mary. *Frankenstein.* Ed. J. Paul Hunter. New York: A Norton & Company, 1996.

Shohat, Ella. "Gender and Culture of Empire: Toward a Feminist Ethnology of the Cinema." *Visions of the East: Orientalism in Film.* New Brunswick: Rutgers UP, 1997.

Showalter, Elaine. *A Literature of Their Own: British Women Novelists from Brontë to Lessing.* Princeton: Princeton UP, 1977.

Spivak. Gayatri C. *In Other World: Essays in Cultural Politics.* London: Routledge, 1978.

_____. "Three Women's Text and a Critique of Imperialism." *Critical Inquiry* 12.1, 1985.

Tillotson, Marcia. "A Forced Solitude: Mary Shelley and the Creation of Frankenstein's Monster." *The Female Gothic.* Ed. Julian E. Polinore. Montreal: Eden P, 1983.

Weedon, Chris. "Changes, Breaks, and Continuities: Feminist Theory and Cultural Analysis from Second Wave to the Present." *Feminist Studies in English Literature* 15.2, 2007.

Young, Robert. J. C. *Postcolonialism. An Historical Introduction* Oxford: Oxford Blackwell. 2001.

_____. *White Mythologies: Writing History and the West*. New York: Routledge, 1990.

Zalewski, Marysia. "Modernist Feminism and Practice." *Feminism after Postmodernism*. London: Routledge, 2000.

권성진(權聖珍)

고려대학교 정경대학을 졸업하고, 같은 대학원 영어영문학과에서 석·박사학위를 받았다. 고려대학교 영미문화연구소, 연세대학교 국제교육원(원주), 영남대학교 외국어교육원, 조선대학교 언어교육원, 육군3사관학교 교수부 미주지역연구학과 및 생도대에서 강의했으며 대구가톨릭대학교 국제처 미국복수학위(미시시피 주립대학, 미네소타 주립대학 공동학위) 교수를 역임하였다. 현재 동의대학교 동의지천교양대학 외국어학부 교수로 재직 중이다. 한국로렌스학회에 근무했으며 동아시아 국제문화 교류에 참여하고 있다. 한국로렌스학회를 만든 정종화 교수의 지도하에 근대영문학을, 김우창 교수로부터 포스트콜로니얼 문학을, 서지문 교수로부터 19세기 영국소설을, 연세대학교 김성균 교수로부터 고전영문학을 배웠다. 주요한 관심분야는 포스트콜로니얼문학, 제국주의와 문화, 정체성 정치, 다문화주의, 19세기 영국소설, 현대영미비평이다. 좋아하는 작가는 찰스 디킨즈, 샬럿 브론테, 조지 엘리엇, 마크 트웨인, 토마스 하디, 헨리 제임스, D. H. 로렌스, 토니 모리슨이다.

박경리 『토지』의 문화정치학

초판 1쇄 발행일 2019년 1월 25일
권성진 지음

발행인 이성모
발행처 도서출판 동인
주 소 서울특별시 종로구 혜화로3길 5, 118호
등 록 제1-1599호
TEL   (02) 765-7145 / FAX (02) 765-7165
E-mail dongin60@chol.com
ISBN   978-89-5506-798-9
정 가 38,000원

※ 잘못 만들어진 책은 바꾸어 드립니다.